宋代杜诗学述论

邹进先 著

中国社会科学出版社

图书在版编目(CIP)数据

宋代杜诗学述论/邹进先著 .—北京：中国社会科学出版社，2016.5
ISBN 978-7-5161-8072-3

Ⅰ.①宋…　Ⅱ.①邹…　Ⅲ.①杜诗—诗歌研究
Ⅳ.①I207.22

中国版本图书馆 CIP 数据核字(2016)第 084407 号

出 版 人	赵剑英
责任编辑	周晓慧
责任校对	无 介
责任印制	戴 宽

出　　版	中国社会科学出版社
社　　址	北京鼓楼西大街甲 158 号
邮　　编	100720
网　　址	http://www.csspw.cn
发 行 部	010-84083685
门 市 部	010-84029450
经　　销	新华书店及其他书店

印　　刷	北京明恒达印务有限公司
装　　订	廊坊市广阳区广增装订厂
版　　次	2016 年 5 月第 1 版
印　　次	2016 年 5 月第 1 次印刷

开　　本	710×1000　1/16
印　　张	26.5
插　　页	2
字　　数	459 千字
定　　价	99.00 元

凡购买中国社会科学出版社图书，如有质量问题请与本社营销中心联系调换
电话：010-84083683
版权所有　侵权必究

目 录

绪论 …………………………………………………………（1）

上篇　宋人尊杜学杜基本历程概述

一　宋代之前杜诗的流传与影响 ……………………………（11）
二　宋初诗学宗尚与尊杜思想的出现 ………………………（20）
三　天圣庆历时期的崇韩与尊杜 ……………………………（28）
四　嘉祐至元祐的尊杜学杜热潮 ……………………………（37）
五　黄庭坚及江西诗派的尊杜与学杜 ………………………（50）
六　南渡时期杜甫诗学精神的高扬 …………………………（65）
七　南宋文学中兴时期的尊杜与学杜 ………………………（84）
八　江湖诗派尊杜与学杜 ……………………………………（96）
九　南宋遗民诗人与杜甫的心灵共鸣 ………………………（105）

中篇　宋人对杜诗的阐释

一　杜诗集大成说 ……………………………………………（117）
二　杜诗的审美形态与审美风格 ……………………………（135）
三　宋人对杜甫人格和思想的崇仰 …………………………（150）
四　杜诗"诗史说"的阐释与影响 …………………………（172）
五　杜诗的情景交融和比兴寄托 ……………………………（186）
六　宋人对杜甫诗学思想的阐释与接受 ……………………（201）
七　宋人对杜诗语言的研究 …………………………………（212）

下篇 宋人学杜的诗学实践

一 王安石学杜	(273)
二 苏轼学杜	(299)
三 黄庭坚学杜	(316)
四 陈师道学杜	(347)
五 陈与义学杜	(370)
六 陆游学杜	(389)
参考文献	(410)
后　记	(420)

绪　论

"杜诗学"这一概念是元好问提出并使用的:"乙酉之夏,自京师还,闲居崧山,因录先君子所教与闻之师友之间者为一书,名曰《杜诗学》。子美之传志、年谱,及唐以来论子美者在焉。"(元好问《杜诗学引》)元氏所编《杜诗学》已佚,具体内容不得其详。但根据其《杜诗学引》所叙,此书是唐以来关于杜甫传志、年谱和杜诗的研究评论文章的辑录,可能还有元好问的父亲、老师、朋友关于杜诗的文章与评论,元好问把这些东西辑录在一起,以供后代学习之用。本书所谓的"杜诗学",就是借用元好问"杜诗学"这一概念来称谓有关杜甫和杜诗的研究,这只是为了表达的简便,而不是认为杜诗研究是一门不同于其他诗人研究的、具有独立学科意义的专门学问。

尊杜与学杜,是宋代文坛乃至文化领域特别重要、特别触目的文学文化现象,它由最初的个别诗人和诗人群落发展到整个文学界,由文人爱好发展到官方提倡,由诗界发展到教育,由成人发展到童蒙,成为辐射全社会的文化潮流和文学景观。陈寅恪先生云:"华夏民族之文化,历数千年之演进,造极于赵宋之世。"[①] 而在有宋一代文化发展的历史场景中,从北宋庆历嘉祐开始直到南宋亡,几乎持续不衰的"杜诗热"是一个特别耀目的亮点。

首先对杜诗本身,搜集遗篇、传抄评点、校订文字、考订本事、整理

[①]　陈寅恪:《邓广铭宋史职官志考证序》,《金明馆丛稿二编》,上海古籍出版社1980年版,第245页。

编年、注释典故之作，不断出现，到南宋形成所谓"千家注杜"的局面。① 杜诗在有宋一代就有如此之多的注家，这在中国古代诗人诗集的注释方面是独一无二的。在从《六一诗话》开始逐步发展起来的宋代诗话著作中，杜诗是一个最重要的话题。南宋初年胡仔所撰的《苕溪渔隐丛话》，其前集关于杜诗的诗话就达13卷之多，接着，又出现了专门关于杜诗的诗话著作《诸家老杜诗评》《草堂诗话》。

其次咏杜之作大量涌现。当时许多著名文人或读杜集，或观老杜遗像，或经杜墓以及成都草堂、夔州东屯等老杜遗迹，大都写有诗文作品，感叹老杜遭际命运，称许其人格精神，赞美其诗歌成就。据初步统计，两宋咏杜诗多达一百余首，当时著名文人如欧阳修、梅尧臣、苏舜钦、宋祁、王安石、苏轼、苏辙、黄庭坚、陈师道、陆游、杨万里、刘克庄、戴复古、文天祥等人皆有咏杜之作。诗人们把杜诗比作"太阳垂光烛万物"（韩维《读杜子美诗》）；谓杜甫"笔追六艺回千古，名薄三光亘九天"（邹浩《勉祖道修子美祠堂》）；"凌万乘以峥嵘之气，储千古以磊落之胸，笔下有神，洗宇宙而一空者，大哉诗人之宗也"（朱翌《杜子美画像赞》，《隐居通议》卷十七）。宋人尊崇杜甫，对杜甫其人其诗可谓极尽赞美之能事。

不仅如此，宋代"杜诗热"还从诗坛走向绘画和书法领域，老杜的画像和杜诗诗意图，是两宋文人画的重要题材，出现了《饮中八仙图》《羌村图》《老杜浣花溪图》《醉杜甫像》《杜子美骑驴图》《卜居图》等，许多诗人还为之题咏。一些杜诗被当时的书家写成诗帖，镌刻成碑。② 杜甫在成都等地的故居，得以修葺或重建，供人参观瞻仰凭吊。杜甫所居之地，还建立了祠堂以祭祀杜甫，如成州同谷县杜工部祠堂、夔州瀼外杜甫祠堂、衡州耒阳杜甫祠堂等。

杜集成为文人必读之书，记诵吟咏杜诗成为文人的重要功课。南宋李石《题杜甫诗本》记载其"两客东西，往返四万里，此书无一日不在几案"。士人甚至以背诵多少杜诗为学问素养之表现。搜罗、收集、交换杜集，一起谈论杜诗，往来书信谈注杜，做"分韵摘句"的功课以备作诗

---

① 南宋有"千家注杜"之说，这是对宋代注杜者之多的一种夸张说法。黄居谊宝庆二年（1226）所写的《黄氏补千家集注杜陵诗史序》云："近世锓版、注以名集者，毋虑二百家。"这一说法应当是比较符合实际的。

② 见黄庭坚《刻杜子美巴蜀诗序》。

酬唱之助，还有集杜、檃栝杜诗成词，是不少文人日常生活的一项内容。有人建筑房舍，堂、轩、斋、廊、庑都"采名于杜诗"（王十朋《渊源堂十二诗序》）。读杜成为一种时尚，未读杜诗者被认为"其读之卑也"（吕南公《韦苏州集序》）。

当时出现不少嗜好杜诗的轶事。叶梦得《石林诗话》记载，有吴门下喜论杜诗，谈杜成癖，公余强与属下论杜诗，人以为苦，只好想办法躲出去；梁中书与同事在办公期间背诵评论杜诗，不惜耽误公事。叶梦得在同书中还记载，自己曾信老杜诗句"西窗竹影薄，腊月更须栽""每以腊月种竹，更无一竿活者"的往事。①

有宋一代杜诗的运用和影响远远超出诗学范围。杜诗被用于当时书塾教育，南宋曾噩《九家集注杜诗序》云："乡校书塾，髫龄之童，琅琅成诵，殆与《孝经》、《论语》、《孟子》并行。"杜诗也成为科举考试的内容，南宋蔡梦弼《杜工部草堂诗笺跋》载："我国家祖宗肇造以来，设科取士，诗词之余，继之以诗。诗之命题，主司多取是诗。"

闻一多说："杜甫是中国有史以来第一大诗人，四千年文化中最庄严、最瑰丽、最永远的一道光彩。"杜甫生前寂寞，中晚唐始受重视，到了宋代中期，声名塞天，杜诗真正大放光彩，确立了在中国文学史上的经典地位。"杜诗热"作为一种重要的文学和文化现象，持续二百余年，直到南宋灭亡。在中国诗史上，在中国古代文人中，从未有人受到过如此广泛而集中的推尊与效法。这一文学文化现象所蕴含的历史的、思想的、文学的深刻意义，值得认真思索和深入研究。

老杜在宋代得到高度的评价，成为学习的典范，其社会原因在于，有宋一代社会问题严重，阶级矛盾、民族矛盾尖锐，内忧外患交织，士大夫中存在着强烈的忧患意识，老杜忧国忧民的情怀，忠君爱国的精神，以及空怀壮志而无从施展的痛苦，杜诗千汇万状、海涵地负的审美境界，时时触动着宋代诗人的思想感情，启示着他们诗歌创造的路径与审美想象。宋代是儒学发扬时期，陈亮云："本朝以儒立国，而儒道之振独优于前代。"（《上孝宗皇帝第三书》，《陈亮集》卷一）刘熙载云："杜甫一生不出儒

---

① 宋代"杜诗热"也出现了荒唐的事，如认为杜诗可以疗疾；为杜甫建庙，将"杜拾遗"误为"杜十姨"。据《宋稗类钞》载："宋代浙西某村有杜拾遗祠，岁久漫毁，讹传为杜十姨。旁有伍子胥庙，村俗讹传为伍髭须。一日秋成，乡老相与谋，以杜十姨嫁武髭须。"

家之界。"(《艺概》)儒学复兴的社会思潮所彰显的价值观念和人格精神与杜诗有着深度的契合，这是宋代尊杜诗潮的基本思想文化背景。

姚斯在《文学史作为文学理论的挑战》中指出：

> 一部文学作品，并不是一个自身独立、向每一时代每一读者均提供同样观点的客体。它不是一尊纪念碑，形而上学地展示其超时代的本质。它更多地像一部管弦乐谱，在其演奏中不断获得读者新的反响，使本文从词的物质形态中解放出来，成为一种当代的存在。[①]

宋代是杜诗阐释最为重要的历史时期。宋人从他们的诗学观念和价值理念出发，对杜诗的思想、艺术、诗学渊源、时代影响诸多方面，进行了广泛深入的解读与品评，使得杜诗文本的意义逐渐地、多方面地、深刻地呈现出来。经典的一大特征在于他暗含了多重阐释的可能，而其意义总是在阐释中得以呈现。杜诗意义与典范地位是在宋人的理解和阐释中得以确立的。宋人研习杜诗，从杜诗中读出了"集大成""实录""诗史""一饭不忘君""无一字无来处""备极全美"诸般价值和特点，总结出杜诗在下字、造语、用典、对偶、章法、体式、声律等方面的一系列创新和技法。宋人对杜甫的推崇、阐释、效法、批评，是一个对杜诗进行选择与强化的过程，一个继承与扬弃的过程，一个经典阐释与现代抉择相结合的过程。这也是宋人从自己的文化立场与需求出发对杜甫的发现与形塑过程。浦起龙谈到读杜的过程云："既乃摄吾之心印杜之心，吾之心闷闷然而往，杜之心活活然而来，邂逅于无何有之乡，而吾之解出焉。"(《读杜心解·发凡》)宋代的"杜诗热"从根本上说，是宋人和老杜的对话与交流，其中有相当强烈的心灵共鸣，所谓"读甫诗者，意岂徒无厌怠之意，亦咨嗟、咏叹、欢欣、歌舞之不暇，不独怡然而已。"(毕仲游《上范尧夫龙图书》，《西台集》卷三)

伽达默尔在《论解释学反思的范围和作用》中说："解释学的出发点是建构桥梁，在过去中重新发现最好的东西。"[②] 阐释的最终目的在于应

[①] H. R. 姚斯、R. C. 霍拉勃：《接受美学与接受理论》，周宁、金元浦译，辽宁人民出版社1987年版，第26页。

[②] 伽达默尔：《哲学解释学》，上海译文出版社2004年版，第27页。

用,"把要理解的本文应用解释者的目前状况"①。宋人杜诗阐释的目的,一方面在于寻求对杜诗的一种历史与美学的认知,洞察真相、纠正谬误、发现新意;另一方面也是为宋诗的建构寻求一种历史的、理论的、审美的借鉴和支援,为新的创作实践建构一种审美规范、审美方式。中国古代诗学的一大特点是重视树立诗学的古代典范,杜诗在宋代以具体而非抽象的诗学样态昭示和作用于当时的诗歌创作,不仅为诗人提供了写作的榜样和范式,而且是他们对当下诗歌创作审美价值取向和文学风气进行评判所依据的重要标准。宋代是在唐代诗歌辉煌高峰之后对诗学理论进行建构的时期,宋人宗杜和学杜过程中的思维成果和理论建树,宋人关于杜诗的主题取向、意象营造、体式构成、创作手法、修辞技巧、诗学渊源、声音格律、审美风格诸多方面的概念、思考、阐释,极大地充实和发展了宋人的诗学思想,是宋代诗学思想理论最重要的一部分。

学杜是宋代诗歌创作与发展中特别重要的问题。宋诗作为宋人的文学创作,其基本形态当然是由宋人所处时代的社会、经济、政治、文化状态以及由这种社会状态造成的文人的审美文化心态所决定的。但是,他们不是凭空地创造,而是在此前诗歌遗产的基础上进行创作。中国古代诗歌发展到唐代,在体裁结构、章法、句式、声律诸方面都形成了相对系统的诗学积累,唐人正是运用这种诗艺系统的丰富积累,创造了中国古典诗歌最辉煌的高峰。宋人在诗歌领域面临的状态是诗歌体制样式灿然大备,技巧高度成熟,作品丰富多彩。"宋人生唐后,开辟真难为。"他们只能在已经定型的诗歌体制范围内进行工作,只能在唐代已高度成熟的诗艺技巧的基础上进行探索开拓,进行语言上的加工锻造,创造出属于自身的诗歌作品。经过了宋初的白体、晚唐体、西昆体之后,宋人选择了学杜,"天下以杜甫为师",把其杜诗作为研习与效法的第一经典。宋人认为,杜诗是集大成的诗学经典,学杜是学诗的正路,是取法乎上。黄庭坚云:"学老杜诗所谓'刻鹄不成尚类鹜'也;学晚唐人诗,所谓'作法于凉,其弊犹贪,作法于贪,弊将若何?'"(《与赵伯充书》)吕午《书题紫芝编唐诗》云:"唐诗惟杜工部号集大成,自我朝数巨公发明之,后学咸知宗师,如车指南,罔迷所向也。"(《竹坡类稿》,《北京图书馆古籍珍本丛刊》卷三)宋人对老杜心慕手追,"工于诗者,必取杜甫。"(黄裳《陈

---

① 伽达默尔:《真理与方法》,洪汉鼎译,上海译文出版社1999年版,第395页。

商老诗集序》）老杜的人格精神、诗学思想深刻地影响了有宋一代诗人的人格心态和诗歌创作，杜诗的思想内容、艺术形式与诗艺手法，对宋调的形成起了启示、示范、引导的至关重要的作用，杜诗的许多艺术成分在新的诗歌历史语境下得到尽量的发挥、衍生、拓展，以至形成新的艺术手法和审美意味。宋人对杜诗的阐释、接受是遗产接受的一种典范形态，宋代的大诗人几乎都有关于杜诗的评论，这些评论紧紧联系着他们的写作实践。宋人的诗学思想创作实践，同老杜诗歌精神的离合贯穿着有宋一代。

陈师道云："学诗当以子美为师，有规矩故可学。退之于诗，本无解处，以才高而好尔。渊明不为诗，写其心中之妙尔。学杜不成，不失为工。无韩之才与陶之妙而学其诗，终为乐天尔。"（《后山诗话》）杜诗有章法可循，有技巧可供借鉴，学杜本身蕴含着宋人对诗歌创作规律的理性自觉与积极认知。但是，杜诗为宋人所特别重视，却不仅是有规矩可学，更重要的还在于杜诗中有异于盛唐的变异处，为宋人开启了创新与进步的无限法门。叶燮《原诗》云："变化而不失其正，千古诗人，惟杜甫为能。"胡适《白话文学史》谓老杜是"新传统的开拓者"。胡小石《李杜诗之比较》云："少陵正是诗国中一位狂热的革命家。""子美作诗，内容及声律，都极力求避前人旧式，所谓用一调即变一调，后来宋人就学他的善变处。"[1] 宋人对杜诗的阐释，重视其体现传统的高度成就，更重视其区别于传统的变异之处。许学夷说杜诗"开宋人之门户"（《诗源辨体》卷十九），宋人宗杜学杜，认为老杜是导夫先路的前代宗师，杜诗作为诗学资源在宋代诗学语境中的意义，宋人对老杜的心慕手追，其重点也在于此。杜诗既是此前诗歌创作成就的集大成，同时又穷态极变，为宋人提供了学习与创新的门径与方向，开启了唐宋诗转型的历程。陈衍《石遗室诗话》云："余谓唐诗至杜、韩而下，现诸变相，苏、王、黄、陈（师道）、杨（万里）、陆诸家，延其波而参互错综，变本加厉耳。"从宋人宗杜与学杜的理论与实践中，可以窥见诗歌发展史上旧与新、传统与现实演变、融合、分离、扬弃的种种复杂的情形，这是中国古代诗学史上阐释与接受的一个典型范例。

人是一种历史存在，这种存在的历史性决定其对文学作品的解读和在

---

[1] 胡小石：《李杜诗之比较》，《杜甫研究论文集》（一），中华书局1962年版，第18、20页。

这种解读基础上学习与仿效的历史性。"每一时代都必须按照他自己的方式来理解历史流传下来的本文。"① 前代文学经典对于后代读者是敞开的，但是，后代读者选择何种方式与何种审美的、历史的价值观念进入经典之中，则取决于阐释者的历史世界，他们的历史存在决定着他们理解的长短局限。宋人当然也不可能摆脱历史的制约。宋人对杜诗的评价有过高之处，而在学杜上也存在规行矩步、生硬模仿的弊端。宋人对尊杜与学杜的过程中出现的偏向和弊端是有所觉察与反思的。苏轼在学杜热潮开始时就曾感叹："天下几人学杜甫，谁得其皮与其骨?"南宋时期，对于学杜过程中产生的弊病的反思与批评就更多了。明人陆时雍《诗境总论》批评宋人尊杜太过："宋人尊杜子美为诗中之圣，字型句媆，莫敢轻拨。如'自锄稀莱甲，小摘为情亲'，特小小结作语。'不知西阁意，更肯定留人'，意更浅浅。而一时何赞之甚?"明人于慎行《谷山笔尘》卷八云："宋文之浅易，韩文兆之也；宋诗之芜拙，杜诗启之也。韩之文大显于宋，而宋文因韩以衰；杜之诗盛行于宋，而宋诗因杜以坏。虽然，宋文衰于韩而韩不为之损，未得其所以文也；宋诗坏于杜而杜不为之损，未得其所以诗也。"杨慎言："诗歌至杜陵而畅，然诗之衰飒，实自杜陵始；经学至朱子而明，然经之拘晦，实自朱始，非杜、朱之罪也。玩瓶中之牡丹，看担上之桃李，效之者之罪也。"(《升庵诗话》卷六《答重庆太守刘嵩阳书》)宋人尊杜与学杜存在的偏向，也是一个值得思考的问题。

---

① 伽达默尔：《真理与方法》，洪汉鼎译，上海译文出版社1999年版，第380页。

上 篇

宋人尊杜学杜基本历程概述

一　宋代之前杜诗的流传与影响

杜甫隆誉身后，声名塞天，是宋代中叶以后的事，其生前则是寂寞的。大历四年（769），杜甫在其所作的《南征》诗中慨叹道："百年歌自苦，未见有知音。"一年之后，即大历五年，杜甫卒于耒阳船上。这两句诗，可以看做杜甫对于自己诗歌创作境遇的概括。刘勰《文心雕龙》云："知音其难哉！音实难知，知实难逢，逢其知音，千载其一乎！"杜甫《赠毕四曜》："同调嗟谁惜，论文只自知。"《上水遣怀》："后生血气豪，举动见老丑。"流落夔州，杜甫等于为社会所抛弃。王赞《玄英先生诗集序》："杜甫雄鸣于至德、大历间，而诗人或不尚之。呜呼，子美之诗，可谓无声无臭者矣。"杜甫生前和李白、高适、岑参、贾至、严武等人都有过交往，有过诗酒唱和，但是，这些人对杜甫的诗都不曾有赞誉和评论。例如李白，杜甫对其诗称赞有加，而李白对杜诗，则无一字提及。杜诗之不受重视，从当时的唐诗选本中也可以看出来。芮挺章《国秀集》（774）和殷璠《河岳英灵集》（753）成书于天宝时期安史之乱前，是时杜甫诗歌创作尚未进入佳境，二书未选杜诗可以理解；元结《箧中集》成书于乾元三年（760），该书仅就"箧中所有，总编次之"选诗28首，人仅七人，未选杜诗，也不奇怪。而高仲武的《中兴间气集》专门选肃宗到代宗末年的诗，选了26位诗人的诗，没有杜甫；姚合《极玄集》也是选大历前后诗人，姚合自谓该书选的都是"诗家射雕手"，也没有杜甫，这就足以说明当时对杜诗的态度。朱东润云："杜甫之诗，与当时诸家，体调皆不相合。盛唐中唐诗选，不及杜公，良以此也。"[①]

杜甫去世不久，约大历七八年，樊晃收集杜诗，成《杜工部小集》，

[①]　《中国文学批评史大纲》，上海古籍出版社2005年版，第96页。

并写了一篇序言，说到了当时杜诗流传的情形："工部员外郎杜甫字子美……文集六十卷，行于江汉之南。常蓄东游之志，竟不就。属时方用武，斯文将坠，故不为东人所知。江左词人所传颂者，皆公之戏题剧论耳。曾不知君有大雅之作，当今一人而已。"樊晃只收集到杜甫"遗文二百九十篇，各以事类为六卷"。所谓"戏题"，意为游戏之作，其创作态度和所写内容并非以道德教化等社会功利为目的。而且，杜甫这类诗的流传也不广，仅限于江汉之南巴蜀荆湘地区。

杜甫生前名位不显，死后诗歌无人整理刊刻，随即零落散佚。中唐时期，韩愈就说："流落人间者，泰山一毫芒。"到了宋代，散佚更加严重。苏舜钦云："杜甫本传云'有集六十卷'。今所存者，才二十卷。又未经学者整理，古律错乱，前后不伦。盖不为近世所尚，坠遗过半。吁，可痛闵也。"在文学史上作家的实绩成就与其在当时的流传影响，生前的声名与身后被确认的历史地位和价值贡献，两者之间往往会有错位，而在杜甫身上所体现的这种错位之巨，在中国古代文学史上却是绝无仅有的。

（一）

中唐元和时期，杜甫去世40多年后，杜诗的价值才得到承认，杜甫与杜诗开始受到重视与尊崇。

贞元、元和时期，社会政治形势发生变化，由于宪宗政治上的开明态度和由此带来的复兴气象，士人对政治的信心恢复，国家意识和使命意识增强，儒学思想特别是儒家用世精神得到发扬，出现了一批关注现实、重视文学社会功用的诗人。在这种形势和风气中，杜甫被发现并受到了空前的重视，杜诗的意义和贡献也开始得到赞佩和阐释。当时占据诗坛主流的韩孟与元白两大诗派，都是尊杜学杜的。所谓"诗到元和体变新"，而宗杜与学杜，乃是其变新的一大推力。罗宗强先生指出："中唐以后，白居易、元稹继承了杜甫缘事而发、写生民疾苦的一面，且受到杜甫五言排律夹叙夹议的影响；韩愈、孟郊、李贺则受到杜甫的奇崛、散文化和练字的影响；练字在晚唐更发展成苦吟一派；李商隐的七律得力于杜甫七律的组织严密而跳跃性极大的技法。他们都学杜甫的一枝一节，而开拓出新的诗派。"①

　　韩愈赞佩杜甫无与伦比的艺术创造力和审美想象力，肯定杜诗辉煌的永恒的艺术魅力，对杜甫的命运遭遇和杜诗的散佚发出了不平之鸣。《调张籍》："李杜文章在，光焰万丈长。不知群儿愚，那用故谤伤？蚍蜉撼大树，可笑不自量。伊我生其后，举颈遥相望。夜梦多见之，昼思反微茫。徒观斧凿痕，不瞩治水航。想当施手时，巨刃磨天扬。垠崖划崩豁，乾坤摆雷硠。惟此两夫子，家居率荒凉。……平生千万篇，金薤垂琳琅。……流落人间者，太山一毫芒。"韩愈对于杜诗，重点强调其奇险的风格。赵翼云："韩昌黎生平，所心摹力追者，惟李、杜二公。顾李、杜之前，未有李、杜；故二公才气横恣，各开生面，遂独有千古。至昌黎时，李、杜已在前，纵极力变化，终不能再辟一径。惟少陵奇险处尚有可推扩，故一眼觑定，欲从此劈山开道，自成一家，此昌黎注意所在也。"（《瓯北诗话》卷三）

　　韩愈学杜甫"以文为诗"。所谓"以文为诗"，就是以散文化的章法、句法、笔法入诗，融叙述和议论为一体。这一写法始于杜甫。萧涤非《杜甫诗选序》云："凡是他人用散文来写的，他都可以用诗的形式来写。"杜诗不但可以用来写景物，也可以写时事、发议论、评诗、论画、写生活琐事。以文为诗不仅包括散文语言手法入诗，也包括散文题材入于诗，包括诗歌题材主题的开拓，二者合起来，实际是诗学观念的一种突破。韩愈对老杜开创的"以文为诗"进一步加以拓展和发挥，踵事增华，变盛唐诗重兴象、重情景交融为叙写和直抒胸臆，形成其诗歌的一大特色。其《南山》《苦寒》《此日足可惜一首赠张籍》《嗟哉董生行》等篇，"以文为诗"的特色尤为突出。《南山》一诗，在构思、章法、句法等方面学老杜《北征》，叙述、描写、议论紧密结合，纵横铺排，学杜的散文句式，其中带"或"字的句子就达51句之多。曾季貍云："韩退之《南山》诗，用杜甫《北征》诗体作。"（《艇斋诗话》）

　　元稹、白居易特别重视老杜乐府诗的写实性和干预现实的精神，并在理论上加以鼓吹。白居易《与元九书》强调老杜《新安吏》《石壕吏》《潼关吏》等诗的"风雅兴寄"。元稹充分肯定杜甫继承汉乐府"讽兴当时之事"这一传统，"《悲陈陶》、《哀江头》、《兵车》、《丽人》等，凡所

----
① 罗宗强：《中国文学史》第二卷，高等教育出版社1999年版，第59页。

歌行，率皆即事名篇，无复依傍。"（《乐府古题序》）元稹在《叙诗寄乐天书》中谈到读杜诗所受到的震动和感悟云："得杜诗数百首，爱其浩荡津涯，处处臻到，始病沈宋之不存寄兴，而讶子昂之未暇旁备矣。"

胡应麟云："元和中，李绅作新乐府二十章，元稹取其尤切者十五章和之，如《华原磬》、《西凉伎》之类。皆讽刺时事，盖仿杜陵为之者，今并载郭氏《乐府》。语句亦多仿工部，如《阴山道》、《缚戎人》等，音节时有逼近。第得其沉着，而不得其纵横；得其浑朴，而不得其悲壮。乐天又取演之为五十章，其诗纯用己调，出元下。世所传白氏《讽谏》是也。"（《诗薮》内编卷三）元、白写了许多新乐府、古题乐府和讽喻诗来反映现实，如白居易的《新乐府》《秦中吟》，元稹的《乐府古题》《连昌宫词》，就是其中具有代表性的作品。这些作品学习杜诗的写实和关注时事，对中唐时期下层人民的苦难做了深刻的反映，对达官贵人的腐朽、暴虐、贪婪做了尖锐的揭露和批判。老杜"三吏""三别"等作品以朴素真切的口语入诗，语言平易浅俗，显示了打破精雅高华的诗歌传统的倾向；元稹、白居易等人致力于打造通俗晓畅、平易浅近的诗歌语言，呈现了一种与韩孟诗派不同的审美风格。

元稹是对杜甫的伟大诗学贡献从理论上予以集中而深刻阐述的第一人。在《唐检校工部员外郎杜君墓志铭》一文中，元稹把杜诗放在先秦以来诗歌发展历史的流程中，对其思想艺术价值、风格特色做了概括而深刻的阐述：

> 余读诗至杜子美，而知小大之所总萃焉。始尧舜时，君臣以赓歌相和。是后诗人之作，历夏、殷、周千余年，仲尼辑拾选练其干预教化之尤者三百，其余无闻焉。骚人作而怨愤之态繁，然犹去风雅日近，尚相比拟。秦汉以还，采诗之官既废，天下妖谣、民讴、歌颂、讽赋、曲度、嬉戏之词，亦随时而作。至汉武帝赋《柏梁》，而七言之体具。苏子卿、李少卿之徒尤工为五言。虽句读文律各异，雅郑之音亦杂，而词意简远，指事言情，自非有为而为，则文不妄作。建安之后，天下文士遭罹兵战，曹氏父子鞍马间为文，往往横槊赋诗。故其抑扬哀怨存离之作，尤拯于古。晋世风概稍存，宋齐之间，教失根本，士子以简慢、歙习、舒徐相尚，文章以风容色泽、放旷精清为高，盖吟写性灵、流连光景之文也。意义格力无取焉。凌迟至于梁

陈，淫艳刻饰，佻巧小碎之词剧，又宋齐之所不取也。唐兴，官学大振，历世之文，能者互出，而又沈宋之流，研练精切，稳顺声势，谓之律诗。由是而后文变之体极焉。然莫不好古者遗近，务华者去实；效齐梁则不逮于魏晋，工乐府则力屈于五言；律切则骨格不存，闲暇则纤秾莫备。至于子美，盖所谓上薄风骚、下该沈宋、古傍苏李、气吞曹刘、掩颜谢之孤高、杂徐庾之流丽，尽得古今之体势，而兼人人之所独专矣。使仲尼考锻其旨要，尚不知贵，其多乎哉！苟以为能所不能，无可不可，则诗人以来，未有如子美者。是时山东人李白，亦以奇文取称，时人谓之李杜。余观其壮浪纵恣、摆去拘束、模写物象及乐府歌诗，诚差肩于子美矣。至若铺陈终始、排比声韵，大或千言、次犹数百，辞气豪迈而风调清深，属对律切而脱弃凡近，则李尚不能历其藩翰，况堂奥乎！

元稹此文可谓杜诗研究史上第一篇经典文献，奠定了对杜甫和杜诗评价的根本基础。此文谓杜诗"小大之所总萃""尽得古今之体势，而兼人人之所独专"，为后来的杜诗集大成说之滥觞。《旧唐书·杜甫传》照录元稹上面这段文字，并云："自后属文者，以稹论为是。"胡仔则谓此文为宋祁《新唐书·杜甫传》、秦观《进论》之所本（《苕溪渔隐丛话》后集卷八）。

中唐诗人学杜，除了韩孟元白之外，值得提出的还有李贺。吴乔《围炉诗话》："长吉、义山，亦皆致力于杜诗者甚深，而后变体，其集俱在，可考也。"李贺特别注意诗中的意象营造，张耒谓李贺"独爱诗篇超物象"（《李贺宅》），杜甫在意象营造上的手法与特点，为李贺所特别注意和效法。老杜写景，将物拟人，如："感时花溅泪，恨别鸟惊心。"（《春望》）"唯见林花落，莺啼送客闻。"（《别房太尉墓》）"宿鸟行犹去，岸花笑不来。"（《发白马潭》）李贺不仅仿效，而且踵事增华，备极形容，如："木叶啼风雨。"（《伤心行》）"竹啼山露月。"（《黄头郎》）"细绿及团红，当路杂啼笑。"（《春归昌谷》）"冷红泣露娇啼色。"（《南山田中行》）"芙蓉泣露香兰笑。"（《李凭箜篌引》）"露压烟啼千万枝。"（《新笋》）老杜诗有"鸟惊出死树，龙怒拔老湫"（《送韦十六评事充同谷防御判官》）；"潜龙无声老蛟怒"（《观打鱼歌》）。李贺《帝子歌》云："山头老桂吹古香，雌龙怨吟寒水光。"等等。有时则在杜诗意象的基础上进行联想与想象，造成新的意象。如老杜《登慈恩寺塔》："河汉声西流""羲和鞭白日"，李贺《天上谣》则云："银浦流云学水声"，《秦王饮酒》则云："羲和敲日玻璃声"。老杜《兵车行》："新鬼烦冤旧鬼哭，天阴雨湿声啾啾。"《玉华宫》："阴房鬼火青，坏道哀湍泻。"李贺《感讽五首》："南山何其悲，鬼雨洒秋草。……漆炬迎新人，幽圹萤扰扰。"李贺诗的意象和诗语具有一种幽奇冷艳而又浓丽凝重的特色，也不无杜诗的启发和影响，如老杜《郑驸马宅宴洞中》："春酒杯浓琥珀薄，冰浆碗碧玛瑙寒。"李贺《将进酒》："玻璃盅，琥珀浓，小槽滴酒珍珠红。"老杜《题王宰山水图歌》："焉得并州快刀剪，剪取吴松半江水。"李贺《罗浮山人诗》："欲剪湘中一尺天，吴娥莫道吴刀涩。"

（二）

晚唐前期，"诗人多轻元白而崇杜韩"，"这一时期的重要诗人，差不多都受到杜甫的影响"[①]。

李商隐《漫成五章》其二："李杜操持事略齐，三才万象共端倪。集贤殿与金銮殿，可是苍蝇惑曙鸡。"赞扬李、杜诗才之高，感叹李、杜遭谗谤，不能为世所用。李商隐有济世忧民的情怀，自觉地继承了杜甫以时事入诗的作法，反映文宗、武宗、宣宗三朝藩镇割据、宦官专权、经济凋敝、民生涂炭的社会现实，如《行次西郊作一百韵》，写"甘露之变"后长安京郊农村凋敝残破和农民的悲惨处境，在构思和写法上学老杜《北征》，真实叙写与议论、抒情相结合，颇似老杜写战乱的作品。冯浩谓此诗"拟之杜公《北征》，面貌不同，波澜莫二"[②]。李商隐的一些近体诗，如五律《寿安公主出降》、七绝《霸岸》，学老杜关注时事、抒发悲慨的写法，《隋师东》《曲江》《汉宫词》《贾生》等，以咏史、怀古的形式讽喻时事。清人朱鹤龄云："且观其活狱弘农，则忤廉察；题诗九日，则忤政府；于刘蕡之斥，则抱痛巫咸；于丁卯之变，则衔冤晋石；太和东讨，怀积骸成莽之悲；党项兴师，有穷兵祸胎之戒。……此指事怀忠，郁纡激

[①] 罗宗强：《隋唐五代文学思想史》，高等教育出版社2003年版，第229、230页。
[②] 引自《李商隐诗歌集解》，中华书局1998年版，第255页。

切,直可与曲江老人相视而笑矣。"① 李商隐诗深情绵邈的风格,与杜诗之情思沉郁颇为相似。

老杜七律在中唐未受到重视,白居易谓律诗"非平生所尚"(《与元九书》),元稹谓"律体卑庳,格力不扬"(《上令狐相公诗启》)韩愈重古体并致力于此。李商隐学杜,则特别体现在七律的创作上。老杜七律的内容,包含对现实政治的直接描写、巨大现实背景中的身世之感、咏叹史事表现政治内涵三个方面,"杜甫所开创的这一传统,正是在李商隐诗中得到了真正的继承"②。李商隐七律《有感》《重有感》写"甘露之变"这一晚唐大事件和政治惨祸,朱彝尊谓之"用意精严,立论婉挚,少陵诗史又何加焉"③。在艺术方面,李商隐也多方向老杜七律学习,诸如律法的精严,用典的融而不隔,意象的错综跳跃,章法的回环曲折,词语的精工富丽等。方东树《昭昧詹言》卷十九:"玉溪七律,前人谓能嗣响杜公。"管世铭《读雪山房唐诗钞》卷十八《七律凡例》:"善学少陵七言律者,终唐之世,惟李义山一人。"陆崑谓义山七律"可与老杜齐驱,其变化处乃神似,非形似也"④。

杜牧也十分重视和喜爱杜诗。《读杜韩集》一诗云:"杜诗韩笔愁来读,思倩麻姑搔痒处。天外凤凰谁得髓,无人解答合续胶。"(《樊川诗集注》卷二)罗宗强先生云:"杜牧和李商隐之学杜、韩,为其诗歌思想所决定。他们反元白之浅俗,而崇杜、韩之壮大。"⑤ 对于杜诗掣鲸鱼于碧海的壮美风格,杜牧极为倾心,《雪晴访赵嘏街西所居三韵》赞许"少陵鲸海动"。杜牧诗多有感事讽时之作,诸如《郡斋独酌》《李甘诗》《雪中书怀》《杜秋娘诗》《河湟》等,在写法上,也有意效法老杜《北征》《咏怀五百字》等诗叙事、议论、抒情相结合的表现方式,笔力纵横,感慨深沉。

晚唐后期,政治腐败,兵戈扰攘,经济凋敝,士人俯仰苟活于战乱和朋党倾轧之间,士风更加衰败,诗风趋于感伤,或流于退避衰败,鲁迅称

---

① 见《李商隐资料汇编》,中华书局2001年版,第243页。
② 程千帆:《七言诗中的政治内涵》,《被开拓的诗世界》,上海古籍出版社1990年版,第46页。
③ 《李商隐诗歌集解》,中华书局1998年版,第118页。
④ 《李义山诗解凡例》,见刘学锴、余恕诚《李商隐诗歌集解》,中华书局1988年版,第2026页。
⑤ 《隋唐五代文学思想史》,高等教育出版社2003年版,第326页。

之为"一塌糊涂的乱泥塘"。晚唐诗学评论也多流于对诗之字句的考量与分辨,如齐己的《风骚旨格》讲十体十势,徐寅的《雅道机要》讲八势,等等。《蔡宽夫诗话》云:"唐末五代,流俗以诗自名者,多好妄立格法,取前人诗句,议论锋出,甚有狮子跳掷、毒龙顾尾等势,览之使人抚掌不已。大抵皆宗贾岛辈,谓之贾岛格,而于李杜诗特不少假借。……杜子美:'冉冉谷中寺,娟娟林外峰。栏杆更上处,结缔坐来重',目为病格,以为语言突兀,声势寒涩。"李杜此时已不行时,反而遭到挑剔和批评。

然而就是在此种情形之下,还有人依然尊崇杜甫,对杜诗予以很高的评价。司空图在《与王驾评诗》中说:"国初,上好文章,雅风特盛,沈宋始兴,之后杰出于江宁,宏思于李、杜,极矣。"(《司空表圣文集》卷一)裴说《经杜工部坟》:"骚人久不出,安得国风情。拟掘孤坟破,重教大雅生。"罗隐《经耒阳今杜工部墓》:"紫菊馨香覆楚醪,奠君江畔雨萧骚。旅魂自是才相累,闲骨何妨塚更高。騄骥丧来空寒蹶,芝兰衰后长蓬蒿。屈原宋玉临君处,几驾青螭缓郁陶。"(《甲乙集》卷八)杜荀鹤《哭陈陶》:"耒阳山下伤工部。"其《山中寡妇》《题所居村舍》等诗,真实地反映了唐末战乱中农村的凋敝,沉重赋役租税下农民的苦难,是杜诗实录精神的继承与发扬。皮日休《正乐府十篇》《感讽九首》等诗,皆以时事入诗,讽时感世,沉郁深切,与杜诗颇为相似。

唐末至五代时期,在学杜方面,特别值得提出的是韦庄。韦庄对老杜十分崇敬,"生平心仪子美,至以草堂为句,浣花名集。"[①] 韦庄编《又玄集》,收150位诗人之作,以杜甫开端,置于李白前。是书选了老杜五首五言律诗,两首七言律诗。《唐诗纪事》载:韦庄临死时,"诵老杜'白沙翠竹江村暮。相送柴门月色新',吟讽不已。"

韦庄学老杜以时事入诗,写了不少伤时讽世、反映唐末社会战乱相寻、灾难深重的作品。如《闻官军继至未睹凯旋》《过内黄县》《过旧宅》《辛丑年》《又闻湖南荆渚相次陷没》《悯耕者》《汴堤行》等。著名的《秦妇吟》,学习老杜《北征》等以诗写时事,长篇大笔,反映黄巢兵马攻占长安以及此后三年的唐末社会现实,描写了唐王朝土崩瓦解的历史场面,黄巢军与官军烧杀掳掠的暴行,真实地再现了大动乱中民众的苦难、社会的惨象,可以谓之唐末的史诗之作。陈寅恪谓"此诗为

---

① 陈寅恪:《韦庄秦妇吟校笺》,《寒柳堂集》,上海古籍出版社1980年版。

端己平生著作之冠""平生之杰构,古今之至文"①。韦庄感时伤事之作学杜甫,其沉郁的风格亦近似老杜,如《遣忧》《收京》《忆昔》《长安清明》《寄江南逐客》《台城》《燕来》等,颇似老杜笔力,只是不像老杜之雄劲顿挫。

五代时刘昫主持编撰《旧唐书》,为杜甫立传。传中对杜甫家世、生平、仕履有简要明确的记述,对杜甫性格特点亦有记述,如言杜甫在成都浣花溪"种竹植树,结庐枕江,纵酒啸咏,与田夫野老相狎,荡无拘检;严武过时,有时不冠,其傲诞如此"。传中还写了杜甫凭醉戏侮严武一事,不知何据;而以此事即谓杜甫"性褊躁,无器度,恃恩放恣",有失史家立论之允当。对于杜甫的诗学成就,此书则照录元稹所作的杜甫墓志铭。

---

① 陈寅恪:《韦庄秦妇吟校笺》,《寒柳堂集》,上海古籍出版社1980年版。

二　宋初诗学宗尚与尊杜思想的出现

从宋太祖建隆元年（960）宋朝建立，到宋真宗乾兴元年（1022），凡六十余年。历史学家把这一时期称为北宋初期。从总体上说，在宋初这六十多年间，杜诗处于被冷落的状态，散落亡佚现象很严重。王禹偁尊杜，是此期间诗坛上的特例。

（一）

北宋的建立，结束了晚唐五代以来武人作乱的社会祸患，实现了国家的统一，社会秩序稳定，经济逐步恢复和发展。为了巩固政权，宋初就实行偃武修文、崇儒重道的国策，推行加强文治、优待士人的一系列政策与举措。《宋史·文苑传序》说："艺祖（宋太祖赵匡胤）革命，首用文吏而夺武臣之权。宋之尚文，端本乎此。太宗、真宗，其在藩邸，已有好学之名；及其即位，弥文日增。"这一国策的推行，为宋代文化建设创造了良好的条件和环境。但是，文化建设不可能一蹴即就。宋初天下甫定，文化建设需要有一个恢复、培育、积累的过程。苏轼《六一居士集叙》："宋兴七十余年，民不知兵，富而教之，至天圣、景祐极矣，而斯文终有愧于古。"

牛运震《五代诗话序》云："五代之乱极矣，政纪解散，才士陵夷，干戈纷攘，文艺阙如。即诗歌间有之，亦多比于浮靡噍杀，嗷然亡国之音者皆是也，乌睹所谓风雅者乎？"而在尚文政策的推动下，随着经济、政治局面的逐步稳定，宋代诗歌也开始复兴和发展。这一时期的诗坛，先后流行的是所谓"宋初三体"，即白体、昆体、晚唐体：

宋划五代旧习，诗有白体、昆体、晚唐体。白体如李文正（昉）、徐常侍昆仲（徐铉、徐锴）、王元之（禹偁）王汉谋（奇）。昆体则有杨（亿）刘（筠）《西昆集》传世，二宋（庠、祁）、张乖崖（咏）、钱僖公（惟演）丁崖州（谓）皆是。晚唐体则九僧最逼真，寇莱公（准）鲁三江（交）、林和靖（逋）、魏仲先父子（野及子闲）、潘逍遥（阆）、赵清献（抃）之祖（湘），凡数十家，深涵茂育，气势极盛。（方回《送罗寿可诗序》）

白体作为宋代最初出现的诗歌流派，其作者是由五代入宋的一批文人，其中最著名的有徐铉（南唐）、李昉（后周）、宋白、杨徽之、张洎、王祐等。《蔡宽夫诗话》云："国初沿袭五代之余，士大夫皆宗白乐天诗。"宋初白体诗人主要学白居易的闲适诗与唱和之作，以诗歌功颂德，粉饰升平，取悦君王；或者互相唱和，表达闲适优游的心境和消遣时日的文人情趣。白居易的闲适诗，语言通俗浅切，流露着知足保和的士大夫情趣，自晚唐五代以来就最为流行。宋初白体的盛行，正是五代诗风的延续。苏颂《小畜外集序》云："窃谓文章末流，由唐季涉五代，气格摧弱，沦于鄙俚。国初屡有作者，留意变风，而习尚难移，未能复雅。"（《苏魏公文集》卷六十六）

宋真宗时期，"晚唐体"与"西昆体"取代"白体"成为诗坛的主流诗体。晚唐体起于宋太宗时期，稍早于西昆体。西昆体兴起于真宗景德年间。

晚唐体的主要诗人除寇准外，都是在野的文人和诗僧。宋初统治者为了笼络士人而表彰山林隐逸，提倡老庄的清净无为，追求清净闲适的心境成为士大夫的一种时尚。他们在创作上承继五代宗奉贾岛、姚合的诗风，以清苦为尚，在作品中抒写清淡闲逸的思想情趣和遗落世事的孤洁情怀，境界比较狭窄，追求一种精工清莹的审美风格。

西昆体则以李商隐为诗学榜样，一反白体的浅俗，重视藻饰雕琢，倡导使事用典，追求华美典赡的风格。《四库全书提要》说："（西昆体）大致宗法李商隐，而时际升平，春容典赡，无唐末五代衰飒之气。"欧阳修《六一诗话》云："杨大年与钱、刘数公唱和，自西昆集出，后进学者争效之，风雅一变"，"由是唐贤诸诗集几废而不行"。西昆体"大略效李义山之为丰富藻丽，不作枯瘠语"（葛立方《韵语阳秋》卷二）。龚鹏程在

《江西诗社宗派研究》中说，西昆体"实正反映宋初之时代精神。盖宋承五代极敝之后，混一寰宇，开国气象，当不同于蕞尔割据之邦；和平熙攘，亦自有异于兵戈横决、人怀苟且之世。此一时代气息，表现于典章文物之间，诗文即其一端。苏舜钦《石曼卿集序》云：'国家祥符中，民风豫而泰，操笔之士，率以采藻为胜'"①。西昆体流行宋初诗坛达四十年之久。

《文心雕龙·时序》云："文变染乎世情，兴衰系乎时序。"时移事迁，文质代变。所谓"蔚映十代，辞采九变，质文沿时，崇替在选"。这种变化需要相当的时日和各种因缘际会。范仲淹《唐异诗序》说："皇朝龙兴，颂声来复。大雅君子，当抗心于三代。然九州之广，庠序未振；四始之奥，讲议盖寡。其或不知而作，影响前辈，因人之尚，忘己之实。吟咏性情而不顾其分，风赋比兴而不观其时。故有非穷途而悲，非乱世而怨。华车有寒苦之述，白社为骄奢之语。学步不至，效颦则多。以致靡靡增华，憎憎相滥。"（《范文正集》卷六）宋初学白居易，学贾岛、姚合，学李商隐，也不是完全没有好的作品，但是，范仲淹所说的"影响前辈，因人之尚，忘己之实""学步不至，效颦则多"，确是基本事实。宋初"三体"是对唐诗传统的继承与发扬，其选择的具体对象有其时代的士风、眼界、审美风尚、诗学潮流等历史的原因，然就创制具有自己的审美范式、审美风貌的有宋一代诗歌来说，其选择的榜样却不能承当如此重任，承继者们对传统改造生新的能力也不足，所以，宋初半个多世纪的诗歌创作，尚未形成自己时代的个性与面目，基本上是唐诗遗风的延续。而其延续时间之长，影响的广泛，表明了传统在宋诗中的作用特别突出，反映出古典诗歌积累的厚重与突破之难。

在宋初这六十多年间，杜诗处于被冷落的状态，散落亡佚现象很严重。白体流行时，徐铉、李昉、宋白、杨徽之等当时文坛巨擘，都不曾提及杜甫。晚唐诗派的审美崇尚也与杜诗迥然异趣，林逋《和皓文二绝》其一云："李杜风骚少得朋，将坛高筑竟谁等？林萝寂寂湖山好，月下敲门只有僧。"可以说明晚唐派对杜甫的隔膜。西昆体的领袖杨亿最崇拜和赞美的是李商隐，"不喜欢老杜诗，谓之'村夫子语'"（刘攽《中山诗话》）。苏舜钦于景祐三年所写的《题杜子美别集后》云："（杜诗）盖不

---

① 龚鹏程：《江西诗社宗派研究》，台北文史哲出版社1983年版，第150页。

为近世所尚，坠佚过半。"王洙《杜工部集记》（1039）提到："甫集初为六十卷，今秘府所藏，通人家所有称大小集者，皆亡逸之余。"

（二）

王禹偁（954—1001）是宋初异乎时流而对杜诗予以高度评价的诗人。吴之振《宋诗钞》之《小畜集钞序》云："元之独开有宋风气，于是欧阳文忠公得以承流接响。文忠之诗，雄深过于元之，然元之固其滥觞也。穆修、尹洙为古文于人所不为之时，元之则为杜诗于人所不为之时。"王禹偁是有宋一代尊杜与学杜诗潮的先驱者。

王禹偁是后期白体诗人中的代表人物，他也写过"春来春去何时尽，闲愁闲恨触处生"（《清明独酌》）之类句弱格俗的诗。但是，他是一位社会责任感极强的人，崇尚儒学关于"士志于道"的担当意识，具有致君尧舜的政治抱负和仁政爱民的政治理想。他早年所写的《吾志》一诗说："吾生非不辰，吾志复不卑，致君望尧舜，学业根姬孔。"[①] 他在仕途中虽屡遭贬谪，但始终关心国家命运和民生疾苦。其学白，也与李昉、徐铉等早期白体诗人有所不同，并不仅仅局限于学白居易闲适诗和唱酬诗，同时也注意白居易关心社会现实与民生疾苦的讽喻诗，其早期就写出了《对雪》一类反映民生疾苦的作品。对当时文坛颓靡纤丽之风，王禹偁予以尖锐批评："可怜诗道日已衰，风骚委地无人收。"（《还扬州许书记家集》）"咸通以来，斯文不竞，革弊复古，宜有所闻。"（《送孙何序》）忧国忧民的思想情怀和尊崇儒家诗教传统的诗学思想，使其与杜甫精神相通。王禹偁作有《甘菊冷淘》诗，实是受老杜《槐叶冷淘》之启发，写自己冷淘甘菊以食之，其中云："子美重槐叶，直欲献至尊。起予有遗韵，甫也可与言。"

贬官商州，是王禹偁注意学杜之始。其《赠朱严》一诗说："谁怜所好还同我，韩柳文章李杜诗。"淳化四年（993）谪居后作《寄题陕府南溪兼简孙何兄弟》："篇章取李杜，讲贯本姬孔，古文阅韩柳，时策闻晁董。"明确地表达了尊杜与学杜之意。《蔡宽夫诗话》记载：

[①] 此文所引王禹偁诗文皆出于《小畜集》。

元之本学白乐天，在商州曾赋《春居杂兴》云："两株桃杏映篱斜，妆点商州刺史家。何事春风容不得，和莺吹折数枝花。"其子嘉祐云"老杜尝有'恰似春风相欺得，夜来吹折数枝花'之句，语颇相近，因请易之。"王元之忻然曰："吾诗精诣，遂能暗合子美邪？"更为诗曰："本与乐天为后进，敢期子美是前身"卒不复易。

王禹偁《春居杂兴》共二首，其子说的是第二首化用老杜诗句。其实此诗的第一首即"春云如兽复如禽，日照风吹浅又深。谁道无心便容与，亦同翻覆小人心"也化用了杜甫诗句。第一句化用老杜《可叹》一诗："天上浮云似白衣，斯须改变如苍狗。"第四句化用老杜《贫交行》一诗："翻手作云覆手雨，纷纷轻薄何须数。"从艺术上看，王禹偁的这两首诗也算不得出色，王禹偁本人也不见得就不能认识到这一点；其子指出此诗与老杜相类而他"忻然"，"喜而作诗聊以自贺"，不过表明老杜才是他心目中的诗学典范。王禹偁对杜诗价值有深刻的认识，他在《日长简仲咸》一诗中说："子美集开诗世界"，强调杜诗的开拓创新意义。钱锺书云："以前推崇杜甫的人都说他能够集大成，综合了过去作家的各种长处，例如元稹《杜工部员外郎杜君墓系铭》说：'小大之所总萃'，'尽得古今之体势'；王禹偁注重杜甫'推陈出新'这一点，在《日长简仲咸》那首诗里，用了当时算是很创辟的语言来歌颂杜甫开辟了诗的领域：'子美集开诗世界'。"[1]

贬谪商州，是王禹偁在创作上自觉学杜时期。《酬种放征君》是一长篇五古，写法上学老杜《北征》，以自己被贬离京而走商洛的行程为线索，将写景、叙事、议论、抒情相结合，表现了对被遣逐遭遇的痛苦和不平，对隐者种放高士情怀的赞美，以及企慕归隐的强烈愿望。其《五哀诗》则效法杜甫《八哀诗》，歌颂王祐、高锡、郑起、郭忠恕、颍贽等人的功业、人格、学问，为这些人立传。《谪居感事》学杜甫自传体的长诗《壮游》的章法布置和字句锤炼，写出了自己的人生道路、理想追求、挫折困苦、心路历程。

王禹偁写了不少反映民生疾苦的诗。如《秋霖二首》《对雪示嘉祐》《感流亡》等。《感流亡》是这方面的代表作：

---

[1] 钱锺书：《宋诗选注》，人民文学出版社1958年版，第5页。

谪居岁云暮，晨起炊无烟。赖有可爱日，悬在南荣边。春春已数丈，和暖如春天。门临商于路，有客憩檐前。老翁与病妪，头鬓皆皤然。呱呱三儿泣，茕茕一夫鳏，遗粮无斗粟，路费无百钱，聚头未有食，颜色颇饥寒。试问何许人，答云家长安，去年关辅旱，逐熟入穰川。妇死埋异乡，客贫思故园。故园虽孔迩，秦岭隔蓝关，山深号六里，路峻名七盘。襁负且乞丐，冻馁复险难，唯愁天雨雪，僵死山谷间。我闻斯人语，倚户独长叹：尔为流亡客，我为冗散官，左官无俸禄，奉亲乏甘鲜。因思筮仕来，倏忽过十年。峨冠蠹黔首，旅进长素餐，文翰皆徒尔，放逐固宜然。家贫与亲老，睹尔聊自宽。

此诗采取老杜"三吏三别"、《羌村》等诗的写实手法，表现贫民饥寒交迫的惨状，并将其与自己的境况加以对比，表现了己饥己溺的情怀良知和对民生苦难的悲悯同情，是杜诗现实主义精神的发扬。沈德潜《唐诗别裁》凡例云："苏李十九首以后，五言所贵，大半优柔善入、婉而多风。少陵才力标举，篇幅恢宏，纵横挥霍，诗品又一变矣。要其为国爱君，感时伤乱，忧黎元，希稷契，生平种种抱负，无不流露于楮墨中，诗之变，情之正也。"王禹偁此诗篇幅恢弘，一韵到底，叙写铺陈始终，又时而以偶句约束之，结尾则议论纵横，都显示出学习老杜五古的特色。

受王禹偁的影响，当时以古文写作而著名的孙何、孙仅兄弟也尊崇杜甫，对杜诗予以极高的评价。

孙何的《文箴》一文肯定杜甫在唐诗史上扭转乾坤、统率群伦的重要地位。江左文章衰败，"奕奕李唐，木铎再扬""续典绍谟，韩领其徒；还雅归颂，杜统其众"。其《读杜子美集》一诗对杜甫的诗学成就做出了高度评价：

世系留唐史，丘封寄耒山。高明落身后，遗集出人间。逸气应天与，淳风自我还。锋芒堪定羁，徽墨可绳奸。进退三军令，回旋六马闲。楚辞休独步，周雅合重刊。李白从先达，王维亦厚颜。庖丁尽馀刃，羿彀肯虚弯。圣域分上下，天枢夺要关。逍遥登禁闼，偃蹇下尘寰。丽思苏幽蛰，神功凿险艰。语成新体句，才折好官班。谁氏传轩冕，何人得佩环。朱弦本疏越，黄鸟浪绵蛮。元白词华窄，钱郎景象悭。蜀峰愁杳杳,湘水恨潺潺。子欲探骊颔,吾思撷虎斑。毛锥应颖脱,燕石竟疏顽。已袭兰兼菊,无嫌蓟与菅。二南如有得,高躅愿攀援。

孙何所谓"元白词华窄,钱郎景象悭",是有很强的现实针对性的。前一句批评的是当时白体诗人效法的诗学典范,后一句是批评晚唐五代以来特别推崇的钱起、郎士元的诗作。"楚辞休独步,周雅合重刊",是他对杜诗的历史地位的认定。在宋代杜诗学中,孙何的观点是值得注意的。

孙仅是宋代编辑杜诗的第一人①,其《读杜工部诗集序》充分肯定了杜诗在诗歌史上的重大意义:

中古而下,风若周、骚若楚、文若西汉,咸角然天出,万世之横轴也。后之学者,瞽实聋正,不守其根而好其枝叶,由是日诞月艳,荡而莫返。曹、刘、应、杨之徒唱之,沈、谢、徐、庾之徒和之,争柔斗葩,联组擅绣,万钧之重,烁为锱铢,真粹之气,殆将灭矣。自夫子之为也,剔陈梁、乱宋齐、抉晋魏,潴其淫波,遏其烦声,与周、楚、西汉相准的。其复邈高耸,则若凿太虚而噭万籁;其驰骤怪骇,则若仗天策而骑箕尾;其首截峻整,则若俨钩沉而界云汉。枢机日月,开阖雷电,昂昂然神其谋、挺其勇、握其正,以高视天壤,趋入作者之域,所谓真粹气中人也。公之诗支为六家:孟郊得其气焰,张籍得其简丽,姚合得其清雅,贾岛得其奇僻,杜牧薛能得其豪健,陆龟蒙得其赡博,皆出公之奇偏尔,尚轩轩然自号一家,爀世烜俗。后人师拟不暇,矧合之乎!风骚而下,唐而上,一人而已。是知唐之言诗,公之余波及尔。(《草堂诗笺·传序碑铭》)

就对杜诗的认识来说,二孙重申了韩愈、元稹对杜甫的评价,对杜甫在诗歌发展史上的贡献和地位做了充分的肯定。孙仅所谓杜诗"支为六家",虽非笃论,刘克庄即云:"此数语亦近似。但郊谓之得杜气骨可也,乌有所谓气焰哉?能诗非牧比,不可并称。龟蒙非甚赡博,亦道不着。"(《后村诗话》)但孙仅谓杜甫"风骚而下,唐而上,一人而已",突出杜

---

① 王洙《杜工部集序》提到孙仅所编杜集,注中标明"孙仅一卷"。

甫，与韩愈之李杜并尊已不同。二孙在杜诗被忽视的时代重提与推尊杜诗的思想艺术价值，肯定杜甫在文学史上的崇高地位，也应视为宋人尊杜的先驱人物。

王禹偁尊杜，在当时影响有限。王禹偁卒于咸平四年（1001），其时西昆体开始盛行。杜诗仍不为当时所重。穆修独尊韩愈，其《唐柳先生集后序》云："唐之文章，初未去周隋五代之气。中间称得李杜，其才始用为胜，而号雄歌诗，道未极浑备。至韩柳氏起，然后能大吐古人之文，其言与仁义相华实而不杂。"（《河南穆公集》卷二）穆修编辑、刊行韩愈、柳宗元集，以与西昆体相抗。姚铉编《唐文粹》，成书于大中祥符四年（1011），姚铉在序言中说："有唐三百年，用文治天下。陈子昂起于庸蜀，始振风雅，由是沈、宋嗣兴，李杜杰出；六艺四始，一变至道。"但《唐文粹》只选了老杜古体诗。在宋初，尊杜还只是个别诗人的行为，是诗坛的一股细流。但是，它反映了当时诗学思潮正发生着缓慢的变化。

三　天圣庆历时期的崇韩与尊杜

从宋仁宗天圣元年（1023）到哲宗元祐八年（1094），是为北宋中期，前后大约六十年。在此期间，尊杜与学杜逐渐成为有宋一代的主要诗学潮流和重要社会文化风气。叶适说："庆历、嘉祐以来，天下以杜甫为师。始绌唐人之学，而江西诗派彰焉。"（《徐斯远文集序》，《叶适集》卷十二）叶适这一概括过于简略笼统。天圣、庆历时期，是尊杜思潮的兴起，文坛的主潮是尊韩；嘉祐时期，尊杜才成为诗坛的共识，出现"天下以杜甫为师"的热潮，并一直持续到熙宁、元丰、元祐年间，前后约四十年。而江西诗派的兴盛，则在元祐之后。

（一）

北宋中期，社会经济已经有了很大的发展，宋初以来实行的重视士人的政策，在社会上造成了一个庞大的文士阶层，宋代社会进入了鼎盛时期。与此同时，北宋的社会政治经济问题也逐渐暴露出来。《资治通鉴》卷三十六描述当时社会情形云："承平既久，户口岁增，兵籍益广，吏员益众。佛老塞外，耗蠹中土，县官之费，数倍于昔，百姓亦稍纵侈，而上下始困于财矣。"统治阶层的腐败现象，辽与西夏的侵扰，国防与财政的困难和危机，引起许多有识之士的关切和忧虑。陈亮说："方庆历、嘉祐，世之名士常患法之不变也。"（《铨选资格》，《龙川集》卷十一）士大夫中的一些精英人物看到社会的种种弊端，感到社会危机的严重，希望改善政治，兴利除弊，以解决日益严重的社会问题。宋仁宗亲政后，改良政治、补偏救弊成为朝野上下的共识，范仲淹所倡导的以"明黜陟、抑侥幸、精贡举、择官长、均公田、厚农桑、修武备、减徭役、覃恩信、重命令"(《答手诏条陈十事》,《宋史纪事本末》卷五)为目标的庆历新政就发生于此期间。

与改革时弊的政治诉求相适应,建立适应社会长治久安的意识形态,以伦理道德的广泛深化改变社会风气,克服社会矛盾,是当时的迫切需要。儒学复兴和经世致用的文化思潮在仁宗天圣、庆历时期不断高扬。这一时期,士大夫政治热情空前高涨,文人担当精神与忧患意识普遍增强。庆历新政领袖人物范仲淹倡导改革的远见卓识和具体方案,他所倡导的"先天下之忧而忧,后天下之乐而乐"的胸怀和精神,"求民疾于一方,分国忧于千里"(《邓州谢上表》,《范文正集》卷十七)的责任担当,对于宋代知识分子影响巨大。陈傅良《温州淹补学田记》云:"范子始与其徒抗之以名节,天下靡然从之。"(《止斋先生文集》卷三十九)朱熹云:"本朝惟范文正公振作士大夫之功为多。"(《朱子语类》,一二九条)史称"一时士大夫矫厉尚风节,自仲淹倡之。"(《宋史》卷三一四《范仲淹传》)庆历革新的另一重要人物欧阳修通过编纂史籍、品评人物来褒扬名节。他著《朋党论》,倡导士人"所志者道义,所行者忠信,所惜者名节。以之修身,则同道而相益;以之事国,则同心而语"。苏轼《六一居士集叙》:"宋兴七十余年,民不知兵,富而教之,至天圣、景祐极矣,而斯文终有愧于古。士亦因陋守旧,论卑而气弱。自欧阳子出,天下争自濯磨,以通经学古为高,以救时行道为贤,以犯颜纳说为忠,长育成就,至嘉祐末,号称多士,欧阳子之功为多。"(《苏轼文集》卷十)陈寅恪《赠蒋秉南序》:"欧阳永叔少学昌黎之文,晚撰《五代史记》'作义儿冯道'诸传,贬斥势力,尊崇气节,遂一匡五代之浇漓,返之纯正。故天水一朝之文化,竟为我民族之瑰宝。"[①]太宗、真宗时期,五代时期形成的颓靡士风,尚未彻底改变,许多士人沉迷佛道,明哲保身,慕求荣利,到仁宗朝,变为皈依儒家,崇尚气节,逐渐形成普遍风气。《宋史·忠义传序》概述了仁宗朝士风的这一变化:

　　士大夫忠义之气,至于五季,变化殆尽。宋之初兴,范质、王溥犹有余憾,况其它哉!艺祖首褒韩通,次表卫融,足示意向。厥后西北疆场之臣,勇于死敌,往往无惧。真、仁之世,田锡、王禹偁、范

---

① 陈寅恪:《寒柳堂集》,上海古籍出版社1982年版,第162页。

仲淹、欧阳修、唐介诸贤以直言谠论倡于朝，于是中外荐绅以名节相高，廉耻相尚，尽去五代之陋也。

这种品格气节，包括内在的伦理德操和人格修为，也包括向外发扬的忧国忧民的忧患意识和人道情怀。余英时说："'以天下为己任'可以视为宋代'士'的一种集体无意识，并不是极少数理想特别高远的士大夫所独有。"① 士人超越个人利害的理想情怀和忧患意识普遍增强，文学的社会使命得到进一步强调，人文精神进一步高扬，奠定了有宋一代尊杜学杜的文化与文学思想的社会基础。

范仲淹不但是政治革新的倡导者和领袖，而且具有除旧布新、建立本朝文学的宏大愿望和强烈自觉。他与欧阳修等人为重建本朝文学精神做出了极大的努力。天圣三年（1025），范仲淹上《奏上时务书》，奏请改革文风。天圣四年（1026），范仲淹作《唐异诗序》，批评有宋开国以来文学风气的弊端："其或不知而作，影响前辈，因人之尚，忘己之实。吟咏性情而不顾其分，风赋比兴而不观其时。"倡导"大雅君子，当抗心于三代"，希望诗歌创作能复"国风之正"，符合时代的需要。欧阳修天圣八年（1030）进士及第，也开始倡导诗文革新。尊杜观念正是随着诗文革新而逐渐发展起来的。

天圣、庆历时期，革新潮流与儒学复兴运动紧密相连。韩愈是宋人复兴儒学所举起的大旗，尊韩学韩之声最高，韩愈之文受到极大的推崇。仁宗时期，甚至出现"学者非韩不学也"② 的局面。钱锺书《谈艺录》"宋人论韩昌黎"条云："韩昌黎之在北宋，可谓千秋万岁，名不寂寞者矣。欧阳永叔尊之为文宗，石徂徕列之于道统。要或就学论，或就艺论，或就人品论，未尝概夺而不与也。"③ 与韩文相比，韩诗的影响虽然相对弱一些，但崇韩也是庆历诗坛上的主要潮流。庆历时期的文坛领袖欧阳修标举韩愈作为诗文之典范，其《六一诗话》云："退之笔力，无施不可，而尝以诗为文章末事，故其诗曰：'多情怀酒伴，余事作诗人'也。然其资谈笑，叙人情，状物态，一寓于诗，而曲尽其妙。此在雄文大手，固不足

---

① 余英时：《朱熹的历史世界》，三联书店2004年版，第219页。
② 欧阳修：《记旧本韩文后》，《欧阳文忠集》卷七十三。
③ 钱锺书：《谈艺录》，中华书局1984年版，第62页。

论，而余独爱其工于用韵也。盖其得韵宽，则波澜横溢，泛入旁韵，乍还乍离，出入回合，殆不可拘以常格，如《此日足可惜》之类是也。得窄韵，则不复旁出，而因难见巧，愈险愈奇，如《病中赠张十八》之类是也。"宋诗在天圣、庆历时期逐渐形成自己的面目，而这一变化从学韩开始，学韩是第一步。叶燮《原诗》云："韩愈为唐诗一大变，其力大，其思雄，崛起特为鼻祖。宋之苏（舜钦）、梅（尧臣）、欧阳修、苏轼、王安石、黄庭坚，皆愈为之发起端，可谓极盛。"赵翼《瓯北诗话》云："以文为诗，自昌黎始，至东坡益大放厥词，别开生面，成一代之大观。"韩愈是唐学向宋学过渡的关键人物，也是宋人由唐音转向宋调的关键人物。

随着诗文革新潮流的发展，尊杜的思潮逐渐兴起。庆历时期学韩，主要是学韩愈的以文为诗，"以散文的笔法、句法、字法入诗，在内容上则表现为叙事成分和议论成分的加重"[①]。韩愈本人是尊杜的，韩诗的以文为诗，其特征和手法也是由杜甫导夫先路的。叶燮《原诗》云："从来论诗者，大约伸唐而绌宋。有谓唐人以诗为诗，主性情，于三百篇为近。宋人以文为诗，主议论，于三百篇为远。何言之谬也。唐人诗之有议论者，杜甫是也。杜五言议论尤多，长篇如《赴奉先县咏怀》、《北征》及《八哀》等作，何首无议论？而独以议论归宋人，何欤？如言宋人独以文为诗，则李白乐府长短句，杜甫前后《出塞》及《潼关吏》等篇，其中岂无似文之句？为此言者，不但未见宋诗，并未见唐诗。"胡小石说："以诗描写时事的受历史化，以诗输入议论的受散文化，善于描写时事而融化散文风格的，不能不推子美为第一人。"[②] 尊韩与尊杜并非势同冰炭，而是兼容的。诗文革新运动的主要人物在尊韩的同时，又是尊杜的。清人宋荦《漫堂说诗》云："仁宗时欧阳修、梅尧臣、苏舜钦，谓之欧梅，亦称苏梅，诸君多学杜、韩。"这种看法是符合实际的，只是将学杜置于学韩之前，则不准确。当时，学韩还是主要的。天圣、庆历时期士风的转变，爱国热忱、忧患意识、进步的社会理想和健全的人生理念以及艺术旨趣，使得当时的优秀士人与杜甫有着愈来愈强烈的共鸣，在尊韩之同时，杜诗也开始广泛流传并且愈来愈受到重视。

[①] 王水照：《北宋洛阳文人集团与宋诗新貌的孕育》，《王水照自选集》，第182—183页。
[②] 《李杜诗之比较》，《胡小石论文集》，上海古籍出版社1982年版，第113页。

（二）

对于杜甫，庆历时期的文坛领袖欧阳修予以很高的评价，其《堂中画像探题得杜子美》诗云：

> 风雅久寂寞，吾思见其人。杜君诗之豪，来者孰比伦。生为一身穷，死也万世珍。言苟可垂后，士无羞贱贫。

《感二子》诗云：

> 昔时李杜争横行，麒麟凤凰世所惊。二物非能至太平，须时太平然后生。开元天宝物盛极，自此中原疲战争。英雄白骨化黄土，富贵何止浮云轻。唯有文章烂日星，气凌山岳常峥嵘。

对杜诗的艺术成就，欧阳修也是赞赏的。《六一诗话》记载了陈从易与诸人斟酌填补杜诗脱字的故事：

> 陈公时偶得杜集旧本，多脱误，至《送蔡都尉》诗云"身轻一鸟"，其下脱一字。陈公因与数客各用一字补之，或云疾，或云落，或云起，或云下，莫能定。后得一善本，乃是"身轻一鸟过"。陈公叹服，以为虽一字，诸君亦不能到也。

这是宋人中最先从用字方面肯定和赞赏杜诗语言之精妙的，欧阳修开宋人探求老杜用字之妙的风气，绵延两宋乃至影响后来，成为杜诗学的一个重要课题。

但是，欧阳修更崇尚韩愈和李白，其《赠王介甫》云："翰林风月三千首，吏部文章二百年。"欧阳诗受韩、李诗影响很大。吴之振《宋诗钞》云："其（欧阳修）诗如昌黎，以气格为主。"刘熙载《艺概》云："东坡谓欧阳公'论大道似韩愈，诗赋似李白'。然试以欧诗观之，虽曰似李，其刻意形容处，实与韩为逼近耳。"在总体评价上，欧阳修认为李白高于杜甫："杜甫于李白，得其一节而精强过之；至于天才自放，非甫可到也。"(《笔说》,《欧阳文忠公集》卷一二九)在尊杜成为宋代诗坛普遍持久的热潮后,欧阳修对待杜甫的态度为宋人所不满,认为"欧贵韩而不悦子美,所不可晓"(刘攽《中山诗话》)。也有人为欧阳修辩护,证明欧阳修是尊崇杜甫的。陈岩肖《庚溪诗话》云:"世谓六一居士不好读少陵诗,观《六一诗话》载:'陈从易舍人初得杜集旧本,多脱误。其《送蔡都尉》诗云"身轻一鸟"其下脱一字。陈公与数客各用一字补之:或云疾,或云落,或云起,或云下,莫能定。其后得善本,乃"身轻一鸟过"。陈叹服,以为虽一字,诸君不能到也。'又曰:唐之晚年,无复李杜豪放之格,但务以精意相高而已。又《集古目录》曰:秦峄山碑非真,杜甫直谓'枣木传刻'尔。杜有《李潮八分小篆歌》云:'峄山之碑野火焚,枣木传刻肥失真'故也。六一于杜诗,既称其虽一字人不能到,又称其格之豪放,又取之以证碑刻之真伪,讵可谓六一不好之乎?后人之言,未可信也。"(《庚溪诗话》卷上)对照欧阳修关于杜诗的言论,陈岩肖的辩护是有根据的。但陈岩肖谓欧阳修对杜诗是"好之"者,则不甚确切。推重和喜好并不完全是一回事。文人对前代作品和文学资源的汲取接受,与其所处的时代、环境、地域有关,也与个人的经历、审美理想和审美趣味有关。张戒《岁寒堂诗话》卷上说:"欧阳公诗,专以快意为主。"《石林诗话》说:"欧阳文忠公始矫昆体,专以气格为主,故其言多平易流畅。律诗意所到处,虽语有不伦,亦不复问。"欧阳修与韩愈、李白在审美理想与审美趣味上更为接近,其诗也主要学韩、李。

(三)

梅尧臣、苏舜钦是庆历时期的代表性诗人,是与欧阳修一道进行文学革新的朋友。刘克庄说:"本朝推宛陵为开山祖师。宛陵出,然后桑濮之哇淫稍熄,风雅之气脉复续,其功不在欧、尹下。"(《后村诗话》卷二)清人叶燮云:"开宋诗一代之面目者始于梅尧臣、苏舜钦二人。……自梅、苏尽变昆体,独创生新。"(《原诗·外篇下》)

梅尧臣推崇杜诗,《依韵和王介甫兄弟舟次芜江怀寄吴正仲》一诗云:"少陵失意诗偏老。"这是宋人以"老"称许杜诗之始。梅尧臣论诗,同时标举李白、杜甫和韩愈。《读邵不疑诗卷》云:"既观坐长叹,后想李杜韩,愿执戈与戟,生死事将坛。"(《梅尧臣集编年校注》)其《答张子卿秀才》云："摩拂李杜光，诚与日月斗。退之心伏降，安得此孤陋。"（同上）梅尧臣关心时政，关心民生疾苦，主张诗歌创作应做到"因事有所激，因物兴以通"，其诗不但反映当时朝政大事，抨击邪恶势力，而且尖锐地揭露贫民百姓的生活惨状，如《汝坟贫女》《田家语》等。程千帆先生论及梅尧臣《田家语》《汝坟贫女》等作品时说："杜甫、元结那些充满了对人民的爱，语言又非常朴实的咏叹时事的篇章，显然是梅尧臣这类作品所取法的。"①

苏舜钦是宋代最早的杜集整理者之一，对杜诗辑佚整理有着重要贡献。他对杜诗"不为近世所尚，坠遗过半"，十分"痛闷"。鉴于杜诗遗失甚多，"又未经学者编辑，古律错乱，前后不伦"，天圣末年，他参照韩综得之于民间的《杜工部别集》，对旧集加以整理。景祐初，又从王纬处得到一本杜集，从中摘出杜诗八十余首。景祐三年，他把自己整理所得的杜诗编成《老杜别集》。苏舜钦还根据所得的杜诗《大历三年白帝城放船出瞿塘将适江陵》《大历五年追酬高蜀州见寄》以及《大历二年调玉烛》，纠正了《旧唐书》本传关于杜甫卒于永泰二年之说。

苏舜钦称赞杜诗"豪迈哀顿"（《题杜子美别集后》，《苏舜钦集》卷一三），苏舜钦诗表现了和杜诗极为相似的、炽热的忧国忧民的情怀。《有客》诗云："有客论时事，相看各惨然。蛮夷杀郡将，蝗蝻食民田。萧瑟心空远，徘徊志自怜。何人同国耻，馀愤落樽前。"（《苏舜钦集》卷六）《吾闻》诗云："予生虽儒家，气欲吞逆羯。斯时不见用，感叹肠胃热。"（《苏舜钦集》卷二）《大雾》诗云："安得壮士翻白日，光照万里销我之沉忧。"（《苏舜钦集》卷一）《感兴》诗云："惜哉共俭德，乃为侈所蛊。痛乎神圣姿，遂与夷为侣。苍生何其愚，瞻叹走旁午。贱子私自嗟，伤时泪如雨。"（同上）从这些诗的措辞用语方面，依稀可以看到学杜之痕迹。苏舜钦的《庆州败》《城南感怀呈永叔》《寄富彦国》等古体长篇，夹叙夹议，与老杜之古体长篇颇为相近。苏舜钦在苏州居住时，还曾学习老杜七律之吴体。老杜以后，只有皮日休和陆龟蒙的唱和诗中用过吴体，苏舜钦则是黄庭坚之前宋人中学老杜吴体者。刘克庄云："苏子美歌行雄放于圣俞，轩昂不羁，如其为人。及蟠曲为吴体，则极平夷妥帖。"（《后村诗话》前集卷二）

---

① 程千帆：《两宋文学史》，上海古籍出版社1991年版，第66页。

苏、梅二人的诗，对杜诗艺术技巧和语言者有所仿效，如梅尧臣《春日拜垄经田家》中"南岭禽过北岭叫，高田水入低田流"诗句，是仿效老杜《曲江对酒》中"桃花细逐杨花落，黄鸟时兼白鸟飞"当句对的句法。苏舜钦《秋宿虎丘……》中"峡束苍渊深贮月，岩排红树巧装秋"句是点化老杜《秋日夔府咏怀一百韵》中"峡束沧江起，岩排古树圆"一句，但苏、梅学杜，着眼的主要方面是杜诗的诗学精神，而不是杜诗的艺术技巧。庆历诗风形成，从诗学渊源上说，主要有李、杜、韩三家的影响，在诗歌的艺术形式方面，韩愈的影响最大。杜甫的影响主要是关心现实、系心民生疾苦的诗学精神。杜甫在诗歌史上的影响，一种是直接的，即后世诗人直接从杜诗中汲取思想与艺术营养；另一种是后世诗人在学习受杜甫深刻影响的诗人过程中，间接汲取了杜诗所创造的诗学范式的某种成分或因素。庆历诗人学韩，也从韩愈那里受到杜诗某些审美因素的间接影响，这也是杜甫诗学传承的一个值得注意的现象。

（四）

这一时期，杜诗学史上的一件大事就是王洙《杜工部集》的编辑成书。仁宗宝元二年（1039），王洙搜集各种杜集共29卷，除其重复，编成《杜工部集》20卷，其中文二卷，共29篇；诗18卷，分古、近体两类，每类以年月先后编次，共1405首。王洙对杜诗的编辑整理，结束了晚唐五代以来杜诗零落散佚的状态，其收杜诗总数，与现存杜诗1458首，只差50余首。宋初以来，人们面对的杜诗，是残缺的、凌乱的白文，还有唐人对他的一些解读和阐述的片段言论，王洙本杜诗结集的出现，结束了这种局面。晁说之赞颂王洙是宋初以来诗学上的"真识者"："本朝王元之学白公，杨大年校之，专尚李义山；欧阳公又矫杨而归韩门，而梅圣俞则法韦苏州者也。实自王原叔始勤于工部之数集，定着一本，悬诸日月矣。"[①] 晁公武《郡斋读书志》卷四云："本朝自王原叔以后，学者喜学杜诗。"王洙为杜诗在宋代的流传、研究、尊杜思潮的兴起奠定了文本基础。但王洙的杜集成书后"未甚布"，其发生重大影响则在20年后，王琪将其整理和刊刻并大行于世。

---

① 晁说之：《成州同谷县杜工部祠堂记》，《嵩山文集》卷一六，《四部丛刊》续编本。

王洙率先对杜诗分类按年月先后编次,实是杜集编年之始。王洙在《杜工部集记》中云:"观甫诗与唐实录,犹概见事迹,比新书列传,彼为躇驳。"他比照杜诗与唐实录来稽考老杜生平,他的这一观点、思路为后来编辑老杜年谱者所遵循。至黄伯思校定《杜工部集》,又打破古近体界限,按年编录,则是杜集编年方式的一种改进。王洙本是杜诗的第一个定本,洪业《杜诗引得序》云:"自是以后,学者之于杜集,或补遗焉,或增校焉,或注校焉,或批点焉,或更转而为诗话焉,为年谱焉,为分类焉,为编韵焉,或如今之为引得焉,溯其源,无不受二王所辑刻《杜工部集》之赐者。"①

---

①　洪业:《杜诗引得》,上海古籍出版社1985年版。

四　嘉祐至元祐的尊杜学杜热潮

嘉祐至元祐近四十年间，是宋人尊杜学杜的第一个高峰。《蔡宽夫诗话》云："景祐、庆历后，天下知尚古文，于是李太白、韦苏州诸人，始杂见于世。杜子美最为晚出，三十年来学诗者，非子美不道，虽武夫女子皆知尊异之。"

嘉祐四年（1059），王琪在王洙整理的《杜工部集》基础上参考其他版本，重新编定，镂板刊行，共1万部，很快销售一空。王琪刊刻王洙所编定的《杜工部集》成为后来一切杜诗版本的祖本。王琪在《杜工部集后记》中讲到当时杜诗热之情形："近世学者，争言杜诗，爱之深者，至剽掠句语，迨所用险字而模画之，沛然自以为绝洪流而穷深源矣。又人人购其亡逸，多或百余篇，小数十句，藏去矜大，复自以为有得。"范成大《吴郡志》卷六记载："嘉祐中，时方贵杜集，人间苦无全书。琪家藏本雠校素精，即俾使公库镂板印万本，每部为直千钱。士人争买之，富室或买十许部。"王琪刊行本杜集如此畅销，是当时尊杜学杜热潮的反映，并进一步推动了这一文学热潮。杜甫此时受到的不是个别人或某个诗派的推尊，而是得到了时代的整体性崇尚与热爱。熙宁、元丰时期，新党与旧党的政治斗争虽然很激烈，但在推尊杜甫这一点上是一致的。这一时期对杜甫的尊尚不是笼统的、泛泛的，而是深入阐释了杜诗所体现的诗学精神和艺术成就，其重点是凸显和倡导杜诗忧国忧民、反映现实、批评现实的济世精神。这一时期正是北宋诗文盛世，也是宋人尊杜与学杜的高潮时期，宋人对杜诗阐释的基本内容、学杜基本方向也在此时确定下来。

嘉祐五年（1060）宋祁与欧阳修同修《新唐书》成，其《杜甫传》是嘉祐尊杜高潮的重要标志之一。此传写出了杜甫一生事迹的轮廓，虽然其中也有舛误，又谓杜甫"旷放不自检；好论天下大事，高而不切"，但与《旧唐书》相比,新书《杜甫传》可以谓之重塑了杜甫的形象。

第一,充分肯定老杜的思想人格。《旧唐书》本传对杜甫的人格颇有非议,说杜甫"褊躁无器度,恃恩放恣"。《新唐书》重点记述杜甫献三大礼赋、安史之乱中羸服间关奔赴行在、任左拾遗时上书救房琯等事迹,称许老杜"数尝寇乱,挺节无所污"。第二,强调杜甫"为歌诗伤时挠弱,情不忘君。人怜其忠"。肯定老杜忠君爱国、伤时忧世的情怀,虽然过于简略,但在杜诗史上,这是最早肯定杜甫人格操守、思想情怀的文字。随着尊杜学杜的思想与诗学潮流的发展与深入,宋人对老杜人格精神与思想情怀的解读逐渐深入细致。第三,对杜甫诗学成就做了新的概括,指出了杜诗在诗歌发展史上广泛而深刻的影响:

> 唐兴,诗人承陈、隋风流,浮靡相矜。至宋之问、沈佺期等,言揣声音,浮切不差,而号律诗,竞相袭沿。逮开元间,稍裁以雅正,然恃华者质反,好丽者壮违,人得一概,皆自名所长。至甫,浑涵汪茫,千汇万状,兼古今而有之。它人不足,甫乃厌馀,残膏剩馥,沾丐后人多矣。故元稹谓:诗人以来,未有如子美者。甫又善陈时事,律切精深,至千言不少衰,世号"诗史"。昌黎韩愈于文章少所许可,至歌诗独推曰:"李杜文章在,光焰万丈长。"诚可信云。

第四,承袭孟棨的说法,郑重地称许杜诗为"诗史",指出其"善陈时事,律切精深"的特点。"诗史说"是对杜诗的特色与价值的一种新概括,对宋代杜诗学产生了重大影响,并为元、明、清杜诗学所继承。

从嘉祐到元祐这四十余年里,以王安石、苏轼、黄庭坚为代表的文人群体先后活跃在文坛上。这是与欧、梅、苏不同的又一代文人。他们以激情、抱负、热忱、理想主义和人文精神在中国诗歌史上创造了与"盛唐"相辉映的业绩,被文学史家称为"隆宋""盛宋"。这一时期,尊杜的代表人物也是王安石、苏轼、黄庭坚等。陈善《扪虱新话》云:"欧阳公诗犹有国初唐人风气。公能变国朝文格,而不能变诗格。及荆公、苏、黄辈出,然后诗歌极于高古。"(《扪虱新话》下集卷三)以王、苏、黄为代表的诗歌,确立和体现了宋诗的独特面目,成为中国古典诗歌中与唐诗不同的另一诗歌审美样态。清人田同之《西圃诗说》云:"子瞻、鲁直、介甫三家古今体,无不从老杜来。"此说虽不免有些夸大其词,但是,尊杜学杜的确是王、苏、黄诗歌创作最重要的审美宗尚,杜诗作为他们心慕手追的诗学典范,其思想艺术上的许多重要特点,被融入宋诗而成为其重要的审美质素。

（一）

　　王安石是宋代尊杜的第一大家。

　　王安石令鄞时,发现杜诗 200 余篇,于皇祐四年（1052）编为《杜工部后集》并作序。他在序中说:"予考古之诗,尤爱杜甫氏作者。其辞所从出,一莫知穷极,而病未能学也。世所传已多,计尚有遗落,思得其完而观之。然每出一篇,自然知非人所能为而为之者,惟其甫也,辄能辨之。予之令鄞,客有授予古之诗世所不传者二百余篇。观之,予知非人所能为而为之实甫者,其文与意之著也。然甫之诗,其完见于今者,自予得之。世之学者至乎甫而后为诗不能至,要之不知诗焉尔。呜呼! 诗其难哉?"（《临川先生文集》卷八十四）认为杜诗是"非人所能为而为之者""其辞所从出,一莫知穷极",王安石对杜诗的推尊,可以说是空前的。在《杜甫画像》一诗中,王安石对杜甫的人格情怀和杜诗的思想艺术做了高度的评价:

> 吾观少陵诗,为与元气侔:力能排天斡九地,壮颜毅色不可求。浩荡八极中,生物岂不稠,丑妍巨细千万殊,竟莫见以何雕镂。惜哉命之穷,颠倒不见收,青衫老更斥,饿走半九州。瘦妻僵前子仆后,攘攘盗贼森戈矛。吟哦当此时,不废朝廷忧,常愿天子圣,大臣各伊周,宁令吾庐独破受冻死,不忍四海寒飕飕。伤屯悼屈止一身,嗟时之人我所羞。所以见公画,再拜涕四流,惟公之心古亦少,愿起公死从之游。（《临川先生文集》卷九）

　　王安石赞美和推许的是杜甫心怀天下、忧国忧民的伟大精神,是杜诗关注现实的思想内容。老杜在干戈扰攘、万方多难的时代,在个人与家室堕入漂泊乱离的苦难遭际之时,依然心系天下苍生,"宁令吾庐独破受冻死,不忍四海寒飕飕",这种己饥己溺、负载天下苦难的博大的仁者胸怀和现实主义创作精神,正是杜甫所以卓绝千古的伟大之处,也是杜甫诗学精神的基本核心。在杜诗学史上，王安石第一次准确地概括和揭橥了这个核心，这个极重要的认识与论断，为宋代以及后世的杜诗研究者所继承与发挥。胡仔《苕溪渔隐丛话》云："李、杜画像，古今诗人题咏多矣。若杜子美，其诗高妙，故不待言；要知其平生用心处，则半山老人之诗得之矣。"（《苕溪渔隐丛话》卷十一）刘克庄亦云："余谓善评杜诗，无出半山。'吾观少陵诗，为与元气侔'之篇，万世不易之论。"（《后村诗话》）仇兆鳌《杜诗详注》云："荆公深知杜，酷爱杜，而又善言杜，此篇于少陵人品心术，学问才情，独能中其会，后世颂杜者，无以复加矣。"

王安石推崇杜诗巨大的艺术力量，强调杜诗情感的充沛与力度，谓之可与天地之元气相侔，其"壮颜毅色不可求"，也是从杜诗的根本精神着眼的。这种艺术创造力和生命力，以"元气"生成世界那样的力量，排天斡地，把"浩荡八极"之中"丑妍巨细千万殊"的生物表现于诗篇中，丝毫不见刻意雕镂之痕迹，具有"参造化之妙"。宋人楼钥《答杜仲高游书》云："王荆公以为与元气侔，盖极言诗之高致。若曰'所以拜公像，再拜涕泗流'，正为《茅屋为秋风所破歌》一诗用意之大。……工部之诗，真有参造化之妙，别是一种肺肝，兼备众体，间见层出，不可端倪，忠义感慨，忧世愤激，一饭不忘君，此其所以为诗人冠冕。"（《攻媿集》卷六十六）荆公之论杜，在宋人中为最有识见，于杜诗之思想艺术的论述最为精辟。

王安石是宋代最早、最明确表示学习和继承杜甫诗学传统的人，"惟公之心古亦少，愿起公死从之游"。王安石在宋代诗学建设方面所做的一件大事，是编选了《四家诗选》，为宋人树立了学诗的典范。这典范包括杜甫、李白、韩愈、欧阳修，但首先是杜甫，王安石编选四家诗，置老杜于第一。《苕溪渔隐丛话》前集卷六引《遁斋闲览》云：

> 陈正敏："或问王荆公云：编四家诗，以杜甫为第一，李白为第四，岂白之才格词致不逮甫也？公曰：白之歌诗，豪放飘逸，人固莫及；然其格止于此而已，不知变也。至于甫，则悲欢穷泰，发敛抑扬，疾徐纵横，无施不可。故其诗有平淡简易者；有绵丽精确者；有严重威武，若三军之帅者；有奋迅驰骤，若一驾之马者；有淡泊闲静，若山谷隐士者；有风流蕴藉，若贵介公子者。盖其诗绪密而思深，观者苟不能臻其阃奥，未易识其妙处，夫岂浅近者所能窥哉！此

甫所以光掩前人，而后来无继也。元稹以谓兼人所独专，斯言信矣。"

欧阳修在诗文革新中标举韩愈、李白作为诗歌典范，体现的是天圣、庆历时期北宋诗坛的主流风气。王安石编《四家诗选》，则一变欧阳修论诗尊崇韩、李之风，将杜甫置于首位，把学杜作为学诗首要的典范。这是宋代诗学宗尚的一个巨大变化，标志着北宋诗坛由尊韩学韩向尊杜学杜的重大转换。梁启超云："千年来言诗者，无不知尊少陵，然少陵之在当时及其没世，尊之者固不众矣。昌黎诗云：'李杜文章在，光焰万丈长。不知群儿愚，何用多谤伤。'中晚唐人之所以目少陵者，可想见矣。其特提少陵而尊之，实自荆公始。"（《王荆公》）《四家诗选》是宋代影响甚大的诗歌选本，《王直方诗话》说："荆公编集四家诗，其先后之序，或以为存深意，或以为初无意。盖以子美为第一，此无可议者。"李纲《读四家诗选四首并序》说：

> 介甫选四家之诗，第其质文以为先后之序。余谓：子美诗闳深典丽，集诸家之大成；永叔诗温润藻艳，有廊庙富贵之器；退之诗雄厚雅健，毅然不可屈；太白诗豪迈清逸，飘然有凌云之志，皆诗杰也。其先后固自有次第，诵其诗者，可以想见其为人。乃知心声之发，言志咏情，得于自然，不可以勉强到也。

其《书四家诗选后》又云：

> 子美之诗，非无文也，而质胜文。永叔之诗，非无质也，而文胜质。退之之诗，质而无文，太白之诗，文而无质。介甫选四家诗而次第之其序如此。

吴沆《环溪诗话》云：

> 若论诗之妙，则好者故多；若论诗之正，则古今唯有三人，所谓一祖二宗：杜甫、李白、韩愈也。……荆公置杜甫于第一、韩愈第二、永叔第三、太白第四，盖谓永叔能兼韩李之体而近于正，故选焉

尔。又谓李白无篇不说酒色，故置格于永叔之下，则此公用意，亦已深矣。

（二）

苏轼是继王安石之后尊杜的另一位代表人物。苏轼论杜的言论多达50余条，包括总体评价以及具体篇章、风格、手法、字句的品评，丰富多彩而又显示出文学大家的识见与目光，作为文坛的一代领袖，苏轼尊杜的诗学观念和学杜的创作实践，在当时和后代产生了重大影响。

苏轼关于杜甫和杜诗的阐释和评论，主要包括以下几个方面：
第一，肯定了杜诗在诗歌史上空前绝后的历史地位：

故诗至于杜子美、文至于韩退之、书至于颜鲁公、画至于吴道子，而古今之变，天下之能事毕矣。（《书吴道子画后》）

颜鲁公书雄秀独出，一变古法，如杜子美诗，格力天纵，奄有汉、魏、晋、宋以来风流，后之作者，殆难复措手。（《书唐氏六家书后一首》）

苏轼称颂杜甫为"巨笔屠龙手"，杜诗为"简牍仪型"（《次韵张安道读杜诗》），"凌跨百代"（《书唐氏六家书后》），又谓"杜子美诗备诸家体，非必牵合成度，偶偶然者也"（《辨杜子美杜鹃诗》，《东坡题跋》卷二）。苏轼具有通观古今的文学史意识，其论杜，即从这种意识出发，将老杜放在中国古代诗歌发展的历史过程中予以评断，所以相当深刻中肯。《书黄子思诗集后一首》云："苏李之天成，曹刘之自得，陶谢之超然，盖已至矣；而李太白、杜子美以英伟绝世之姿，凌跨百代，古今诗人尽废。然魏晋以来，高风绝尘，亦少衰矣。"许学夷《诗源辨体》卷三十五说："东坡论诗，散见其集中，而独得之见为多。予最爱其《书黄子思集后》云：'苏李之天成，曹刘之自得，陶谢之超然，盖已至矣；而李太白、杜子美以英伟绝世之姿，凌跨百代，古今诗人尽废，然魏晋以来，高风绝尘，亦少衰矣。'此语简而尽，曲而当，既云李杜'凌跨百代，古今诗人尽废'，又云'魏晋以来，高风绝尘，亦少衰矣'，有斟酌，有权变，而后世论李、杜者皆弗及也。"苏轼关于杜甫在中国诗歌史上空前绝后的历史地位的论断，成为宋人的一种共识。范温云："或问余：东坡有言：诗至于杜子美，天下之能事毕矣。老杜之前，人固未有如老杜；后世安知无过老杜者？余曰：如'一片花飞减却春。'若咏落花，则语意皆尽，所以古人既未到，决知后人更无好语。如《画马》：'玉花却在御榻上，榻上庭前屹相向。'则曹将军能事，与造化之功，皆不可以有加矣。至其他吟咏人情，模写景物，皆如是也。"（《潜溪诗眼》）

苏轼认为，老杜的诗学成就是"格力天纵"（《书唐氏六家书后一首》），这一看法深刻而独到。这所谓"格力"，主要指老杜熔铸众长而无法企及的艺术创造能力。苏轼没有把杜甫诗学成就完全归结为"苦吟"和"功力"，认为有老杜其人之天赋因素在，这是正确的。这一看法与山谷之强调学力、强调苦吟的看法有所不同。刘克庄《江西诗派小序》谓"六一、坡公，巍然为大家""然二公亦各极其天然笔力之所至而已，非勤苦锻炼而成也"（《后山先生大全集》卷九十五）。清人赵翼《瓯北诗话》也不赞成认为杜甫的成就"全乎学力"，认为"思力所到，即其才分所到"。

第二，极力推崇杜甫的忠君思想，提出了所谓杜甫"一饭不忘君"：

> 太史公论诗，以为《国风》好色而不淫，《小雅》怨诽而不乱。以余观之，是特识变风变雅耳，乌睹诗之正乎？昔先王之泽衰，然后变风发乎情，虽衰而未竭。是以犹止乎礼义，以为贤于无所止者而已。若夫发乎情，止于忠孝者，其诗岂可同日而语哉！古今诗人众矣，而杜子美为首，岂非以其流落饥寒，终身不用，而一饭未尝忘君也欤。（《王定国诗集叙》）

这段话涉及的是对杜甫其人其诗思想倾向的整体评价。苏轼认为，《小雅》与《国风》是"变风变雅""发乎情而止乎礼义"，只是"贤于无所止者"；而杜甫诗"发乎情，止于忠孝"，表达的是一种发自内心的、时刻不忘的极度忠诚，所以远远高于《诗经》中的"变风变雅"，体现了诗之最正统的原则和精神。把杜甫的政治关怀归结为对君主的绝对忠诚，强调老杜之忠君达到了深入内心的、沦肌浃髓的极度虔诚，夸大了忠君思想在杜甫思想中的分量和位置，忽略了老杜对人民苦难终生不渝的深切忧念和诚挚关怀，并把这种思想情感说成是老杜成为古今诗人之首的根本原因，苏轼对杜甫之忠君观念的这一概括与称许，不符合老杜的人格精神和思想实际，是对杜甫思想情怀和杜诗思想内容的一种曲解。尽管苏轼这一观点的出现有其特殊的历史与个人原因，与苏轼关于君臣关系的一贯思想存在矛盾和差别，但是，作为关于杜甫思想情怀的一种概括，在宋代杜诗学史上产生了不良影响（参看本书中编"宋人对杜甫人格和思想的崇仰"一章）。

第三，对杜诗审美特质的认识。苏轼对老杜诗的评论颇多，《东坡集》中所收苏轼关于杜诗的"书后""题跋"等文就有30多篇，从杜诗的用字、用韵、句语以及诗中风物的笺释等细微之处，到作意的推究、本事的考辨、诗艺的鉴赏、风格的比较，乃至对杜甫人格品位和文学史地位的论断，所涉及的问题颇多，视野开阔而独具只眼，可以看出他对杜诗理解的深入与鉴赏的精到。苏轼对杜诗审美特质的看法值得特别注意的有两点。一是谓杜甫"似司马迁"：

> 仆尝问荔枝何所似，或曰：荔枝似龙眼。坐客皆笑其陋，荔枝实无所似也。仆云：荔枝似江瑶柱。应者皆怃然，仆亦不辨。昨日见毕仲游，问杜甫似何人。仲游曰：似司马迁。仆喜而不答，盖与曩言会也。（《东坡志林》卷十一）

根据这段话，最先谓杜甫似司马迁者当为毕仲游，但苏轼谓其"与曩言会"，所以宋人大都将其作为苏轼的看法予以重视和进一步阐述，其主要观点有：一是老杜在诗歌方面的成就一如司马迁在史学文章领域之成就，登峰造极。吴可《藏海诗话》云："山谷诗云：'有以杜工部问东坡似何人'，坡云：'似司马迁。'盖诗中未有如杜者，而史中未有如马者。"《唐子西文录》卷十四云："六经之后，便有司马迁；三百五篇之后，便有杜子美。六经不可学，亦不须学，故作文当学司马迁，作诗当学杜子美。二书亦须常读，所谓不可一日无此君也。"二是强调杜诗之以叙为议，寄寓褒贬的"诗史"性质，谓其与《史记》相似。许顗《彦周诗话》："齐梁间乐府词云'护惜加穷袴，防闲托守宫'，'今日牛羊上邱陇，当时近前面发红',老杜作《丽人行》云'赐名大国虢与秦',其卒曰'慎莫近前丞相嗔',虢国、秦国何预国忠事,而近前即嗔耶?东坡言老杜似司马迁,盖深知之。"王十朋《州宅杂咏》之《诗史堂》云:"谁镌堂上石,光艳少陵章。莫作诗人看,斯文似子长。"(《梅溪先生后集》卷十三)三是认为杜诗与史记虽文体不同,但在语言和表现技巧方面有相通与相似之处。朱弁《风月堂诗话》卷上云:"晁伯宇少与其弟冲之叔用俱从陈无己学。无己建中靖国间到京师,见叔用诗,曰:'子诗造此地,必须得一悟门。'叔用初不言,无己再三诘之,叔用云:'别无所得,顷因看韩退之杂文,自有入处。'无己首允之,曰:'东坡言杜甫似司马迁,世人多不解,子可与论此矣。'"近代刘熙载在《艺概》中指出:"杜陵五七古叙事,节节次波澜,离合断续,从《史记》中来。而苍莽雄直之气,亦逼近之。毕仲游但谓杜甫似司马迁而不系一辞,正欲使人自得耳。"四是还有一种理解是杜诗和《史记》风格相似。杨万里《江西宗派诗序》云:"东坡云江瑶柱似荔子,又云杜诗似太史公书,不惟当时闻者哄然,阳应曰诺而已,今犹哄然也。非哄然者之罪也。舍风味而论形似,故应哄然也。"认为苏轼说杜诗似太史公书,是"以味不以形也"(《诚斋集》卷七十九)。

苏轼对杜诗审美特质的另一重要看法是杜诗"才力富健"。苏轼《次韵张安道读杜诗》称老杜是"巨笔屠龙手",赞许其诗笔的巨大艺术力量。《书司空图诗》云:"司空图表圣自论其诗,以为得味于味外。'绿树连村暗,黄花入麦稀。'此句最善。又云:'棋声花院静,幡影石坛高。'吾尝游五老峰,入白鹤院,松荫满庭,不见一人,惟闻棋声,然后知此句之工也。但恨其寒俭有僧态。若子美云:'暗飞萤自照,水宿鸟相呼。''四更山吐月,残夜水明楼。'则才力富健,去表圣之流远矣。""才力富健"而不同于司空图的"寒俭有僧态",这是苏轼对于杜诗审美特质的一种深刻的认识与把握。所谓"才力富健",乃谓老杜在景物描写或者意象营造中体现了卓越的笔力和丰盈的美感,具有体察和表现客观景物与现世生活的超凡能力,而不像司空图诗虽然做到了"工"而不免"寒俭",缺少内在的生气。苏轼赞美杜诗雄阔高浑的壮美风格,对自己仿效老杜七律酣畅饱满、实大声宏之作,颇为自赏。《东坡题跋》卷三云:"七言之伟丽者,杜子美云:'旌旗日暖龙蛇动,宫殿风微燕雀高。''五更晓角声悲壮,三峡星河影动摇。'而后寂寞无闻焉。直至欧阳永叔'沧波万古流不尽，白鹤双飞意自闲。''万马不嘶听号令，诸番无事乐耕耘。'可以并驱争先矣。轼亦云：'令严钟鼙三更月，野宿貔貅万灶烟。'又云：'露布朝驰玉关塞，捷书夜到甘泉宫。'亦庶几焉耳。"

苏轼的诗学理想和审美趣味极为通达，《孙莘老求墨妙亭》诗云："短长肥瘦各有态，玉环飞燕谁敢憎。"他不仅赞佩老杜雄阔高浑、实大声宏一类诗的苍凉沉郁，对于杜甫那种表现闲适潇洒生活心情、具有萧散自然之美的诗篇，也十分激赏。东坡曾手书老杜《屏居二首》，跋云"此东坡居士诗也"。之所以如是说，苏轼的回答是："夫禾麻谷麦，起于神农后稷，今家有仓廪，不予而取辄为盗，被盗者为失主。若必从其初，则农稷之物也。今考其诗，字字皆居士实录，是则居士诗也，子美安得禁吾有哉！"（《东坡题跋》卷二）东坡特别欣赏老杜"四更山吐月，残月水明楼"，佩服老杜寻常写景的体贴入微，若不经意而十分圆足，称其为"古今绝唱"，并"因其句作五首，仍以'残夜水明楼'为韵"（《诗话总龟》前集卷十九引《百斛明珠》）。

苏轼对杜诗不是一味迷信，对杜诗的缺点也予以指出。《记子美陋句》云："'减米散同舟，路难思共济。向来云涛盘，众力亦不细。呀帆忽遇眠，飞橹本无蒂。得失瞬息间，致远宜恐泥。百虑视安危，分明曩贤计。兹理庶可广，拳拳期勿替。'杜甫诗固无敌，然自致远以下句，真村陋也，世人雷同，不复讥评，过矣，然亦不能掩其善也。"（《仇池笔记》卷下）

苏轼是继欧阳修之后新的文坛领袖，当时许多著名文人都出于苏门。如黄庭坚、晁补之、秦观、张耒，由于苏轼推赏而知名于世，被称为"苏门四学士"。孔文仲、孔武仲、孔平仲三兄弟与苏氏兄弟并称为"二苏三孔"。苏轼的小同乡、人称"眉山先生"的唐庚，以及李廌、李之仪、陈师道，也都直接或间接地受到苏轼的文学影响。苏轼尊杜，也影响到这些人。张耒赞赏老杜，谓老杜《玉华宫》诗为"风雅鼓吹"，其五古《离黄州》即"极力摹写"老杜《玉华宫》（《容斋随笔》卷十五）。七律《遣兴次韵和晁应之》八首"尤苦学少陵"。如"清涵星汉光垂地，冷觉鱼龙气近人""暗峡风云秋惨淡，高城河汉夜分明""双阙晓云连太室，九门晴影对天津""山川老去三年泪，关塞秋来万里愁。"其"刻画景物，以为伟丽",格调"弘畅",颇似老杜七律的风调。①

（三）

这里应该特别提出的是秦观,他在苏轼等人关于杜甫诗学贡献的论述基础上,明确地提出杜诗"集大成"之说:

> 杜子美之于诗,实积众家之长,适当其时而已。昔苏武、李陵之诗,长于高妙;曹植、刘公干之诗,长于豪逸;陶潜、阮籍之诗,长于冲淡;谢灵运、鲍照之诗,长于峻洁;徐陵、庾信之诗,长于藻丽之态,而诸家之作所不及焉。然不集诸家之长,杜氏亦不能独至于斯也。岂非适当其时故耶?孟子曰:伯夷,圣之清者也;伊尹,圣之任者也。柳下惠,圣之和者也;孔子,圣之时者也。孔子之谓集大成。呜呼!杜氏、韩氏,亦集诗文之大成者欤!(《韩愈论》,《淮海集》卷二十二)

杜诗集大成说是宋代杜诗学的一个根本观点,是对杜诗的思想艺术成就和杜甫在中国古典诗学传统中承前启后的历史贡献的高度概括,为宋人及元明清的诗人和杜诗研究者所认同,成为关于杜诗历史地位的一种共识(参见本书中编"杜诗集大成说"一章)。

在王安石、苏轼、黄庭坚等文坛领袖人物的倡导下,人们对杜甫的推尊和热情空前高涨,文人尊杜的言论纷纷出现,赞美之词多姿多彩:

> 气吞风雅妙绝伦,碌碌当年不见珍。自是古贤因发愤,非关诗道可穷人。镌镵物象三千首,照耀乾坤四百春。寂寞有名身后事,惟余孤冢耒江滨。(王令《读老杜诗集》,《广陵集》卷十七)

> 寒灯熠熠霄漏长,颠倒图史形劳伤。取观杜诗尽累纸,坐觉神气来洋洋。高言大义轻比重,往往变化安能长。壮哉起我不暇寐,满座叹息喧中堂。唐之诗人以百数,罗列众制何煌煌。太阳垂光烛万物,

---

① 钱锺书:《谈艺录》,中华书局1984年版,第173页。

星宿安得舒其光。读之踊跃精胆张,径欲追躔忘愚狂。徘徊揽笔不得下,元气混浩神无方。(韩维《读杜子美诗》,《南阳集》卷一)

晋宋以来,诗人气质萎散,而风雅几绝。至唐之诸公,磨洗光耀,与时争出,凡百余年,而后子美杰然自振于开元、天宝之间。继而中原用兵,更涉患难,身愈困苦而其诗益工,大抵哀元元之穷,愤盗贼之横,褒善贬恶,尊君卑臣,不琢不磨,暗与经会,盖亦骚人之伦而风雅之亚也。(孔武仲《书杜子美哀江头后》,《宗伯集》卷十六)

唐兴,承陈隋之遗风,浮靡相籽,莫崇理致。开元之间,去雕篆,黜浮华,稍裁以雅正。虽(鎕)句绘章,人得一概,各争所长。如大羹元酒,则薄滋味,如孤峰绝岸者,则骇廊庙;秾华可爱者乏风骨,烂然可珍者多玷缺。逮至子美之诗,周情孔思,千汇万状,茹古涵今,无有端涯;森严昭焕,若在武库,见戈戟布列,荡人耳目。非特意语天出,尤工于用字,故卓然为一代冠,而历世千百,脍炙人口。……韩退之谓"光焰万丈长"而世号"诗史",信哉!(王得臣《增注杜工部诗集序》,《草堂诗笺》)

王安石、苏轼对老杜忠君忧国、仁民爱物精神的阐述,奠定了宋人评价杜甫与杜诗的基调,影响到有宋一代和宋以后的杜诗研究和评价。

随着尊杜走向高潮,公开的扬杜抑李的观点出现了。苏辙认为"杜甫有好义之心,白所不及也"(《诗病五事》,《栾城集》卷八)。晁说之不赞成韩愈"李杜文章在,光焰万丈长"的提法,认为李白"不得与杜并""杜之独尊于士大夫学士"才是不易之论。(《成州同谷县杜工部祠堂记》,《嵩山文集》卷十六)

在尊杜的高潮中,随着老杜"诗学之宗师"地位的确立,对韩愈的尊崇则逐渐降温。王安石编《四家诗选》,以杜甫为第一,标志宋人已由尊韩转向尊杜,韩诗的缺欠也逐渐为宋人所注意。《后山诗话》载苏轼云:"退之于诗,本无解处,以才高而好尔。"苏辙云:"韩退之作《元和圣德诗》,言刘辟之死曰:'宛宛弱子,赤立(伛)偻。举头曳足,先断腰膂。次及其徒,体骸撑拄。末乃取辟,骇汗如雨。挥刀纷纭,争切脍脯。'此李斯颂秦所不忍言,而退之自谓无愧于《雅》、《颂》,何其陋也!"(《诗病五事》,《栾城第三集》卷八)《王直方诗话》载洪龟父云:"山谷于退之诗,少所许可。"《后山诗话》载黄庭坚之语,谓"退之以文为诗……虽极天下之工,要非本色"。张耒《明道杂志》也谓韩诗"不若老杜韵语天成,无牵强之迹,则退之之于诗,尚未臻其极也"。孔平仲《题老杜集》一诗说:"七月鸲鹆乃至此,语言宏大复瑰奇。直俟造物并包体,不作诸家细碎诗。吏部徒能叹光焰,翰林何敢望藩篱。读罢还看有余味,令人心服是吾师。"凡此种种,皆可见诗坛风气之变。

北宋中期,王、苏、黄以其创作实绩确立了宋诗的体制与基本面目,使得宋调这一不同于唐音的诗歌范式和审美传统确立和凸显出来,此中紧紧伴随的是他们努力学杜的诗学实践。在北宋后期到南宋末年,不少诗人和诗学理论家对宋调艺术问题提出批评、质疑和反思,但是,几乎没有人对尊杜、宗杜的诗学路向提出质疑,老杜作为诗学宗师的典范地位已经完全牢固地确立下来。赵翼《瓯北诗话》云:"北宋诸人皆奉杜公为正宗,而老杜之名遂独存千古。"

五　黄庭坚及江西诗派的尊杜与学杜

　　黄庭坚是北宋中晚期尊杜的重要代表人物之一。黄庭坚年辈比王安石相差一代（他比王安石小 24 岁），在北宋诗坛上，黄庭坚与苏轼齐名，但其年龄比苏轼小 9 岁，成名与产生影响也比苏轼要晚。宋代诗文革新，经王安石、苏轼等人的提倡达到高潮。在诗歌方面，黄庭坚继起，陈师道辅之，在诗坛上别树一帜，逐渐形成江西诗派这一个新的诗人群体。这个诗人群体诗学宗旨的最重要内容就是尊杜与学杜。全祖望《宋诗纪事》序云：

　　　　庆历以后，欧、梅、苏、王数公出，而宋诗一变。坡公之雄放，荆公之工炼，并起有声。而涪翁以崛奇之调，力追草堂，所谓江西派者，和之最盛，而宋诗又一变。（《鲒埼亭集》外编卷二十六）

　　黄庭坚尊杜与宗杜，和王安石、苏轼不仅有一定的时间距离，而且对杜诗张扬和标榜的重点，也与王安石、苏轼有所不同。王安石、苏轼等诗文革新的倡导者强调诗文"有为而作"，他们之尊杜，强调杜诗的忧患意识与家国情怀，注重杜甫诗学的现实主义精神；黄庭坚尊杜与学杜的重点在于杜诗的艺术，在于探索、阐释杜诗的审美构成和艺术成就，并落实在自己的创作实践中。黄庭坚对杜诗的审美形态和艺术成就的推崇与阐释，他本人学杜所取得的成就，带来宋代杜诗学的一次重要转向，即由对杜诗的现实主义精神的强调与提倡，转向对杜诗艺术形式与语言特色的深入探求、继承与发扬。

（一）

黄庭坚推崇杜甫的人格和情怀。在《题韩忠献诗杜正献草书》中，黄庭坚说："杜子美一生穷饿，作诗数千首，与日月争光。"《潘子真诗话》记载："山谷尝谓余言：老杜虽在流离颠沛，未尝一日不在本朝，故善陈时事，句律精深，超古作者，忠义之气，感发而言。"黄庭坚作《大雅堂记》，称赞杜诗是继承和发扬了风雅传统的大雅之作：

> 由杜子美以来，四百余年，斯文委地，文章之士，随世所能，杰出时辈，未有升子美之堂者，况室家之好耶！余尝欲随欣然会意处，笺以数语，终以汩没世俗，初不暇给，虽然，子美诗妙处乃在无意于文。夫无意而意已至，非广之以《国风》《雅》《颂》，深之以《离骚》《九歌》，安能咀嚼其意味，闯然入其门耶！

山谷在思想上深受理学家的影响，崇尚"道义"与操守，认为写诗要在人格和学问上"立基"，而杜甫在这一点上正是他所崇拜的典范。《老杜浣花溪图引》一诗，刻画了诗人杜甫的鲜明形象，流露出旷百世而知音的理解和钦佩：

> 拾遗流落锦官城，故人作尹眼为青。碧鸡坊西结茅屋，百花潭水濯冠缨。故衣未补新衣绽，空蟠胸中书万卷。探道欲度羲皇前，论诗未觉国风远。干戈峥嵘暗禹县，杜陵韦曲无鸡犬。老妻稚子且眼前，弟妹飘零不相见。此公乐易真可人，园翁溪友肯卜邻。邻家有酒皆邀去，得意鱼鸟来相亲。浣花酒船散车骑，野墙无主看桃李。宗文守家宗武扶，落日寒驴驮醉起。愿闻解鞍脱兜鍪，老儒不用万户侯。中原未得平安报，醉里眉攒万国愁。生绡铺墙粉墨落，平生忠义今寂寞。儿呼不苏驴失脚，犹恐醉来有新作。常使诗人拜画图，煎胶续弦千古无。

俞文豹《吹剑三录》谓"中原未得平安报，醉里眉攒万国愁"两句"状尽子美平生"。瞿佑《归田诗话》卷中亦谓其"能道出少陵心事"。

"探道欲度羲皇前,论诗未觉国风远",山谷对老杜的认识与理解是包括对老杜的社会政治理想和诗学造诣这两个方面的。"探道"乃谓老杜对社会理想政治的求索;"论诗"乃谓老杜对《诗经》"国风"之旨的追求。黄爵滋《读山谷集》谓山谷此诗将"老杜一生心事,写到十足,洵是知己,他人无此实落"[①]。

黄庭坚对政治本来就缺乏热情,走入仕途后,由于党争与文字狱,由于佛老思想的影响,黄庭坚对现实政治有些冷淡和疏离。黄庭坚诗学思想与王安石、苏轼也有很大的不同,他强调诗表现"情性",其所谓"情性",主要是个人的人格修养,黄庭坚特别注意探求的是杜诗的体制、技巧、法度、语言、渊源诸方面的特点与成就,重点在对老杜"诗法"的阐发、效法和提倡。

1. 杜诗"无一字无来处"

> 自作语最难。子美作诗,退之作文,无一字无来处。后人读书少,故谓杜韩自作此语。(《答洪驹父书》)

> 作诗句要须有详略,用事精切,更无虚字也,如老杜诗,字字有出处,熟读三五十遍,寻其用意处,则所得多矣。(《论作诗文》)

"无一字无来处""字字有出处",这是黄庭坚对杜诗的总体评价中最重要而且影响最大的一个观点。这句话本义是说杜诗的词语都是渊源有自的,但是,语言问题实际涉及诗歌创作的全部问题,诗歌的命题立意、章法结构、遣词造句、意象营造、声律节奏诸种问题,无不通过语言体现出来。所以,"无一字无来处",实际上也揭示了杜诗与文化传统、诗学传统紧密相连,杜诗具有深厚的历史文化蕴涵。按照西方后结构主义文本理论的"互文性"概念,所谓杜诗"无一字无来处",实际上揭示了杜诗与先前诗文作品的"互文性"。这是在全面深刻把握宋前诗歌发展史的基础上对杜诗成就的一种概括与解释。元稹、宋祁等人从风格上讲杜诗汇纳百川、"兼古人而有之"的艺术成就;山谷则是从语言艺术角度,从杜诗的字法、句法、章法、用事、声律的角度对杜诗"集大成"的艺术成就做

---

① 傅璇琮编:《黄庭坚和江西诗派研究资料汇编》,中华书局1978年版,第342页。

了新的概括，这种概括比从风格角度的概括更为具体和落实，表明对杜诗学已从总体的审美观照进入更为具体、深细、落实的探究。

自魏晋迄唐代，在诗歌语言上已形成了一套美轮美奂的话语系统，宋人在诗歌语言创造方面处于难以为继的困境。王安石谓"世间好言语，已被老杜道尽；世间俗言语，已被乐天道尽"（《陈辅之诗话》，见《宋诗话辑佚》），山谷说"自作语最难"，说的就是宋人在诗歌创作上所面临的语言困境。老杜所谓"语不惊人死不休"，追求和达到"惊人"有多种途径和方式，山谷对此加以发明，概括为"无一字无来处"以及"点铁成金""夺胎换骨"之类的具体方法，乃是为当时诗歌创作解决语言创新难题的一种具体方式，即学习老杜广泛而精心地采择前人语言精华，熔铸出一种内涵丰富深刻、具有巨大张力的诗歌语言，创作出新的诗篇。

但是，"无一字无来处"，在逻辑上是一种全称判断，这就不完全符合杜诗的实际了。对这一带有夸张色彩的赞语和断语，作胶柱鼓瑟的解读，将其绝对化，谓杜诗的每个字都用典（包括事典或语典），并奉为学杜、注杜、解杜之圭臬，就不免会产生流弊。宋人对杜诗"无一字无来处"的理解，未能避免这种"认题之差处"。宋代关于杜诗的注释或诗话中，对词语出处的寻绎和考量，是一个最普遍、最重要的内容。宋人的这一工作，对揭示杜诗与历代文化遗产、诗学遗产的关系，对认识杜诗的思想艺术成就具有重要意义；但是对杜诗"无一字无来处"之说胶执不变，流于绝对化，在诠释时坚持为杜诗的每一语词找到出处，结果就不免出现了牵强附会的问题。"伪苏注"之出现与流行，就与宋人对杜诗"无一字无来处"尊信太过有关。杜诗"无一字无来处"之说，也影响到人们学杜，影响到诗歌创作。李之仪《杂题跋》云："作诗要字字有来处，但将老杜诗细考之，方见其工；若无来处，即为乱道。"（《姑溪居士后集》卷十五）宋诗中以学问为诗、用典太过的乱象，即与此有关。

"无一字无来处"，是宋代杜诗学一个重要的、影响巨大的观点。对这一观点，宋代即有人提出了批评。朱弁《风月堂诗话》云："吾见世之爱老杜者，尝谓人曰：此老出语绝人，无一字无来处。审如此言，则词必有据，字必援古，所由来远，有不可已者。予曰：论考源流事，今言诗不究其源，而锤其末以为标准。不知国风雅颂，祖述何人？此老句法，浑然天成，如虫蚀木，不待刻雕，自成文理。其鼓动熔写，殆不用世间橐龠。近古以还,无出其右,真诗人之冠冕也。如近体格俯同今作,则词不遗奇,杂以事实,掇英撷华、妥帖平稳,殆以文为滑稽,特诗中之一事耳,岂见其大全者也。"朱弁认为,用事只是老杜近体"诗中之一事耳",所谓杜诗"无一字无来处"之说则未见其"大全者",既不符合杜诗的实际,而且是"锤其末以为标准"。朱弁提醒学诗者:"古今胜语,皆自肺腑中流出,初无缀缉工夫",学杜者不能以"无一字无来处"为着力点。

2. 阐释和发挥老杜的诗法观念

杜甫的诗学思想特别重要的一点是强调"诗法",即创作中要遵循的"法""规""理"。《偶题》云:"后贤兼旧制,历代各清规。法自儒家有,心从弱岁疲。"《寄高三十五书记》云:"叹息高生久,新诗日又多。美名人不及,佳句法何如。"同时,杜甫又强调"入神",即创作中审美思维和语言运用能达到超凡的境界和水准。《奉赠韦左丞》云:"读书破万卷,下笔如有神。"《寄薛三郎中》曰:"赋诗宾客间,挥洒动八垠。乃知盖代手,才力老益神。"黄庭坚深刻地理解和发挥了杜甫关于"法"与"神"创作观念,强调从古人的作品中领略作诗的法度、规矩,通过深刻熟练地把握法度以提高艺术素养和表现能力,以达到写作时挥洒自如、表里精粗无不到的境界。黄庭坚"是诗学史上最完整地接受杜甫诗法观念和实践风格的诗人"[①]。他反复宣传他所认识和理解的杜甫诗法观念,并以之指导后学。他强调读书,强调掌握和遵循"法度""绳墨""步骤":"文章虽为儒者末事,然既学之,又不可不知其曲折"(《与洪驹父书》);"如欲方驾古人,须识古人关捩,方可下笔"(《与元勋不伐》);"凡作赋须以宋玉、相如、子云为师格,略依仿其步骤,乃得古风"(《王直方诗话》)。同时,他又称赞在诗歌艺术表现和语言运用上要达到"有神":"言诗今有数,下笔不无神"(《次韵高子勉》);"覆却万方无准,安排一字有神"(《荆南签判向和卿用余六言见惠次韵奉酬四首》);"诗来清吹拂衣巾,句法词锋有神"(《次韵文少激推官纪赠二首》);"妙在和光同尘,事须勾深入神"(《赠高子勉四首》);"诗人之态"就是能够"遇变而出奇,因难以见巧"(《胡宗元诗集序》);"不可守绳墨令俭陋也"(《答洪驹父书》)。从容于规矩之中,神明于法度之外,从刻意推敲锻炼、

---

① 钱志熙:《杜甫诗法探微》,《文学遗产》2001年第4期。

讲求布置始,到自然浑成、不烦绳削自合终。黄庭坚以"无意于文""无意而意已至""不烦绳削而自合",赞佩老杜诗学造诣所达到的这种挥洒自如的境界。

山谷所谓"法度",包括谋篇布局、造句遣词、营造意象、使事用典、声调格律等,黄庭坚对杜甫诗法认识与发挥的重点则在杜诗的"句法"。杜甫《寄高三十五书记》曰:"美名人不及,佳句法何如。"《江上值水如海势聊短述》:"为人性僻耽佳句,语不惊人死不休。"山谷所谓"句法"概念,就源于老杜,其含义即是写出美妙诗句的方法。山谷对杜诗的语言十分倾倒,认为老杜"句律精深"(《潘子真诗话》),杜诗句法是最值得效法的典范,而反复加以强调与鼓吹。教人作诗,每言观杜诗"便得句法";称许他人之诗,常谓"得老杜句法";一般论诗也常讲"句法"。《答王子飞书》云:"陈履常正字……作诗渊源得老杜句法,今之诗人不能当也。"《与王观复书》云:"所寄诗多佳句,犹恨雕琢之功多耳。但熟观杜子美到夔州后古律诗,便得句法简易,而大巧出焉,平淡而山高水深,似欲不可企及。文章成就,更无斧凿痕,乃为佳作尔。"《与孙克秀才书》曰:"请读老杜诗,精其句法。"黄庭坚所谓句法涵盖诗歌造语之种种方面,包括用字、声律、用事、对偶、燺栝以及语言风格等。王运熙、顾易生《中国文学批评通史》云:"黄庭坚论句法主要指诗句的构造方法,包括格律、语言的安排,也关系到诗句艺术风格、意境、气势。"[1]缪钺说:"唐人为诗,固亦重句法,而宋人尤研讨入微。"[2]在黄庭坚大力推崇和倡导杜诗句法的影响下,句法说不仅是宋代杜诗学的核心观念之一,而且成为宋代诗学的重要观念。

3. 大力宣传老杜"读书破万卷,下笔如有神"的诗学主张

黄庭坚《答徐甥师川》云:"杜子美云:'读书破万卷,下笔如有神。'此作诗之器也。"强调读书积学对于诗歌创作的重要性,作诗必须有学问作为基础,"诗词高胜,要从学问中来"(《论诗作文》),"要尽心于己,不见人物臧否,全用其辉光以照本心,力学有暇,更精读千卷书,乃可毕兹事。"(《书旧诗与洪龟父跋其后》)反之,"读书未破万卷,观古人之文章未能尽得其规摹,及所总览笼络"(《跋书柳子厚诗》),也就

---

[1] 王运熙、顾易生:《中国文学批评通史》(隋唐五代卷),第203页。
[2] 缪钺:《论宋诗》,《诗词散论》,上海古籍出版社1982年版,第42页。

不可能写出好诗来。《与王观复书》谓王直方诗"语生硬不谐律吕，或词意不逮初造意时，此病亦只是读书未精博尔。'长袖善舞，多钱善贾'，不虚语也。"如此等等。

杜甫"读书破万卷，下笔如有神"是对读书与创作关系的高度概括。黄庭坚对此做了深入理解与进一步发挥，从两个方面阐述读书对诗歌创作的意义：一是诗人通过读书以涵养性情；二是通过阅读，学习古人作诗的方法。《答秦少章帖》云："此事（按，指作诗）须从治心养性中来，济之以学古之功。"山谷重视读书以治心养性，通过读书涵养高尚脱俗的性情，储备丰厚的学养，"胸中有万卷书，笔下无一点俗气"（《跋东坡乐府》）。同时，山谷也重视从古人学习作诗的技法和技能，"做文字须摹古人，百工之技，亦无有不法而成者"（《论作诗文》）。织锦必须有"锦机"，作诗也必须有作诗的方法与技能，而"读书破万卷"，就是获得"作诗之器"。山谷《次韵高子勉十首》云："伐山成大厦，鼓橐铸祥金。"任渊注："上句欲其积学，以成广大规模；下句欲其锻炼，以尽精微之极致。"读书积学与刻苦锻炼，是山谷关于诗才养成的两个最根本的方面。

山谷对老杜所谓"读书破万卷"有极深入的领会，强调读书要达到"精博"。"博"是读书之广，"精"是深入领会与把握书的精髓。范温《潜溪诗眼》云："山谷言学者若不见古人用意处，但得其皮毛，所以去之更远。……故学者要先以识为主，如禅家所谓正法眼者。直须据此眼目，方可入道。"山谷还提出读书要"入神"："所寄诗文，意所主张甚近古人，但其波澜枝叶不若古人耳。意亦是读建安作者之诗与渊明、子美所作未入神耳。"（《与王庠周彦书》）所谓"入神"，包括读的"贯通"（《与赵伯充》），包括留意"古人不到处"（蔡绦《西清诗话》），包括识得"古人关捩"（《与元勋不伐书》），更重要的是，还要把这些体会和心得转化为一种能力。在《答徐甥师川》中，黄庭坚强调读书是"作诗之器""然则虽利器而不能善其事者，何也？无妙手故也。所谓妙手者，殆非世智下聪所及，要须得之心地。老夫学道三十余年，三、四年来方解古人语，平直无疑，读《周易》《论语》《老子》，皆亲见其人也。"读书之根本在于"得之心"，即深入领会与掌握古人思想艺术造诣的精髓与精妙之处，并在此基础上形成自己的一种审美把握与审美表现能力。山谷对老杜"读书破万卷，下笔如有神"的强调发挥可谓达到了极致。

4. 推重老杜夔州诗

山谷晚年特别推重老杜夔州诗，谓"杜子美到夔州后诗，韩退之自潮州还朝后文章，皆不烦绳削而自合矣。但熟观杜子美到夔州后古律诗，便得句法。简易而大巧出焉，平淡而山高水深，似欲不可企及"（《与王观复书》一）。

老杜晚年流寓夔州，年老多病，故旧凋零，夔州又地处偏远，沧江野老，远离当时社会潮流，孤独寂寞，所谓"穷老真无事，江山已定居"（《过客相寻》）。老杜伤时思治，念旧怀乡，"不眠忧战伐，无力整乾坤"，先前对现实揭露和抨击的尖锐与激愤，在夔州诗中化作深沉的忧思；昔日炽热的情怀内化为一种理性的反省和孤独的沉思，思想情感进入阅尽人世沧桑的理智、超越、沉郁而苍老的境界。夔州诗内容转向对自己一生的追忆，对社会历史的反思，对自己内心种种大波与微澜的审视。叶嘉莹云："杜甫入夔，在大历元年，那是杜甫死前四年。当时杜甫已经五十五岁，及已阅尽世间一切衰变，也已历尽人生一切艰苦之情，而且其所经历的种种世变与人情，又都已在内心中经过了长时期的涵容酝酿，在这些诗中，杜甫所表现的，已不像从前的'穷年忧黎元，叹息肠内热'的执着真率的呼号，也不再是'朱门酒肉臭，路有冻死骨'的毫无假借的暴露，乃是把一切事物都加以综合酝酿后的一种艺术化了的情意。"① 黄庭坚一生多坎坷磨难，与老杜有很多相似之处。经历了北宋中期激烈党争的政治风浪，元祐后，黄庭坚虽然不是没有对时事的感怀和忧思，不是没有激愤和不平，但其政治热情已经淡化，注意力从外界忧患转向内心世界，情感更加趋向内敛与沉潜。黄庭坚晚年特别推重老杜夔州诗，首先是由于这种人生处境以及由此而来的心态。黄庭坚以老杜夔州诗为诗歌创作的典范，还有诗学与审美方面的原因。老杜夔州诗在创作上有"晚节渐于诗律细，新诗改罢自长吟"，也有"老去诗篇浑漫与"，艺术上炉火纯青、精雕细刻而又浑然天成，如方回所说："格高律熟，意奇句妥，若造化生成此等诗者，非真积力久不能到也。"（《瀛奎律髓汇评》卷二十三评语）黄庭坚晚年诗歌追求平淡、简易、自然的表现形式，同时注重诗歌意蕴的深厚和高超，对老杜夔州诗的审美特质和诗学意义有自己独到的理

---

① 叶嘉莹：《论杜甫七律之演进及其承前启后之成就》，《秋兴八首集说》，河北教育出版社1997年版，第46页。

解与效法。

　　黄庭坚把夔州诗视为杜诗最高成就的体现，受到后人的批评。朱熹就不赞成黄庭坚对老杜夔州诗的看法："人都说杜子美夔州诗好。此不可晓。夔州诗却说得郑重烦絮，不如他中前有一节诗好。鲁直一时固自有所见，今人只见鲁直说好，便却说好，如矮人看戏耳。""杜子美晚年诗都不可晓。吕居仁尝言：诗字字要响。其晚年都哑了。不知是如何以为好否？"（黎靖德编《朱子语类》卷一百四十）清人承袭朱熹的观点，对老杜夔州诗亦多有微词乃至直接的批评。查慎行云："余独谓少陵夔后诗渐近衰飒，非进境也。"（《瀛奎律髓汇评》卷一）纪昀云："杜诗佳句卷卷有之，则晚岁多颓唐，精华自在中年耳。"（同上）沈德潜亦认为杜甫"夔州以后五言古诗多颓唐之作"。赵翼云："今观夔州后诗，惟秋兴八首及咏怀古迹五首，细意熨帖，一唱三叹，意味悠长，其他则意兴衰飒，笔亦枯槁，无复旧时豪迈沉雄之概。……朱子尝云：'鲁直只是一时有所见，创为此论。今人见鲁直说好，便都说好，矮人观场耳。'斯实杜诗定评也。"（《瓯北诗话》卷二）

　　黄庭坚是大力提倡学习杜甫的第一人，他一生鼓吹学杜，不遗余力。黄庭坚对老杜诗歌对唐诗传统的变革有深刻的认知，他把学杜作为宋代诗歌创作的正确方向和有效路径加以倡导：

　　　　学老杜诗，所谓"刻鹄不成尚类鹜"也。学晚唐诸人诗，所谓作法于凉，其弊犹贪；作法于贪，其弊若何？要须读得通贯，因人讲之。百许年来诗非无好处，但不用学，亦如学字，要须以锺、王为师。(《与赵伯充》)

　　王安石、苏轼在继承和发扬老杜诗学思想和诗学造诣方面已经走出了一段路程并且取得可贵的成绩，黄庭坚继踵前行，总结和抽绎出杜诗造语、结构、声律等一套诗法，将其贯彻到自己的诗歌创作实践中，并以其指导后学。钱锺书说："自唐以来，钦佩杜甫的人很多，而大吹大擂地向他学习的人恐怕以黄庭坚为最早。"[①] 在黄庭坚的带动与指导下，在诗坛上形成了以学杜为宗旨的诗学潮流。学习与钻研杜诗，成为一代诗人诗学

[①] 钱锺书：《宋诗选注》，人民文学出版社1978年版，第109页。

养成的一个基本起点，学杜成为一代之风尚。吕午《书题紫芝编唐诗》云："唐诗惟杜工部号集大成，自我朝数巨公发明之，后学咸知宗师，如车指南，罔迷所向也。"(《竹坡类稿》，《北京图书馆古籍珍本丛刊》本卷三) 黄裳《陈商老诗集序》指出，当时"工于诗者，必取杜甫"(《演山集》卷二十一)。在宋人学杜这一诗学实践上，黄庭坚可谓厥功至伟，影响巨大。钱谦益亦云："自宋以来，学杜诗者，莫不善于黄鲁直。"(《钱注杜诗·注杜诗略例》)

（二）

陈师道是黄庭坚倡导学杜的追随者，对黄庭坚极为敬佩，诗学黄庭坚，在学杜上更是身体力行。陈师道《答秦观书》云："仆于诗初无法师，然少好之，老而不厌，数以千计。及一见黄豫章，尽焚其稿而学焉。""仆之诗，豫章之诗也。豫章之学博矣，而得法于杜少陵。"(《后山先生集》卷九) 陈师道也主张"学诗当以子美为师"(《后山诗话》)。他总结自己学杜的体会云：

> 今人爱杜甫诗，一句之内，至窃取数字以髣像之，非善学者。学诗之要，在乎立格、命意、用字而已。余曰："如何等是？"曰"《冬日谒玄元皇帝庙》诗，叙述功德，反复外意，事核而理长；《阆中歌》，辞致峭丽，语脉新奇，句清而体好，兹非立格之妙乎？《江汉》诗言乾坤之大，腐儒无所寄其身；《缚鸡行》言鸡虫得失，不如两忘而寓于道，兹非命意之深乎？《赠蔡希鲁》诗云：'身轻一鸟过。'力在一'过'字；《徐步》诗云：'花蕊上蜂须。'功在一'上'字，兹非用字之精乎？学者体其格，高其意，炼其字，则自然有合矣。何必规规然髣像之乎？"(张表臣《珊瑚钩诗话》卷二)

陈师道是宋代学杜最有成绩的诗人之一。黄庭坚云："其作诗渊源，得老杜句法，今之诗人不能当也。"(《答王子飞》) 翁方纲《宋诗钞》云："凡山谷以下，后来语学杜者，率以后山、简斋并称。"(《宋诗钞》

"七言律诗钞"凡例)

　　黄庭坚引领和指导下形成的江西诗派形成于北宋末期，历经哲宗、徽宗、钦宗三朝。这一时期，新党得势，全力打击元祐党人，政治气氛紧张。崇宁元年，朝廷下令立"元祐奸党碑"，又下诏禁止"元祐学术"，元祐诗人作为元祐旧党的重要成员遭到打击，而且株连到元祐后学，诗赋作为"元祐学术"也被禁止传习。崇宁二年（1103）下诏禁三苏、黄庭坚、张耒、晁补之、秦观等人文集及范祖禹《唐鉴》、范镇《东斋纪事》、刘攽《诗话》、僧文莹《湘山野录》等，印版"悉行焚毁"（《宋史纪事本末》卷一二一《禁元祐党人》）。在政局昏乱、党祸惨烈、文网严密的政治高压下，文人们的心态也发生了巨大的变化。葛立方《韵语阳秋》卷五记载："绍圣初，以诗为元祐学术复罢之。政和中，遂着于令，士庶传习诗赋者杖一百。畏谨者至不敢作诗。"江西宗派的诗人们大都处于下层，济世意识淡化，对政治采取退避的态度，有些人终身布衣，有些人是逍遥山林的隐士，有些人又受到旧党的牵连而处境艰难。江西诗派及其后学宗奉黄庭坚尊杜与宗杜的诗学主张，但从总的倾向来说，江西诗人对老杜已没有前辈的热情，对老杜直面社会黑暗、关心国运民瘼、以诗歌反映现实的创作精神已经相当隔膜，他们涉及老杜的言论也很少提及老杜忧国忧民的济世情怀，甚至对老杜尖锐而深刻地反映现实的作品表示不满，其宗杜学杜基本局限于杜诗的艺术技巧上。

　　黄庭坚晚年处于被贬谪的人生逆境中，他采取狷介自守之人生态度，远离政治漩涡，其诗学主张也进一步强调表现自我情性。元符六年（1098），黄庭坚在《书王知载朐山杂咏后》云："诗者，人之情性也，非强谏争于庭，怨忿诟于道，怒邻骂坐之为也。其人忠信笃敬，抱道而居，与时乖违，遇物悲喜，同床而不察，并世而不闻，情之所不能堪，因发于呻吟调笑之声，胸次释然，而闻者亦有所劝勉，比律吕而可歌，列干羽而可舞，是诗之美也。其发为讪谤侵陵，引颈以承戈，披襟而受矢，以快一朝之忿者，人皆以为诗之祸，是失诗之旨非诗之过也。"黄庭坚作为江西诗派之宗，其政治态度、人格风范与诗学观念深刻地影响着江西诗派诗人。洪炎《豫章黄先生文集后序》云：

　　　　诗人赋咏于彼，兴托于此，阐绎悠游而不迫切，其所感寓常微见其端，使人三复玩味之，久而不厌，言不足而思有余，故可贵尚也。

若察言如老杜《新安》《石壕》《潼关》《花门》之什，白公《秦中吟》《乐游园》《紫阁村》诗，则几于骂也。"（《豫章黄先生文集》卷三十）

江西诗人对杜诗的研读比较用心，对杜诗也很熟悉，他们中的许多人都有研究注释杜诗的文字。宋佚名《分门集注杜工部诗》，收江西宗派十九家之注杜文字，除了黄庭坚之外，有洪朋、洪刍、洪炎、徐俯、李彭、何觊〔颛〕、谢逸、饶节、汪革、夏倪、杨符、李錞、王直方、吕本中、晁冲之、林敏功、高荷、韩驹等。入卷首注家"姓氏"二十四人。① 江西宗派在学杜方面走黄庭坚的路子，但现实关怀进一步弱化，在江西后学中，有的人实际上又局限于学黄，对杜诗缺乏深入的领会和学习的自觉。胡仔《苕溪渔隐丛话》云："近时学诗者，率宗江西，然殊不知江西本亦学少陵者也。故陈无己曰：'豫章之学博矣，而得法于少陵，故其诗近之。'今少陵之诗，后生少年，不复过目，抑亦失江西之意乎？江西平日语学者为诗旨趣，亦独宗少陵一人而已。"（《苕溪渔隐丛话》前集卷四十九）胡仔说的是南宋初期江西诗派的情形，但这一情形在北宋晚期已经存在。江西派诗人对老杜的这一态度与特点，待到靖康之难后，才有了重要转变。

晁冲之、潘大临是江西诗派学习杜诗最为用力的人。吕本中《紫薇诗话》云："众人方学山谷诗时，晁叔用冲之独专学老杜诗。"朱弁《风月堂诗话》载："叔用曰：陈无己尝举老杜《咏子规》云：'渺渺春风见，萧萧夜色凄。客怀那见此，故作傍人低。'如此等语，盖不从古人笔墨畦径中来，其所镕裁，殆别有造化也，又恶用故实为哉？""不从古人笔墨畦径中来"，"镕裁殆别有造化"，晁冲之重视的是老杜超越古人蹊径的独创精神，与规行矩步者不同。例如，晁冲之的五律《感梅忆王立之》：

　　王子已先去，梅花空自新。江山馀此物，海岱失斯人。宾客他乡老，园林几度春。城南载酒地，生死一沾巾。

此诗写梅开时节怀念逝去老友，感情沉痛，笔力深稳，意境沉阔，方

---

① 伍晓蔓：《江西宗派研究》，巴蜀书社2005年版，第52页。

回谓"此诗才学后山,便有老杜遗风"(《瀛奎律髓汇评》卷二十)。

潘大临也是江西诗派中特别注重学杜者。《宋诗纪事》选录潘大临两首《江间作》:

> 白鸟没烟飞,微风逆上船。江从樊口转,山自武昌连。日月悬终古,乾坤别逝川。罗浮南斗外,黔府古河边。

> 西山连虎穴,赤壁隐龙宫。形胜三分国,波流万世功。沙明拳宿鹭,天阔退飞鸿。最羡鱼竿客,归船雨打篷。

此诗气局开阔,刻画精工,句式、结构、用语学老杜,颇具杜诗风味。潘大临诗在学杜方面,模仿痕迹较重。《王直方诗话》云:"潘邠老诗多犯老杜,为之不已,老杜亦难存活。使老杜复生,则须共潘十厮炒。"刘克庄亦云:"其诗自云师老杜,然有空意,无实力。"(《江西诗派·潘邠老》,《后村先生大全集》卷九十五)

(三)

北宋晚期,随着杜甫诗学宗师地位的确立,黄庭坚对老杜诗法的大力提倡,当时出现的一批诗话,如范温《潜溪诗眼》、署名陈师道的《后山诗话》《王直方诗话》《潘子真诗话》《洪驹父诗话》,惠洪《冷斋夜话》《天厨禁脔》,吕本中《紫薇诗话》《童蒙诗训》,曾季狸《艇斋诗话》等。对杜诗艺术的总结和探求,是这些诗话共同的重要内容。徐复观《宋诗特征试论》说:"山谷学杜甫,山谷派下,遂无不以杜为宗极。诗话至宋而极盛,在宋代诗话中,以谈杜者为最多,其原因在此。"[1]

范温从黄庭坚学诗,诗学思想深受山谷的影响,其《潜溪诗眼》对杜诗的阐释,遵循黄庭坚的方向,重点在杜诗的语言与艺术表现上。吕本中《紫薇诗话》谓范温"既从山谷学诗,要字字有来历"。郭绍虞《宋诗话考》云:"《紫薇诗话》称其论诗'要字字有来处'盖即江西诗派论诗主张。故书中所论亦多重在字眼句法,观是书名称'诗眼'而不称'诗

---

[1] 徐复观:《宋诗特征试论》,《中国文学精神》,上海书店出版社2004年版,第384页。

话'则其意可知。"范温对杜诗的论列,亦颇有见地。例如,关于杜诗用字之妙,《潜溪诗眼》云:"好句要须好字,如李太白诗:'吴姬压酒劝客尝。'见新酒初熟,江南风物之美,工在'压'字。老杜《画马》诗:'戏拈秃笔扫骅骝。'初无意于画,偶然天成,工在'拈'字。……工部又有所喜用字,如'修竹不受暑'、'野航恰受两三人'、'吹面受和风'、'轻燕受风斜','受'字皆入妙。"《潜溪诗眼》关于杜诗的"形似之语"与"激昂之语",关于杜诗谨于章法布置、顿挫曲折,关于杜诗"模写景物""移夺造化""巧而能壮"等,均有深刻的论述,显示出对杜诗结构、笔力、风格、语言诸方面深刻精到的审美认知与细致辨析。

此时,也有非江西宗派中人的诗话著作,如《临汉隐居诗话》《蔡宽夫诗话》以及绍兴年间最后成书的《石林诗话》等。这些诗话对江西诗派不满,但也是尊杜的。其论杜,目的是以杜纠正江西诗派,党熙宁而抑元祐,延续的是王安石的诗学观念。

《蔡宽夫诗话》论杜诗达二十七条之多。郭绍虞先生说此书"胜意时出,精光难掩,朱绪曾称其论诗'考证详赡,淹习掌故,无一定爱憎之私,迥出诸家之上'"[①]。其论杜诗之造语、琢句、用典、诗体等,皆着眼其艺术表现力,因而立论精当,多有胜意。蔡宽夫肯定与推崇杜甫在诗体革新方面的做法和功力,认为老杜《兵车行》《悲青坂》《无家别》诸篇,"皆因事自出己意立题,略不蹈前人陈迹"的作法,赞美为"真豪杰";认为"文章变态,故尤穷尽,然高下工拙,亦各系其人才。子美以'盘涡鹭浴底心性,独树花开自分明'为吴体,以'家家养乌鬼,顿顿食黄鱼'为俳谐体,以'江上谁家桃树枝,春寒细雨出疏篱'新句,虽若为戏,不害其格力。"

对老杜诗语问题,蔡氏针对黄庭坚以及江西诗派过分强调杜诗炼句、杜诗无一字无来处的观点,指出:"诗语大忌用工太过。盖炼句胜则意必不足;语工而意不足,则格力必弱,此自然之理也。'红稻啄余鹦鹉粒,碧梧栖老凤凰枝',可谓精切,而在其集中本非佳处,不若'暂止飞乌将数子,频来语燕定新巢',为天然自在。其用事,若'宓子弹琴邑宰日,终军弃繻英妙年',虽字字皆本出处,然比'今日朝廷须汲黯,中原将帅忆廉颇',虽无出处一字,而语意自到。故知造语用事,虽同出一人之

[①] 郭绍虞:《宋诗话考》,中华书局1979年版,第137页。

手,而优劣自异,信乎诗之难也。"蔡宽夫称许老杜在使事用典方面"不为事所使者",做到了"浑然天成,略不见牵强之迹"。而对于杜诗中的假对,蔡宽夫说:"诗家有假对,本非用意,盖造语适到,因以用之。若杜子美'本无丹灶术,那免白头翁',韩退之'眼穿长讶双鱼断,耳热何辞数爵频',借'丹'对'白',借'爵'对'鱼',皆偶然相值,立意下句,初不在此。而晚唐诸人,遂立以为格,贾岛'卷帘黄叶落,开户子规啼',崔峒'因寻樵子径,得到葛洪家'为例,以为假对胜的对,谓之高手,所谓痴人面前不得说梦也。"

从黄庭坚开始,对杜诗艺术的研究考量进入结构艺术特别是语言艺术的细部,标志着中国传统诗学批评由笼统的印象到具体分析的深入和细化。江西诗派对诗歌命意、结构、格律、句法、对偶、用字等问题的探讨颇多,而且多是结合杜诗来谈,对杜诗艺术多有发明。此时期产生的一批诗话,在对魏晋六朝和唐代诗歌进行考察和评析时,杜诗是最重要的参照系,研究者所得出的许多结论,也往往和他们对杜诗的认识与评价有着或深或浅的联系。

由于王安石、苏轼、黄庭坚的倡导与推尊,嘉祐以后,杜甫已成为北宋诗家宗尚的最高典范,"学诗者非子美不道,虽武夫女子皆知尊异之"(《蔡宽夫诗话》)。随之而来的是杜诗的解读问题。鲁訔《编次杜工部诗》序云:"骚人雅士,同知祖尚少陵,同欲模楷声韵,同苦其意律深严难读也。"于是,对杜诗的注释问题自然也就提到日程上来。邓忠臣《注杜诗》成书在熙宁、元丰年间,是目前可以考之的最早的杜诗注本。[①] 北宋末年,杜诗的注释已有一定积累。洪业《杜诗引得》序云:"大约政和(1111)—嘉泰(1201—1204)之间,为时不及百载,校订注论杜诗者,已实繁有徒。"王得臣、师尹、杜田等人是目前可以考之的这一时期的注杜者。

---

① 邓小军:《邓忠臣〈注杜诗〉考——邓注的学术价值及其被改名的原因》,《杜甫研究学刊》2002年第1期。

六　南渡时期杜甫诗学精神的高扬

宋高宗建炎、绍兴时期，是南宋初期，又称"南渡时期"。靖康二年（1127），金兵攻陷汴京，掳徽钦二帝，北宋灭亡，史称"靖康之变"。之后金兵继续南侵，铁蹄长驱直入，宋高宗赵构渡江南逃，中原沦丧，百姓流离失所，兵连祸结，国家处于风雨飘摇之中。建炎五年（1131），高宗改元"绍兴"。二年，建都于临安（今杭州）。由于国家巨变和时代苦难的激发，尊杜学杜在这一时期又形成了新的热潮，杜甫诗学精神在诗歌创作与诗学理论中得到进一步的高扬。

（一）

钱锺书说："靖康之难的发生，宋代诗人遭遇到天崩地塌的大变动，在颠沛流离中，才深切体会出杜甫诗里所写安史之乱的境界，起了国破家亡、天涯沦落的同感，先前只以为杜甫'风雅可师'，这时候更认识他是个患难中的知心伴侣。王铚《别孝先》就说：'平生尝叹少陵诗，岂为残生尽见之'；后来逃难到襄阳的北方人题光孝寺壁也说：'踪迹大纲王粲传，情怀小样杜陵诗'。都可以证明身经离乱的宋人对杜甫发生了一种心心相印的新关系。诗人要抒写家国之痛，就常常自然而然效法杜甫这类苍凉悲壮的作品。"[①] 杜诗成为一面历史的镜子，杜甫成为士人的千古知音。杜甫的爱国主义精神，伤时忧世的人道主义情怀，反映战乱与民生苦难的诗篇，受到人们空前的重视与效法。史载，当时抗战派的领袖人物宗泽奋力从事抗金，"忧愤成疾，疽发于背。诸将入问疾，泽矍然曰：'吾以二

[①] 钱锺书：《宋诗选注》，人民文学出版社1979年版，第146—147页。

帝蒙尘，愤愤至此。汝等能殪敌，则我死无恨。'众皆流涕曰：'敢不尽力。'诸将出，泽叹曰：'出师未捷身先死，长使英雄泪满襟。'无一语及家事，但连呼过河者三而卒。"（《宋史》卷三百六十《宗泽传》）南宋首任宰相、当时著名的主战派领袖李纲在其《重校正杜子美诗集序》中说：

  盖自天宝全盛之时，迄于至德、大历干戈乱离之际，子美之诗凡千四百三十余篇，其忠义气节、羁旅艰难、悲愤无聊，一见于诗。句法理致，老而弥精。平时读之，未见其工；迨亲更兵火丧乱之后，诵其诗如出乎其时，犁然有当于人心，然后知其语之妙也。（《梁溪先生文集》卷一百六十二）

  此时期的尊杜与学杜之热潮，也与当时朝政变化有关。南宋建立后，宋高宗迫于时局，在政治上革除了徽宗时期的一些弊政，实行"更化"措施，为元祐党人平反，废除党禁和诗禁，对"王学"进行清算。宋高宗"最爱元祐"的表态①，大张旗鼓地推尊元祐学术，影响甚大。史载，赵鼎"素主元祐之学"②，张浚"尝与赵忠简共政，多所引擢，从臣朝列，悉一时之望，人号'小元祐'"（黄宗羲《宋元学案》卷四十四《赵张诸儒学案》）"元祐学术"作为"正宗"，受到士大夫的推尊。苏学作为义理之学和辞章之学受到士大夫阶层的顶礼膜拜，出现"人传元祐之学，家有眉山之书"的盛况（罗大经《鹤林玉露》甲编卷二），以致被尊为"宋一经"（陈傅良《跋东坡桂酒颂》，《止斋先生文集》卷四十二）。元祐后学中不少人为朝廷所重用。孙觌《西山文集序》云："至靖康、建炎间，鲁直之甥徐师川、二洪驹父玉父，皆以诗人进居从官大臣之列。一时学士大夫向慕，作为江西宗派，如佛氏传心，推次甲乙，绘而未图。凡挂一名其中，有荣耀焉。"久压之后，出现强烈的反弹，江西诗派此时产生广泛的影响，对江西诗派的讨论一时间成为中心话题。江西诗派宗尚黄庭坚，远绍杜甫，其声势与影响的扩大和加强，使得学杜的舆论和风气转盛。绍兴元年，郑印所作《杜工部诗序》云："国家追复祖宗成宪，学者以声律相劝，少陵矩范，尤为时尚。"（《分门集注杜工部诗》）

---

  ① 《建炎以来系年要录》卷七九"绍兴四年八月戊寅"条。
  ② 《宋史》卷三百七十六《吕本中传》。

主战派代表、当朝宰相李纲，对杜甫生平人格、政治追求、诗歌成就进行了热烈的赞颂：

> 子美以诗鸣，古今无敌手。当时谪仙人，长句颇先后。精深律切处，故自非其偶。而况郊岛徒，何敢窥户牖。有如登岱宗，众山皆培塿。又如观武库，剑戟靡不有。高辞媲邱坟，古意篆蝌蚪。苍苍雪中松，濯濯风前柳。云烟纷卷舒，雷电划奔走。澹然众态俱，沾丐随所取。平生忠义心，多向诗中剖。忧国与爱君，诵说不离口。饥寒窘衣食，容貌村野叟。自以稷契期，此理人胜否。中兴作谏臣，戎马方践蹂。上疏救房琯，亦足知素守。一跌不复振，造物意岂苟。欲使穷吟哦，专志如蒙瞍。辛苦盗贼中，妻子或颠仆。布衾冷似铁，晨爨乏升斗。冒雪斸黄精，呼儿理鱼筍。萧条秦陇间，不废诗千首。依严遂入蜀，幕府备宾友。草堂浣花溪，颇复事南亩。乱离又飘泊，累若丧家狗。云安曲米春，巫峡风土陋。扁舟下瞿塘，留滞湖湘久。家事竟何成，丹诀空系肘。凄凉耒阳县，醉死竟坐酒。虽烦微之铭，不返鄂杜柩。谁将樽中渌，一酹泉下朽。诗篇垂琳琅，长作蛟龙吼。（《五哀诗》之五《唐工部员外郎杜甫》，《梁溪先生文集》卷十九）

> 杜陵老布衣，饥走半天下。作诗千万篇，一一干教化。是时唐室悲，四海事戎马。忧君忧国泪，愤发几悲咤。孤忠无与施，但以佳句写。风骚到屈宋，丽则凌鲍谢。笔端笼万物，天地入陶冶。岂徒号诗史，诚足继风雅。使居孔氏门，宁复称赐也。残膏与剩馥，沾足沾丐者。呜呼诗人师，万世谁为亚。（《读四家诗选》，《梁溪先生文集》卷九）

李纲对杜诗赞扬的首要之点是杜诗忠君爱国精神，认为"汉唐间以诗鸣者多矣，独杜子美得诗人比兴之旨，虽困踬流离而不忘君。故其词章慨然有志士仁人之大节，非止模写物象风容色泽而已。"（《读四家诗选》，《梁溪先生文集》卷十七）从靖康之变始，忠君忧国成为宋人尊杜学杜最突出的主题。

（二）

　　时代的苦难使学杜者与杜甫拉近了距离，诗人在转徙流离之中，直面国土沦亡之痛与民生苦难之深，对老杜的诗篇深有会心并产生强烈共鸣，学杜也呈现出新的面目。江西诗派以及深受江西诗派影响的一些诗人，此时诗歌创作也从注重表现个人情性、流连光景转向表现战乱时代的灾难和苦痛。《瀛奎律髓汇评》无名氏（甲）评吕本中《还韩城》云："江西派原以工部为名，而遭靖康建炎之世，与天宝、至德相似，则忠义激发，形诸篇什者，非工部而师谁？"陈与义、吕本中、汪藻、曾几就是这一转向的代表人物。

　　陈与义学杜突破了黄、陈的藩篱，有自己的新气象。钱锺书谓简斋诗"风格高骞"（《谈艺录》）。陈与义南渡后所写的那些反映战乱、感怀世变的作品，把个人命运与国家命运联系在一起，慷慨悲凉，雄阔深沉，既得杜诗的精髓，又有自己的个性与风采，杨万里称之为"诗宗已上少陵坛"（《跋陈简斋奏草》，《诚斋集》卷二十四）。

　　吕本中是江西诗派理论主张和与文学意识的代表性人物。其早年所做《江西诗社宗派图》列北宋黄庭坚以下陈师道等25人为法嗣，对江西诗派的形成与发展起了重要作用。吕本中继承和发扬了黄庭坚关于学杜的诗学思想，其《童蒙诗训》明确提出："学诗须熟看老杜、苏、黄，亦先见体式，然后遍考他诗，自然工夫度越过人。老杜歌行与长韵律诗，后人莫及。而苏、黄用韵、下字、用故事处，亦古所未到。"吕本中不仅提倡学杜，而且对于当时学杜流于模仿的倾向和流弊提出批评："老杜诗云：'诗清立意新。'最是作诗用力处，盖不可循习陈言，只规模旧作也。鲁直云：'随人作诗终后人。'又云：'文章切忌随人后。'此自鲁直见处也。近世学老杜多矣，左规右距，不能稍出新意，终成屋下架屋，无所取长。独鲁直下语，未尝似前人而卒与之合，此为善学。如陈无己，力尽规摹，已少变化。"（《童蒙诗训》，《仕学规范》卷三十九）吕本中主张学杜而不局限于学杜，要有阔大的眼光，遍考精取："《楚辞》、杜、黄，故法度所在，然不若遍考精取，悉为吾用，则姿态横出，不窘一律矣。""近世江西之学者，虽左规右矩，不遗余力，而往往不知所出。故百尺竿头，不能更进一步，此亦失山谷之旨也。"（《与曾吉甫论诗》，《苕溪渔隐丛话》

卷四十九）针对当时盲目崇拜杜、苏、黄的诗坛现状，吕本中指出："学古人文字，须得其短处。如杜子美诗，颇有近质野处，如《封主簿亲事不合》诗之类是也。东坡诗有汗漫处，鲁直诗有太尖新、太巧处，皆不可不知。"（《童蒙诗训》）

特别值得提出的是，吕本中认为，作诗要讲求"活法"，"所谓活法者，规矩备俱，而能出于规矩之外，变化不测，而亦不背于规矩也。是道也，盖有定法而无定法，无定法而有定法，知是者，则可以与语活法矣"（《后村大全集》卷九十五）。吕本中认为，黄庭坚学杜诗能"得其髓"，其佳处在于"禅家所谓死蛇弄得活"（张戒《岁寒堂诗话》卷上）。吕本中标榜"活法"，在很大程度上针对的就是江西末流学杜的"死法"，主张跳出亦步亦趋的模仿，真正学到杜诗的思想和艺术精华，创作上具有自己的面目与特色。南渡之后，江西诗派流行，江西诗派学杜的成就与得失，自然也成了宋人诗歌理论探索的重要话题。吕本中对江西诗派学杜之弊端的批评，是对江西诗派诗学思想的一种反省，"终于破除一般人对黄庭坚的迷信"[①]。

吕本中作诗自言传衣江西，其学杜也体现了他的"活法"这一诗学主张。靖康之变，吕本中在京城汴梁，身历其变，写了一批反映这一重大历史事件的"围城诗"。这些诗继承了杜诗的诗史精神，真实地记录与描绘了靖康之变的历史场景，表现了诗人对国破家亡民族灾难的深悲剧痛。诗中写了围城初期兵民抗击金兵的决心与勇敢："贼马侵城急，官军报捷频。民心皆欲斗，天意已如春。"（《京城围闭之初天气晴和军士乘城不以为难也因成四韵》）"今春贼来时，军士怖且走。今冬贼来时，决射揎两肘。愤然思出斗，不但要死守。"（《闻军士求战甚力作诗勉之》）写了城破时的悲惨场景："城北杀人声彻天，城南放火夜烧船。江河梦断不得。问君此住何因缘。窜身穷巷米如玉，翁寻湿薪煴嫛粥。明日开门雪到檐，隔墙更听邻家哭。"（《兵乱寓小巷中作》）"昨者城破日，延烧东郭门。中夜半天赤，所忧惊至尊。是日雪正作，疾风飘大云。十室九经盗，巨家多见焚。至今驰道中，但行塞马群。翠华久不返，魏阙横烟氛。都人向天泣，欲语声复吞。"（《城中纪事》）《丁未二月上旬》一诗写徽钦二帝被掳："厄运虽云极，群公莫自疑。民心空有望，天道本无知。野帐留华

[①] 赵齐平：《宋诗臆说》，北京大学出版社1993年版，第234页。

屋,青城插皂旗。燕云旧耆老,宁识汉官仪。""主辱臣当死,时危命亦轻。谁吞豫让炭,肯结仲由缨。泣血瞻行殿,伤心望敌营。尚存仪卫否,早晚复神京。"《无题》一诗则揭露讽刺张邦昌建立伪楚政权,朝廷大臣纷纷降金仕楚的丑恶行径:"敌国安知鼎重轻,祸胎元是汉公卿。襄阳耆旧唯庞老,受禅碑中无姓名。"这些诗和老杜反映安史之乱的诗篇极为神似,既有对靖康之变历史场景的真实描绘,也有诗人对这一历史事件的深切感受和严肃批判,史笔与诗心的融合,为靖康之变这一重大历史事件留下了清晰而具体的历史画卷。曾季狸云:"吕东莱围城诗皆似老杜。"(《艇斋诗话》)

靖康二年,吕本中又作《兵乱后自嬉杂诗》29首。这一组五律诗,以国破家亡的经历与感受为主题,写时事,写经历,写景物,写感慨,笔势纵横恣肆,内容繁富复杂,而以国恨家仇的悲慨情感贯穿始终,反映了靖康之变的历史场景和时代精神,以及诗人忧时念乱、悲天悯人的复杂情怀。方回《瀛奎律髓》选录了其中五首:

晚岁戎马际,处处聚兵时。后死翻为累,偷生未有期。积忧全少睡,经劫抱长饥。欲随范仔辈,同盟起义师。(自注:近闻河北布衣范仔起义。)

羽檄连朝暮,戎旃匝迩遐。未教知死所,讵敢作生涯。东郭同逃户,西郊类破家。萍蓬无定迹,屡欲过三巴。

碣石烟尘起,长驱出不虞。是谁遗此贼,故使乱中都。官府室如罄,人家锥也无。有司少恩惠,何忍复追呼。

万事多反复,萧兰不辨真。汝为误国贼,我做破家人。求饱羹无糁,浇愁爵有尘。往来梁上燕,相顾却情亲。

蜗舍嗟芜没,孤城乱定初。篱根留敝屦,屋角得残书。云路惭高鸟,渊潜羡巨鱼。客来阙佳致,亲为摘山蔬。

方回云:"《东莱外集》凡二十九首,取其五。他如'水水但争渡,城城各点兵。''牛亡春夺种,马死尽徒行。''风雨无由障,牛羊自入庐。''檐楹镞可拾,草木血犹腥。''六龙时麀险,百雉日孤危。''报国宁无策,全躯各有词。'皆佳句也。老杜后始有此。"(《瀛奎律髓汇评》卷三十二)赵齐平指出:吕本中这一组诗,"学老杜《对雨》《西山三首》《有感五首》等诗,尤其有意学习杜甫的《秦州杂诗》"①。钱锺书谓老杜之丧乱诗,是宋人写丧乱的"不二法门"。吕本中的丧乱诗,就是这方面的典型例证。

对于吕本中学杜,赵蕃予以很高的评价:"诗家初祖杜少陵,涪翁再续江西灯。陈潘徐洪不可作,阃奥晚许东莱登。"(《书紫薇集后》,《章泉稿》卷一)"少陵衣钵在涪翁,传述东莱得正宗。闻道曾经亲授记,不求认可更谁从。"(《寄刘凝远峦四首》其三,《章泉稿》卷一)

这一时期学杜而有成就的还有汪藻,《己酉乱后寄常使君侄四首》纪昀谓:"四首之入杜集不辨"。钱锺书《宋诗选注》选了其中一首:

    草草官军渡,悠悠枭骑旋。方尝勾践胆,已补女娲天。诸将争阴拱,苍生忍倒悬。乾坤满群盗,何日是归年。

钱锺书认为这首诗学杜甫体,比起吕本中的《兵乱后杂诗》,"风格来得完整"②。

南宋初期的著名诗人曾几的诗学杜、黄而自成一家。陆游《曾文清公墓志铭》云:"诗尤工,以杜甫、黄庭坚为宗"(《渭南文集》卷三十二)。曾几对杜甫、黄庭坚倍极推崇,《东轩小室即事》:"工部百世祖,涪翁一灯传。闲无用心处,参此如参禅。"《次陈少卿见赠诗》:"华宗有后山,句律严七五。豫章乃其师,工部以为祖。"(《茶山集》卷七)他大力标榜"江西宗派":"老杜诗家初祖,涪翁句法曹溪。尚论渊源师友,他时派列江西。"(《李尚叟秀才求斋名于王元渤以养源名之求诗》其二,《茶山集》卷七)程千帆先生说:"此乃曾几的夫子自道。"

曾几遭遇靖康之变,忧国忧民,这是他与老杜思想情感的相通之处。曾几七律《寓居吴兴》批判主和派卖国投降的行径,抒写北方国土沦陷

---

① 赵齐平:《宋诗臆说》,北京大学出版社 1993 年版,第 261 页。
② 钱锺书:《宋诗选注》,人民文学出版社 1979 年版,第 136 页。

的深悲剧痛，悲壮沉郁，格调颇类杜甫。他的《苏秀道中自七月二十五日夜大雨三日秋苗以苏喜雨有作》云："一夕骄阳转作霖，梦回冷润湿衣襟。不愁屋漏床床湿，且喜溪流岸岸深。千里稻花应秀色，五更桐叶最佳音。无田似我犹欣舞，何况田间忘岁心！"不愁个人屋漏床湿而喜霖雨解除田间干旱，正是诗人忧国忧民情怀的具体体现。其颔联"不愁屋漏床床湿，且喜溪流岸岸深"，上句化用杜甫《茅屋为秋风所破歌》"床床屋漏无干处"，下句化用杜甫《春日江村》"溪流岸岸深"。刘克庄谓曾几诗"中间多泛应漫兴者"，缺乏精心推敲，下笔率易。曾几学杜也存在未能消化的粗率之病，如"白鸥无数没浩荡，相亲相近俄相安"（《玩鸥亭》），"悯雨连三月，为霖抵万金"（《郡中迎怀玉山应真求雨得之未沾祖》），"即从江水浮淮水，便上维扬上洛阳"（《曾宏甫见过问讯鞓红花则云已落矣惊呼之余戏成三首》），"一夜窗纸明似月，多年布被冷如冰"（《雪诗》）等句子就是这种情形。

（三）

南宋初期，诗话中关于杜诗的条目数量大增，杜诗的研究和考索也呈现出繁荣的景象。其中值得称道的是《岁寒堂诗话》与《苕溪诗话》两部著名诗话。

张戒的《岁寒堂诗话》成书于绍兴年间。《四库全书总目提要》谓此书与严羽《沧浪诗话》、姜夔《白石道人诗话》鼎足而三。该书分上下两卷，上卷阐述其诗歌理论，下卷专论杜甫。全书凡69条，其中论杜49条，是宋诗话中集中论述杜甫的第一本诗论著作。

张戒从儒家诗教观出发，把老杜作为最能体现中国诗歌传统的典范而予以热情的赞美和推崇。他认为："子美诗超今冠古，一人而已。""子美之诗，雄姿杰出，千古独步，可仰而不可及也。"张戒强调老杜"笃于忠义，深于经术，故其诗雄而正"（《岁寒堂诗话》）张戒特别强调杜诗的"意"即杜诗所抒写之情志的纯正，一再推崇和赞美杜甫的忠君爱国、忧国忧民的情怀和心志。其论《自京赴奉先县咏怀五百字》云：

> 少陵在布衣中，慨然有致君尧舜之志，而世无知者，虽同学翁亦颇笑之，故"浩歌弥激烈"，"沈饮聊自遣"也。此与诸葛孔明抱膝

长啸无异。读其诗,可以想其胸臆矣。嗟夫!子美岂诗人而已哉!其云:"彤庭所分帛,本自寒女出。鞭挞其夫家,聚敛贡城阙。圣人筐篚恩,实欲邦国活。臣如忽至理,君岂弃此物。多士盈朝廷,仁者宜战栗。"又云:"朱门酒肉臭,路有冻死骨。荣枯咫尺异,惆怅难再述。"方幼子饿死之时,尚以常免租税、不隶征伐为幸,而思失业徒,念远戍卒,至于"忧端齐终南",此岂嘲风咏月者哉,盖深于经术者也,与王吉、贡禹之流等矣。

张戒认为,杜诗是"情意有余,汹涌而后发",忠君爱国、悲天悯人的思想情感,"从胸襟中流出""情动于中而形于言"。杜甫"对景亦可,不对景亦可,喜怒哀乐,不择所遇,一发于诗,盖出口成诗,非作诗也"。杜诗之好处,正在"无意而意已至"。他以《洗兵马》为例云:

> 观此诗闻捷书之作,其喜气乃可掬,真所谓情动于中而形于言,言之不足,不知手之舞之,足之蹈之也。其曰"东走无复忆鲈鱼,南飞觉有安巢鸟",言人思安居不复避乱也。曰"寸地尺天",曰"奇祥异瑞",曰"皆入贡",曰"争来送",曰"不知何国",曰"复道诸山",皆喜跃之词也。"隐士休歌紫芝曲",言时平当出也。"词人解撰河清颂",言当作颂声也。"田家望望惜雨干,布谷处处催春种",言人思归农也。"淇上健儿归莫懒,城南思妇愁多梦",言戍卒之归休,室家之思忆,叙其喜跃,不嫌于亵,故云"归莫懒"、"愁多梦"也。至于"鹤驾通宵凤辇备,鸡鸣问寝龙楼晓",虽但叙一时喜庆事,而意乃讽肃宗,所谓主文而谲谏也。"攀龙附凤势莫当,天下尽化为侯王。汝等岂知蒙帝力,时来不得夸身强",虽似憎恶武夫,而熟味其言,乃有深意。《易·师之上六》曰:"开国承家,小人勿用。"《三略》亦曰:"还师罢军,存亡之阶。"子美于克捷之初,而训敕将士,俾知帝力,不得夸身强,其忧国不亦至乎!子美吐词措意每如此,古今诗人所不及也。山谷晚作《大雅堂记》谓:子美诗好处,正在无意而意已至。若此诗是已。

王安石、苏轼、黄庭坚都是把杜诗视为上接风雅的。将杜诗与《诗经》文本相承接,肯定杜诗之成就,是对杜诗渊源与传统的一种确认。

张戒也把杜诗视为上承《诗经》的文学经典，结合具体诗篇加以论列。如评《可叹》一诗云："观子美此篇，焉得不伏下风乎？忠义之气，爱君忧国之心，'造次必于是，颠沛必于是'。'言之不足，嗟叹之；嗟叹之不足，故永歌之'，故其词气能如此。恨世无孔子，不列于《国风》、《雅》、《颂》尔。"他说：

> 至于杜子美，如放归鄜州，而云"唯时遭艰虞，朝野少暇日。顾惭恩私被，诏许归蓬荜。"新婚戍边，而云："勿为新婚念，努力事戎行。罗襦不复施，对君洗红妆。"《壮游》："两宫各警跸，万里遥相望。"《洗兵马》云："鹤驾通宵凤辇备，鸡鸣问寝龙楼晓。"凡此皆微而婉，正而有礼，孔子所谓可以兴、可以观、可以群、可以怨，迩之事父，远之事君者。如"刺规多谏诤，端拱自光辉。俭约前王礼，风流后代希。""公若登台腹，临危莫爱身。"乃圣贤法言，非特诗人而已。

宋代最早从儒家诗教角度阐释杜诗的是司马光，认为"近世诗人，唯杜子美最得诗人之体"，杜甫《春望》一类诗"意在言外，使人思耳得之，故言之者无罪，闻之者足以戒也"（《司马温公诗话》）。张戒承续了司马光的观点并做了深入具体的发挥：

> 杜子美李太白，才气虽不相上下，而子美独得圣人删诗之本旨，与《三百五篇》无异，此则太白所无也。元微之论李杜，以为太白"庄浪纵恣，摆去拘束，摹写物象，诚亦差肩于子美。至若铺陈终始，排比声韵，李尚未能历其藩翰，况堂奥乎。"鄙哉，微之之论也！铺陈排比，曷足以为李杜之优劣。子曰："不学《诗》，无以言。"又曰："《诗》可以兴，可以观，可以群，可以怨，迩之事父，远之事君。"《序》曰："先王以是经夫妇，成孝敬，厚人伦，美教化，移风俗。"又曰："上以风化下，下以风刺上，主文而谲谏，言之者无罪，闻之者足以戒。"子美诗是已。若《乾元中寓居同谷七歌》，真所谓主文而谲谏，可以群，可以怨，迩之事父，远之事君者也。

朱自清《诗言志辨》："儒家重在德化，儒教盛行以后，这种教化作用极为世人所推尊，'温柔敦厚'便成为诗文评的主要标准。"① 张戒对杜诗的评论，突出了儒家的诗教观，肯定了杜诗现实性与讽喻性，但又极力强调其讽喻"微而婉，正而有礼"，合乎诗教的温柔敦厚之旨。张戒不赞成区分李杜优劣，但他论诗的基本标准是儒家的诗教观，所以实际上他更推崇赞赏的是杜诗。张戒论诗"重情志而不废韵味"②，但张戒将"含蓄蕴藉"与"怨而不怒""意在言外"和"主文谲谏"混同起来，对杜诗深沉含蓄的风格有所曲解。其论《哀江头》云："杨太真事，唐人吟咏至多。然类皆无礼"，独杜甫立言为得体，"其词婉而雅，其意微而有礼，真可谓得诗人之旨者"。

张戒认为，杜诗在艺术上是不可企及的典范。他说："子美诗奄有古今，学者能识《国风》《骚》人之旨，然后知子美用意处，识汉魏诗，然后知子美遣词处。"他认为，杜甫最充分地体察领略了人世间的诗意，掌握了表达人间诗情的奥妙和手法，对于诗境的开拓做出了重大贡献：

> 王介甫只知巧语之为诗，而不知拙语亦诗也；山谷只知奇语之为诗，不知常语亦诗也；欧阳公诗，专以快意为主；苏端明诗，专以刻意为工；李义山诗，只知有金玉龙凤；杜牧之诗，只知有绮罗脂粉；李长吉诗，只知有花草蜂蝶，而不知世间一切皆诗也。惟杜子美则不然，在山林则山林，在廊庙则廊庙，遇巧则巧，遇奇则奇，遇俗则俗，或放或收，或新或旧，一切物，一切事，一切意，无非诗者。故曰："吟多意有余。"又曰："诗尽人间兴。"诚哉是言。

> 《昭陵》、《泥功山》、《岳麓寺》、《鹿头山》、《七歌》、《遭田父泥饮》，又《上后园山脚》、《收京》、《北征》、《壮游》，子美诗设词措意，与他人不可同年而语。如状昭陵之威灵，乃云："玉衣晨自举，铁马汗常趋。"状泥功山之险，乃云："朝行青泥上，暮在青泥中。白马为铁骊，小儿成老翁。"状岳麓寺之佳，乃云："塔劫宫墙壮丽敌，香厨松道清凉俱。"此其用意处，皆他人所不到也。《鹿头

---

① 朱自清：《诗言志辨》，第23页。
② 郭绍虞：《宋诗话考》，中华书局1979年版，第57页。

山》云:"游子出京华,剑门不可越。"《七歌》云:"山中儒生旧相识,但话宿昔伤怀抱。"《遭田父泥饮》云:"久客惜人情,如何拒邻叟。"又《上后园山脚》云:"到今事反复,故老泪万行。龟蒙不可见,况乃怀故乡。"皆人心中事而口不能言者,而子美能言之。然词高雅,不若元白之浅近也。

对于学杜问题,张戒也有自己的看法。他认为,"人才各有分限,尺寸不可强",杜诗"有可学者,有不可学者"。所谓不可学者,是说别人学不来、学不到的。诗歌创作不是一种技术,是与人之个性气质、审美趣味紧密联系的创造性的复杂的精神活动,是不可重复的。张戒认为杜诗有不可学者,是有道理的。《岁寒堂诗话》说:"阮嗣宗诗专以意胜,陶渊明诗专以味胜,曹子建诗专以韵胜,杜子美诗专以气胜。然意可学也,味亦可学也。若夫韵有高下,气有强弱,则不可强矣。此韩退之之文、曹子建杜子美之诗,后世所以莫能及也。"对于苏、黄学杜,张戒云:"杜子美《登慈恩寺塔》云:'回首叫虞舜,苍梧云正愁。惜哉瑶池饮,日宴昆仑丘。'此但言其穷高极远之趣尔。南及苍梧,西及昆仑,然而叫虞舜,惜瑶池,不为无意也。《白帝城最高楼》云:'扶桑西枝对断石,弱水东影随长流。'使后来作者如何措手?东坡《登常山绝顶广丽亭》云:'西望穆陵关,东望琅邪台,南望九仙山,北望空飞埃。相将叫虞舜,遂欲归蓬莱。'袭子美已陈之迹,而不逮远甚。山谷《登快阁诗》云:'落木千山天远大,澄江一道月分明。'此但以'远大'、'分明'之语为新奇,而究其实乃小儿语也。山谷晚作《大雅堂记》,谓:子美死四百年,后来名世之士,不无其人,然而未有能升子美之堂者。此论不为过。"张戒认为,"子美之诗,得山谷而后发明",但是,对于山谷学杜,张戒认为"但得格律,未得真髓"。

黄彻《碧溪诗话》是南宋绍兴年间另一部对杜诗论述较为集中而且有创见的诗话。《四库全书总目提要》云:"彻论诗大抵以风教为本,不尚雕华。然彻本工诗,故能不失风人之旨,非务以语录为宗,使比兴之义都绝者。在宋人诗话之中,固不失为善本焉。"

黄彻尊崇杜甫的人格志节,是宋人中对老杜人格精神论述最充分最深入者。黄彻认为:"如论其文章豪逸,真一代伟人;如论其心术事业,可施廊庙。"从思想来说,"老杜似孟子":

六 南渡时期杜甫诗学精神的高扬

  《孟子》七篇，论君与民者居半，其余欲得君，盖以安民也。观杜陵"穷年忧黎元，叹息肠内热。""胡为将暮年，忧世心力弱。"《宿花石戍》云："谁能叩君门，下令减征赋。"《寄柏学士》云："几时高议排君门，各使苍生有环堵。""宁令吾庐独破受冻死亦足"，而志在大庇天下寒士，其心广大，异夫求穴之蝼蚁辈，真得孟子所存矣。东坡问："老杜何如人？"或云是司马迁，但能名其诗耳。愚谓老杜似孟子，盖原其心也（《碧溪诗话》卷一）

  宋代对孟子十分尊崇，黄彻谓"老杜似孟子"，是这一思想潮流与价值观的反映。孟子是原始儒家思想的高峰，杜甫的政治思想、民本意识、人道主义、对人民疾苦的同情，的确与孟子的思想主张更为接近。黄彻谓老杜似孟子，是对老杜政治思想倾向和杜诗思想内容基本特点的一种比较确切深入的概括，揭示了杜甫思想观念的传统渊源和基本特点。

  黄彻论杜诗，特别注意和强调其"伤风忧国，感时触景，忠诚激切，蓄意深远"（《碧溪诗话》卷四）的特点：

  尝爱老杜诗云："慎勿吞青海，无劳问越裳。大君先息战，归马华山阳。"又有"安得壮士挽天河，净洗甲兵常不用。""安得务农息战斗，普天无吏横索钱。""愿戒兵犹火，恩加四海深。""不眠忧战伐，无力征乾坤。"其愁叹忧戚，盖以人主生灵为念。孟子以善言陈战为大罪，我战必克为民贼，仁人之心，易地皆然。（同上）

  黄彻不同意白居易关于杜诗合乎风雅比兴者不过三四十篇的说法，认为"今观杜集，忧战伐、呼苍生、悯疮痍者，往往而是，岂止三四十而已。"（卷十）他把《自京赴奉先咏怀五百字》称为老杜心迹论：

  观《赴奉先咏怀》五百言，乃声律中老杜心迹论一篇也。自"杜陵有布衣，老大意转拙，许身一何愚，自比稷与契。"其心术祈向，自是稷契等人。"穷年忧黎元，叹息肠内热。"与饥渴由己者何异，然常为不知者所病，故曰："取笑同学翁。"世不我知而所守不变，故曰："浩歌弥激烈。"又云："非无江海志，潇洒送日月。当今廊庙具，建厦岂云缺。葵藿倾太阳，物性固莫夺。"言非不知隐遁为高也，亦非以国无其人也，特废义乱伦，有所不忍。"以兹悟生理，独耻事干谒。"言志大术疏，未始阿附以借势也。为下士所笑，而浩歌自若；皇皇慕君，而雅志栖遁，既不合时而又不少低屈，皆设疑互答，屡致意焉。非巨刃有余，孰能之乎？中间铺叙，间关酸辛，宜不胜其戚戚。而"默思失业徒，因念远戍卒。"所谓忧在天下，而不为一己失得也。禹、稷、颜子，不害为同道；少陵之迹江湖而心稷契，岂为过哉？孟子曰："穷则独善其身，达则兼善天下。"其穷也未尝无志于国与民，其达也未尝不抗其易退之节，早谋先定，出处一致矣。是诗先后周复，正合乎昔人目元和《贺雨》诗为谏书，余特目此诗为心迹论也。（卷十）

黄彻从儒家美刺比兴诗学观念出发，以风教言诗，认为诗应"嗟念黎元休戚、讽谏而辅名教"。黄彻论诗过于强调风教之旨，他关于杜诗的思想旨趣的诠释有时不免流于穿凿，这也是宋人释杜常犯的毛病。例如，他论杜诗《观打鱼》云：

老杜《观打鱼》云："设网万鱼急"，盖指聚敛之臣，苛法侵渔，使民不聊生，乃万鱼急也。又云："能者操舟疾若风，撑突波涛挺叉入。"小人舞智趋时，巧宦数迁，所谓疾若风也。残民以逞，不顾倾覆，所谓挺叉入也。"日暮蛟龙改窟穴，山根鳣鲔随云雷。"鱼不得其所，龙岂能安居，君与民犹是也。此与六义比兴何异？"吾徒何为纵此乐，暴殄天物圣所哀。"此乐而能戒，又有仁厚意，亦如"前王作网罟，设法害生成。"不专为取鱼也。退之《叉鱼》曰："观乐忆吾僚。"异此意矣。亦如《蘄簟》云："但愿天日常炎赫。"

王嗣奭《杜臆》评此诗云："作诗本意，全在后四句，盖盈城盈野，见者伤心；而暴殄天物，俱可悲痛。一视同仁，初无二理。"黄生云："二诗体物既精，命意复远。前诗寓感，此诗寓规，前诗为富贵人下砭，此诗为贪馋人示警也。"张宗泰谓黄彻"以守正之过，至拘执不得诗人之意者，亦往往有之。"（引自《宋诗话考》）

黄彻论诗以"中存风雅"为宗，"外严律度"，对杜诗的法度（包括下字、用典、声律等）予以考求。郭绍虞《宋诗话考》指出，黄彻《䂬溪诗话》论诗"独能在诗格诗例方面，另出手法，以创为语法修辞之规律，则事属首创，其功有不容淹没者矣。盖黄氏饱学，能观其通，能窥其微，故蹊径独辟，故非一般作诗格诗例者所可比矣"①。对于杜诗，黄彻的研究尤为用力，总结出不少具有典型性的类例。如关于杜诗惯用的意象、字词：

> 杜诗有用一字凡数十处不易者，如："缘江路熟俯青郊"，"傲睨俯峭壁"，"展布俯长流"，"杖藜俯沙渚"，"此邦俯要冲"，"四顾俯层巅"，"舫头俯涧瀍"，"层台俯风渚"，"游目俯大江"，"江槛俯鸳鸯"，其余一字，屡用若此类多，不可具述。

> 杜集马与鹰甚多，亦屡用属对。如"老骥倦知道，苍鹰饥易驯。""骥病思偏秣，鹰愁苦怕笼。""放蹄知赤骥，揆翅服苍鹰。""老骥倦骧首，饥鹰愁易驯。"《骢马行》云："吾闻良骥老始成，此马数年人更惊。"又"不比俗马空多肉"，"一洗万古凡马空。"《杨监出画鹰》云："干戈少暇日，真骨老崖嶂。为君除狡兔，会见翻韝上。"《王兵马六角鹰》云："安得尔辈皆其群，驱出六合枭鸾分。"《画鹰》云："何当击凡鸟，毛血洒平芜。"余尚多有之。盖其志远壮心，未甘伏枥；疾恶刚肠，尤思排击。语曰："骥不称其力，称其德也。"左氏曰：见无礼于其君者，如鹰鹯之逐鸟雀也。少陵有焉。

黄彻考察杜诗具有历史眼光，他把这种总结与创立类例的做法，用来考察杜诗创造的艺术形式为后人所承袭的事实，总结出杜诗传承的若干类例。诸如"斡旋其语使就音律"：

> "山阴野雪兴难乘"、"佳辰强起食犹寒"，皆斡旋其语使就音律。近律有："天上骄云未肯同。""十年江海别常轻。""花下壶庐鸟劝提。""与君盖亦不须倾。"皆此法也。（按，所引"近律"四句，分别出于王安石《欲雪》、《寄张氏女弟》和苏轼《和子由柳湖久涸忽

---

① 郭绍虞：《宋诗话考》，中华书局1979年版，第67页。

有水开元寺山茶旧无花今岁盛开二首》、《次韵苔孙侔》。)

还有"倒用故事":

老杜"途穷反遭俗眼白",本用阮籍事,意谓我辈本宜以白眼视俗人,至小人得志,嫉视君子,是反遭其眼白,故倒用之。亦如"水清反多鱼"乃倒用"水至清则无鱼"也。梦得云:"酌我莫忧狂,老来无逸气。"乃倒用盖次翁"无多酌我。""寄谢稽中散,予无甚不堪。"倒用《绝交论》。坡云:"后生可畏吾衰矣,刀笔从来错料尧。"周昌以赵尧刀笔吏,后果无能为,所料信不错,而云"错料尧",亦以涉讥谤倒用尔。又有"穷鬼却须呼。""乃知饭后钟,阇黎盖具眼。""他年五君咏,山王一时数。"皆倒用也。

融化故事而以姓置句末:

"嗜酒狂嫌阮,知非晚笑蘧",近集有云:"素书款款谁怜杜,采笔随随独胜江。""榻畔烟花常带杜,海中童卯尚追徐。""河鱼溃腹空号楚,汗足流骸始信吴。"皆用此格。(按,所引近集三联分别出于王安石《次韵酬宋中散二首》、苏轼《刁景纯席上和谢生二首》、《次韵袁公济谢芎椒诗》。)

黄彻所归纳出的这些类格,不但指出了杜诗对宋诗的具体影响,而且显示了杜诗在诗歌修辞、句法、用典诸方面的创造性贡献。

叶梦得《石林诗话》也是这一时期一部重要的诗话。《四库总目提要》云:"梦得诗文,实南北宋间之巨擘。其评论往往深重宴会,终非他家听声之见,随人为是非者也。"《石林诗话》中关于杜诗的议论达20余条,涉及杜诗语言、审美风格、艺术手法诸方面,对杜诗的成就颇有阐发。如谓杜诗"缘情体物,自有天然工妙,虽巧而不见刻销之痕";"诗下双字极难"而老杜用双字"超绝";"七言难于气象雄浑,句中有力而纡徐,不失言外之意。自老杜'锦江春色来天地,玉垒浮云变古今'与'五更鼓角声悲壮,三峡星河影动摇'等句之后,常恨无复继者"。叶梦得充分肯定老杜五古大篇的成就:"长篇最难,晋魏以前,诗无过十韵者，盖常使人以意逆志，初不以叙事倾尽为工。至老杜《述怀》《北征》诸篇，穷极笔力，如太史公纪传，此固古今绝唱。"同时也指出有的诗，如《八哀诗》之《李邕》《苏源明》诗中"极多累句"，删去方为尽善。叶梦得还以禅为喻，称美杜诗的语言："禅宗论云门有三种语：其一为随波逐浪句，谓随物应机，不主故常；其二为截断众流句，谓超出言外，非情识所致；其三为函盖乾坤句，谓泯然皆契，无间可伺。其深浅以是为序。予尝戏谓学子言：老杜诗亦有此三种语，但先后不同。'波漂菰米沈云黑，露冷莲房坠粉红'为函盖乾坤句；以'落花游丝白日静，鸣鸠乳燕青春深'为随波逐浪句；以'百年地僻柴门迥，五月江深草阁寒'为截断众流句。若有解此，当与渠同参。"

胡仔《苕溪渔隐丛话》也是这一时期产生的重要诗话著作。其前集60卷，成于绍兴十八年，后集40卷，成于孝宗乾道三年。全书100卷，收集前人诗话、诗评，间有其个人论诗之语。此书关于杜甫的共13卷。胡仔云："余纂《丛话》，盖以子美之诗为宗，凡诸公之说，悉以采摭，仍存标目，各志所出。"（《苕溪渔隐丛话》前集卷十四）《苕溪渔隐丛话》辑录谨严，此前关于杜甫的诗话诗评几乎悉数载录，对杜诗之名篇佳制、警策妙联多有摘录，品评考辨，旁征博引，有来源者必举原书，不仅可供一般人参考，而且可供学者研究之资。胡仔对杜诗评价甚高："老杜于诗学，世以谓前无古人，后无来者。然观其诗，大率宗法《文选》，摭其华髓，旁罗曲探，咀嚼为我语。至老杜体格无所不备，斯周诗以来，老杜所以为独步也。"（《苕溪渔隐丛话》前集卷九）胡仔对杜诗的艺术成就亦有独到的认识。例如，张耒、惠洪等人关于"换字对句法"即"拗句"为黄庭坚所创，胡仔以老杜诗篇为证，指出这种"破弃声律"的句法乃为老杜所创，后为黄庭坚所效法；并且指出，老杜这种创制拗句的七律是"七言律诗之变体"，"如兵之出奇，变化无穷，以惊世骇目"（《苕溪渔隐丛话》前集卷七）。

方深道编纂的《诸家老杜诗评》是第一部关于杜甫的专门诗话，该书成于两宋之交，刊刻于高宗绍兴年间。全书五卷，汇辑诸家评论杜诗之语，从孟棨《本事诗》《明皇杂录》、刘禹锡《宾客嘉话》到梅尧臣、欧阳修、王安石、苏轼、黄庭坚等人之语，悉数收入。郭绍虞云："在诗话中专就一家诗而汇辑诸家诗评者，当以是编为最早。"①

（四）

绍兴年间，赵次公撰成《杜诗注》59卷，是宋代杜诗注释方面新的重大成就。② 此书是杜诗的编年注本。宝元二年（1039）王洙《杜工部集》分古近体对杜诗做了初步的编年。元丰七年（1084），吕大防编撰的《少陵年谱》成书，这是最早的杜甫年谱，该书考证杜甫"出处之岁月"，也对杜诗做了系年的工作。蔡兴宗的《诗谱》在吕谱的基础上进一步对杜诗按年月进行编次。赵次公继承吕大防、蔡兴宗对杜诗编年的研究成果，以吴若注本为底本，撰成这部不分体的杜诗编年注本。曾噩《九家集注杜诗序》批评北宋以来一些注杜之书"牵合附会"，甚至"挟伪乱真"，而独许赵注，谓"惟蜀士赵次公为少陵忠臣"（《九家集注杜诗》）。刘克庄称"杜氏左传、李氏文选、颜氏班史、赵氏杜诗，几无可恨矣"（《跋陈教授杜诗补注》，《后村先生大全集》卷一）。林继中《杜诗赵次公先后解辑校》"前言"云："次公之注不仅是'误者正之，遗者补之，且原其事因，明其旨趣，与夫表出新意'（林希逸语），且有解题、串讲、系年、句法种种，其体例之完备，前此未见。"③

赵次公《杜诗注》重点在杜诗的语言出处和典故来源的追寻上。赵次公深受黄庭坚与江西诗派的影响，在此书自序中云："余喜本朝孙觉莘老之说，谓'杜子美诗无两字无来处'。又王直方立之之说，谓'不行一万里，不读万卷书，不可看老杜诗。'因留功十年，注此诗。稍尽其诗，乃知非特两字如此，往往一字繁切，必有来处，皆从万卷中来。"（林希逸《竹溪鬳斋十一稿续集》卷三十）对杜诗使事用典，赵次公进行了详尽细致的诠释，不仅溯根探源，而且辨析其方法。此外，对杜诗的结构、脉络、句法，此书也进行了若干考索，为认识杜诗的诗法提供了门径。对杜诗的比兴手法，此书结合具体诗篇也加以阐释，揭示了杜诗物象描写与思想寓意的融合之妙；而对当时解读杜诗比兴作"商度隐语"式作法，

---

① 郭绍虞：《宋诗话考》，中华书局1979年版，第30页。
② 林继中：《杜诗赵次公先后解辑校》前言谓赵此书"以绍兴四至十七年间'留功十年'而成书可能性最大"。
③ 林继中：《杜诗赵次公先后解辑校》，上海古籍出版社1994年版，第20—21页。

如惠洪解读《送路六侍御》《三绝句》的牵强附会，赵次公则加以驳辩。只是赵次公自己未能彻底避免此弊，洪业《杜诗引得》谓其"求言外之意，以灵悟自赏，其失也凿"。

绍兴十五年（1145）左右出现了一部托名苏轼的关于杜诗的注本《东坡事实》。此书所引事实皆无根据，反用杜甫诗句增减为文而伪托其前人名下，乃至有时世先后颠倒失次者。是书出现后广泛流传，影响不小。赵次公注对此书进行了认真的辨伪，指出其种种伪造事实的虚妄和谬误，彰显了在杜诗笺注上实事求是的良好作风。①

---

① 莫砺锋：《杜诗"伪苏注"研究》，《文学遗产》1999年第1期。

七　南宋文学中兴时期的尊杜与学杜

经历高宗时期近三十年的休养生息，孝宗年间，南宋社会经济、文化逐渐恢复和发展起来，乾道、淳熙年间，史称"中兴"。周密《武林旧事序》云："乾道、淳熙间，三朝授受，两宫奉亲，古昔所无，一时声名文物之盛，号'小元祐'。"继北宋中叶的文学高潮之后，宋代文学又出现了一个新的高峰，产生了所谓中兴四大诗人：陆游、杨万里、范成大、尤袤。方回《跋遂初尤先生尚书诗》云："宋中兴以来，言必曰乾、淳，言诗必曰尤、杨、范、陆，特擅名天下。"在词方面，有一代之雄辛弃疾以及姜夔等人。

中原沦陷，恢复无望，具有爱国之心和强烈使命感的士人对民族危机忧心忡忡，内心的悲愤浓重。呼吁洗雪耻辱、收复中原，期望报国杀敌、建功立业，表现慷慨悲愤的激情和英雄主义理想，仍然是这一时期文学的重要主题，老杜忧国忧民、充满爱国主义精神的诗篇，仍然是备受尊崇和效法的诗学典范。方回《恢大山西山小稿序》谓"尤、萧、杨、陆、范，亦老杜支派也"（《桐江续集》卷三十三），对杜甫在南宋文学中兴时期的影响未免有些夸大，但这一时期对杜诗的推崇不减，老杜对中兴诗坛依然产生着重要影响则是事实。

随着创作的繁荣，总结与探索诗歌创作的理论思考也活跃起来。此时关于江西诗派的讨论成为一个中心话题，对杜诗与学杜问题的探索也十分活跃。陆游与杨万里不仅为创作大家，又有较强的诗学理论兴趣与见识，在思索与总结宋诗发展道路及得失时，对学杜这一时代话题亦有相当深入的思索与实践。王运熙、顾易生主编的《中国文学批评通史》说，杨与陆"主要从诗歌创作的现实精神方面，来展开对于江西诗论的评判的。但在艺术的形式批评方面，却又巧加继承和发扬，从而为宋诗的生存和发

七　南宋文学中兴时期的尊杜与学杜

展又觅到了一片新天地。"① 杨万里、陆游以及此时的一些诗人对杜诗与学杜有了比江西诗派更为细致真切的认识，对江西诗派学杜的弊端提出了批评，在学杜上有了新的体会和实绩。

（一）

陆游对杜甫的钦佩和赞美在宋人中是特别突出的一个。他把老杜视为不得施展抱负、忠君爱国的"天下士"，对其遭际表达了无限同情和感叹。《东屯高斋记》云：

> 少陵，天下士也。早遇明皇、肃宗，官爵虽不尊显，而知见深，盖尝慨然以稷契自许。及落魄巴蜀，感汉昭烈、诸葛丞相之事，屡见于诗，顿挫悲壮，反复动人，其规模志意岂小哉。然去国寖久，诸公故人，熟睨其穷，无肯出力。比至夔，客于柏中丞、严明府之间，如九尺丈夫俛首小屋下，思一吐气而不可得。予读其诗，至"小臣议论绝，老病客殊方"之句，未尝不流涕也。嗟夫，辞之悲乃至是乎！荆卿之歌、阮嗣宗之哭，不加于此矣。少陵区区于仕进者，不胜爱君爱国之心，思少出所学佐天子，兴贞观、开元之治。而身愈老，命愈大谬，坎壈且死，则其悲至此，亦无足怪也。

"天未丧斯文，杜老犹独出"（《宋都曹屡寄诗且督和答作此示之》），陆游充分肯定杜甫的人格胸怀和诗学成就：

> 看渠胸次隘宇宙，惜哉千万不一施。空回英概入笔墨，生民清庙非唐诗。向令天开太宗业，马周遇合非公谁。后世但作诗人看，使我抚几空嗟咨。（《读杜诗》）

> 千载诗亡不复删，少陵谈笑即追还。常憎晚辈言诗史，清庙生民伯仲间。（《读杜诗》）

---

① 王运熙、顾易生主编：《中国文学批评通史：宋金元卷》，第260页。

陆游认为,"诗史"之称并不足以称美与概括杜诗的成就,他认为,杜诗直接承继《诗经》而与《诗经》中《清庙》《生民》相媲美,显然,他是把杜诗视为诗之"经"的。

陆游不赞成江西诗派极力宣扬和强调的杜诗"无一字无来处",指出杜诗之"妙绝千古"在于杜诗中所表达的"少陵之意":

> 今人解杜诗,但寻出处,不知少陵之意,初不如是。且如《岳阳楼》诗:"昔闻洞庭水,今上岳阳楼。吴楚东南坼,乾坤日夜浮。亲朋无一字,老病有孤舟。戎马关山北,凭轩涕泗流。"此岂可以出处求哉?纵使字字寻得出处,去少陵之意益远矣。盖后人元不知杜诗所以妙绝古今者在何处,但以一字亦有出处为工。如《西昆酬倡集》中诗,何曾有一字无出处者,便以为追配少陵,可乎?且今人作诗,亦未尝无出处,渠自不知。若为之笺注,亦字字有出处,但不妨其为恶诗耳。(《老学庵笔记》卷七)

杜诗是陆游诗歌创作上学习与效法的最重要的榜样与经典。他对杜诗"用力精到""熟读暗诵""虽支据鞍间,与对卷无异"(《杨梦锡集句杜诗序》),深得杜诗之精诣。梁诗正《唐宋诗醇》云:"观游之生平,有与杜甫类者:少历兵间,晚栖农亩,中间浮沉中外,在蜀之日颇多。其感激忠愤忠君爱国之诚,一寓于诗,酒酣耳热,跌荡淋漓。至于渔舟樵径,茶碗炉熏,或晴或雨,一草一木莫不着为歌咏,以寄其意:此与杜甫何以异哉?"

杨万里也是这一时期尊杜的代表人物,在《江西宗派诗序》中,杨万里称杜甫为"圣于诗者":

> 今夫四家者流,苏似李。黄似杜。苏、李之诗,子列子之御风也;杜、黄之诗,灵均之乘桂舟、驾玉车也。无待者,神于诗者欤?有待而未尝有待者,圣于诗者欤?(《诚斋集》卷九七)

杨万里所谓"圣于诗者"者,盖谓其在诗歌方面有超凡的艺术创造力,是诗中圣手。"有待而未尝有待者",出《庄子》"罔两问景":"吾有待而然耶?吾所待又有待而然耶也?"意即有凭借而又超越凭借。杨万里用庄子的语意，称颂杜甫在诗歌创作上继承传统而又超越传统的高超造诣。

杨万里对杜诗下过精心揣摩的深工夫，《与长孺共读杜诗》云："一卷杜诗揉欲烂，两人斋读味初深。"他本人既有创作实践，又有丰富而深刻的诗学思想理论，故对杜诗的思想艺术体会深细，对杜诗的体裁、命意、句法、下字、声律、渊源、风格都有自己的见解。《诚斋诗话》云："七言长韵古诗，如杜少陵《丹青引》、《曹将军画马》、《奉先县刘少府山水障歌》等篇，皆雄伟宏放，不可扑捉。学诗者于李、杜、苏、黄诗中，求此等类，诵读沉酣，深得其意味，则落笔自绝矣。"（《诚斋集》卷一百十四）杨万里论诗强调诗味，他称赞老杜《羌村》诗，"读之真有一唱三叹之妙"（蔡正孙《诗林广记》）。

作为一代诗坛的领袖人物，杨万里在对学杜这一宋代极为重要的诗学问题上的贡献就在于，他深刻地认识到江西诗派学杜所存在的流弊，对于江西诗派特别是江西后学学杜偏向，提出了尖锐的批评："天下几人学杜甫，千江隔号万山阻。画地为饼未必似，更觉良工心独苦。"（《余因集杜句跋杜诗呈监试谢昌国察院谢丈复集杜句见赠予以百家衣报之》）认为江西诗派学杜追奇出险，失去了杜诗强烈的现实精神，"险愈甚，诗愈奇，病愈痼矣"（《陈晞颜和简斋诗集序》）。不少学杜的诗人，取径太窄，直接违背了老杜所说的"转益多师是汝师"。杨万里认为，必须突破江西诗派学杜的窠臼，广泛学习古人，其《跋徐恭仲省干诗》云："传派传宗我替羞，作家各自一风流。黄陈篱下休安脚，陶谢行前更出头。"《书王右丞诗后》云："晚因子厚识渊明，早学苏州得右丞。忽梦少陵谈句法，劝参庾信谒阴铿。"强调学诗广泛师法前人而又要穷源溯流，不能盯在一处。

中兴四大诗人中的范成大，其诗文中对杜诗多有评点。淳熙丁酉，范成大自四川制置使召还，取水程赴临安，因随日纪所阅历，作《吴船录》，其中，历经成都、云安、新津、夔州、秭归等杜甫曾经居住之地，都结合自己见闻对有关杜诗有所论及或辨析。范成大那些反映社会现实与民生疾苦之作，如《四诗田园杂兴》《催租行》《后催租行》《大暑舟行含山道中雨骤至霆奔龙挂可骇》等忧稼穑、悯农夫的诗，和老杜那些忧国忧民的现实主义诗篇是一脉相承的。在艺术上，如叙事和场景刻画，主要继承了杜甫以及元、白、张、王新乐府的传统。

（二）

辛弃疾词对杜诗的深相汲取，是这一时期杜诗学一个值得注意的重要问题。辛弃疾是一位对民族苦难怀着深切忧患意识的爱国词人，他继承和发扬了苏词从杜诗中汲取思想艺术营养的作法，在学杜上有新的进境。

稼轩对老杜强烈的用世志意、忧时忧国的伟大情怀和不得施展抱负的悲剧命运有深切的共鸣。稼轩所抱定的人生目标与老杜相同。老杜以"致君尧舜上，再使风俗淳"自命，稼轩则云："男儿事业，看一日，须有致君时。"（《婆罗门引·用韵答傅先之，时傅宰龙泉归》）"诗书万卷致君人，翻沉陆。"（《满江红·倦客新丰》）"忠言句句唐虞际，便是人间要路津。"（《鹧鸪天·和张子志提举》）"诗书万卷，致身须到古伊周。"（《水调歌头·落日古城角》）老杜一生不得志，《发秦州》云："大哉乾坤内，吾道常悠悠。"《春日江村》云："乾坤万里眼，时序百年心。"稼轩罢职隐居，亦云："吾道悠悠，忧心悄悄。"（《踏莎行·和赵国兴知录韵》）"贫贱交情落落，古今吾道悠悠。""怪新来却见，文反离骚，诗发秦州。"（《雨中花慢》"旧雨常来"）稼轩是一个以英雄豪杰自命的人，一生怀着强烈的济世情怀和恢复中原的雄心壮志，却被朝廷投闲置散，在失意痛苦之中，他也曾学陶，作为精神上的自我安慰，然而他的思想性格与陶渊明有着巨大的差异，所以他曾感叹："待学渊明，酒兴诗情不相似。"（《酒仙歌·开南溪初成赋》）而与老杜，稼轩则有更多的心灵契合与情感共鸣，其写隐居亦以老杜自命："喜草堂经岁，重来杜老。"（《沁园春·期思卜筑》）

稼轩在艺术上学杜，一个重要方式是从杜诗中汲取词语意象。杜甫在安史之乱后干戈扰攘的乱世中，期望"二三豪俊为时出，整顿乾坤济时了""安得壮士挽天河，洗净甲兵长不用。"（《洗兵马》）"安得覆八溟，为君洗乾坤？稷契易为力，犬戎安足吞？"（《客居》）稼轩一生思考抗金复国，重整河山，多次用《洗兵马》一诗的意象语词表达其豪情壮志："闻道清都帝所，要挽银河仙浪，西北洗胡沙。"（《水调歌头·寿赵漕介庵》）"从容帷幄去，整顿乾坤了。"（《千秋岁·金陵寿史帅致道，时有版筑之役》）"待他年整顿，乾坤事了，为先生寿。"（《水龙吟·甲辰岁寿韩南涧尚书》）"两手挽天河，要一洗蛮烟瘴雨。"（《蓦山溪·画堂帘卷》）稼轩在移植杜诗的审美意象入词时，善于熔铸点化，赋予新的意蕴。如《太常引·建康中秋夜为吕叔潜赋》："一轮秋影转金波，飞镜又重磨。把酒问姮娥，被白发，欺人奈何？乘风好归去，长空万里，直下看山河。斫去桂婆娑，人道是，清光更多。"此词结尾三句，即用杜诗《一百五日夜对月》："斫却月中桂，清光应更多。"老杜此诗为至德二年（757）老杜深陷长安思念亲人之作。陈贻焮云："寒食不胜凄冷，无家越发孤清。含泪对月，更觉金波潋滟，望眼生花，故有斫桂、光多之想。"老杜写自己欲斫却月中之桂令青光更多的奇想，表达对妻子忧念之极。稼轩把这两句引入词中，写自己中秋对月的奇想，寄寓扫清妖氛、光复河山的思想情怀。再如老杜《陪郑广文游何将军山林》："剩水沧江破，残山碣石开。"稼轩《贺新郎·把酒长亭说》："剩水残山无态度，被疏梅料理成风月。"其中寄寓对朝廷苟安一隅的辛辣讥讽。

清代吴衡照《莲子居词话》："辛稼轩别开天地，横绝古今，《论》、《孟》、《诗小序》《左氏春秋》、《南华》、《离骚》、《史》、《汉》、《世说》、选学、李杜诗，拉杂运用弥见其笔力之峭。"据刘扬忠统计，辛词中櫽括点化杜句者就有140首之多。[1] 杜诗有些篇章，辛弃疾一用再用，如老杜《绝句漫兴九首》，辛弃疾的《行香子》"莺语丁宁"，化用其一的"即遣花丛深造次，便教莺语太丁宁"；《鹧鸪天》"桃李漫山过眼空，也曾恼杀杜陵翁"，櫽栝其二"手种桃李非无主，野老墙低还是家。恰似春风相欺得，夜来吹折数枝化"；《生查子》"去年燕子米，绣户深深处。花径得泥归，都把琴书污"，化用其三"熟知茅斋绝低小，江上燕子故来频。衔泥点巫琴书内，更接飞虫打着人"；《满庭芳》"无穷身外事，百年能几，一醉都休"，化用其四"莫思身外无穷事，且尽生前有限杯"；《婆罗门引》"似杨柳十五女儿腰"，化用其八"隔户杨柳弱袅袅，恰似十五女儿腰"；《清平乐》"茅檐低小"，亦化用其三"熟知茅斋绝低小"，等等。杜诗中有的句语，稼轩一用再用，如苏轼特别欣赏的杜诗《月》中"四更山吐月"，稼轩《虞美人·深夜困依屏风》《生查子·山行寄杨民瞻》《谒金门·山吐月》三词写月夜景致时都用到了。

南宋中期另一位大词人姜夔，对杜甫也十分推崇，认为"诗有出于风者、出于雅者、出于颂者。屈宋之文，风出也。韩柳之诗，雅出也。杜

---

[1] 刘扬忠：《稼轩词与老杜诗》，《文学遗产》1992年第6期。

子美独能兼之。"(《白石道人诗说》)姜夔早年得益于江西派的诗学功底,其诗多有点化老杜诗之处。诸如《悼石湖三首》其一:"酸风忧国泪,高冢卧麒麟。"出杜甫《谒先主庙》"向来忧国泪,寂寞洒衣襟。"《曲江》:"江上小堂巢翡翠,苑边高冢卧麒麟。"其三:"沉思杯酒落,天阔意茫茫。"出杜甫《遣兴五首》其一:"吞声勿复道,真宰意茫茫。"《桂花》:"故人隔秋水,一望一回频。"出杜甫《寄韩谏议》:"美人娟娟隔秋水,濯足洞庭望八荒。"《送胡天续集归诚斋,时在金陵》:"先生只可三千首,回施江东日暮云。"出杜甫《春日忆李白》:"渭北春天树,江东日暮云。"夏承焘《姜白石祠编年笺校序》说:"白石的诗风是从江西派走向晚唐的,他的词正复相似,也是出于江西和晚唐的,是要用江西派诗来匡救晚唐温(庭筠)、韦(庄)以及北宋柳(永)、周(邦彦)的词风的。"①江西诗派学杜,讲求选字炼句、使事属对、安排章法等作风,被姜夔带进填词之中。姜夔著名的《霓裳中序第一》:"亭皋正极忘,乱落江莲归未得。多病却无气力,况纨扇渐疏,罗衣初索。流光过隙,叹杏梁双燕如客。人可在?一帘淡月,仿佛照颜色。幽寂,乱蛩吟壁,动庾信情愁似织。沉思少年痕迹,笛里关山,柳下坊陌。坠红无信息,漫暗水涓涓溜碧。飘零久,而今何意,醉卧酒垆侧。"沈祖棻《宋词赏析》云:"此词多用杜诗。'江莲',出《己上人茅斋》'江莲摇白羽。''一帘'二句,出《梦李白》:'落月满屋梁,犹疑照颜色。''笛里关山',出《洗兵马》:'三年笛里关山月。''坠红'出《秋兴》:'露冷莲房坠粉红。'应上'乱落江莲'。'暗水',出《夜宴左氏庄》:'暗水流花径。'"②姜夔《鹧鸪天》:"鸳鸯独宿何曾惯,化作西楼一缕云。"沈祖棻《宋词赏析》云:"'鸳鸯'句从杜诗《佳人》'合昏尚知时,鸳鸯不独宿'出,而化实为虚。"

再如《疏影》(苔枝缀玉)上半阕:"客里相逢,篱角黄昏,无言自倚修竹。昭君不惯胡沙远,但暗忆、江南江北。想环佩、月夜归来,化作此花幽独。"《疏影》是白石词之代表作之一,为南宋典雅派咏物词树立了典范。这上半阕,基本上就是骤栝与熔铸杜诗《佳人》和《咏怀古迹》之三咏昭君的意象,形容与赞美梅花之幽雅高洁,将《佳人》中之"天

---

① 夏承焘:《姜白石词编年笺校》,中华书局1962年版,第6页。
② 沈祖棻:《宋词赏析》,北京出版社2003年版,第216页。

寒翠袖薄，日暮倚修竹"和《咏怀古迹》之三中的"环佩空归月夜魂"等句语点化入词。张炎《词源》云："词中用事最难，要体认著题，融化不涩。"认为白石此处用少陵诗，"用事而不为事所使"，达到了"融化不涩"的精切境地。

姜夔之后，吴文英词也对杜诗深相汲取，在语词上矍栝熔铸杜诗颇多。

（三）

北宋乾道、淳熙年间，理学大兴，"伊洛之学"至朱熹、陆九渊、张栻、吕祖谦达到高潮，是为所谓道学派。浙东则有陈傅良和叶适的永嘉学派和陈亮的永康学派。道学思想在杜诗的阐释上也有体现。

道学在文道关系上总的说来是重道轻文，特别是濂洛学派，其中程颐轻视文学最甚。他认为"作文害道"，学诗作诗"既用功，甚妨事"。所以自己"不欲为此闲言语"。"如今言能诗，无如杜甫。如云：'穿花蛱蝶深深见，点水蜻蜓款款飞。'如此闲言语，道出做甚。"（《二程遗书》卷十八，四库全书文渊阁本）。对于杜甫"语不惊人死不休"和韩愈"惟陈言之务去"的艺术追求，杨简加以抨击："谬其用心，溺陷至此，欲其近道，岂不大难！"（《论文》，《慈湖遗书》卷十五）其《偶作》一诗，对李白、杜甫加以全盘否定："勿学唐人李杜痴，作诗惟作古人诗。世传李杜文章伯，问着《关雎》恐不知。"（《慈湖遗书》卷六）

朱熹和陆九渊对文学的态度比一般的道学家高明。他们承认诗歌的存在价值，但认为文道一体，文从道出，以义理、道德为第一义，文辞艺术是次要的，评价作品重思想内容、作者道德修养而轻文辞艺术。朱熹论杜，强调和称颂老杜的人格与道德修养。在《王梅溪文集序》中，朱熹将老杜与诸葛亮、颜真卿、韩愈、范仲淹称为"五君子"，是"光明正大、舒畅洞达、磊磊落落而不可掩者，其见于功业文章，下至字画之微，盖可以望之而得其人"（《朱文公文集》卷七十五）。"杜子美以稷契自许，未知做得与否，然子美却高，其救房琯亦正。"（《朱子语类》卷一百四十）他强调杜诗"意思好，可取者多"，"杜诗佳处，有在用事造语之外者，惟虚心讽咏，乃能见之"（《跋张国华所集注杜诗》，《朱文公文集》卷八十四）。朱熹是提倡学杜的。《朱子语类》卷一百四十云："作诗先用看李杜,如士人之治本经然。本既立,次第方可看苏黄以次诸家诗。"

朱熹意识到杜诗是突破传统的变化,《跋病翁先生诗》云:"李杜韩柳,初皆学选诗者,然杜、韩变多,而柳、李变少。"(《朱文公文集》卷七十五)朱熹认为:"古今之诗,凡有三变。盖自书传所记禹夏以来及魏晋,自为一等;自晋宋间颜谢以后,下及唐初,自为一等;自沈宋以后,定着律诗,下及今日,又为一等。然自唐初以前,其为诗固有高下,而法犹未变。至律诗出,而后诗之与法,始皆大变,以至今日,益巧益密,而无复古人之风矣。"(《答巩仲至》,《朱文公文集》卷六十四)他的这种诗歌随时间发展而逐渐退步的诗歌史观,体现在对杜诗的评价上,就是推崇老杜古体诗及乐府,贬低杜甫的律诗,认为杜律背离古诗精神,不可学。朱熹反对黄庭坚关于老杜夔州诗最好的说法:"人多说杜子美夔州诗好,此不可晓。夔州诗却说得郑重烦絮,不如他中前有一节好。鲁直一时固自有所见,今人只见鲁直说好,便却说好,如矮人看戏耳。"(《朱子语类》卷一百四十)"杜诗初年甚精细,晚年横逆不可当,只意到处便押一个韵。如自秦州入蜀诸诗,分明如画,乃其少作也。""杜甫夔州以前诗佳;夔州以后,自出规模,不可学。"(同上)老杜夔州诗在艺术上有许多新的创造,集中为一点,就是在律诗上的创新。朱熹看到了这种与旧规不同的创新,谓之"自出规模",却从自己的诗学观出发而予以否定。

朱熹论人,常失之于苛刻。《跋杜工部同谷七歌》云:"顾其卒章叹老嗟卑,则志亦陋矣,人可不闻道哉?"便显出道学家的褊狭和僵化。

陆九渊称许杜诗:"杜陵之出,爱君悼时,追蹑骚雅,而才力宏厚伟然,足以镇浮靡,诗家为之中兴。自此以来,作者相望。至豫章而益大肆其力,包含欲无外,搜抉欲无秘,体制通古今,致思极幽㵳贯穿驰骋,工力精到,一时如陈、徐、韩、吕、王、洪、二谢之流,翕然宗之。由是,江西遂以诗社名天下。虽未极古之源委,而其植立不凡,斯亦宇宙之奇诡也。"(《象山集》卷七)

朱熹云:"杜诗佳处,有在用字造意之外者,惟虚心讽咏,乃能见之。"(《跋张国华所集注杜诗》,《朱文公集》卷八十四,朱熹对其所谓"用字造意之外者"未作具体说明与阐释。真德秀则认为诗的意义在于"以诗人比兴之体,发圣人义理之秘"(真德秀《咏古诗序》),这是理学家们对诗歌意义功能的基本认识。在解读杜诗时,他们常从理学的角度出发，注意其中所蕴含的"理"。这是理学家解读杜诗的一个特点。

南宋初年，与施德操、杨璇一起被称为"道学三先生"的张九成在《横浦心传录》卷中云：

> 陶渊明辞云："云无心以出岫，鸟倦飞而知还。"杜子美云："水流心不竞，云在意俱迟。"若渊明与子美相易其语，则识者往往以谓子美不及渊明矣。观其云"云无心"、"鸟倦飞"则可知其本意。至于水流而"心不竞"，云在而"意俱迟"则与物初无间断，气更浑沦，难轻议也。

"水流"两句出自杜甫《江亭》一诗："坦腹江亭暖，长吟野望时。水流心不竞，云在意俱迟。寂寂春将晚，欣欣物自私。故林归未得，排闷强裁诗。"此诗上四句江亭之景。下四句对景感怀。水流不滞，心亦从此无竞；闲云自在，意亦与之俱迟。仇兆鳌谓此二句"有淡然物外、优游观化意"。张九成将其与陶渊明"云无心以出岫，鸟倦飞而知还"相对比，谓其"与物初无间断，气更浑沦"，不是称许这两句诗意象营造的精工自然及其所表现的诗人闲适容与静观忘求的心情，而是强调其中呈现的"道机"之通透。这是道学家的眼光与观念。道学家对杜诗的这种解读方式，影响到当时对杜诗的品评。《鹤林玉露》乙编卷八：

> 杜少陵绝句云："迟日江山丽，春风花鸟香，泥融飞燕子，沙暖睡鸳鸯。"或谓此与儿童之属对何异！余曰：不然。上二句见两间莫非生意，下二句见万物莫不适性，于此而涵泳之体认之，岂不足以感发吾心之真乐乎？大抵古人好诗，在人如何看，在人把做甚么用，如"水流心不竞，云在意俱迟"；"野色更无山隔断，天光直与水相通"；"乐意相关禽对语，生香不断树交花"等句，只把做景物看亦可，把做道理看，其中亦尽有可玩索处。大抵看诗，要胸次玲珑活络。

对杜诗的解读"要胸次玲珑活络"，不可胶柱鼓瑟，是应该的；对杜诗中所表现的理思予以注意，也并不错，但是离开诗之所以为诗的特质，从心性义理之学出发，认为杜诗"深入理窟"（陈善《扪虱新话》）以存理载道之通透论之，则不可能做出恰当的品评。方回《瀛奎律髓》称赞

《江亭》"景在情中，情在景中""无斧凿痕，无妆点迹"，纪昀称赞方回"此评最精"，而对张九成的解读提出批评："三四本即景好句，宋人以理语诠之，遂生出诗家障碍。"禅家有所谓"理障"，《圆觉经》谓理障"碍正知见"。后来诗学批评将"理障"一语引入诗评。许学夷《诗源辨体》谓"诗忌理障"，认为以诗说理会损害诗美。刘埙《隐居通议》认为诗歌"说理适自障"。纪昀认为，道学家把杜诗"写物"说成"喻理"，是对诗心的歪曲，所以称其为"诗家障碍"。

《鹤林玉露》乙编卷六记载了朱熹、胡五峰对老杜"雨晴山不改，晴罢峡如新"的解读：

> 杜陵诗云："雨晴山不改，晴罢峡如新。"言山雨或晴，山之体本无改变。然既雨初晴，则山之精神焕然，乃如新焉。朱文公《寄籍溪胡原仲诗》云："瓮牖前头翠作屏，晚来相对静仪刑。浮云一任闲舒卷，万古青山只么青。"胡五峰见之，以为有体而无用，乃赓之曰："幽人偏爱青山好，为是青山青不老。山中云出雨乾坤，洗出一番青更好。"文公用杜上句意，五峰用杜下句意。然杜公只是写物，二公则以喻道。（《鹤林玉露》卷十二）

将诗中的写物解读为"喻道"，这样的解读已经离开了杜诗的实际，适足以成为"诗家障碍"。《鹤林玉露》卷八又云：

> 杜少陵诗云："莫笑田家老瓦盆，自从盛酒长儿孙。倾银注玉惊人眼，共醉终同卧竹根。"盖言以瓦盆盛酒，与倾银壶而注玉杯者同一醉也，尚何分别之有！由是推之，蹇驴布鞯，与金鞍骏马，同一游也，松床莞席，与绣帷玉枕，同一寝也。知此，则贫富贵贱，可以一视矣。昔有仆嫌其妻之陋者，主翁闻之，召仆至以银杯瓦碗各一，酌酒饮之。问曰："酒佳乎？"对曰："佳。""银杯者佳乎，瓦碗者佳乎？"对曰："皆佳。"主翁曰："杯有精粗，酒无分别，汝既知此，则无嫌于汝妻之陋矣！"仆悟，遂安其室。少陵诗意正如此。

此诗为老杜《少年行》其二，"有达观齐物意，乃晓悟少年"（仇兆鳌评语），而《鹤林玉露》对此诗诗意的解读与发挥，对其思想教育意义的强调，则未免走火入魔。

南宋中期，杜诗注释也有新的发展，出现了杜诗集注本。洪业《杜诗引得》云："窃疑集注之起，当在绍兴中叶，或稍提前。"淳熙八年（1181），郭知达《九家集注杜诗》刊刻行世，此书为现存最早的杜诗集注本。该书共录杜诗1432首。郭知达序文谓当时注杜者"数十家"。此书收录王安石、宋祁、黄庭坚、王洙、薛苍舒、杜田、鲍彪、师尹、赵次公九家的注释。其实王安石、宋祁、黄庭坚、王洙并无注杜之作，此书不过是收录他们关于杜诗的言论而已。该书辑录各家注文比较规范，被誉为宋代杜诗集注本中"最为善本"。

宁宗嘉泰四年（1204），蔡梦弼在前人辑佚校勘基础上，综合数十种杜集本子，对杜集进行笺注整理，编成《杜工部草堂诗笺》40卷，外集一卷，补遗十卷，传序碑铭一卷，目录二卷，年谱二卷，诗话二卷，成为杜集中颇为完善的本子。《草堂诗笺》"倚傍集注以成书"，选取旧注，删繁就简，实际上也是杜诗的一种集注本。对于所集诸家之注，蔡氏绝大部分隐去了原注者姓氏。洪业谓其"实亦以剽窃为法者"，但洪业也肯定了该书的价值，"然其删繁就简，校勘考证，文气相属；既释字句，复详篇意，便于初学"（《杜诗引得序》）。此书中关于杜诗的诗话两卷，专辑宋人诗话、语录、文集、说部中论杜之语凡200余条，间附辩证之语。《四库总目》云："杜诗至宋而大行，故篇中皆宋人评语，而取于《韵语阳秋》者尤多。""此书详赡，胜于方深道《续集诸家老杜诗评》。"

八　江湖诗派尊杜与学杜

开禧北伐（1206）失败是南宋从中兴到衰落的转折点，士气民心受到沉重打击，一般士大夫文人报仇雪恨的恢复之梦也黯淡下来。巨额赔款使宋朝财政更加艰难，从此朝廷不再敢提恢复中原，民族的耻辱和潜在的危难依然存在，整个社会意气消沉，南宋小朝廷只能苟且度日。在开禧北伐失败前后的一段时间内，范成大、尤袤、陈亮、朱熹、杨万里、辛弃疾、周必大、陆游等一大批重要诗人作家相继去世，南宋文学的中兴局面也随之结束，国势衰微，文学也呈颓势，活动在文坛上的是一批中小作家，南宋文学进入后期。钱锺书说："盖放翁、诚斋、石湖既殁，大雅不作，易为雄伯，馀子纷纷，要无以易后村、石屏、巨山者矣。"[1]

这一时期，先是所谓"永嘉四灵"不满于江西诗人讲求出处用典的诗风，宗奉晚唐，专学姚合、贾岛，描山绘水，吟风弄月，造语工致雕琢，诗境空灵而狭小。叶适对四灵诗竭力鼓吹，更为之编纂《四灵诗选》，遂造成"旧止四人为律体，今通天下话头行"的诗坛风气。永嘉四灵抛弃杜甫，抬出晚唐诗人来与江西诗派对抗。针对北宋中期以来王安石、苏轼、黄庭坚的尊杜与学杜，叶适公开排斥杜甫，其《徐斯远文集序》云：

　　杜甫强作近体，以功力气势，掩夺众作，然当时为律诗者不服，甚或绝口不道。至本朝初年，律诗大坏，王安石、黄庭坚欲兼用二体，擅其所长，然终不能庶几唐人。苏轼但谓七言之伟丽者，则失之尤甚。（《水心集》卷十二）

---

[1]　钱锺书：《容安馆札记》卷一，商务印书馆2003年版，第410页。

钱锺书云:"朱熹批评过叶适,说他'说话只是杜撰',又批评过叶适所隶属的永嘉学派说:'譬如泰山之高,他不敢登,见个小土堆子便上去,只是小。'这些哲学和诗学上的批评也可以应用在叶适的文艺理论上面。他说杜甫'强作近体'的那一段话,正是所谓杜撰。"① "四灵以还,南宋人言唐诗,意在晚唐,尤外少陵。"② 四灵以姚合、贾岛等76家诗为创作典范,编选为《众妙集》,其中就没有杜甫。稍晚于叶适的周弼,编选《唐三体诗法》,选唐人七绝、七律、五律共524首,诗人140位,未选李白和杜甫。诗坛风会转移如此。对这种现象,当时有人极为感慨:"开元生李杜,我宋推苏黄。宗派亦沦坠,纷纷宗晚唐。"(王柏《夜观野舟浩歌有感》)

在四灵提倡的"晚唐体"和江西诗派的交互影响下,形成所谓"江湖派诗"。江湖诗派是一个成分复杂、松散的诗人群体,主要由江湖游士所构成,活动时间从宁宗朝至宋末。"相对而言,他们对现实政治保持一定的疏离,秉持一种相对纯粹的文学观念,注重个人精神世界的经营,追求情感交流的新自由。他们已不大顾及文学'经国大业,不朽盛事'的儒家教化功能,纯为个人思想情感的抒写需要而写作,甚至变作干谒的手段、谋生的工具。"③《四库全书总目》卷一六五《苇航漫游稿》提要云:"南宋末年,诗格日下。四灵一派,撷晚唐轻巧之思;江湖一派,多五季衰飒之气。"当时,也有人对学杜提出异议。吴可《学诗诗》其二云:"学诗浑似学参禅,头上安头不足传。跳出少陵窠臼外,丈夫志气本冲天。"

北宋嘉祐以来的200余年间,杜诗在中国诗歌史上的经典地位已经确立,四灵体与江湖派兴起,江西诗体从诗坛主流地位撤离,但是,学杜之风依然存在。赵蕃《读东湖集》云:"世竞江湖派,人吟老杜诗。"虽不免夸大,但也反映了当时学杜依然大有人在。江湖诗派中许多人反对像四灵那样抛弃杜甫,主张学杜而济之以学晚唐诸人。陈必复《山居存稿》序云:"余爱晚唐诸子,其诗清深闲雅,如幽人野士,冲淡自赏,要皆自

---

① 钱锺书:《宋诗选注》,人民文学出版社1979年版,第247页。
② 钱锺书:《谈艺录》,中华书局1984年版,第124页。
③ 王水照:《南宋文学史》,第5页。

成一家。及读少陵先生集，然后知晚唐诸子之诗尽在是矣，所谓诗之集大成者也。不佞三熏三沐，敬以先生为法。"（《江湖小集》卷三十四）戴复古《祝二严》谓严粲："粲也苦吟身，束之以簪组。遍参百家体，终乃师杜甫。"（《石屏诗集》卷一）陈鉴之《题陈景说诗稿后》谓陈氏"今人宗晚唐，琢句亦清好。碧海掣长鲸，君慕杜陵老。"（《东斋小集》，《江湖小集》卷十五）江湖派中有识见者对江西诗派末流多有批评，对四灵诗的弊端也有明确的认识，对诗坛历史与现状的反思，使得他们对杜诗的思想艺术价值有了深刻的体认，产生了由衷的崇拜。刘克庄、戴复古就是这一时期宗杜的代表人物。

戴复古是江湖诗派前期的杰出代表。戴复古称颂杜诗之作，集中比比皆是。他的尊杜与江西诗派不同，江西诗派多从诗律句法等艺术形式着眼，而他特别崇拜和学习杜甫关注现实、忧国伤时的思想怀抱。其《杜甫祠》一诗云：

呜呼杜少陵，醉卧春江涨。文章万丈光，不随枯骨葬。平生稷契心，致君尧舜上。时兮弗我与，屹然抱微尚。干戈奔走踪，道路饥寒状。草中辨君臣，笔端诛将相。高吟比兴体，力救《风》《雅》丧。如史数十篇，才气何其壮！到今五百年，知公尚无恙。麒麟守高阡，貂蝉入画像。一死不几时，声迹两尘莽。何如耒阳江头三尺荒草坟，名为日月光天壤！

戴复古所作的《论诗十绝》，继承杜甫《戏为六绝句》的精神，针对当时诗歌创作脱离现实、追求萧散闲淡的时尚倾向，重提风骚以来的诗歌传统，论述了具有现实意义的诗学问题，表达了对宋诗发展道路的思索与检讨：

文章随世做低昂，变尽风骚到晚唐。举世吟哦推李杜，时人不识有陈黄。（其一）

飘零忧国杜陵老，感遇伤时陈子昂。近日不闻秋鹤唳，乱蝉无数噪斜阳。（其六）

戴复古认为，当时的诗歌创作全然没有杜甫、陈子昂的忧国伤时之意，有如"乱蝉无数噪斜阳"，混乱而空虚。宗廷辅《古今论诗绝句》云："石屏一生得力，略尽此《十绝》中。即有宋一代诗学，亦略包此《十绝》中。其语直接痛快，度尽初学金针。"郭绍虞指出：戴复古的《论诗十绝》与元好问《论诗三十首》皆源于少陵，而各得一体。"戴氏所作，重在阐述原理；元氏所作，重在衡量作家，这正开了后来论诗绝句两大支派。"①

戴复古在创作上效法杜甫。赵以夫《石屏诗集》序云："石屏本之东皋，又祖少陵。"姚镛序云："至于伤时忧国，耿耿寸心，甚矣其似杜少陵也。"戴复古的《闻边事》《织妇叹》《庚子荐饥》《盱眙北望》《闻时事》《江阴浮远堂》等诗，继承杜甫忧国忧民的现实主义传统，悯时伤世，表现对南宋国势日蹙的忧危。《庚子荐饥》写宋理宗赵昀嘉熙四年（1240）连岁饥荒的农村惨状：

> 正月彗星出，连年旱魃兴。自应多变故，何可望丰登。孰有回天力，谁怀济世能？嫠居不恤纬，忧国瘦峻嶒。
> 连岁遭饥馑，民间气索然。十家九不爨，升米百余钱。凛凛饥寒地，萧萧风雪天。人无告急处，闭户抱愁眠。
> 饿走抛家舍，从横死路岐。有天不雨粟，无地可埋尸。劫数惨如此，吾曹忍见之。官司行赈恤，不过是文移。
> 乘时皆闭粜，有谷贵如金。寒士糟糠腹，豪民铁石心。可怜饥欲死，那更病相侵。到处闻愁叹，伤时泪满襟。
> 杵臼成虚设，蛛丝网釜鬵。啼饥食草木，啸聚斫山林。人语无生意，鸟啼空好音。休言谷价贵，菜亦贵如金。

此诗以时事入诗，感慨沉痛激愤，体现了"诗史"精神。在句法上，凝练浑厚，平易深沉，颇得杜诗之神理。在戴复古诗中，这样的例子不少。如《闻边事》："壮怀看宝剑，孤愤裂寒衾。风雨愁人夜，草茅忧国心。"《醉眠梦中得夏闻得秋早雨多宜岁丰一联起来西风悲人且闻边事》："田野一饱外，乾坤万感中。传闻招战士，人尚说和戎。"元人贡师泰

---

① 郭绍虞：《中国文学批评史》上卷，上海古籍出版社1979年版，第296页。

《重刊石屏先生诗叙》云:"(戴复古)力学以追古人,而成一家之言。……其大要悉本于杜,而未尝蹈袭之者。呜呼,此其所以为善学者乎!至于音韵格律之升降,则与时为盛衰,有非人力所能为者矣。"

刘克庄是江湖诗派后期的领袖人物,是一位意气慷慨的爱国诗人,以恢复中原、安邦定国为己任,讲求忠君体国、直言敢谏、积极有为。刘克庄诗学思想较为开阔,他认为诗歌对现实社会和人心有重要意义和巨大影响,强调诗歌"切于世教"的社会作用(《跋王子文诗》),强调"文字与星斗垂"的不朽和永恒(《赠谢子杰校勘》)。其《有感》一诗云:"忧时元是诗人职,莫怪吟中感慨多。"对老杜的人格精神、诗学思想和诗歌创作,刘克庄有深刻的认识与独到的见解,他是两宋时期对杜诗思想价值和审美价值认识最为深刻而又落实的诗人之一。

刘克庄称颂老杜关心国计民生、以诗歌反映现实的"诗史"精神:

> 《有感》云:"诸侯春不贡,使者日相望。"又云:"不过行俭德,盗贼本王臣。"又云:"领郡辄无色,之言皆有词。愿闻哀痛诏,端拱问疮痍。"此三联略见当时事……唐人惟元结、阳城有之,公于《舂陵行》至比华星秋月,不刊之言也。

> 《新安吏》《潼关吏》《石壕吏》《垂老别》《无家别》诸篇,其述男女旷怨,室家离别,父子夫妇不相保之意,与《东山》、《采薇》、《出车》、《杕杜》数诗相为表里。唐自中叶,以徭役调拨为常,至于亡国。肃、代而后,非复贞观、开元之唐矣。新、旧唐史不载者,略见杜诗。

> 杜五言诗感时伤事,如"亲朋无一字,老病有孤舟。"如"敢料安危体,犹多老大臣。"如"不愁巴道路,恐湿汉旌旗。"其用字琢对,如"须为下殿走,不可好楼居。"如"竟无宣室诏,徒有茂陵求。"如"鲁卫弥尊重,徐陈略丧亡。"八句之中,着此一联,安得不独步千古。若全集千四百篇,无此等句为气骨,篇篇都做"圆荷浮小叶,细麦落轻花"道了,则似近人诗矣。(以上见《后村诗话》)

刘克庄论杜,落实在杜诗具体篇章上,刘克庄《后村诗话》论及的杜诗共计100多首,杜诗中的名篇,前后《出塞》、三吏三别、《赠韦左丞》《茅屋为秋风所破歌》《秋兴》《咏怀古迹》《诸将》等,俱在其中。选取的重点为表现老杜忧念国事、心系苍生以及高尚的人格精神的重要篇章,探求重点在思想内容而又不忽视艺术形式。

刘克庄对老杜诗学成就有较为全面深刻的认识。他不但认为老杜是诗之集大成者,而且对老杜之所以成就如此的原因和条件有较为深刻的认识。他认为:"看人文字,必推本其家世,尚论其师友,知人论世。《史记》《杜诗》固高妙,然子长世掌太史,如董相、东方先生,皆同时相颉颃。子美自谓'吾诗冠吾祖',又与子昂、太白、岑参、高适诸诗人倡和,故能洗空万古,自成一家。"(《跋李光子诗卷》)刘克庄从时代环境、人生遭际、家学渊源、与同代诗人的诗学交往以及美学潮流濡染诸方面探索杜诗伟大成就的成因,不把老杜看成翘然孤出的奇迹和异数,也不同于流行的、过分强调杜甫"读书破万卷"的意义,宋人论述老杜诗学成就的言论颇多,而刘克庄之论说则较为全面、深刻与落实。

杜甫在宋代被尊为诗家宗祖,声望极高,很少有人敢有非议。刘克庄则能摆脱盲目尊杜的观念和风气,提出老杜诗的某些缺憾。其《跋韩隐君诗》云:"后人尽诵古人书,而下语终不能仿佛风人之万一,余窃惑焉。或古诗出于性情,发必善;今诗出于记闻,博而已。自杜子美未免此病。"对杜甫《八哀诗》,刘克庄云:

> 《八哀诗》如张曲江云:"仙鹤下人间,独立霜毛整。上君白玉堂,倚君金华省。"如李北海云:"古人不可见,前辈复谁继。"又云:"碑版照四裔。"又云:"丰屋珊瑚钩,麒麟织成罽。紫骝随剑几,义取无虚岁。"又云:"独步四十年,风听九皋唳。"子美惟于此二公,尤尊且敬。如李临淮云:"平生白羽扇,零落蛟龙匣。"极悲壮。又云:"青蝇纷营营,风雨秋一叶。内省未入朝,死泪终映睫。"其形容临淮忧谗畏讥、不敢入朝之意,说得出。馀人如郑虔之类,非无可说,但每篇多芜词累句,或为韵所拘,殊欠条鬯,不如《饮中八仙》之警策。盖《八仙》篇,每人只三二句,《八哀诗》或累押二三十韵,以此知繁不如简,大手笔亦然。(《后村诗话》卷九)

老杜《八哀诗》"多累句",是叶梦得《石林诗话》最早提出的。刘克庄赞同叶氏此意见，说得更为细致而有分寸。而且，他还说："杜《八哀诗》，崔德符谓可以表里雅颂，中古作者莫及。韩子苍谓其笔力变化，当与太史公诸赞方驾。惟叶石林谓长篇最难，晋魏以前无过十韵，常使人以意逆志，初不以叙事倾尽为工。此八篇本非集中高作，而世多尊称不敢议。其病盖伤于多，如李邕、苏源明篇中多累句，刮取其半，方尽善。余谓崔、韩比此诗于太史公纪传，固不易之论。至于石林之评累句之病，为长篇者不可不知。"（《后村诗话》卷四）刘克庄此论触及所谓"诗史"与史书纪传的文体差异问题，所以论点更为通达周密。

刘克庄批评当时只学晚唐而抛弃杜诗的倾向，《跋李贾县尉诗卷》："杜、李，唐之集大成者也；梅、陆，本朝之集大成者也。学唐不本李、杜，学本朝不由梅、陆，是犹喜蓬户之容膝，而不知建章千门之巨丽；爱叶舟之掀浪，而不知有龙骧万斛之负载也。"对江西诗派学杜的弊病，刘克庄也予以批评，他认为："资书以为诗，失之腐；捐书以为诗，失之野。"（同上）对于读书积学与诗歌创作的关系，做了比较辩证的说明。

对于按照"无一字无来处"之说，在注杜解杜上一味寻求用典、求证史实的做法，刘克庄予以尖锐的批评："第诗人之意，或一时感触，或信笔漫兴，世代既远，云过电灭，不容追诘。若字字引出处，句句笺意义，殆类图象罔而雕虚空矣。"（《跋陈禹锡杜诗补注》）对陈禹锡注杜"专以新旧唐史为案，诗史为断"的做法不以为然："新旧唐史皆舛杂，或采小说杂记，不必皆实，前辈辨之甚详。而禹锡于三家书研寻补缀，必欲史与诗无一事不合，至于年月日时，亦下算子，使之归吾说而后已。昔胡氏《春秋传》初成，朱氏云：直须夫子亲出来说，方敢信。岂非生千百载之下而悬断千百载而上之事，要未免于牵就牵合之疑乎？"（《再跋陈禹锡杜诗补注》）

南宋晚期，严羽是最重要的诗学理论家。胡应麟云："南渡人才，非前宋可比，而谈诗独冠古今。严羽崛起烬余，涤除榛棘，如西来一苇，大畅玄风。昭代声诗，上追唐汉，实有赖焉。"（《诗薮外编》卷五）严羽关于杜诗的态度，也值得注意。

《沧浪诗话·诗评》云："少陵诗，宪章汉魏，而取材六朝；至其自得之妙，则前辈所谓集大成者也。"严羽对杜诗集大成说的这种理解，在宋人中独树一帜。这一说法是在认识和强调诗歌本质特点的基础上，对杜诗在诗歌发展史上贡献的一种概括，或者说，他揭示了杜诗集大成的本质特点。严羽在《沧浪诗话·诗体》中列有"少陵体",并且论及杜诗中的借对、当句对、彻首尾对、四句通义等句法特点。

与王安石、苏轼、黄庭坚等扬杜抑李不同,严羽是李、杜并尊,"论诗以李、杜为准"(《沧浪诗话·诗评》),认为"李杜二公,正不当优劣。太白有一二妙处,子美不能道;子美有一二妙处,太白不能道"。"子美不能为太白之飘逸,太白不能为子美之沉郁。太白《梦游天姥吟》《远别离》等,子美不能道。子美《北征》《兵车行》《垂老别》等,太白不能作。"在强调广泛学习前代诗歌遗产时,严羽也是李、杜并提:

> 试取汉魏之诗而熟参之,次取晋宋之诗而熟参之,次取南北朝之诗而熟参之,次取沈宋、王杨卢骆、陈拾遗之诗而熟参之,次取开元天宝诸家之诗而熟参之,次独取李杜二公之诗而熟参之,又尽取晚唐诸家之诗而熟参之,又取本朝苏、黄以下诸家之诗而熟参之,其真是非自有不能隐者。

钱锺书说:"江湖派不满意苏黄以来使事用典的作风,提倡晚唐诗;严羽也不满意这种作风,就提倡盛唐诗。江湖派把这种作风归罪于杜甫,就把他抛弃;严羽把杜甫开脱出来,没有把小娃娃和澡盆里的脏水一起掷掉,这是他高明的地方。"[①]

黄希、黄鹤《补注千家集注杜工部诗史》36卷,于嘉定丙子(1216)成书,此书是南宋杜诗注释与编年的重大收获。

该书是逐首编年的杜诗集注本,号称"补注千家集注",实际上书中所列注者共151家。吴文为《黄氏补注千家集注杜工部诗史》所写的跋语云:"黄氏之于此诗,盖如班马父子,两世用功矣。积两世之学,以精研覃思,是宜援据该淹,非诸家所敢望也。"该书以《年谱辨疑》为纲领,对杜诗进行作品编年、引史证诗、名物考订等方面的大量工作,其中最主要的成就就是对杜诗的考史编年。《四库全书总目提要》谓此书"大旨在于案年编诗,故冠以年谱辨疑,用为纲领。而诗中各以所作岁月注于逐篇之下,使读者得考见其先后出处之大致,其例盖始于黄伯思,后鲁訔等踵加考订,至鹤父子而益推明之,钩稽辨证,亦颇具苦心。"黄氏父子

---

① 钱锺书:《宋诗选注》,人民文学出版社1979年版,第297—298页。

从"诗史"观念出发，钩稽史传，结合杜甫的交游、行迹、仕履，引史证诗，诗史互证，对杜诗进行阐释，"或因人以核其时，或搜地以校其迹，或摘句以辨其事，或即物以求其意。"（黄鹤《补注杜诗》后序）王学泰《评杜甫诗集的"黄氏补注"》说："黄希偏重于名物训诂，黄鹤偏重于征史编年。黄氏父子在引史证诗、纠谬辨伪方面作了大量工作，把杜诗的研究推到了一个新阶段。"① 明人张綖《杜工部诗通》云："观杜诗故必先考编年，据事求情，而后其意可见。然编年非公自定，不过后人以诗意附之耳。夫史传编年，亦有失其真而不可尽信者，又况数百年之后，徒因诗意以求合史传之年耶！若《北征》、《发秦州》、《同谷》等篇，公自注明年月，卓有证据，固然无可疑。其余诸篇，时之或先或后，亦未尽可观者，要当以诗意为主，不可泥于编年，反牵合诗意也。"② 黄诗父子在杜诗编年上务求其尽，有些篇章的编年难免出现错误。《四库全书总目提要》即指出黄氏对杜诗中一些"题与诗皆无明文，不可考其年月者，亦牵合其一字一句，强为编排，殊伤穿凿"。钱谦益在《注杜诗略例》中谓"黄鹤以考定史鉴为功，支离割剥，罔识其要，其失也愚"，将黄氏父子的杜诗编年一笔抹杀，是不公平的。

---

① 王学泰：《评杜甫诗集的"黄氏补注"》，《文学遗产》1983 年第 3 期。
② 张綖：《杜工部诗通》卷首，周采泉：《杜集书录》，上海古籍出版社 1986 年版，第 302 页。

九　南宋遗民诗人与杜甫的心灵共鸣

　　景定五年（1264）宋理宗病故，度宗即位，改元咸淳。权相贾似道掌握国柄，南宋最深重的危机已迫近，朝廷财政濒于崩溃，军事上蒙古大军步步紧逼，咸淳四年（1268），蒙古军包围襄樊，咸淳九年（1273）攻陷襄樊。恭帝德祐元年（1274）蒙古军占领建康。德祐二年（1275），元军兵临城下，宋递交降表和国玺降元，恭帝与三宫及官员、太学生奉命北迁，南宋覆亡。陆秀夫等人拥立赵昰到福建建立政权，在元军打击下，小朝廷辗转四方。景元三年（1278），益王病死，又立广王赵昺，小朝廷迁至崖山。祥兴二年（1279）元军进攻崖山，陆秀夫负帝昺投海自尽，南宋彻底灭亡。

　　宋元易代之际，面对一次又一次天崩地坼般的巨变，一大批志士仁人，如文天祥、陆秀夫、汪元量、谢翱、谢枋得、郑思肖、林景熙、土炎午等人坚守民族气节，以各种方式特别是诗文创作表达其亡国的悲愤。这一文学潮流一直持续到元武宗至大三年（1310）林景熙去世。赵翼说："盖自南宋遗民故老，相与唱叹于荒江寂寞之滨，流风余韵，久而弗替，遂成风会。"（《二十二史札记》卷三十"元季风雅相尚"条）文学史家把宋亡之际以及元初遗民诗人的诗文创作划为宋末文坛。

　　尊杜与学杜，是宋末诗坛非常重要的文化现象，也是当时士林风气的一个重要特点。以文天祥为首的一代诗人，面对国破家亡的现实，经历颠沛流离的苦难，对老杜忧国忧民的诗学精神有更深切的体会，对杜甫的忠君爱国的情怀和人格精神有深深的共鸣。文天祥《集杜诗自序》说自己"坐幽燕狱中""凡吾意所欲言者，子美先为代言之"（《文山先生全集》卷十六）。萧立之《和黄立轩梅诗十首》云："八表同昏江换陆，孤山今日又花时。感时溅泪无人见，只有当年老杜知。"（《萧冰崖诗集拾遗》卷中）舒岳祥《题潘少白诗》云："燕骑纷纷尘暗天，少陵诗史在眼前。"（《阆风集》卷二）《九月朔晨起忆故园晚易》云："平生欲学杜，漂泊始成真。"（《阆风集》卷五）谢枋得《代上杜按察》曰："万物宁无吐气时，平生爱诵杜陵诗。"（《叠山集》卷一）郑思肖《杜子美茅屋为秋风所破歌图》云："数间茅屋苦饶舌，说杀少陵忧国心。"（《两宋名贤小集》卷三七一）宋同野在与刘辰翁"避逃兵间"时，还"手抄杜诗离乱者百七十余首为一编"（刘辰翁《题宋同野编杜诗》，《须溪集》卷六）。老杜忧君爱国精神，感动着天翻地覆巨变时代的一代诗人，他们在杜诗中找到了共鸣与寄托。这是杜诗爱国精神的又一次高扬。

（一）

在宋末尊杜与学杜诗潮中的代表人物是文天祥。

祥兴元年（1278），文天祥抗元兵败被俘，被囚禁在幽燕狱中，作《集杜诗》，其《自序》云：

> 余坐幽燕狱中，无所为，诵杜诗稍习，因其五言，集为绝句。久之，得二百首。凡吾意所欲言者，子美先为代言之。日玩之不置，但觉为吾诗，忘其为子美诗也。乃知子美非自能为诗。诗句自是人情性中语，烦子美道耳。子美与吾隔数百年，而其言语为吾用，非情性同哉！昔人评杜诗为诗史，盖以其咏歌之辞，寓记载之实，而抑扬褒贬之意，灿然其中，虽谓诗史可也。予所集杜诗，自余颠沛以来，世变人世，概见于此矣。后之良史，尚庶几有考焉。（《文信国集杜诗》，文渊阁四库全书本）

最早集杜诗者，当为北宋孔平仲，有《集杜诗句寄孙元忠》一首，后来，李纲有《重阳日醉中戏集子美句遣兴》二首，杨万里有集杜诗《呈监试谢昌国察院》。这些集杜诗，是诗人偶一为之，有的不免带有游戏意味。文天祥的《集杜诗》，又名《文山诗史》，既不是游戏笔墨，也不是逞博炫知，而是苦心经营、规模宏大、空前绝后之作。刘定之《文信国集杜诗原序》云："集杜工部之诗句以写忧国之怀，句虽得之少陵，义则关乎时事，读之未有不惨凄而怛悼者。"《四库全书总目提要》云：

"诗凡二百篇，皆五言二韵，专集杜句而成。每篇之首，悉有标目次第，而题下叙次时事，于国家沦丧之由，生平阅历之境，及忠臣义士之周旋患难者，一一详志其实颠末，粲然不愧诗史之目。"吴之振称文天祥《集杜诗》"裁割熔铸，巧合自然"（《宋诗钞》卷一百一），是符合实际的。文天祥还应汪元量之请，集杜诗为《胡笳十八拍》。文天祥集杜，影响很大。文天祥之后，遗民集杜蔚成风气，元明两代，皆有大型的集杜诗卷。

文天祥自言"在患难中，间以诗记所遭"（《指南录后序》），是为了"使来者读之，悲予志焉"（同上），也是为了使"后之良史尚庶几有考焉"（《集杜诗自序》）。这种以诗为史和以诗明志的创作态度，使得他在国破家亡的苦难经历中，创作了一大批反映时代苦难和爱国情怀的杰出诗篇。其学杜，也与江西诗派主要从语言技巧上效仿杜甫大不相同，他的创作更接近杜诗苍劲、悲凉、沉郁的风格。只由于处境的不同，文天祥的诗写得直露急切，带有一层绝望的悲愤。例如，文天祥所作《六歌》，是学杜甫《同谷七歌》的：

> 有妻有妻出糟糠，自少结发不下堂。乱离中道逢虎狼，凤飞翩翩失其凰。将雏一二去何方，岂料国破家亦亡。不忍舍君罗襦裳，天长地久终茫茫。牛女夜夜遥相望，呜呼一歌兮歌正长，悲风北来起彷徨。

汪元量称文天祥"杜陵宝唾手亲拾，沧海月明老珠湿。天地常留国风什，鬼神呵护六丁立。我公笔势人莫及，每一呻吟泪痕湿。"（《浮丘道人招魂歌》，《湖山类稿》卷一）翁方纲《石洲诗话》卷四云："文信国《乱离六歌》，迫切悲哀，又甚于杜陵矣。"

汪元量本人也是宋元易代之际学杜最为着力者。他本是供奉内廷的琴师，元灭宋后，跟随被掳的三宫去北方，后来当了道士，自号"水云"，后又南归钱塘。这种特殊经历使他对国家的覆亡有了他人所不及的痛切感受，对杜诗也有了他人所没有的深刻体会。其《草地寒甚毡帐中读杜诗》云："少年读杜诗，颇嫌其枯槁。斯时熟读之，始知句句好。"（《湖山类稿》卷二）

汪元量学杜，最注重的是杜诗的"诗史"精神。他所作《醉歌》10首、《越州歌》20首、《湖州歌》98首，用七绝联章的形式，记叙了宋亡的大量史事，包括南宋皇室投降的场景，元兵蹂躏江南的惨状，以及他北上途中所见所闻，广泛地反映了南宋亡国前后的历史，因此时人比之杜甫，称其作品为"宋亡之诗史"。刘辰翁《湖山类稿序》云："其诗自奉使出疆，三宫去国，凡都人忧悲恨叹无不有。及过河所历皇王帝伯之故都遗迹，凡可喜、可诧、可惊、可痛哭而流涕者，皆收拾于诗。"（《增订湖山类稿》）《四库全书总目提要》谓《湖山类稿》"其诗多慷慨悲歌，有故宫离黍之感。于宋末诸事，可据以征信"。其中写南宋灭亡、王室向元兵投降的情景：

> 六宫宫女泪涟涟，事主谁知不尽年。太后传宣许降国，伯颜丞相到帘前。
> 乱点连声杀六更，荧荧庭燎待天明。侍臣已写归降表，臣妾佥名谢道清。（《醉歌》之三、之四）

> 殿上群臣默不言，伯颜丞相趣降笺。三宫共立珠帘下，万骑虬须绕殿前。
> 谢了天恩出内门，驾前喝道上将军。白旄黄钺分行立，一点猩红似幼君。（《湖州歌》之三、之四）

> 一阵西风满地烟，千军万马浙江边。官司把断西兴渡，要夺渔船作战船。
> 苍生痛哭入云霄，内苑琼林已作樵。打断六更天未晓，禁庭两桁糁盘烧。（《越州歌》之三、之六）

诗人运用朴素的语言，以白描手法记述事实，刻画场面、人物、气氛，"周详恻怆"（吴之振《宋诗钞》之《水云诗钞》小序），真实生动，虽然字面极其平淡，却凝聚着作者面对国破家亡惨景的无比沉痛的心情。汪森《湖山类稿后序》谓其诗"赋情指事，种种悲凉，先生以只言片语，形容略尽，令读者身经目击，当时号为诗史，夫岂欺哉！"（《增订湖山类稿》）时人李钰《湖山类稿跋》指出了汪元量这类诗歌与杜诗的渊源关系："（水云诗）纪亡国之戚，去国之悲，艰关愁叹之状，备见于诗，微而显，隐而彰，哀而不怨，唏嘘而悲，甚于痛哭，岂《泣血录》所可并也？唐之事纪于草堂，后人以诗史目之，水云之诗，亦宋亡之诗史也，其诗亦鼓吹草堂者也。其愁思抑郁，不可复申，则又有甚于草堂者也。"（《增订湖山类稿》）

宋亡前后，以汪元量、林景熙、谢翱、谢枋得、萧立之诸人为代表的一批遗民诗人，尊崇杜甫忠君爱国的人格，以老杜离乱诗为楷模，以抒写其"黍离""麦秀"之悲，形成宋诗史上光彩夺目的最后一页。黄宗羲《万履安先生诗序》评价宋末遗民诗云：

> 今之称杜诗者以为诗史，亦信然矣。然注杜者，但以史证诗，未闻以诗补史之缺，虽曰诗史，史固无借乎诗也。逮夫流极之运，东观兰台但记事功，而天地之所以不毁，名教之所以仅存者，多在亡国之人物，血心流注。朝露同晞，史于是亡矣。犹幸野制谣传，苦语难消，此耿耿者明灭于烂纸昏墨之余，九原可作，地起泥香，庸讵知史亡而后诗作乎？是故景炎、祥兴，《宋史》且不为之立本纪，非《指南》、《集杜》，何由知闽广之兴废？非水云之诗，何由知亡国之惨？非《白石》、《晞发》何由知竺国之双经？……可不谓之诗史乎？（《南雷文定》）

"杜鹃"是宋末诗歌中一个非常重要而醒目的意象，它体现了遗民们的亡国之痛，而这一意象则来源于杜诗。老杜《杜鹃行》：

> 君不见昔日蜀天子，化为杜鹃似老乌。寄巢生子不自啄，群鸟至今为哺雏。虽同君臣有旧礼，骨肉满眼身羁旅孤。业工窜伏深树里，四月五月偏号呼。其声哀痛口流血，所诉何事常区区。尔岂摧残始发愤，羞带羽翮伤形愚。苍天变化谁料得，万事反复何所无。万事反复何所无，岂忆当殿群臣趋。

还有一首题为《杜鹃》：

> 西川有杜鹃，东川无杜鹃，涪万无杜鹃，云安有杜鹃。我昔游锦城，结庐锦水边。有竹一顷余，乔木上参天。杜鹃暮春至，哀哀叫其间。我见常再拜，重是古帝魂，生子百鸟巢，百鸟不敢嗔。仍为喂其

子，礼若奉至尊。鸿雁及羔羊，有礼太古前。行飞与跪乳，识序如知恩。圣贤古法则，付与后世传。君看禽鸟情，犹解事杜鹃。今忽暮春间，值我病经年。身病不能拜，泪下如迸泉。

黄庭坚《书摩崖碑后》云："春风吹船着浯溪，扶藜上读中兴碑……臣节春秋二三策，臣甫杜鹃再拜诗。安知忠臣痛至骨，世上但赏琼琚词。"此后，认为杜甫这两首咏杜鹃诗"互为表里"，是"感明皇失位而作"，表现了老杜的忠义之心，成为宋人的一种共识。葛立方云："老杜集中杜鹃诗若干篇，皆以杜鹃比当时之君，而以哺雏之鸟讥当时之臣不能奉其君，曾百鸟之不若也。最后一篇，徒言杜鹃垂血上诉，不得其所，盖说明皇帝蒙尘之时也。"（《韵语阳秋》卷十七）李之仪《读摩崖碑》、胡仔《苕溪渔隐丛话》、洪迈《容斋五笔》、赵次公注杜都持类似的看法。南宋遗民崇拜杜甫"一生寒饿，穷老忠义"的人格精神和节义操守，杜诗中的杜鹃意象成了他们寄托故国之思的重要典故与意象，用来抒写他们思念故国、渴望恢复而不得的深悲剧痛。诸如：

耳想杜鹃心事苦，眼看胡马泪痕多。（文天祥《读杜诗》）

西塞山前日落处，北关门外雨来天。南人堕泪北人笑，臣甫低头拜杜鹃。（汪元量《送琴师毛敏仲北行》）

突然骑过草堂去，梦拜杜鹃声外天。（郑思肖《杜子美骑驴图》）

天宝诗人诗有史，杜鹃再拜泪如水。龟堂一老旗鼓雄，劲气往往摩其垒。（林景熙《题陆放翁诗卷后》）

作诗匪雕锼，要与六义涉。臣甫再拜鹃，高风或可蹑。（林景熙《杂咏十首酬汪振卿》）

杜子但伤鹃化血，苏卿岂料雁书沉。（萧炎丑《题汪水云诗卷》）

山色愁予渺渺青，平生心事杜鹃行。霜饕雪虐天终定，岁晚江空冰自清。肩上纲常千古重，眼前荣辱一毫轻。离明坤顺文箕事，此是先生素讲明。(蔡正孙《和叠山先生韵》，谢枋得《叠山集》卷五)

至今尚留花石否，杜鹃再赋长恨端。苏州正念东邻女，伤心更遇杨开府。憔悴语言敢分明，买酒行浇茂陵土。(刘辰翁《送李鹤田游古杭》)

"世事庄周蝴蝶梦，春愁臣甫杜鹃诗。"(黎芳洲诗句，见马廷鸾《碧梧玩芳集》卷二十四《题黎芳洲诗集》)南宋遗民诗是宋人最后的哀歌，这哀歌的主题凝聚着对老杜的怀想，对老杜诗篇的钟爱和仿效。

（二）

刘辰翁是宋遗民中有着很高声望的文学名家和爱国文人，对老杜十分敬仰，对杜诗评价极高："杜子美大篇，江湖转怪不侧，虽太白、退之天才罕及。至五言七言律，微有拙处，然时得风雨鬼神之助，不在可解。若七言宕丽，或更入于古野，而不为俚，亦惟作者自知，虽大家数不能评也。"刘辰翁谓杜诗的出现是时代的产物：

古之穷诗人，称子美、郊、岛。郊、岛以其命，而子美以其时。或曰：时与命不同耶？曰：不同也。使郊、岛生开元、天宝间，计亦岂能鸣国家之盛，而寒酸寂寞，顾尤工以老，则繇其赋分言之，亦不为不幸也。若子美在开元，则及见丽人、友八仙，在乾元则扈从还京，归鞭左掖，其间惟陷鄜州数月。后来流落田园，花柳亦与杜曲无异。若石壕、新安之睹记，彭衙、桔柏之崎岖，则意者造物托之子美，以此人间之不免，而又适有能言者载而传之万年，是岂不亦有数哉！不然，生开元、天宝间，有是作否？故曰：时也，非命也。(《连伯正诗序》)

刘辰翁认为，杜诗与其时代紧密相连，是时代造就了杜甫，使杜甫以诗反映民生苦难、时事艰虞，而杜甫又恰恰具有承担这一时代使命的诗学才能。刘辰翁对杜甫及其与时代的关系有相当深刻的理解。

刘辰翁称许杜诗叙写人情的真实生动。"诗在灞桥风雪驴子背上，非也。鸟啼花落，篱根小落，斜阳牛笛，鸡声茅店，时时处处妙意，皆可拾得，然此犹涉假借。若平生父子兄弟、家人伦理间，意愈近而愈不近，著力政难。有能率意自道，出于孤臣怨女之所不能者，随事纪实，足称名家。即名家尤不可得，或一二语而止。……如杜子美：'问事竞挽须，谁能即嗔喝。''欲起时被肘，仍嗔问升斗。'乃并与音容笑貌，仿佛尽之矣。"（《陈生诗序》）

刘辰翁对杜诗体味颇深细，于杜诗艺术多有发明。他对杜诗用字之精极为称赞。《陈宏叟诗序》："小隐陈君以九日过我，因为诵老杜'旧摘人频异'徒一'频'字，而上下二三十年存殁离合之际，无不具见，但觉去年明年之感，未极平生。又如'衣冠却扈从'为还京之喜，与先时不及扈从，而今扈从，道旁观者之叹，班行回首之悲，尽在一'却'字中。然此犹以虚字见意。如'远愧梁江总，还家尚黑头'，才一'梁'字耳，举梁而入陈、入隋，不胜其愧。人知江令之为隋臣而已，三诵此语，复何必深切着明，攘臂而起，正色而议哉？往往读者又以实字忽之。今人诗五字或赘二字，不可以不知也。"刘辰翁认为，杜诗中的"寻常语"并非"寻常得"（《萧禹道诗序》）。

刘辰翁是杜诗评点的开创者，撰有《杜工部诗集评》20卷。评点是杜诗阐释上不同于笺注的新的阐释方式。宋人关于杜诗的笺注极盛，据刘将孙统计，"有杜诗来五百年，注者以二百数"（《集千家注批点杜诗》序）。刘辰翁的评点，则打破了这种阐释模式，形成杜诗研究中的评点一派。宋荦《读书堂杜工部诗集注解序》云："至于杜诗有批有评点，自刘辰翁须溪始。"[①] 胡震亨云："余每读千家注杜，犹五臣注《选》；辰翁解杜，犹郭象解《庄》。即与作者语意不尽符，而玄言玄理，往往角出，劲拔骊黄牝牡之外。昔人苦杜诗难读，辰翁注尤不易也。"（《唐音癸签》卷三十二）洪业《杜诗引得序》云："窃谓宋人之于杜诗，所尚在辑校集注，迨南宋之末，蔡、黄二本已造其极。元人别开生面，一转而为批选。虽天水之世已有《诸家老杜诗评》、《少陵诗格》二书，可谓滥觞所始。顾惟刘辰翁以逸才令闻，首创鉴赏，于是选隽解律之风大起。"（《杜诗引得》）

---

① 《四库全书存目丛书》集部第5册，齐鲁书社1997年版，第511页。

刘辰翁评点杜诗，颇重阅读之审美感受。如《夜宴左氏庄》之评语："豪纵自然，结趣萧散。"整体感受恰切。《无家别》"久行见空巷，日瘦气惨凄"批语："经历多矣，无如此语之在目前者。"对杜诗写实之真切，体会到位。阅读感受为文学批评之基础，但停留在感受、印象上的品评，则不免流于肤浅轻率乃至主观武断。刘辰翁批点杜诗，有时就不免于此。如《今夕行》末评云："不深不浅语"。《越王楼歌》后亦云："不深不浅"，皆率意而说，不知所云。王嗣奭《杜臆》批评刘辰翁评杜"多不中窾"，钱谦益批评刘辰翁评杜"不识杜之大家数"，流于"一知半解"，并非没有道理。

刘评与蔡梦弼、黄鹤诸人的注本详切拘执不同，改为随意评点，影响不小。元人单复《读杜愚得自叙》："近世重须溪刘氏评点杜诗，家传而诵，亟取读之。"① 元明两代，刘评颇为流行。

---

① 《四库全书存目丛书》集部第4册，齐鲁书社1997年版，第4页。

中 篇

宋人对杜诗的阐释

一　杜诗集大成说

（一）

杜诗集大成说是宋代杜诗学基本的、核心的观点，是宋人关于杜甫诗学成就的总体评价和历史定位。这一观点是秦观在《进论》中明确提出并作概括阐述的：

> 杜子美之于诗，实积众家之长，适当其时而已。昔苏武、李陵之诗，长于高妙；曹植、刘公干之诗，长于豪逸；陶潜、阮籍之诗，长于冲淡；谢灵运、鲍照之诗，长于峻洁；徐陵、庾信之诗，长于藻丽。于是子美者，穷高妙之格，极豪逸之气，包冲淡之趣，兼峻洁之姿，备藻丽之态，而诸家之作所不及焉。然不集诸家之长，杜氏亦不能独至于斯也。岂非适当其时故耶？孟子曰：伯夷，圣之清者也；伊尹，圣之任者也。柳下惠，圣之和者也；孔子，圣之时者也。孔子之谓集大成。呜呼！杜氏、韩氏，亦集诗文之大成者欤！（《淮海集》卷二十二）

"集大成"一语出自《孟子》万章篇："伯夷，圣之清者也；伊尹，圣之任者也。柳下惠，圣之和者也；孔子，圣之时者也。孔子之谓集大成。集大成也者，金声而玉振之也。"赵岐注："伯夷清，伊尹任，柳下惠和，皆得圣人之道也。孔子时行则行，止则止。振，孔子集先圣大道以成己之圣德也，故能金声而玉振之。扬也，故如金声之有杀，振扬玉音，终始如一也。"谓杜甫集大成，是说像孔子集先圣大道以成己之圣德一样，杜甫集前代诗人之长以成就自己的诗歌盛业，成为诗史上空前绝后的伟大诗人。

杜甫集诗之大成说的滥觞,始于元稹《杜工部墓志铭》。元稹在综观中国诗歌发展的历史事实与演变历程的基础上,比较充分地论述了杜甫的诗学贡献,认为杜诗是"尽得古今之体势,而兼人人之所独专",是诗歌体裁"小大之所总萃""能所不能,无可不可""诗人以来,未有如子美者"。元稹对杜诗的这一评价,为宋人所赞同。华镇《上蔡仆射书》说:"元微之……称少陵之作,曰上薄风骚,下该沈宋,言夺苏李、气吞曹刘、掩颜谢之孤高、杂徐庾之流丽,天下作者以为知言。"(《云溪居士集》卷二十四)宋祁《新唐书·杜甫传赞》继承元稹的观点,不但肯定杜诗"兼古今而有之"的历史地位,而且进一步指出杜诗"沾丐后人"的巨大功绩:"至甫,浑涵汪茫,千汇万状,兼古今而有之。它人不足,甫乃厌余,残膏剩馥,沾丐后人多矣。"至此,杜诗在诗歌发展史上承前启后的重要地位已经充分凸显出来。北宋中期,随着儒学思想的复兴,诗坛乃至整个士林形成了尊杜的热潮,论者对杜诗更是推崇备至,王安石谓杜诗是"非人能为而为之者"(《杜工部后集序》),苏轼谓"诗至于杜子美……而古今之变,天下之能事毕矣"(《书吴道子画后》),对杜甫的诗学成就和艺术造诣在中国诗歌发展史上的地位问题,到北宋嘉祐时期,已逐渐形成一种共识。

旧题陈师道撰《后山诗话》载:"子美之诗,退之之文,鲁公之书,皆集大成者也。""子瞻谓杜诗、韩文、颜书、左史,皆集大成者也。"后人据此认为杜诗集大成说是苏轼提出的。但是,关于苏轼这两段话,《后山诗话》既未指明其出处,亦不见于苏轼传世的文章;而且,这两段话内容有出入,后一段话中有苏轼谓《左传》集大成的说法,反倒证明这段话不可能出自苏轼之口。因为苏轼对《左传》评价不高。苏轼《左传三道》一文对《左传》一书有尖锐的批评:"自孔子没,学者惑乎异端之说,而左丘明之论,尤为可怪。使夫伏羲、文王、孔子之所尽心焉者,流而入于卜筮之事,甚可悯也。"(《东坡全集》卷五十)所以,根据《后山诗话》这两段话断定杜诗集大成说是苏轼提出的,证据不足,经不起推敲。

胡仔《苕溪渔隐丛话》说:"宋子京作《唐史杜甫传》、秦少游做《进论》,皆本元稹之说,意同而词异也。"(《苕溪渔隐丛话》前集卷八)秦观之杜诗集大成说,的确是承继了元稹、宋祁等对杜诗的基本评价,肯定老杜"实积众家之长"而为"诸家之作所不及""不集诸家之长,杜氏亦不能独至于斯也",强调杜诗的历史继承性。但秦观杜诗集大成说并不是简单的重复元稹、宋祁的观点,而是有其深刻内涵与明确表述的。首先,秦观指出杜甫之所以能集诗之大成,如同孔子"为圣之时者"一样,是"适当其时"的,即有其时代原因的。秦观所谓的"时",实际上就是杜甫生活时代的社会状况、文化积累、诗歌自身的历史发展所综合形成的一种时势和机运。秦观论史,注意"时势",其论杜也具有史家的目光和见识,见解深刻而独到。在秦观的眼里,杜甫不是神秘的天才,而是转益多师、兼容并包、博采众长而又"量时适变",因而能金声而玉振的诗歌创新者。其次,"集大成"是孟子对孔子这位圣者的赞词评语,秦观以此语来论定和推尊老杜的诗学贡献,不仅仅是个语词移用问题,其背后隐含着儒家文化立场。秦观《进论》把韩愈、杜甫视为"集大成诗文之者",而认为韩文集大成的理由是:"钩列庄之微,挟苏张之辩,摭班马之实,猎屈宋之英,本之以诗书,折之以孔氏,此成体之文,韩愈之所作是也。""本之以诗书,折之以孔氏"这是秦观视韩愈为文之集大成者的基本思想立场与价值标准。秦观对杜诗的总体评价,引证孟子关于孔子集大成的说法,这种论证所蕴含的思想倾向和价值标准是不言而喻的。清人潘德舆《养一斋李杜诗话》云:"少游尊杜至极,无以复加,而其所以尊之之由,则徒以其包众家体势姿态而已,于其本性情、厚伦纪、达六艺、绍《三百》者,未尝一发明也,则又何以表洙、泗'无邪'之旨,而允为列代诗人之称首哉?"这一批评只是证明秦观关于杜诗集大成说的论述尚没有儒家诗教说的鲜明色彩,但其从儒家立场赞扬老杜是无疑的。

把杜诗集大成与诗教说明确联系起来予以阐释是在南宋时期。张戒《岁寒堂诗话》谓杜诗"读之使人凛然兴起,肃然生敬,《诗序》所谓'经夫妇、成孝敬、厚人伦、美教化、移风俗'者也"。又谓杜诗"皆微而婉,正而有礼,孔子所谓'可以兴,可以观,可以群,可以怨,迩之事父,远之事君'者。如'刺规多谏诤,端拱自光辉。俭约前王体,风流后代希。''公若登台辅,临危莫爱身。'乃圣贤法言,非特诗人而已"(《岁寒堂诗话》卷上)。由集大成说自然会引出和导向杜诗为"诗之经"的说法,鲁訔谓"若其音律,乃诗之六经"(《编次杜工部诗序》)。陈善谓"老杜诗当是诗中六经,他人乃诸子之流也"(《扪虱新话》下集卷一)。邹浩《送裴仲儒赴官江西序》云:"杜子美放浪沅湘,窥九嶷,登衡山，以搜天地之秘，然后发愤一鸣，声落万古，儒家仰之，几不减六经。"敖陶孙《臞翁诗评》云："独唐杜工部如周公制作，后世莫能拟议。"后来的"诗圣"说，也是与集大成说相联系的。

秦观关于杜诗集大成之说，是宋人在诗坛上建立起大家公认的诗学典范的根本标志。杜诗所表达的政治理想、伦理观念、人生情怀、审美趣味，符合宋人的需要和期待，宋人在杜诗中发现和找到了他们理想的诗学范式。《唐子西文录》云："六经已后，便有司马迁；三百五篇之后，便有杜子美。六经不可学亦不须学，故作文当学司马迁，作诗当学杜子美，二书亦须常读，所谓'一日不可无此君也。'"杜诗集大成说的确立，是杜诗学史上的大事，也是对中国古代诗歌发展史的一个重要观点。

（二）

杜诗集大成说是宋人关于杜诗的基本历史定位，是宋人尊杜理论的总萃与核心观点，整个宋代关于杜诗的评论与研究，都笼罩在这一结论之中。集大成说提出后，宋人从各个方面对此说含义予以进一步的阐释、充实和发挥，有的强调杜诗内容的博大精深，有的强调其风格体制的多样，有的强调其艺术功力和诗学渊源之深厚，有的论其艺术成就之高，有的说其影响之广。

1. 集众家之长

此为集大成说应有之义。秦观之后，宋人对这一问题进一步加以阐述，具体论述了老杜对《诗经》以来诗学传统的继承与发扬。晁说之云："苟不上自虞歌、周、鲁、商诗，下逮楚骚、建安七子、陶、谢、颜、鲍、阴、何，何以观杜诗。"（《送王性之序》，《嵩山文集》卷九）张戒《岁寒堂诗话》云："子美诗奄有古今，学者能识国风骚人之旨，然后知子美用意处；识汉魏诗，然后知子美遣词处。至于掩颜谢之孤高，杂徐庾之流丽，在子美不足道耳。"

关于老杜继承《诗经》《楚辞》之传统。黄庭坚云："子美诗妙处乃在无意为文，夫无意而意已至，非广之以《国风》《雅》《颂》，深之以《离骚》《九歌》，安能咀嚼其意味，闯然入其门耶！"（《大雅堂记》）北宋蔡绦云："唐人吊子美：'赋出三都上，诗须二雅求。'盖少陵远继周诗法度。"（《西清诗话》，《苕溪渔隐丛话》前集卷十四）葛立方云："杜诗所得在《骚》。"(《韵语阳秋》卷三）姜夔云："诗有出于风者，出于雅者，出于颂者。屈宋之文，风出也；韩柳之诗，雅出也；杜子美独能兼之。"(《白石道人诗说》）陈造云："学诗，三百篇其祖也，次楚辞。是二经，不于其辞于其意，意无有不道也。杜子美古律诗，实与之表里。"(《题韵类诗史》，《江湖长翁集》卷三十一）

关于老杜"宪章汉魏"，范温《潜溪诗眼》云：

建安诗，辩而不华，质而不俚，风调高雅，格力遒壮。其言直致而少对偶，指事情而绮丽，得风雅骚人之气骨，最为近古者也。一变而为晋宋，再变而为齐梁。唐诸诗人，高者学陶谢，下者学徐庾，惟老杜、李太白、韩退之早年皆学建安，晚乃各自变成一家耳。如老杜"崆峒小麦熟，人生不相见。"《新安》《石壕》《潼关吏》《新昏》《垂老》《无家别》《夏日》《夏夜叹》，皆全体作建安语。今所存集第一、第二卷中颇多。

刘克庄谓"杜有建安、黄初气骨"：

《舞剑器行》，世所脍炙，绝妙好辞也。内云："先帝侍女八千人，公孙剑器初第一。五十年间似反掌，风尘澒洞昏王室。梨园弟子散如烟，女乐余姿映寒日。金粟堆南木已拱，瞿塘石城草萧瑟。玳筵急管曲复终，乐极哀来月东出。"余谓此篇与《琵琶行》一如壮士轩昂赴敌场，一如儿女恩怨相尔汝，杜有建安、黄初气骨，白未脱长庆体尔。(《后村诗话》卷九)

关于《文选》于老杜之影响，宋人十分注意。郭思《瑶溪集》云：

子美教其子曰"熟读文选理"。《文选》之尚，不爱奇乎？……《文选》是文章宗祖，自两汉而下，至魏、晋、宋、齐，精者斯采，萃而成编。则为文章者焉得不尚《文选》也。……老杜于诗学，世以为前无古人，后无来者。然观其诗，大率宗法《文选》撷其华髓，旁采曲探，咀嚼为我。诗至老杜，体格无所不备，斯周诗以来，老杜所以独步也。(《苕溪渔隐丛话》前集卷九引《瑶溪集》)

张戒《岁寒堂诗话》云：

  杜子美云："课儿诵文选。"又云："熟精文选理。"然则子美教子以文选欤？近时士大夫以苏子瞻讥《文选》去取之谬，遂不复留意。殊不知《文选》虽昭明所集，非昭明所作。秦汉魏晋奇丽之文尽在，所失虽多，所得不少。作诗赋四六，此其大法，安可以昭明去取一失而忽之。……《文选》中求议论则无，求奇丽之文则多矣。子美不独教子，其作诗乃自《文选》中来，大抵宏丽语也。（《岁寒堂诗话》卷上）

朱熹云："杜子美诗好者，亦是多效选体，渐放手。"（《朱子语类》卷一百四十一）并谓老杜学"选诗"而"变多"（《跋病翁先生诗》，《晦庵集》卷八十四）。

关于老杜从六朝诗中吸收丽辞和声律等诗歌材料，汲取艺术营养，宋人的探索与考察深入、细致、广泛，遍及六朝名家乃至二三流诗人，包括张协、郭璞、陆机、刘琨、谢灵运、陶渊明、谢朓、谢惠连、鲍照、庾信、沈约、何逊、阴铿、王褒、范云、虞炎、萧衍、江总、虞世南等（其中主要者为陶谢、庾信、阴铿、何逊），从截取语词、化用诗句、采用句法、檃栝诗意诸方面，沿波讨源，予以论列，特别翔实而深入。例如杨万里《诚斋诗话》卷一百十四云：

  句有偶似古人者，亦有述之者。杜子美《武侯庙》诗云："映阶碧草自春色，隔叶黄鹂空好音。"此何逊《行经孙氏陵》云："山莺空树响，垄月自秋晖"也。杜云："薄云岩际宿，孤月浪中翻。"此庾信"白云岩际出，清月波中上"也。"出"、"上"二字胜矣。阴铿云："莺随入户树，花逐下山风。"杜云"月明垂叶露，云逐渡溪风。"又云："水流行地日，江入度山云。"此一联胜。庾信云："永韬三尺剑，长卷一戎衣。"杜云："风尘三尺剑，社稷一戎衣。"亦胜庾矣。

黄伯思《跋何水曹集后》列举杜甫学何逊之诗句：

然少陵尝引"昏鸦接翅归"、"金粟裹搔头"等语,而此集无有,犹当有轶者。集中若"团团月隐洲"、"轻燕逐风飞"、"远岸平沙合,连山远雾浮"、"岸花临水发,江燕绕樯飞"、"游鱼上急濑"、"薄云岩际宿"等语,子美皆采为己句,但小异耳。故曰"能诗何水曹",信非虚誉。(《东观余论》卷上)

宋人还注意和论述了杜诗与初唐诗人卢照邻、沈佺期、宋之问、李义府、张说、王维、孟浩然等的诗学渊源。如范温《潜溪诗眼》:

> 古人学问,必有师友渊源。……自杜审言已自工诗,当时沈佺期、宋之问等同在儒馆为交游,古老杜律师布置法度,全学沈佺期,更推广集大成耳。沈云:"云白山青千万里,几时重谒盛明君。"杜云:"云白山青万餘里,愁看直北是长安。"沈云:"人如天上坐,鱼似镜中悬。"杜云:"春水船如天上坐,老年花似雾中看。"是皆不免蹈袭前辈,然前后杰句,亦未易优劣。

杜甫云"诗是吾家事""吾祖诗冠古",宋人特别注意老杜对其祖父杜审言的诗学继承。其论列颇多。《苕溪渔隐丛话》前集卷六载:

> 《后山诗话》云:鲁直言:"杜之诗法出审言,句法出庾信,但过之耳。"苕溪渔隐曰:"老杜亦自言:'吾祖诗冠古。'则其诗法乃家学所传云。"

王得臣《麈史》云:

> 杜审言,子美之祖也,则天时以诗擅名,与宋之问相唱和。其诗有"绾雾青条弱,牵风紫蔓长","寄与洛城风月道,明年春色倍还人"之句。若子美"林花带雨胭脂落,水荇牵风翠带长",又云"传语风光共流转,暂时相赏莫相违",虽不袭取其意,而语脉盖有家法矣。

刘克庄《后村诗话》卷一载：

> 杜审言《夜宴》云：酒中堪累月，身外即浮云。《登襄阳城》云："楚山横地出，汉水接天回。"《妾薄命》云："啼鸟惊残梦，飞花搅独愁。"杜氏句法有自来矣。

舒岳祥《王任诗序》云：

> "枝亚果新肥"，审言诗也，甫用之为"花亚欲移竹"之句。"飞花搅独愁"，审言句也，甫用之为"树揽离思花冥冥"之语。而甫亦自谓"诗是吾家事"，非夸也。盛唐之时，诗未脱梁陈之习，至审言始句律精切，华而不靡，典而不质……

2. 独得之妙

诗歌之集大成者，是集众家之长和个人独创性的有机统一。积大家之长，为诗家"总萃"，是杜诗的一个方面，元稹、宋祁、秦观对此做了充分的阐述，而对其独创性一面的阐述，则显得不够。杜诗集大成，既是此前诗歌创作成就的继承，同时又是穷态极变的一种创新。南宋严羽的《沧浪诗话》云：

> 少陵诗，宪章汉魏而取材于六朝；至其自得之妙，则前辈所谓集大成者也。

严沧浪拈出"自得之妙"，强调杜诗集大成体现在杜诗的独创性上，杜甫不但集前人之长融为己有，并且以其伟大的艺术创造力自铸伟词，进行了新的审美独创。严羽所谓"自得之妙"，强调了杜诗集大成是继承传统而又突破传统的艺术革新，揭示了杜诗集大成的美学本质。赵翼《瓯北诗话》云：

> 宋子京《唐书·杜甫传赞》，谓其诗"浑涵汪茫，千汇万状，兼古人而有之"，大概就其气体而言。此外，如荆公、东坡、山谷等，各就一句一首，叹以为不可及，皆未说着少陵之真本领也。其真本领

仍在少陵诗中"语不惊人死不休"一句。盖其思力深沉，他人不过说到七八分，少陵必说到十分，甚至有十二三分者。其笔力之豪劲，又足以副其才思之所至，故深人无浅语。微之谓其薄风、雅，该沈、宋，夺苏、李，吞曹、刘，掩颜、谢，综徐、庾，足见其牢笼万有，秦少游并谓其不集诸家之长，亦不能如此，则似少陵专以学力集诸家之大成。

赵翼这段话本意是批评明代李梦阳强调"李太白全乎天才，杜子美全乎学力"的说法为"耳食之论"，认为不能排除杜甫的"性灵""才分"而谓杜甫全以学力胜；同时，也指出了元稹、秦观关于杜甫集大成说法的不足，即只强调了杜甫的继承与吸收，而未能明确指出老杜在集诸家之长基础上的创变。诗歌作为一种美的创造是不可重复的，诗歌发展的历史，本质上也不是模仿、集纳、重复，艺术技巧的创新绝不是量的增加或积累。积众家之长，如不能独创，只能说其中吸收了许多古人的东西，亦不能成为诗之集大成者。沈德潜说："前人论少陵诗者多矣，至严沧浪则云：'宪章汉魏，而取材于六朝；至其自得之妙，则前辈所谓集大成者也。'敖器之比之'周公制作，后世莫能拟之'，斯为笃论。"（《唐诗别裁》卷二）元好问云："窃尝谓子美之妙，释氏所谓至于无学者耳。今观其诗如元淋漓，随物赋形；如三江五湖，合而为海，浩浩瀚瀚，无有涯涘。如祥光庆云，千变万化，不可名状，固学者之所以动心而骇目，及读之熟，求之深，含咀之久，则九经百氏、古人之精华所以膏润其笔端者，犹可仿佛其余韵也夫。金屑、丹砂、芝术、参桂，识者例能指名之；至于今而为剂，其君臣佐使之互用，甘苦酸醎之相入，有不可复以金屑丹砂芝参术桂而名之者矣。故谓杜诗为无一字无来处亦可也，谓不从古人中来亦可也。"对杜诗的继承与独创之关系，说得形象生动而贴切精妙。

对于集大成与独创性问题，清人有进一步的发挥。黄生《杜工部诗说》论及杜诗所以集大成之因云：

> 杜诗所以集大成者，以其上自骚雅，下迄齐梁，无不咀其英华，探其根本。加以五经三史，博综贯穿。如五都之列肆，百货无所不陈；如大将之用兵，所向无不如意。其材之所取者博，而运以微茫窈眇之思；其力之所负者宏，而寓以沉郁顿挫之旨。……此所以兼前代

> 之制作，而为斯道之范围也与！

"运以微茫窈眇之思"和"寓以沉郁顿挫之旨"，就是在吸收前人之长基础上的再创造。冯班《诫子帖》谓杜甫"子美中兴，使人见诗骚之意，一变前人而前人皆在其中。惟精于学古，所以能变也"（《钝吟杂录》卷七）。叶燮《原诗》则有更明确而深刻的论述：

> 杜甫之诗，包源流，综正变。自甫以前，如汉魏之浑朴古雅，六朝之藻丽秾纤，澹远韶秀，甫诗无一不备。然出于甫，皆甫之诗，无一字为前人之诗。

杜诗之所谓集大成，是在集众家之长的前提下，又有杜甫大而化之的艺术独创性。杜诗集大成，既是此前诗歌创作成就的继承，又穷态极变，达到了"妙绝古今"（《诗人玉屑》卷十四）的高超境地。

3. 诗备众体

宋人认为，杜诗之集大成，体现在古今各种诗体的创作都具有空前绝后的成就上，并且对老杜在各种诗体方面的成就进行了深入具体的阐述。

苏轼在《辨杜子美杜鹃诗》云："子美诗备诸家体。"（《东坡题跋》卷二）黄裳《陈商老集序》云："读杜甫诗，如看羲之法帖，备众体而求之无所不有，大几乎有诗之道者。"楼钥《答杜仲高旃书》云："工部之诗，真有参造化之妙，别是一种肺肝，兼备众体，间见层出，不可端倪，忠义感慨，忧世激愤，一饭不忘君，此所以为诗人冠冕。"刘克庄也强调："少陵实兼风、雅、选、隋、唐众体。"（《黄贡士诗卷》，《后村先生大全集》卷一百一十）

宋人论诗之所谓"体"，包含诗之体式和风格两个方面的含义。前者指诗的体裁形式，后者则指诗所呈现的审美形态或者说诗美风格。严羽《沧浪诗话》之"诗体"，就是在这两个方面的意义上使用"诗体"这一概念的。所谓杜诗"体格无所不备""备众体而求之无所不有"，所谓"兼备众体"，是对杜诗在诗的体裁和风格方面集大成的肯定与推许，只是论者对于"体"含义理解和强调的重点不同。关于老杜诗兼众家风格这一点，自元稹到宋祁都予以强调。南宋徐鹿卿云："故有豪放焉，有奇崛焉，有平易焉，有藻丽焉。而四体之中，平易尤难工。就唐人论之，则太白得其豪，牧之得其奇，乐天得其易，晚唐得其丽，兼之者少陵，所谓集大成者也。"（《跋黄瀛父适意集》，《清正存稿》卷五）关于杜甫在各种诗体上的成就，宋人也做了比较充分的论述。

普闻云："老杜之诗，备于众体。是谓诗史。近世所论，东坡长于古韵，豪逸大度；鲁直长于律诗，老健超迈；荆公长于绝句，闲暇清癯，各一家也。"（《诗论》，陶宗仪《说郛》卷七十九）南宋俞成《校正草堂诗笺跋》关于这一点就说得更明确："子美诗如化工，千形万状，体态不一，演而为歌、为行，发而为叹、为引，曰短述、曰口号，大而至于古风百韵，小而至于绝句五言，同出异名，初无定体。"①

宋人对老杜在各类诗体上的贡献，除了概括性的论定外，更多地落实在对杜诗各体中重要篇章的论述与赞佩上，散落在老杜具体作品的字、句、章的品评上。

关于古体诗。宋人认为，老杜五言古诗是汉魏以来五言古诗之一大变。叶梦得云：

> 长篇最难，晋魏以前，诗无过十韵者。盖常使人以意逆志，初不以序事倾尽为工。至老杜《述怀》、《北征》诸篇，穷极笔力，如太史公纪、传，此古今绝唱。（《石林诗话》卷上）

刘克庄论杜，常常举证杜诗之具体篇章，对老杜的五古之作更是推崇备至：

> 《前出塞》云："君已富土境，开边一何多。弃绝父母恩，吞声行负戈。"又云："生死向前去，不劳吏怒嗔。路逢相识人，附书与六亲。哀哉已决绝，不复同苦辛。"又云："军中异苦乐，主将宁尽闻。"又云："杀人亦有限，列国自有疆。苟能制侵陵，岂在多杀伤。"又云："驱马天雨雪，军行入高山。径危抱寒石，指落层冰间。已去汉月远，何时筑城还。"《后出塞》云："千金买马鞍，百金装刀头。"又云："渔阳豪侠地，击鼓吹笙竽。云帆转辽海，粳稻来东吴。越罗与楚练，照耀舆台躯。主将位益崇，气骄凌上都。边人不敢议，

---

① 《黄氏集千家注杜工部诗补遗》，华文轩等编：《杜甫资料汇编》，下文简称《杜甫卷》。

议者死通衢。"又云:"中夜间道归,故里俱空村。恶名幸脱免,穷老无儿孙。"此十四篇,笔力与文选中拟古十九首并驱。(《后村诗话》卷九)

《壮游》诗押五十六韵,在五言古风中多有悲壮语,如:"往者十四五,出游翰墨场。斯文崔魏徒,以我似班扬。"又云:"脱略小时辈,结交尽老苍。""东下姑苏台,已具浮海行。到今有遗恨,不得穷扶桑。"又云:"上感九庙焚,下悯万民疮。""小臣议论绝,老病客殊方。"虽荆卿之歌,雍门之琴,高渐离之筑,音调节奏不如是之跌宕豪放也。(《后村诗话》卷二)

蔡梦弼《草堂诗话》卷上:

崔德符曰:少陵《八哀诗》,可以表里雅颂,中古作者莫及也。两纪行诗《发秦州》至《凤凰台》、《发同谷县》至《成都府》二十四首,皆以经行为先后,无复差舛。昔韩子苍尝论此诗笔力变化,当与太史公诸赞方驾。学者宜常讽诵之。

关于老杜七言古诗,杨万里云:

七言长韵古诗,如杜少陵《丹青引曹将军画马》《奉先县刘少府山水障歌》等篇,皆雄伟宏放,不可捕捉。(《诚斋诗话》,《诚斋集》卷一百十五)

对老杜七言歌行,项安世云:

盖自唐以后,文士之才力,尽用于诗。如李、杜之歌行,元、白之唱和,序事丛蔚,写物雄丽,小者十余韵,大者百余韵,皆用赋体作诗,此亦汉人之所未有也。(《项氏家说》卷八,文渊阁四库全书本)

对老杜《乾元中寓居同谷县作歌七首》,宋人尤为赞赏。王炎谓"其辞高古难及,而音节悲壮"(《七歌并序》,《双溪文集》卷九七)。朱熹谓"杜陵此歌,豪宕奇绝,诗流少继之者"(《跋杜工部同谷七歌》,《晦庵先生朱文公文集》,四部丛刊本卷八十四)。

关于老杜的乐府诗,《蔡宽夫诗话》沿袭元稹关于老杜乐府诗"即事名篇,无复依傍"之论,称赞老杜乐府诗云:

> 齐、梁以来,文人喜为乐府辞,然沿袭已久,往往失其命题本意……虽李白亦不免此。惟老杜《兵车行》、《悲青坂》、《无家别》等数篇,皆因事自出己意,立题更不蹈前人陈迹,真豪杰也。

刘克庄称赞老杜乐府诗反映唐代社会现实的高度成就:

> 《新安吏》《潼关吏》《石壕吏》《新婚别》《垂老别》《无家别》诸篇,其述男女怨旷,室家离别,父子夫妇不相保之意,与《东山》《采薇》《出车》《杕杜》数诗相为表里。唐自中叶,以徭役调发为常,至于亡国。肃代而后,非复贞观、开元之唐矣。新旧唐史不载者,略见杜诗。(《后村诗话》卷三)

陈模认为,老杜的新题乐府为乐府体诗树立了新的创作典范:

> 苍山曰:乐府自有声调,所谓清调、侧调、平调是也。李太白始信意用则说去,不问音调;杜工部则不做乐府,而《悲陈陶》、《悲青坂》则隐然乐府风味。若不晓音调,不若以工部为法。(《怀古录》卷中)

对于老杜在近体诗方面的贡献,宋人的观照和研读更为细致,细到章法、句法、字法、格律、属对、风格诸方面,对老杜律诗的艺术手法和表现力推崇备至,充分肯定其在诗歌发展史上空前启后的成就和地位。

刘克庄赞扬老杜五言律"《谒玄元庙》、《次昭陵》二诗,巨丽骏壮,为千古五言律诗典则。"(《后村诗话》)苏轼赞扬老杜七言律诗"伟丽":

> 七言之伟丽者,杜子美云:"旌旗日暖龙蛇动,宫殿风微燕雀

高。""五更鼓角声悲壮,三峡星河影动摇。"尔后寂寥无闻焉。直至欧阳永叔"苍波万古流不尽,白鹤双飞意自闲。""万马不嘶听号令,诸番无事乐耕耘。"可以并驱争先矣。小生亦云:"令严钟皷三更月,野宿貔貅万灶烟。"又云:"露布朝驰玉关塞,捷书夜到甘泉宫。"亦庶几焉耳。(《东坡志林》卷七)

杨万里赞扬老杜七言律诗字法、句法、篇法之妙:

唐律七言八句,一篇之中,句句皆奇;一句之中,字字皆奇,古今作者皆难之。予尝与林谦之论此事,谦之慨然曰:"但我辈诗集中,不可不作数篇耳。"如杜《九日》诗:"老去悲秋强自宽,兴来今日尽君欢。"不徒八句便字字对属,又第一句顷刻变化,才说悲秋,忽又自宽,以"自"对"君"甚切,君者,"君"也;"自"者,我也。"羞将短发还吹帽,笑倩旁人为正冠。"将一事翻腾作一联。又孟嘉以落帽为风流,少陵以不落帽为风流,翻尽古人公案,最为妙法。"蓝水远从千涧落,玉山高并两峰寒。"诗人至此,笔力多衰,今方且雄杰挺拔,唤起一篇精神,非笔力拔山,不至于此。"明年此会知谁健,醉把茱萸仔细看。"则意味深长,悠然无穷矣。(《诚斋集》卷一百十五)

对老杜之绝句,宋人认识到其与盛唐正格绝句之不同,严羽《沧浪诗话》谓绝句"众唐人是一样,少陵是一样"。叶适认为,老杜七言绝句突破唐人之规矩绳墨,具有自己的特点。《习学记言》卷四十七云:"七言绝句,凡唐人所谓工者,今人皆不能到。惟杜甫功力气势之所掩夺,则不复在其绳墨中。"胡仔指出杜甫绝句中有"破弃声律"之体:

诗破弃声律,老杜自有此体。如绝句《漫兴》《黄河》《江畔独步寻花》《夔州歌》《春水生》,皆不拘声律,浑然成章,新奇可爱。(《苕溪渔隐丛话》卷四十七)

关于老杜排律,宋人称之为"长韵律诗"。吕本中云:"杜老歌行与长韵律诗,后人莫及。"(《童蒙诗训》)蔡居厚云:"子美……律诗多至百韵，本末贯穿如一辞，前此盖未有。"(《蔡宽夫诗话》)洪迈云："老杜近体律诗，精深妥帖，虽多至百韵，亦首尾相应，如常山之蛇，无间断龃龉处。"(《容斋五笔》卷十)

4. 沾丐后人

集大成的意义不仅是对于前代的继承，不仅在于其独创性，还有其对后世的启示和沾丐，这也是集大成的意义所在。杜诗博采众长，兼容并包，收前代之终，开后代之始，前人之长尽汇于此，又为后世开无限法门。叶燮云："自甫以后，在唐如韩愈、李贺之奇异，刘禹锡、杜牧之雄杰，刘长卿之流利，温庭筠、李商隐之轻艳，以致宋、金、元、明之诗家，称巨擘者无虑数十百人，各自炫奇翻异，而甫无一不为之开先。"(《原诗·内篇上》)关于杜诗对中晚唐特别是宋代诗人的影响，为宋人所注意与考量。蔡梦弼《杜工部草堂诗笺跋》云：

> 少陵先生博极群书，驰骋今古，周行万里，观览讴谣，发为歌诗，奋乎国风雅颂不作之后，比兴相俟，哀乐交贯，揄扬叙述，妙达乎真机，美刺箴规，该具乎众体。自唐迄今余五百年，为诗学之宗师。家传而人诵之。故元微之志其墓曰：诗人以来，未有如子美者。信斯言矣。(《草堂诗话》卷一)

南宋陈必复说：

> 余爱晚唐诸子，其诗清深闲雅，如幽人野士，冲澹自赏，要皆自成一家。及读少陵先生集，然后知晚唐诸子之诗，尽在是矣。所谓诗之集大成者也。(陈必复《山居存稿》，陈起编《江湖小集》卷三十四)

关于杜诗对中晚唐诗人的影响，宋人论及王建、顾况、严维、刘禹锡、白居易、韩愈、李商隐、杜牧诸人。例如，王安石认为："唐人知学老杜而得其藩篱，惟义山一人而已。"(《蔡宽夫诗话》)阮阅指出，杜牧经常阅读杜甫诗集，作《读杜韩集》云："杜诗韩笔愁来读，似倩麻姑痒处搔。天外凤凰谁得髓，无人解合续弦胶。"(《诗话总龟》前集)黄彻谈到杜诗句式对刘禹锡、杜牧、李商隐的影响：

老杜："卿到朝廷说老翁，漂零已是沧浪客。"又"朝觐从容问幽仄，勿云江汉有垂纶。"其后，梦得《陈郎中》云："若问旧人刘子政，而今头白在商于。"《送惠休》则云："休公久别如相问，楚客逢秋心更悲。"小杜："江湖酒伴如相问，终老烟波不记程。""交游话我凭君道，除却鲈鱼更不闻。"商隐《寄崔侍御》云："若向南台见莺友，为言垂翅度春风。"（《碧溪诗话》卷六）

杜诗集大成，既是此前诗歌创作成就的继承，同时又穷态极变，有着巨大的创新，因而开启了唐宋时转型的历程，中经元和诗人的推激，到北宋中后期转变完成。至于宋代诗坛学杜之情形，宋人的论述则更为繁多，更为充分，乃至成为宋人论诗之一大重要话题。这里就不一一列举了。

（三）

老杜集诗之大成，在宋代成为一种文学史之共识，并为后世所承认。王渔洋《带经堂诗话》卷四云："诗至工部，集古今之大成，百代而下，无异词者。"实际上，还是有异词的。明人谢肇淛《小草斋诗话》云：

子美诗如"迟日江山丽"，是齐梁之浮弱者；"旌旗日暖龙蛇动"、"红豆啄残鹦鹉粒"，是初盛之痴重者；"石门倒听枫叶下"，是中晚之纤细者；"伯仲之间见伊吕"、"顾我老非题柱客"、"众流归海日，万国送君心"是宋人之滥恶者；至于"锦江春色来天地"、"彩笔昔曾干气象"，又俨然七子门径矣；"举家闻若骇"、"顿顿食黄鱼"，又胡钉铰、张打油唇吻矣。谓之上国武库，信然；谓之集大成，则吾未敢。

但这只是个别人的看法，而且影响甚微。杜诗之集大成说，则历久不替。金、元、明、清各代不仅沿袭这一说法，而且对这一说法不断有所充实与发挥。明人胡应麟云：

大概杜有三难：极盛难继，首创难工，遘衰难挽。子建以至太白，诗家能事都尽，杜后起集其大成，一也；排律近体，前人未备，伐山道源，为百世师，二也；开元既往，大历继兴，砥柱其间，唐以复振，三也。(《诗薮》内篇卷五)

王嗣奭《杜诗笺选旧序》云：

少陵起于诗体屡变之后，于书无所不读，于律无所不究，于古来名家无所不综，于得丧荣辱无所不历，而才力之雄大，又能无所不挚。故一有感会，于境无所不入……诗之有少陵，犹圣之有夫子，可谓金声玉振，集其大成者矣。

到了清代，杜甫集诗之大成的观点得到进一步的深入阐发。如施闰章指出，老杜在乐府五言诸体方面之集大成而又意主独造：

后汉魏而雄于诗者，莫如子美。其自叙云："读书破万卷，下笔如有神。"故乐府五言诸体，不为拟古之作，即事名篇，意主独造，而学集其大成，以是为不可及。(《原诗序》，《学余堂文集》卷三)

王渔洋则着重指出老杜七言之集大成：

诗至工部，集古今之大成，百代之下，无异词者。七言大篇，尤为前所未有，后所莫及。盖天地元气，至杜而始发之。(《带经堂诗话》卷四)

黄生《杜工部诗说》则强调老杜个人的神妙才思与独特风格：

杜诗所以集大成者，以其上自骚雅，下迄齐梁，无不咀其英华，探其根本。加以五经三史，博综贯穿。如五都之列肆，百货无所不陈；如大将用兵，所向无不如意。其才之所取者博，而运以微茫窈眇之思。其力之所以自负者宏，而寓以沉郁顿挫之旨。……此所以兼前代之制作，而为斯道之范围也与！

叶燮《原诗》从诗歌发展的历史与规律的角度，对杜诗集大成做出了精辟的概括和阐述：

> 杜甫之诗，包源流，综正变。自甫以前，如汉魏之浑朴古雅，六朝之藻丽秾鲜、淡远韶秀，甫诗无一不备。然出于甫，皆甫之诗，无一字为前人之诗也。自甫而后，在唐如韩愈、李贺之奇崛，刘禹锡、杜牧之雄杰，刘长卿之流丽，温庭筠、李商隐之轻艳，以至宋、金、元、明之诗家，称巨擘者，无虑数十百人，各自炫奇翻异，而甫无一不为之开先。此其巧无不到，力无不举，长盛千古，不能衰，不可衰者也。今之人固群然宗杜矣；亦知杜之为杜，乃合汉、魏、六朝并后代千百年之诗人而陶铸之者乎！（《原诗·内篇上》）

二　杜诗的审美形态与审美风格

龚自珍说："古来才大人，面目不专一。"同古今中外的伟大作家一样，杜甫的诗歌创作也呈现出极为丰富多彩的审美形态和审美风格。在尊杜与学杜的理论探索和创作实践中，对杜诗审美形态和审美特色的探索和解读，一直是宋人深感兴趣的重要问题。从宋祁《新唐书·杜甫传》称许杜诗"浑涵汪茫，千汇万状，兼古今而有之"开始，有宋一代的文学理论家和诗人对杜诗总体的审美风貌和审美结构及其因素、特点，进行了深入具体的探寻与阐释。

（一）

宋祁《新唐书·杜甫传》赞赏杜诗"浑涵汪洋，千汇万状，兼古今而有之"。王安石赞美杜甫杜诗审美形态与风格的丰富多姿：

> 悲欢穷泰，发敛抑扬，疾徐纵横，无施不可，故其诗有平淡简易者，有绮丽精确者，有严重威武若三军之帅者，有奋迅驰骤若泛驾之马者，有淡泊闲静若山谷隐士者，有风流蕴藉若贵公子者。盖其诗绪密而思深，观者苟不能臻其阃奥，未易识其妙处，夫岂浅近者所能窥哉？此甫所以光掩前人，而后来无继也。元稹以谓兼人所独专，斯言信矣。（《苕溪渔隐丛话》前集卷六引《遁斋闲览》）

苏轼《辨杜子美杜鹃诗》称赞杜诗"备诸家体""格力天纵，奄有汉、魏、晋、宋以来风流"（《书唐氏六家书后一首》）。秦观称许杜诗兼有汉魏六朝诸名家诗的特点而又自成一家：

昔苏武、李陵之诗，长于高妙；曹植、刘公干之诗，长于豪逸；陶潜、阮籍之诗，长于冲淡；谢灵运、鲍照之诗，长于峻洁；徐陵、庾信之诗，长于藻丽。于是子美者，穷高妙之格，极豪逸之气，包冲淡之趣，兼峻洁之姿，备藻丽之态，而诸家之作所不及焉。

张表臣以具体诗句为例，论述杜诗多种多样的审美风采：

予读杜诗云："江汉思归客，乾坤一腐儒。""功业频看镜，行藏独倚楼。"叹其含蓄如此；及云："虎气必腾上，龙身宁久藏。""蛟龙得云雨，雕鹗在秋天。"则又骇其奋迅也；"草深迷市井，地僻懒衣裳。""经心石境月，到面雪山风。"爱其清旷如此；及云"退朝花底散，归院柳边迷。""君随丞相后，我往日华东。"则又怪其华艳也；"久客得无泪，故妻难及晨。""囊空恐羞涩，留得一钱看。"嗟其穷愁如此；及云"香雾云鬟湿，清辉玉臂寒。""笑时花近靥，舞罢锦缠头。"则又疑其侈丽也。至读"谶归龙凤质，未定虎狼都。""风尘三尺剑，社稷一戎衣。"则又见其发扬蹈厉矣。"五圣联龙衮，千官列雁行。""圣图天广大，宗祠日光辉。"则又得其雄深雅健矣。"许身一何愚，窃比稷与契。""虽乏谏诤姿，恐君有遗失。"则又知其许国而爱君也。"对食不能餐，我心殊未谐。""人生无家别，何以为烝黎。"则知其伤时而忧民也。"未闻夏商衰，中自诛褒妲。""堂堂太宗业，树立甚宏达。"斯则隐恶扬善而春秋之义也。"巡非瑶水远，迹是雕墙后。""天王守太白，伫立更搔首。"斯爱深思远，而诗人之旨耳。至于"上有郁蓝天，垂光抱琼台。""风帆倚翠盖，暮把东皇衣。"乃神仙之致耶？"惟有摩尼珠，可照浊水源。""欲闻第一义，回向心地初。"乃佛乘之义耶？呜呼！有能窥其一二者，便可名家，况深造而具体者乎，此予所以稚齿服膺、华颠未至也。（《珊瑚钩诗话》卷一）

鲁訔《编次杜工部诗序》云：

少陵老人初不事艰涩索隐以病人，其平易处，有贱夫老妇所可道者。至其深纯宏远，千古不可追迹。其叙事稳实，立意浑大，遇物为难状之景，纾情出不说之意，借古的确，感时深远。若江海浩瀁，风云荡汩，蛟龙鼋鼍，出没其间而变化莫测，风澄云霁，象纬回薄，错峙伟丽，细大无不可观。(《草堂诗笺》之《传序碑铭》)

曾季狸谓杜诗"备极全美"(《艇斋诗话》)，袁燮谓杜诗"兼有众美"(《题魏丞相诗》，《絜斋集》卷八)，吴沆谓"古今之美，备在杜诗"(《环溪诗话》)，宋人对杜诗审美形态和审美风格的多姿多彩可谓称颂备至。

（二）

宋人从不同的角度和具体作品出发，对杜诗的审美形态和风貌的各个侧面做了深入的探索和论述。

1. 雄健壮美

杜甫本人的诗歌理想和审美趣味宽广而丰富，而他最倾心的则是壮美。"或看翡翠兰苕上，未掣鲸鱼碧海中"(《戏为论诗六绝句》)，他崇尚那种掣鲸鱼于碧海般的力量雄浑、境界阔大的美。他称许"庾信文章老更成，凌云健笔意纵横"(同上)，称许李邕"声华当健笔，洒落富清制"(《八哀诗赠秘书监李公邕》)。《醉歌行》云："词源倒倾三峡水，笔阵独扫千人军。"《送长孙九侍御赴武威判官》云："若人才思阔，溟涨浸绝岛。"从其创作实践看，其主导风格也是雄健阔大、壮丽宏深的。元稹谓杜诗"辞气豪迈而风调清深"。韩愈赞美杜甫挥笔时"垠崖划崩豁，乾坤摆雷硠。"宋人对老杜壮美的诗风大为称许与倾倒。庆历、嘉祐时期，欧阳修称许李、杜"豪放之格"(《六一诗话》)，田锡称许"李、杜之豪健"(《贻小宋着书》，《咸平集》卷二)，苏舜钦称杜诗"豪迈哀顿"(《苏舜钦集》)。魏泰《东轩笔录》卷十一云："皇祐已后，诗人作诗尚豪放。"突出和称许杜诗"豪放""豪健""豪迈"，以及当时诗坛崇尚雄豪劲健的诗风。欧阳修将李、杜并列为"豪放之格"，其重点实际在李白，而谓杜诗"豪放"，也不够确切。其后，宋人对杜诗审美风格的认识逐渐有所修正。王安石云："吾观杜陵诗，谓与元气侔。力能排天斡九地，壮毅颜色不可求。"强调老杜诗笔的力度，谓其"壮毅"，对杜诗审美风格的认识就比"豪放""豪迈"之说更切近杜诗的实际面目。《苕溪渔隐丛话》前集卷五："荆公云：诗人各有所得。……'或看翡翠兰苕上，未掣鲸鱼碧海中'，此老杜所得也。"张伯玉谓老杜："诗魄躔斗室，笔力撼蓬莱。运动天枢巧，奔腾地轴摧。万蛟盘险句，千马挟雄才。势走岷峨尽，辞含混沌来。"（《读子美集》）苏轼称颂老杜为"巨笔屠龙手"（《次韵张安道读杜诗》），"才力富健"（《书司空图书》）。苏辙《和张安道读杜集》云："天骥精神健，层台结构牢。龙腾非有迹，鲸转自生涛。浩荡来何极，雍容去若遨。"曾巩谓"少陵雄健才孤出"（《孙少述示近诗兼仰高致》，《元丰类稿》卷七）。这些说法的共同基本点是赞美老杜诗篇雄健壮美，逐渐成为宋人对杜诗主导风格的一种共识。王得臣《麈史》谓杜诗"语竣而体健"；张表臣《珊瑚钩诗话》赞赏杜诗"雄深雅健"；张戒《岁寒堂诗话》谓老杜是"掣鲸鱼碧海中者""唐人诗当推韩、杜，韩诗豪，杜诗雄，然杜之雄亦可以兼韩之豪也"；惠洪谓杜诗句法"老健而有英气"（《冷斋夜话》卷五）；杨万里谓老杜"七言长韵古诗如《丹青引》《曹将军画马》《奉先刘少府山水障歌》等篇，皆雄伟宏放"（《诚斋诗话》）；叶梦得谓杜诗"气象雄浑，句中有力，而纡徐不失言外之意""自老杜'锦江春色来天地，玉垒浮云变古今'与'五更鼓角声悲壮，三峡星河影动摇'等句之后，常恨无复继者"（《石林诗话》卷下）。这些说法和宋人论诗尚"健"、宋诗重筋骨的审美风尚互为表里。

老杜之《岳阳楼》尤为宋人称道。蔡绦《西清诗话》："洞庭天下壮观，自昔骚人墨客题之者众矣。如'水涵天影阔，山拔地形高。四顾疑无地，中流忽有山。鸟飞应畏堕，帆远却如闲。'皆见称于世。然未若孟浩然'气蒸云梦泽，波撼岳阳城'，则洞庭空旷无际，气象雄张，如在目前。至读子美诗则又不然：'吴楚东南坼，乾坤日夜浮'，不知少陵胸中吞几云梦也。"（《诗人玉屑》卷十四）强行父《唐子西文录》云："过岳阳楼观杜子美诗，不过四十字尔，气象宏放，涵蓄深远，殆与洞庭争雄，所谓富哉言乎者。太白、退之辈率为大篇，极其笔力，终不逮也。杜诗虽小而大，馀诗虽大而小。"

老杜诗除了雄阔高浑、声宏气壮一类外，还有筋韧骨硬，生拗白描者一类。黄庭坚、陈师道很重视这种风格的杜诗，并在创作中予以切实的效法。

2. 自然浑涵

庆历、嘉祐时反西昆体之华丽浮靡的诗风，杜诗是作为与西昆体根本不同的最值得效法的诗歌典范受到宋人关注的，但是，当时有些人对杜诗审美形态的认识不免存在偏差。王琪《杜工部集后记》曾指出："子美之诗词，有近质者，如'麻鞋见天子'、'垢腻脚不袜'之句，所谓转石于千仞之山势也。学者尤效之而过甚，岂远大者难窥乎？"随着对杜诗研习的深入，这种把质朴平易当做杜诗最值得效法的现象消失，杜诗的自然浑成逐渐为宋人所认识。张耒说："老杜语韵浑然天成，无牵强之迹。"（《明道杂志》，《说郛》卷四十三下）黄庭坚云："但熟观杜子美到夔州后古律诗，便得句法简易，而大巧出焉。平淡而山高水深，似欲不可企及，文章成就，更无斧凿痕，乃为佳作尔。"（《与王观复书三首》其二）黄庭坚所谓"平淡而山高水深"，强调的是杜诗达到一种自然浑涵的艺术境地。这是一种经过雕琢而达到的无雕琢痕迹的状态，所谓"无斧凿痕"，乃是精心斧凿的结果，真积力久，达到了"不烦绳削而自合"的程度（《与王观复书三首》其一）。这是对杜诗审美形态的一种相当精辟的认识。范温《潜溪诗眼》云："且以文章言之，有巧丽，有雄伟，有奇，有巧，有典，有富，有深，有稳，有清，有古。有此一者，则可以立于世而成名矣。然而一不备焉，不足以为韵。众善皆备而露才用长，亦不足为韵。众善皆备而自韬晦，行于简易闲淡之中，而有深远无穷之味，观于世俗，若出寻常。至于识者遇之，则黯然心服，油然神会。测之而益深，究之而益来，是之谓也。"范温是黄庭坚的弟子，他所谓"众善皆备而自韬晦，行于简易闲淡之中，而有深远无穷之味"的说法，可以看出黄庭坚谓杜诗"平淡而山高水深"之说的痕迹。

黄庭坚对杜诗自然浑成这一看法，逐渐成为宋人对杜诗的又一种共识。叶梦得《石林诗话》云：

> 诗语固忌用巧太过，然缘情体物，自有天然工妙，虽巧而不见刻削之痕。老杜"细雨鱼儿出，微风燕子斜"，此十字无一字虚设。雨细着水面为沤，鱼常一浮而淰，若大雨，则伏而不出矣。燕体轻弱，风猛则不能胜，惟微风乃受以为势，故又有"轻燕受风斜"之语。至"穿花蛱蝶深深见，点水蜻蜓款款飞"，"深深"字若无"穿"字，"款款"字若无"点"字，皆无以见其精微如此。然读之浑然，

全似未尝用力，此所以不碍其气格超胜。使晚唐诸子为之，便当如"鱼跃练波抛玉尺，莺穿柳丝织金梭"体矣。七言难于气象雄浑，句中有力而纡馀。自老杜"锦江春色来天地，玉垒浮云变古今"、与"五更鼓角声悲壮，三峡星河影动摇"等句之后，常恨无复继者。

陈模《怀古录》卷上云：

>   工部笔力沛然，如天涵地负……如杜诗："吴楚东南坼，乾坤日夜浮。""碧知云外草，红见海东云。""浮云连海岱，平野入青徐。""江山有巴蜀，栋宇自齐梁。"所谓干端坤倪，轩豁呈露者……"勋业频看镜，行藏独倚楼。""深山催短景，乔木易高风。""四更山吐月，残夜水明楼。""天欲今朝雨，山归万古春。"其工处直与造化相等，浑涵而无迹可见。（《怀古录》卷上）

朱弁《风月堂诗话》卷下：

>   此老句法妙处，浑然天成，如虫蚀木，不待刻雕，自成文理。其鼓铸熔泻，殆不用世间橐钥。近古以还，无出其右，真诗人之冠冕也。

所谓"虽巧而不见刻削之痕"，所谓"其工处直与造化相等，浑涵而无迹可见"，所谓"其鼓铸熔泻，殆不用世间橐钥"云云，都是称赞杜诗"自然浑成"，赞许老杜达到这种审美境界的神奇的艺术功力。孔平仲曰："直俾造物并包体，不作诸家细碎诗。"（《题老杜集》，《朝散集》卷六）

宋人追求平淡，其所谓平淡，并非"直己而出"的质朴无华，而是经过锤炼、精华内敛的自然与浑成。王安石所谓"看似寻常最奇崛，成于容易却艰辛"（《题张司业诗》）；苏轼所谓"凡文字，少小时须令气象峥嵘，彩色绚烂，渐老渐熟，乃造平淡"（《与二郎侄书》），"发纤秾于简古，寄至味于淡泊"（《书黄子思诗卷后》），说的都是这个意思。葛立方认为，老杜谓"陶谢不枝梧，风骚共推激。紫燕自超逸，翠駮谁剪剔"，就是说陶潜、谢朓诗"平淡而有思致，非后来诗人怵心刿目雕琢者也""大抵欲造平淡，当自组丽中来，落其华芬，然后可造平淡之境"（《韵语阳秋》卷一）。黄庭坚所谓"平淡而山高水深"，乃是宋人追求的平淡的极致。对杜诗自然浑成的论定，体现的正是宋人的这种审美趣味和审美好尚，将杜诗的自然浑涵视为学习的典范。

3. 波澜老成

杜甫是赞美"老成"的审美风格的："毫发无遗憾，波澜独老成。"（《敬赠郑谏议十韵》）"座中薛华善醉歌，歌辞自作风格老。"（《苏端薛复宴简薛华醉歌》）"枚乘文章老，河间礼乐存。"（《奉汉中王手札》）宋人承袭老杜"尚老"的美学观念和审美取向，认为杜诗的审美形态真正达到了"老"的境界。梅尧臣《依韵和王介甫兄弟舟次芜江怀寄吴正仲》："少陵失意诗偏老，子厚因迁笔更难。"吕大防《跋杜子美年谱》谓杜甫的笔力"少而锐，壮而肆，老而严，非妙于文章，不足以至此"（《分类集注杜工部诗》，《杜少陵年谱后记》）。胡仔《苕溪渔隐丛话》后集卷三十谓"子美夔州以后诗，正所谓老而严者"。曾季狸《艇斋诗话》谓杜诗有"老作"，《茅屋为秋风所破歌》"浑然无斧凿痕，又老作之优者"。

赵次公诠释"毫发无遗憾，波澜独老成"云："学者如悟此两句便会做好诗矣。一篇既好，其中才有一字一句不佳，虽如毫发之小，则心自慊慊有恨矣。波澜，言词源之浩汗，既有波澜而又老成，则不徒为泛滥矣。盖波澜，则俊者容有之，而老成难得也。"（《杜诗赵次公先后解辑校》甲帙卷之四《敬赠郑谏议十韵》）宋人所谓"老"，其基本含义是功力深厚，成熟老练，绝无毫发不佳之处，这是经过千锤百炼达到的无以复加的功力和境界。宋人以"老"论杜，各论者关于"老"的含义可能有细微的差别，例如，有的主要是说杜诗思想情感的深沉劲健，如"子美骨骼老，太白文采奇"（徐积《还崔秀才唱和诗》，《节孝先生文集》卷十）；有的主要是说杜诗艺术语言的精纯老到，如"百年秉忠孝，句法老益练"（苏炯《夜读杜诗四十韵》，《冷然斋诗集》卷一）；韩淲谓"杜诗分古语妙语老语""老乃更精严"（《涧泉集》卷八）；有的主要是说杜诗剥落净尽、苍劲古拙的风貌，如《后村诗话》：

《闻官军临贼》篇二十韵，多佳句。如云："秦山当警跸，汉苑入旌旄。路失羊肠险，云横雉尾高。"可见崎岖巴蜀播迁梁益乘舆危迫之状。"元帅归龙种，司空握豹韬。前军苏武节，左将吕虔刀。"其叙时事，甚悲壮老健。

要而言之，宋人称赏杜诗之"老健""老苍""老严"，无非是说杜甫写诗之功力深厚，思深语精，其作品达到了精熟老到的极境，不但和浮华、稚嫩、单薄根本不同，而且和绚烂、绮丽、丰腴、华美也不同，这是一种有别于唐诗高华丰美形态的审美境界和诗学造诣。钱锺书《谈艺录》说："唐诗多以风神情韵擅长，宋诗多以筋骨思理见盛。"宋人论杜诗而推许其"老健""老苍"是宋人对老杜诗的一种"发现"，即对杜诗中不同于唐诗"少年"风格的审美风貌的一种认知。杜诗的思虑深沉、成熟精粹，作为一种理想的审美境界，成为有宋一代的诗学追求和审美好尚。

杜甫《咏怀古迹》云："庾信平生最萧瑟，暮年诗赋动江关。"《戏为六绝句》云："庾信文章老更成，健笔凌云意纵横。"《寄薛三郎中》云："乃知盖代手，才力老益神。"称赞庾信、薛据年岁大而诗文达到极高的境界。这一说法也为宋人所特别重视与强调，认为诗人晚年才能达到诗之极境，把文章之"老"与作者年纪之"老"联系起来。黄庭坚称许老杜晚年在夔州的诗作，谓其"平淡而山高水深"；刘克庄则更进一步言道："百艺惟诗老始工，未应冻死杜陵翁。"人之青少年时期，富于理想热情，才气发扬，所以，就本质来说，诗是少年之事。老年虽不能说必然气索才尽，在表现技巧上也可能比少时高明，但诗情渐少渐淡确是常态。认为老年才可以达到诗歌的高超造诣，这是宋人的一种独特的认识。宋人称赞诗人之成就，每每赞其晚年之作。刘克庄《赵孟侒诗题跋》云："诗必穷而后工，必老始就，必思索始高深，必锻炼始精粹。"（《后村先生大全集》一百〇六卷）孙奕《履斋示儿编》云：

> 客有曰："诗人之工于诗，初不必以少壮老成较优劣。"余曰："殆不然也。醉翁在夷陵后诗，涪翁在黔南后诗，比兴益明，用事益精，短章雅而伟，大篇豪而古。如少陵到夔州后诗，昌黎在潮阳后诗，愈见光焰也。"

这种观念和宋代崇尚理性的社会文化心理与文化观念有关，也和宋人

"尚理"、崇尚思虑深沉的诗学观念有关。相对于唐人的豪放，宋人则显得内敛老成。在诗歌方面，他们认为，诗人经历长久的历练，对社会人生的理解和领悟就会更加深刻成熟，在艺术表现上更加功力深厚，笔力老到，其作品则由绚烂华丽而归于简易平淡、纯熟老练的风格状态。这种认识和追求包含着宋人对诗之知性的强调。作为一种成熟的审美趣味和审美崇尚，反映的是民族文化心理的历史变化。

（三）

杜诗作为中国古代文人诗歌的高峰，是各种审美因素有机构成的丰富复杂的审美世界，写实与想象、工与拙、巧与壮、风华绮丽与平淡自然、雅与俗在杜诗中形成了完美和谐的统一，构成杜诗丰富的审美蕴含。宋人不但对构成杜诗的诸种审美因素有深入的探求和总结，而且认识到诸种审美因素与审美风格在杜诗中的有机结合与高度统一。

1. 写实与想象

宋人对老杜写实的本领和笔力十分钦佩，惠洪称赞杜甫"能曲尽万物之情状""能写其不传之妙"（《天厨禁脔》卷中）。张戒《岁寒堂诗话》云："子美设词创意，与他人不可同年而语。如状昭陵之威灵，乃云：'玉衣晨自举，铁马汗常趋。'状泥功山之险，乃云：'朝行青泥上，暮在青泥中。白马为铁骊，小儿成老翁。'状岳麓山之佳，乃云：'塔劫宫墙壮丽敌，香厨松道清凉俱。'此其用意处，皆他人所不到也。"评老杜《江头五咏》云："物类虽同，格韵不等：同是花也，而梅花与桃李异观；同是鸟也，而鹰隼与燕雀殊科。咏物者要当高得其格致韵味，下得其形似，各相称耳。杜子美多大言，然咏《丁香》、《丽春》、《栀子》、《鸂鶒》、《花鸭》，字字实录而已，盖此意也。"范温称赞老杜模写景物"移夺造化""妙绝古今"：

> 东坡有言：诗至于杜子美，天下之能事毕矣。老杜之前，人故未有如老杜；后世安知无过老杜者？余曰：如"一片花飞减却春"，若咏落花，则语意皆尽，所以古人既未到，决知后人更无好语。如《画马》诗云："玉花却在御榻上，榻上庭前屹相向。"则曹将军能事，与造化之功，皆不可以有加矣。至其他吟咏人情模写

景物，皆如是也。后生好风花，老大即厌之。然文章论当理与不当理耳：苟当于理，则绮丽风花，同入于妙；苟不当理，则一切为长语。上自齐梁诸公，下自刘梦得、温飞卿辈，往往以绮丽风花累其正气，其过在于理不胜而词有余也。老杜云："绿垂风折笋，红绽雨肥梅。""岸花飞送客，樯燕语留人。"亦极绮丽，其模写景物，意自亲切，所以妙绝古今。言春容闲适，则有"穿花蛱蝶深深见，点水蜻蜓款款飞。""落日游丝白日静，鸣鸠乳燕青春深。"言秋景悲壮，则有"蓝水远从千涧落，玉山高并两峰寒。""无边落木萧萧下，不尽长江滚滚来。"其富贵之词，则有"香飘合殿春风转，花覆千官淑景移。""麒麟不动炉烟转，孔雀徐开扇影还。"其吊古则有"映阶碧草自春色，隔叶黄鹂空好音。""竹送清溪月，苔移玉座春。"皆出于风花；然穷极性理，移夺造化。又云："绝壁过云开锦绣，疏松夹水奏笙篁。"自古诗人，巧即不壮，壮即不巧；巧而能壮，乃如是也。（《潜溪诗眼》）

在推崇和赞佩老杜写实的高超笔力的同时，范温还特别推崇老杜的艺术想象力及其文字表达：

形似之意，盖出于诗人之赋，"萧萧马鸣，悠悠旆旌"是也。激昂之语，盖出于诗人之兴；"周余黎民，靡有孑遗"是也。古人形似之语，如镜取形、灯取影也，故老杜所题诗，往往亲到其处，益知其工。激昂之言，孟子所谓："不以文害辞，不以辞害志。"初不可形迹考，然如此乃见一时之意。余游武侯庙，然后知《古柏诗》所谓"柯如青铜根如石"信然，绝不可改，此乃形似之语。"霜皮溜雨四十围，黛色参天二千尺。云来气接巫峡长，月出寒通雪山白。"此激昂之语；不如此，则不见柏之大也。文章固多端，警策往往在此两体耳。（《潜溪诗眼》）

范温所谓的"形似之言"，指如实描写、再现之词；"激昂之言"，乃指夸张、想象之词。范温认为，杜诗之景物描写将这"两体"完美地结合在一起，达到了"警策"的艺术效果。

陈模《怀古录》卷上：

二 杜诗的审美形态与审美风格

今之言诗者，皆知尊杜工部，而杜诗之所以好者，则未必能知之。夫有是物可见而能咏状之者，已难矣。至于物之不可见者，而能咏状述意者，则尤难也。只如咏马，东坡赋《韩干马》："后有八匹顾且行，微流赴吻若有声。前者既齐出林鹤，后者欲涉鹤俛啄。最后一匹马中龙，不嘶不动尾摇风。"已自奇拔，然不过与工部"是何意态雄且杰，骏尾萧梢朔风起。""可怜九马争神骏，顾视清高气深稳。""毛为绿缥两耳黄，眼有紫焰双瞳方"等句相驰骋耳。至于"是日牵来丹墀下，迥立阊阖生长风。斯须九重真龙出，一洗万古凡马空。玉花却在御榻上，榻上庭前屹相向。"其笔力已造妙难及，然尚是写出实事。至若"曾貌先帝照夜白，龙池十日飞霹雳。""此皆骑战一敌万，缟素漠漠开风沙。其余七匹亦殊绝，迥若寒空动烟雪。""矫矫龙性合变化，卓立天骨森开张。"此皆以无为有，描模气象，脱落笔墨畦径外，此其千古独步也。又若"得非玄圃裂，无乃潇湘翻。悄然坐我天姥下，耳边已自闻清猿。"此犹可到；"反思前夜风雨急，乃是满城鬼神入。元气淋漓障犹湿，真宰上诉天应泣。"则不可到矣。《双松图歌》："两株惨裂苔藓皮，屈铁交错回高枝。"此犹可及；"白摧朽骨龙虎死，黑入太阴风雨垂。"则不可及矣。《观打渔歌》云："赤鲤腾出如有神。"人犹可及；至于"潜龙无声老蛟怒，回风飒飒吹沙尘。"则人难到矣。又如《公孙大娘弟子舞剑器行》云："曜如羿射九日落，矫如群帝骖龙翔。来如雷霆收震怒，罢如江海凝清光。"其咏状处人固不可及，而其起云："观者如山色沮丧，天地为之久低昂"之句，则磊落惊世，非工部谁能知之。夫所谓笔端有口者，以口所欲言者，笔端能言之也。此口所不能言者，笔端要能言之，真所谓"笔补造化天无功。"

"物可见"而咏状之，是写实；"物之不可见"而咏状之，"以无为有"，则需要审美想象。陈模认为老杜写实的本领"造妙难及"，而老杜的审美想象力及其艺术表现力则"磊落惊世"，笔补造化，"千古独步"。老杜诗不仅有写实的高超，还有想象的神奇，写实与想象完美统一。

2. 工与拙

吕本中《童蒙诗训》云：

> 谢无逸语汪信民云：老杜有自然不做底语到极至处者，有雕琢语到极至处者。"丹青不知老将至，富贵于我如浮云。"此自然不做底语到极至处者也。如"金钟大镛在东序，冰壶玉衡悬清秋。"此雕琢语到极至处者也。（《童蒙诗训》）

"自然不做底语到极至处者"，是"拙"；"雕琢语到极至处者"，则是"工"。老杜体物深细而笔法纯熟，无论"工""拙"，都达到了出神入化的程度。南宋陈模云：

> 人皆知杜诗之工而好者，而少能知其拙而好者也。且如"旧与苏司业，兼随郑广文。"此唐子西所谓文章至如人之作家书者是也，辞足以达意矣。"采花香泛泛，坐客醉纷纷。"此工处在"泛泛""纷纷"四字，只以形容其满泛，而坐客熟乐之意，人皆知其好也。"野树歌还倚，秋砧醒却闻。"盖言高歌之时，则见野树之倚；酒醒之时，则闻砧发之声。野树之句，则拙而好也，鲜能知之矣夫。"欢娱两冥漠，西北有孤云。"以兴而言，则言故人不见，惟见西北有孤云而已。以比而言，则言独有此身，如孤云飘泊于西北也。《忆从弟》云："河间尚征伐，汝骨在空城。"盖言兵戈路阻，则凡百难为矣。"从弟人皆有，终身恨不平。数金怜俊迈，总角爱聪明。"此四句亦是拙而好者也，辞皆足以达其意也。却终之曰："面上三年土，春风草又生。"则足以见当时葬之者草草，不言肠断痛哭，而可怜之意，自溢于意外矣。（《怀古录》卷上）

罗大经云：

> 作诗必以巧进，以拙称。故作字以拙笔最难，作诗惟拙句最难。至于拙，则浑然天全，工巧不足言矣。古人拙句，曾经拈出，如"池塘生春草"、"枫落吴江冷"、"澄江静如练"、"空梁落燕泥"、"清辉能娱人，游子淡忘归"、"大江流日夜，客心悲未央"、"明月入

高楼，流光正徘徊"、"采菊东篱下，悠然见南山"，如此等类，固亦多矣。以杜陵言之，如："两边山木合，终日子规啼"、"野人时独往，云水晓相参"、"喜无多屋宇，幸不碍云山""在家长早起，忧国愿年丰"、"若无青嶂月，愁杀白头人。""百年浑得醉，一月不梳头。""一径野花落，孤村春水生。"此五言之拙者也。"春水船如天上坐，老年花似雾中看。""迁转五州防御使，起居八座太夫人。""竹叶于人既无分，菊花从此不须开。""莫思身外无穷事，且尽生前有限杯。""雷声忽送千峰雨，花气浑如百和香。""秋水才深四五尺，野航恰受两三人。""酒债寻常行处有，人生七十古来稀。"此七言之拙者也。他难殚举，可以类推。杜陵云："用拙存吾道。"夫拙之所存，道之所存也，诗文独外乎！（《鹤林玉露》卷十六）

范温认为杜诗工拙相半，二者相辅相成，其高超的艺术造诣是他人难以企及的：

> 老杜诗，凡一篇皆工拙相半。古人文章类如此，皆拙固无取；使其皆工，则峭急无古气，如李贺之流是也。然后世学者当先学其工，精神气骨，皆在于此。如《望岳》"齐鲁青未了。"《洞庭》"吴楚东南坼，乾坤日夜浮。"语既高妙有力，而言东岳与洞庭之大，无过于此。后来文士极力道之，终有限量，益知其不可及。《望岳》第二句如此，故先云"岱宗夫何如？"《洞庭》诗先如此，故后云："亲朋无一字，老病有孤舟。"使《洞庭》诗无前两句，而皆如后两句，语虽健，终不工。《望岳》诗无第二句，而云"岱宗夫何如。"虽曰乱道，可也。今人学诗，多得老杜平慢处，乃邻女效颦者。余旧日尝爱刘梦得《先主庙》诗；山谷使余读李义山《汉宣帝》诗，然后知梦得之浅近。又尝爱崔涂《孤雁》诗云："几行归塞尽，念尔独何之"八句；公又使读老杜"孤雁不饮啄"者，然后知崔涂诗之无奇。（《潜溪诗眼》）

3. 俗与雅

宋人作诗主张"以俗为雅"。苏轼《题柳子厚诗二首》其二云："诗须要有为而作，用事当以故为新，以俗为雅。好奇务新，乃诗之病。"黄庭坚《再次韵杨明叔并引》:"试举一纲而张万目。盖以俗为雅,以故为新,百战百胜,如孙吴之兵,棘端可以破镞,如甘蝇飞卫之射,此诗人之奇也。"他们认为,杜诗在雅与俗关系的处理上是诗人中的典范,对杜诗所体现的雅与俗的统一与结合,也予以关注和强调,并在自己的创作实践中予以吸收和仿效。张戒《岁寒堂诗话》称赞杜诗"遇巧则巧,遇奇则奇,遇俗则俗",杜诗之"粗俗"实为"高古":

世徒见子美诗多粗俗,不知粗俗语在诗句中最难。非粗俗,乃高古之极也。自曹刘死至今一千年,惟子美一人能之。中间鲍照虽有此作,然仅称俊快,未至高古。元白、张籍、王建乐府,专以道得人心中事为工,然其词浅近,其气卑弱。至于卢仝,遂有"不唧溜钝汉,七碗吃不得"之句,乃信口乱道,不足言诗也。近世苏、黄亦喜用俗语,然时用之,亦颇安排勉强,不能如子美胸襟流出也。子美之诗,颜鲁公之书,雄姿杰出,千古独步,可仰而不可及耳。

罗大经《鹤林玉露》云:

杨诚斋云:诗固有以俗为雅,然亦须经前辈镕化,乃可因承。如李之"耐可"杜之"遮莫",唐人"里许"、"若个"之类是也。唐人寒食诗不敢用"饧"字,重九诗不敢用"糕"字,半山老人不敢作梅花诗,彼固未敢轻引里母田父而坐之平王之子、卫侯之妻之侧也。余观杜陵诗,亦有全篇用常俗语者,然不害其为超妙。如云:"一夜水高三尺强,数日不可更禁当。南市津头有船卖,无钱即买系篱傍。"又云:"江上被花恼不彻,无处告诉只颠狂。走觅南邻爱酒伴,经旬出饮独空床。"又云:"夜来醉归冲虎过,昏黑家中已眠卧。傍见北斗向江低,仰看明星当空大。庭前把烛嗔两炬,峡口惊猿闻一个。白头老罢舞复歌,杖藜不睡谁能那。"是也。杨诚斋多效此体,亦自痛快可喜。

吴可《藏海诗话》云:

老杜诗云:"一夜水高二尺强,数日不可更禁当。南市津头有船卖，无钱即买系篱旁。"与竹枝词相似，即俗为雅。

王嗣奭《杜臆》云："信笔写意，俗语皆诗，他人所不能到。盖真情实事，不嫌其俗也。"杜诗表现形式特别是语言通俗化的基础是"真情实事"，其所谓"俗"乃是一种艺术真实的体现，而非追求好奇的刻意安排。

三　宋人对杜甫人格和思想的崇仰

对杜甫人格、襟抱和思想的赞佩和褒扬，是宋代杜诗学的一个重要内容。

《旧唐书》对老杜的思想人格评价较低："甫性褊躁，无器度，恃恩放恣""纵酒啸咏，荡无拘检"。从北宋中期开始，宋人对杜甫的人格精神与思想情怀进行了重新发掘、辨识和论述，杜甫悲天悯人的忧患意识，忠君爱国的政治思想，民胞物与的仁者情怀，以拯时济世为己任的承担精神，历经坎坷磨难而终生不改的执着意志，在宋人的笔下得以充分的彰显和褒扬。推崇和赞美杜甫的人格精神和思想情怀，重塑杜甫的人格形象，是宋代杜诗学的一个重要内容。

六朝儒学衰落，士人忧患的重点不在民众与家国，或有亦较为淡薄。北宋中期，有识之士以复兴儒学为己任，努力匡正五代士风卑弱、道德沦丧的局面，大励名节，振作士风，随着理学思想的兴起，儒家的道德伦理思想被重新加以强调，不论哲学、史学还是文学，都特别关注士人的道德操守、出处大节乃至性情志趣，高扬主体人格。在诗学思想上，宋人承继"诗言志"的传统，认为诗是吟咏性情的，是心灵的表现，诗与诗人的品格、襟怀密切联系在一起，人格与诗美是统一的，诗品即人品的表现。宋人认为，杜诗之所以独步千古，根本就在于它是杜甫崇高思想情怀和人格精神的表现与流露。在宋代，不仅杜诗中的"周情孔思"受到前所未有的重视，杜诗被称为"诗中六经"，成了"圣贤法言"，杜甫其人也被作为体现儒家道德理想的"一世伟人"（葛立方《韵语阳秋》）受到尊崇。宋人强调人格与诗美统一的思想在论杜中表现得最为充分。宋代尊杜者对老杜人格精神的认识和评价，由于个人的观察角度、重点和价值观念的差异而可能有所不同，但都毫无例外地把老杜视为应当效法的人格典范。

（一）

宋人特别崇敬钦佩杜甫忧国忧民的济世情怀和仁爱精神。

老杜是中国古代文学史上最富于人道精神的伟大仁者。他的人生理想和抱负是"致君尧舜上，再使风俗淳"，社会安定，人民安居乐业。然而终其一生，杜甫也没有实现自己人生理想与政治抱负的机会。天宝末年，他才得了一个胄曹参军的小官，肃宗时做过短时期的左拾遗。在战乱中，他饱经漂泊流离之苦，穷困潦倒，窜凤翔，走秦州，入蜀中，寄居夔府，流寓江湘，最后客死于孤舟之上。"乾坤含疮痍，忧虞何时毕？"（《北征》）"向来忧国泪，寂寞洒衣襟。"（《谒先主庙》）尽管个人如此不幸，但其忧国忧民、匡时济世的意志却一生无改，而且随着社会人生阅历的增加，对社会人生苦难体验的加深，杜甫的忧患意识愈益深重。

在宋人中特别强调和赞美老杜这种思想情怀的首先是王安石。王安石特别强调和赞颂杜甫虽然身处逆境，颠沛流离，却始终以国家安危和民众疾苦为念的济世情怀和仁爱精神：

> 惜哉命之穷，颠倒不见收，青衫老更斥，饿走半九洲，瘦妻僵前子仆后，攘攘盗贼森戈矛。吟哦当此际，不废朝廷忧，常愿天子圣，大臣各伊周，宁令吾庐独破受冻死，不忍四海寒飕飕。伤屯悼屈止一身，嗟时之人我所羞。所以见公画，再拜涕泗流，惟公之心古亦少，愿起公死从之游。（《杜甫画像》）

有宋一代，杜甫这种不以个人穷达为转移的济世情怀和忧患意识一直为士人所称颂。张戒论《自京赴奉先咏怀五百字》云：

> 少陵在布衣中，慨然有致君尧舜之志，而世无知者，虽同学翁亦颇笑之，故"浩歌弥激烈"，"沈饮聊自遣"也。此与诸葛孔明抱膝长啸无异。读其诗，可以想其胸臆矣。嗟夫！子美岂诗人而已哉！其云："彤庭所分帛，本自寒女出。鞭挞其夫家，聚敛贡城阙。圣人筐篚恩，实欲邦国活。臣如忽至理，君岂弃此物。多士盈朝廷，仁者宜战栗。"又云："朱门酒肉臭，路有冻死骨。荣枯咫尺异，惆怅难再

述。"方幼子饿死之时，尚以常免租税、不隶征伐为幸，而思失业徒，念远戍卒，至于"忧端齐终南"，此岂嘲风咏月者哉，盖深于经术者也，与王吉、贡禹之流等矣。

老杜从自己的良知与真诚出发，面对现实，关注人间苦难与不幸，在作品中表现自己的忧思与担当，终其生而不变，对这种文学精神的坚守，也是对崇高人格的坚守，令宋人为之震撼倾倒。赵次公《杜工部草堂记》：

> 六经皆主乎教化，而诗尤关六经之用。……自孔孟微言之既绝，而诗之旨不传。区区惜别，已失于汉；华丽委靡，又失于六朝。唐自陈子昂、王摩诘，沈涵醇隐，稍为近古，而造之未深，其明教化者无闻焉。至李白，号诗人之雄，而白之诗，多在风月草木之间，神仙虚无之说，亦何补于教化哉！惟杜陵野老，负王佐之才，有意当世，而肮脏不偶，胸中所蕴，一切写之诗。其曰："许身一何愚，自比稷与契。"又曰："致君尧舜上，再使风俗淳。"此其素愿也。至其出处，每与孔孟合。"尚怜终南山，回首清渭滨。"则迟迟去鲁之怀；"勋业频看镜，行藏独倚楼。"则皇皇得君之意。（《成都文类》卷四十，引自《杜甫卷》）

朱弁《风月堂诗话》云：

> 有论诗者曰：老杜以稷契自许，而有志于斯人也。故于《茅屋为秋风所拔歌》其词云："安得广厦千万间，大庇天下寒士俱欢颜。"又云："呜呼，眼前何如突兀见此屋，吾庐独破受冻死亦足。"意在是也。予曰：孟子论士，穷则独善其身，达则兼济天下。又言：得志时事虽不两立，而穷能不忘兼善，不得志而能不忘泽民，乃仁人君子之用心也。

黄彻则赞佩老杜"仁人之心"的博大，明确指出"老杜似孟子"：

> 《孟子》七篇，论君与民者居半，其馀欲得君，盖以安民也。观

杜陵："穷年忧黎元，叹息肠内热"，"胡为将暮年，忧世心力弱"，《宿花石戍》"谁能扣君门，下令减征赋。"《寄柏学士》云："几时高议排君门，各使苍生有环堵。""宁令吾庐独破受冻死亦足。"而志在大庇天下寒士，其心广大，异夫求穴之蝼蚁辈，真得孟子所存矣。东坡问：老杜何如人？或言似司马迁，但能名其诗耳。愚谓老杜似孟子，盖原其心也。（《碧溪诗话》卷一）

尝爱老杜云："慎勿学哥舒，无劳问越裳。大君先息战，归马华山阳。"又有"安得壮士挽天河，洗净甲兵长不用。""安得务农洗战斗，普天无吏横索钱。""愿戒兵犹火，恩加四海深。""不眠忧战伐，无力整乾坤。"其悲欢忧戚，盖以人主生灵为念。孟子以善言陈战为罪，我战必克为民贼，仁人之心，易地皆然。（同上卷一）

孟子是原始儒学的代表人物之一，其思想核心是仁，即对人的关怀与爱心。在君臣、君民关系问题上，孟子主张"民为贵，君为轻，社稷次之"。其关怀的重点在民的一端。在儒家传统中，孟子思想所体现出的进步与民主因素最为充分，他的思想主张是儒家民本思想、人性观念和仁爱思想的高峰。韩愈《原道》将孟子作为孔子之后继承儒家思想传统的最重要先哲，北宋儒学复古运动从尊韩起步，也强调孟子在儒学传统中的地位，出现尊孟的思想潮流。王安石于熙宁四年（1071）下令将《孟子》列入儒家经典，其《孟子》一诗云："孔孟如日月，委蛇在苍冥。光明所照耀，万物成冬春。"又云："他日若能窥孟子，终身何敢望韩公。"杜甫是儒家思想的信奉者，其思想主张与孟子最为接近。黄彻谓"老杜似孟子"，抓住了杜甫思想的核心、性质与传统渊源。杜甫念苍生，悯疮痍，忧战伐，反暴政，虽身处逆境、颠沛流离，而忧国忧民的志意，已饥已溺的情怀，博大、深厚、始终不渝的仁爱精神，已化为杜甫凝重的人格形态，化为杜诗艺术生命的精魂。黄彻就老杜的具体诗篇深入阐述了杜甫的人格和思想，指出老杜《茅屋为秋风所破歌》表达其"宁苦身而利人"（同上卷十）；杜甫写战乱，"愁愤于干戈盗贼者，盖以王室元元为怀也"（同上卷八）；杜诗"筑场怜蚁穴，拾穗许村童""有仁民爱物意"（同上卷六）；《观打鱼》是指斥"聚敛之臣，苛法侵渔，使民不聊生"（《碧溪诗话》卷四），等等。总之，黄彻谓"老杜一言一咏，未尝不在于忧国恤人，物我之际，则淡然无着"(《碧溪诗话》卷十)。杜甫心系天下的忧患意识与"致君尧舜上，再使风俗淳"的责任意识，就其基本内容而言，包括忧国和忧民两方面。相对说来，黄彻对表现老杜仁爱之意、忧民之心的诗篇更为注意，并予以高度评价。

杜甫曾以稷契自期，《自京赴奉先咏怀五百字》云："许身一何愚，窃比稷与契。居然成濩落，白首甘契阔。盖棺事则已，此志常觊豁。"对于老杜以稷契自期的抱负，宋人十分关注。苏轼云："子美自比稷契，人未必许也。然其诗云：'舜举十六相，身尊道益高。秦时用商鞅，法令如牛毛。'此自是稷契辈人口中语也。"葛立方则认为："老杜高自称许，有乃祖之风。上书明皇云：臣之述作，沉郁顿挫，杨雄、枚皋，可企及也。《壮游》诗则自比于崔、魏、班、扬。又云：'气劘屈贾垒，目短曹刘墙。'赠韦左丞则云：'赋料扬雄敌，诗看子建亲。'甫以诗雄于世，自比诸人诚未为过。至'窃比稷与契'则过矣。史称甫好论天下大事，高而不切，岂自比稷契而然邪！至云'上感九庙焚，下悯万民疮。斯时伏青蒲，廷争守御床'，其忠荩亦可嘉矣。"(《韵语阳秋》卷八)周必大也认为老杜"自比稷与契"，"未免儒者大言"(《二老堂诗话》)。楼钥认为："拟人必于其伦……若直以上比禹稷，与孔孟之进退，则以爱之过甚。"(《答杜仲高书》，《攻媿集》卷六十六)黄彻则认为，老杜"心术祈向，自是稷契等人"。老杜"忧在天下，而不为一己之失得也。禹稷、颜子，不害为同道，少陵之迹江湖而心稷契，岂为过哉？孟子曰：'穷则独善其身，达则兼善天下。'其穷也未尝无志于国与民，其达也未尝不抗其易退之节，早谋先定，出处一致矣"(《碧溪诗话》卷十)。黄彻将李白与杜甫加以比较，认为李白诗表达的是个人不得意的感慨，"非如少陵伤风忧国，感时触景，忠诚激切，蓄意深远""如论其文章豪逸，真一代伟人；如论其心术事业，可施廊庙，李、杜齐名，真忝窃也"《碧溪诗话》卷二)。明人王嗣奭赞成苏轼、黄彻的看法："人多疑自许稷契之语，不知稷契无他奇，惟此己溺己饥之念而已。伊得之而纳沟为耻，孔得之而立契与稷，圣贤皆同此心。篇中忧民治国等语，已和盘托出。"(《杜臆》)

余英时指出，"在宋代新儒学为中心的文化发展和以改革为基本取向的政治动态"之中，"宋代的'士'不但以文化主体自居，而且也发展了高度的政治主体意识;'以天下为己任'便是其最显著的标识。"① 宋人强烈的社会政治意识,对国家、社会强烈的关怀和责任意识,在老杜身上找到了知音与榜样。

(二)

宋人高度评价杜甫忠君爱国、心系天下的济世情怀和人格精神,他们把杜甫的这种精神称为"忠义",认为杜诗是这种"忠义"精神的具体表现。

以"忠义"概括杜甫的政治思想和人格精神,以黄庭坚为早:

> 老杜文章擅一家,国风纯正不欹斜。帝阍悠邈开关键,虎穴深沉样爪牙。千古是非存史笔,百年忠义寄江花。(《次韵伯氏寄赠盖郎中喜学老杜诗》)

> 老杜虽流落颠沛,未尝一日不在本朝,故善陈时事,句律精深,超古作者,忠义之气感发而然。(《潘子真诗话》)

此后,这一概括逐渐成为宋人的一种共识,成为宋代杜诗学的一个重要话题。晁说之《成州同谷县杜工部祠堂记》云:

> 顾惟老儒士身屯丧乱,羁旅流寓,呻吟饥寒之际,数百年之后,即其故庐而祠焉如吾同谷之于杜工部者,殆未或之有也。……唯知其为人世济忠义,遭时艰难,所感益深,则真识其诗之所以尊,而宜夫数百年之后,即其流寓之地而祠之不忘也。工部之诗,一发诸忠义之诚,虽取以配《国风》之怨、《大雅》之群可也。

宋代外患频仍,后来发展到靖康之变。南宋时期,中原板荡,宋金对峙,国家灾难深重,人们更看重杜甫的忠义精神,敬佩杜甫忠君爱国,在国家危难中保持气节的高尚人格。周紫芝《乱后并得陶杜二集》一诗云:

---

① 余英时:《朱熹的历史世界》,中华书局 2011 年版。

"少陵有句皆忧国"（《太仓稊米集》卷十）。李纲《读四家诗选四首并序》云：

> 杜陵老布衣，饥走半天下。作诗千万篇，一一干教化。是时唐室卑，四海事戎马，忠君忧国心，愤发几悲咤。孤忠无与施，但以佳句写。（《梁溪集》卷九）

张戒评杜甫《可叹》一诗云：

> 观子美此篇，焉得不服下风乎？忠义之气，爱君忧国之心，造次必于是，颠沛必于是，言之不足，嗟叹之；嗟叹之不足，故其词气能如此，恨世无孔子，不列于《国风》《雅》《颂》耳。（《岁寒堂诗话》卷下）

赞赏和推崇杜甫忠义之心的文字常见于南宋时期各种论杜的诗文里：

> 惟杜少陵之诗，出入古今，衣被天下，蔼然有忠义之气，后之作者，未有加焉。（许尹《黄陈诗注原序》）

> 工部之诗，真有参造化之妙，别是一种肺肝，兼备众体，间见层出，不可端倪，忠义感慨，忧世愤激，一饭不忘君，此其所以为诗人冠冕。（楼钥《攻媿集》卷六十六《答杜仲高旃书》）

> 杜工部诗言爱君忧国，不失其正，此所以独步诗家者流。（赵孟坚《赵竹潭诗集序》，《彝斋文集》卷三）

黄彻指出，杜甫以稷契自期，公忠许国，临危不惧，并且以此勉励朋友和同事：

> 老杜送严武云："公若登台辅，临危莫爱身。"《寄裴道州苏侍御》云："致君尧舜付公等，早居要路思捐躯。"此公素所蓄积，而未及施设者，故乐以告人耳。夫全躯碌碌之人，果何能为？汲长孺

曰：天子置公卿，宁令从谀承意？纵爱身，奈辱朝廷何？任遐曰：褚彦回保妻子，爱性命，遐能治之。观此以验二诗，信而有证矣。自比稷契，岂为过哉！（《碧溪诗话》卷一）

朱熹《王梅溪文集序》也称颂杜甫光明磊落：

于是又尝求之古人以验其说，则于汉得丞相诸葛忠武侯，于唐得工部杜先生、尚书颜文忠公、侍郎韩文公，于本朝得故参知政事范文正公，此五君子，其所遭不同，所立亦异然，求其心，则皆所谓光明正大、疏畅洞达、磊磊落落而不可掩者也。其见于功业、文章，下至字画之微，盖可以望之而得其为人。（《晦庵先生朱文公文集》卷七十五）

宋人称许杜甫忠于君王，忠于国家社稷，称赞杜甫在是非善恶、志节操守等方面深明大义，立身行事，磊落坦荡。宋人扬杜抑李，主要认为在人格、志节上李不如杜。苏辙云：

李白诗类其为人，骏发豪放，华而不实，好事喜名，不知义理之所在也。语用兵，则先登陷阵不以为难；语游侠，则白昼杀人不以为非，此岂其诚能也哉？白始以诗酒奉事明皇，遇逸而去，所至不改其旧。永王将窃据江淮，白起而从之不疑，遂以放死。今观其诗固然。唐诗人李、杜称首，今其诗皆在。杜甫有好义之心，白所不及也。（《诗病五事》，《栾城集》卷八）

罗大经《鹤林玉露》卷十八云：

李太白当王室多难、海宇横溃之日，作为歌诗，不过豪侠使气，狂罪于花月之间耳。社稷苍生，曾不系其心膂，其视少陵之忧国忧民，岂可同年而语哉？唐人每以李杜并称；韩退之识见高迈，亦惟曰："李杜文章在，光焰万丈长。"无所优劣也。至本朝诸公，始至推尊少陵。东坡云："古今诗人多矣，而惟以杜子美为首，岂非以其饥寒流落，而一饭未尝忘君也与？"又曰："《北征》诗识君臣大体，忠义之气,与秋色争高,可贵也。"朱文公曰:"李白见永王璘反,便从臾之,诗人没头脑至于如此。杜子美以社稷自许,未知做得与否? 然子美却高,其救房琯亦正。"

(三)

"忠义"思想的核心是忠君,宋人推崇和赞许杜甫的"忠义",肯定杜甫忠于君王,忠于朝廷的政治立场和思想信念,而以"义"配"忠"的所谓"忠义",并非提倡对皇帝的无条件忠诚与驯顺。王安石、苏辙、黄彻诸人论杜,都注意其公忠许国,强调其谏诤,强调其忠君意在爱民。

在宋人论及杜甫政治思想和政治道德的文字中,还有另一种情形,就是强调和夸大杜甫的忠君思想,把杜甫的政治思想和道德信念归结为忠君,归结为尊君敬上。其典型表现而且影响最大的就是苏轼所说的杜甫"一饭不忘君":

太史公论诗,以为《国风》好色而不淫,《小雅》怨诽而不乱。以余观之,是特识变风变雅耳,乌睹诗之正乎? 昔先王之泽衰,然后变风发乎情,虽衰而未竭。是以犹止乎礼义,以为贤于无所止者而已。若夫发乎情,止于忠孝者,其诗岂可同日而语哉! 古今诗人众矣,而杜子美为首,岂非以其流落饥寒,终身不用,而一饭未尝忘君也欤。(《王定国诗集后叙》)

忠君是君主专制主义所提倡的一种政治道德,是封建政治思想和政治伦理的核心观念之一,是一个内涵、外延颇为复杂的问题。"君"是具体的、一家一姓的,有其自身利益欲求的个体;但"君"又是国家的代表与象征,而这一点又是由君的本质意义规定的。而"忠"是无条件的驯顺,还是有条件的忠诚? 对于君王,从国家利益出发,守正不阿、直言极谏、不避殊死是"忠",还是认为"臣罪当诛、天王圣明",做君主的驯服工具是"忠"? 古人关于这个问题有过许多的思考与争论,而理论与具体实践又有许多的差异。杜甫有浓厚的忠君思想,这是事实。但杜甫的忠君不是抽象的观念表述,而是体现在杜甫的人生历程和诗歌创作上,体现在其具体的思想和行为上,有着杜甫个人经历和具体境遇所形成的特点,在不同时期又有不同的表现，情况颇为复杂。杜甫对于君王的责任，对君臣关系、君民关系问题，基本上是儒家原教旨观念特别是孟子的思想主张。他认为，"兴衰看帝王"（《入衡州》），君主必须施仁政、行俭德，使天下太平，百姓安居乐业，杜甫的忠君是和忧民连在一起。他认为"君臣各有分"（《别张十三建封》），君臣相得，各尽其职，"上有明哲主，下有行化臣"（《寄薛三郎中璩栽王》）。对于刘备与诸葛亮的君臣关系，杜甫羡慕赞叹不已，称其为"洒落君臣契"（《公安县怀古》）；"君臣已与时际会，树木犹为人爱惜"（《古柏行》）；"君臣当共济，贤圣亦同时"（《诸葛庙》）。他认为君王应纳谏："先朝纳谏诤，直气横乾坤。"（《别李义》）"端拱纳谏诤，和风日冲融。"（《往在》）而臣子要敢于直谏，"千载少似朱云人，至今折槛空嶙峋。娄公不语宋公语，尚忆先皇容直臣。"（《折槛行》）老杜对封建政治的核心问题及君臣问题充满书生气的幻想。其上书救房琯就是典型表现。《奉谢口敕三司推问状》为房琯辩护，在《祭故相国清河房公文》中犹云"伏奏无成，终身愧耻"，对自己救房琯未成感到惭愧。杜甫对玄宗、肃宗、代宗均有尖锐的批评。《寄贺兰铦》批评玄宗云："朝廷欢娱后，乾坤震荡中。"《兵车行》批评玄宗穷兵黩武的开边政策所造成的百姓苦难："边庭流血成海水，武皇开边意未已。"《宿昔》写玄宗"宫中行乐秘，少有外人知"。《丽人行》批评玄宗宠幸杨贵妃，荒淫误国。《忆昔二首》批评肃宗宠信宦官李辅国和后宫张良娣："关中小儿坏纪纲，张后不乐上为忙。"《伤春五首》批评代宗，"不成诛执法，焉得变危机？""致君尧舜上，再使风俗淳"是老杜关于君臣关系的典型的完整表达，其诗对此一再加以强调："致君尧舜际，淳朴忆大庭。何时降玺书，用尔为丹青。狱讼永衰息，岂惟偃甲兵。凄恻念诛求，薄敛近休明。"（《同元使君〈舂陵行〉》）"死为星辰终不灭，致君尧舜焉肯朽。"（《可叹》）"致君尧舜付公等，早据要路思捐躯。"（《暮秋枉裴道州手札率尔遣兴寄近呈苏涣侍御》）"安得覆八溟，为君洗乾坤？稷契易为力，犬戎安足吞？"（《客居》）"勋业频看镜，行藏独倚楼。时危思报主，衰谢不能休。"（《江上》）"济时敢爱死，寂寞壮心惊。"（《岁暮》）

苏轼所谓"一饭不忘君"说，与杜甫《槐叶冷淘》一诗有关。老杜《槐叶冷淘》写其家人以槐叶汁和面做成饭食，老杜想以之献给君王："愿随金腰袅，走置锦屠苏。路远思恐泥，兴深终不渝。献芹虽小小，荐藻亦区区。万里寒露殿,开冰清玉壶。君王纳晚凉,此味亦时须。"老杜此诗的本义是表达自己愿对朝廷、君王贡献自己微薄之力的忠心。仇兆鳌《杜诗详注》云:"此全是比喻。路远则欲达不能,兴深则初心未改,献芹之意虽微,荐藻之诚可鉴。倘寒殿玉壶之间亦须此物,何时得以上陈耶。句句道出忠爱苦衷。"苏轼把这个比喻直接概括为"一饭不忘君",强调杜甫对皇帝的眷恋和忠心达到心心念念、时时处处、无与伦比的地步,这与老杜此诗的本义是有差异的。苏轼把老杜的忠君说成超过"止于礼仪""发乎情,止乎于忠孝",夸大忠君在杜甫思想中的分量,把老杜忠君说成是对皇帝无条件的、沦肌浃髓的人伦亲情,并把它说成是杜甫成为古今诗人之首的根本原因,是不符合杜甫思想和创作实际的。

苏轼在君臣关系上本是具有独到政治见解的人。他在《御试制科策》中云:"夫天下者,非君有也,天下使君主之耳。"《上初接位论治道》一文强调君主必须"舍己而从众""夫众未有不公,而人君者,天下公议之主也"。在《辨识馆职札子》中云:"君臣之间,可否相济。"这是在帝王极权主义历史条件下的一种具有民主精神的君臣观念。苏轼本来也是敢于批评朝政的典型人物,上书言事议政,敢于大胆发表意见,笔锋精锐,议论英爽。他敢批评仁宗皇帝"此臣所以妄论陛下之不勤也"。《潮州韩文公庙碑》赞扬韩愈作《谏迎佛骨表》:"作书诋佛讥君王,要观南海窥横湘。"魏了翁认为苏轼"在黄、在惠、在儋,不患不伟,患其伤于太豪,便欠畏威敬怒之意",一个重要的根据就是苏轼《潮州韩文公庙碑》所表达的对韩愈讥刺君王的肯定。其实,这正是苏轼政治上民主精神的表现。《和陶咏三良》一诗云:"我岂犬马哉,从君求盖帏。""顾命有治乱,臣子得从违。"臣子不是皇帝的家畜,对于皇帝的意见,臣子可以遵从或不从。经历乌台诗案后,苏轼思想心态发生大变化。赵翼说:"盖东坡当新法病民时,口快笔锐,略少含蓄,出语即涉讪谤。'乌台诗案'之后,不复敢论天下事。"(《瓯北诗话》卷六)《石林诗话》载:"元丰间,苏子瞻系大理狱,神宗本无意深罪子瞻。时相进呈,忽言苏轼于陛下有不臣意。神宗改容曰:'轼固有罪,然于朕不应至是,卿何以知之?'时相因举轼《桧》诗'根到九泉无曲处,世间唯有蛰龙知'之句,对曰:'陛下飞龙在天,轼以为不知己,而求之地下之蛰龙,非不臣而何?'神宗曰:'诗人之词,安可如此论?彼自咏桧,何预朕事。'时相语塞。章子厚亦从旁解之,遂薄其罪。子厚尝以语余,且以危言讠氏时相曰:'人之害物,

三 宋人对杜甫人格和思想的崇仰　161

无所忌惮，有如是也。'""不臣"之罪名，对苏轼恐怕是最为惊心动魄的。苏轼此文写于乌台诗案后五年在黄州贬所。王定国即王巩是苏轼的朋友。乌台诗案发生，王定国受牵连远贬宾州（今广西宾阳），五年后移江西。苏轼为其诗集作叙，叙中说："今定国以余故得罪，贬海上五年，一子死贬所，一子死于家，定国亦病几死。余意其怨我甚，不敢以书相闻。而定国归至江西，以其岭外所作诗数百首寄余，皆清平丰融，蔼然有治世之音。其言与志得道行者无异。幽忧愤叹之作，盖亦有之矣，特恐死岭外而天子之恩不及报，以忝其父祖耳。孔子曰：'不怨天，不尤人。'定国且不我怨，而肯怨天乎？余然后废卷而叹，自恨知其人之浅也。"苏轼所谓的老杜"一饭不忘君"，是苏轼因"乌台诗案"横遭贬窜这一特定条件下，借论诗而对王定国以及自己的政治态度与心迹的一种申明。裴斐认为苏轼称赞老杜一饭不忘君与其实际的审美倾向并非一致："苏轼称杜'止于忠孝'和'一饭未尝忘君'，可是从他大量评杜言论看，除'辨杜子美杜鹃诗'（东坡题跋卷二）一条，其余均于忠君无关，其所激赏的乃是'杖藜从白首，心迹喜双清''百年浑一醉，一月不梳头'这类草堂诗以及'暗飞萤自照，水宿鸟相呼''四更山吐月，残夜水明楼'这类夔州诗，称其清狂野逸之态，或叹为古今绝唱，以至步韵赓和一如陶诗。"①但是，不管是"表面文章"也好，一时违心之言也好，苏轼的"一饭不忘君"说产生的不良影响的确是很大的。夏敬观云："苏子瞻以三百篇止乎礼义为不足，而推子美诗止乎忠孝以序王定国诗，可谓开恶文之例。"②

苏轼在北宋特别是南宋时期，备受推崇，声名塞天，文坛和士大夫中有崇苏之热。苏轼所谓杜甫"一饭不忘君"说影响甚大，此后，凡言老杜政治观念者，往往奉苏轼之言为圭臬，"一饭未尝忘君"成为尊杜的流行语，有时又简化为"一饭孤忠""一饭遗忠"，甚至已成为广泛流传和用于诗文中的故实。例如王十朋《初到夔州》诗序中记载某甲至饶州谢上表："虽才非太公，五月不能报政；然忠犹杜甫，未尝一饭忘君。"费士戣云："况少陵忠义志气，根于素守，虽困踬流落，而一日未尝忘君。后之来者，倘观遗像而念其行藏，瞻斋颜而企其节义，则忠君爱国之念，油然而生，其补于政治，岂浅浅哉！"（《漕司高斋堂记》，《全蜀艺文志》

---

① 裴斐：《略论两宋杜诗学中存在的一种倾向》，《中国文学研究》1995年第3期。
② 夏敬观：《唐诗说》，台北河洛图书出版社1975年版，第48页。

卷三十四下）俞文豹云："杜子美爱君之意，出于天性，非他人所能及。"（《吹剑三录》）陈敬叟云："洛阳少年，论事不合，一旦谪去，吊湘赋鹏，皆悲伤怨怼之词，君子许其才而不许其学。至杜陵野老，饥寒流落，一诗一咏，未尝忘君，天下后世谓之诗史，其以此也。"（《方是闲居士小稿跋》，刘学箕《方是闲居士小稿》卷末，《四库全书》文渊阁本）

苏轼把"一饭不忘君"归结为杜甫成为古今诗人之首的根本原因，影响到宋人对杜诗的阐释。明代宋濂指出："杜子美诗实取法三百篇，有类国风者，有类雅颂者……注者无虑百家，奈何不尔之思？务穿凿者，谓一字皆有所出，泛引经史，巧为附会，楦酿而丛脞。骋新奇者，称其一饭不忘君，发为言辞，无非忠国爱君之意；至于率尔咏怀之作，亦必迁就而为之说。说者虽多，不出于彼，则入于此。子美之诗，不白于世，五百年矣。"（《俞季渊杜诗举隅序》，《宋文宪公全集》卷十七）

杜甫被塑造为忠君的典型，从大背景说，是宋代大力提倡忠君、强调君臣纲纪的结果。忠君本来就是儒家所提倡的基本道德之一，晚唐五代时期，这种道德因受到剧烈的冲击而崩坏。欧阳修《新五代史》的一个重大目的是通过历史叙述来纠正士风，整顿士林道德。书中立《忠义传》《死节传》《死事传》，表彰忠义之臣。他说："君父，人伦之大本；忠孝，臣子之大节。"（《新五代史》卷十五《唐家人传第三》）司马光《资治通鉴》卷二百九十一《后周纪二》载："天地设位，圣人则之，以制礼立法。内有夫妇，外有君臣，妇之从夫，终身不改；臣之事君，有死无贰，此人道之大伦也。苟或废之，乱莫大焉。"又云："君臣之礼既坏，则天下以智力相雄长，遂使圣贤之后为诸侯者，社稷无不泯灭。"杜甫的忠君思想被夸大，正是宋代这种主流意识形态的具体表现。

（四）

如前所述，对杜甫诗中表现的忠君思想，宋人的认识大体上可分为两种情况：一种是强调杜甫事君之礼，对君王忠顺恭谨，其诗符合温柔敦厚的诗教；另一种则强调杜甫忧国爱民，忠于君上而不忘讽谏。北宋中后期，特别是南宋，随着国势衰敝，道学思潮对士人政治观念影响增强，从温柔敦厚的诗教角度强调杜甫尊君敬上的观点更为流行。

黄彻、洪迈、刘克庄等人充分肯定老杜对君王的讽谏和批评，肯定这种讽谏和批评所体现的政治立场、忠义思想和人格操守。

黄彻不赞成黄庭坚所谓"诗者人之性情也，非强谏争于庭，怨詈于道，怒邻骂坐之所为也"。认为"怒邻骂坐，固非诗本指，若《小弁》亲亲，未尝无怨；《何人斯》取彼谮人，投畀豺虎。未尝不愤；谓不可谏争，则又甚矣。箴规刺诲，何为而作？古者帝王尚许百工各执艺事以谏，诗独不得与百工技等哉？故谲谏而不斥者，惟《风》为然。如《雅》云：'非面命之，言提其耳'；'彼童而角，实訌小子'；'忧心惨惨，念国之为虐'；'乱匪降自天，生自妇人'；忠臣义士，欲正君定国，唯恐所陈不激切，岂尽优柔婉晦乎？故乐天《寄唐生》诗云：'篇篇无空文，字字必尽规。'"（《碧溪诗话自序》）对杜甫批评皇帝，黄彻云：

"一朝自罪己，万里车书通。"此与《无逸》《旅獒》、孟子格君心之非、汲长孺谏上多欲、魏郑公《十谏》、德宣公之奉天诏书，无二道也。"明朝有封事，数问夜何如？"此"幸而得之，坐以待旦"之意。"避人焚谏草，骑马欲鸡栖。"所谓：嘉谋嘉猷，入告尔后于内，乃顺之于外，曰，斯谋斯猷，惟我后之德也。（《碧溪诗话》卷一）

洪迈也指出老杜对君主多有批评，《容斋随笔》卷二"唐诗无避讳"条：

唐人歌诗，其于先世及当时事，直辞咏寄，略无避隐。至宫禁嬖昵，非外间所应知者，皆反复极言，而上之人亦不以为罪。如白乐天《长恨歌》、讽谏诸章，元微之《连昌宫词》始末，皆为明皇而发。杜子美尤多，如《兵车行》《前后出塞》《新安吏》《潼关吏》《石壕吏》《新婚别》《垂老别》《无家别》《哀王孙》《悲陈陶》《哀江头》《丽人行》《悲青坂》《公孙舞剑器行》，终篇皆是。其它波及者，五言如"忆昨狼狈初，事与古先别，不闻夏商衰，中自诛褒妲。""是时妃嫔戮，连为粪土丛。中宵焚九庙，云汉为之红。""先帝正好武，寰海未凋枯。拓境功未已，元和辞大炉。""内人红袖泣，王子白衣行。毁庙天飞雨，焚宫火彻明。""南内开元曲，常时弟子传。法歌声变转，满座涕潺湲。""御气云楼敞，含风彩仗高。仙人张内乐，王母献宫桃。""须为下殿走,不可好楼居。""固无牵白马,几至着青衣。""夺马悲公主,登车泣贵嫔。""兵气凌行在,妖星下直庐。""落日留王母,微风倚少儿。""能画毛延寿,投壶郭舍人。""斗鸡初赐锦,舞马更登床。""骊山绝望幸,花萼罢登临。""殿瓦鸳鸯坼,宫帘翡翠虚。"七言如:"关中小儿坏纪纲,张后不乐上为忙。""天子不在咸阳宫,得不哀痛尘再蒙。""曾貌先帝照夜白,龙池十日飞霹雳。""要路何日罢长戟,战自青羌连白蛮。""岂谓尽烦回纥马,翻然远救朔方兵。"如此之类,不能悉书。……今之诗人,不敢尔也。

刘克庄《后村诗话》云:

《有感》云"诸侯春不贡,使者日相望。又云:"不为行俭德,盗贼本王臣。"又云:"领郡辄无色,之官皆有词。愿闻哀痛诏,端拱问疮痍。"此三数联略见当日时事,使者相望而不贡自若,必是内租庸、外观察,诸使符牒督赋,领郡之官者皆惮行欤。至于欲以俭德化盗贼为王臣,又欲下哀痛诏以问疮痍,唐人惟元结、阳城有此意,公于《舂陵行》至比之华星秋月,不刊之言也。

刘克庄论老杜《闻河北节度入朝口号》云:

喧喧道路多歌谣,河北将军尽入朝。始是乾坤王室正,却教江汉客销魂。又云:"北道诸公无表来,茫然庶事遗人猜。"又云:"燕赵休矜出佳丽,宫闱不拟选才人。"读杜集至三十卷,多遭遇乱离愤激跋扈之作,此口号十二篇,以河北节度将入朝为喜,以北道无表为猜,欲渔阳突骑邯郸而之归,欲主上如周宣汉武,诸公为孝子忠臣,真一饭不忘君者。天宝祸乱,自燕赵始,今安史已无噍类,燕赵佳人可开选色之场矣,子美方有"宫闱不拟选才人"之句,所谓举笔不忘规谏者也。(《后村诗话》)

魏泰、张戒等人则从所谓诗教的角度,歪曲或抹杀杜诗批评君主的锋芒,谓其"皆微而婉,正而有礼",把老杜说成是恭谨驯顺、尊君敬上的

"忠君"典范和榜样。魏泰《临汉隐居诗话》云:

> 唐人咏马嵬之事多矣,世所称者,刘禹锡曰:"官军诛佞幸,天子舍妖姬。群吏伏门屏,贵人牵帝衣。低回转美目,晴日无光辉。"白居易曰"六军不发无奈何,宛转蛾眉马前死。"此乃歌咏禄山能使官军皆叛,逼迫明皇,明皇不得已而诛杨妃也。噫!岂特不晓文章体裁而造语蠢拙,已失臣下事君之礼也。老杜则不然,其《北征》诗曰:"忆昨狼狈初,事与古先别。不闻夏商衰,中自诛褒妲。"方见明皇鉴夏商之败,畏天悔过,赐妃子死,官军何预焉!

葛立方则认为,《北征》写马嵬兵变诛杀杨贵妃一事,对唐玄宗"曲文其过,非至公之论":

> 老杜《北征》诗云:"忆昨狼狈初,事与古先别,不闻夏商衰,中自诛褒妲。"其意谓明皇英断,自诛妃子,与夏商之诛褒妲不同。老杜此语,出于爱君,而曲文其过,非至公之论也。白乐天诗云:"六军不发无奈何,宛转蛾眉马前死。"非逼迫而何?然明皇能割一己之爱,使六军之情帖然,亦可谓知所轻重矣。(《韵语阳秋》卷十九)

葛立方不赞成老杜《北征》对唐玄宗曲意回护的态度。张戒则与魏泰一样,竭力宣扬老杜尊君敬上,把老杜的《哀江头》与白居易的《长恨歌》加以对比,认为《哀江头》深得"诗人之旨":

> 杨太真事唐人吟咏至多,然类皆无礼。太真配至尊,岂可以儿女语渎之耶!惟杜子美则不然,《哀江头》云:"昭阳殿里第一人,同辇随君侍君侧。"不待云"娇侍夜""醉和春",而太真之专宠可知;不待云"玉容""梨花",而太真之绝色可想也。至于言一时行乐事,不斥言太真,而但言"辇前才人",此意尤不可及。如云:"翻身向天仰射云,一笑正坠双飞翼。"不待云"缓歌慢舞凝丝竹,尽日君王看不足",而一时行乐可喜事,笔端画出,宛在目前。"江水江花岂终极",不待云"比翼鸟"、"连理枝"、"此恨绵绵无尽期",而无穷

之恨、黍离麦秀之悲，寄于言外。题云"哀江头"，乃子美在贼中时潜行曲江睹江水江花，哀思而作。其词婉而雅，其意微而有礼，真可谓得诗人之旨者。《长恨歌》在乐天诗中为最下，《连昌宫词》在元微之诗中乃最得意者，二诗工拙虽殊，皆不若子美诗微而婉也。

魏泰、张戒的观点在当时有很大影响。例如，俞文豹极力称许杜甫忠君的思想品德，谓杜甫"爱君之意，出于天性，非他人所能及"，《吹剑录》云：

> 唐天宝之乱，兆于扬妃，杜子美身罹其祸，《北征》曰："不闻夏殷衰，中自诛褒妲。"《哀江头》虽稍述其事，而恻然有黍离之意。至于白乐天《长恨歌》、元微之《连昌宫词》，直播其恶于众，略无忌惮。

南宋车若水云：

> 唐明皇天宝之事，诗人极其形容，如《长恨歌》全是讥笑君王，无悲哀恻怛之意。《连昌宫词》差胜，故东坡喜书之。杜子美《北征》云："忆昨狼狈初，事与古先别。奸臣竟菹醢，同恶随荡析。不闻夏商衰，中自诛褒妲。"读之令人感泣，有功名教。（《脚气集》）

刘宰说得更为明确和绝对：

> 诗家以少陵为首，正谓其无一篇不寓尊君敬上之意，如《北征》诗云："桓桓陈将军，仗义奋忠烈。都人望翠华，佳气向金阙。煌煌太宗业，树立甚宏达。"《洗兵马》诗云："成王功大心转小，郭相谋深古来少。司徒请见选明镜，尚书气与秋天杳。"先后轻重，非苟作也。

（五）

从总的倾向说，宋人把老杜视为忠义精神的典范，视为近乎圣人的道德典范，然后才是诗人。宋人对老杜人格精神的认识与阐释，主要在其政治抱负、政治理想、政治操守，特别是其忠君爱国、忧世爱民的精神。这是宋人论及杜甫人格心态的主要内容。此外，也有一些诗话与文章，论及杜甫人格心态的其他方面，诸如私德、心术、操守、器量、学问等。

在宋人中，对老杜人格、心态认识较为全面而深入者，是南宋的黄彻。清代潘德舆《养一斋诗话》云："宋诗话，予向以为严羽、张戒、姜夔为佳，然皆就诗论诗，若黄彻《䂖溪诗话》，更能知诗外有事在，尤可敬也。"除了前面所举谓"老杜似孟子"，称赞杜甫仁者之心和济世情怀之外，黄彻《䂖溪诗话》还指出老杜之笃于人伦亲情、心胸博大、器识宏远、疾恶刚肠：

> 老杜所以为人称慕者，不独文章为工。盖其语默所主，君臣之外，非父子兄弟，即朋友黎庶也。（卷十）

> "霄汉瞻佳士，泥途任此身。"只"任"字即人不到处。自众人必曰叹、曰愧、独无心任之。所谓视如浮云，不易其介者也。继云："秋天正摇落，回首大江滨。"大知并观，傲睨天地，汪洋万顷，奚足云哉！（卷一）

> 《古柏》云："大厦如倾要栋梁，万牛回首邱山重。"此贤者之难进易退，非其招不往者也。又云："不露文章世已惊，未辞剪伐谁能送。"先器识，后文艺，与浮躁炫露者异矣。（卷七）

> 杜集及马与鹰甚多，亦屡用属对：如"老骥倦知道，苍鹰饥易训。""老骥思千里，饥鹰待一呼。""老马倦知道，苍鹰骥着人。"……"吾闻良骥老始成，此马数年人更惊。"……《画鹰》云："何当击凡鸟，毛血洒平芜。"余尚多有之。盖其致远之心，未甘伏枥；疾恶刚肠，尤思排击。（卷二）

黄彻称许老杜"内直外曲,强御不畏,矜寡不侮"(卷六),"寄傲疏放,摆脱世网,所谓两忘而化其道者"(卷五),谓其"游戏文章,得大自在"(卷三)。

蔡正孙《诗林广记》称赞杜甫胸怀博大,在艰难竭蹶中保持浩然之气:

> 孟东野一不第,而有"出门即有碍,谁谓天地宽"之语,若无所容其身者。老杜虽落魄不偶,而气常自若,如:"纳纳乾坤大",何其壮哉!

刘克庄也像黄彻一样,注意杜甫笃于人伦道德,谓老杜"隆友爱而厚纪伦":

> 《忆弟》云:"丧乱同吾弟,饥寒傍济州。人稀书不到,兵在见何由。"又云:"百战今谁在,三年望汝归。"又《元日寄妹》云:"近闻韦氏妹,近在汉钟离。春城回北斗,郢树发南枝。不见朝正使,啼痕满面垂。"公流落颠沛,而一念不忘弟妹。内云:"百战今谁在,三年望汝归。"又云:"不见朝正使,啼痕满面垂。"读之感慨,不但隆友爱而厚伦纪,其厌离乱而思承平,以不见朝正使为恨,言四方表章未达行在,恐未有见妹之期耳。

对于老杜尊重前代和同代诗人的宽广胸怀,宋人予以高度的评价。曾季狸认为老杜"用心忠厚""于王杨卢骆之文,又以为时体而不敢轻议""异乎今人露才扬己,未有寸长者,已讥议前辈"(《艇斋诗话》)。刘克庄赞美老杜"名重而能谦,才高而服善",古今无两:

> 杜公为诗家宗祖,然于前辈如陈拾遗、李北海,极其尊敬;于朋友如郑虔、李白、高适、岑参,尤所推让。白固对垒者,于虔则云:"德尊一代""名垂万古";于适则云:"美名人不及,佳句法何如?"又云:"独步诗名在。"于参则云:"谢朓每篇堪讽咏。"未尝有竞之意。晚见《舂陵行》则云:"粲粲元道州,前贤畏后生。"至有秋月

华章之褒。其接引后辈又如此。名重而能谦，才高而服善，今古一人而已。(《后村诗话》后集)

叶梦得认为老杜"有不竟、迟留之心"，这种人格精神使得杜甫在出处进退之际坚持志节操守：

《归去来辞》云："云无心而出岫，鸟倦飞而知还。"此渊明出处大节，非胸中实有此境，不能为此言也。……今或内实躁忿，而故为闲肆之言；内实柔懦，而强作雄健之语，虽用尽力，使人读之终无味。杜子美云："水流心不竟，云在意俱迟。"吾尝三复爱之。或曰：子美安能至此？是非知子美者。方至德、大历之间，天下鼎沸，士固有不幸罹其祸者。然乘间蹈利、窃名取宠，亦不少矣。子美闻难间关，尽室远去。及一召用，不得志，辛饥寒转徙巴峡之间而不悔，终不肯一引颈而西笑。非有不竟、迟留之心安能然。耳目所接，宜其了然自与心会，此固与渊明同一出处之趣也。(《避暑录话》卷上)

热爱生活，热爱大自然，对现实人生和自然风物抱有深厚的热情和赏爱，是老杜人格心态的一个方面，宋人对此也有较为深入的认识。黄庭坚《老杜浣花溪图引》："此公乐易真可人，园翁溪友肯卜邻。邻家有酒皆邀去，得意鱼鸟来相亲。""乐易"，意为和乐简易，安恬自守。黄庭坚十分欣赏老杜在成都草堂时超越世俗功利的安恬和愉悦的心态。张戒评《屏迹》二首云："'用拙存吾道'，若用巧，则无道不存矣。心迹双清，从白首而不厌矣。子美用意如此，岂特诗人而已哉！'桑麻深雨露，燕雀半生成。'此子美观物之句也。若非幽居，岂能尽此物情乎！"(《岁寒堂诗话》卷下)儒家讲"仁民而爱物"，提倡"民胞物与"的胸怀与精神。对于老杜"物与"情怀，宋人也予以注意。老杜《春水生二绝》："鸬鹚鸂鶒莫漫喜，吾与汝曹俱眼明。"赵次公注云："二禽皆水鸟，见水生而喜，公语之以与汝曹俱眼明，则公可谓与物委蛇，而同其波矣。"(《杜诗赵次公先后解辑校》丙帙卷之一)孙奕《履斋示儿编》谓老杜诗中"尔汝群物，前此未有"于无物异观：

《白盐山》诗云："它皆任厚地，尔独近高天。"《花鸭》诗云：

"稻粱沾汝在，作意莫先鸣。"《落日》云："浊醪谁造汝，一酌散千忧。"《栀子》云："无情移得汝，贵在映江梅。"《病马》云："乘尔亦已久，天寒关塞深。"《鸡诗》云："充庖尔辈堪，问俗人情似。"《瘦马行》云："当时历块误一蹶，委弃非汝能周防。"《杜鹃行》云："尔岂摧残始发愤，羞带羽翮伤形愚。"《见萤火》云："沧江白发愁看汝，来岁如今归未归。"至于有"一重一掩吾肺腑，山鸟山花吾友于"之句，则于物无异观如此。

对老杜的狂放，宋人亦有涉及。如苏轼《书子美黄四娘诗》赞赏老杜"清狂野逸之态"。董逌云："杜子美，放于酒者也。顺性所安，不束礼法，睥睨天地间，盱衡而傲王侯。彼既自逃于天绊矣，岂人得而羁络之也。"(《书子美骑驴图》，《广川书跋》卷八）张戒谓老杜"于仙佛皆尝留意"，但认为佛老对老杜影响有限，老杜"有时骑猛虎，虚室使仙童"云云，"恐未必实录也"(《岁寒堂诗话》卷下）。赵孟坚云："少陵动感慨，忠义胆所宣。有时心境夷，亦复轻翩翩。"(《诗谈》，《彝斋文编》卷一）指出老杜心境受佛老思想影响的一面。但是，宋人眼目中的老杜是一儒家圣者典范，老杜思想人格中非儒家的另一侧面，宋人则不大留意，或者说有所遮蔽。

余 论

六朝对诗人之人品尚无特殊的强调。鲁迅谓魏晋时期是文学自觉的时代，所谓"文学自觉"，即艺术至上或为艺术而艺术。当时，对于文人的道德修养问题并不重视。曹丕《典论·论文》甚至谓"气之清浊有体，不可力强而致"。又云："古今文人类不护细行"(《与吴质书》)。刘勰论文人，认为"才力居中，肇自血气"(《文心雕龙·体性》)，文人修养在"积学以储宝，酌理以富才，研阅以穷照，驯致以怿辞"(《文心雕龙·神思》)。唐人论诗，亦很少论及诗人道德修养问题。宋人则不同，认为文人的道德人格是极为重要的问题。老杜在宋人心目中，不仅是伟大的诗人，而且是道德典范，老杜的道德高超是造就和保证老杜诗学成就的重要原因。

对老杜道德形象的这种塑造和强调，体现着宋人的人格理想和入世精神,体现了他们对杜甫人格精神的敬佩,也表现了他们对作为老杜人品情怀之表现的杜诗的社会教育作用的期待。杜甫的人格精神对宋代知识分子的人格型塑的确起了重大作用。杜诗在北宋中期以后,流行数百年,"乡校家塾,龆总之童,琅琅成诵,殆于《孝经》、《论语》、《孟子》并行。"(曾噩《九家集注杜诗序》)苏轼《马正卿守节》一文记载士人学习老杜人格操守的事例:"杞人马正卿,作太学正,清苦有气节,学生既不喜,博士亦忌之。余少时偶至斋中,书杜子美《秋雨叹》一篇壁上。初无意也,而正卿即日辞归,不复出。至今白首穷饿,守节如故。"费士戣《漕司高斋堂记》云:"况少陵忠义之气,根于素守,虽困踬流落,而一日未能忘君。后之来者,倘睹遗像而念其行藏,瞻斋颜而企其节义,则爱君忧国之念,油然而生,其补于政治,岂浅浅哉!"(《全蜀艺文志》卷三十四下)今人王学泰认为,老杜"对宋代儒学发展的影响肯定超过了韩愈,但这种影响是潜移默化的,只能在谈到诗学时,才说其诗似'六经',才赞美其'周情孔思'"。[①]

[①] 王学泰:《二十世纪文化变迁中的杜甫研究》,《中国古典文学学术史研究》,新疆人民出版社1997年版,第426页。

四 杜诗"诗史说"的阐释与影响

宋人推崇杜诗，其中最重要的一个观点是称杜诗为"诗史"。"诗史"说是宋人对杜诗阐释与解读最根本的观念和方法论之一。

关于杜诗是诗史的说法，最早见于五代人孟棨的《本事诗·高逸第三》："杜逢禄山之难，流离陇蜀，毕陈于诗，推见至隐，殆无遗事，故当时号为'诗史'。"按照孟棨的说法，杜诗为"诗史"说，当产生于老杜在世时，孟棨只是记载了当时关于杜诗的这一种说法，《旧唐书》本传没有载录这一说法，可见此说影响不大。孟棨在比较杜甫与李白的诗歌创作时提及此说，强调的是杜诗的写实性，所谓"毕陈""推见至隐，殆无遗事"云云。宋祁《新唐书·杜甫传》采用了孟棨所记载的杜诗为"诗史"的说法并赋予新的内涵，将其作为杜诗特点和成就的一种重要概括："甫又善陈时事，律切精深，至千言不少衰，世号诗史。"此后，宋人每每以"诗史"称赏杜诗。"诗史"成为宋人论杜注杜的主流话语和核心概念之一，成为宋人诠释杜诗的一种基本理念与方法，并为元明清乃至近现代论杜者所承袭。

（一）

"诗史"说，这是宋人论杜的一个具有普遍性的观点。但何谓"诗史"，为何称杜诗为"诗史"，宋人的说法不一，含义亦颇驳杂。大体说来，主要有以下几种。

1. 认为老杜"善陈时事"，写出了当时的历史事实，具有史家的"实录"精神。王得臣《麈史》："世称子美为诗史，盖实录也。""实录"是对司马迁《史记》的评价与赞美。宋人认为，杜诗真实地记录了当时

（玄宗、肃宗、代宗三朝）的历史事实，体现了史家难能可贵的"实录"精神：

> 唐人称子美为诗史者，谓能记一时事也。（李朴《徐师录》卷三）

> 杜少陵子美诗，多纪当时事，皆有据依，古号诗史。……少陵诗非特纪事，至于郡邑所出，土地所生，物之有无贵贱，亦时见于吟咏。如云："急须相见饮一斗，恰有三百青铜钱。"丁晋公谓：以是知唐之酒价。（陈岩肖《庚溪诗话》）

> 杜诗谓之诗史，以斑斑可见当时。至于诗之序事，亦若史传矣。（李复《与侯谟秀才书》，《潏水集》卷五）

> 或谓诗史者，有年月地理本末之类，故名诗史。（姚宽《西溪丛语》卷上，四库全书本）

> 子美诗善叙事，故号"诗史"。（蔡居厚《蔡宽夫诗话》）

宋人认为，杜诗真实地叙写历史事实，可以补证史书的不足。王洙《杜工部集记》："观甫诗与唐实录，犹概见事迹，比新书列传，彼为踳驳。"谢逸《故朝奉大夫渠州使君行状》云其"尤爱杜子美，以为唐之治乱，备见于此"（《溪堂集》卷十）。孙奕《履斋示儿编》卷十三云："少陵号诗史，必不妄言。"刘克庄对杜诗反映唐代历史的真实性尤为肯定，《后村诗话》云：

> 《新安吏》《潼关吏》《石壕吏》《新婚别》《垂老别》《无家别》诸篇，其述男女怨旷、室家离别、父子夫妇不相保之意，与《东山》《采薇》《出车》《杕杜》数诗，相为表里。唐自中叶以徭役调发为常，至于亡国。肃代而后，非复贞观、开元之唐矣。新旧唐史不载者，略见杜诗。

> 《天边行》云："九度附书向洛阳，十年骨肉无消息。"《大麦

行》:"大麦干枯小麦黄,妇女行泣夫走藏。""问谁腰镰胡与羌。"《苦战行》:"苦战身死马将军,云是伏波之子孙。"任马璘也。《去秋行》:"去秋涪江木落时,臂枪走马谁家儿。到今不知白骨处,部曲有去皆无归。""战场冤魂每夜哭,空令野营猛士悲。"此数篇皆可补史之缺文,但遂州白骨不归,失其姓名,当考。

"诗史"说强调杜诗为"实录",特别强调和推崇老杜长篇叙事之作。《蔡宽夫诗话》云:"子美诗善叙事,故号诗史。其律诗多至百韵,本末贯穿如一辞,前此盖未有。"宋代著名理学家邵雍著有《诗史吟》一诗,其中云:"史笔善记事,长于炫其文;文胜则实丧,徒憎口云云。诗史善记事,长于造其真。真胜则华去,非如目纷纷。"(《伊川击壤记》)作为道学家,邵雍反对文华,但认为诗与史皆善记事,承认诗之记事的真实性,这是宋人的一种普遍认识。

2. 杜诗具有"史笔"的端正森严,杜诗之风雅美刺通于史家之抑扬褒贬和春秋笔法,这是宋人杜诗"诗史"说的另一重要内涵:

> 李光弼郭子仪入其军,号令不更而旌旗改色,子美哀之曰:"三军晦光彩,烈士痛稠叠。"前人谓杜甫句为诗史,盖为是也,非但叙尘迹、摭故实而已。"(魏泰《临汉隐居诗话》)

> 予读杜诗"未闻夏商衰,中自诛褒妲","堂堂太宗业,树立甚宏达",斯则隐恶扬善而《春秋》之义耳。(张表臣《珊瑚钩诗话》)

> 子美世号诗史,观《北征》诗云:"皇帝二载秋,闰八月初吉。"送李校书云:"乾元元年春,万姓始安宅。"又戏赠友二诗:"元年建巳月,郎有焦校书。""元年建巳月,官有王司直。"史笔森严,未易及也。(同上)

> 两纪行诗《发秦州至凤凰台》、《发同谷至成都府》二十四首,皆以经行为先后,无复差舛。昔韩子苍尝论此诗笔力变化,当与太史公诸赞并驾。(蔡梦弼《杜工部草堂诗话》引崔德符语)

> 杜陵诗云："诸侯春不贡，使者日相望。"盖与春秋同一笔法。（罗大经《鹤林玉露》卷十四）

> 子美与房琯善，其去谏省也，坐救琯。后为哀挽，方之谢安。投赠哥舒翰诗，盛有称许。然《陈涛斜》《潼关》二诗，直笔不少恕。或疑与素论相反。余谓翰未败，非子美所能逆知；琯虽败，犹为名相。至于陈涛斜、潼关之败，直笔不恕，所以为诗史也。（《后村诗话》）

《孟子》云："孔子成《春秋》而乱臣贼子惧。"《左传·成公十四年》云："《春秋》之称微而显，志而晦。"《春秋》讽刺时事、褒善贬恶的史笔，和诗教所提倡的美刺的诗笔在目的与精神上是相通的。宋人谓杜诗为诗史，不仅是宋人重史观念的表现，也是宋人重视诗教观念在杜诗诠释上的具体表现。刘克庄强调老杜有史家"直笔不恕"的史德，所以成就"诗史"。李格非说："文章以气为主，气以诚为主，故老杜之诗，谓之诗史者，其大过人在诚实耳。诚实著见，学者多不晓。"（惠洪《冷斋夜话》卷三）刘克庄强调老杜"直笔不少恕"，李格非强调老杜"诚实"，都是强调诗人创作态度的真诚和求实，是对老杜创作精神的一种高度肯定。

上述关于杜诗诗史说的含义，存在或强调"实录"，或强调"史笔"两种倾向，有的论说则是二者兼而有之。文天祥《集杜诗自序》云：

> 昔人评杜诗为诗史，盖以其咏歌之辞，寓记载之实，而抑扬褒贬之意，灿然其中，虽谓诗史可也。予所集杜诗，自余颠沛以来，世变人世，概见于此矣。后之良史，尚庶几有考焉。

3. 杜诗为诗人生平、仕履、行迹、见闻、情感、心态之叙写，从而反映了那个时代的历史。胡宗愈《成都草堂诗碑序》云：

> 先生以士鸣于唐，凡出处、动息、劳逸、悲欢忧乐、忠愤感激、好贤恶恶，一见于诗，读之可以知其世。学士大夫，谓之"诗史"。

这是宋人"诗史说"中对杜诗之所以为"诗史"所作阐述中最妥帖、最有见地的一种。胡氏实际上意识到作为诗歌，杜诗反映历史的方式与史书之不同，它不是对历史的照章实录，而是融入诗人的生活体验和情感世界里，通过杜诗可以感知和认识当时的社会历史。胡宗愈此说，比"实录"之说更准确地揭示了杜诗与唐代历史的关系，概括了杜诗的写实性特征。可惜这一说法没有进一步展开。

4. 以"诗史"来肯定杜诗的价值。此可分为两种情形，一种是以杜甫"一饭未尝忘君"，所以称其为"诗史"：

> 少陵抱负奇伟，许身稷契，盖欲少出所学以自见于世，而卒不遇，憔悴奔走于羁旅之间，可叹也。虽然，少陵之诗，号为诗史，岂独取其格律之高，句法之严，盖其根于中而形于吟咏，所谓一饭未尝忘君者，是以其铿金振玉之所以与骚雅并传与无穷也。(于奕《修夔州东屯少陵故居记》，《全蜀艺文志》卷三十九)

> 洛阳少年，论事不合，一旦谪去，吊湘赋鹏，皆悲伤怨怼之词，君子许其才而不许其学。至杜陵野老，饥寒流落，一诗一咏，未尝忘君，天下后世谓之诗史，其以此也。(陈敬叟《方是闲居士小稿跋》，刘学箕《方是闲居士小稿》卷末，《四库全书》文渊阁本)

另一种是因为杜诗具有高超的艺术成就，所以称其为"诗史"：

> 逮至子美之诗，周情孔思，千汇万状，茹古涵今，无有端涯；森然昭焕，若在武库，见戈戟布列，荡人耳目。非特意语天出，尤工于用字，故卓然为一代冠，而历世千百，脍炙人口。……盖其引物连类，掎摭前事，往往而是。韩退之谓"光焰万丈"，而世号"诗史"，信哉。(王得臣《增注杜工部诗集序》)

> 老杜之诗，备于众体，是为诗史。近世所论：东坡长于古韵，豪逸大度；鲁直长于律诗，老健超迈；荆公长于绝句，闲暇清癯，其各一家也。(普闻《诗论》，《说郛》六十七)

诗史本来是对杜诗的赞美，后来成了对杜诗的专称。郭知达《九家注》序："杜少陵诗，世号'诗史'。"对杜诗这一称谓在南宋流行开来，杜集被直接称为"诗史"。如孔传《云林石谱》云："予尝闻之，《诗史》有'水落鱼龙夜'之句。"周辉《清波杂志》卷十云："辉复考少陵《诗史》，专赋梅才两篇。"孙奕《履斋示儿编》卷十七云："黄四娘以花而托名于《诗史》。"有的杜诗注本也直接以"诗史"名杜诗，如李蠋《注诗史》（胡仔《苕溪渔隐丛话》前集卷十一），陈造《韵类诗史》（《江湖长翁集》卷三十一），方醇道《类集诗史》（陈振孙《直斋书录解题》卷十九），黄希、黄鹤《黄氏补注千家集注杜工部诗史》，王十朋《王状元集百家注编年杜陵诗史》。[①] 宋人又称夔州杜祠为"诗史堂"，王十朋《谒杜工部祠文》云："诗史有堂，遗像有祠。"（《梅溪先生后集》卷二十八）并作有《登诗史堂观少陵画像》《诗史堂荔枝歌》等诗（《梅溪先生后集》卷十三、卷十四）。

（二）

"诗史"说强调的是杜诗的现实精神，强调杜诗与其时代的紧密联系。这是"诗史"说的最重要意义。"诗史"说所谓"史"，是从后人的角度说的，在杜甫，那是当下发生的时事。老杜诗中有大量的叙事成分，其涉及唐代现实的主要有四种情形：其一，诗人以第三者全知身份，写当时发生的真实事件，如《留花门》《塞芦子》《悲陈陶》《悲青坂》；其二，写诗人自身的遭遇，如《北征》《羌村三首》；其三，如"三吏""三别"，叙写当时现实中的典型事件场景和人物遭际；其四，诗人在抒写情怀的作品中，写到了当时社会现实的某些事件或细节。这些叙事是当时社会现实中所发生事实的描述与概括，虽有艺术加工，但真实地反映了当时的社会现状、氛围、情绪，许多细节乃至情景具有历史的真实性，杜诗确实包含"史"的要素。"诗史"说是把杜诗放回其产生的历史时代之中，阐述其写实的特点与历史事实的密切关系，阐述其体现的历史精神和道德精神，称颂老杜对社会现实与历史具有史家独到的眼光与洞见，从历

[①] 以上见陈文华《杜甫传记唐宋资料考辨》，台北文史哲出版社1987年版，第241—242页。

史角度阐释杜诗写实的特点及其历史真实性和深刻性,"诗史"说是宋人对杜诗评价的一个特别重要的观点。在中国古代诗学史上,"诗史"说也是对诗歌与时代历史关系的一种重要概括与表述。

"诗史"说是宋人"重史"的思想文化观念在杜诗阐释上的体现。宋代是中国古代史学空前繁荣的时代,涌现了许多著名的历史学家,出现了以《资治通鉴》为代表的一大批历史名著,如李焘的《续资治通鉴长编》、朱熹《资治通鉴纲目》、袁枢的《通鉴纪事本末》、杨仲良的《皇朝通鉴长编纪事本末》、李心传的《建炎以来系年要录》、徐梦莘的《三朝北盟汇编》等。陈寅恪《陈垣元西域人华化考序》云:"有清一代经学号称极盛,而史学则远不逮宋人。"① 与唐人崇尚审美和诗意文华的社会意识不同,有宋一代更为崇尚通晓历史、明于治乱的知性的才学识见;博览经史,明于治乱,通晓历史,是宋人在文化人格上的一种蕲向。"诗史"说在宗杜的诗学潮流中被广泛接受,并且成为有宋一代诗学的重要观念和重要范畴,其原因正在于此。

"诗史"说推动了宋代杜诗阐释的历史化方向,使杜诗研究与唐史紧密联系在一起,杜诗的现实性得到深入阐释。既然杜诗是"诗史",所以阐述杜诗反映唐代社会历史状况和杜诗在这方面所取得的成就,就成了研究和解读杜诗的首要任务与目的。郭知达的《九家集注杜诗》是今存宋刻杜诗注本,此书对杜诗的注释就注重杜诗与唐代史事的联系。在宋代"千家注杜"的热潮中,对杜诗进行历史诠释成为最主要的方面,赵次公的《杜诗先后解》和黄希、黄鹤父子的《补千家集注杜工部诗史》,都呈现出这一特点。

"诗史"说促进了杜诗的系年和年谱的编订。阐发杜诗的诗史价值,发掘和确定杜诗所反映的唐代社会历史内容,不仅需要搜求钩沉与诗作有关的社会历史材料,还需要确定作品的写作年代,杜甫的生存状况和思想状态,将作品阐释建立在翔实的历史文献资料基础上,确定其具体语境,以抉发作者写诗的深意。这种对具体作品产生的具体时地的考证也是杜甫年谱和杜诗编年产生的最重要的学术推力,于是出现了杜甫的年谱和杜诗的编年。在中国古代诗歌研究史上,出现年谱著作,就是从杜诗研究开始的。对杜诗来说,年谱和编年使杜诗的诗史意义阐释成为可能,反过来,

---

① 《金明馆丛稿二编》,上海古籍出版社 1980 年版,第 238 页。

考证编年又是"诗史"说的论证与充实。宋代杜甫年谱达 11 种之多，吕大防《杜甫年谱》编于元丰七年（1084），是最早的杜诗年谱。林駉《古今源流至论》云："吕公编杜工部年谱，始于先天，终于大历，且与唐纪传相为表里，故凡唐史所未载者，或见于公之诗，而观公之诗，足以历考一世之治乱。"此后，还有赵子栎《杜工部草堂年谱》、蔡兴宗《重编杜工部年谱》、鲁訔《杜工部年谱》、梁权道《杜工部年谱》、黄鹤《杜工部年谱》等。

章学诚论年谱的意义时云："孟子云：'颂其诗，读其书，不知其人可乎？'以谱证人，则必阅乎一代风教，而后可以为谱。盖学者能读前人，不能设身处境，而论前人得失，则其说未易得当也，好古之士，谱次前代文人岁月，将以考镜文章得失，用功先后而已。儒家弟子谱其师说，所以验其进德终始，学问变化。"① 年谱与编年，将杜诗杜甫诗歌创作与唐代安史之乱前后的社会现实紧密联系起来进行考察，知人论世，注意对杜诗本事的考证与寻绎，促进了对杜诗的作意、政治倾向和历史价值的探索，使杜诗的现实性得到了深入的发掘和揭示。

"诗史"说使宋人重视杜诗的叙事问题。刘知几《史通》云："夫史之称美者，以叙事为先。"宋人称颂杜诗为诗史，在论杜诗时也特别重视老杜直接叙写时事的篇章和善于叙事的"赋"法，盛赞杜甫善于以叙事方式表达思想感情，特别看重杜诗的叙事技巧与叙事笔法。宋祁在《新唐书》本传中标示"诗史"说时，就推许老杜"善陈时事，律切精深，至千言不少衰"，蔡居厚谓"子美诗善叙事，故号诗史"。老杜一些以叙事为主的作品受到推崇。叶梦得称许老杜《述怀》《北征》诸篇，"穷极笔力，如太史公纪传，此固古今绝唱。"（《石林诗话》卷上）刘克庄云："杜《八哀诗》，崔德符谓可以表里雅颂，中古作者莫及。韩子苍谓其笔力变化，当与太史公诸赞方驾。"（《后村诗话》卷四）鲁訔赞赏杜诗"序事稳实，立意浑大"，将杜诗加以编年，"叙此既伦，读之者如亲罹艰棘虎狼之惨，为可惊愕；目见当时畎庶，被削刻，转涂炭，为可悯。因感公之流徙，始而适，中而瘁，卒至于为少年辈侮忽以讫死，为可伤也。"（《编次杜工部诗序》）

---

① 《刘忠介公年谱》，仓修良编：《文史通义新编》外篇，上海古籍出版社 1993 年版，第 412—413 页。

（三）

"诗史"说在宋代杜诗学中是一个广泛流行的重要概念，但宋人对"诗史"这一概念的内涵没有做出明确的规定和阐释。从前面列举的宋人关于杜诗为诗史的种种言说中，可以看出宋人诗史概念存在混乱。中国古代文学批评在概念使用上存在随意性的弊病，不注意对概念内涵和外延的制限，宋人的"诗史"说也是如此。

诗与史本来是有根本区别的两种文本。史的基本特点是记载事实，而诗的基本特点是想象；史家忠于事实，需要冷静和理性；诗人写诗则基于情感的发动。在中国传统的理论中，诗是"言志"的，《尚书·尧典》："诗言志，歌永言。"而史是"记事"的，许慎《说文解字》云"史，记事者也"。所以，从根本性质来说，诗不是史，史不是诗。把诗与史两个概念合二而一的"诗史"概念，其蕴涵的意义不能不有所含混复杂，因为它实际上涉及诗与史这两种文本的性质问题，涉及诗歌叙事与历史记述、艺术真实与历史真实的差别问题，涉及诗歌与历史两种文本在历史精神、道德精神呈现方式上的差异问题，涉及诗歌的真、善、美问题。文学（诗）不等于社会历史的记录，而是具有独特审美性质的艺术品。文学的本质在于它的"想象性""虚构性""创造性"。文学中所创造的想象世界以真实世界为基础，但它不是真实世界的照相和摹本，而是创造和想象的产物。这一点正是文学的美学价值之所在。在思维方式上文学（诗）与历史是不同的，前者是意象思维、形象思维，后者是理性的客观思维，力图按事件本身的本来面目记录和再现事件。即以诗中叙事而言，即使是写作者亲历的事情，作者也会出于主题和抒情的需要，对事件做剪裁和突出，而不是如实地记录下来。关于诗与史之区别，古希腊亚里士多德说："诗人与历史家的差别不在于诗人用韵文而历史家用散文，——希罗多德的历史著作可以改写成韵文，但仍旧会是一种历史，不管它是韵文还是散文。"（《诗学》第九章）杜诗是文学艺术，它的叙事形态不同于史，杜诗与其所产生时代的历史关系是一个相当复杂的问题。宋人对杜诗的叙事形态没有做出具体的阐述，而基本上是从"纪实""有据"的角度立论，以致把反映现实的作品说成是"以韵语纪时事"，这就未能从本质形态上真正区分诗之叙写事态和史之"实录""记事"的不同。钱锺书《宋诗选注》前言云:"我们可以参考许多历史资料来证明这一类诗歌的真实性,不过那些记载尽管跟这种诗歌在内容上相符,到底也只是文件,不是文学,只是诗歌的局部说明,不能作为诗歌的唯一衡量。也许史料里把一件事情叙述的比较详细,但是诗歌里经过一番提炼和剪裁,就把它表现得更集中、更具体、更鲜明,产生了又强烈又深永的效果。反过来说,要是诗歌缺乏这种艺术性,它也只是押韵的文件。……因此,'诗史'的看法是个一偏之见。诗是有血有肉的活东西,史诚然是它的骨干,然而假如单凭内容是否在史书上信而有征这一点来判断诗歌的价值,那就仿佛要从爱克司光透视里来鉴定图画家和雕刻家所选择的人体美了。"[①] 所以,诗史说对杜诗真实性的阐释是有限的,而附带而来的,是给人们增加了认识与理解上的困扰甚至混乱。

释文莹《玉壶清话》卷一记载,宋真宗于太清楼大宴群臣,问唐代酒价,丁晋公回答每升三十钱,并云根据老杜诗:"早来就饮一斛酒,恰有三百青铜钱。"宋真宗听后大喜,曰:"甫之诗自可为一时之史。"王夫之嘲笑这种"以诗为出处考证事理"的作法云:"崔国辅诗:与沽一斗酒,恰用四千钱。就杜陵处沽酒,向崔国辅卖,岂不三十倍获息钱邪?"(《姜斋诗话》卷下)当然,这是一个极端的、个别的例子。而问题的症结在于,诗史说对诗之"写实"与史之"实录"未能做出科学的区分,强调杜诗的实录精神,事事征实,不免臆测。"诗史"说的泛化,也造成宋人解读杜诗时牵强附会的偏向。

用"诗史"说所提倡的以史证诗的方法解读那些直接叙写时事的诗篇,结论大体不错。对于杜诗中占绝大多数抒情性的诗篇,无视诗之本体特点,套用这种方法,推求其所隐含的史实,则不免流于穿凿附会。南宋陈禹锡作《杜诗补注》"专以新旧唐史为案,诗史为断,故自题其书曰:史注诗史。"刘克庄对这种做法提出批评:"然新旧史皆舛杂,或采撷小说杂记,不必皆实,前辈辨之甚详。而禹锡于三家书研寻补缀,必欲史与诗无一事不合。至于年月日时,亦下算子,使之归吾说而后已。昔胡氏《春秋传》初成,朱氏云:直须夫子亲出来说,方敢信。岂非生千百载之下而悬断千百载而上之事,虽极研寻补缀之功,要未免于迁就牵合之疑乎?"(《再跋陈禹锡杜诗补注》,《后村先生大全集》卷一〇六)在宋

[①] 钱锺书:《宋诗选注》,第4—5页。

人那里，诗史说的强势使得诗之"比兴"说附属于它，仿佛杜诗的"比兴"只是其为诗史的手法。纪昀评老杜《正月三日归溪上有作简院内诸公》一诗云："此老杜独有千古处。然自'诗史'之说行，注家句句关合时事，亦多非老杜本意处也。"（《瀛奎律髓汇评》卷二十三）《管锥编》论及历代之李商隐研究时说："盖'诗史'成见，塞心梗腹，以为诗道之尊，端仗史势，附和时局，牵合朝政；一切以齐众殊，谓唱叹之言，莫不寓美刺之微词。甚远犬吠声，短狐射影，此又学士所乐道优为，而亦非慎思明辨者所敢附和也。"① 这种情形在宋代杜诗研究中也是存在的。

宋人诗史观念的中心是强调史实的实录与叙写，对老杜直陈时事的作品重视而且评价较高，他们认为《北征》《八哀诗》这种作品具有不寻常的价值。《石林诗话》卷上云："然《八哀》八篇，本非集中高作，而世多尊称之不敢议。"杨慎《升庵诗话》卷十一云："杜诗之含蓄蕴藉者，盖亦多矣，宋人不能学之。至于直陈时事，类于讪讦，乃其下乘末脚，而宋人拾以为己宝。"诗史说的提倡和流行，宋人论杜特重"赋"而不重"比兴"，宋代诗学亦有重叙事而轻比兴的倾向。这种诗学观念影响到宋人诗歌创作，其表现就是重直陈时事的写实和以文为诗。吴乔《围炉诗话》卷一云："宋诗亦有意，唯赋而少比兴，其词径以直。"与唐诗之含蓄蕴藉、兴象玲珑比，宋诗多发露，好言尽。施闰章《蠖斋诗话》云："长篇沉著顿挫，指事陈情，有根节骨骼，此老杜独擅之长。宋人每每学之，遂以诗当文，冗滥不已，诗遂大坏，皆老杜启之。"宋人学杜之失，不能归咎于杜甫。

（四）

杜诗"诗史"说在宋代广泛流行，但也有人提出质疑与批评。沈洵《韵语阳秋后序》云：

> 杜子美之诗，世或称为诗史。……子美诗虽比物叙事，号为精确，然其忧喜怨怼、感激愤叹之际，亦岂容无溢言。余以是知观古人文辞，必先质其事，而揆之以理，言与事乖，事与理违，则虽记言之

---

① 钱锺书：《管锥编》第 4 册，中华书局 1979 年版，第 1390 页。

史,如《书》之《武成》,或谓之不可尽信;质于事而合,揆之理而然,则虽里巷之谈,童稚之谣,或足以传信后世,而况文士之辞章哉!

沈氏谓杜诗"比物叙事"虽然"号为精确",但"忧喜怨怼、感激愤叹之际,亦岂容无溢言",道出了杜诗作为文学的基本特点,实际上指出了杜诗为诗史之说的弊病。

陆游也不赞成杜诗诗史说,其《读杜诗》云:

千载诗亡不复删,少陵谈笑即追还。常憎晚辈言诗史,清庙生民伯仲间。

陆游是一位具有深厚史学修养并有《南唐书》等史学著述的诗人,他不赞成把杜诗称为"诗史",不赞成离开《诗经》所开创的诗学传统来认识和诠释杜诗,他把杜诗归于《诗经》所开启的诗学传统之中,认为杜诗是追蹑风雅,与《诗经·大雅》之《清庙》《生民》相"伯仲"的伟大作品。

宋代以后,"诗史"说继续流行,也不断遭到论者的批评。明代的杨慎说:

宋人以杜子美能以韵语纪时事,谓之诗史。鄙哉宋人之见,不足以论诗也。夫六经各有体也,易以道阴阳,书以道政事,诗以道性情,春秋以道名分。后世之所谓史者,左记言,右记事,古之尚书、春秋也。若诗者,其体其质,与易、书、春秋判然矣。……至于变风变雅,尤其含蓄,言之者无罪,闻之者足以戒。如刺淫乱,则曰……而宋人拾以为宝,又撰出"诗史"二字,以误后人。如诗可兼史,则《尚书》、《春秋》可以并省矣。

杨慎从"体"的角度批评"诗史"说,抓住了问题的根本症结,即诗史说混淆了诗与史的界限。杨慎认为,直接写实事的诗并不是杜甫最好的作品,不能代表杜甫的文学成就,宋人的诗学眼光有问题。

明人许学夷《诗源辨体》也不赞成"诗史"说,他对杜诗叙写事实从文学角度进行了新的诠释：

> 用修之论虽善，而未尽当。夫诗与史，其体、其旨，故不待辨而明矣。即杜之《石壕吏》、《新安吏》、《新婚别》、《垂老别》、《无家别》、《哀王孙》、《哀江头》等，虽若有意记时事，而抑扬讽刺，悉合诗体，安得以史目之？至于含蓄蕴藉，虽子美所长，而感伤乱离、耳目所及，以述情切事为快，是亦变雅之类耳。（《诗源辨体》卷十九第二十九条）

许学夷强调，诗歌叙事不同于历史叙事，杜诗"虽若有意记时事，而抑扬讽刺，悉合诗体"，也不能看作"史"，"以述情切事为快"，才是杜诗叙事的本质。

王夫之也是反对宋人杜诗为诗史之说的，他认为"诗不可以史为，若口与目之不相为代"（《诗绎》）。在《古诗评选》卷四《上山采蘼芜》一诗后，王夫之云：

> 诗有叙事述语者，较史尤为不易。史才故以隐括生色，而从实着笔自易。诗则即事生情，即语绘状，一用史法，则相感不在永言和声之中。……杜子美仿之作《石壕吏》，亦将酷肖，而每于刻画处，犹以逼写见真，终觉于史有余，于诗不足。论者以诗史为誉，见驷则恨马背之不肿，是则名为可怜悯者。

王夫之对《石壕吏》的看法，的确十分精辟，说到了"诗史"说之弊病。宋人的杜诗为诗史之说，在清代引起过一场讨论。此处就不加以论列了。

宋人用"诗史"二字概括和称美杜诗，"诗史"这一概念为后来的许多论诗者所采用，用来指称与概括那种关注现实、叙写时事、反映时代重大事件的诗歌作品。例如李钰《书汪水云诗后》："唐之事记于草堂，后人以诗史目之。水云之诗，亦宋亡之诗史也。"徐嘉《顾亭林诗笺注·凡例》："（顾炎武）抚时感事之作，实为一代诗史，钟美少陵。"赵翼《瓯北诗话》："梅村诗亦可称诗史矣。"梁启超《饮冰室诗话》：

"公度之诗，诗史也。"钱锺书云："谓诗史兼诗与史，融而未划可也。"① 以"诗史"概括和肯定诗歌作品反映历史真实的思想艺术成就，只要不混淆诗与史在反映历史真实上的本质不同，有明确的认识而不是混为一谈，以"诗史"说论诗，也不失为一种有意义的文学批评。

---

① 钱锺书：《谈艺录》，第38页。

五 杜诗的情景交融和比兴寄托

情与景问题,是古典抒情诗的一个根本问题。胡震亨《唐音癸签》卷三云:"作诗不过情、景二端。"欧阳修《六一诗话》载有梅尧臣关于诗歌中写景与抒情的一段话:

> 诗家虽率意,而造语亦难。若意新语工,得前人所未道者,斯为善也。必能状难写之景如在目前,含不尽之意见于言外。然后为至矣。贾岛云"竹笼拾山果,瓦瓶担石泉",姚合云"马随山鹿放,鸡逐野禽栖"等,是山邑荒僻,官况萧条;不如"县古槐根出,官清马骨高"为工也。余曰:"语之工者固如是,状难写之景,含不尽之意,何诗为然?"圣俞曰:"作者得于心,览者会以意,殆难指陈以言也。虽然,亦可略道其仿佛。若严维'柳塘春水慢,花坞夕阳迟',则天容时态,融和骀荡,岂不如在目前乎?又若温庭筠'鸡声茅店月,人迹板桥霜',贾岛'怪禽啼旷野,落日恐行人',则道路辛苦,羁愁旅思,岂不见于言外乎?"

"状难写之景如在目前,含不尽之意见于言外""意新语工",这是欧、梅对诗歌写景与抒情的基本要求,同时也涉及写景与抒情的关系问题。此后,随着诗学思想的发展,宋人对于诗中情与景的关系问题,有了进一步的认识和明确的表述。姜夔《白石道人诗说》云:"体物不欲寒乞,须意中有景,景中有意。"姜夔所谓的"意"其实就是"情"。黄升引姜夔称许史达祖词云:"尧章称其词奇秀清逸,有李长吉之韵,盖能融情景于一家,会句意于两得。"(《中兴以来绝妙好词》卷七,四部丛刊本)范晞文《对床夜语》卷二称赞晚唐诗人:"情景兼融,句意两深。"

这可以说是关于"情景交融"的明确表达。① 宋人对杜诗中情与景问题也有深入的认识与论列，认为杜诗在情与景的艺术处理上已达到完美高超的境地。宋人关于杜诗情交融景的论述，对古代诗学理论做出了贡献。

（一）

宋人推崇老杜写景曲尽形容，天然工妙，对老杜"毫发无遗憾"、真实准确而又生动传神笔力，赞美备至。张戒《岁寒堂诗话》云：

> 《江头五咏》物类虽同，格韵不等。同是花也，而梅花与李花异观。同是鸟也，而鹰隼与燕雀殊科。咏物者要当高得其格致韵味，下得其形似，各相称耳。杜子美多大言，然咏丁香、丽春、栀子、鸂鶒、花鸭，字字实录而已，盖此意也。

> 《屏迹二首》……"桑麻深雨露，燕雀半生成"此子美观物之句也。若非幽居，岂能尽此物之情乎？妙哉！造化春工，尽于此矣。

叶梦得《石林诗话》云：

> 诗语固忌用巧太过，然缘情体物，自有天然之妙，虽巧而不见刻削之痕。老杜："细雨鱼儿出，微风燕子斜。"此十字，殆无一字虚设。雨细着水面为沤，鱼常上浮而淰，若大雨则伏而不出矣。燕体轻弱，风猛则不能胜，唯微风乃受以为势，故又有"轻燕受风斜"之语。至"穿花蛱蝶深深见，点水蜻蜓款款飞"，"深深"字若无"穿"字，"款款"字若无"点"字，皆无以见其精微如此。然读之浑然，似未尝用力，此所以不碍其气格超胜。

宋人认为，老杜写景之自然工妙，源于亲临其境，观察精细，体物入微，而读者须亲临其境，才能体会其妙。苏轼云："'两边山木合，终日子规啼。'此老杜云安县诗也。非亲到其处，不知此诗之工。"（《书子美

---

① 蔡英俊：《比兴物色与情景交融》，台北大安出版社1986年版，第2—3页。

云安诗》,《东坡题跋》卷二)周紫芝云:"(杜诗)平日诵之,不见其工;惟当所见处,乃始知其妙。"(《竹坡老人诗话》卷一)曾季狸:"老杜写物之工,皆出于目见。如'花妥鸎捎蝶,溪喧獭趁鱼。''芹泥随燕嘴,花粉上蜂须。''仰风粘落絮,行蚁上枯梨。''柱穿蜂留蜜,栈缺燕添巢。''风轻粉蝶喜,花暖蜜蜂喧。'非目见安能造此语?"(《艇斋诗话》)

宋人认为,老杜不仅善于刻画自然界的种种物色,照物如镜,对物象的描写与刻画不仅逼真,而且又能得其神理,通过对物色的生动描绘表现出两间之"生意",精准传神,惟妙惟肖,有笔夺造化的神奇笔力。朱弁云:

> 至唐杜甫咏《蒹葭》云:"体弱春苗早,丛长夜露多。"则亦未始求故实也。他如咏《薤》云:"束比青刍色,圆齐玉箸头。"《黄粱》云:"味合同金菊,香宜配绿葵。"则于体物外又有影写之功。予与晁叔用论此,叔用曰:陈无己尝举老杜咏《子规》云:"渺渺春风见,萧萧夜色凄。客怀那见此,故作傍人低。"如此等语,盖不从古人笔墨畦径中来,其所镕裁,殆别有造化也。(《风月堂诗话》卷上)

> 韩退之云:语妙斡元造。如老杜"落日游丝白日竟,鸣鸠乳燕青春深。"虽当隆冬冱寒时诵之,便觉融怡之气,生于衣裾,而韶光美景,宛然在目,动荡人思,岂不是斡元造而夺造化乎?(《风月堂诗话》卷下)

刘熙载《艺概》云:"文之要,曰识曰力。识见于认题之真,力见于肖题之尽。"对于诗歌创作来说,所谓"力",是诗人审美感知的能力,落实在语言表达和艺术技巧上。老杜《寄刘峡州伯华使君四十韵》云:"雕刻初谁料,纤毫欲自矜。"《寄薛三郎中》云:"乃知盖代手,才力老益神。"老杜的诗笔确实达到了雕刻非可意料,纤毫尽皆惬心的地步,朱弁以"斡元造而夺造化"赞赏老杜写景的神妙高超,苏泂谓"至其得意处,力斡造物转"(《夜读杜诗四十韵》,《泠然斋诗集》卷一),并不过分。苏轼谓"诗至于杜子美""天下之能事毕矣","后之作者,殆难复措手"，所谓"能事"云云，其实说的就是老杜笔力高超，空前绝后。范温认为老杜在吟咏人情，模写景物方面都达到了如此高超的境界：

> 或问余：东坡有言：诗至于杜子美，天下之能事毕矣。老杜之前人，固未有如老杜，后世安知无过老杜者？余曰：如"一片花飞减却春"，若咏落花，则语意皆尽，所以古人既未到，决知后人更无好语。如《画马诗》云："玉花却在御榻上，榻上庭前屹相向。"则曹将军能事与造化之功，皆不可以有加矣。至其它吟咏人情，模写景物，皆如是也。（《潜溪诗眼》，《苕溪渔隐丛话》前集卷五十）

（二）

关于杜诗情与景关系的艺术处理，是宋人解读与诠释杜诗的一个重要方面。《苕溪渔隐丛话》前集卷六记载了司马光的一段话：

> 诗云："牂羊坟首，三星在罶。"言不可久。古人为诗，贵于意在言外，使人思而得之。故言之者无罪，闻之者足以戒也。近世诗人惟杜子美最得诗人之体，如"国破山河在，城春草木深。感时花溅泪，恨别鸟惊心。"山河在，明无余物矣；草木深，明无人矣。花鸟，平时可娱之物，见之而泣，闻之而恐，则时可知矣。他皆类此，不可遍举。

司马光是从儒家诗教观之"温柔敦厚""主文谲谏"原则出发来看杜甫《春望》诗的，故谓其最得"诗人之体"；但他指出，老杜在诗中通过对其心目中春日景物的刻画，写出了国破家亡的无限悲慨，对《春望》一诗写景与抒情的关系做出了正确的解读，强调杜诗"意在言外"的特点，可以说是对杜诗艺术特色与成就相当深刻的理解。《四库全书总目提要》谓司马光"说杜甫《国破山河在》一首，尤妙中理解，非他诗话可及。"如就其对此诗情与景融合无间的认识而言，这话是不错的。

晁说之《三川诵杜老观水涨诗》对老杜诗笔的艺术表现力也有明确的阐述：

> 平生少陵诗，佳处岂尽识？何敢窥意韵，尚且昧行迹。……炎然念此老，熔写不可极。意中无遗境，象外有余力。（《嵩山文集》卷四）

"意中无遗境"，谓其审美感受的丰富准确；"象外有余力"，谓表达的含蓄不尽。老杜既能精准切实地感受、体察和表现客观景物，又能使这种表现具有象外之象、味外之味的艺术魅力，晁说之以"熔写"二字形容老杜这种写景的能力，是很精到的。

苏轼在《书诸集改字》中指出了杜诗的"境与意会"：

> 陶潜诗："采菊东篱下，悠然见南山。"采菊之次，偶然见山，初不用意，而境与意会，故可喜也。今皆作望南山。杜子美云："白鸥没浩荡，万里谁能驯。"盖灭没于波涛间耳。而宋敏求谓余云：鸥不解没，改作"波"。二诗改此两字，觉一篇神气索然。

苏轼所谓"境"字，是指诗中描写的景物，所谓"意"字，是指诗中表达的情感。"境与意会"讲的其实就是景物与感情融合的问题，陈善《扪虱新话》沿袭苏轼之说，把这种情形称为"景与意会"：

> 陶渊明诗："采菊东篱下，悠然见南山。"采菊之际，无意于山，而景与意会，此渊明得意处也。而老杜亦云："夜阑接软语，落月如金盆。"予爱其意度闲雅，不减渊明，而语句雄健过之。每咏此二诗，便觉当时清景尽在目前，而二公写之笔端，殆若天成。兹为可贵。（《扪虱新话》下集卷三）

"夜阑接软语，落月如金盆"，出自老杜《赠蜀僧闾丘师兄》，所表现的"意度闲雅"与苏轼所举的《咏怀五百字》的"白鸥没浩荡，万里谁能驯"二句所表现的兀傲雄健，情感色彩有区别，但二者都是讲杜诗情与景融合的情形。

宋人对杜诗中情与景的处理有颇为细致的分辨与论析。陈善云：

> 天下无定境，亦无定见，喜怒哀乐爱恶取舍，山河大地皆从心

生。……杜子美曰:"感时花溅泪,恨别鸟惊心。"至于《闷》诗:"卷帘惟白水,隐几亦青山。"山水花鸟,此平时可喜之物,而子美于恨闷中见之,盖此心未静,则平时可惜者,适足与诗人才子作愁具耳。(《扪虱新话》上集卷四)

陈善所持佛家之心境说固然值得研究,但他指出景物随人之定见、心情而异,老杜在恨闷中,平日可喜的景物也成了他表达心情之"愁具",诗中景物打上了诗人主观感情的烙印,客观景物和诗人主观感情呈现出一种矛盾统一的状态,这一点是不错的。这正是杜诗中情景交融的一种情形。张邦基《墨庄漫录》卷二论及老杜"卷帘惟白水,隐几亦青山"这两句诗时云:"人方忧愁亡聊,虽清歌妙舞满前,无适而非闷。子美居西川,一饭未尝忘君,其忧在王室,而又生理不具,与死为邻,其闷甚矣。故对青山,青山闷;对白水,白水闷。平时可爱乐之物,皆寓之为闷也。"

葛立方在《韵语阳秋》中指出杜诗中情景关系的另一种情形:

老杜寄身于兵戈骚屑之中,感时对物,则悲伤系之。如"感时花溅泪"是也。故作诗多用一"自"字:《田父招饮》诗云:"步屧随春风,村村自花柳。"《遣怀》诗云:"愁眼看霜露,寒城菊自花。"《忆弟》诗云:"故园花自发,春日鸟还飞。"《日暮》诗云:"风月自清夜,江山非故园。"《滕王亭子》云:"古墙犹竹色,虚阁自松声。"言人情对境,自有悲喜,而初不能累无情之物也。

物自物,情自情,人情自有悲喜,而景物无所改变,情悲而景物依然,情与物毫不相干,这种写法更衬托出情之悲凉,这也是老杜诗情景关系中颇为常见的一种。叶梦得《石林诗话》进一步指出这种处理情与景之关系所带来的下字造语的特点:

诗人以一字为工,世固知之,惟老杜变化开阖,出奇无穷,殆不可以形迹捕。如"江山有巴蜀,栋宇自齐梁",远近数千里,上下数百年,只在"有"与"自"两字间,而吐纳山川之气,俯仰古今之怀,皆见于言外。《滕王亭子》"粉墙犹竹色,虚阁自松声",若不用

"犹"与"自"两字，则徐八言凡亭子皆可用，不必滕王也。此皆工妙至道，人力所不及，而此老独雍容闲肆，出于自然，略不见其用力处。今人多取其已用字，模仿用之，偃蹇狭促，尽成死法；不知意与境会，言中其节，凡字皆可用也。（《石林诗话》卷中）

罗大经《鹤林玉露》卷一谈到老杜诗中以自然景物衬托主观情感的特点：

或问杜陵诗云："日月笼中鸟，乾坤水上萍。"何也？余曰：此自叹之词耳。盖拘束以度日月，鸟在笼中；漂泛于乾坤间，若萍浮水上。本是形容凄凉之意，乃翻作壮丽之语。

此二句诗出老杜五律《衡州送李大夫七丈勉赴广州》。所谓"壮丽之语"，乃指"日月"与"乾坤"两词，日月照临，乾坤覆载，自是壮丽之景，而自己身如笼鸟，迹若浮萍，心情之凄凉自不待言。从艺术表现手法上，一如前面所引葛立方说的"人情对境，自有悲喜，而初不能累无情之物也"。此处的"意与境会"，是以自然景象的阔大，反衬出自身处境的局促，表现了无比悲凉的心情。这种以景物阔大雄壮，反衬自身的孤独、凄凉、悲哀的写法，即罗大经所谓的"本是形容凄凉之意，乃翻作壮丽之语"者，是老杜诗中处置情景关系的又一重要特点。

吴可《藏海诗话》也讲到杜诗以丽景表现悲情的手法：

老杜诗云：行步欹危实怕春。怕春之语，乃无合中有合。谓春字上不应用怕字，今欲用之，故谓奇耳。

"行步"句出于老杜《江畔独步寻花七绝》之二："稠花乱蕊裹江滨，行步欹危实怕春。诗酒尚堪驱使在，未须料理白头人。"花枝繁密，春光正浓；而行步欹危，人之衰老何堪，曰"稠花乱蕊裹江滨，行步欹危实怕春"，正表现了诗人对春光而自悲，诗中花之繁茂与人之衰老形成反衬，故吴可谓之"无合中有合"，即景与情之不合而合，意与景融合无间。以自然与人情的不一致衬托诗人的悲慨，是老杜诗经常出现的一种笔法，如"天下兵虽满，春光且自浓。"（《伤春五首》其一）"寂寂春将晚，欣欣物自私"（《江亭》）。

宋人还注意到老杜描写景物时的移情手法，即以物为人。诗人情感外化，移于景物上，景物变成有生命、有感情者，乃至诗人与景物对话，赋予景物以喜怒哀乐，反映或体现诗人的思想感情。孙奕《履斋示儿编》云：

> 尔汝群物，前此未有，倡自少陵。《白盐山》："他皆任厚地，尔独近高天。"《花鸭》诗云："稻粱沾汝在，作意莫先鸣。"《落日》云"浊醪谁造汝，一酌散千忧。"《栀子》云："无情移得汝，贵在映江梅。"《病马》云："乘尔亦已久，天寒辟塞深。"《鸡》诗云："充庖尔辈堪，问俗人情似。"《瘦马行》云："当时历块误一蹶，委弃非汝能周防。"《杜鹃行》云："尔岂摧残始发愤，羞带羽翮伤形愚。"《见萤火》："沧江白发愁看汝，来岁如今归未归。"至于有"一重一掩吾肺腑，山鸟山花吾友于"（《岳麓山道林二寺行》）则于物无异观如此。

在杜诗中，这种例子还有许多，如"晚堕兰麝中，休怀粉身念。"（《丁香》）"如何贵此重，却怕有人知。"（《丽春》）"且无鹰隼虑，留滞莫辞老。"（《鸂鶒》）"不觉群心妒，休牵众眼惊。"（《花鸭》）"今秋天地在，吾小崮殊方。"（《双燕》）老杜《春水生二绝》："鸂鶒鸂鶒莫漫喜，吾与汝曹俱眼明。"赵次公注云："公可谓与物委蛇，而同其波矣。"（《九家集注杜诗》卷二十三）

杜诗的情景交融不唯方式灵活，而且达到与全篇意脉贯穿，通过情景交融的方式，表现出复杂的、多样的、具有个性的思想情感，体现出多种多样的审美风格。范晞文《对床夜话》卷二对杜诗中写景与抒情关系的处理有一概括性总结：

> 老杜诗："天高云去尽，江迥月来迟。衰谢多扶病，招摇屡有期。"上联景，下联情。"身无却少壮，迹有但羁栖。江水流城郭，春风入鼓鼙。"上联情，下联景。"水流心不竞，云在意俱迟。"景中之情也。"卷帘唯白水，隐几亦青山。"情中之景也。"感时花溅泪，恨别鸟惊心。"情景相触而莫分也。"白首多年疾，秋风昨夜凉。"

"高风下木叶,永夜揽貂裘。"一句情一句景也。故知景无情不发,情无景不生,或者便谓首首当如此作,则失之甚也。如"淅淅风生物,团团月隐墙,遥空秋雁灭,半岭暮云长。病叶多先坠,寒花只暂香。巴城添泪眼,今夕复清光。"前六句皆景也。"清秋望不尽,迢递起层烟,远水兼天静,孤城隐雾深,叶稀风更落,山迥日初沉,独鹤归何晚,昏鸦已满林。"后六句皆景也,何患乎情少。

范晞文这段话关于情与景的论说包含两个层面的意思:一是说写景句与抒情句在章法上的先后次序安排,所谓"上联景,下联情""上联情,下联景"云云。二是说诗中写景与抒情之关系,亦即诗中景与情之关系。所谓"景无情不发,情无景不生",这是说诗中的情与景是共生的、同在的两大要素;"景中之情""情中之景""情景相触而莫分",则是说呈现在诗中的情与景之关系的三种具体形态。范晞文的这一说法概括了杜诗情与景的基本形态,同时也标志着宋人对诗歌情景问题认识的深刻。《四库全书总目》对范氏评价颇高。称其"沿波讨源,颇能探索汉魏唐人旧法,于诗学多所发明"。范氏对杜诗情景问题的论述可谓其中的重要内容。清人仇兆鳌《杜诗详注》谈到杜诗情景关系时,就承袭了范晞文的说法:

  诗家作法虽多,要在摹情写景,各极其胜。杜诗五律,有景到之语,如:"落雁浮寒水,饥乌集戍楼"。"星垂平野阔,月涌大江流"。是也。有情到之语,如:"胜绝惊身老,情忘发兴奇。""一时今夕会,万里故乡情。"是也。有景中含情者,如:"感时花溅泪,恨别鸟惊心。""岸花飞送客,樯燕语留人。"是也。有情中寓景者,如:"影着啼猿树,魂飘结蜃楼。""正愁闻塞笛,独立见江船。"是也。有情景相融不能区别者,如:"水流心不竞,云在意俱迟。""片云天共远,永夜月同孤。"是也。有一句说景一句说情者,如:"悠悠照边塞,悄悄忆京华。"是也。有一句说情一句说景者,如:"白首多年病,秋天昨夜凉。"是也。有一景一情,两层叠叙者,如:"野寺江天豁,山扉花竹幽,诗应有神助,吾得及春游。径石相萦带,川云自去留,禅枝宿众鸟,漂转暮归愁。"是也。其隽语名句,不胜枚

五 杜诗的情景交融和比兴寄托

举。名家诗集中,未有如此之独胜者。①

张戒认为,写景咏物之句最根本的是要有意味。《岁寒堂诗话》云:"句中若无意味,譬之山无烟云,春无草树,岂复可观?"他称赞杜诗写景状物富于情味:

"长江风送客,孤馆雨留人。"此晚唐佳句也。然子美"塞门风落木,客舍雨连山。"则留人送客,不待言矣。第十八首"塞云多断续,边日少光辉。"此两句画出边塞风景也。"山雪河冰野萧瑟,青是烽烟白人骨。"亦同。

张戒指出意味有深浅之别,"人才各有分限,尺寸不可强。同一物也,而咏物之工有远近,皆此意也,而用意之工有浅深。"张戒从用意深浅和用语之工两方面比较了杜甫《登慈恩寺塔》与其他人登寺塔诗,赞美杜诗写景状物的高超造诣:

章八元题《雁塔》云:"十层突兀在虚空,四十门开面面风。却讶鸟飞平地上,忽惊人语半天中。回梯倒踏如穿洞,绝顶初攀似出笼。"此乞儿口中语也。梅圣俞云:"复想下时险,喘汗头目旋。不如且安坐,休用窥云烟。"何其语之凡也。东坡《真兴寺阁》云:"山林与城郭,漠漠同一形;市人与鸦鹊,浩浩同一声。侧身送落日,引手攀飞星。登者尚呀咻,作者何以胜?"《登灵隐寺塔》云:"相劝小举足,前路高且长。渐闻钟磬音,飞鸟皆下翔。入门亦何有,云海浩茫茫。"意虽有佳处,而语不甚工,盖失之易也。刘长卿《登西灵寺塔》云:"化塔凌虚空,雄规压川泽。亭亭楚云外,千里看不隔。盘梯接元气,半壁栖夜魄。"王介甫《登景德寺塔》云:"放身千仞高,北望太行山。邑屋如蚁冢,蔽亏尘雾间。"此二诗语虽稍工,而不为难到。杜子美则不然,《登慈恩寺塔》首云:"高标跨苍天,烈风无时休。自非旷士怀,登兹翻百忧。"不待云"千里"、"千仞"、"小举足"、"头目旋",而穷高极远之状,可喜可愕之趣,

---

① 见《杜诗详注》中《江汉》一诗注。

超轶绝尘，而不可及也。"七星在北户，河汉声西流。羲和鞭白日，少昊行清秋。"视东坡"侧身"、"引手"之句，陋矣。"秦山忽破碎，泾渭不可求。俯视但一气，焉能辨皇州。"岂特"邑屋如蚁冢，蔽亏尘雾间"；"山林城郭，漠漠一形，市人鸦鹊，浩浩一声"而已哉！人才有分限，不可强，乃如此。

（三）

宋人对杜诗之情景问题的探求，体现了宋人论诗注重"意"的特点。上面所引梅尧臣、苏轼、陈善、叶梦得诸人谈论诗中情景交融问题，用的词语是"境与意会""景与意会""意与境会"，都以"意"指诗人表达的思想情感。普闻进一步提出"境句"和"意句"两个概念，以之分别指代诗中写景和抒情的句子："天下之诗，莫出于二句，一曰意句，二曰境句。境句易琢，意句难制。境句人皆得之。所以鲁直、荆公之诗出乎流辈者，以其得意句之妙也。何则？盖意从境中宣出。……鲁直寄黄从善诗云：'我住北海君南海，寄雁传书谢不能。桃李春风一杯酒，江湖夜雨十年灯。'云云。初二句为小破题，第三、第四句为颔联。大凡颔联皆宜意对。春风桃李，但一杯而已，而想象无聊屡空为甚，飘蓬寒雨十年灯之下，未见青云得路之便，其羁旅未遇之叹具见矣。其意句亦就境中宣出，桃李春风，江湖夜雨，皆境也。昧者不知，直谓境句，谬矣。"（普闻《论诗》，见陶宗仪《说郛》卷七十九）他们以"意"字代"情"字，并非率意而为。刘熙载《艺概·诗概》云："唐诗以情韵气格胜，宋苏、黄皆以意胜。"这里所谓"意"与"情"的含义是有区别的。明人陆时雍云："少陵五古，材力作用，本之汉魏居多。第出手稍钝，苦雕细琢，降为唐音。夫一往而至者，情也；苦摹而出者，意也。若有若无者，情也；必然不染者，意也。意死而情活，意迹而情神，意近而情远，意伪而情真。情意之分，古今所由判矣。少陵精矣刻矣，高矣卓矣，然未齐于古人者，以意胜也。假令以《古诗十九首》与少陵作，便是首首皆意。假令以《石壕》诸什与古人作，便是首首皆情。此皆有神往神来，不知而自至之妙。"[1] 陆时雍谓杜诗"以意胜"是其"未齐于古人"而存在的主要

---

[1] 陆时雍：《诗镜总论》，《历代诗话丛编》，中华书局1983年版。

欠缺，这是一种崇古诗学观的表现。但是，把"情"与"意"作了区分，他看到杜诗"以意胜"的特点，还是颇有见地的。今人徐复观说："唐人的诗，主要是凭想象和幻想之力，把感情当下的活动表现出来，以呈现出感情的原有之姿。这即一般所说的唐诗主情。或者可以说，唐代诗人的感情，似乎是近于青年人的天真烂漫的感情；而宋代诗人的感情，似乎是近于成年人因历练而较为成熟的感情。"这种感情"可以说是把感情加上了理性，甚至把感情加以理性化。但这种理性化乃是对感情的冷却澄汰，冷却有热情而来的冲动率，澄汰去实际上不相干的成分，以透视出所感的内容乃至所感的本质，而将其表现出来。此即所谓宋诗主意。"① 杜诗中情感是一种经历磨难、沉潜的成熟的感情。苏轼等人称杜诗"境与意会"，可以说意识到了杜诗思想情感与盛唐诗的细致差别，对杜诗主观情意与景物描写的关系做了新的诗学表述。这种把诗中所表现的主观情感称为"意"，也是与宋诗尚意的特点相适应的。

（四）

宋人说到杜诗的情景交融（情意与形象）问题，自然不能不涉及情景交融说的理论基础即比、兴问题。宋人把比、兴作为艺术技巧，以之对杜诗中情与景关系的处理予以观照，探索诗人内在情感与外在景物结合凑泊之关系。如罗大经《鹤林玉露》乙编卷四"诗兴"云：

> 盖兴者，因物感触，言在于此，而意寄于彼，玩味乃可识，非若赋比之直言其事也。故兴多兼比赋，比赋不兼兴，古诗皆然。今姑以杜陵诗言之，《发潭州》云："岸花飞送客，樯燕语留人。"盖因飞花语燕，伤人情之薄，言送客留人，止有燕与花耳。此赋也，亦兴也。若"感时花溅泪，恨别鸟惊心"则赋而非兴也。《堂成》云："暂止飞鸟将数子，频来语燕定新巢。"盖因飞鸟燕语，而喜己之携雏卜居，其乐与之相似。此比也，亦兴也。若"鸿雁影来联塞上，鹡鸰飞急到沙头"，则比而非兴矣。

---

① 徐复观：《中国文学精神》，上海书店出版社2004年版。

罗大经对赋、比、兴三种表现方式做了认真的辨析，由此出发，对杜诗中景物与情意之间的关系做了深入细致的论列，说明除了写景以兴情之外，杜诗还有写物以喻意，即所谓"比而非兴"或"兴而比"的情况。张戒《岁寒堂诗话》卷上云：

《晴》："啼鸦争引子，鸣鹤不归林。下食遭泥去，高飞恨久阴。"子美之志可见矣。"下食遭泥去"，则固穷之节；"高飞恨久阴"，则避乱之急也。子美之志，其素所蓄积如此。而目前之景，适与意会，偶然发于诗声，六义中所谓兴也。兴则触景而得，此乃取物。

曾季狸说杜甫《萤火》一诗云：

老杜萤火诗，"盖讥小人得时。其首云：幸因腐草出，敢近太阳飞。"盖言其所出卑下也；其卒章云："十月清霜后，飘零何处归？"盖言君子用事，则扫荡无遗也。……

《鹤林玉露》卷五《浦鸥》条云：

杜陵咏鸥云："江浦寒鸥戏，无他亦自饶。却思翻玉羽，随意点春苗。雪暗还须落，风生一任飘。几群沧海上，清影日萧萧。"言浦鸥闲戏，使无他事，亦自饶美。奈何不免口腹之累，故闲戏未足，已思翻玉羽而点春苗，为谋食之计，虽风雪凌厉，有所不暇。顾末言海鸥之旷逸，清影翛然，不为泥滓所点染，非浦鸥所能及。以兴士当高举远引，归洁其身如海鸥，不当逐于声利之场，以自取贱辱，若浦鸥也。

宋人论杜诗景物描写与情意表达之关系，一般不做"兴"还是"比"的分辨，统而言之谓之"比兴"。宋人比兴联言，基本上是指诗歌含有意在言外的一种寄托，以比兴阐释杜诗的隐旨，把"比兴"笼统地理解为"譬""喻"，理解为"托意于物"；而由于"诗史"观念，再加上汉儒在《诗经》解读上推求微言大义的传统影响，宋人对杜诗写景咏物所蕴含意义的理解与把握也发生了衍变，这就是推求杜诗咏物写景的微言大义，向诗外求诗，与当时史事牵合，推求至隐，于是生出不少牵强附会之说。例如惠洪《冷斋夜话》"比兴法"条云：

> 《野外》："老妻画纸为棋局，稚子敲针作钓钩。"《送路六侍御入朝》："不分桃花红似锦，生憎柳絮白如棉。"《绝句》："不如醉里风吹近，可忍醒时雨打稀。"三诗皆子美作也，妻比臣，夫比君，棋局，直道也。针合直而敲曲之，言老臣以直道成帝业，而幼君坏其法。稚子，比幼君也。锦、棉，色红白而适用，朝廷用直才，天下福也。而直才者忠正；小人谄谀似忠，诈计似正，故为子美所不分而憎之也。小人之愚弄朝廷，贤人君子不见其成百则已，如眼见其败，已不能不为之叹息耳，故曰："可忍醒时雨打稀。"

胡舜陟解《登慈恩寺塔》诗云：

> 讥天宝时事也。山者，人君之象，"秦山忽破碎"则人君失道矣。贤不肖混，而清浊不分，故曰："泾渭不可求。"天下无纲纪文章，而上都亦然，故曰："俯视但一气，焉能辨皇州。"于是思古之贤君不可得，故曰："回首叫尧舜，苍梧云正愁。"是时明皇方耽于淫乐而不已，故曰："惜哉瑶池饮，日宴昆仑丘。"贤人君子多去朝廷，故曰："黄鹄去不息，哀鸣何所投。"唯小人贪窃禄位者在朝，故曰："君看随阳雁，各有稻粱谋。"（《苕溪渔隐丛话》卷十二引）

叶梦得被称为"南北宋间之巨擘"，在杜诗诠释上亦未能避免这种穿凿附会：

> 杜子美《病柏》《病橘》《枯棕》《枯楠》四诗，皆兴当时事：《病柏》当为明皇作，与杜鹃行同义。《枯棕》比民之残困，则篇中自言之矣。《枯楠》："犹含栋梁具，无复霄汉志。"当为房次律之徒作。惟《病橘》始言："惜哉结实小，酸涩如棠梨。"末以比荔枝劳民，疑若指近悻之不得志者。自汉魏以来，诗人用意深远，不失古风，惟此公为然，不但语言之工也。（《石林诗话》卷上）

钱锺书说:"诗中言之而未尽,欲吐而复吞,有待引申,俾能圆足,所谓'含不尽之意,见于言外',此一事也。诗中未尝言,别取事物,凑泊以合,所谓'言在于此,意在于彼',又一事也。前者顺诗利导,亦即蕴于言中;后者辅诗齐行,必须求之文外。含蓄比之形之于神,寄托则形之于影。"[1] 宋人论杜好言比兴,对杜诗写景咏物之含义,往往求之于文外,有时又与诗史说相牵合,不免流于捕风捉影、牵强附会。

---

[1] 钱锺书:《管锥编》第一册,中华书局1979年版,第108—109页。

六　宋人对杜甫诗学思想的阐释与接受

宋人认为杜甫集诗之大成，将诗歌艺术发展到极致，为后人提供了辉煌的诗歌典范。清人毕沅谓"杜拾遗集诗学之大成"①。宋人虽然没这样明确的说法，但实际上也是把杜甫的诗学主张和诗学思想作为必须遵循的最高诗学原则的。

老杜的诗学精神与诗学思想，不仅表现在他关于诗歌的言论中，更重要的是体现在他的创作实绩中。宋人对老杜诗学思想的探索，也不仅仅是引述老杜的论诗话语，更多的是从老杜的诗作中总结出一系列的结论和经验，并用以指导他们的创作实践。宋人尊杜的目的是借重杜诗拓展诗歌历史视野，实现诗歌伦理意义的重建、创作观念的更新、风格典范的确立，重构诗歌传统，促进诗歌创作的发展繁荣。

（一）

杜甫具有"致君尧舜上，再使风俗淳"的人生理想和政治抱负。在文学思想上，杜甫提出"别裁伪体亲风雅"，把《诗经》的风、雅奉为诗歌创作的典范，宗奉《诗经》风雅比兴的传统，写生民疾苦，发挥诗歌针砭时弊的规讽美刺作用，以利于国运民生。

杜甫对陈子昂提倡风雅兴寄予以高度的评价。《陈拾遗故宅》诗云："有才继骚雅，哲匠不比肩。公生扬马后，名与日月悬。……终古立忠义，《感遇》有遗篇。"杜甫赞美薛据、毕曜的诗作："大雅何寂寥，斯人尚典型"（《秦州见敕喜薛据毕曜迁官》）。他称赞韦济"词场继国风"

---

① 毕沅：《杜诗镜诠序》，杨伦：《杜诗镜诠》，上海古籍出版社1980年版，第1页。

(《奉寄河南韦尹丈人》)。在《同元使君春陵行》一诗中，杜甫赞扬元结诗歌兴寄讽谏的诗学精神和思想意义，对风雅比兴的含义做了具体明确的表述：

> 览道州元使君结《春陵行》兼《贼退示官吏作》二首，志之曰：当天子分忧之地，效汉朝良吏之目。今盗贼未息，知民疾苦，得结辈十数公，落落然参错天下为方伯，万物吐气，天下小安可待矣。不意复见比兴体制，委婉顿挫之词，感而有诗，增诸卷轴。简知我者，不必寄元。
>
> ……吾人诗家流，博采世上名。粲粲元道州，前贤畏后生。观乎《春陵作》，欻见俊哲情；复览《贼退》篇，结也实国桢。贾谊昔流恸，匡衡常引经。道州忧黎庶，词气浩纵横。两章对秋月，一字偕华星。致君尧舜际，淳朴忆大庭。何时降玺书，用尔为丹青？狱讼永衰息，岂惟偃甲兵。凄恻念诛求，薄敛近休明。乃知正人意，不苟飞长缨。……感彼危苦词，庶几知者听。

就其本意来讲，比兴本来是诗歌艺术的一种表现方法，其内涵是指诗人营造的意象、结构与其所要表现的思想情感之间的关系。而儒家的诗教理论对比兴的强调与运用，其根本目的和重点则不在这种艺术方法本身，而是着重和强调它所代表的意义，即讽喻、美刺作用，其所谓比兴的含义，与美刺、讽喻的意义大体一致。老杜《同元使君春陵行》小序中所谓"比兴体制"，指的就是指诗歌的讽谏美刺之旨。[①] 刘熙载说老杜"一生在儒家界内"(《艺概·诗概》)，老杜的诗学思想也是如此。所谓"法自儒家有"，就是杜甫对自己诗学观念和诗学思想的定位。老杜所说的"复见比兴体制，委婉顿挫之词"，就是肯定元结《春陵行》《贼退示官吏作》两诗继承和发扬了《诗经》美刺比兴和"主文而谲谏"的传统。元结抱着"致君尧舜际"的目的和理想，关心社会政治，正视社会痼疾，在诗中反映民生疾苦，通过这种讽喻现实的诗篇，以求改善社会状况。刘克庄谓老杜将《春陵行》比之华星秋月，"不刊之言也"(《后村诗话》)。

杜甫这一诗学主张集中地体现在他的创作实践中。杜甫从自己的良知

[①] 罗宗强：《隋唐五代文学思想史》，中华书局2003年版，第79页。

与真诚出发,秉持儒家的仁爱精神,面对现实,敏感于人间的不幸与苦难,在作品中表现自己的忧思与担当,终其一生而不变,这是对风雅比兴诗学精神的坚守。杜诗的社会伦理意义符合宋人对诗歌的期许。宋人之尊杜,是对老杜诗学精神的理解与认同,这一点贯穿于两宋尊杜思潮的始终,体现在有宋一代优秀诗人的创作实践中。

张方平《读杜工部诗》云:"文物皇唐盛,诗家老杜豪。雅音还正始,感兴出《离骚》。"(《乐全集》卷二)苏轼的《次韵张安道读杜诗》则从诗歌发展史的角度,赞美老杜在大雅"展转更崩坏",诗歌"源失乱狂涛"的历史情势下,"扫地收千轨",为诗人树立"简牍仪刑"的历史功绩(《东坡集》卷二)。黄庭坚称杜诗是"大雅之音"(《刻杜子美巴蜀诗序》,《豫章黄先生文集》卷十六),"由杜子美以来,四百余年,斯文委地,文章之士,随世所能,杰出时辈,未有升子美之堂者"(《大雅堂记》,《豫章黄先生文集》卷十七)。宋人尊杜,是把杜诗作为体现风雅比兴精神的诗歌典范予以崇拜与效法的:

> 自晋宋以来,诗人气质萎敝而风雅几绝,至唐之诸公磨洗光耀,与时争出,凡百余年,而后子美杰然自振于开元、天宝之间。既而中原用兵,更涉患难,身愈困苦而其诗益工,大抵哀元元之穷,愤盗贼之横,褒善贬恶,尊君卑臣,不琢不磨,暗与经会,盖亦骚人之伦而风雅之亚也。(孔武仲《书杜子美哀江头后》)

宋人强调和赞赏老杜关于风雅精神和比兴体制的诗学思想,在具体理解与认识上虽有所不同,有的偏于温柔敦厚的诗教,有的特别强调忠君,有的注意其忧国忧民,但其基本内容与倾向都是重视诗的社会价值与政治价值。张戒《岁寒堂诗话》卷上云:

> 韵有不可及者,曹子建是也;味有不可及者,渊明是也;才力有不可及者,李太白、韩退之是也;意气有不可及者,杜子美是也。……至于杜子美,则又不然,气吞曹刘,故无与为敌。如放归鄜州,而云:"维时遭艰虞,朝野少暇日。顾惭恩私被,诏许归蓬荜。"新婚戍边,而云:"勿为新婚念,努力事戎行。罗襦不复施,对君洗红妆。"《壮游》云"两宫各警跸,万里遥相望。"《洗兵马》:"鹤驾

通宵凤辇备，鸡鸣问寝龙楼晓。"凡此皆微而婉、正而有礼，孔子所谓可以兴、可以观、可以群、可以怨，迩之事父，远之事君者。如"刺规多谏诤，端拱自光辉。简约前王礼，风流后代稀。""公若登台辅，临危莫爱身。"乃圣贤法言，非特诗人而已。

黄彻反对白居易谓老杜诗中合乎风雅比兴亦不过三四十首之说，"今观杜集，忧战伐，呼苍生，悯疮痍者，岂止三四十而已哉。"（《䂮溪诗话》）周紫芝则说："杜陵有句皆忧国。"更是强调杜甫诗歌充分体现了风雅比兴的诗学精神。

北宋中叶之后，讽谏教化的诗歌主张流行，其原因是多方面的，诸如儒学的复兴，士风的挺立等，而杜甫提倡风雅比兴及其创作实践，则无疑为政治教化的诗歌主张提供了诗学传统的支持和创作实绩的证明，提供了一种具体的榜样与典型。

（二）

在诗歌创作上，杜甫有自己的一套主张和诗学实践，其核心是诗歌创作有一套必须遵守的法则和必须掌握的方法，诗人不仅要学习掌握这套诗法，而且要精益求精，达到得心应手，出神入化，以创造理想的诗美境界。

杜甫说到自己的诗作和论及他人诗作时，多次讲到"法""律"："叹息高生老，新诗日又多。美名人不及，佳句法如何？"（《寄高三十五书记》）"法自儒家有，心从弱岁疲。"（《偶题》）"遣词必中律，利物常发硎。"（《桥陵诗三十韵呈县内诸官》）"诗律群公问，儒门旧史长。"（《赠沈八丈东美》）"思飘云物动，律中鬼神惊。毫发无遗憾，波澜独老成。"（《敬赠郑谏议十韵》）"晚节渐于诗律细，谁家数去酒杯宽。"（《遣闷戏呈路十九曹长》）结合其具体语境，案之杜甫的诗歌作品，可以看出，杜甫关于诗"法""律"的基本含义，是指诗歌作品所体现的诗的规律和法则，以及诗歌创作要遵循的法度、规则乃至诀窍。同时，杜甫在创作上又提出了所谓"神"的问题："读书破万卷，下笔如有神。"（《奉赠韦左丞丈二十二韵》）"醉里从为客，诗成觉有神。"（《独酌成诗》）"挥翰绮绣扬，篇什若有神。"（《八哀诗》）"义方兼有训，词翰两如神。"（《奉和阳城郡王夫人恩命加邓国夫人》）"乃知盖代手，才力老益神。"（《寄薛三郎中据》）王运熙、顾易生《中国文学批评通史》认为："杜甫所谓'神'，即神妙之意，他以此来形容艺术作品或创作活动中所呈现出来的那种不平凡的神奇高妙的境界。"其中一个重要含义是指"作家写作技巧和语言表达能力的高超神妙"[①]。对于法与神二者，杜甫没有直接联系起来讲。但是，综观其关于诗歌创作的言论，可以看出，通过刻苦研习"法""律"，从而掌握诗艺技能而入于"神"，即获得高超的艺术表现能力，在创作中进入神妙的境地，是老杜对自己创作实践的一种总结，也是他对诗人的养成，对诗人掌握诗歌表现能力所必须经历的道路的阐述。杜甫认为，掌握诗法，精心锻炼，惨淡经营，才能创造出精美的诗篇。宋人特别是黄庭坚，发挥老杜这一诗学思想，认为写诗能力是可以学而得之、可以通过苦学而精通的一种技艺和能力，成为宋人学诗的重要观念之一。

宋人接受了杜甫诗法观念，认为对法度的学习和运用是成为诗人的最基本的条件。宋人强调学，强调诗是学得的，因而重视对诗法的总结、研究、探讨，诗法是宋代诗学的重点问题。杜甫对实践"诗法"即造成"佳句""秀句"的途径没有作具体的阐述，但是，他的作品正是他所提倡的诗法的创作典范，昭示了诗歌写作的正确道路，提供了典范与榜样。对宋人来说，诗歌创作是一种需要掌握其"法"即规律和技巧的一种艺术，他们对此有相当的自觉和兴趣。王安石、苏轼特别是黄庭坚，通过对杜诗的观照、研究，对诗法问题做出了深细的探索和颇具成效的总结与发挥。黄庭坚承认诗歌创作需要天分，但认为后天的学养与研习可以使人做出好诗，老杜的自然浑成是由于雕琢与锻炼而成的，所以他在写诗上强调刻苦锻炼，强调由"法"而入"神"。钱志熙《黄庭坚诗学体系研究》一文指出：黄庭坚对"由法度而入神的思想，阐发得比杜甫还要明确"[②]。此后，吕本中又提出所谓"活法"："学诗当识活法，所谓活法者，规矩具备，而能出于规矩之外，变化不测，而亦不背于规矩也。是道也，盖有定法而无定法。知是者，则可以与语活法矣。谢玄晖有言：好诗流转圆美如弹丸。此真活法也。近世惟豫章黄公变前作之弊，而后学者知所趋向。

[①] 王运熙、顾易生：《中国文学批评通史》（隋唐五代卷），上海古籍出版社1996年版，第274页。

[②] 钱志熙：《黄庭坚诗学体系研究》，北京大学出版社2003年版，第219页。

比精尽知左规右矩,庶几至于变化不测。"(《夏均父集序》,见刘克庄《江西诗派·吕紫微》引,《后村先生大全集》卷九十五)黄庭坚《答洪驹父书》云:"所谓文章最为儒者末事,然索学之,又不可不知其曲折,幸熟思之。至于推之使高,如泰山之崇崛,如垂天之云,作之使雄壮,如沧江八月之涛,海运吞舟之鱼,又不可守绳墨令俭陋也。""知其曲折",就是知其"绳墨";"推之使高""作之使雄",则是既知"绳墨"又能变化出奇,吕本中的所谓"活法",其实是对黄庭坚诗法观念的继承,也可以说是对老杜"法"与"神"观念的进一步阐发。

诗是由具体的诗句组成的,诗是语言艺术,老杜论诗法,重点集中于句法上:"佳句法如何"(《寄高三十五书记》)、"为人性僻耽佳句"(《江上值水如海势聊短述》)、"李侯有佳句"(《与李十二白同寻范十隐居》)、"词人取佳句"(《白盐山》)、"故人得佳句"(《奉答岑参补阙见赠》)、"当公赋佳句"(《石砚》)、"不敢要佳句"(《偶题》)、"佳句染华笺"(《秋日夔府咏怀》)、"开卷得佳句"(《送高司直寻封阆州》)、"最传秀句寰区满"(《解闷十二首》其九)、"诗家秀句传"(《哭李尚书》)、"题诗得秀句"(《送韦十六评事充同谷防御判官》),等等。宋人对杜甫诗法思想的继承与阐发,重点也在句法上,特别体现在黄庭坚的"句法说"上。黄庭坚承继老杜以"佳句""秀句"为优秀诗篇之标示的表述方式,提出所谓"句法"。其所谓句法不是指一般的造句之法,而是铸造佳句之法,即在用字、造语、对偶、使事、章法、声律等方面规划组织,自出机杼,锻炼打磨,创造出美妙的诗歌语言。黄庭坚大力提倡学习杜诗之句法:"请读老杜诗,精其句法。每作一篇,必使有意为一篇之主,乃能成一家。"(《答孙克秀才》)"无人知句法,秋月自澄江。二子学迈俗,窥杜见牖窗。"(《奉答谢公定与荣子邕论狄元规孙少述诗长韵》)从黄庭坚开始的关于杜甫句法论的阐发和探索,对宋代诗歌理论与诗歌创作产生了巨大影响。清人吴乔云:"宋人诗话多论字句""所说常在字句间"(《围炉诗话》卷一、卷五)。缪钺说:"唐人为诗,固亦重句法,而宋人尤研讨入微。"[①]《彦周诗话》云:"诗话者,辨句法,纪盛德,录异事,正讹误也。"宋人诗话把"辨句法"作为重要内容之一。

[①] 缪钺:《论宋诗》,《诗词散论》,上海古籍出版社1982年版,第42页。

（三）

重视读书，重识传统，主张博极群书，勤学苦思，提高修养功力，是杜甫诗学思想的一个重要内容。《偶题》诗云："文章千古事，得失寸心知。作者皆殊列，名声岂浪垂。骚人嗟不见，汉道盛于斯。前辈飞腾入，馀波绮丽为。后贤兼旧制，历代各清规。"杜甫纵观先秦、汉魏、六朝以及唐代的诗歌发展历史，认为后来的作家总是继承前代诗歌的体制、成果而又有所创新。他提倡"转益多师是汝师""不薄今人爱古人"，主张从历代作家作品中汲取营养。他强调读书，以"读书破万卷，下笔如有神"两句诗，概括了读书对创作的重要性，把广泛深入地读书视为提高诗歌写作能力的根本途径。他本人的创作实践，具体体现了兼综博采、转益多师的宏大气魄。

老杜是中国诗史上第一个特别强调读书、强调继承传统以创新的诗人。他的这一主张，不但与宋人以博学相尚的文化风气相合，也适应宋人面对唐诗这一诗歌发展高峰需要总结历史经验的要求。所以，杜甫所说的"读书破万卷，下笔如有神"被宋人奉为学诗的圭臬。《苕溪渔隐丛话》后集卷五引《东皋杂录》云："有问荆公，老杜诗何故妙绝古今？公曰：老杜尝言之：'读书破万卷，下笔如有神。'"苏轼亦云："别来十年学不厌，读破万卷诗愈美。"（《送任伋通判黄州兼寄其兄孜》，《苏轼诗集》卷六）"读书万卷始通神。"（《柳氏二外甥笔记二首》）黄庭坚《答徐甥师川》云："杜子美云：'读书破万卷，下笔如有神。'此作诗之器也。"

关于读书对于诗人的意义，大体有两个方面：一是通过读书，充实、提高、涵养思想情感和人格操守；二是通过读书，继承前人的诗学遗产，学习立题命意、结构篇章、营造意象、遣词造句、声调韵律方面的种种技巧。老杜关于读书对诗歌创作的意义说得形象生动但比较概括，宋人论读书之于诗歌创作的意义，则对这两个方面都有较为深入的论述。

宋人强调诗人人格和思想境界对于创作的决定性意义，认为读书是提高人格境界的必由之路。苏轼云："腹有诗书气自华。"（《苏轼诗集》卷五《和董传留别》）黄庭坚对读书更为强调，他将读书与人格提升、心智修养联系在一起的，认为读书能使人消除鄙吝庸俗之气。"士大夫处世可以百为，惟不可俗。"（《书缯卷后》，《豫章黄先生文集》卷二九）"人胸中久不用古今浇灌之，则俗尘生其间，照镜则觉面目可憎，对人亦语言无味也。"（《山谷集》外集卷十）"胸中有万卷书，笔下无一点俗气。"（《山谷集》卷二六《书刘景文诗后》）他在论及苏轼《卜算子·缺月挂疏桐》一词时说："语意高妙，似非食人间烟火人语。非胸中有万卷书，笔下无一点成尘俗气，孰能至此。"强调读书是精神超越、避免凡庸的良药。

宋人强调作诗需要才能，需要才学，而才能、学问只能从读书中来。苏轼谓孟浩然诗"韵高而才短，如造内法酒手，而无材料"。作诗缺少材料，要靠读书取得。苏轼《张寺丞益》以远游比广泛读书："吾闻诸夫子，求益非速成。譬如远行客，日夜事征行。今年适燕蓟，明年走蛮荆。东观尽沧海，西涉渭与泾。归来闭户坐，八方在轩庭……为学务日益，此言当自程。"作诗需要技巧与能力，对前代诗学遗产的多方面学习、研读，是博览群书的重要内容。

黄庭坚教导后学作诗，以读书为第一要点，强调杜甫诗学成就的重要成因是读书万卷，知识学养极高："老杜作诗，退之作文，无一字无来处，盖后人读书少，故谓韩杜自作此语耳。"（《答洪驹父书》）在《与徐师川书》中云："诗政欲如此作，其未至者，探经术未深，读老杜、李白、韩退之诗不熟耳。"《题王观复所作文后》称赞沈括为"笃学之士"，"博极群书，至于左氏《春秋》、班固《汉书》取之，左右逢其源"，而王观复"下笔不凡，但恐读书少耳"（《豫章黄先生文集》卷二六）。黄庭坚强调写作才能的培养靠读书，需要读书"精博"。在《与王观复书》之一中，黄庭坚说："所送新诗皆兴寄高远，但语生不谐律吕，或词气不逮初意时，此病亦只是读书未精博耳。长袖善舞，多钱善贾，不虚语也。南阳刘勰尝论文章之难云：'意翻空而易奇，文征实而难工。'此语是也。"（《豫章黄先生文集》卷一九）《跋书柳子厚诗》云："予友生王观复作诗，有古人态度……但未能从容中玉佩之音，左准绳、右规矩尔。意者读书未破万卷，观古人文章，未能尽得其规摹，及所总览笼络，但知玩其山龙黼黻成章耶？"（《豫章黄先生文集》卷二六）反复强调读书精博的重要。

王安石、苏轼、黄庭坚等人发挥老杜的诗学思想，强调读书，形成了有宋一代重学问、重功力的诗学观念。杜诗的成就成了宋人强调读书对诗歌创作具有决定性意义这一主张的最有力的证据。宋人强调读书多对诗歌创作极端重要的言论可谓比比皆是。曾几云:"万卷须窥藏室,一尘莫点灵台。"(《茶山集》卷七《李尚叟秀才求斋名于王元渤以养源名之求诗》)吕本中云:"诗词高深要从学问中来""遍考前作,自然度越流辈"(《童蒙诗训》)。杨万里云:"要诵诗之多,择字之精,始乎摘用,久而自出肺腑,纵横出没,用亦可,不用亦可。"(《诚斋诗话》)陆游云:"诗岂易言哉!一书之不见,一物之不识,一理之不穷,皆有憾焉。"(《渭南文集》卷三九《何君墓表》)赵蕃云:"江山真未助,学问本深基。"(《淳熙稿》卷一二《读旧诗作》)罗大经云:"凡作文章,须要胸中有万卷书为之根柢,自然雄浑有筋骨,精明有气魄,深醇有意味,可以追古作者。"(《鹤林玉露》丙编卷六"文章性理"条)刘克庄云:"以胸中万卷,融化为诗,于古今治乱,南北离合,世道否泰,君子小人胜负之际,皆考验而施衮斧焉。"(《后村先生大全集》卷九七《听蛙诗序》)严羽曰:"非多读书,多穷理,则不能极其至。"(《沧浪诗话·诗辨》)施德操曰:"子美读尽天下书。识尽万物理,天地造化,盘礴郁积与胸中,浩乎无不载,遇事一触,辄发之于诗。"(《北窗炙輠》卷下)王安中云:"诗于文章,虽止一端,而律度至严,资取至广,写景状物之作无穷尽。天地造化、四时月星、雨雪江河、涛波草木、华实风土之宜,鸟兽羽毛鸣声之辨,耳闻而目及者,皆吾诗之所取。登高望远,感慨欣戚,别离酬赠,兴寄辗转,发于人情而达于世故,哀思而不伤,和乐而不流,要必合于理义之归,掎摭故实,追咏当时之事,则又欲意到辞达,不类后世所作,而观者至于太息流涕,若身亲见之。诗之工,其难如此。故天下之书,虽山经地志、花谱药录、小说细碎,当无所不读。古今之诗,虽岩栖谷隐、漏篇缺句、众体瑰怪,当无所不讲。前辈长老以此用心至苦,终身不以为易,谡谡然常若有所思,惟恐见闻之不富,句法之不逮古人也。盖专于诗者每如是。"(《鄄城杜泽之诗集序》,王正德《馀师录》卷三)

宋人把广泛继承遗产视为老杜诗学成就的原因,也将其作为自己诗学的正确之路。严羽反对"以才学为诗",但他同样提出"熟参"历代诗人之作的重要:

> 试取汉、魏之诗而熟参之,次取晋、宋之诗而熟参之,次取南北朝之诗而熟参之,次取沈、宋、王、杨、卢、骆、陈拾遗之诗而熟参之,次取开元、天宝诸家之诗而熟参之,次独取李、杜二公之诗而熟

参之，又取大历十才子之诗而熟参之，又取元和之诗而熟参之，又尽取晚唐诸家之诗而熟参之，又取本朝苏、黄以下诸家之诗而熟参之，其真是非自有不能隐者。

严羽作诗讲"悟"，而"悟入"是要对前人著作"熟参"的：

先须熟读《楚辞》，朝夕讽咏，以之为本，及熟读古诗十九首、乐府四篇、李陵、苏武、汉、魏、五言，皆须熟读，即以李、杜二集枕藉观之，如今人之治经，然后博取盛唐名家，酝酿胸中，久之自然悟入。

宋人谈论诗文，大都认为需要酝酿于书卷，濡染于师友，对诗人渊源的追寻颇为注意。然而，强调过甚则走到极端。读书多与创作好不是一个线性关系的问题。学问大也可能妨害审美感悟，如钱锺书所言："对文艺作品的敏感只造成了对现实的盲点。"（《宋诗选注》序）片面强调学问，强调知识，乃至走到"资书以为诗"的歧路上。直到南宋中期，宋人对这一问题才有了新的反省与认识，对"资书以为诗"还是"捐书以为诗"有了较为深刻的分辨与思索。

杜甫认为诗歌有其法度，而掌握法度，就需要下苦功夫，需要"惨淡经营"。杜甫在谈到自己的创作时，一则说自己"为人性僻耽佳句，语不惊人死不休"；再则说自己"孰知二谢将能事，颇学阴何苦用心"。在和别人说及写诗问题时，也一再强调"苦思"、"苦吟"："知君苦吟缘使瘦，太向交游万事慵。"（《暮登四安寺寄裴十迪》）"清诗近要道，识子苦用心。"（《贻阮隐居昉》）"定知深意苦，莫使众人传。"（《寄岳州贾司马丈严八使君两阁老》）通过深入精思，刻苦锤炼，在诗歌艺术上才能达到高超乃至神妙的境地。《丹青引赠曹将军霸》一诗赞赏曹霸画马的苦思与用心，谓其"意匠惨澹经营中"。老杜这一思想也为宋人所继承和信服。

（四）

杜甫的诗学思想闳通而开阔，他不但崇尚风雅精神和比兴体制，提倡诗歌反映社会政治；同时，又重视诗歌陶写性灵，以诗歌抒发人生感悟、情趣感受，承认诗歌具有遣兴排闷、怡情悦性的作用："陶冶性灵存底物，新诗改罢自长吟。"（《解闷十二首》之七）"有情且赋诗，事迹可两忘。"（《四松》）"箧中有旧笔，情致时复援。"（《宴王使君宅》）"老来多涕泪，情在强诗篇。"（《哭韦大夫之晋》）"宽心应是酒，遣兴莫过诗。"（《可惜》）"愁极本凭诗遣兴，诗成吟咏转凄凉。"（《至后》）"东阁官梅动诗性，还如何逊在扬州。"（《和裴迪登蜀州东亭逢早梅相忆见寄》）"登临多物色，陶冶赖诗篇。"（《秋日夔府咏怀奉寄郑监李宾客一百韵》）"药裹关心诗总废，花枝照眼句还成。"（《酬郑十五判官》）"故林归不得，排闷强裁诗。"（《江亭》）

杜甫诗学思想中强调干预政治、反映民生疾苦的一面，在北宋士人政治热情高涨的"庆历新政"与"熙宁变法"时期，受到了空前的重视与强调。而在范仲淹、欧阳修、王安石等人倡导的社会政治改革失败后，新旧党争愈演愈烈，政治风浪愈来愈险恶，诗人的政治幻灭与人生苦闷愈来愈重，杜甫以诗遣兴排闷、怡情悦性的思想，就得到了诗人们的重视。老杜蜀中的不少诗作，以精工细腻的笔法写景体物，抒写中和自适的心情，呈现出一种萧散淡远的风格，为宋人所心仪。杜诗在抒写性情方面所表现的阅尽沧桑的深情、感悟与超越，也成为他们的榜样。苏轼书杜甫《屏迹》诗，称"此东坡居士之诗也"（《东坡题跋》卷三），正是对老杜这类"陶冶性灵"诗篇的倾慕。在黄庭坚以及江西诗派的诗学思想与创作里，以诗吟咏性情、陶冶性灵、排遣苦闷的观点更受重视。黄庭坚的"情性说"明确地表现了这一思想：

> 诗者，人之情性也，非强谏于庭，怨忿诟于道，怒邻骂坐之为也。其人忠信笃敬，抱道而居，与时乖违，遇物悲喜，同床而不察，并世而不闻，情之所不能堪，因发于声音调笑之声，胸次释然而闻者亦有所劝勉，比律吕而可歌，列于羽而可舞，是诗之美也。（《书王知载〈朐山杂咏〉后》）

当然，这种怡情悦性带有宋人自己的特点，即不仅在自然风物上陶冶性灵，还有对于人文物事的欣赏和愉悦。抒写文人琴棋书画、赏心山水园林的作品，在宋诗中占有相当的数量。

七　宋人对杜诗语言的研究

对杜诗语言的研究，是宋人在杜诗学上具有开创性而且最有成就的方面，它标志着宋代杜诗学在"内部研究"（文本语言构成）方面达到相当深入细致的程度。

意新语工是宋人诗学的审美追求，欧阳修《六一诗话》引梅尧臣之语云："诗家虽率意造语亦难，如意新语工，得前人所未到者，斯为善也。必能状难写之景，如在目前；含不尽之意，见于言外，然后为至矣。"所谓"语工"，一是写景状物逼真生动，"状难写之景如在目前"；二是表意抒情蕴蓄深厚，"含不尽之意见于言外"。梅氏此语，经欧阳修援引鼓吹，影响甚大，成为宋人在诗歌语言方面一种普遍追求和审美标准。

宋人在诗歌语言方面实际上面临着一种困境。王安石说："世间好言语，已被老杜道尽；世间俗言语，已被乐天道尽。"（《陈辅之诗话》，见胡仔《苕溪渔隐丛话》前集卷十四）唐人继承六朝诗的丽辞与声律，创造出丰富而精美的诗歌话语系统。中国古代诗歌从《楚辞》开始的全新的语言诗化，到唐代"达于成熟的高潮"[①]。唐诗精美的诗歌语言，是历史留给宋人的宝贵的精神财富，也是宋人不易超越的语言高峰；而要在诗歌创作上取得新的成就，又必须创造有自己时代特色的新的诗歌语言，这是诗歌发展历史对宋人提出的要求。宋人欲以人巧夺天工，试图从唐人的诗歌语言中寻求创造自己新的诗歌语言的途径与诀窍。宋人的这种努力是从庆历时期开始的，从北宋中期到南宋历久不衰。而杜诗则被宋人视为诗歌语言的最高典范。周紫芝《书岑参诗集后》云："杜少陵用胸中万卷之

---

① 林庚：《唐诗综论》，人民文学出版社 1987 年版，第 92 页。

书,做妙绝古今之句,尝自言诗有神助,而语不惊人,虽死不休,宜其傲睨凌蔑,高目一世,以谓前无古人,后无来者。"(《太仓稊米集》卷六十七)对杜诗语言的研究,在宋人的诗歌语言研究中处于中心地位。清人吴乔云:"宋人诗话多论字句""所说常在字句间"(《围炉诗话》卷一、卷五)。

宋人对老杜诗歌语言做了多角度、多层次的观照和阐述,从语言构成方面,包括下字、造语、用事、对偶、章法、韵律等;从美学角度,则是观照与审视杜诗语言的风格、笔力、工拙、渊源等,总结杜甫诗歌语言的构成和创新。叶嘉莹云:"就功力技巧而言,杜甫有着一份极可贵的集大成的容量,博综兼采,不仅能尽得古今各体之长,而且无论在谋篇造句或遣词各方面都有着融贯出新的表现。"[①] 宋人通过杜诗语言研究,提高了对诗歌语言的审美认识与审美自觉,在诗歌语言创新方面取得了新的成绩。

(一)杜诗的字法

《文心雕龙·章句》云:"夫人之立言,因字而生句,积句而为章,积章而成篇。篇之彪炳,章无疵也;章之明靡,句无玷也;句之精英,字不妄也。振本而末从,知一而万毕矣。"诗文的创撰是从运用字词造句开始的。《文心雕龙·炼字》云:"善为文者,富于万篇,贫于一字。"黄侃《文心雕龙札记·章句》说:"练字之功,在文家为首要。"一个字不仅有其特定的含义,还有它的词性、音色、轻重、粗细、出处以及由于历史沿用而具有的特殊色彩和意味。所以诗人在语言的运用上,必须在诸多可用的词语中找到最恰当、最能够传达出诗人对事物和情感的体察和这种体察的意味来。这一过程中,要对词语进行筛选、增减、琢磨。这种功夫又被称为"炼字""下字"。张表臣《珊瑚钩诗话》云:"诗以意为主,又须篇中炼句,句中炼字,乃得工耳。"从诗歌创作角度说,用字的要义在于能传达出诗人对景物、人事、心情最具有个性的深刻、微妙、不同凡响的审美感受。这里有词的一般用法,还有词的超常用法,宋人特别关注的是后者。

[①] 叶嘉莹:《迦陵论诗丛稿》,中华书局1984年版,第252页。

胡应麟说："盛唐句法浑涵，如两汉之诗，不可以一字求。至老杜而后，句中有奇字为眼，才有此，句法便不浑涵。"（《诗薮》内编卷五）又云："参其格调，实与盛唐大别，其能荟萃前人在此，滥觞后世亦在此。"（《诗薮》内编卷四）杜甫作诗，自觉地加强字句的研练，所谓"为人性僻耽佳句，语不惊人死不休""发任苣苣白，诗须字字清"，说的都是字句锤炼方面的追求。宋人认为，老杜"练字"是最好的诗学典范。俞成《校正草堂诗笺跋》云："草堂先生炼句下字，往往超诣，续之则不似，增之则不然。"（《黄氏集千家注杜工部诗补遗》）

欧阳修的《六一诗话》是宋人中最先从用字方面肯定和赞赏杜诗语言之精妙的：

> 陈公时偶得杜集旧本，文多脱误，至《送蔡都尉》诗云"身轻一鸟"，其下脱一字，陈公因与数客各用一字补之，或云疾，或云落，或云起，或云下，莫能定。后得一善本，乃是"身轻一鸟过"。陈公叹服，以为虽一字，诸君亦不能到也。

欧阳修的这一看法在宋代广为流传，《童蒙诗训》《仕学规范》《优古堂诗话》《庚溪诗话》等书均载此语。王安石称赞杜诗的用字，谓杜诗"无人觉来往，疏懒意何长"两句，"下得'觉'字大好，足见吟诗要一字两字工夫也"（《诸家老杜诗评》卷一引《钟山语录》）。王得臣《增注杜工部诗序》称赞老杜是"非特意语天出，尤工于用字，故卓然为一代冠，而历世千百，脍炙人口"（蔡梦弼《草堂诗话》卷一）。

在探讨杜诗用字问题上，黄庭坚的观点影响巨大。黄庭坚作诗讲究用字，而杜诗之用字的精妙，正是他向后学推介的典范。其《论作诗文》云："作诗句要须详略，用事精切，更无虚字也。如老杜诗，字字有出处，熟读三五十遍，寻其用意处，则所得多矣。"他称赞"高子勉作诗以杜子美为标准，用一事如军中之令，置一字如关门之键。"（《跋高子勉诗》）黄庭坚有所谓"句眼"之说，《赠高子勉》第三首曰："拾遗句中有眼，彭泽意在无弦。"钱锺书先生云："山谷曰：'拾遗句中有眼'，意谓杜诗妙处，耐人讨索探求。"[①] 这妙处，在一句诗中往往就体现在句子

---

① 钱锺书：《谈艺录》，第331页。

关键处用字精妙。所谓"诗以一字为工,自然颖异不凡,如灵丹一点,点石成金也"(《苕溪渔隐丛话》后集卷九)。"只一字出奇,便有过人处。"(《鹤林玉露》)

宋人从艺术表现力方面探索老杜用字的精妙稳惬,从"字"(即词)在具体语境中的位置、意义和作用来探讨其审美效果。

范温《潜溪诗眼》载:"老杜《谢严武》诗:'雨映行宫辱赠诗。'山谷云:只此'雨映'两字,写出一时景物,此句便雅健。"

叶梦得《石林诗话》卷下云:

> 缘情体物,自有天然工妙,虽巧而不见刻削之痕。老杜:"细雨鱼儿出,微风燕子斜。"此十字,殆无一字虚设。雨细着水面为沤,鱼常上浮而沬;若大雨,则伏而不出矣。燕体轻弱,风猛而不能胜,唯微风乃受以为势,故又有"轻风受燕斜"之语。至"穿花蛱蝶深深见,点水蜻蜓款款飞"。"深深"字若无"穿"字,"款款"字若无"点"字,皆无以见其精微如此。然读之浑然,全似未尝用力,此所以不碍其气格超胜。……七言难于气象雄浑,句中有力而纡馀,不失言外之意。自老杜"锦江春色来天地,玉垒浮云变古今",与"五更鼓角声悲壮,三峡星河影动摇"等句之后,常恨无复继者。

孙奕《履斋示儿编》卷十云:

> 诗人嘲弄万象,每句必须练字,子美工巧尤多。如:《春日江村》诗云:"过懒从衣结,频游任履穿。"又云:"经心石镜月,到面雪山风。"《陪王使君晦日泛江》云:"稍知花改岸,始验鸟随舟。"《漫兴》云:"糁径杨花铺白毡,点溪荷叶叠青钱。"皆练得句首字好也。《北风》云:"爽携卑湿地,声振洞庭湖。"《壮游》云:"气劘屈贾垒,目短曹刘墙。"《泛西湖》云:"敢化莼丝熟,刀鸣鲙缕飞。"《早春》云:"红入桃花嫩,青归柳叶新。"《秋日夔府咏怀》云:"峡束沧江起,岩排石树圆。"《建都十二韵》云:"风断青蒲节,霜埋翠竹根。"《柴门》云:"足了垂白年,敢居高士差。"皆练得第二字好也。《复愁》云:"野鹘翻窥草,村船逆上溪。"《移居东屯》云:"子能渠细石,吾亦沼清泉。"《收稻》云:"谁云滑易饱,老藉

软俱匀。"《遣闷》云:"暑雨留蒸湿,江风借夕凉。"《柴门》云:"石乱上云气,杉清延月华。"《水宿遣兴》云:"高枕翻新月,严城迭鼓鼙。"《过津口》云:"和风引桂楫,春日涨云岑。"《春归》云:"远鸥浮水静,轻燕受风斜。"《泛江作》云:"风蝶勤依桨,春鸥懒避船。"《春日江村》云:"扪萝涩先登,陟巘眩反顾。"皆练得句腰字好也。《写怀》云:"无贵贱不悲,无富贫亦足。"《风疾舟中伏枕书怀》云:"乌几重重缚,鹑衣寸寸针。"《桥陵》诗云:"王刘美竹润,裴李春兰馨。"《谒玄元皇帝庙》云:"仙李盘根大,猗兰奕叶光。"《赠虞十五司马》云:"爽气金天豁,清谈玉露繁。"《绝句》云:"江碧鸟逾白,山青花欲燃。"《寄张十二彪》云:"数篇吟可老,一字买堪贫。"皆练得句尾字好也。至于"绿垂风折笋,红绽雨肥梅";"雪岭界天白,锦城曛日黄";"破柑霜落爪,尝稻雪翻匙";"雾交才洒地,风逆旋随云";"检书烧烛短,看剑引杯长";"紫崖奔处黑,白鸟去边明",皆练得五言全句好也。"无边落木萧萧下,不尽长江滚滚来";"旁见北斗向江底,仰看明星当空大";"返照入江翻石壁,归云拥树失山村";"影遭碧水潜勾引,风妒红花却倒吹",皆练得七言全句好也。

宋人对杜诗用字问题的探求,主要有以下几个方面。

1. 动词的选用与锻炼

  作诗在于练字,如老杜"飞星过白水,落月动沙虚"是练中间一字。"地折江帆隐,天青木叶闻"是练末后一字。《酬李都督早春》:"红入桃花嫩,青归柳叶新。"若非"入"与"归"二字,则与儿童诗何异!(葛立方《韵语阳秋》卷四)

  诗有一联一字,唤起全篇精神。……《鹅儿》:"引颈嗔船过,无行乱眼多。"一"嗔"字尽鹅儿之状。《望观弟未至》:"待尔嗔乌鹊,抛书示鹡鸰。"望人未到之时,抑郁蕴结之情,"抛"与"嗔"字尽矣。《禹庙》:"云气生虚壁,江声走白沙。"一"生"字、"走"字,古庙顿有神气。(俞文豹《吹剑录》)

杜诗用"受""觉"二字，皆奇绝。今撼其"受"字云："修竹不受暑""勿受外嫌猜""莫受二毛侵""监河受贷粟""轻燕受风斜""能事不受相促迫""野航恰受两三人""一双白鱼不受钓""雄姿未受伏枥恩"；其"觉"字云："已觉糟床注""身觉省郎在""自觉成老丑""更觉松竹幽""日觉生死忙""最觉润龙鳞""喜觉都城动""更觉老随人"……用之虽多，然每字命意不同，又杂于千五百篇中，学者读之，唯见其新工也。（洪迈《容斋四笔》卷七）

又有险语出人意外，如"白摧朽古龙蛇死"，人犹能道；至"黑入太阴雷雨垂"，则人不能道矣。为险处在一"垂"字，无人能下。如"峡坼云埋龙虎睡"，人犹能道；至"江清日抱鼋鼍游"，则不能道矣。为险处在一"抱"字，无人能下。如"江海阔无津"，人犹能道，"豫章深出地"，则人不能道矣；为一"出"字难下。如"高浪蹴天浮"，人犹能道；"大声吹地转"，则人不能道矣。为一"吹"字难下。如"竹光团野色"，人犹能道；"舍影漾江流"，则人不能道矣。为一"漾"字难下。如"月涌大江流"，人犹能道；"星垂平野阔"，则人不能道矣。为一"垂"字难下。如"暗水流花径"，人犹能道；"春星带草堂"，则人不能道矣。为一"带"字难下，"春"字又难下。凡如此等字，虽使古今诗人极力思之，终不能到。如"星"上加一"垂"字、一"春"字，于"水"上加一"暗"字，初若生面，然《易》言"天垂象，见吉凶。"《书》言"日中星鸟，以殷仲春。"则"星"字上本有"垂""春"字。渊明《归去来辞》云："泉涓涓而始流。"春水"水"字，本有"暗"字意，但用意深，来处远，人初读不能便觉耳。大抵他人之诗，工拙以篇论。杜甫之诗，工拙以字论。他人之诗，有篇则无对，有对则无句，有句则无字；杜甫之诗，篇中则有对，对中则有句，句中则有字。（吴沆《环溪诗话》卷上）

老杜《泉》诗有云："明涵客衣净，细荡林影趣。""涵""荡"二字，曲尽形容之妙。（范晞文《对床夜话》）

吕本中把这种精心锻炼的"字"称为"响字"，认为"诗每句中须有一两响字,响字乃妙指,如子美'身轻一鸟过'、'飞燕受风斜','过'字、'受'字,皆一句响字也。"(引自蔡梦弼《草堂诗话》卷下)"潘邠老言:七言诗第五字要响,如'返照入江翻石壁,归云拥树失山村。''翻'字'失'字,是响字也。五言诗第三字要响,如'圆荷浮小叶,细麦落轻花','浮'字'落'字,是响字也。所谓响者,致力处也。予窃以为字字当活,活则字字当响。"(《童蒙诗训》)钱锺书《谈艺录》指出:"观潘、吕论'响'所举似,非主字音之浮声抑切响,乃主字义之为全句警策,能使其余四字六字借重增光者。""盖策勋于一字者,初非只字偏善,孤标翘出,而须安排具美,配合协同。一字得力,正缘一字得所。兹字状物如睹,非仅义切,并须音合。"①

动词的选用,涉及意象的营造。诗中意象是现实物象和诗人强烈感情透射、独特心灵感受的融合,是"一种瞬间呈现的理智与感情的复杂经验"(庞德)。如果说客观物象可由名词来标示,它的存在形态需要描述性的语词(即动词、形容词)予以状写和表现,诗人对外物的感受也要靠这类语言来传达。因而意象营造要好,就需要在这种描写性的词语上做出特别的选择与锻炼,以期逼真地表现和传达主观感觉和情感的独特和新颖,使意象不仅逼真生动,惟妙惟肖,而且表现了诗人主观感受的真实和微妙,超越一般表情达意而达到语新意工(学术界关于诗歌意象有一种流行的意见,这就是把意象理解为名词或名词性词组。这种观点就等于说意象只是个挑选问题,甚至连挑选也不必,更不存在营造问题,这等于排除了意象含有诗人主观情意问题。其实,名词表示的是一般的物象,意象营造之关键就在于运用动词或形容词使物象的形态具体化、情感化,成为诗人思想感情的载体)。钱锺书先生说:"唐人是好用名词,宋人诗好用动词。"②

2. 虚字(连词、副词、介词等)的选择和使用

老杜寄身于兵戈骚屑之中,感时对物,则悲伤系之,如"感时花溅泪"是也,故作诗多用一"自"字。《田父招饮》"步屧随春风,村村自花柳。"《遣怀》诗云"愁眼看霜露,寒城菊自花。"《忆

---

① 钱锺书:《谈艺录》,第330、328页。
② 同上书,第244页。

七 宋人对杜诗语言的研究   219

弟》诗云："故园花自发，春日鸟还飞。"《日暮》诗云："风月自清夜，江山非故园。"《滕王亭子》云："粉墙犹竹色，虚阁自松声。"言人情对境，自有悲喜，而初不能累无情物也。（葛立方《韵语阳秋》）

　　诗人以一字为工，世固知之，惟老杜变化开阖，出奇无穷，殆不可以形迹捕。如"江山有巴蜀，栋宇自齐梁"，远近数千里，上下数百年，只在"有"与"自"两字间，而吐纳山川之气，俯仰古今之怀，皆见于言外。《滕王亭子》"粉墙犹竹色，虚阁自松声"，若不用"犹"与"自"两字，则馀八言凡亭子皆可用，不必滕王也。此皆工妙至道，人力所不及，而此老独雍容闲肆，出于自然，略不见其用力处。今人多取其已用字，模仿用之，偃蹇狭促，尽成死法；不知意与境会，言中其节，凡字皆可用也。（叶梦得《石林诗话》卷中）

　　虚活字极难下，虚死字尤不易。盖虽是死字，欲使之活，此所以难。老杜"粉墙犹竹色，虚阁自松声"及"江山有巴蜀，栋宇自齐梁。"人到于今诵之。予近读其《瞿塘两崖》诗云："入天犹石色，穿水忽云根。""犹""忽"二字，如浮云着风，闪烁无定，谁能迹其妙处？他如"江山且相见，戎马未安居。""故国犹兵马，他乡亦鼓鼙。""地偏初衣裕，山拥更登临。""诗书虽满墙，奴仆且旌旄。"皆用力于一字。（范晞文《对床夜语》卷二）

　　实词表现的是事物的具象，虚词则表现事物之间的关联，表现事物存在的情势、程度，以及诗人对其感知、认识和意愿。实词是骨肉，虚词是筋脉、经络、血脉。如果说动词、形容词的锻炼在于意象营造本身，则虚字的使用则在于呈现意象的组合与结构，表现诗人面对景物时细微的情感意绪。"粉墙犹竹色，虚阁自松声"的"犹"和"自"，写出滕王亭子墙壁楼阁的具象和特点，是"这一个"，而非其他庭院。"江山有巴蜀，栋宇自齐梁"中的"有"和"自"，写出诗人面对景物时辽阔的思绪和感受。所谓"远近数千里，上下数百年，只在'有'与'自'两字间，而吐纳山川之气，俯仰古今之怀，皆见于言外。"叶梦得从"意与境会"的角度讲这些虚字的作用。"意与境会"要靠虚字的绾合，"犹"字、"自"

字表现了意象组合的时空状态，和诗人面对景物的主观感受，意与境融汇无间。

虚字的使用还有重要的一点，就是行文转折自然，有散文的恣肆流畅，便于说理、辨析，表达思想情感的流转和曲折变化。刘辰翁称赞老杜"以虚字见意"的巧妙，《题王生学诗序》云："老杜'衣冠却扈从'，徒一'却'字，而昔之宜扈从而不扈从，与后之欣喜复辟，初得见汉官者，舍其枯而集其菀者，具是有焉。"（《须溪集》卷六）清人吴景旭指出："辰翁神悦一'却'字，而諀复如是，余以虚字见意，老杜所长。辰翁拈出，不为无识，殆未可以小视之也。"（《历代诗话》卷三十七，文渊阁四库全书本）

关于实字与虚字在诗中的意义，罗大经云：

> 作诗要健字撑住，要活字斡旋。"红入桃花嫩，青归柳叶新"，"弟子贫原宪，诸生老服虔"。"入"与"归"字、"贫"与"老"字，乃撑住也。"生理何颜面，忧端且岁时"，"名岂文章著，官应老病休"。"何"与"且"字、"岂"与"应"字，乃斡旋也。撑住如屋之柱，斡旋如车之轴。文亦然。诗以字，文以句。（《鹤林玉露》甲编卷六"诗用字"条）

根据所举的例句，罗大经所谓"健"字，是动词（"贫""老"是形容词的意动用法），所谓"撑住"，就是使名词所标示的物或人（或曰物象）以具体的形态落实。"红入桃花嫩，青归柳叶新"（《奉酬李都督表丈早春作》）二句用"入"和"归"这两个动词状写桃花和柳枝的颜色变化，写出其早春时节的鲜嫩。仇兆鳌注："'柳青桃复红'，起于谢尚龙，用便成常语。梁简文诗'水照柳初碧，烟含桃半红'乃借烟水以形其红碧。杜云用'归''入'二字写出景色之新嫩，皆是化腐为新之法。""弟子贫原宪，诸生老服虔。"（《寄岳州贾司马六丈巴州严八使君两阁老》）杜甫以原宪、服虔自比，而后辈嫌其贫老。这两个形容词的意动用法，写出后生对老杜的态度和此中的世态炎凉。"健"字的功能是超越通常的写法，巧妙地使用动词（或形容词），使营造的意象新奇不凡。所谓"活"字，就所举例句看，是指句中的虚词（副词、介词、连词之类），所谓"斡旋"，就是调谐抒情主体与事物之间的逻辑意念。实词述义，虚字传神，虚字传达一种主观逻辑意念，使意象组合结构或事态叙写最能表现诗人主观感受的新颖和特点。"生理何颜面，忧端且岁时"（《得舍弟消息二首》），"何颜面"，谓穷困而惭；"且岁时"是说消忧无日，自己穷困而不能给弟弟以帮助，虽有羞惭，空有忧思，却无可奈何。"何""且"两个虚词，写出老杜的复杂心曲。"名岂文章著，官应老病休"（《旅夜书怀》），杜甫之名实因文章而著，官并非为老病而休，用"岂""应"二字反言之，表面是无所归咎、抚躬自怪之语，实际写出老杜一肚皮的牢骚。这种虚字的使用，勾连转移，是为了思想情感表达的妥帖、细腻、周延、纡余曲折，这实际上蕴含着一种理性的思索安排。谢榛《四溟诗话》云："凡多用虚字便是讲，讲则宋调之根。""讲"是一种蕴含理性的情感述说，杜诗往往用虚字斡旋以表达蕴含理性思忖的情感，宋人注意杜诗虚字的使用并效法之，对宋调的形成有重要影响。

3. 双字的运用

所谓"双字"，亦即叠字。用叠字早已见于《诗经》，如《文心雕龙·物色》所举："写气图貌……故灼灼状桃花之鲜，依依尽杨柳之貌，杲杲为日出之容，瀌瀌拟雨雪之状，喓喓学草虫之韵……并以少总多，情貌无遗矣。"杜诗善于用叠字创造氛围，亦为宋人所注意与称道。叶梦得云：

> 诗下双字极难，须使五言七言之间，除去五字三字外，精神兴致全见于两言，方为工妙。唐人记"水田飞白鹭，夏木啭黄鹂"为李嘉祐诗，王摩诘窃取之，非也。此两句好处，正在添"漠漠""阴阴"四字，此乃摩诘为嘉祐点化，以自见其妙，如李光弼将郭子仪军，一号令之，精彩数倍。不然，如李嘉祐本句，但是咏景耳，人皆可到。要之，当令如老杜"无边落木萧萧下，不尽长江滚滚来"与"江天漠漠鸟双去，风雨时时龙一吟"等，乃为超绝。（《石林诗话》卷下）

杨万里云："'无边落木萧萧下，不尽长江滚滚来'，亦以'萧萧'、'滚滚'，唤起精神。……若曰：'木叶萧萧下，长江不尽来。'则绝无精彩矣。见得连绵不是装凑赘语。"（《修辞鉴衡》卷一引《诚斋》）

范晞文推许老杜五言诗用叠字：

双字用于五言，视七言为难。盖一联十字耳，苟轻易放过，则何所取也。老杜虽不以此见工，然亦每加之意焉。观其"纳纳乾坤大，行行郡国遥。"不用"纳纳"，则不足以见乾坤之大；不用"行行"则不足以见道路之遥。又："寂寂春将晚，欣欣物自私。"则一气转旋之妙，万物生成之喜，尽于斯矣。至若"汀烟轻冉冉，竹日净晖晖。""湛湛长江去，冥冥细雨来。""野径荒荒白，春流泯泯清。""地晴丝冉冉，江碧草纤纤。""急急能鸣雁，轻轻不下鸥。""檐影微微落，津流脉脉斜。""相逢虽衮衮，告别莫匆匆"等句，俱不泛。若"霁潭鳣发发，春草鹿呦呦。"则全用诗语也。（《对床夜语》卷二）

4. 方言俗字的运用

杜甫善于运用民间口头语言和方言里谚，通过艺术镕铸，造成鲜活流动的诗歌语言。

黄彻《䂬溪诗话》卷七：

数物以"个"，谓食为"吃"，甚近鄙俗，独杜屡用："峡口惊猿闻一个"，"两个黄鹂鸣翠柳"，"却绕井栏添个个"，《送李校书》云："临岐意颇切，对酒不能吃。""楼头吃酒楼下卧"，"但使残年饱吃饭"，"梅熟喜同朱老吃"，盖篇中大概奇特，可以映带者也。

范晞文《对床夜语》卷三：

"仰看明星当空大，无处告诉只颠狂。""但使残年饱吃饭，案头干死读书萤。""却似春风相欺得"，"更接飞虫打着人"，"堂上不合生枫树"，"不分桃花红似锦"，"惜君只欲苦死留"，"数日不可更禁当"，皆化俗为雅，灵丹点铁矣。又"王孙若个边"，"若个"犹"那个"，"遮莫邻鸡报五更"，"遮莫"犹"尽教"。"若爷娘妻子走相送"，则本《木兰》"不闻爷娘哭子声。"又"昏黑应须到上头"，乃是常琮全语。

数物以"个"俗语也。老杜有"峡口惊猿闻一个","两个黄鹂鸣翠柳";双字有"樵声个个同","个个五花文","渔舟个个轻","却绕井栏添个个"。

孙奕《履斋示儿编》关于杜诗用方言里谚云:

子美善以方言里谚点化入诗句中,词人墨客口不绝谈。其曰:"吾家老孙子,质朴古人风。"(《吾宗》)"客睡何曾著,秋天不肯明。"(《夜客》)"汝去迎妻子,高秋念却回。"(《舍弟观归蓝田》)"父母养我时,日夜令我藏。"(《新婚别》)"枣熟从人打,葵荒欲自锄。"(《秋野》)"掉头纱帽侧,曝背竹书光。"(《同上》)"见耶背面啼,垢腻脚不袜。"(《北征》)"旧犬喜我归,低徊入衣裾。邻舍喜我归,沽酒携葫芦。"(《草堂》)"床前两小女,补绽才过膝。"(《北征》)"谁能更拘束,烂醉是生涯。"(《守岁》)"痴女饥咬我,啼畏猛虎闻。"(《彭衙行》)"家家养乌鬼,顿顿食黄鱼。"(《遣兴》)"一夜水高二尺强,数日不可更禁当。"(《春水生》)"不分桃花红胜锦,生憎柳絮白于绵。"(《送路侍御入朝》)"负盐出井此溪女,打鼓发船何郡郎。"(《十二月一日》)"去岁兹辰捧御床,五更三点入鹓行。"(《至日遣兴》)"冯陵大叫呼五白,袒跣不肯成枭卢。"(《今夕行》)"老妻画纸为棋局,稚子敲针作钓钩。"(《江村》)"与兄行年校一岁,贤者是兄愚是弟。"(《狂歌行》)"八月秋高风怒号,卷我屋上三重茅。""南村群儿欺我老无力,忍能对面为盗贼。公然抱茅入竹去,唇焦口燥呼不得。"(《茅屋为秋风所破歌》)"但使残年饱吃饭,只愿无事长相见。"(《病后遇王倚饮赠歌》)

惠洪《冷斋夜话》卷四"诗用方言"条:

句法欲老健有英气,当间用方俗言为妙。如奇男子行人群中,自然有颖脱不可干之韵。老杜《八仙》诗序李白曰:"天子呼来不上船。"方俗言也,所谓襟纫是也。"家家养乌鬼,顿顿食黄鱼。"川峡路人家多供祀乌蛮鬼,以临江故,顿顿食黄鱼耳。俗人不解,便作养畜字读,遂使沈存中自差乌鬼为鸬鹚也。"夜阑更秉烛,相对如梦寐。"更互秉烛照之，恐尚是梦也。作"更"字读，则失其意甚矣。

张表臣《珊瑚钩诗话》：

杜诗曰："俱飞蛱蝶元相逐，并蒂芙蓉本自双。"又曰："满目飞明镜，归心折大刀。"此皆风言。又《戏作俳优体》二首，纯用方语云："异俗吁可怪，斯人难并居。家家养乌鬼，顿顿食黄鱼。旧识难为态，新知已暗疏。治生且耕凿，只有不关渠。""西历青羌坂，南留白帝城。于菟侵客恨，粔籹作人情。瓦卜传神语，畲田费火耕。是非何处定，高枕笑浮生。"

王观国《学林》卷八：

杜子美《中秋月》诗曰："满目飞明镜，归心折大刀。"注诗者曰：古诗："藁砧今何在，山上复有山。何当大刀头，破鉴飞上天。"谓残月也。观国案：古诗乃古乐府所载藁砧诗也。藁砧者，鈇也；藁砧今何在者，问夫何在也。"山上复有山"者，出也；言夫已出也。大刀头，环也；"何当大刀头"，何日当还也。破鉴者，月半也；"破鉴飞上天"者，言月半当还也。子美诗云"归心折大刀"者，言虽有归心而大刀折，则未能还也。

魏晋六朝以来，除了乐府民歌外，诗歌语言总体来说是讲究文雅的。杜诗在语言上，则有意打破这一习惯和规范，运用口语、俗词、方言、民谚入诗，力避旧套，真实地反映社会生活，使读者感到亲切。张戒充分肯定老杜诗语言的这一特点："世徒见子美诗之粗俗，不知粗俗语在诗句中最难，非粗俗，乃高古之极也。自曹、刘死，至今一千年，惟子美一人能之。……近世苏黄亦喜用俗语，然时用之，亦颇安排勉强，不能如子美胸襟流出也。"（《岁寒堂诗话》卷上）

5. 宋人对老杜用字上的个性与习惯予以特别注意

黄彻就注意到"杜诗有用一字凡数十处不易者"，他举出杜甫用"俯"字的诗句，如"缘江路熟俯青郊""傲睨俯峭壁""展席俯长流""杖藜俯沙渚""此邦俯要冲""四顾俯层巅""虺头俯涧瀍""层台俯风

渚""游目俯大江""江槛俯鸳鸯",其余一字屡用若此类甚多,不能具述。(《碧溪诗话》卷七)

范温《潜溪诗眼》云:

工部又有所喜用字,如"修竹不受暑"、"野航恰受两三人"、"吹面受和风"、"轻燕受风斜","受"字皆入妙。老坡尤爱"轻燕受风斜",以谓燕迎风低飞,乍前乍却,非"受"字不能形容也。至于"能事不受相促迫"、"莫受二毛侵",虽不及前句警策,要自稳惬尔。

孙奕《履斋示儿编》谈到老杜"屡用字""过""破""一""信""生""觉"等:

杜陵翁独为诗人冠冕者,吐属不凡,复出尘表,有"受"字、"自"字、"不肯"字,前辈能言之。如"过"字已经宗工巨儒道破,然愈用愈新者,请复拈出。所谓"龟开萍叶过"(《屏迹》),"蛟龙引子过"(《到村》),"四十明朝过"(《守岁》),"何事炎天过"(《万丈潭》),"步履宜经过"(《庭草》),"读书难字过"(《漫成》),"俊鹘无声过"(《朝》),"云里不闻双雁过"(《戏作》),"河广传闻一苇过"(《洗兵马》),则孰不喜谈乐道。……

洪迈《容斋漫笔》论"杜诗用字",指出老杜诗"自"与"相""共""谁"之呼应:

律诗用"自"字、"相"字、"共"字、"独"字、"谁"字之类,皆是实字及彼我所称,当以为对,故杜老未尝不然。今略记其句于此:"径石相萦带,川云自去留。""山花相映发,水鸟自孤飞。""衰颜聊自哂,小吏最相轻。""高城秋自落,杂树晚相迷。""百鸟各相命,孤云无自心。""胜地初相引,徐行得自娱。""云里相呼疾,沙边自宿稀。""暗飞萤自照,水宿鸟相呼。""猿挂时相学,鸥行炯自如。""自吟诗送老,相劝酒开颜。""俱飞蛱蝶元相逐,并蒂芙蓉本自双。""自去自来堂上燕,相亲相近水中鸥。""此时对雪遥相忆,送客逢春可自由。""梅花欲开不自觉,棣萼一别永相望。""桃花气暖眼自醉,春渚日落梦相牵。"此以"自"字对"相"字也。"自须开竹径,谁道避云萝。""自笑灯前舞,谁怜醉后歌。""死去凭谁报,归来始自怜。""哀歌时自短,醉舞为谁醒。""离别人谁在,经过老自休。""永夜角声悲自语,中天月色好谁看。"此以"自"字对"谁"字也。"野人时独往,云木晓相参。""正月莺相见,非时鸟共闻。""江上形容吾独老,天涯风俗病相亲。""纵饮久判人共弃,懒朝真与世相违。""此日此时人共得,一谈一笑俗相看。"此以"共"字"独"字对"相"也。

方勺《泊宅编》则指出老杜诗多用"乾坤"二字:

> 诗中用乾坤字最多且工,唯杜甫,记其十联:"乾坤万里眼,时序百年心。""身世双蓬鬓,乾坤一草亭。""江汉思归客,乾坤一腐儒。""吴楚东南坼,乾坤日夜浮。""不眠忧战伐,无力整乾坤。""纳纳乾坤大,行行郡国遥。""日月笼中鸟,乾坤水上萍。""胡虏三年入,乾坤一战收。""日月低秦树,乾坤绕汉宫。""开辟乾坤正,荣枯雨露偏。"(按,杜诗用"乾坤"二字,共有四十多处)

夫一家集中词语重出重现,征其念兹在兹,言之谆谆,可以因微知著,发现诗人之思想性格、审美意识、艺术风格的个性特点。宋人意识到这种用字情形,对老杜此点颇为关注。

孙奕谓老杜屡用"呜呼""安得",谓以"安得"二字结尾,"盖杜公窃有望于当时天下后世者不浅也";屡用"呜呼","翁独有伤今怀古之意"(《履斋示儿编》)。

(二)杜诗的句法

"句法"概念是黄庭坚明确提出的。黄庭坚所谓句法,大致涵盖用字造语之种种方面,包括用字、声律、用事、对偶以及语言风格等。王运熙、顾易生《中国文学批评通史》云:"黄庭坚论句法主要指诗句的构造方法，包括格律、语言的安排，也关系到诗句艺术风格、意境、气势。"①黄庭坚标榜句法的宗旨，就是如何创造出精美浑成的诗歌语言，使之能够更好地表达诗人的思想情感。对杜诗句法的探求，是宋代杜诗学的重要内容。所谓句法涉及诗歌语言的诸多方面，例如下字、对偶、用典、声律、章法等，本书已各立专门章节，总结宋人的有关论述。本章所谓杜诗句法，主要说宋人对杜诗句子构造问题的探求和论述。

老杜对诗句的构造主要从三个方面进行拓展与创新：一是散文句法的引入，包括句式的文章化和虚词的使用；二是打破正常语法，采用错综、浓缩、倒装等形式构成的更加诗化的语句；三是打破声律，创制拗句。语言千百次的重复，它的本意会被磨蚀，给人的感觉由于熟悉而不经意或印象肤浅。杜甫不但在既成的先验的语序中演绎造语，而且苦苦寻求，找到一种自我的、新颖的语言表达方式。宋人对杜诗造语的成就和审美效果，也主要从上述三个方面予以具体的研读并总结杜诗在句式创变、词序变动、格律协调等方面的经验。

1. 散文句式

刘辰翁云："杜虽诗翁，散语可见。……盖以其文人之诗也。"（《赵仲仁诗序》，《须溪集》卷六）所谓散语，即句式结构突破诗语之常格而散文化。汉魏以来，五言诗每句的结构为两节，以上节两字、下节三字为通则，七言诗每句亦为两节，以上节四字而下节三字为通则。胡震亨《唐音癸签》卷四云："五字句以上二下三为脉，七字句以上四下三为脉，其恒也。"杜诗有常格，又有变格，宋人注意到杜诗这种句式变格。孙奕《履斋示儿编》云：

"野寺残僧少，山园细路高。"诵此诗者，皆疑子美既曰"残僧"又曰"少"，意若重复。以愚观之，不见其烦复。当读作："野寺残"所以"僧少"也，"山园细"所以"路高"也。又《别常征君》诗曰："白发少新洗，寒衣宽总长。"此皆是二字三字体也。亦有二字五字体，如《宿府》曰："永夜角声悲自语，中天月色好谁看。"

孙奕所举之五言句变"二—三"为"三—二"，七言句变"四—三"

---

① 王运熙、顾易生：《中国文学批评通史》，第203页。

为"五一二",已打破诗语节奏而成散语。强行父《唐子西文录》指出,老杜有"无意于造语,所谓因事以陈辞:如杜子美《北征》一篇,直纪行役尔,忽云:'或红如丹砂,或黑如点漆。雨露之所濡,甘苦齐结实。'此类是也。文章只如人做家书,乃是。"所谓"如人做家书",即谓老杜此处以散语写来,以充分表情达意为目的,不计较语言是否合乎诗语句式结构的要求。对杜诗句式的这种变格,宋人从诗意的表达出发予以发明。陈模《怀古录》卷中云:"'五夜鼓角声悲壮,中天月色好谁看',盖言角声悲矣,然而自壮;月色好矣,然又谁看。此又每一句之中自转者。"陈氏所举两句七言诗句的结构是"五一二",而这种节奏顿挫变化体现句中意思的转折。缪钺云:"宋人于诗句,特注意于洗练与深折,或论古,或自作,或时人相欣赏,皆奉此为准绳。王安石每称杜甫'钩帘宿鹭起,丸药流莺转'之句,以为用意高峭,五字之楷模。黄庭坚爱老杜'不知西阁意,肯别定留人。'肯别耶,定留人耶,一句有两节顿挫,为深远闲雅。"①

还有使用虚词造成的散文句法。上面所举《北征》"或"字开头的句子即属于此类。罗大经《鹤林玉露》卷八指出:"诗用助语,字贵帖妥。如杜少陵云:'古人称逝矣,吾道卜终焉。'又云:'去矣英雄事,荒哉割据心。'"这种以虚字造成的散语,除了逻辑性表达功能外,还能表现诗人的神情意态,便于说理、辨析,表达思想情感的流转和曲折变化。

2. 语序倒装与错综

古体诗的句法,一向是近于散文的平直通顺的句法,后来声律说兴起,诗句讲求声律之美而渐趋浓缩和精练,但基本上仍是遵循通常的语法规则的。杜甫不但做到了这一点,而且突破了传统的句法规则,以新颖的句式来表情达意。清人赵翼说:"杜诗又有独创句法,为前人所无者。"(《瓯北诗话》卷二)杜诗的这种句法,有的是由于有格律限制包括平仄、对仗、押韵等的要求,而不得不对句子的语序做出调整。黄彻《䂬溪诗话》卷四就指出,杜诗"山阴夜雪兴难乘""佳辰强饭食犹寒""皆斡旋其语,使就音律"。但主要是为提高语言表现力而利用汉语语法特点对诗歌造语构句做出的新的创制和探索。钱锺书《管锥编》说:

---

① 缪钺:《论宋诗》,《诗词散论》,上海古籍出版社1982年版,第42页。

七 宋人对杜诗语言的研究 229

盖韵文之制，局囿于字数，拘牵于声律，卢延让《苦吟》："不同文赋易，为著者之乎。"散文则无此等禁限，"散"即如陆龟蒙《江湖散人歌》或《丁香》绝句中"散诞"之"散"，犹西方古称文为"解放语"，以别于诗之"束缚语"。尝有嘲法国作家谨守韵律云："诗必被桎梏而飞行，文却如大自在而步行"；诗家亦惯于以足加镣、手戴铐而翩翩佳步、仙仙善舞，自喻惨淡经营。韵语既困羁绊而难纵放，苦绳检而乏回旋，命笔时每恨意溢于句，字出乎韵，即非同狱囚之银铛，亦颇类旅人收拾行（囊），物多箧小，安纳孔艰。无已，"上字而抑下，中词而外出"（《文心雕龙·定势》），譬诸置履加冠，削足适履。……故歇后、倒装，科以"文字之本"，不通欠顺，而在诗词中熟见习闻，安焉若素。此无他，笔、舌、韵、散之"语法程度"，各自不同，韵文视散文得以宽限减等尔。①

老杜是中国古代诗人中最早在诗歌造语方面突破先验的语法规则，做了大胆创新并取得非凡成功的人。北宋王得臣《麈史》卷中云：

> 杜子美善用事，及常语多离析，或倒句，则语峻而体健，意亦深稳。如"露从今夜白，月是故乡明"是也。白乐天工于对属，《寄元微之》曰："白头吟处变，青眼望中穿。"然不若杜云："别来头并白，相见眼终青。"尤佳。

"露从今夜白，月是故乡明"这两句的"常语"即通常说法是："从今夜露白""是故乡月明"。老杜将"白露""明月"两词加以"离析"即拆开，把"白""明"后置并用作动词，形成倒装句，突显诗人此刻对异乡秋夜景物与气氛的特殊的、深细的感受：露从今夜变白了，月却不如故乡之明亮。诗人通过这种语序变动熔铸的诗句，表现了自己在秋深月夜的深重乡愁。所谓"语峻而体健，意亦深稳"之评，十分恰当。王得臣所举第二例"别来头更白，相对眼终青"，出自老杜《秦州见敕，目薛三璩授司议郎毕四曜除监察，与二子有故，远喜迁官兼述索居凡三十韵》。全诗写诗人对薛、毕两位友人升迁的祝贺和自己索居的复杂思绪。这两

---

① 钱锺书：《管锥编》第一册，中华书局1979年版，第149—150页。

句，老杜将"白头""青眼"离析而且倒为"头更白""眼终青"，强调形貌之变而彼此惺惺相惜之情依旧。同是写友情，同是用《古诗》"相见俱白头"和阮籍"见佳客则为青眼"之典，但杜句离析而倒装，就比白居易"白头吟处变，青眼望中穿"来得更深沉更强烈。黄庭坚的《寄忠玉提刑》："读书头更白，见士眼终青。"《送王郎》："江山千里俱头白，骨肉十年眼终青。"《南屏山》："身更万事已头白，相对百年终眼青。"《次韵清虚》："眼中故旧青长在，鬓上光阴绿不回。"一而再、再而三地效法之，亦足见其对老杜这一句法的钟爱。

杜甫《秋兴八首》其八"红稻啄残鹦鹉粒，碧梧栖老凤凰枝"两句的句法，更是宋人津津乐道的"倒句"。沈括《梦溪笔谈》谓之"语反"："杜子美诗，有'红稻啄残鹦鹉粒，碧梧栖老凤凰枝。'此亦语反而意全。韩退之《雪诗》诗：'入镜鸾窥照，行天马度桥。'亦仿此体，然稍牵强矣，不若前人之语浑成矣。"（《梦溪笔谈》卷十五）惠洪则谓之"错综句法"："《秋兴》'红稻啄残鹦鹉粒，碧梧栖老凤凰枝'……以事不错综，则不成文章。若平直叙之，则曰'鹦鹉啄残红稻粒，凤凰栖老碧梧枝。'而以'红稻'于上，以'凤凰'于下者，错综之也。"（《天厨禁脔》卷上）《古今诗话》谓"此语反而意奇"（《诗话总龟》卷五）。阙名《漫叟诗话》云："前人评杜诗云：'红稻啄残鹦鹉粒，碧梧栖老凤凰枝。'若云'鹦鹉啄残红稻粒，凤凰栖老碧梧枝'，便不是好句。"（胡仔《苕溪渔隐丛话》前集卷五十九）杨万里《诚斋诗话》认为"红稻啄残鹦鹉粒，碧梧栖老凤凰枝"这种"倒语"，"尤为诗家妙法"，并指出苏轼《煎茶》诗的"雪乳已翻煎处脚，松风仍作泻时声"学的正是老杜"红稻"两句的句法（《诚斋诗话》）。罗大经《鹤林玉露》"诗文反句"条云："杜诗有反言之者，如云'久判野鹤如霜鬓'，若正言之，当云霜鬓如野鹤也。又云'黄鹄高于五尺童，化为白凫似老翁'，若正言之，当云：五尺童时似黄鹄，化为老翁似白凫也。他如'红稻啄残鹦鹉粒，碧梧栖老凤凰枝'，亦然。"南宋的孙奕将这种情形称为"倒着字句"，而且不局限于这两句杜诗，举出了更多的例证：

杜诗只一字出奇，便有过人处。……倒用一字，尤见功夫。如"蜀酒禁愁得，无钱何处赊"（《草堂即事》），"客睡何曾著，秋天不肯明"（《客愁》），"只作披衣惯，长从漉酒生"（《漫成》），"红稻

啄余鹦鹉粒，碧梧栖老凤凰枝"(《秋兴》)，凡倒著字句，自爽健也。(《履斋示儿编》卷十)

杜诗"倒句"还有一种情形，就是将颜色字提前为第一字。范晞文《对床夜语》卷三云：

> 老杜多欲以颜色字置第一字，却引实字来。如"红入桃花嫩，青归柳叶新。"是也。不如此，则语既弱而气亦馁他。如"青惜峰峦过，黄知橘柚来。""碧知湖外草，红见海东云。""绿垂风折笋，红绽雨肥梅。""红浸珊瑚短，青悬薜荔长。""翠深开断壁，红远结飞楼。""翠干危栈竹，红腻小湖莲。""紫收岷岭芋，白种绿池莲。"皆如前体。若"白摧朽骨龙虎死，黑入太阴雷雨垂。"益壮而险矣。

范氏所谓"以颜色字置第一字，却引实字来"的"实字"指句中"桃花""柳叶""峰峦""橘柚"等，意思是说这种句子先写物之颜色，再由这颜色引到其物，这样句子就避免了"语既弱而气亦馁"。仇兆鳌注云："'柳青桃复红'，起于谢尚，袭用便成常语。梁简文帝诗：'水照柳初碧，烟含桃半红。'乃借烟、水形其红、碧。杜云：'红入桃花嫩，青归柳叶新。'用'归'、'入'二字，写出景色之新、嫩，皆是化腐为新之法。"(《杜诗详注》卷九)桃红柳青是正常语序，将颜色字"红""青"提前，又以动词"入""归"，使"红""青"成为使桃花、柳叶变化的使动者，突出视觉印象，有力地表现了春归大地的风光变化。

孙奕《履斋示儿编》卷十云：

> 杜工部以"知见"二字相配，横翔捷出，奇绝殊甚。观其"碧知湖外草，红见海东云"(《晴》)，"黑知湾澴底，清见光炯碎"(《万丈潭》)，"青惜峰峦过，黄知橘柚来"(《放船》)，"红取风霜实，青看雨露柯"(《栀子》)，"红入桃花嫩，青归柳叶新"(《早春》)，"束比青刍色，圆齐玉箸头"(《秋致薤》)，"滑忆雕胡饭，香闻锦带羹"(《江湖卧病》)，各随题著句，转移一字，灿然可观，它人未易到。

所谓"随题着句,转移一字",是说杜诗这类写景物句子的构造,是将表示诗人对景物的感知(颜色、形状、质感、气味等)的字词转移到句子最前面的位置,上下句又以"知"与"见"两字搭配,使得所写之物"灿然可观",取得了特别奇绝的艺术效果。从所引这两段文字看,范、孙二人都认识到老杜这些离析与倒装的层次感所带来的不寻常的艺术效果。

杜诗的句语是在对传统诗歌句法的继承与革新中形成的。宋人不仅重视杜诗句法的变革,而且探索杜诗句法的历史渊源。宋人在这方面的论述颇多,不胜枚举。值得提出的是,宋人对老杜"斡旋句法"之所本也有辨析与阐述。吴开《优古堂诗话》"石燕泥龙"条云:

> 周庾信《喜晴》诗:"已欢无石燕,弥欲弃泥龙。"又《初晴》诗云:"燕燥还为石,龙残更是泥。"此意凡两用,然前一联不及后一联也。乃知杜子美"红稻啄余鹦鹉粒,碧梧栖老凤凰枝"斡旋句法所本。(《优古堂诗话》,文渊阁本四库全书)

庾信这两首诗写的都是雨过天晴之景色,所引两联皆系用典,上句出《湘中记》:"零陵有石燕,遇风雨则飞舞如燕,止则为石。"下句出《淮南子》:"圣人用物,若用朱丝约刍狗,若为土龙以求雨。"高诱注:"汤遭旱,做土龙以像龙,云从龙,故致雨也。"两联都是以石燕、土龙的复为石头和泥土,烘托雨止天晴,但《喜晴》中的两句是正常语序,而《初晴》中的两句诗将"石燕""泥龙"拆开,又将"燕"与"龙"提到句首,将"石""泥"置于句末,是离析与倒装的错综句法。吴开认为后一联高于前一联,谓后一联为老杜"红稻啄余鹦鹉粒,碧梧栖老凤凰枝"的"斡旋句法所本"。《四库全书总目》谓吴开考证诗家用字炼句相承变化之由,"可以观古今人运意之异同与遣词之巧拙,使读者因端生悟,触类引申"。吴开对老杜错综句法渊源的辨析,的确是非常有眼光的。

离析与倒装的句法,是一种突破一般文法的非常规语序。一般的正常文法,体现的是事物客观的关系与逻辑,按照文法的要求,句子中的某些成分不可省略,句子中的词序也不能随意变动,而杜甫用这种跳出文法之外的句法,凸显了诗人瞬间的感觉,或者感觉的重点、层次、过程,赋予物象以浓重的主观色彩,造成意象鲜活、独特、灵动,传达出诗人独特的情感意趣。顾随《驼庵诗话》说:"老杜的诗有时没讲儿,他就堆上这些字来让你自己生一个感觉。"① 叶嘉莹称杜诗这种"但以感性掌握重点而跳出文法之外的倒装或浓缩的句法""其安排组织全以感受之重点为主,而不以文法之通顺为主,因此,其所予人者全属意象之感受,而并非理性的说明"②。

3. 破弃声律的拗句

拗句是杜甫在律诗语言声律方面摆脱格律限制的有意识创造。律诗在语音层面上的基本规律,是讲究平仄、粘对和押韵。而所谓拗句,是指不合乎律诗标准平仄规矩的句式,即在律诗本有严格平仄规定的部位,该用仄的用平,该用平的用仄。拗体则是就整首诗说的,即诗中使用异于正格律诗之有固定平仄格律的拗句,使诗句之声律打破妥帖圆熟,异于高亮谐和之音,具有拗峭顿折之感。叶嘉莹说:"老杜在安史之乱前和乱中的长安时期,拗体七律就出现过,如《郑驸马宅宴洞中》《题省中壁》《早秋苦热堆案相仍》,其平仄音律都有拗折之处。……去蜀入夔后,老杜拗律却由尝试而真正达到了一种成熟的境地。以拗折之笔,写拗涩之情,夐然有独往之致,造成杜甫在七律一体的另一成就。"③

宋人中最早重视和学习杜甫创制拗句和拗体的是黄庭坚。《王直方诗话》记载:"山谷谓洪龟父云:甥最爱老舅诗中何语?龟父举'蜂房各自开户牖,蚁穴或梦封侯王','黄流不解涴明月,碧树为我生凉秋',以为深类工部。山谷云:得之矣。"惠洪谓把杜诗《题省中院壁》《卜居》中这种"不拘声律,然其对偶特精到"的句子称为"骨含苏李体",指出黄庭坚作《落星寺》诗,乃是效法杜诗的此种句法(《石门洪觉范天厨禁脔》卷上)。北宋张耒欣赏这种破弃声律的拗句,但他认为这种拗句是黄庭坚所创。南宋胡仔明确地纠正了张耒的说法:

> 古诗不拘声律,自唐至今诗人皆然,初不待破弃声律。诗破弃声律,老杜自有此体。如绝句《漫兴》、《黄河》、《江畔独步寻花》、《夔州歌》、《春水生》,皆不拘声律,浑然成章,新奇可爱,故鲁直

---

① 《顾随全集》第三卷"讲录卷",河北教育出版社2001年版,第97页。
② 叶嘉莹:《论杜甫七律之演进及其承前启后之成就》,《迦陵论诗丛稿》,中华书局1984年版,第95页。
③ 同上书,第88页。

效之，作《病起荆州江亭即事》、《谒李材叟兄弟》、《谢答闻善绝句》之类是也。老杜七言如《题省中院壁》、《望岳》、《江雨》、《有怀郑典设》、《昼梦》、《愁强戏为吴体》、《十二月一日》三首，鲁直七言如《寄上叔父夷仲》、《次韵李任道晚饮锁江亭兼简履中南玉寥致平》、《送绿荔枝赠郑郊》之类是也。此聊举其二三，览者当自知之。文潜不细考老杜诗，便谓"此体自吾鲁直始"，非也。鲁直诗本得法于杜少陵，其用老杜此体何疑？老杜自我作古，其诗体不一，在人所喜取而用之。（《苕溪渔隐丛话》前集卷四十七）

此体本出于老杜。如"宠光蕙叶与多碧，点注桃花舒小红。""一双白鱼不受钓，三寸黄柑犹自青。""外江三峡且相接，斗酒新诗终日疏。""负盐出井此溪女，打鼓发船何郡郎？""沙上草阁柳新暗，城边野池莲欲红。"似此体甚多，聊举此数联，非独鲁直变之也。（《苕溪渔隐丛话》前集卷四十七）

胡仔强调杜甫拗律"破弃声律"，指出其为律诗的"变体"，并阐述了杜甫拗体七律、七绝的特点及其意义：

律诗之作，用字平侧，世固有定体，众共守之。然不若时用变体，如兵之出奇，变化无穷，以惊世骇目。如老杜诗云："竹里行厨洗玉盘，花边立马簇金鞍。非关使者征求急，自识将军礼数宽。百年地辟柴门迥，五月江深草阁寒。看弄渔舟移白日，老农何有罄交欢。"此七言律诗之变体也。……老杜云："山瓶乳酒下青云，气味浓香幸见分。鸣鞭走送怜渔父，洗盏开尝对马军。"此绝句律诗之变体也……又有七言律诗，至第三句便失粘，落平侧，亦别是一体。唐人用此甚多，但今人少用耳。如老杜云："摇落深知宋玉悲，风流儒雅亦吾师。怅望千秋一洒泪，萧条异代不同时。江山故宅空文藻，云雨荒台岂梦思。最是楚宫俱泯灭，舟人指点到今疑。"严武云："漫向江头把钓竿，懒眠沙草爱风湍。莫倚善题鹦鹉赋，何须不着鹔鹴冠。腹中书籍幽时晒，肘后医方静处看。兴发会能驰骏马，终须重到使君滩。"韦应物云："夹水苍山路向东，东南山豁大河通。寒树依微远天外，夕阳明灭乱流中。孤村几岁临伊岸，一雁初晴下朔风。为报洛桥游宦侣，扁舟不系与心同。"此三诗，起头用侧声，故第三句亦用侧声。老杜云："暮春三月巫峡长，晶晶行云浮日光。雷声忽送千山雨，花气浑如百和香。黄莺过水翻回去，燕子衔泥湿不妨。飞阁卷帘图画里，虚无只少对潇湘。"韦应物云："与君十五侍皇闱，晓拂炉烟上玉墀。花开汉苑经过处，雪下骊山沐浴时。近臣零落今犹在，仙驾飘飘不可期。此日相逢非旧日，一杯成喜亦成悲。"此二诗，起头用平声，故第三句亦用平声。凡此皆律诗之变体，学者不可不知。（《苕溪渔隐丛话》前集卷七）

南宋时期的诗话，对老杜诗之拗句这种律句的变体十分重视，除了胡仔《苕溪渔隐丛话》之外，赵次公注杜，注意对老杜吴体拗律的辨识，指出《释闷》《江雨有怀郑典设》《昼梦》《晓发公安数月憩此县》《寄岑嘉州》等诗是"平仄不拘"的吴体（《杜诗赵次公先后解辑校》）。范晞文对杜诗拗句的辨析较为细致，谓其方法有"用实字而拗"和"用虚字而拗"两类，指出拗句造成诗句"贴妥中隐然有峻直之风"：

> 五言律诗，故要贴妥，然贴妥太过，必流于衰。苟时能出奇于第三字中下一拗字则贴妥中隐然有峻直之风，老杜有全篇如此者，试举其一云："带甲满天地，胡为君远行。亲朋尽一哭，鞍马去孤城。草木岁月晚，关河霜雪清。别离已昨日，因见古人情。"散句如"乾坤万里眼，时序百年心"，"梅花万里外，雪片一冬深"，"一径野花落，孤村春水生"，"虫书玉佩蘚，燕舞翠帏尘"，"村春雨外急，邻火夜深明"，"山县早休市，江桥春聚船"，"老马夜知道，苍鹰饥著人"，用实字而拗也。"行色递隐见，人烟时有无"，"蝉声集古寺，鸟影度寒塘"，"檐雨乱淋幔，山雪低度墙"，"飞星过水白，落月动沙虚"，用虚字而拗也。其他变态不一，却在临时斡旋之如何耳。（《对床夜话》卷二）

吴沆强调拗句"健而多奇"：

> 在杜诗中，"城尖径窄旌旗愁，独立飘渺之高楼。峡坼云埋龙虎睡，江清日抱鼋鼍游"，是拗体；如"二月饶睡昏昏然，不独夜短昼

分眠。桃花气暖眼自醉，春渚日落梦相牵"，是拗体。如"夜半归来冲虎过，山黑家中已眠卧。旁观北斗向江低，仰见明星当空大"，大是拗体；又如"白摧朽骨龙虎死，黑入太阴雷雨垂"，"客子入门月皎皎，谁家捣练风凄凄"，"负盐出井此溪女，打鼓发船何郡郎"，"运粮绳桥壮士喜，斩木火井穷猿哭"等句，皆拗体也。盖其以律而差拗，于拗之中又有律焉。……然诗才拗则健而多奇；入律则弱为难工。荆公之诗，入律而能健，比山谷则为过之。然合荆公与山谷，不能当一杜甫；而欧与苏，各能兼韩李之半，故知学韩李易为力，学杜诗者难为功也。（《环溪诗话》卷中）

宋人总结杜诗在艺术上的特点，作为自己创作的法则。老杜拗体是拗而不救或少救。到了宋人，则有意识地从审美角度加以辨识与总结，认识其对情感表达和审美风格的意义，在创作中加以利用。杜甫的有意尝试，到宋代成为一种较为普遍的运用。

（三）杜诗的对偶

所谓对偶，又名属对、对仗。"对仗，就是名词对名词，动词对动词，形容词对形容词，数量词对数量词，虚词对虚词。"（王力《龙虫并雕斋文集·语言与文字》）这是对偶的最基本特征。作为诗歌中的对偶，最终体现在句子上，确切地说，上下两句对偶构成一个独立的句法单位。对偶的构成还有更细一点的分类，如同是名词，按名词所表示事物的性质分为天文、地理、器物、节令等类别；两个字组成的词，还有其间不同的语法、声韵关系，这就使对偶的情形有着很复杂的情形。唐代诗人在创作中，对律诗中间两联的对仗问题非常重视，他们根据这种复杂的情形，运思用巧，发挥才情，使得近体诗中的对偶向更工整、更精巧的方向发展，以求把思想情感表现得更为充分熨帖。属对是律诗的基本要求，也最见诗人才情。钱锺书说："律诗之有对仗，乃撮合语言，配成眷属。愈能使不类为类，愈见诗人心手之妙。譬如秦晋世寻干戈，竟结婚姻；胡越天限南北，可为肝胆。然此事俪白配黄，煞费安排，有若五燕六雀，易一始等。

七　宋人对杜诗语言的研究

亦须挹彼注此,以求铢称两敌,孰免骥左驽右之并驾,凫短鹤长之对立。"①

杜甫在属对上用力甚勤,效果最著,元稹称赞杜诗"属对律切而脱弃凡近"(《唐检校工部员外郎杜君墓系铭》)。宋人对杜诗对偶的艺术成就做了深入而细致的阐释,充分肯定了老杜在这方面超越前人的贡献。葛立方指出,杜诗属对已完全超越字面上的"切"与"不切",而达到一种高超的境界:

> 近时论诗者谓:对偶不切,则失之粗;太切则失之俗。如江西诗社所作,虑失之俗也,则往往不甚对,是亦一偏之见尔。老杜《江陵》诗云:"地利西通蜀,天文北照秦。"《秦州》诗云:"水落鱼龙夜,山空鸟鼠秋。""丛篁低地碧,高柳半天青。"《竖子至》:"查梨且缀碧,梅杏半传黄。"如此之类,可谓对偶太切矣,又何俗乎?如"棃蕊红相对,他时锦不如。""磨灭余篇翰,平生一钓舟"之类,虽对不求太切,未尝失格也。学诗者当审此。(《韵语阳秋》卷一)

胡仔云:"先生诗该众美者,不唯近体严于属对,至于古风对者亦然。"(《苕溪渔隐丛话》前集卷八)孙奕谓"草堂先生……未始有一字非的对也。先生词源衮衮,不择地而出,无可无不可。"(《履斋示儿编》,文渊阁四库全书本)罗大经赞佩老杜《登高》:"万里悲秋常作客,百年多病独登台。"两句对偶云:"盖万里,地之远也;秋,时之惨凄也;作客,羁旅也;常作客,久旅也;百年,齿暮也;多病,衰疾也;台,高迥处也;独登台,无亲朋也。十四字之间含八意,而对偶又精确。"(《鹤林玉露》卷十一)

老杜在律诗对偶方面,不仅遵循对偶之"正格",炼字炼句,使对偶更加精严工妙;而且对对偶做了一些变通处理,形成所谓"变格",使对偶形式更有利于状物抒情。宋人对老杜在对偶方面的这两种情形都做了阐述,而对杜诗对偶的"变格"尤为注意。

所谓"工对"或"切对"不仅在形式上是对称的,在内容上也是对称的,上句写景,下句也必是写景;上句抒情,下句也是抒情,只是上下

---

① 钱锺书:《谈艺录》,第185页。

句各有所指，但分量相称。造句遵循对偶原则。形成一种对称美、平衡美。但是，这种铢两悉称的"工对"或"切对"，由于上下句中对偶词语的意义相同或相近，过分工整反而会使语言呆板，有时甚至会造成所谓"合掌"。《蔡宽夫诗话》云："晋宋间人造语虽秀拔，然大抵上下句多出一意。如：'鱼戏新荷动，鸟散馀花落'、'蝉噪林愈静，鸟鸣山更幽'之类，非不工矣，终不免此病。其甚乃有一人名分而用之者，如刘越石'宣尼悲获麟，西狩泣孔丘'，谢惠连'虽好相如达，不同长卿慢'等语，若非前后相映带，殆不可读，然要非全美也。唐初余风犹未殄也。陶冶至杜子美，始净尽矣。"杜甫有意打破这种刻板的平衡作法，一联之中，上下句一景一情、一物一人，写景为实，抒情为虚，有变化，不呆板。例如"白首多年疾，秋风昨夜凉。"（《潭州送韦员外迢牧韶州》）"高风下木叶，永夜揽貂裘。"（《江上》）"舟中得病移衾枕，洞口经春长薛萝。"（《峡中览物》）"画省香炉违伏枕，山楼粉堞隐悲笳。"（《秋兴八首》）"万里秋风吹锦水，谁家别泪湿罗衣？"（《黄草》）成为律诗对偶的一种"变体"。晚唐诗人在律句的对偶上未能避免蔡宽夫所说的毛病，"晚唐诗句尚切对，然气格甚卑"（《诗人玉屑》卷七引《诗史》）。纪昀也曾批评许浑、韦庄诗"只为正对多"而造成诗格卑弱。宋人对诗歌语言极为敏感和讲究，他们从诗歌属对演进发展的历史中，认识到老杜在诗歌对偶问题上所作的创新，并做了深细的研究与阐述。

1. 当句对

所谓当句对，即在对偶的两句中，各句之中还有语法结构相同的语词在句中构成上下相对，而且对偶的词语中还有一个重字。李商隐七律《当句有对》中有云："池光不定花光乱，日气初涵露气干。"由是，人们就把义山这两句的对偶格式称为"当句对"。钱锺书《谈艺录》云："此体（当句对）创于少陵，而定名于义山。"杜诗"桃花细逐杨花落，黄鸟时兼白鸟飞"（《丽人行》），"即从巴峡穿巫峡，便下襄阳向洛阳"（《闻官军收河南河北》），"戎马不如归马逸，千家今有百家存"（《白帝》），"自来自去堂上燕，相亲相近水中鸥"（《江村》），等等，即是律诗中最早的当句对。这种对偶法，当然精细工整；而每句中有两个重字，则违反律诗中不能有重字相犯的规矩，所以也可以说是对偶中的"变格"。宋人诗话对当句对的掌握比较宽泛。严羽《沧浪诗话》云："有就句对，又曰当句有对。如少陵'小院回廊春寂寂，浴凫飞鹭晚悠悠'。"洪迈将当句

七 宋人对杜诗语言的研究　239

对界定为："于一句中自成对偶，谓之当句对。"他按此界定列举了老杜诗中的当句对二十余例：

> 杜诗："小院回廊春寂寂，浴凫飞鹭晚悠悠。""清江锦石伤心丽，嫩蕊浓花满目斑。""书籤药裹封蛛网，野店山桥送马蹄。""戎马不如归马逸，千家今有百家存。""犬羊曾烂漫，宫阙尚萧条。""蛟龙引子过，荷芰逐花低。""干戈况复尘随眼，鬓发还应雪满头。""百万传深入，寰区望匪他。""象床玉手"、"万草千花"、"落絮游丝，随风照日。""青袍白马，金谷铜驼。""竹寒沙碧，菱刺藤梢。""长年三老，挼柂开头。""门巷荆棘底，君臣豺虎边。""养拙干戈，全生麋鹿。""舍舟策马，拖玉腰金。""高江急峡，翠木苍藤。""古庙杉松，岁时伏腊。""三分割据，万古云霄。""伯仲之间，指挥若定。""桃蹊李径，栀子红椒。""庾信罗含，春来秋去。""枫林橘树，复道重楼"之类，不可胜举。(《容斋随笔》卷三)

洪迈所举例句，有的其实是并列结构的名词，如"蛟龙""荷芰""干戈""鬓发"等。而对于狭义当句对反而没有加以论列。宋人诗话对当句对未作深入阐发，但对杜诗中的当句对确是非常欣赏，并在创作实践中大力效法的。钱锺书《谈艺录》列举了宋诗中的当句对：

> 宋人如刘子仪《咏唐明皇》云："梨园法部兼胡部，玉辇长亭复短亭。"邵尧夫《和魏教授》云："游山太室更少室，看水伊川又洛川。"王荆公《江雨》云："北涧欲通南涧水，南山正绕北山云。"刘原父《小园春日》云："东山云起西山碧，南舍开花北舍香。"梅宛陵《春日拜垄》："南岭禽过北岭叫，高田水入低田流。"早成匡格。山谷亦数为此体。如《杂诗》之"迷时今日如前日，悟后今年似去年"；《同汝弼韵》之"伯氏清修如舅氏，济南潇洒似江南"；《咏雪》："夜听疏疏还密密，晓看整整复斜斜"；《卫南》之"白鸟自多人自少，污泥终浊水终清"；《次韵题粹老客亭诗后》之"惟有相逢即相别，一杯成喜只成悲"；末联又酷似邵尧夫《所失吟》之"偶尔

相逢即相别，乍然同喜又同悲"也。①

除上述六人外，《谈艺录》还指出，"宋之徐师川、吕居仁、晁景迂、王卢溪、范石湖、杨诚斋、李若水、张表臣、徐灵渊、刘后村等"均有此体对联。② 至于定义较为宽泛的当句对，宋诗中就更多了。

2. 流水对

律诗一联中的上下两句连贯而下表达一个意思，如流水之连绵不断，谓之流水对。《唐音癸签》卷四："严羽卿以刘眘虚'沧浪千万里，日夜一孤舟'为十字格；刘长卿'江客不堪频北望，塞鸿何事又南飞'为十四字格，谓两句只一意也，盖流水对耳。"清人许印方说："少陵妙手，惯用流水对法，侧卸而下，更不板滞。"（《瀛奎律髓汇评》卷二十五）葛立方《韵语阳秋》卷一列举杜甫五言律的流水对：

> 五字律诗，于对联中十字作一意处甚多……诗家谓之十字格。今人用此格者殊少也。老杜亦时有此格。《放船》诗云："直愁骑马滑，故作泛舟回。"《对雨》云："不愁巴道路，恐湿汉旌旗。"《江月》云："天边长作客，老去一沾巾。"

陈模《怀古录》云：

> 杜诗："风磴锤阴雪，云门吼瀑泉。酒醒思卧簟，衣冷欲装棉。"此本是难解，乃是十字一意解。"风磴锤阴雪"者，乃"云门吼瀑泉"也。酒醒而思卧簟之衣，冷则装棉矣。读者要当以活法求之，不可据以一律。

严羽《沧浪诗话·诗体》在十四字格举崔颢"黄鹤一去不复返，白云千载空悠悠"和李白"鹦鹉西飞陇山去，芳洲之树何青青"两例。李白两句为其《鹦鹉洲》之颔联，效崔颢之"黄鹤"一联，方回谓"是时律诗犹未甚拘偶对也"，实际上并非有意为之的典型的流水对。吴沆《环

---

① 钱锺书：《谈艺录》，第12页。
② 同上书，第184页。

溪诗话》所讲的杜诗"四句只作一句,八句只作一句",其实就是讲杜诗流水对之妙处:

>　　环溪仲兄云:杜诗之妙,复有可言者乎?环溪云:杜诗又有浑全之体。仲兄云:何谓浑全之体?环溪云:谓四句只作一句,八句只作一句。如:"叹惜高生老,新诗日又多。美名人不及,佳句法如何?"是四句只作一句。如:"不见旻公三十年,封书寄与泪潺湲。旧来好事今能否,老去新诗谁与传?"亦是四句只作一句。如:"寄语杨员外,山寒少茯苓。归来稍暄暖,当为斸青冥。翻动神仙窟,封题鸟兽形。兼将老藤杖,扶汝醉初醒。"即是八句只作一句。又如:"苦忆荆州醉司马,谪官樽酒定常开。九江日落醒何处,一柱观头眠几回。可怜怀抱向人尽,欲问平安无使来。故凭锦水将双泪,好过瞿塘滟滪堆。"亦是八句只作一句。

所谓"四句只作一句""八句只作一句",其关键就在于其中之对偶句是两句一意,句意顺势而下,浑全一体。至于起、结的首尾两联,本来就不讲对仗。"四句只作一句"是颔联或者颈联为流水对,"八句只作一句"是颈联与颔联皆为流水对。

老杜这种流水对,虽是对偶句式,而语势自然流走,一意贯注,为宋人所喜爱,并谓之"诗家活法"(罗大经《鹤林玉露》卷十)。宋代诗人学老杜流水对颇为用心,宋人律诗中间四句,颇多一个意思贯穿下来的流水对。曾国藩《大潜山房诗题语》:"山谷学杜公,七律专以单行之气,运于偶句之中。"黄庭坚《寄元明》:"但知家里俱无恙,不用书来细作行。"《追和东坡壶中九华》:"试问安排华屋处,何如零落乱云中。"《次韵德孺五丈惠贶秋字之句》:"少日才华接贵游,老来忠义气横秋。"《戏题巫山县用杜子美韵》:"直知难共语,不是故相违。"陈与义《次韵谢表兄张元东见寄》:"灯里偶然同一笑,书来已似隔三秋。"陈师道诗《观月》云:"隔巷如千里,还家已再圆。"如此等等都是效法老杜的流水对。

3. 假对

又称借对,是利用字音或字义形成的对偶。苏轼是宋人中最早注意到杜诗中之假对者,其《书杜子美诗》云:

"省郎忧病士，书信有柴胡。饮子频通汗，怀君想报珠。亲知天畔少，药饵峡中无。归楫生衣卧，春鸥洗翅呼。犹闻上急水，早作取平涂。万里皇华使，为僚记腐儒。"此杜子美诗也。沈佺期《回波》诗云："姓名虽蒙齿录，袍笏未易牙绯。"子美用"饮子"对"怀君"，亦"齿录""牙绯"之比也。（《东坡题跋》卷二）

张邦基《墨庄漫录》卷四云：

杜子美微意深远，考之可见。……《寄刘峡州伯华使君》长篇尾句云："江湖多白鸟，天地亦青蝇。"人多指白鸟为鹭，非也。按《月令》：仲秋之月，群鸟养羞。注引《夏小正》曰：九月，丹鸟羞白鸟。说者谓蚊蚋也。又《金楼子》云：齐桓公卧于柏寝，白鸟营饥而求饱。公开翠纱之厨而进焉。有知礼者，不食而退；有知足者，隽肉而退；有不知足者，长嘘短吸而食。及其饱者，腹为之溃，盖戒夫贪也。又诗人以青蝇刺谗，然则公诗盖言天下多贪谗之人耳。

《鹤林玉露》卷十：

叶石林云：杜工部诗对偶至严，而《送杨六判官》云："子云清自守，今日起为官。"独不相对切，意"今日"字，当是"令尹"字传写之讹耳。余谓不然。此联之工，正为假"云"对"日"，两句一意，乃诗家活法。若作"令尹"字，则索然无神，夫人能道之矣。且送杨姓人，故用"子云"为切题，岂应又泛然用一"令尹"耶？如："次第寻书札，呼儿检赠篇"之句，亦是假以"第"对"儿"，诗家此类甚多。

《诗人玉屑》卷八引《陵阳先生室中语》：

尝与公论对偶……至如杜子美云："竹叶于人既无分，菊花从此不须开。"直以"菊花"对"竹叶"，便萧散不为绳墨所窘。公曰："枸杞因吾有，鸡栖奈汝何"盖借"枸杞"以对"鸡栖"；"冬温蚊蚋在，人远凫鸭乱。"人远如凫鸭然，又直以字对而不对意。此皆例子,不可不知。

孙奕云《履斋示儿编》:

> 诗律有借对法,苟下字工巧,贤于正格也。少陵《北邻》云:"爱酒晋山简,能诗何水曹。"《赠张四学士》云:"紫诰仍兼绾,黄麻似六经。"又"无复随高凤,空余泣聚萤。"《送杨六使西蕃》云:"子云清自守,今日起为官。"《寄韦有夏郎中》云:"饮子频通汗,怀君想报珠。"《九日》云:"坐开桑落酒,来折菊花枝。"盖用"山简"对"水曹"、"兼绾"对"六经"、"高凤"对"聚萤"、"子云"对"今日"、"饮子"对"怀君"、"桑落"对"菊花",亦"清秋方落帽,子夏正离群"之比也。

提到杜诗假对问题的,还有惠洪《冷斋夜话》、许彦周《彦周诗话》、俞成《萤雪丛说》等书。关于杜诗假对的意义,《蔡宽夫诗话》有一段很恰当的评说:

> 诗家有假对,本非用意,盖造语适到,因以用之。若杜子美:"本无丹灶术,那免白头翁。"韩退之:"眼穿长讶双鱼断,耳热何辞数爵频。"借"丹"对"白",借"鱼"对"爵",皆偶然相值,立意下句,初不在此。而晚唐诸人,遂立以为格。……以为假对胜的对,谓之高手,所谓痴人面前不得说梦也。

蔡居厚不同意夸大假对的诗艺价值和意义,他认为,假对实际上是对偶的一种变通,"盖造语适到,因以用之",是"偶然相值,立意下句,初不在此",这是一点也不错的。老杜用假对,实际上是用此种方式或技巧,应对对偶的严格规矩以便表情达意,此种对偶方式,当然需要相关的知识和巧思,但写诗毕竟不是智力游戏。蔡氏讲到老杜"江湖多白鸟,天地有青蝇"一联的假对时说:据《礼记·月令》"群鸟养羞"郑氏引《夏小正》丹鸟白鸟之说,考证出白鸟为蚊蚋,"则知以对青蝇,意亦深矣"。他还举杜甫《收京三首》其三"赏应歌杕杜,归及荐樱桃"一联假对,谓其"浑然天成,略不见牵强之迹"。"杕杜"本《诗经》中诗篇名,《诗序》:"杕杜,劳还役也。""樱桃",《月令》:"仲夏之月,天子乃羞以汗桃先荐寝庙。""含桃",即樱桃也。以樱桃对杕杜,一诗篇名,一水果名,是"假对"。但曰"歌杕杜"与"荐樱桃",则是自然之语,以之写朝廷收复京城后赏功荐庙,的确是"浑然天成"之对。

4. 偷春格

所谓"偷春格",就是变动对偶的位置,将正格的颔联、颈联对偶,变为首联、颈联对偶。《诗人玉屑》卷二云:

其法颔联虽不拘对偶,疑非声律,然破题已的对矣。谓之"偷春格",言如梅花偷春色而先开也。"无家对寒食,有泪如金波,斫却月中桂,清光应更多。仳离放红蕊,想象嚬青娥。牛女漫愁思,秋期犹渡河。"(按,《杜诗详注》引《梦溪笔谈》云:"此诗次联不拘对偶,疑非律体。然起二句明系对举,谓之偷春格,如梅花偷春色而先开也。")

杜诗中偷春格的对偶还有:

岷岭南蛮北,徐关东海西。此行何日到,送汝万行啼。绝域惟高枕,清风独杖藜。时危暂相见,衰白意都迷。(《送舍弟颖赴齐州三首》)

并照巫山出,新窥楚水清。羁栖愁里见,二十四回明。必验升沉体,如知进退情。不违银汉落,亦伴玉绳横。(《月三首》其二)

偷春格变动对偶的位置,也是表达的需要。如《诗人玉屑》所举一首为《一百五日夜对月》,此诗为老杜寒食节对月思家而作,起句即以"无家对寒食,有泪如金波"的偶句,突出诗人的愁思与哀情,出语之奇警而笼罩全篇,明人唐元竑《杜诗攟》卷三将其列为"五言律起句之佳者"。

5. 隔句对

此为利用四句成对式创造出的独特格式,一三、二四勾连相对。这也是一种变动对偶位置的方式,又称扇对。严羽《沧浪诗话》云:"有扇对,又谓之隔句对。如郑都官'昔年共照松溪影,松折碑荒僧已无。今日还思锦城事,雪消花谢梦何如'是也。盖以第一句对第三句,第二句对第四句。"郑谷是晚唐人,隔句对这种对偶格式其实来自老杜。《苕溪渔隐丛话》卷九云:

> 律诗有扇对格,第一与第三句对,第二与第四句对。如少陵《哭台州郑司户苏少监》诗云:"得罪台州去,时危弃硕儒。移官蓬阁后,谷贵殁潜夫。"

此诗为老杜悼念老友之作。一、二两句说郑虔,三、四两句说苏源明,语意词气连贯,顺势而下无间断,把诗人的哀思表现得紧凑深沉。再如《大历三年放舟出峡》:"喜近天皇寺,先披古画图。应经帝子渚,同泣舜苍梧。"

6. 续句对

续句对是以后二句续前二句。洪迈《容斋随笔》续笔卷二"存殁绝句"条:

> 杜子美有《存殁绝句》二首云:"席谦不见近弹棋,毕曜仍传旧小诗。玉局他年无限笑,白杨今日几人悲。""郑公粉绘随长夜,曹霸丹青已白头。天下何曾有山水,人间不解重骅骝。"每篇一存一殁,盖席谦曹霸存,毕郑殁也。黄鲁直《荆江亭即事十首》其一云:"闭门觅句陈无己,对客挥毫秦少游。正字不知温饱未,西风吹泪古滕州。"乃用此体。时少游殁而无己存也。近岁新安胡仔著《渔隐丛话》,谓鲁直以今时人形入诗句,盖取法于少陵,遂引此句,实失于详究云。(《容斋随笔》续笔二)

《存殁绝句》第一首,写席存而毕殁。席谦善弹棋,毕耀善为小诗。仇兆鳌注云:"'近不见'言人存地隔,'旧仍传'言诗在人亡。席尚存,故望其玉局降仙;毕已殁,故伤其白杨拱墓,两句分顶。"第二首写郑殁而曹存,也是以下联续说上联,两句分顶,即第三句"天下何曾有山水"接第一句,谓郑虔善画山水,郑虔既亡,世更无山水之奇;第四句接第二句,谓曹霸虽存,人谁识骅骝之价。葛立方《韵语阳秋》指出:

老杜诗以后二句续前二句处甚多，如《喜弟观到》诗云："待尔嗔乌鹊，抛书示鹡鸰。枝间喜不去，原上急曾经。"《晴》诗云："啼乌争引子，鸣鹤不归林。下食遭泥去，高飞恨久阴。"《江阁卧病》云："滑忆雕胡饭，香闻锦带羹。溜匙兼暖腹，谁欲致杯罂。"《寄张山人》诗云："曹植休前辈，张芝更后身。数篇吟可老，一字买堪贫。"如此类甚多。此格起于谢灵运《庐陵王墓下》诗，云："延州协心许，楚老惜兰芳。解剑竟何及，抚坟徒自伤。"李太白诗亦时有此格，如"毛遂不堕井，曾参宁杀人。虚言误公子，投杼感慈亲"是也。

范晞文《对床夜话》卷二称此种句法为"以下联贴上联"：

"汲黯匡君切，廉颇出将频。直辞才不世，雄略动如神。"以下联贴上联也。"神女峰娟妙，昭君宅有无。曲留明怨惜，梦尽失欢娱。"犹前格也，特倒置下句耳。若"群盗哀王粲，中年召贾生。登楼初有作，前席竟为荣。宅入先贤传，才高处士名。异时怀二子，春日复含情。"未见其全篇如此，亦又一格也。

范晞文不但指出杜诗这种"续句对"的对偶方式，而且分辨了对下联两句分顶上联两句的两种方式：一是下联上句顶上联上句；一是倒置下句，即下联上句顶上联下句，下联下句顶上联上句。还指出了杜诗中这种续句对还有续至三联的。

这种续句对，上一联两事分说，下一联两句分顶，避免了一联说一事的难度或上下句一意的单薄，上下句互相映衬，前后联互相照应，章法也富于变化。严羽《沧浪诗话·诗体》称此种形式为"四句通义者"，就是从两联语义贯通与统合的角度说的。

7. 轻重对

缪钺《论宋诗》指出，宋人于对偶所贵者是"工切""匀称""自然""意远"诸点。[①] 从这些方面出发，他们对于杜律对偶的构成做了细

---

① 缪钺：《诗词散论》，上海古籍出版社1982年版，第41—42页。

致深入的分析,对于杜律对偶不够匀称和工切的地方,也予以指出和品评。这主要体现在对所谓不是铢两悉称的对偶句的评论上。魏庆之《诗人玉屑》卷三"轻重对"条列举了杜甫《屏迹》之"桑麻深雨露,燕雀半生成",《咏怀古迹五首》其五之"三分割据纡筹策,万古云霄一羽毛"。但魏氏将其列为对偶之一种,名之为"轻重对",并谓"意高则不觉",还是注重其表达效果而予以充分肯定的。王观国《学林》卷八"对属"云:

> 杜子美《田舍》诗:"榉柳枝枝弱,枇杷对对香。"或说榉柳者,柳之一种,其名为榉柳,非双声字也。枇杷乃双声字,"榉柳"不可以对"枇杷"。观国案:子美此诗题曰《田舍》,则当在田舍时偶见榉柳、枇杷,盖所见景物如此,乃以为对尔。子美《觅松苗子》诗曰:"落落出群非榉柳,青青不朽岂杨梅。"以榉柳对杨梅,乃正对也。然则以榉柳对枇杷,非误。子美《寄高詹事》诗曰:"天上鸣鸿雁,池中足鲤鱼。"鸿雁二物也,鲤者,鱼之一种,其名为鲤,疑不可以对鸿雁。然《怀李白诗》曰:"鸿雁几时到,江湖秋水多。"则以鸿雁对江湖,为正对矣。又《得舍弟消息》诗曰:"浪传乌鹊喜,深负鹡鸰诗。"乌与鹊二物,疑不可以对鹡鸰。然《偶题》诗曰:"音书恨乌鹊,号怒怪熊黑。"则以乌鹊对熊黑为正对矣。又《寄李白》诗曰:"几年遭鵩鸟,独泣向麒麟。"鵩鸟者,鸟之名鵩者,疑不可以对麒麟;然《寄贾岳州严巴州两阁老》诗曰:"貔虎开金甲,麒麟受玉鞭。"则貔虎对麒麟,为正对矣。而《哭韦之晋》诗曰:"鵩鸟长沙讳,犀牛蜀郡怜。"以鵩鸟对犀牛,亦为正对矣。子美岂不知对属之偏正耶?盖其纵横出入无不合也。

这种看法基本上为宋人所首肯。葛立方《韵语阳秋》说:

> 近时论诗者皆谓偶对不切,则失之粗;太切则失之俗。如江西诗社所作虑失之俗也,则往往不甚对,是亦一偏之见尔。老杜《江陵》诗云:"地利西通蜀,天文北照秦。"《秦州》诗云:"水落鱼龙夜,山空鸟鼠秋。丛篁低地碧,高柳半天青。"《竖子至》云:"楂梨且缀碧,梅杏半传黄。"如此之类,可谓对偶太切矣,又何俗乎?如"杂

蕊红相对，他时锦不如。磨灭余篇翰，平生一钓舟"之类，虽对不求太切，而未尝失格律也。学诗者当审此。

刘辰翁对杜诗的"轻重对"也予以充分的肯定和称赞。其《刘孚斋诗序》云：

> 作诗如作字。凡一斋第一类欲以少许对多多许，然气骨适称，识者盖深许之。"桑麻深雨露，燕雀半生成。"以"生成"对"雨露"，字意政等，怨而不伤。使皆如"青归柳叶"，"红入桃花"，上下语脉，无甚惨黯，即与村学堂对属何异？后山识此，故云："功名不朽聊通袖，海道无违具一舟。"几无一字偶切。简斋识此，故云："一凉恩到骨，四壁事多违。"此今人所为偏枯失对者，安知妙意政在阿堵中。作诗如作字。横眉坚鼻，所差几何，而清俗相去远甚。尝与客言老杜"亲朋尽一哭，鞍马去孤城"，客言近世戴式之亦云"此行堪一哭，何日见诸君"，余笑曰："俗矣。"因又举诚斋《高安赋》云："江西个是奇绝处，天下几多虚得名。"中对着此，横绝气盖宇宙。客言即某人云"天下有楼无此高"，余笑曰："又俗矣。"即同言同意，愈近愈不近，诗至是难言耳。

把这种上下句不十分工整的所谓"轻重对"称为"偏枯对"的，是孙奕的《履斋示儿编》。该书卷九"偏枯对"条下列举杜诗中十八联对偶句：

> 诗贵于的对而病于偏枯，虽子美尚有此病。如《重过何氏》曰："手自栽蒲柳，家才足稻粱。"《寄李白》曰："稻粱求未足，薏苡谤何频。"《田舍》曰："榉柳枝枝弱，枇杷树树香。"此以一草木对二草木也。《赠崔评事》曰："燕王买骏骨，渭老得熊罴。"《得舍弟消息》曰："浪传乌鹊喜，深负鹡鸰诗。"《寄高詹事》曰："天上多鸿雁，池中足鲤鱼。"《寄李白》曰："几年遭鵩鸟，独泣向麒麟。"又曰："麒麟不动炉烟转，孔雀徐开扇影还。"此以一鸟兽对二鸟兽也。《秋野》曰："吾老甘贫病，荣华有是非。"寄《李白》曰："未负幽栖志，兼全宠辱身。"《偶题》曰："作者皆殊列，声名岂浪垂。"

《上韦左相》曰："聪明过管辂，尺牍倒陈遵。"是以二字对一意也。《人日》曰："冰雪莺难至，春寒花较迟。"是以二景物对一物也。《归雁》曰："见花辞瘴海，避雪到罗浮。"是以一水对二山也。《月夜》曰："遥怜小儿女，未解忆长安。"是以二人对一郡也。《上韦左相》曰："巫咸不可问，邹鲁莫容身。"是以一人对二国也。《赠太常张卿垍》曰："友于皆挺拔，公望各端倪。"是以歇后对正语也。《龙门》曰："往还时屡改，川水日悠哉。"是以实对虚也。大手笔如老杜则可，然未免为白圭之玷，恐后学不可效尤。

孙奕此说，则未免吹求太甚。而按此标准类推，则杜诗中之"假对"就更成问题，而孙奕对杜诗之"假对"是极为推崇的；孙奕《履斋示儿编》卷十又称许老杜"属对不拘"，认为"先生词源衮衮，不择地而出，无可无不可"，对他所谓的杜诗"偏枯对"，又说"大手笔如老杜则可"。《四库全书简明目录》谓孙奕《履斋示儿编》"大抵杂引众说，罕所裁制"；《四库全书总目》谓其"亦间或自相矛盾"，对杜诗"轻重对"以偏枯名之，就表现了这样的情形。

8. 双纪格

赵次公注杜，提出杜诗对偶有所谓"双纪格"，即上下两句分别言"己"与"彼"：

  盖诗每有一句言己、一句言彼者。前篇云"楚设关城险"，则言己之在楚；"吴吞水府宽"，则以言弟之在吴。又如《忆李白》云"渭北天低树"，则言己之在咸阳；"江东日暮云"，则以言白之在会稽。似此格非一。（《杜诗赵次公先后解辑校》）

还有一种是上句言此时此地，下句言彼时彼地，如杜诗《送孟十二仓曹赴东京选》的颈联："秋风楚竹冷，夜雪巩梅春。"上句是说孟仓曹所起之地在夔州，时值秋天；下句言孟仓曹到东京（巩县为唐东京属县），当是冬雪之时。赵次公注云："楚竹冷、巩梅春，谓之双纪格，见《句法义例》。"（同上）

对于杜诗对偶中所谓的"意远"，即一联中上下句的意思相距甚远，宋人也特别予以注意。吴沆《环溪诗话》卷上云：

> 杜诗句意，大抵皆远，一句在天，即一句在地。如"三分割据纡筹策"，即一句在地；"万古云霄一羽毛"，即一句在天。如"江汉思归客"，即一句在地，"乾坤一腐儒"，即一句在天。如"高风下木叶"，即一句在天；"永夜揽貂裘"，即一句在地。如"关塞极天惟鸟道"，即一句在天；"江湖满地一渔翁"，即一句在地。惟其意远，故举上句，即人不能知下句。

所谓举上句而人不能知下句，所谓一句在天，一句在地，所谓句意皆远，吴沆无非是说杜诗对偶的两句之间存在着语句跳荡、意脉顿断的特点。这一点也是老杜对晋宋乃至唐诗歌对偶"上下句多出一意"、语境狭窄的一种淘洗与革新。这种对句不循常规而别出心裁，是对诗的艺术空间的一种拓展，增强句子间的张力，读之能使人有生新、巧妙、开阔、深折之感。宋人对这种句意皆远的对偶，颇为倾心，效法不已。《韵语阳秋》卷一云：

> 律诗中间对联，两句意甚远而中实潜贯者，最为高作。如介甫《示平甫》诗云："家势到今宜有后，士才如此岂无时。"《答陈正叔》云："此道未行身有待，古人不见首空回。"鲁直《答彦和》诗云："天于万物定贫我，知效一官全为亲。"《上叔父夷仲》诗云："万里书来儿女瘦，十月山行冰雪深。"欧阳永叔《送王平甫下第》诗云："朝廷失士有司耻，贫贱不忧君子难。"《送张道州》诗云："身行南雁不到处，山与北人相对闲。"如此之类，与规规然在于媲青对白者，相去万里矣。鲁直如此句甚多，不能概举也。

对偶是近体诗的一个重要的形式特征，老杜对于律诗对偶问题，不但在正格上表现出深湛的语言修养和功力，而且努力突破正格，探索变格，拓展对偶规则下诗句的艺术表现能力，使对偶不仅具有匀称之美，还能回环斜架，循环往复，避免了板滞、圆熟、老套，造成曲折有致、劲健老成的韵味，把限制变成了助力。宋人对杜诗对偶创变的艺术成就，无论正格还是变格，也无论是工对、宽对还是轻重对，都予以充分的肯定。老杜从表达思想情感、摹景写物的需要出发，灵活多样、不拘一格的属对方式，给宋人律诗造句属对以极大的启示，树立了榜样，苏轼、黄庭坚、陈师道、陈与义、陆游诸人近体诗之属对艺术，都有杜诗对偶的深刻影响。

（四）杜诗的用典

探索杜诗用典的技巧与成就，是宋代杜诗学的一个重要内容。黑格尔讲到美"作为精神的作品"，需要"已经发展的技巧"。用典作为古典诗歌的一种重要修辞手段和艺术表现手段，就是诗歌创作中一种"已经发展的技巧"。

所谓用典，就是作诗着文时引用历史上的故实或诗文典籍中的成辞来表达自己的意思。用历史故实（掌故传说），谓之用"事典"；运用典籍成辞，谓之用"语典"，亦称"袭用""化用""点化"橐栝以及"反用"等。用典或主要用其内容，或主要用其词语，但都不是照抄不误，否则就不是用典而是"引用"。刘永济《略论词家用典问题》云："用典有用故事与成语两项。用古事的主旨在于以古事表今情，用成语的主旨在于借古语表达今思。二者皆可以增加语词的力量与色泽，有时且可以表达难言之情和幽深之思。二者皆可以少字明多意。"[①]

用典先出现在文章中。刘勰《文心雕龙·才略》云："自卿（司马相如）、渊（王褒）以前，多役才而不课学；雄（扬雄）向（刘向）而后，颇引书以助文。"至于诗中引用历史故事或前人成辞，大概始于《古诗十九首》之化用《诗经》《楚辞》的词句。此后，建安诗人、嵇康、阮籍以及陆机、左思等人的诗用典现象逐渐增多。到了南朝，用典成为一种风气，成为诗人创制诗歌语言的十分重要的方式和技巧。刘勰《文心雕龙》专立"事类"一篇，探讨文章用事问题，对用事的意义作用和基本原则做了明确的阐述：

> 夫经典深沉，载籍浩瀚，实群言之奥区，而才思之神皋也。扬班以下，莫不资取，任力耕耨，纵意渔猎，操刀能割，必列膏腴，是以将赡才力，务在别见，狐腋非一皮能温，鸡跖必数千而饱矣。是以综学在博，取事贵约，校练务精，捃理须核，众美辐辏，表里发挥……

[①] 刘永济：《微睇室说词小引》，中华书局 2007 年版，第 126 页。

或微言美事，置于闲散，是缀金翠于足胫，靓粉黛于胸臆也。凡用旧合机，不啻自其口出；引事乖谬，虽千载而为瑕。

刘勰讲的是"文章"的用事问题，没有对诗歌的用典问题单独予以论说。齐梁诗坛，诗歌用事成为普遍风气，以至出现"文章殆同书抄"的问题。钟嵘《诗品》对这一现象提出尖锐的批评：

经国文符，应资博古，撰德驳奏，宜穷往烈。至于吟咏性情，亦何贵于用事。"思如流水"即是即目；"高台多悲风"，亦唯所见；"清晨登陇首"，羌无故实；"明月照积雪"讵出经史。观古今胜语，多非补假，皆由直寻。颜延、谢庄，尤为繁密。于时化之故，大明泰始中，文章殆同书抄。近任昉、王元长等，辞不贵奇，竞须新事，尔来作者，寖以成俗，遂乃句无虚语，语无虚字，拘挛补衲，蠹文已甚。

但钟嵘并不是一概反对用事，他把"自然英旨"视为文学语言最高标准，"古今胜语，多非补假，皆由直寻"；但是，他承认全部独创的天才极为罕见，"自然英旨，罕值其人。词既失高，则宜加事义，虽谢天才，且表学问，亦一理乎！"

创作实践和理论探讨表明，用典故已经成为中国古典诗歌创作中的一种必然现象，这是由典故本身的意义和文本构成与发展的客观规律决定的。典故作为一种特殊的语汇，作为一种浓缩的蕴含一定思想内容的语言符号和历史人文意象，出现在诗歌创作之中，不但历时已久，而且已经蔚为大观。启功先生把典故比作"集成电路"："把一件复杂的故事，或一项详细的理论，举出来说明问题时，不可能从头到尾重述一遍；况且所举的，必是彼此共晓的故事或理论，只需选择一个侧面、一个特点，或给他概括地命个名称。凡能成为对方了解的信号，唤起对方联想的，都可采用。所以无论剪裁、压缩、简化、命名，任何办法，都是要把那件事物，作为一个小集成电路，放进对方的脑子里去。""如果词汇可比螺丝钉，典故便是集成电路。"① 典故（无论事典还是语典）蕴含着丰富的历史文

---

① 启功：《汉语现象论丛》，中华书局 1997 年版，第 12、96 页。

化信息，积淀着前人的感情、生命和生活体验，用典既可以表现主观感受和现实环境，还可以再现历史场面、历史人物，具有暗喻作用，可以避免直言的浮露径直，拓展了诗的历史意蕴。用典利用词语在传承过程中所取得的丰富的意味和情趣，把词语所沾染和连带的意味和情趣带进诗里，使感情表达具有深度，唤起读者许多言语之外的联想，于叙事说理抒情皆有"直言"不能取代的作用。赵翼云："诗写性情，原不专恃数典。然古事已成典故，则一典已别有一意。故作诗者借彼之意，写我之情，自然倍觉深厚。此后代诗人不得不用书卷也。"（《瓯北诗话》卷十）钱锺书云："隶事运典……末流虽滥施乖方，本旨故未可全非焉。"① 缪钺云："诗中用字用事用意，所以贵有所本，亦自有其理由。盖诗在各种文学体裁中最为精品，其辞意皆不容粗疏，又须言近旨远，以少数之字句，含丰融之情思，而以对偶及音律之关系，其选字须较文为严密。凡有来历之字，一则此字曾经古人选用，必适于表达某种情思，譬之已提炼之铁，自较生铁为精。二则除此字本身之意义，尚可思及其出处词句之意义，多一层联想。运化古人诗句之意，其理亦同。一则曾经提炼，其意较精；二则多一层联想，含蕴丰富。"② 苏珊·朗格《艺术问题》谓典故"作为艺术中使用的符号"，"是一种暗喻，一种包含着公开的或隐蔽的真实意义的形象"。所以，用典其实不应成为一个问题。问题是如何用典，才能使诗歌的语言具有最好的表现力，最能发挥其抒情达意的作用。明人王世懋云："今人作诗，必入故事。有持清虚之说者，谓盛唐诗即景造意，何尝如此？诗则然矣。然以一家之言，未尽古今之变也。古诗，两汉以来，曹子建出而始为宏肆，多生情态，此一变也。自此作者多入史语，然不能用经语。谢灵运出而《易》辞、《庄》语，无所不为用矣。剪裁之妙，千古为宗，又一变矣。中间何、庾加工，沈、宋增丽，而变态未极，七言犹以闲雅为致。杜子美出而百家稗官，都作雅音，马浡牛溲，咸成郁致，于是诗之变极矣。子美之后，而欲令人毁靓妆，张空拳，以当市肆万人之观，必不能也，其援引不得不日加而繁。然病不在故事，顾所以用之何如耳。"（《艺圃撷馀》）

唐代诗歌在用典方面，从总体上说，坚持了正确的原则与方向，克服

---

① 钱锺书：《管锥编》第4册，中华书局1994年版，第1474页。
② 缪钺：《论宋诗》，《诗词散论》，上海古籍出版社1982年版，第40页。

了齐梁时期用典泛滥的弊端，对用典的数量、范围有了自觉的约束和节制，用典的方式、技巧也走向成熟。诗人们既自出机杼，自铸伟辞，同时又能运用典故成辞，整旧如新。这一点特别体现在杜甫的诗歌创作上。胡应麟云："用事之工，起于太冲《咏史》。唐初王、杨、沈、宋，渐入精严。至老杜苞孕汪洋，错综变化，而美善备矣。"（《诗薮》内编卷五）

宋初西昆体学李商隐，特别重视使事用典。但西昆体在用典方面的弊端非常明显，所以受到很多人的批评。欧阳修《六一诗话》云："自西昆体出，时人争效之，诗体一变。而先生老辈，患其多用故事，语僻难晓。"西昆体诗中充塞着繁密的典故，但其所表达的意义却极为有限。魏泰《临汉隐居诗话》云："杨亿、刘筠作诗，务积故实而语意轻浅，一时慕之，号西昆体，识者病之。"陆游《老学庵笔记》卷八云："国初尚《文选》，当时文人专意此书，故草必称'王孙'，梅必称'驿使'，月必称'望舒'，山水必称'清晖'。庆历以后，恶其陈腐，诸作者始一洗之。"宋人推崇、探索杜诗的用典，探索杜诗用典的成就，实际上也是惩于西昆体用典的弊端，重新探索诗歌的用典方式和技巧问题。宋人洞悉唐诗之发展流变，深感老杜语言创新的成就与意义，认为杜诗用典来源广博，内容丰富，选择精当而不芜杂，使用灵活而不堆砌，是他们学习的榜样和典范。

宋人中最早肯定与推崇老杜用典的是黄庭坚。黄庭坚所谓"无一字无来处""点铁成金""夺胎换骨""以故为新"等语，影响极大，"世以为名言"（王若虚《滹南诗话》卷一）。有宋一代，许多人相信和宗奉此说，对杜诗用典问题进行了广泛深入的探索与总结。

1. 对杜诗所用典故之出处的探寻

宋人推崇杜诗用典广博富赡。张戒云："诗以用事为博，始于颜光禄而极于杜子美。"（《岁寒堂诗话》卷上）北宋中晚期，注杜风气渐起，南宋时期，则注家蜂出，所谓"千家注杜"当然是一种夸大之词，但注家众多则是事实。黄居谊《黄氏补千家集注杜陵诗史序》云："近世锓版、注以名集者，毋虑二百家。"宋人注杜中最重要的一项内容，就是对杜诗用典的钩沉、辨析和诠释。为此，宋人遍查经史子集各种典籍，钩稽事典，注释语典，考证注释广泛而深入。翻开郭知达《九家集注杜诗》、黄希父子的《杜诗补注》《集千家注杜工部诗集》，对此就会有深刻印象。李善注《文选》"惟只引事，不说意义"；宋人注杜，引事务求无遗，并在此基础上，论说意义。宋代雕版印刷的发达，促进了经史子集古籍的大量刊刻与流行，为注杜者提供了阅读典籍、寻绎杜诗使事用典的方便。杜诗的注释，当然是后出转精，如清代的仇兆鳌《杜诗详注》等书，大大超过宋人，但对杜诗之用典，宋人的注释亦相当详尽。

除了注本之外，宋人各种诗话、文录对杜诗用典也特别予以注意。如胡仔《苕溪渔隐丛话》、潘淳《潘子真诗话》、吴沆《环溪诗话》、黄彻《䂬溪诗话》、吴曾《能改斋漫录》、曾季狸《艇斋诗话》等，对杜诗具体篇章用典的考辨和评说都占有一定的数量。

由于杜诗乃"诗史"之说的流行，宋人还注意老杜诗之"今典"的使用。陈寅恪《读哀江南赋》云："盖所谓今典者，即作者当日事也。"①赵次公注杜，即注意老杜所谓"用当日之事实者"。吴曾《能改斋漫录》卷十载：王洙谓"杜诗多用当时事，如云'玉鱼蒙葬地'者，事见韦述《两京记》，'铁马汗常趋'者，昭陵石马助战者。"《蔡宽夫诗话》云：

> 安禄山之乱，哥舒翰与贼将崔干佑战潼关，见黄旗军数百队。官军以为贼，贼以为官军，相持久之，忽不知所在。是日，昭陵奏陵内前石马皆汗流。子美诗所谓"玉衣晨自举，铁马汗常趋"盖记此事也。李晟平朱泚，李义山作诗复引用之，云："天教李令心如日，可待昭陵石马来。"此虽一等用事，然义山但知推美西平，不知于昭陵似不当耳。乃知诗家使事难。若子美，所谓不为事使者也。（引自《苕溪渔隐丛话》前集卷七）

2. 对杜诗用典方法和技巧的探索和论列

宋人不仅竭力注出杜诗之用典，而且对杜诗用典的方法和技巧予以归纳和总结，赵次公的归纳和总结是宋人中最为全面和深入者，其注杜一书自序云：

> 余喜本朝孙觉莘老之说，谓杜子美诗无两字无来处。又王直方立之之说谓"不行一万里，不读万卷书"，不可看老杜诗。因留功十年，注此诗。稍尽其诗，乃知非特两字如此耳，往往一字繁切，必有

---

① 陈寅恪：《金明馆丛稿初编》，上海古籍出版社1980年版，第209页。

来处，皆从万卷中来。至其思致之妙，体格之多，非唯一时人所不能及，而古人亦有未到焉者。若论其所谓来处，则句中有字、有语、有势、有事，凡四种。两字而下为字，三字而上为语，拟似依倚为势，事则或专用、或借用、或直用、或翻用、或用其意，不在字语中。于专用之外，又有展用、有倒用、有抽摘参合而用，则李善所谓"文虽出彼而意殊，不以文害"也。又至用方言之稳熟，用当日之事实者。又有用事之祖，有用事之孙。何谓祖？其始出者是也；何谓孙？虽事有祖出，而后人有先拈用或用之别有所主而变化不同，即为孙矣。杜公诗句皆有焉。世之注解者谬引旁似，遗落佳处固多矣。至于只见后人重用重说处，而不知本始，是谓无祖。其所经后人先捻用，并已变化，而但引祖出，是谓不知夫舍祖而取孙。又至于字语明熟混成如自己出，则杜公所谓水中着盐，不饮不知者。盖言非读书之多，不能知觉，尤世之注解者弗悟也。（引自林希逸《竹溪鬳斋十一稿续集》卷三十）

赵次公把杜诗用事归纳为"专用、借用、直用、翻用、用其意而不在字语中、展用、倒用、抽摘参合而用"八种，基本上囊括了老杜用事的方式。林希逸特别赞赏赵次公所总结出的"八个用字"，谓"观此知公之用心苦"，称赞其注杜做到了"误者正之，遗者补之，且原其事因，明其旨趣，与夫表出其新意，未见则阙之以俟博闻，疑则论而弗泥以俟明识。"（《竹溪鬳斋十一稿续集》卷三十）赵次公关于"用事之祖"与"用事之孙"的区分，对于准确寻绎和阐释杜诗用事之精也是极其重要的。吴曾《能改斋漫录》卷六云：

　　杜子美有《过宋之问庄》，断章云："更识将军树，悲风日暮多。"自注云："之问弟执金吾。"旧注引后汉冯异每所止舍，独在树下，军中呼为大树将军。余以为事虽本此，亦自周庾信、隋元行恭二人诗发之。庾信《麟趾殿校书和刘仪同》云："月落将军树，风惊御史乌。"元行恭《过故宅》云："颓城百战后，荒邑四邻通。将军树已折，步兵途转穷。"子美意取此。

典故有其最早出处，也有后人用之而产生的变化与新意，吴曾仔细辨识"将军树"一典的变迁和老杜的用意,所以对《过宋之问庄》"更识将军树,悲风日暮多"的诠释就更为准确。

黄彻对杜诗用事也有深入的研究,他把用典分为两大类:"凡作诗者有用事出处,有造语出处。如'五陵衣马自轻肥',虽出《论语》,总和其语,乃潘岳'裘马悉轻肥'。"(《䂬溪诗话》卷十)这种区分和赵次公注意区分典故的原始出处与其后之流变一样,对于杜诗用典能够做出更为确切的诠释。

3. 对杜诗用典的审美意蕴和艺术造诣的品评

关于在用典方面的艺术造诣,宋人多是结合杜诗具体诗句,勾稽用典的出处,评论用典效果。

(1) 老杜用事精切

黄庭坚谓老杜诗"用事精切"(《论诗作文》)鲁訔谓老杜"借古的确,感时深远"(《编次杜工部诗序》)。吴沆《环溪诗话》卷下云:

> 古今诗人,未有不用事。观杜诗"绣衣屡许携佳酿,皂盖能忘折野梅。戏假霜威促山简,真成一醉习池回。"是四句中,浑将太守御史事实使到,诗人岂可以不用事?然善用之,即是使事,不善用之,则反为事使。事只是众人家事,但要人会使。如"黄绮终辞汉,巢由不见尧。"巢由、黄绮,是人能知,至"终辞汉""不见尧"六字,则非杜甫不能道矣。巢由合卜"不见尧",黄绮初年不出,但终能辞汉而已。又从"风鸳""雨燕"上说来,"风鸳""雨燕"以喻祸难;"藏近渚""集深条"以喻避祸难之意,则用意尤深矣。又如"前军苏武节,左将吕虔刀。""苏武节""吕虔刀"二事,亦人所共知;至"前军""左将",即非杜甫不能道矣。又如"弟子贫原宪,诸生老服虔。""原宪""服虔"二事,亦众所共知;至"弟子""诸生"四字,即非杜甫不能道矣。"前军""左将""弟子""诸生",八字皆实,故下面驱遣得动,是名使事;若取次用一虚字贴之,即名羊将狼兵,安能使之哉!

"绣衣"四句,为杜甫《王十七侍御抡许携酒至草堂奉寄此诗便请邀高三十五使君同到》一诗后四句。《九家集注杜诗》:"洙曰:汉侍御有领绣衣直指使,又汉二千石皂盖,朱两幡。梦弼曰:绣衣指言王侍御,皂盖指言高使君也。赵曰：霜威言御史霜台之威也。晋山简镇襄阳，时荆土豪族习郁有佳园池，山简每出游，多之池上，置酒辄醉而归。梦弼曰：霜威，言王侍御；山简又以比高使君也。"此四句的确是"浑将太守御史事实使到"。在奉酬诗中，这种写法可谓恰切而得体。"黄绮终辞汉，巢由不见尧"两句是杜诗五律《朝雨》的颈联。此联所用巢由、黄绮之事，为"是人能知"的熟典。但老杜分别以"终辞汉"与"不见尧"概述二者的隐居之况，下字讲求分寸，其用事极为精切。

黄彻《䂬溪诗话》卷四云：

"谒帝似冯唐"、"垂白冯唐虽晚达"、"冯唐毛发白"，又"长卿多病久"、"我多长卿病"、"病渴污官位"，杜以其为郎，故用之。若他人老与病者，恐不可概使。

老杜一生不得志，与冯唐、司马相如相似；而且和冯、司马二人一样，官职止于郎官；另外，老杜和司马相如一样，也患有消渴症，所以其用冯唐、司马相如之典比况自己的处境，就相当贴切和精当。

（2）老杜用事自然浑成

用典最简单的方式是直陈故实，而运用得好，则是典故与诗中的语境结合得天衣无缝、水乳交融，如同己出，而又生出新的意义和意味。王得臣云："古善诗者，善用人语，浑然若己出，唯李、杜。"（《麈史》卷中）叶梦得云："诗人用事，不可牵强，必至于不得不用而后用之，则事词为一，莫见其安排斗凑之迹"，老杜"用事精审，未易轻议"（《避暑录话》卷上）。魏庆之："论者谓人莫不用事，能令事如己出，天然浑厚，乃可言诗。"老杜用典，都是精心选择，精心熔铸，并以精练之语言出之，使之与全诗语境水乳交融，达到浑化无迹的程度。启功先生将典故比作"集成电路"，老杜诗中的这种小型集成电路制作精良，安置妥帖，不露痕迹。老杜"暗用"典故这种用典方式，尤为论者所注意。蔡绦《西清诗话》云：

杜少陵云：作诗用事，要如禅家语"水中着盐，饮水乃知盐味"。此说诗家之秘密藏也。如"五更鼓角声悲壮，三峡星河影动摇。"人徒见其凌铄造化之功，不知乃用事也。《祢衡传》："过

（手）渔阳操，声悲壮。"《汉武故事》："星辰动摇，东方朔谓民劳之应。"则善用者，如系风捉影，岂有迹也。（引自《苕溪渔隐丛话》前集卷十）

南宋周紫芝《竹坡诗话》卷二对这两句用典做了进一步的阐释：

凡诗人作语，要令事在语中而人不知。余读太史公《天官书》："天一、枪、棓、矛、盾动摇，角大，兵起。"杜少陵诗云："五更鼓角声悲壮，三峡星河影动摇。"盖暗用迁语，而语中乃有用兵之意。诗至于此，可以为工也。

黄彻《䂬溪诗话》对杜诗用事极为称赞：

萧文焕能书善画，于扇上图山水，咫尺之内，便觉万里为遥。老杜《戏题山水图》云："尤工远势古莫比，咫尺应须论万里。"乍读，似非用事。如"男儿既介胄，长揖别上官。"用"介胄之士不拜"；"妇人在军中，兵气恐不扬。"用"军中岂有女子乎？"皆用其事而隐其语。（《䂬溪诗话》卷六）

蔡正孙《诗林广记》前集卷二评老杜《示宗武》一诗"觅句新知律，摊书解满床。试吟青玉案，莫佩紫罗囊"四句之用事云：

诗注云：嵇绍，新解觅句，稍知音律。王浑、阿戎年小，渐解满床摊书。谢玄少好佩紫罗囊，叔父安焚之。……愚谓：前辈云用事多，填塞故实，谓之点鬼簿。如少陵此诗，未尝不用事，而浑然不觉其为用事，可谓精妙者也。

刘勰《文心雕龙·事类篇》云："用旧合机，不啻自其口出""用人若己"。吴沆《环溪诗话》云："大家数如李杜、欧苏、陈黄、简斋、放翁，却是用事也如空说。""如空说"意思就是刘勰所谓的"用旧合机，不啻自其口"，看不出是用典。

杜诗用古人事甚多，如"对棋陪谢傅，把剑觅徐君。"（《别房太尉墓》)"清新庾开府，俊逸鲍参军。"(《春日忆李白》)"径欲依刘表，还疑厌祢衡。"(《奉送郭中丞兼太仆卿充陇右节度》)"聪明过管辂，尺牍倒陈遵。"(《上韦左丞相》)"谢氏登山屐，陶公漉酒巾。"(《寄张十二山人彪三十韵》)"举天悲富骆，近代惜卢王。"(《寄彭州高三十五使君适虢州岑二十七长史参三十韵》)"汲黯匡君切，廉颇出将频。"(《奉和严中丞十韵西城晚眺》)"共传收庾信，不比得陈琳。"(《奉赠王中允维》)"侍臣双宋玉，战策两穰苴。"(《秋日荆南送石首薛明府辞满告别奉寄薛尚书颂德叙怀斐然之作三十韵》)"飘零神女雨，断续楚王风。"(《天池》)"晋室丹阳尹，公孙白帝城。"(《送元二适江左》)宋人对此类用典颇为关注。刘克庄称赞"对棋陪谢傅，把剑觅徐君"二句"用事极精切"(《后村诗话》卷二)。老杜这两句诗系怀念故友房琯之作《别房太尉墓》的颔联，上句典出《晋书谢安传》：谢玄等破苻坚，檄书至，安方对客围棋，了无喜色。安薨，赠太傅。下句典出《说苑》：季札聘晋过徐，心知徐君爱其宝剑，及还，徐君已殁，遂解剑系其塚树而去。谢安一典，与房琯身份切合，《杜诗镜铨》引旧注云：琯为宰相，听董庭兰弹琴而招物议，此诗以谢傅围棋为比，盖为房公解嘲也。季札挂剑一典，抒发哭墓之哀，对老友的深切怀念，对昔年未能救出房琯的憾恨，都蕴含在这一著名的历史故事之中。范晞文云："诗用古人名，前辈谓之点鬼簿，盖恶其为事所使也。如老杜'但见文翁能化俗，焉知李广不封侯。''今日朝廷须汲黯，中原将帅忆廉颇。'等语作，皆借古以明今，何患乎多？"(《对床夜语》卷三)

蔡居厚对老杜用典之高下有所区别："老杜其用事若'宓子弹琴邑宰日，终军弃繻英妙时'，虽字字皆本出处，然比'今日朝廷须汲黯，中原将帅忆廉颇。'虽无出处一字，而语意自到。故知造语用事，虽同出于一人之手，而优劣自异，信乎诗之难也。"(《蔡宽夫诗话》)

(3) 使事而不为事所使

蔡居厚云："乃知诗家使事难；若子美，所谓不为事使者也。"(《蔡宽夫诗话》)使事而不为事使，是宋人对老杜用典原则的高度概括。

使事是为表达己意，用得好，可以开拓诗境，增添情趣，深化主题。在用典上，矜才炫博，或未得其法，或才力不足，结果流于堆垛饾饤，拘挛补衲，则失去了创作主体对所用故实或语词的审美把控，典故反而影响诗美的表现。"为事所使"，实际上就是用事失败。陈善《扪虱新话》云：

"文章不使事最难，使事多亦最难；不使事难于立意，使事多难于遣辞。能立意者，未必能造语；能遣辞者，未必能免俗，大抵为文者多，知难者少。"老杜用典，摆脱了为事所使的弊端。王构《修辞鉴衡》卷一《薄氏漫斋录》载："用故事当如己出，如杜甫寄人诗云：'径欲依刘表，还疑厌祢衡。'此诗用王粲依刘表、曹公厌祢衡，却点化只作杜甫欲去依人、恐他人厌之语，此便如己出也。"

反用，又称倒用，即将所用典故以其相反的意思来使用，以表达自己新的意义。老杜反用典故，也是"使事"而"不为事所使"的一种情形，为宋人所称赏：

> 孟嘉落帽，前人以为胜绝。子美《九日诗》云："羞将短髮还吹帽，笑倩傍人为正冠。"其文雅旷达，不减昔人。故谓诗非力学可致，正须胸中度世耳。（《后山诗话》）

> 老杜"涂穷反遭俗眼白"，本用阮籍事，意谓我辈本宜以白眼视俗人，至小人得志，嫉视君子，是反遭其眼白，故倒用之。（黄彻《碧溪诗话》卷四）

> 陶诗："结庐在人境，而无车马喧。"少陵《东楼》诗："虽有车马客，而无人世喧。"就古语一转，正使事之法。……亦是不为古事所使也。（叶寘《爱日堂丛钞》卷三）

4. 对黄庭坚特别是江西诗派过分强调杜诗用典的批评

以黄庭坚为代表的江西诗派实际存在夸大用典在杜诗艺术成就方面的作用和意义的偏向。南宋时期，随着对江西诗派的反思，宋人对于江西诗派在杜诗用典问题上的偏向也提出批评。陆游就曾批评那种"不知杜诗所以妙绝今古者在何处，但以一字亦有出处为工"的观点：

> 今人解杜诗，但寻出处，不知少陵之意，初不如是。且如《岳阳楼》诗："昔闻洞庭水，今上岳阳楼。吴楚东南坼，乾坤日夜浮。亲朋无一字，老病有孤舟。戎马关山北，凭轩涕泗流。"此岂可以出处求哉？纵使字字寻得出处，去少陵之意益远矣。盖后人元不知杜诗

所以妙绝古今者在何处，但以一字亦有出处为工。如《西昆酬倡集》中诗，何曾有一字无出处者，便以为追配少陵，可乎？且今人作诗，亦未尝无出处，渠自不知。若为之笺注，亦字字有出处，但不妨其为恶诗耳。(《老学庵笔记》卷七)

朱熹云："杜诗佳处，有在用事造语之外者，惟虚心讽咏，乃能见之。"(朱熹《跋张国华所集注杜诗》，《晦庵集》卷八十四)刘克庄称许老杜《登高》中间两联"无边落木萧萧下，不尽长江滚滚来。万里悲秋常作客，百年多病独登台"，"不用故事，自然高妙在樊川《齐山九日》之上"(《后村诗话》卷二)。朱弁也反对夸大杜诗用典的意义和作用：

客或谓余曰：篇章以故实相夸，起于何时？予曰：江左自颜谢以来，乃始有之。乃以表学问，而非诗之至也。观古今胜语，皆自肺腑中流出，初无缀辑工夫。故钟嵘云：经国文符，应资博古，撰德驳奏，宜穷往烈。至于吟咏性情，亦何贵于用事。"思君如流水"即是即目；"高台多悲风"，亦唯所见；"清晨登陇首"，羌无故实；"明月照积雪"讵出经史，其所论为有渊源矣。客又曰：仆见世之爱老杜者，尝谓人曰：此老出语惊人，无一字无来处。审如此言，则词必有据，字必援古，所由来远，有不可已者。予曰：论考源流事，今言诗不究其源，而锺其末以为标准。不知国风雅颂，祖述何人？此老句法，浑然天成，如虫蚀木，不待刻雕，自成文理。其鼓动熔写，殆不用世间橐龠。近古以还，无出其右，真诗人之冠冕也。(《风月堂诗话》卷下)

对于当时学杜未能正确理解杜诗用事问题，在创作中出现用事太过的偏向，也有人提出尖锐的批评。张戒云："苏、黄用事押韵之工，至矣，尽矣。然究其实，乃诗人中一害。使后生只知用事押韵之工，为诗而不知咏物之为工，言志之为本也，风雅自此扫地矣。"(《岁寒堂诗话》卷上)

（五）杜诗的章法

刘熙载《艺概》云："少陵《寄高达夫》诗云：'佳句法何如？'可见句之宜有法矣。然欲定句法，其消息未有不从章法篇法来者。"宋人探求杜诗句法，不能不涉及杜诗的章法。

宋人当中最早注意和论及杜诗章法结构的是苏辙。苏辙《和张安道读杜集》谓，杜诗"天骥精神健，层台结构牢。龙腾非有迹，鲸转自生涛。浩荡来何极，雍容去若遨。"黄庭坚论诗重章法，《答洪驹父书》云："凡作一文，皆须有宗有趣，终始关键，有开有阖，如四渎虽纳百川，或汇而为广泽，汪洋千里，要自发源注海也。"《论作诗文》云："但始学诗，要须每作一篇，辄须立一大意，长篇须曲折三至焉，乃为成章耳。"范温承继黄庭坚关于文章的章法观念，在《潜溪诗眼》中对老杜古体诗《赠韦左丞丈》的章法布置做了具体的论述：

> 山谷言文章必谨布置，每见后学，多告以《原道》命意曲折。后予以此概考古人法度。如杜子美《赠韦见素》诗云："纨绔不饿死，儒冠多误身"，此一篇立意也，故使人"静听"而"具陈"之耳。自"甫昔少年日"至"再使风俗淳"，皆儒冠事也。自"此意竟萧条"至"蹭蹬无纵鳞"言误身如此也，则意举文备，故已是诗矣。然必言其所以见韦者，于是有"厚"、"愧"、"真"、"知"之句。所以"真知"者，谓传诵其诗也。然宰相职在荐贤，不当徒爱人而已。士不能无望，故曰："窃效贡公喜，难安原宪贫。"果不能荐，则去之可也，故曰"焉能心怏怏，只是走踆踆。"又将入海而去秦也。然其去也，必有迟迟不忍之意，故曰："尚怜终南山，回首清渭滨。"则不知不可以别，故曰："常拟报一饭，况怀辞大臣。"夫如此，是可以相忘于江湖之外，虽见素亦不得而见矣，故曰："白波没浩荡，万里谁能驯。"终焉。此诗前贤录为压卷，盖布置最得正体，如官府甲第，厅堂房屋，各有定处，定不可乱也。韩文公《原道》与《书》之《尧典》盖如此，其它皆谓之变体可也。盖变体如行云流水，初无定质，出于精微，夺乎天造，不可以形器求矣。然要之以正为本，自然法度行乎其间。譬如用兵，奇正相生，初若不知正而径出于奇，则纷然无复纲纪，终于败乱而已矣。

叶梦得《石林诗话》谓"诗中篇有操纵，不可拘用一律"，而杜诗"变化开阖，出奇无穷"。吕本中也称赞"老杜歌行最见次第出入本末"（《童蒙诗训》）。杜诗章法的开阖变化，正是宋人宗杜所注意的一个重要问题。

1. 曲折顿挫

宋人特别推崇杜诗命意曲折、章法变化而含蓄不尽。老杜《奉酬李都督表丈早春作》云："力疾坐清晓，来诗悲早春。转添愁伴客，更觉老随人。红入桃花嫩，青归柳叶新。望乡应未已，四海尚风尘。"此诗系酬答李诗而翻其意，自写己怀。刘辰翁称赞此诗之章法曲折精妙云："倘无起语十字，坐尽情事曲折，又接以红入、青归桃柳之句，岂不诚愧其嫩邪？"（《胡仁叔诗序》，《须溪集》卷六）"坐尽情事曲折"，讲求章法曲折变化，摒弃简单化、一般化，写出情感的复杂、丰富、曲折、变化，此正是杜诗章法上的一大特色与成就。洪迈也称赞杜诗之章法曲折。老杜《铜瓶》云："乱后碧井废，时清瑶殿深。铜瓶未失水，百丈有哀音。侧想美人意，应悲寒鳖沉。蛟龙半缺落，犹得折黄金。"洪迈云："此篇盖见故宫井内汲者得铜瓶而作，然首句便说废井，则下文翻覆铺叙为难；而曲折宛转如是，他人毕一生模写不能到也。"（《容斋三笔》卷六）《漫斋语录》称许杜诗收放自如："凡人作诗，中间多起问答之辞，往往至数十言，收拾不得，便觉气象委帖。子美《赠卫处士》诗略云：'焉知二十载，重上君子堂。昔别君未婚，儿女忽成行。怡然敬父执，问我来何方。'若使他人道到此，下须更有数十句，而甫便云：'问答未及已，儿女罗酒浆。'此有抔土障黄流气象。"（《诗人玉屑》卷十四）

2. 语断意联

苏辙以《哀江头》为例，论述老杜叙事以抒情一类诗篇章法安排的特点：

> 《大雅·绵》九章，初诵太王迁豳，建都邑，营宫室而已。至其八章，乃曰："肆不殄厥愠，亦不陨厥问。"始及昆夷之怨，尚可也。至其九章乃曰："虞芮质厥成，文王蹶厥生。予曰有疏附，予曰有先后，予曰有奔走，予曰有御侮。"事不接，文不属，如连山断岭，虽相去绝远，而气象联络，观者知其脉理之为一也。盖附离不以凿枘，此最为文之高致耳。老杜陷贼时有诗曰："少陵野老吞声哭，春日潜行曲江曲。江头宫殿锁千门，细柳新蒲为谁绿？忆昔霓旌下南苑，苑中万物生颜色。昭阳殿里第一人，同辇随君侍君侧。辇前才人带弓箭，白马嚼啮黄金勒。翻身向天仰射云，一箭正坠双飞翼。明眸皓齿

今何在？血污游魂归不得。清渭东流剑阁深，去住彼此无消息。人生有情泪沾臆，江水江花岂终极！黄昏胡骑尘满城，欲往城南忘南北。"予爱其词气如百金战马，注坡蓦涧，如履平地，得诗人之遗法。如白乐天诗词甚工，然拙扵纪事，寸步不遗，犹恐失之。此所以望老杜之藩垣而不及也。(《栾城第三集》卷三)

苏辙此处强调的是《哀江头》在章法上打破稳顺流畅，章法富于变化。此诗四句一换韵，开头四句写自己春日潜行曲江湾见宫殿深锁的寂寥景象。接下四句，以"忆昔"领起，转入对玄宗与贵妃昔年胜游曲江情景的回忆。"辇前"四句，则略去曲江游幸的其他情事，集中笔力写贵妃骑马射中飞鸟。而接下来的"明眸"等四句，写贵妃已死，玄宗与贵妃生死暌隔的悲哀，笔势转换陡健。最后四句，又转到抒写自己目睹曲江兴衰的悲凉沉痛。全诗笔势起伏，如骏马驰骋山岭，注坡蓦涧，如履平地。苏辙认为，这种语断意联的章法，最得"诗人遗法"。

范温《潜溪诗眼》则讲到老杜律诗中"不以相似语言为贯穿"，通篇语势跳荡而"意若贯珠"的章法：

古人律诗，亦是一片文章，语或似无伦次，而意若贯珠。《十二月一日》诗云："今朝腊月春意动，云安县前江可怜。"此诗立意，念岁月之迂易，感异乡之漂泊。其曰"一声何处送书雁，百丈谁家上水舡。"则羁旅愁思，皆在目前。"未将梅蕊惊愁眼，要取楸花媚远天。"梅望春而花，楸将夏而乃繁，言滞留之势，当自冬过春，始见梅楸，则百花之开落，皆在其中矣。以此益念故国，思朝廷，故曰"明光起草人所羡，肺病几时朝日边"。《闻官军收河南河北》："剑外忽传收蓟北，初闻涕泪满衣裳"。夫人感极则悲，悲定而后喜，忽闻大盗之平，喜唐室复见太平。顾视妻子，知免流离，故曰"却看妻子愁何在"。其喜之至也，不知手之舞之，足之蹈之，故曰："漫展诗书喜欲狂"。从此有乐生之心，故曰"白日放歌须纵酒"。于是率中原流寓之人同归，以青春和暖之时节归，故曰"青春作伴好还乡"。言其道途，则曰"欲从巴峡穿巫峡"；言其所归，则曰"便下襄阳向洛阳"，此盖曲尽一时之意，惬当众人之情，通畅而有条理，如辩士之语言也。《游子》诗云："巴蜀愁谁语，吴门兴杳然。"巴蜀既无可语言，故欲远之吴会。"九江春草外"，则想象将来吴门之景物；"三峡暮帆前"，则去路先涉三峡之风波。"厌就成都卜，休为吏部眠"，君平之卜，所以养生；毕卓之酒，所以忘忧，今皆不能如意，则犯三峡之险，适九江之远，岂得已也哉？夫奔走万里，无所税驾，伤人世险隘，不能容己，故曰"蓬莱如可到，衰白问群仙"终焉。《题桃树》诗云："小径升堂旧不斜，五株桃树亦从遮"，此诗意在第一句，旧堂小径，从来不斜，又五桃遮掩之，已若图画矣。中间四句皆旧日方天下太平，家给食足，有桃实则馈贫人，故曰"高秋总馈贫人实"，和气应期而至，人意闲而乐之，故曰"来岁还舒满树花"。家家有忠厚之风，处处有鲁恭之化，故曰"窗户每宜通乳燕，儿童莫信打慈鸦"。及题此诗时，所向皆寡妻群盗，何暇如此？故曰"非今日"，乃往年"天下车书正一家"时也。然所谓意若贯珠，今人不求意思关纽，但以相似语言为贯穿，以停稳笔画为端直，岂不浅近也哉？（《潜溪诗眼》）

杨万里《诚斋诗话》引用林谦之语，指出杜诗章法灵活变化、出奇制胜的特点：

唐律七言八句，一篇之中，句句皆奇，一句之中，字字皆奇，古今作者皆难之。……如老杜《九日》诗："老去悲秋强自宽，兴来今日尽君欢。"不徒入句便字字对属，又第一句顷刻变化，才说悲秋，忽又自宽。以"自"对"君"甚切，"君"者，君也；"自"者，我也。"羞将短发还吹帽，笑倩旁人为正冠。"将一事翻腾作一联。又孟嘉以落帽为风流，少陵以不落帽为风流，翻尽古人公案，最为妙法。"蓝水远从千涧落，玉山高并两峰寒"，诗人至此，笔力多衰。今方且雄杰挺拔，唤起一篇精神，非笔力拔山不至于此。"明年此会知谁健，醉把茱萸仔细看"，则意味深长，幽然无穷矣。

洪迈《容斋随笔》五笔卷十载永嘉士人薛绍论老杜绝句"四句各一事，似不相贯穿"的章法：

老杜近体律诗，精深妥帖，虽多至百韵，亦首尾相应，如常山之蛇，无间断龃龉处，而绝句乃或不然。五言如："迟日江山丽，春风花草香，泥融飞燕子，沙暖睡鸳鸯。""急雨梢溪足，斜晖转树腰，隔巢黄鸟并，翻藻白鱼跳。""江动月移石，溪虚云傍花，鸟栖知故道，帆过宿谁家。""凿井交棕叶，开渠断竹根，扁舟轻袅缆，小径曲通村。""日出篱东水，云生舍北泥，竹高鸣翡翠，沙僻舞鹍鸡。""钓艇收缗尽，昏鸦接翅稀，月生初学扇，云细不成衣。""舍下笋穿壁，庭中藤刺檐，地晴丝冉冉，江白草纤纤。"七言如"糁径杨花铺白毡，点溪荷叶迭青钱，笋根稚子无人见，沙上凫雏傍母眠。""两个黄鹂鸣翠柳，一行白鹭上青天。窗含西岭千秋雪，门泊东吴万里船"之类是也。予因其说以唐人万绝句考之，但有司空图《杂题》云："驿步堤萦阁，军城鼓振桥，鸥鸣湖雁下，雪隔岭梅飘。""舴艋猿偷上，蜻蜓燕竞飞，樵香烧桂子，苔湿挂蓑衣。"

在律诗对偶上的一些变格，如隔句对、续句对、偷春格等，其实是老杜律诗章法结构的变化出奇，宋人也十分重视并加以辨析和论述（详见本章杜诗对偶一节有关论述）。

3. 起句结句之妙

吴沆《环溪诗话》载，孙某称赞杜诗起句雄健警绝云："杜诗好处无它，但是入手来重。如'国破山河在'一句便重。"杨万里《诚斋诗话》："金针法云：'八句律诗，落句要如高山转石，一去不回。'余以为不然，诗已尽而味方永，乃善之善也。"子美《重阳》诗云："明年此会知谁健，醉把茱萸仔细看。"《夏日李尚书期不至》云："不是尚书期不至，山阴夜雪兴难乘。"

宋人关于杜诗结句之妙，论述较多。陈长方云："古人作诗，断句辄旁入他意，最为警策。如老杜云：'鸡虫得失无了时，注目寒江倚山阁'是也。黄鲁直作《水仙花》诗，亦用此体云：'坐对真成被花恼，出门一笑大江横'。"（《步里客谈》卷下）洪迈《容斋漫笔》"缚鸡行"条对这种"断句辄旁入他意"做了更深入的阐述，称这种"结句之妙非他人所能跂及"：

老杜《缚鸡行》一篇云："小奴缚鸡向市卖，鸡被缚急相喧争。家中厌鸡食虫蚁，不知鸡卖还遭烹。虫鸡于人何厚薄，吾叱奴儿解其缚。鸡虫得失无了时，注目寒江倚山阁。"此诗自是一段好议论，至结句之妙非他人所能跂及也。予友李德远尝赋《东西船行》，全拟其意，举以相示云："东船得风帆席高，千里瞬息轻鸿毛。西船见笑苦迟钝，汗流撑折百张篙。明日风翻波浪异，西笑东船却如此。东西相笑无已时，我但行藏任天理。"是时德远诵至三过，颇自喜。予曰："语意绝工，几于得夺胎法。只恐'行藏任理'与'注目寒江'之句似不可同日语。"德远以为知言，锐欲易之终不能满意也。

范公偁《过庭录》载宋祁语，谓此种章法是"实下虚成"："小奴缚鸡向市卖"云云，是"实下"；"鸡虫得失无了时，注目寒江倚山阁"云云，是"虚成"。这是从写实与达意、描写与抒情之关系阐述此诗章法结构的巧妙，由"实下"陡然转入"虚成"，切断叙写脉络，"旁入他意"，使得诗句警策而又含蓄。

对于杜诗的结尾问题，南宋叶某《爱日斋丛抄》指出杜诗结语多用"安得"二字，并列举杜诗实例，认为这种以"壮语"结尾的方式，"岂小力量敢道"：

> 或有以安得二字结尾，盖杜公窃有望于当时天下后世者不浅也。故《喜雨》诗云："安得鞭雷公，滂沱洗吴越。"《遣兴》云："安得廉颇将，三军同晏眠。"《雪》诗云："愁边有江水，焉得北之朝。"《三川观水涨》云："举头向苍天，安得骑鸿鹄。"《晚登瀼上堂》云："安得随鸟鹘，迫此惧将恐。"《昼梦》云："安得务农息战斗，普天无吏横索钱。"《题韦偃画马歌》云："时危安得真致此，与人同生亦同死。"《王兵马使二角鹰》云："安得尔辈开其群，驱出六合枭鸾分。"《早秋苦热》云："南望青松架短壑，安得赤脚踏层冰。"《茅屋为秋风所破歌》云："安得广厦千万间，大庇天下寒士俱欢颜。"《洗兵马》云："安得壮士挽天河，净洗甲兵长不用。"《石犀行》云："安得壮士提天纲，再平水土犀奔茫。"《石笋行》云："安得壮士掷天外，使人不疑见本根。"《蚕谷行》云："焉得铸甲作农器，一寸荒田牛得耕。"《大麦行》云："安得如鸟有羽翅，托身白云还故乡。"《光禄坂行》云："安得更似开元中，道路即今多拥隔。"《悲青坂》云："焉得附书与我军，忍待明年莫仓卒。"《画山水图歌》云："焉得并州快剪刀，剪取吴淞半江水。"凡此皆含不尽之意。

(《爱日斋丛抄》卷三，文渊阁本四库全书)

孙奕《履斋示儿编》卷十则论及杜诗以"呜呼"结尾：

欧阳公伤五季之离乱，故作五代史也，序论则尽以呜呼冠其篇首。杜公伤唐末之离乱，故作诗史也，于歌行间以"呜呼"结其篇末。《折槛行》云："呜呼房魏不复见，秦王学士时难羡。"《白马诗》云："丧乱死多门，呜呼涕如霰。"《冬狩行》云："呜呼得不哀痛尘再蒙。"《茅屋为秋风所破歌》云："呜呼何时眼前突兀见此屋，吾庐独破受冻死亦足。"《天育骠骑歌》云："呜呼健步无由骋，岂无腰褭如骐骝，时无王良伯乐死即休。"《乾元中寓居同谷县作歌七首》云："呜呼一歌兮歌已哀，悲风为我从天来。""呜呼二歌兮歌始放，闾里为我色惆怅。""呜呼三歌兮歌三发，汝归何处收兄骨。""呜呼四歌兮歌四奏，林猿为我啼清昼。""呜呼五歌兮歌正长，魂招不来归故乡。""呜呼六歌兮歌思迟，溪壑为我回春姿。""呜呼七歌兮悄终曲，仰视皇天白日速。"今古诗翁以"呜呼"二字寓于诗歌者稀，公独有伤今思古之意。

"安得""呜呼"虽是用词问题，也是一种结尾方式，体现出老杜诗在章法结构上的匠心。

下 篇
宋人学杜的诗学实践

一　王安石学杜

王安石是北宋诗坛上最有成就、在宋诗发展史上具有重大意义的诗人之一。历代学者把王安石视为宋诗独特面貌形成过程中的关键人物。宋人陈善云："欧阳公诗，犹有国初唐人风气。公能变国朝文格，而不能变诗格。及荆公、苏、黄辈出，然后诗格遂极于高古。"（《扪虱新语》下集卷三）胡应麟云："六一虽洗削'西昆'，然体尚平正，特不甚当行耳。推毂梅尧臣诗，亦自据只眼。至介甫创撰新奇，唐人格调始一大变。苏、黄继起，古法荡然。推原科斗时事，实舒王生此厉阶。其为宋一代之祸，概不特青苗法也。"（《诗薮》）胡应麟否定王安石变法，在诗学宗尚方面又是尊唐的，故有此"厉阶"之说云云；但胡应麟也承认一个基本事实，这就是王安石对宋诗形成的巨大历史作用。梁启超云："宋诗伟观，必推苏黄，以荆公比东坡，则东坡之千门万户，天骨开张，诚非荆公所及。而荆公逋峭谨严，予学者以模范之迹，又似比东坡有一日之长。山谷为西江派之祖，其特色在拗硬深窈，生气远出，然此体实开自荆公，山谷则尽其所长而光大耳。祖山谷者比当以荆公为祖之所出，以此言之，则虽谓荆公开宋诗一代风气，亦不为过。"（《王荆公》）今人徐复观对王安石在宋诗发展史上的地位评价甚高，他说："积极奠定宋诗基础的，应推王安石。""王安石学博才高，思深律严，晚年所走路数与山谷同，而学问才气及胸次远过于山谷。宋诗之特征，至他而始完备，后人对宋诗所做或好或坏的批评，皆可在他的诗中看出。因宋人多反对他的新政，所以他在诗方面的影响不及山谷。"[①]

王安石诗的艺术成就，源于多方面的原因，而学杜是其诗学成就的重

[①]　徐复观：《中国文学精神》，第383页。

要原因之一。清人许印方说："荆公诗，炼字、炼句、炼意、炼格，集中古今体诗，多有近杜者。然非形貌近杜，乃骨味神韵之合也。诗不学杜，必不能高。而善学者，百无一二。唐之义山、宋之半山、山谷、后山、简斋，此五家者真善学杜者也。"（引自《瀛奎律髓汇评》卷十）元人刘将孙《王荆公诗笺注》序云："公诗为宋大家，非文人诗，而其用文法，抑光耀以朴意，融制作为裁体，陶冶古今，而呼吸如今；精变尘秕，而形神俱妙。其核也，如老吏之约三尺；其丽也，又如一笑之可千金。历选百年，亦东京之子美。"王安石对杜甫的崇尚、学习和发挥，是宋代杜诗学史上一个值得研究的重要问题。胡仔云："若杜子美，其诗高妙，固不待言，要当知其平生用心处，则半山老人之诗得之矣。"（《苕溪渔隐丛话》前集卷十一）朱庭珍《筱园诗话》云："半山学杜，而以简拔短炼，变其沉郁飞动。各自成家，一时瑜亮。"

（一）

王安石是一位伟大的政治家，同时是一位才学富赡的学者和诗人。他少年时期就有以天下为己任的抱负和志意，同老杜一样，以"稷契"自期，怀有济世忧民、"矫变世俗之志"。他23岁时写的《忆昨诗示诸外弟》云："此时少壮自负恃，意气与日争光辉。……吟哦图书谢庆吊，坐室寂寞相伊威。才疏命贱不自揣，欲与稷契遐相希。"入仕之后，王安石长时间做地方官，对民间疾苦、官吏贪腐、边疆安危有着深刻的了解与认识，其改革时弊、济世安民的理想和志意更加坚定强烈。执政以后，更以致君尧舜自负。史称"相熙宁，神祖虚心以听，荆公自以为遭不世之主，尽展底蕴，欲成君之业，顾君不尧舜，世不三代，不止也"（岳珂《桯史》卷十一王荆公条）。与杜甫思想抱负的契合，是王安石尊杜与学杜的根本和基础。

"惟公之心古亦少，愿起公死从之游"，王安石对杜甫怀有极大的敬意和感佩，他的诗歌创作自觉、认真地继承了杜诗忧国忧民、揭露时弊的优良传统。他前期的许多诗篇，诸如《河北民》《秃山》《收盐》《省兵》《发廪》《兼并》《寓言》《白沟行》等，蒿目时艰，直面危机，抓住具有典型意义的生活侧面，深刻地反映了当时社会上的复杂矛盾，暴露社会黑暗与当权者们的腐朽，表达了对人民深切的同情。诗中涉及的面十分广泛，官吏贪腐、官收私盐、赋役繁重、土地兼并严重、水利设施荒废、水旱灾害频仍、社会风俗颓坏等，内容广泛而充实，表现了诗人强烈的人道主义精神和深沉的忧患意识，和杜诗的现实主义精神息息相通。

例如《河北民》：

> 河北民，生长二边长苦辛。家家养子学耕织，输于官家事夷狄。今年大旱千里赤，州县仍催给河役。老小相携来就南，南人丰年自无食。悲愁天地白日昏，路旁过者无颜色。汝生不及贞观中，斗粟数钱无兵戎。

诗中尖锐地触及当时社会的严重痼疾，北宋因军事太弱，以岁币奉夷狄，反映了当时生活在宋朝与辽、西夏交界地区老百姓在阶级剥削和民族压迫的苦难生活，而且揭示了并非边地的南方百姓"丰年自无食"的苦况。再如《感事》：

> 贱子昔在野，心哀此黔首。丰年不饱食，水旱尚何有！虽无剽盗起，万一且不久。特愁吏之为，十室灾八九。原田败粟麦，欲诉嗟无赇。间关幸见省，笞扑随其后。况是交冬春，老弱就僵仆。州家闭仓庾，县吏鞭其租。乡邻铢两征，坐逮空南亩。取赀官一毫，奸桀已云富。彼昏方怡然，自谓民父母。蝎来佐荒丘，憬憬常怀疚。昔之心所哀，今也执其咎。乘田圣所勉，况乃余之陋。内讼敢不勤，同忧在僚友。

此诗作于皇祐中任通判舒州时，反映的是残酷剥削和压榨下贫苦农民的悲惨命运，尖锐深刻地揭露了官吏对农民的暴力压迫，表达了诗人顾念贫苦农民和自己内心愧疚的仁者情怀，这种揭露时弊、批评时政、表现民众苦难的诗篇，在王安石前期的诗歌作品中占有相当的数量。

也是作于舒州通判任上的《发廪》：

> 先王有经制，颁赉上所行，后世不复古，贫穷主兼并。非民独如此，为国赖以成。筑台尊寡妇，入粟至公卿。我尝不忍此，愿见井地平，大意苦未就，小官苟营营。三年佐荒州，市有弃饿婴。崎岖山谷

间，百室无一盈。乡豪亦云然，罢弱安可生。兹地昔丰实，土沃人良耕。他州或訾窳，贫富不难评。豳诗出周公，根本讵宜轻。愿书七月诗，一寤上聪明。

清人蔡上翔说：荆公通判舒州时，"所见闾阎之疾苦，官吏之追呼，无不托于诗篇"（《王荆公年谱考略》卷四"皇祐五年"条）。"赋敛中原困，干戈四海愁。"（《何处难忘酒》）王安石对当时社会的经济、政治、军事、科举有相当深刻而全面的感受和认识，目睹危机四伏的社会现实，其强烈的忧世救民之心和远见卓识，为其他人所不及。对民间的疾苦隐痛，官吏的腐败强横，边境的深重危机，王安石诗都有深刻具体的反映。李璧注王安石《杜甫画像》云："公不喜李白诗，而推敬少陵如此，特以其一饭不忘君，而志常在民也。"这些诗的基本写法是在写实的基础上发议论，走的是杜甫以时事入诗、写实加议论的路子。

王安石还写有很多送别诗，其中不少是送人赴官的。这些诗一如老杜之送别诗，瞩望和勉励行者关心民瘼、勤政爱民，情意殷切。如《送望之赴临江》："黄雀有头颅，长行万里余。因想君出守，暂得免包苴。"《诗人玉屑》卷九云：此诗"才二十字耳，崇仁爱，抑奔竞皆具焉，何以多为能行此言，则虐生类以饱口腹、刻疲民以肥权势者寡矣"。《送宋中道通判洺州》："予尝怜洺民，舄卤半不治。颇觉漳可引，但为长者咻。高议不同俗，功成人始思。夫子到官日，勿忘吾此诗。"《送李宣叔倅漳州》："予闻君子居，自可救民瘼。"《送裴如晦宰吴江》："到县问疾苦，为予求所经。"蔡上翔谓"公之惓惓民事，若恫瘝切身。"（《王荆公年谱考略》）

王荆公前期诗歌创作的基本精神是奉杜甫为圭臬，走的是老杜紧密关注现实、关注国计民生的路子，而且讲求法度和锤炼。方东树说："看半山章法严谨，全从杜公来，不自以古文法行之也。"（《昭昧詹言》卷十二）这个看法是正确的。不过，王安石的思想、心态、情感、气质与老杜毕竟有别，他也没有老杜身遭乱离、漂泊流离的生活经历以及老杜那种极深厚极诚挚的人道主义精神，所以即使同类题材的诗，王诗与杜诗的差别还是很明显的。刘熙载《艺概》说："王荆公学杜得其瘦硬，然杜具热肠，公惟冷面，殆亦如其文之学韩，同而未尝不异也。"王安石是一比较理性的人，其诗也注意节制情感。老杜诗当然也是注意理性的，但有极丰沛的情感。王安石以一个志在改革时弊的政治家的角度观察现实,挹取题材,提炼主题。《石林诗话》云:"王荆公少以意气自许,故诗语惟其所向,不复更为涵蓄。如'天下苍生待霖雨,不知龙向此中蟠',又'浓绿万只红一点,动人春色不须多',又'平治险秽非无力,润泽焦枯是有才',皆直道其胸中事。"王安石这一时期的诗,内容充实,而且不乏新颖的意念和思索,但是不免有缺少回味的弊病。

(二)

宋诗的自成面目是从学韩开始的。欧阳修在诗文革新中标举韩愈作为诗文典范,引发北宋诗坛风气之变。叶燮《原诗》云:"宋之苏、梅、欧、苏、王、黄,皆愈为之发其端,可谓极盛。"天圣尊韩是一股强劲的思想文化潮流,王安石前期诗歌创作,步欧、梅的路子,对韩愈诗歌学习借鉴颇多,其《寄孙正之》诗自云:"少时已感韩子诗,东西南北皆欲往。"王安石学韩愈古体诗法,以文为诗,造硬语、压险韵、用语助,点窜古人诗句以为己有。方东树谓荆公与欧阳修"皆从韩出""半山本学韩公"(《昭昧詹言》卷十二)梁启超亦云:"荆公古体,与其谓之学杜,毋宁谓之学韩。"认为王安石古体诗"用刻入之思,炼奇矫之语,斗逼仄之韵,缒幽凿险,曲尽昌黎之技也。"[1] 钱锺书《谈艺录》十八"荆公用昌黎诗"条指出王安石学韩有"偷语""偷意""偷势"以及善用语助几种途径,对王安石研习、模仿、借鉴、化用韩诗,辨之甚详。王安石早期古体诗学韩,韩诗的铸字险刻奇峭,气势峭厉雄健,以及语言的散文化,对于王安石诗歌艺术表现力的提高,的确起了重要作用。但是,对王安石学韩问题,还有以下几点值得注意:

第一,韩愈的"以文为诗",在诗中发议论,用散文句法,并不能完全归结为韩愈的独创。"以文为诗"的创始者是杜甫,韩愈则加以发扬,踵事增华。叶燮《原诗·外篇下》云:"唐人诗有议论者,杜甫是也。杜五言古,议论尤多,长篇如《赴奉先咏怀》、《北征》及《八哀》等作,何首无议论?"罗大经《鹤林玉露》卷八"诗用助语"条也指出杜诗用助语:"诗用助语字贵贴妥,如杜少陵云:'古人称逝矣,吾道卜终焉。'又

---

[1] 梁启超:《王荆公》,《梁启超全集》,北京出版社1999年版,第1845页。

云：'去矣英雄事，荒哉割据心。"韩愈诗用助语，来自老杜。所以王安石的学韩，实际上包含着学杜的因素。杜甫、韩愈的诗歌本来具有一脉相承的艺术关系，许多宋人都是既接受杜诗，又接受韩诗的。清代田雯云："今之谈风雅者，率分唐、宋而二之。不知杜、韩海内俎豆久矣。（宋）梅、欧、王、苏、黄、陈诸家，亦无不登少陵之堂，入昌黎之室。"（田雯《古欢堂集杂著》卷一，见《清诗话续编》）

第二，实际上，王安石古体诗有学韩的，也有学杜的，还有学韩并学杜的。夏敬观谓宋人学韩，"以王荆公为最，王逢原长篇亦有其笔。欧阳永叔、梅圣俞亦颇效之。诸公皆有变化，不若荆公之专一也"（《唐诗说》）。谓王安石"专一"学韩，这种看法并不符合实际。例如王安石的七古题画诗，学老杜的作法就十分明显。例如，作于庆历五年（1045）的《虎图》：

> 壮哉非黑亦非区，目光夹镜当坐隅。横行妥尾不畏逐，顾盼欲去乃踌躇。卒然我见心为动，熟视稍稍摩其须。故知画者巧为此，此物安肯来庭除。相当盘礴欲画时，睥睨众史如庸奴。神闲意定始一扫，功与造化论锱铢。悲风飒飒吹黄芦，上有寒雀惊相呼。槎牙死树鸣老乌，向之俯嘱如哺雏。山墙野壁黄昏后，冯妇遥看亦下车。

此诗用语生新劲健，议论透彻宏肆，体现韩欧古体的诗风，气胜笔锐，不以情韵而以气格取胜。其想象之奇特新颖、议论之透彻宏肆，也体现了韩欧古体诗风，学韩之迹明显。但是在立意、章法与表现手法上，这首诗显然是学杜的。杜甫的《画鹘行》云：

> 高堂见生鹘，飒飒动秋骨。初惊无拘挛，何得立突兀！乃知画师妙，巧刮造化窟。写此神俊姿，充君眼中物。乌鹊满樛枝，轩然恐其出。侧脑看青霄，宁为众禽没。长翮如刀剑，人寰可超越。乾坤空峥嵘，粉墨且萧瑟。缅思云沙际，自有烟雾质。吾今意何伤，顾步独纡郁。

杨伦《杜诗镜诠》引仇注云："首八句从生鹘突起转到画鹘，顿挫生姿。以下乌鹊恐其出击，疑于真鹘矣。乃仰天而不肯没去，则画鹘也。长翻可任超越，又疑真鹘矣。"王安石《虎图》前八句也从生虎突起转到画虎，老杜以"巧刮造化窟"赞叹画师笔力可与造化媲美，荆公则谓画师"功与造化论锱铢"。"悲风"以下八句，先以此画的背景，风吹黄芦，寒雀惊呼，老乌悲鸣，衬托其如真虎。又用"冯妇"之典为想象，写善于伏虎的冯妇遥看也误以为真虎，再次形容画虎之栩栩如生。全诗把"以假为真"作为运思与结构的核心，以形容夸赞画虎之惟妙惟肖，在章法上层层跌宕，笔笔翻转，又杂以议论，都从老杜《画鹘行》学来。《艇斋诗话》云："东湖言：荆公《画虎行》用老杜《画鹘行》夺胎换骨。"《西清诗话》亦云，荆公此诗乃仿老杜《画鹘行》一诗作法，"以纾急解纷耳。"(《诗人玉屑》卷一七) 荆公的《阴山画虎图》一诗，与《虎图》类似，则不仅学老杜"以假为真"的形容之法，而且也学老杜以题画寄托情怀的写法：

> 阴山健儿鞭鞬急，走势能追北风及。逶迤一虎出马前，白羽横穿更人立。回骑倒戟四边动，抽矢当前放蹄入。爪牙蹭蹬不得施，碛上流丹看来湿。胡天朔漠杀气高，烟云万里埋弓刀。穹庐无工可貌比，汉使自解丹青包。堂上素绢开欲裂，一见犹能动毛发。低回使我思古人，此地搏兵走戎羯。禽逃兽遁亦萧然，岂若封疆今晏眠！契丹弋猎汉耕作，飞将自老南山边，还能射虎随少年？

诗的后八句，转入议论，讽刺边防守将晏然高卧、苟且偷安，朝廷不知爱惜和任用将才，表现了诗人深忧国事的郁勃心情。此诗以画中的形象、境界为基础，生发开去，驰骋想象，放笔直干，述志言怀，超越对画作的审美鉴赏和品评，表达诗人思想感情，其艺术构思与审美建构的方式，正是来自老杜题画诗。沈德潜云："唐以前未见题画诗，开此体者，老杜也。其法全在不粘画上发议论。如题画马、画鹰，必说道真马、真鹰，复从真马、真鹰开出议论，如题画马、画鹰，必说到真马、真鹰，复从真马、真鹰开出议论，后人可以为式。又如题画山水，有地名可按者，必写出登临凭吊之意，题画人物，有事实可拈者，必发出知人论世之意。本老杜法推广之，才是作手。"(《说诗晬语》) 老杜题画诗，突出鉴赏主体与绘画这一客体之间的交流与感动，不仅发掘画之旨趣，论画之艺术造诣，而且往往于画外立意，生发开去，发表议论。荆公《阴山画虎图》正是学老杜题画诗的作法。清人延君寿谓"王介甫诗……古体学杜、韩而不袭,殊胜六一。"(延君寿《老生常谈》,见《清诗话续编》)这样说是符合实际的。

第三,最重要的是,王安石学诗的宗尚后来发生了变化。嘉祐元年(1056),欧阳修在《再论水灾状》中说王安石"学问文章,知名当世",在赠给王安石的诗中云:"翰林风月三千首,吏部文章二百年。老去自怜心尚在,后来谁与子争先?"把王安石作为李白、韩愈的继承者予以称赞。而王安石的答诗竟说:"他日若能窥孟子,终身何敢望韩公。"(《奉酬永叔见赠》)庆历后期,王安石已认识到韩愈的局限,由韩愈上溯老杜,以杜易韩,奉老杜为圭臬,更加"取法乎上",诗学宗尚发生巨大变化。《杜甫画像》一诗作于皇祐五年(1053),可以说是王安石诗学宗尚转向杜甫的明确宣示。徐复观说:"昔人有谓王安石法韩愈,但他实倾心于杜甫,对韩愈有诗谓:'务去陈言夸未俗,可怜无补费精神。'对杜则有诗谓:'吾观少陵诗,谓与元气侔。'由此可见他对两个人的评价。"[①]当然,转向宗杜,并非是和韩诗划清界限,韩愈对王安石的影响依然发挥作用,但是已经退居次要地位。

(三)

王安石对老杜诗歌的艺术成就有着非常深刻的认识和见解,对杜诗所体现的排天斡地的巨大艺术创造力,对杜诗在表现大千世界巨细丑妍、千变万化时不见雕镂之痕的神奇笔力,十分敬佩与倾倒。《杜甫画像》云:"吾观少陵诗,谓与元气侔:力能排天斡九地,壮颜毅色不可求。浩荡八极中,生物岂不稠,丑妍巨细千万殊,竟莫见以何雕镂。"据《苕溪渔隐丛话》前集卷一四记载,王安石还说过:"世间好言语,已被老杜道尽。"又谓杜诗"光掩前人,后来无及者",王安石对杜诗极熟,陈正敏称赞荆公集杜:"皆顷刻而就,词意相属,如出诸己。他人极力效之,终不及也。"(《遁斋闲览》,见《苕溪渔隐丛话》前集卷六)

王安石56岁罢相退居江宁后,心态发生了巨大变化,诗作的内容也发生了巨大变化。其学杜也由此前的崇尚杜诗关心国运民生的现实主义精

[①] 徐复观:《中国文学精神》,上海书店出版社2004年版,第386页。

神，转为更重视杜诗高超的艺术造诣，由诗学精神的发扬转到诗意审美的继承与发挥上。王安石赞佩杜诗"绪密而思深。观者苟不能臻其阃奥，未易识其妙处"（魏庆之编《诗人玉屑》卷一四）。所谓"绪密而思深"，是说杜诗情感思绪细密深刻，这当然是构思的精严所致，是思深的结果；但是，这又依赖于语言表达的精工深稳，使有限的字句具有密度极大的思想情感内涵。王安石论诗，既贵乎用意之深，又讲求语言之琢磨锤炼，做到"意与言会，言随意遣"，从言、意两方面提高诗的审美品位，这是他学杜的一种心得和实践。

　　王安石前期重古体，颇学欧、韩，同时钦佩老杜之"思深"，追求内容充实和识见的颖异不凡而颇有佳篇，如《明妃曲二首》《桃源行》等。王安石晚年在诗美的创造上更是竭尽心力，杜诗的格律精严、用意深刻、议论杰出以及用字之类技法问题，为王安石提供了榜样和借鉴。清吴之振《宋诗钞》卷十八《临川诗钞》小序云："安石少以意气自许，故诗语唯其所向，不复更为涵畜。后从宋次道尽假唐人诗集，博观而约取，晚年始悟深婉不迫之趣。其精严深刻，皆步骤老杜所得。""荆公体"的雅丽精绝，正体现了这方面的特色与成就。《石林诗话》云："王荆公晚年诗律尤精严，造语用字，间不容发。然意与言会，言随意遣，浑然天成，殆不见有牵率排比处。如'含风鸭绿鳞鳞起，弄日鹅黄袅袅垂'，读之不觉有对偶。至'细数落花因坐久，缓寻芳草得归迟'，但见舒闲容与之态耳。而字字考之，若经隐括权衡者，其用意亦深矣。尝与叶致远诸人和头字韵诗，往返数四，其末篇有云：'名誉子真矜谷口，事功新息困壶头。'以谷口对壶头，其精切如此。后数日复取本追改云：'岂爱京师传谷口，但知乡里胜壶头。'只今集中两本并存。"（《石林诗话》卷中）老杜"晚节渐于诗律细"，王安石"暮年诗益工，用意益苦"（《后山诗话》）。荆公近体更注意学杜，朱庭轸云："半山学杜，而以其简拔短炼，变其沉郁飞动，各自成家，一时瑜亮。"（《筱园诗话》卷一）梁启超说："荆公七律，多学少陵晚年之作。"（《王荆公》）

　　在学杜问题上，王安石有一个值得注意的观点，即认为李商隐是学杜的榜样，学杜当从李商隐入手。《蔡宽夫诗话》说："王荆公晚年亦喜称义山诗，以为唐人知学老杜而得其藩篱，惟义山一人而已。每颂其'雪岭未归云外使，松州犹驻殿前军。''永忆江湖归白发，欲回天地入扁舟。'与'池光不受月，暮气欲沉山。''江海三年客，乾坤百战场。'义山诗合处，信有过人。若其用事深僻，语工而意不及，自是其短。世人反以为奇而效之，故昆体之弊，适重其失。义山本不至是云。"叶梦得谓王安石"尝为蔡天启言：学诗者未可遽学老杜，当先学商隐，未有不能为商隐而能为老杜者。"（马端临《文献通考》卷二百二十三，文渊阁四库全书本）王安石与西昆诗人不同，他重视李商隐学杜的功夫和成就，也深知李商隐诗存在"用事深僻，语工而意不及"的短处，所以纪昀称赞云："王荆公谓学杜当从李义山入，却是有把捉、有阅历语。"（引自《瀛奎律髓汇评》卷二十三）

王安石重视和赞许李商隐的学杜，把李商隐学杜作为自己学杜的榜样，这是王安石晚年学杜之特点与入手处。李商隐诗严密的布局，精工的对仗，开合动荡的气势，沉郁的风格，本是学杜，而且比老杜更加精致工丽。王安石重视李商隐学杜的路子和经验，注意吸收杜甫诗在意象、句法、语言方面的艺术经验，讲求立意精深，"意与言会，言随意遣"，以达到"浑然天成"的境地。清人许印方指出，王安石诗"炼字、炼句、炼意、炼格，皆以杜为宗"（《瀛奎律髓汇评》）。同时，受李商隐的影响，王安石晚年诗"亦微乐于华巧"（叶梦得语，见马端临《文献通考》卷二百二十三，文渊阁四库全书本）。关于王安石的这一转变，吴之振《宋诗钞·临川诗钞》小序云："安石少以意气自许，故诗语惟其所向，不复更为涵蓄。后从宋次道尽假唐人诗集，博观而约取，晚年始悟深婉不迫之趣。然其精严深刻，皆步骤老杜所得。而论者谓其有工致，无悲壮，读之久，则令人笔拘而格退，余以为不然。安石遣情世外，其悲壮即寓闲淡之中。独是议论过多，亦是一病耳尔。"

1. 学习老杜用字

王安石对诗语用字特别敏感，对造成"好言语"孜孜以求。老杜用字的高超，正是王安石效法的榜样。《草堂诗话》卷二载：

　　临川王介甫曰：老杜云"无人觉来往"，下得"觉"字大好。"暝色赴春愁"，下得"赴"字大好。若下"见"字、"起"字，即小儿言语。足见吟诗要一字、两字功夫也。

王安石这段话亦见《诸家老杜诗评》卷一引《钟山语录》。"无人觉来往"，出自杜诗《西郊》。"暝色赴春愁"是皇甫冉《归渡洛水》中的首句，王安石误记为杜句。王安石对杜诗的用字极为叹服，他作诗也像老杜一样，在关键的"一字两字"推敲锻炼上下足了功夫，务期在意象营造、情感表达乃至诗语韵味、力度方面达到新颖高妙的境界。《苕溪渔隐丛话》后集卷二十五云："王驾《晴景》云：'雨前初见花间蕊，雨后兼无叶底花。蛱蝶飞来过墙去，应疑春色在邻家。'此《唐百家诗选》中诗也。余因阅荆公《临川集》亦有此诗，云：'雨来未见花间蕊，雨后全无叶底花。蜂蝶纷纷过墙去，却疑春色在邻家。'《百家诗选》是荆公所选，想爱此诗，因为改七字，使一篇语工而意足，了无镵斧之迹，真削鐬手也。"此例亦可见王安石善于下字。宋人严有翼《艺苑雌黄》云："余与乡人翁行可同舟溯汴，因谈及诗，行可云：王介甫最善下字，如'荒棣野鸡催月晓，空场老雉挟春骄。'下的'挟'字好；如《孟子》挟贵挟长之挟。予谓介甫又有'紫苋凌风怯，苍苔挟雨骄'……其用'挟'字，亦与前一联同。"（《艺苑雌黄》"最善下字条"，见《宋诗话辑佚》本）

洪迈《容斋随笔》以《泊船瓜洲》为例，说明王安石对用字之锤炼：

> 王荆公绝句云："京口瓜洲一水间，钟山只隔数重山。春风又绿江南岸，明月何时照我还。"吴中士人家藏其草，初云："又到江南岸"，圈去"到"字，注曰："不好"，改为"过"，复圈去而改为"入"，旋改为"满"，凡如是者十许字，始定为"绿"。

王安石用"绿"字，还有《送和甫至龙安，微雨，因寄吴氏女子》："荒烟凉雨助人悲，泪染衣襟不自持。除却春风沙际绿，一如看汝过江时。"程千帆先生评论说：诗人"以为并非春风能使草木呈现绿色，而是春风本身就是绿的，因此吹到之处，水边沙际，就无往而非一片绿色了。以春风为有色而且可染，是诗人更为细致的通感"①。《次韵朱昌叔岁暮》写岁暮之景象："城云漏日晚，树冻裹春深。"岁暮天寒，阴云遮天，傍晚才看到一点日光；树木被冻住，春意生机被层层深裹，没有一点消息。"漏"字，正显出冬云漫天，"裹"字，则见寒意之重。方回评云："'漏'字'裹'字，诗眼，突如其光也。"（《瀛奎律髓》卷十三）纪昀评云："故作奇语，然不伤雅""刻意求新，逾于滑调"。许印芳说："晓

---

① 程千帆：《古诗今选》下卷，第552页。

岚此评，乃至当不易之论，学者皆宜书绅。"（同上）王安石诗字法学杜，字不轻下，下必颖异工巧，不能取代。

这样的例子可以举出许多，如"坐见山川吞日月，杳无车马送尘埃"（《落星寺》）；"邻鸡生午寂，幽草弄秋妍"（《示无外》）；"离情被横笛，吹过乱山东"（《江上》）；"尘催轻骑走，寒咽短箫吹"（《王村》）；"沧江天上落，明月镜中流"（《游赏心亭寄虔州女弟》）；"日催花蕊急，云避雁行高"（《寄深州》）；"冥冥江雨湿黄昏"（《江雨》）；"卧听檐雨泄高秋"（《金陵郡斋》）；"风吹魂梦去还家"（《示友人》）；"园林处处锁芳菲"（《次韵再游城西李园》），等等。叶梦得云："荆公晚年诗律尤精严，造语用字，间不容发。"（《石林诗话》）

2. 学老杜句法

关于王安石学老杜句法，叶梦得《石林诗话》卷上载："荆公每称老杜：'钩帘宿鹭起，丸药流莺啭'之句，以为用意高妙，五字之楷模。他日，公作诗，得'青山扪虱坐，黄鸟挟书眠。'自谓不减杜语，以为得意，然不能得全篇。"赵翼《瓯北诗话》对此持否定意见："公尝以'钩帘宿鹭起，丸药流莺啭'为高妙，遂仿之作'青山扪虱坐，黄鸟挟书眠'，自以为不减杜。试思少陵此二句，本已晦涩难解，不可以出自少陵，虽不敢议。乃荆公更从而效之，几似山能扪虱，鸟能挟书，成何语邪？"赵翼此说不妥。老杜"钩帘"一联，出《水阁朝霁奉简云安严明府》，这是老杜创制的一种句法：一句五字（或七字）作两截，省略表明句中上截与下截之间关系的字词，全句的意义需要读者运用想象来补充。这种句法，句子上下两截明断而实连，意思曲折相通，含蓄而又凝练。王安石看中的正是这一点，谓之"用意高妙"，故有"青山扪虱坐，黄鸟挟书眠"之仿作。赵翼把王安石仿作的"青山扪虱坐，黄鸟挟书眠"两句中上下截误为主谓关系，所以才认为不成话。至于袁枚《随园诗话》云："王荆公作文，落笔便古；王荆公论诗，开口便错。何也？文忌平衍，而公天性拗执，故琢句选词，迥不犹人。诗贵温柔，而公性情刻酷，故凿险缒幽，自堕魔障。其平生最得意句云：'青山扪虱坐，黄鸟挟书眠。'余以为首句是乞儿向阳，次句是村童逃学。"则是对王诗的一种故意歪曲与讥讽。袁枚不会不知道"扪虱"之典，将"青山扪虱坐"说成"乞儿向阳"云云，是故意曲解王安石的句意而作"幽默"之说。此则故事的意义主要不在王安石仿杜的两句诗仿得如何，而在于它表明，王安石是宋人中最早认识和重视杜诗句法创新的人，王安石近体诗多得老杜晚年句法，而且成就很高。

老杜诗有一种倒装或浓缩的句法，就为王安石所注意与效法。清人吴见思《杜诗论文》论及杜诗之句法云："例如'翠深开断壁，红远结飞楼'，盖翠而深者，乃所开之断壁；红而远者，则所结之飞楼，极为奇秀。若曰'飞楼红结远，断壁翠深开'，肤而浅矣。如'绿垂风折笋，红绽雨肥梅'，盖绿而垂着，风折之笋；红而绽者，雨肥之梅，体物深细。若曰'绿笋风吹折，红梅绽雨肥'，鄙而俗矣。如'香稻啄残鹦鹉粒，碧梧栖老凤凰枝'，盖言香稻也，乃鹦鹉啄残之粒；碧梧也，乃凤凰栖老之枝，无限感慨。若曰'鹦鹉啄残香稻粒，凤凰栖老碧梧枝'，直而率矣。"叶嘉莹把这种句法称为"但以感性掌握重点而跳出文法之外的倒装或浓缩的句法"①。杜甫用这种跳出文法之外的句法，凸显了诗人瞬间的感觉或感觉的层次、重点，赋予物象以及浓重的主观色彩，造成意象的鲜活、独特、灵动。杜甫《奉酬李都督表丈早春作》："红入桃花嫩，青归柳叶新。"仇注："柳青桃复红，起于谢尚，袭用便成常语。梁简文诗云：'水照柳初碧，烟含桃半红。'乃借烟水以形其红、碧。杜云'红入桃花嫩，青归柳叶新。'用'归'、'入'二字，写出景色之新嫩，皆是化腐为新之法。"（《杜诗详注》卷九）谢尚、梁简文帝都是按正常语序写桃花、柳叶之新嫩。杜甫这两句诗也是写春日桃红柳绿，但他把"红"与"青"两个颜色字提前，又以"归""入"两个动词表现"红""青"的态势，从而写出了春光之烂漫，和"四海尚风尘"的人世悲剧形成尖锐的对比。正如《杜臆》所说："当此桃嫩柳青，其景色亦正佳耳。但以四海犹乱，望乡未归，此我之所以闻诗而愈悲也。"王安石《宿雨》："绿搅寒芜出，红争暖树归。鱼吹塘水动，雁拂塞垣飞。宿雨惊沙尽，晴云昼漏稀。却愁春梦短，灯火着征衣。"第一二两句仿老杜"红入桃花嫩，青归柳叶新"之错综句法，将"绿""红"两字提前，用"搅""争"状写"绿""红"，写出春意之浓烈扰攘，衬托征人行前之心情缭乱。再如《欲归》："水漾青天暖，沙吹白日阴。塞垣春错寞，行路老侵寻。绿稍还幽草，红应动故林。留连一杯酒，满眼欲归心。"颈联"绿稍"二句，亦是将颜色字提前，状写春天的景象，表现急于归乡的迫切心情。

---

① 吴见思：《迦陵论诗丛稿》，中华书局1984年出版，第274页。

再如《同陈和叔游齐安院》："缲成白雪桑重绿，割尽黄云稻正青。他日玉堂挥翰手，芳时同此赋林坰。"前二句写五月农忙景象，此时桑叶又绿，稻谷正青，农家已将上一年的蚕茧缲成雪白的丝，成熟的麦子收割完毕。惠洪谓此二句与老杜"鹦鹉啄残香稻粒，凤凰栖老碧梧枝"一样，是"错综句法"，"言缲成则知白雪为丝，言割尽则知黄云为麦也"（《石门洪觉范天厨禁脔》卷上）。诗人以这种错综的句法状写季节的轮换与丰收的诗意。荆公可能特别喜欢这两句诗，后来又将其写入《木末》一诗："木末北山烟冉冉，草根南涧水泠泠。缲成白雪桑重绿，割尽黄云稻正青。"

再如《招吕望之使君》：

潮沟直上两牛鸣，十亩涟漪一草亭。委质山林如许国，寄怀鱼鸟欲忘形。纷纷易变浮云白，落落谁钟老柏青。尚有使君同好恶，想随秋水肯扬舲。

颈联"纷纷易变浮云白，落落难钟老柏青"两句，意思是世事如白云苍狗，翻覆易变；己身虽如老柏冬青，也难得世人钟爱。将"易变""难钟"分别置于"浮云""老柏"之前，再加"纷纷""落落"以形容之，又将"白""青"置于煞句之处，重点词语突出，句势跌宕起伏，具有平顺的叙述所不能达到的效果（《雪浪斋日记》谓此皆得老杜句法）。另外，"纷纷易变浮云白"，乃点化老杜《可叹》："天上浮云似白衣，斯须改变如苍狗。""落落难钟老柏青"，则檃栝老杜《凭韦少府班觅松树子栽》："落落出群非桦柳，青青不朽岂杨梅。"荆公学杜，的确可谓精细入微。

王安石之近体诗，还注意效法杜诗的句式。

如七律《法喜寺》：

门前白道自萦回，门下青莎间绿苔。杂树绕花莺引去，坏檐无幕燕归来。寂寥谁共樽前酒，牢落空留案上杯。我忆故乡诚不浅，可怜鹎鸠重相催。

老杜《白帝》："白帝城中云出门，白帝城下雨翻盆。高江急峡雷霆斗，翠木苍藤日月昏。戎马不如归马逸，千家今有百家存。哀哀寡妇诛求尽，恸哭秋原何处村。"仇兆鳌云：杜诗起语"有律体似歌行者，如'白帝城中云出门，白帝城下雨翻盆'是也。然起四句一气滚出，律中带古何碍？唯五六掉字成句，词调乃稍平耳。"王安石此诗起首二句，就学老杜的似歌行体句式。而且前四句写景，也类杜诗《白帝》之前四句的一气滚出，律中带古。下四句换笔另写，由景入情，气势舒缓流宕，写出了思乡之情。

再如《思王逢原三首》其二：

蓬蒿今日想纷披，冢上秋风又一吹。妙质不为平世得，微言惟有故人知。庐山南堕当书案，湓水东来入酒卮。陈迹可怜随手尽，欲欢无复似当时。

颔联"庐山南堕当书案，湓水东来入酒卮"两句，学老杜"扶桑西枝对断石，弱水东影随长流"（《白帝最高楼》）。之句势造语，陈衍《石遗室诗话》卷二十四谓"此可比肩工部"。而此诗结尾"陈迹可怜随手尽，欲欢无复似当时"两句，则是点化老杜《可惜》："可惜欢娱地，都非少壮时。"

至于点化橅栝杜句者，荆公诗中例子很多。如《春日》：

冉冉春行暮，菲菲物竞华。莺犹求旧友，燕不背贫家。室有贤人酒，门无长者车。醉眠聊自适，归梦到天涯。

此诗写其春日之孤寂，感叹人情淡薄。颈联"室有贤人酒，门无长者车"两句，仿老杜《对雨书怀走邀许主簿》"坐对贤人酒，门听长者车"。冯舒谓"贤人酒""长者车"直述老杜语。（《瀛奎律髓汇评》卷十）查慎行谓是"熟于唐诗"之病。其实，这两句与杜诗"坐对贤人酒，门听长者车"是有区别的。贤人酒，典出《魏略》："太祖时禁酒，而人窃饮之，故难言酒。以白酒为贤人，清酒为圣人。"杜诗这两句是说准备了好酒等待好友同饮。而"室有贤人酒，门无长者车"，则谓纵然有酒亦无人与之共饮，写其处境萧条，寂寞孤独。

再如五律《旅思》：

此身南北老，愁见问征途。地大蟠三楚，天低入五湖。看云心共远，步月影同孤。慷慨秋风起，悲歌不为鲈。

《唐子西文录》谓"地蟠三楚大，天入五湖低"两句，"得子美句法"。而颈联"看云心共远，步月影同孤"，则是点化老杜五律《江汉》之颈联："片云天共远，永夜月同孤。"全诗风格也颇似老杜《江汉》。

再如《松江》："五更飘渺千山月，万里凄凉一笛风。"点化老杜《洗兵马·收京后作》："三年笛里关山月，万国兵前草木风。"《出郊》："川原一片绿交加，深树冥冥不见花。""川原一片绿交加"一句，显然化用杜诗《春日江村》："种竹交加翠"。《中年》："南望青山知不远，五湖春草入扁舟。"结句檃栝杜诗《将适吴楚留别章使君留后兼幕府诸公》："不意青草湖，扁舟入吾手。"《和御制赏花钓鱼诗》"锦鳞吹浪日边明"，点化杜诗《城西陂泛舟》"鱼吹细浪绕歌扇"。《红梅》"江南岁尽多风雪，也有红梅漏泄春"，点化杜诗"漏泄春光有柳条"。

3. 学老杜之对偶精工

杜诗对偶的手法灵活多变，为王安石所倾心和效法，在近体诗对偶方面达到了高超的艺术造诣。

《石林诗话》云："荆公诗用法甚严，尤精于对偶。尝云用汉人语止可以汉人语对，若参以异代语，便不相类。如'一水护田将绿绕，两山排闼送青来'之类，皆汉人语也，此惟公用之不觉拘窘卑凡。如'周颙宅在阿兰若，娄约身随窣堵波'，皆以梵语对梵语，亦此意。尝有人向公称'自喜田园安五柳，但嫌尸祝扰庚桑'之句，以为的对。公笑曰：'伊但知柳对桑为的，然庚亦自是数，盖以十干数之也。'"老杜在对偶上大量使用"假对"，借词义或词音构成工致的对偶。王安石的"自喜"两句，即效法老杜借义为对的假对。老杜《曲江》"酒债寻常行处有，人生七十古来稀"就是借义为对。古谓八尺为寻，老杜此联即借"寻"的数量义项与"七十"相对，谓之"假对"。王安石以"庚"对"五"，亦使这两句对偶更为精切。《诗人玉屑》卷七引《雪浪斋日记》："荆公诗'草深留翠碧，花远没黄鹂。'人只知翠碧、黄鹂为精切，不知是四色也。又以武邱对文鹢，杀青对生白，苦吟对甘饮，飞琼对弄玉，世皆不及其工。小杜以锦字对琴心，荆公以带眼对琴心，谢夷季以镜约对琴心，亦荆公为最精切。"按，杜牧《代人作》："锦字梭悬壁，琴心月满台。"谢逸（字夷季）《踏莎行》"镜约关情，琴心破壁"。王安石《寄余温卿》："平日离愁宽带眼，讫春归思满琴心。"荆公此联最为精工。荆公之"带眼"对"琴心"是假对，"心"所对之"眼"，乃五官的眼目之"眼"，而"带眼"之"眼"则是"眼"之另一义项，意谓物体的小孔洞。即此两例假对，亦可见王安石对老杜对偶之法的倾心与效法。

　　王安石努力于属对精工，写出了大量精美的对句。他是从对偶的艺术力量这一根本角度出发讲求诗句对仗的，因而，他并不赞成作诗拘泥于属对。《诗人玉屑》卷七"不可泥对"条载荆公云："凡人作诗，不可泥于对属。如欧阳公作《泥滑滑》云：'画帘阴阴隔宫烛，禁漏杳杳深千门。''千'字不可以对'宫'字。若当时作朱门，虽可以对，而句力便弱耳。"从"句力"角度考量属对的营造方式，王安石对杜诗对偶的汲取就不仅仅拘于精切典丽，对老杜惯用的流水对和宽对法，王安石也予以重视和效法。清人许印芳云："少陵妙手，惯用流水对法，侧卸而下，更不板滞，此又布置之妙也。"（《瀛奎律髓汇评》）杜甫《因许八奉寄江宁旻上人》："不见文公二十年，封书寄与泪潺湲。旧来好事今能否，老去新诗谁与传。棋局动随幽涧竹，袈裟忆上泛湖船。闻君话我为官在，头白昏昏只醉眠。"纪昀批云："一气单行，清而不弱，此后山诸人之衣钵，为少陵嫡派也。然少陵无所不有，此其一体耳。"王安石七律亦学这种以排偶之势运单行之气的笔法，例如《和正叔怀其兄草堂》："欲抛县印辞黄绶，来伴山冠带白纶。"《道逢文通北使归》："欲报京都近消息，传声车马少淹留。"《冲卿席上》："已嗟后会欢难必，更想前官债未清。"《送李太保知义州》："还见子孙持汉节，欲临关塞抚强敌。"上下句写同一个主体的连续行动或心理活动，骈偶中有一气直下的流走之势。对老杜的宽对法，王安石也加以汲取，以宽对扩大思维张力，表现思维和情感变化之剧烈，创造更大的审美联想空间。葛立方《韵语阳秋》卷一云："律诗中间对联两句意甚远而中实潜贯者，最为高作。如介甫《示平甫》诗云：'家势到今宜有后，士才如此岂无时。'《答陈正叔》云：'此道未行身有待，古人不见首空回。'……如此之类，比规然于媲青对白者，相去万里矣。"

　　4. 学老杜用事

　　杜诗用事错综变化，灵活多样，锻炼精奇，含蓄深远，在有唐一代诗人中是无与伦比的。王安石"谓学杜当从李义山入"，李商隐用事富赡精工，自然对他有重大的启示作用。惠洪云："诗到李义山，谓之文章一厄，以其用事僻涩，时称西昆体。然荆公晚年抑或喜之，而字字有根蒂。如作雪诗曰：'借问火城将策探，何如云屋听窗知。'又曰：'未爱京师传谷口，但知乡里胜壶头。'其用事琢句，前辈无相犯者。"（《冷斋夜话》卷四）

王安石对诗歌用事有明确的主张，《蔡宽夫诗话》载："荆公尝云：'诗家病使事太多，盖皆取其与题合者类之，如此乃是编事，虽工何益？若能自出己意，借事以相发明，情态毕出，则用事虽多，亦所何妨？'故公诗如'董生只被公羊感，岂信捐书一语真'，'桔槔俯仰何妨事，抱瓮区区着此身'之类，皆意与本处不类，此真所谓使事也。""借事以相发明"，不是简单的类比，而是借助历史典故，增强表达的深度和语言的含蓄，富于暗示性和特定意味，达到"情态毕出"。

王安石关于用事要"自出己意，借事以相发明，情态毕出"的要求，也是对老杜用事艺术经验的概括。杜诗没有堆砌同类事典的"编事"之病，用事精当高妙，有些甚至达于化境，使人不觉其用典。胡应麟曾举老杜"荒庭垂橘柚，古屋化龙蛇""锡飞常近鹤，杯度不惊鸥"，称其为"杜用事入化处。然不作用事看，则古庙之荒凉，画壁之飞动，亦更无人可着语。此老杜千古绝技，未易追也"（《诗薮》内编卷四）。王安石诗的用事，常常达于"入化处"。例如著名的《书湖阴先生壁》中"一水护田将绿绕，两山排闼送青来"，不仅是用史书中的材料为对仗，而且确实用得很巧妙而不露痕迹，精巧的语言和全诗意脉的自然流动融合无间。钱锺书说，王安石"写到各种事物，只要他想'以故事记事实'，——萧子显所谓'借古语申今情'，他都办得到"①。《诗人玉屑》卷十四载："有人问荆公：老杜诗何以妙绝千古？公曰：老杜固尝言之：读书破万卷，下笔如有神。"王安石谓"某自百家诸子之书，至于《难经》、《素问》、《本草》诸小说无所不读"（《答曾子固书》）。读书破万卷，学识渊博，对王安石作诗用事之精博起了很大作用；而他又能够注意对景物做细致的体察，在意象的营造上把独特的审美体验和故实成辞融合在一起，使得用典增加了诗意的深厚而又不影响情感的自然灵动。黄庭坚谓之"雅丽精绝，脱去流俗"。

---

① 钱锺书：《宋诗选注》，人民文学出版社1979年版，第51页。

荆公诗用事之病有时流于繁多，有炫学争奇的偏向，但总体上说是学习老杜用事的成功经验，无论用故实还是用成辞，手法多样，灵活精当，形成了意蕴丰富的诗歌语言。例如《读史》诗：

　　自古功名亦苦辛，行藏终欲付何人？当时黮闇犹承误，末俗纷纭更乱真。糟粕所传非粹美，丹青难写是精神。区区岂尽高贤意，独守千秋纸上尘。

　　此诗抒写诗人读史的感想，表达对历史的看法，题目大而难写，很容易流于抽象和空泛。王安石此诗用事凡六处，则使诗人的意旨表达得形象而深刻。首联说自古以来功成名就的人历经千辛万苦，其出处进退之用心最后会由谁来记载呢？"行藏"出《论语·述而》："子谓颜渊曰：'用之则行，舍之则藏，唯我与尔有是夫。'"颔联谓当时之人尚且难以看清事情的来龙去脉，记不准确，后世更是众说纷纭，看不清历史真相。"黮闇"，出自《楚辞·九辩》："彼日月之照明兮，尚黮闇而有瑕；何况一国之事兮，亦多端而胶加。"韩愈《上郑留守启》："盖覆黮闇，不以真情白露左右。"颈联谓史书上流传下来的也有糟粕，记录下历史事实就如同绘画之中画出人物之精神一般难，上句用《庄子外篇十四》："轮扁告齐桓公，古之人与其不可传者，死矣。然则君之所读者，古之糟粕耳。"下句则用《顾恺之传》："每画人，或数年不点目睛，曰：'四体妍蚩，本无关于妙处，传神写照，正在阿堵中。'"尾联说有限的记载怎能把古代圣贤的思想完整真实地表现出来？而总有些人就是死守典籍，不肯醒悟。上句用刘歆责太常语："犹欲得残守缺，挟恐见破之私意，而无从善服义之心。"下句，李壁注谓用唐人诗："向来奇特几张纸，千古风流一窖尘。"这首诗在用事上可说达到了贴切工巧、事辞为一。诗人用典故叙事、议论、刻画，含义丰富，形象深刻，不见安排斗凑的痕迹，也没有填塞故事、堆砌饾饤之病，确乎做到了"用事工者如己出"。

　　吴沆云："诗巉拗则健而多奇，入律则弱而难工。荆公之诗入律而能健，比山谷则为过之。"（《环溪诗话》卷中）王安石律诗学习杜诗的语言艺术，锤炼富于表现力的诗歌语言，特别是其晚年退居江宁时期，在这方面更是不遗余力，取得了很高的艺术成就。

（四）

清人冯班云："半山诗无体不工，宋人学唐者断推为第一手。"(《瀛奎律髓汇评》卷一）梁启超云："荆公七律，多学少陵晚年之作。"(《王荆公》）其特点是炼句锻字，注重锤炼之工，对偶精工，用事精切，声律精严，师法老杜又稍出入义山。叶适《习学记言》卷四十七谓唐五七言律诗有二体：一是"匀致丽密，哀思婉转"；二是老杜的"以功力气势，掩夺众作"，认为"王安石、黄庭坚欲兼用二体，擅其所长，然终不能庶几唐人"。

在王安石诸体之中，以绝句成就为最高。在退隐江宁的最后十年里，王安石专心于诗歌创作，而且是以绝句为主。王安石现存绝句570多首，大多作于晚年。黄庭坚云："荆公暮年作小诗，雅丽精绝，脱去流俗，每讽味之，便觉沉潪生牙颊间。"(《冷斋夜话》卷三）杨万里特别激赏半山绝句："船中活计只诗编，读了唐诗读半山。不是老夫朝不食，半山绝句当早餐。"(《读诗》，《诚斋集》卷三十一）又云："五七字绝句最少，而最难工，虽作者亦难得四句皆好者。晚唐人与介甫最工于此。……如介甫云：'更无一片桃花在，为问春归有底忙'，'只是虫声已无梦，三更桐叶强知秋'；'百啭黄鹂看不见，海棠无数出墙头'；'暗香一阵随风起，知有蔷薇涧底花'，不减唐人。"(《诚斋诗话》）普闻《诗论》云："老杜之诗，备于众体，是为诗史。近世所论，东坡长于古韵，豪逸大度；鲁直长于律诗，老健超迈；荆公长于绝句，闲暇清癯，其各一家也。"曾季狸《艇斋诗话》谓"荆公绝句妙天下"。严羽《沧浪诗话·诗体》中列有"王荆公体"，主要指王安石的绝句，其注云："公绝句最高，其得意处，高出苏（轼）、黄（庭坚）、陈（师道）之上，而与唐人尚隔一关。"

王安石晚年，七绝是他得心应手的诗歌体裁，用以写景、咏怀、酬答、赠别、咏物、怀古、谈禅，重炼意、重修辞，在用事、造语、炼字上下功夫，形成了自己的风格。其写景咏怀之作，更是语言精炼圆熟，意境清丽含蓄，雅丽精绝，多姿多彩。王安石的七绝，有的情景交融、空灵自然，直逼唐人高境，如《泊船瓜洲》《江上》《夜直》，但更多的则学老杜七绝的路子，新奇工巧、深析透辟，显现了宋诗的特色。胡应麟说王安石"七言诸绝，宋调坌出，实苏、黄前导也"（《诗薮》）。

老杜之七绝乃唐人七绝之变体，与李白、王昌龄为代表的常体不同。李白、王昌龄所代表的盛唐七绝以风神兴象为主，以情景交融为最主要的创作特征，抒写征夫乡愁、深闺别怨、羁旅行役、男女之情、人生失意等题材和主题，以散句为主，结构上讲求起承转合，声律婉转，以情思悠长、诗味含蓄、兴象玲珑为尚，高华绵邈、言近旨远。老杜则独创别调，为绝句另辟一新境界。钟惺《唐诗归》杜甫《绝句》后总批语云："少陵七言绝，非其本色。其长处在用生，往往有别趣。有似民谣者，有似填词者，但笔力自高，寄托有在，运用不同耳。看诗者仍以本色求之，只取其音响稍谐者数首，则不如勿看矣。"清人李重华云："七绝乃唐人乐章，工者最多。朱竹垞云：'杜老七绝，欲与诸家分道扬镳，故而别开异径，独具情怀，最得诗人雅趣。'"（《贞一斋诗说·诗谈杂录》，见《清诗话》）仇兆鳌说："少陵绝句，多纵横跌宕，能以议论摅其胸臆，气格才情，迥异常调，不徒以风韵姿致见长矣。"（《杜诗详注》卷十一）杜甫以七绝叙写时事，议论时政，品评诗文，或将个人所见、所感、所爱之风物、意趣、生活细事掇拾成诗，扩展了七绝的题材内容，并且根据表达的需要而随意安排结构、处理情景、熔铸词语，大量运用对句，还有一些篇章破弃声律、采用七言古绝进行自由抒写，增加表达方式和表现手段诸如增加叙事，议论等，打破了传统七律情景交融、和谐圆熟的审美形态，使绝句在富于韵味之外，又增添了"精警"，风格上也与盛唐绝句的空灵蕴藉、韵味悠长不同，显出一种质实、深刻的特点。七绝在老杜手里几乎成了可以自由驱遣的体裁形式，正如杨伦《杜诗镜诠》所说："诸作俱随意而及，为诗不拘一律。"叶燮《原诗》说："杜七绝轮囷奇矫，不可名状，在杜集中，另是一格。宋人大概学之。宋人七绝，大约学杜者什六七，学李商隐者什三四。"（《原诗》外编下）荆公和山谷是宋人中七绝学杜最有成就的诗人。

王安石七绝学杜，主要表现在以下几个方面。

1. 学老杜七绝的创变，扩大七绝的题材，以七绝写景、议论时事、怀古、咏物、言志、论诗文。沈德潜说："少陵绝句，直抒胸臆，自是大家气度，然以为正声则未也。"荆公七绝走的也是直抒胸臆的路子。

2. 细致地刻画风景物象，精心选取景物，注意发掘景物的特征和细微之处，以工稳而细腻的笔致予以描绘，例如：

春风过柳绿如缲，晴日蒸红出小桃。池暖水香鱼出处，一环清浪涌亭皋。(《春风》)

江北秋阴一半开，晓云含雨却低回。青山缭绕疑无路，忽见千帆隐映来。(《江上》)

3. 学习老杜移情于物的写法。孙奕《履斋示儿编》谓老杜创制"尔汝群物"的写法，并且指出："王荆公《梅诗》有'少陵为汝添诗兴，可是无心赋海棠'，亦得公之遗意。"所谓"尔汝群物"，即是以物为人的写法。老杜《岳麓山道林二寺行》云："一重一掩吾肺腑，山鸟山花吾友于。"把物看做自己的朋友，对物理、物情赋予人性化的理解和同情。现代文艺理论有所谓"移情作用"，"用简单的话来说，它就是人在观察外界事物时，设身处在事物的境地，把原来没有生命的东西看成有生命的东西，仿佛它也有感觉、思想、情感、意志和活动。同时，人自己也受到对事物的这种错觉的影响，多少和事物发生同情和共鸣"①。"尔汝群物"，以物为人，就是"移情作用"。老杜诗中此种写法颇多，有的是写动物，如《三绝句》："门外鸬鹚去不来，沙头忽见眼相猜。自今以后知人意，一日须来一百回。"还有《舟前小鹅儿》："引颈嗔船过，无行乱眼多。"有的是写植物，如《西阁雨望》："菊蕊凄疏放，松林驻远情。"《观舍弟赴蓝田》："巡檐索共梅花笑，冷蕊疏枝半不禁。"《风雨看舟落花戏为新句》："影遭碧水潜勾引，风妒红花却倒吹。垂华坤篮伴舟楫，水光风力俱相怯。"王安石写景咏物，以物拟人，亦学老杜，变无知为有知，化无情为有情，踵事增华，曲尽形容，为其诗增加了很大的艺术魅力：

一水护田将绿绕，两山排闼送青来。(《书湖阴先生壁》)
赖有春风嫌寂寞，吹香渡水报人知。(《山樱》)
杨花独得东风意，相逐晴空去不归。(《暮春》)
可怜新月为谁好，无数晚山相对愁。(《北望》)
猿鸟不须怀怅望，溪山应亦笑归来。(《到家》)
斜倚水开花有思，缓随风转柳如痴。(《金明池》)

---

① 朱光潜：《西方美学史》下册，人民文学出版社1964年版。

> 风日有情无处着,初回光景到桑麻。(《出郊》)
> 窥人鸟唤鸳鸯梦,隔水山供宛转愁。(《午枕》)
> 汀草岸花浑不见,青山无数逐人来。(《若耶溪归兴》)
> 缲成白雪三千丈,细草游云一片愁。(《示俞秀老》)

4. 以对入绝。老杜变体七绝,其一大特征就是大量使用对句,在句法上明显地区别于盛唐的以散句为主,讲究起承转合与章法婉转自然。严羽《沧浪诗话》指出:"子美每于绝句喜对偶。"据统计,老杜绝句共138首,以对句入绝者共60余首,占1/2。其中有对起散结者,如"云里不闻双雁过,掌中贪看一珠新。秋风嫋嫋吹汉水,只在他乡何处人?"(《戏作寄汉中王》其一)"岐王宅里寻常见,崔九堂前几度闻。正是江南好风景,落花时节又逢君。"(《江南逢李龟年》)有散起对结者,如"草阁柴扉星散居,浪翻江黑鱼初飞。山禽引子哺红果,溪女得钱留白鱼。"(《解闷十二首》其一)"眼见客愁愁不醒,无赖春色到江亭。即遣花丛深造次,便教莺语太丁宁。"(《绝句漫兴九首》其一)还有四句皆对者,如"江月去人只数尺,风灯照夜欲三更。沙头宿鹭联拳静,船尾跳鱼拨剌鸣。"(《漫成一首》)"两个黄鹂鸣翠柳,一行白鹭上青天,窗含西岭千秋雪,门泊东吴万里船。"(《绝句四首》其三)四句成对在老杜七绝中应用广泛,不仅如上所举用于写景,还用于抒怀,如"席谦不见近弹棋,毕曜仍传旧小诗。玉局他年无限笑,白杨今日几人悲?"(《存殁口号二首》其一)也用于议论:"英雄见事若通神,圣哲为心小一身。燕赵休矜出佳丽,宫闱不拟选才人。"(《承闻河北节度使入朝欢喜口号绝句十二首》其六)"郑公粉绘随长夜,曹霸丹青已白头。天下何曾有山水?人间不解重骅骝。"(《存殁口号二首》其二)沈祖棻说:"用偶句写绝句诗,一般说来,由于十分整齐,容易失之板滞,不如散句之流动,婉转,跌宕多姿,能以风神取胜。但对技巧熟练、功力深厚的作者说来,还是能够运用自如,从偶句中体现散句的长处,不至于相形见绌。杜甫是最杰出的律诗大师,精于对偶,所以能够将这种形式极其成功地运用到绝句中来。初唐诗风,沿袭齐梁,在绝句中也常见偶句。但当时的律诗与律化的绝句都还在完成过程中,并不很谨严工整。诗人们所写绝句,也以通首散行的为多。到了杜甫,才有意与诸家立异,别开生面,继承初唐,以其所长,加以发展，为人留下许多便宜对偶见长的绝句。"① 王安石以对句入绝，正是学杜。

(1) 对起散结者（先偶后散），如：

亭亭背暖临沟处，脉脉含芳映雪时。莫恨夜来无伴侣，月明还见影参差。（《沟上桃花》）

水南水北重重柳，山后山前处处梅。未即此身随物化，年年长趁此时来。（《庚申游齐安院》）

简老已归黄七陌，渊师今作白头翁。百忧三十年间事，陈迹山林野草中。（《书静照禅师》）

周顒宅作阿兰若，娄约身归窣堵坡。蕙帐铜瓶皆梦事，翛然陈迹翳松萝（《与道原游西庄过宝乘》）

芙蕖的历抽新叶，苜蓿阑干放晚花。白下门东春已老，莫嗔杨柳可藏鸦。（《暮春》）

柳叶鸣蜩绿暗，荷花落日红酣。三十六陂春水，白头想见江南。（《题西太一宫壁》）

(2) 散起对结者（先散后偶），如：

北山输绿涨横波，直堑回塘滟滟时。细数落花因坐久，缓寻芳草得归迟。（《北山》）

一陂春水绕花身，身影妖娆各占春。纵被春风吹作雪，绝胜南陌碾成尘。（《北陂杏花》）

茅檐长扫净无苔，花木成畦手自栽。一水护田将绿绕，两山排闼送青来。（《书湖阴先生壁》）

南浦东冈二月时，物华撩我有新诗。含风鸭绿粼粼起，弄日鹅黄袅袅垂。（《南浦》）

(3) 对起对结者（即四句皆对），如：

---

① 沈祖棻：《唐人七绝浅释》，上海古籍出版社1981年版，第111—112页。

木末北山烟冉冉，草根南涧水泠泠。缲成白雪桑重绿，割尽黄云稻正青。(《木末》)

径斜偶穿南埭路，数家遥对北山岑。草头蛱蝶黄花晚，菱角蜻蜓翠蔓深。(《斜径》)

东皋揽结知新岁，西崦攀翻忆去年。肘上柳生浑不管，眼前花发即欣然。(《东皋》)

叶梦得《石林诗话》卷上云："王荆公晚年诗律尤精严。造句用字，间不容发。然意与言会，言随意遣，浑然天成，殆不见有牵率排比处。如'含风鸭绿鳞鳞起，弄日鹅黄袅袅垂'，读之初不觉有对偶。至'细数落花因坐久，缓寻芳草得归迟'，但见舒闲容与之态耳。而字字细考之，若经檃栝权衡者，其用意亦深刻矣。"王安石晚年诗以"工"见称，但过分追求精工，雕琢太甚，甚至流于争奇斗险，则有伤于自然浑成。赵翼对王安石专求属对之工、押险韵等弊病提出批评（《瓯北诗话》卷十一"王荆公诗"）。钱锺书《谈艺录》说："荆公诗精贴峭悍，所恨古诗劲折之极，微欠浑厚；近体工整之至，颇乏舒宕；其韵太促，其词太密。"

5. 用重字。王世贞云："介甫用生重字于七言绝句及颔联内，亦从老杜律中来。"（《弇州四部稿》卷一百四十七）所谓"重字"，即将单音成义的字加以重复，又称"双字""叠字"。胡应麟《诗薮》亦云："老杜奴句中叠用字。"而且用得十分贴切传神。如"黄四娘家花满蹊，千朵万朵压枝低。留连戏蝶时时舞，自在娇莺恰恰啼。""不是爱花即欲死，只恐花尽老相催。繁花容易纷纷落，嫩蕊商量细细开。"（《江畔独步寻花七绝句》）有人统计，杜诗使用叠字的诗句共 627 例。[①] 王安石七绝有一半用了叠字，其中"纷纷"用 20 多次，"漫漫""年年""萧萧""悠悠""区区"共用 10 次以上，"处处""潺潺""冥冥""青青""忽忽""渺渺""茫茫""漠漠""默默"等用 5 次以上。其他的还有"瞳瞳""粼粼""袅袅""泠泠""冉冉""种种""星星""溅溅""恋恋""依依""重重""亭亭""脉脉""岁岁""滟滟""迢迢""黯黯""隐隐""层层""皇皇""茸茸""娟娟""溶溶""森森""斜斜""浅浅""团团"

[①] 孙力平：《杜诗句法研究》，上海师范大学 2012 年博士学位论文。

"蔼蔼""种种""衮衮"等。① 叠字的运用，巧致自然，增强了诗句的表现力和声韵美。如：

> 萧萧三月闭柴荆，绿叶阴阴忽满城。（《萧然》）
> 含风鸭绿粼粼起，弄日鹅黄袅袅垂。（《南浦》）
> 木末北山烟冉冉，草根南涧水泠泠。（《木末》）
> 亭台背暖临沟处，脉脉含芳映雪时。（《沟上梅花》）
> 水南水北重重柳，山后山前处处梅。（《庚申游齐安院》）
> 想见旧时游历处，烟云渺渺水茫茫。（《怀金陵三首》）
> 青烟漠漠雨纷纷，水殿西廊北苑门。（《梦中春寒》）
> 萧萧疏雨吹檐角，喧喧暝蛋啼草根。（《试院五绝》）
> 春江渺渺抱墙流，烟草茸茸一片愁。（《春江》）
> 柴门照水见青苔，春绕花枝漫漫开。（《春日》）

王诗中有的叠字，本从杜诗中来，如《江雨》中："冥冥江雨湿黄昏"，点化杜诗："冥冥江雨熟杨梅"；《黄鹂》中："野花吐尽竹娟娟"，点化杜诗："雨洗娟娟净"，等等。胡应麟《诗薮》云："老杜好句中叠用字……而宋世黄、陈竞相祖袭。"在这一点上是王安石开其端。

---

① 张瑞君：《王安石七绝的语言艺术》，《忻州师范学院学报》第 19 卷第 2 期。

二　苏轼学杜

苏轼是北宋时期具有多方面杰出成就的大文学家，在欧阳修等人推动的北宋诗文革新运动中，他以丰沛的才华，巨大的魄力，创作了大量气象恢弘、意蕴丰富、艺术形式多姿多彩的诗。他的诗历来被推为宋诗的代表。赵翼《瓯北诗话》云："以文为诗，始自昌黎（韩愈），至东坡益大放厥词，别开生面，成一代之大观。今试平心而读之，大概才思横溢，触处生春，胸中书卷繁富，又足以供其左旋右抽，无不如志；其尤不可及者，天生健笔一支，爽如哀梨，快如并剪，有必达之隐，无难显之情。此所以继李、杜后为一大家也。"沈德潜《说诗晬语》云："苏子瞻胸有烘炉，金、银、铅、锡，皆归熔铸。其笔之超旷，等于天马脱羁，飞仙游戏，穷极变幻，而适如意中所欲出。韩文公后，又开辟一境界也。"

苏轼的诗学思想开阔而丰富，主张兼容众美、不拘一格。陆游《施注苏诗序》称赞苏诗"援据闳博，旨趣深远"。苏轼学养充沛，悟性通达，博采众长，广泛地从历代诗歌传统中汲取营养，在创作实践中随意挥洒，触处生春。苏轼平生推尊李、杜、陶，而最为推尊的则是杜甫。苏辙《亡兄子瞻端明墓志铭》说："公诗本似李、杜，晚喜陶渊明，追和之者几遍。"（《栾城集》卷八）苏轼喜陶渊明并大写和陶诗，是在其晚年贬谪岭南、海南这一特殊时期。绍圣以后，党派倾轧，诗祸文网日密，在长期激烈的党争与官场沉浮中，在佛老思想的浸染下，苏轼失去了奋厉当世的壮志豪情，在人生态度上与陶渊明发生强烈共鸣。《与苏辙书》云："渊明作诗不多，然其诗质而实绮，癯而实腴。自曹、刘、鲍、谢、李、杜诸人，皆莫及也。"甚至说："吾于诗人无所甚好，独好渊明之诗。"（《苕溪渔隐丛话》前集卷四）元祐、绍圣时期，由苏轼发起、黄庭坚响应的学陶一时声势规模甚盛。钱锺书《谈艺录》说："东坡晚年和陶，称为曹、刘、鲍、谢、李、杜所不及。自是厥后，说诗者几于万口同声，翕然无间。"① 但就其一生的思想立场和诗学宗尚来说，李、杜是苏轼特别崇拜的诗学典范，全祖望称"东坡作诗为李、杜别子"（《春凫集序》，《鲒埼亭集》外编卷二十六）。李重华谓苏诗"殆欲兼擅李、杜、韩、白之长"（《贞一斋诗说》）。鲁九皋《诗学源流考》云："东坡才大，汪洋纵恣，出入李杜韩三家。"苏轼最为推崇的是杜甫，他认为"诗至于杜子美，天下之能事毕矣"（《书吴道子画后》）。"如杜子美诗，格力天纵，奄有汉、魏、晋、宋以来风流，后之作者，殆难复措手。"（《书唐氏六家书后》）东坡一生学习诗学遗产之得力处甚多，学杜是其中最重要的。

（一）

苏轼是一积极入世、具有强烈参政意识和忧国忧民之心的士大夫知识分子，在政治抱负方面苏轼与杜甫是一致的。苏轼年轻时就"奋厉有当世志"，其政治思想的核心是儒家的仁政和民本思想，在当时那些关心现实、慷慨议论天下事的知识分子中，苏轼是杰出代表之一。苏轼重视文学的社会作用，强调文学揭露社会弊端、批判现实、救济时病的作用。他认为"诗须要有为而作"（《题柳子厚诗》），《凫绎先生文集叙》称引其父苏洵的话云："先生之诗文，皆有为而作，精悍确苦，言必中当世之过，凿凿乎如五谷必可疗饥，断断乎如药石必可以伐病。"苏辙说他"见事有不便于民者，不敢言亦不敢默视也。缘诗人之意，托事以讽，庶几有补于国。"（《亡兄子瞻端明墓志铭》）苏轼把杜甫作为以诗文干预社会的榜样。吴可《藏海诗话》载："苏叔党云：东坡尝语：后辈作古诗，当以老杜《北征》为法。"苏叔党即东坡少子苏过，其复述乃父之语当是可靠的。

苏轼学杜一个重要方面，就是继承杜甫关心国运民瘼的仁者胸怀和现实主义精神，以时事入诗，干预现实，创作了不少表现民生疾苦，揭露统治阶级穷奢极欲的诗篇。《正月十八日蔡州道上》云："伫立望原野，悲歌为黎元。"与老杜"穷年忧黎元，叹息肠内热"同一情怀。《许州西湖》写许州七年连续歉收，而地方官却大量动用民力开浚西湖：

---

① 钱锺书：《谈艺录》，第 88 页。

西湖小雨晴,潋潋春渠长。来从古城角,夜半传新响。使君欲春游,浚沼役千掌。纷纭具畚锸,闹若蚁运壤。……池台信宏丽,贵与民同赏。但恐城市欢,不知田野怆。颍川七不登,野气长苍莽。谁知万里客,湖上独长想。

纪昀于"池台信宏丽"以下八句评曰:"忽归庄论,妙非迂词,此从《观打鱼歌》化来。"(《批注苏文忠公诗集》,引自曾枣庄主编《苏轼汇评》)老杜《观打鱼歌》写渔民打鱼之艰辛,达官贵人食鱼宴席之豪奢,大鱼小鱼都伤害殆尽。诗的结尾抒写诗人之感慨:"鲂鱼肥美知第一,既饱欢娱亦萧瑟。君不见朝来割素鬐,咫尺波涛永相失。"苏轼《许州西湖》所发之"庄论",继承了老杜《观打鱼歌》的写法及其所体现的民胞物与的仁者情怀。

《吴中田妇叹》一诗,以时事入诗,写新法施行中的弊端所造成的农民苦难:

今年粳稻熟苦迟,庶见霜风来几时。霜风来时雨如泻,杷头出菌镰生衣。眼枯泪尽雨不尽,忍见黄穗卧青泥。茅苫一月陇上宿,天晴获稻随车归。汗流肩赪载入市,价贱乞与如糠粞。卖牛纳税拆屋炊,虑浅不及明年饥。官今要钱不要米,西北万里招羌儿。龚黄满朝人更苦,不如却作河伯妇。

《山村五绝》之三:"老翁七十自腰镰,惭愧春山笋蕨甜。岂是闻韶解忘味,迩来三月食无盐。"《李杞寺丞见和前篇复用元韵》则写当时稽查私盐,犯者"坐同保,徙其家"的惨象:"坐使鞭棰环呻呼,追胥保伍罪及孥。"《鱼蛮子》一诗,忧念农民租税负担的沉重:"人间行路难,踏地出地租。"《立秋日祷雨宿灵隐寺同周徐二令》又云:"唯有悯农心尚在,起占云汉心茫然。"苏轼诗也反映了旱涝灾害、徭役、赋税、官吏勒索所造成的农民苦难生活:"三年东方旱,逃户连敧栋。老农释耒叹,泪入饥肠痛。"(《除日大雪留潍州元日早晴遂行中途雪复作》)"水旱行十年,饥役遍九土。"(《答郡中同僚贺雨》)"哀哉吴越人,久为江湖吞。官自倒帑廪,饱不及黎元。"(《送黄师是赴两浙宪》)"永愧此邦人,芒刺在肌肤。平生五千卷,一字不救饥。"(《和孔郎中荆林马上见寄》)

"檐楹飞舞出墙外，桑柘萧条斤斧馀。"(《筑高丽亭馆》)："天雨助官政，泫然淋衣襟。人如鸭与猪，投泥相见惊。"(《遏村开运盐河雨中督役》)"富人事华靡，彩绣光翻座。贫者愧不能，微挚出春磨。"(《馈岁》)

苏轼这种忧国忧民的情怀，有时以咏史的形式表现之。《李氏园》一诗写其游唐代藩镇李茂真的废园，诗之前半部分写李氏园之大，后半部分则追述李氏当年建园时对百姓的巧取豪夺：

我时来周览，问此谁所筑？云昔李将军，负险乘衰叔。抽钱算间口，但未榷羹粥。当时夺民田，失业安敢哭？谁家美园囿，籍没不容赎。此亭破千家，郁郁城之麓。将军竟何事，虮虱生刀韣。何尝载美酒，来此驻车毂。空使后世人，闻名颈犹缩。

苏轼《荔枝叹》一诗，则把咏史事与写现实结合起来，讽刺统治者穷奢极欲：

十里一置飞尘灰，五里一堠兵火催。颠坑仆谷相枕藉，知是荔枝千骑来。飞车跨山鹘横海，风枝露叶如新采。宫中美人一破颜，惊尘溅血流千载。永元荔枝来交州，天宝岁贡取之涪。至今欲食林甫肉，无人举觞酬伯游。我愿天公怜赤子，莫生尤物为疮痏。君不见武夷溪边金粟芽，前丁后蔡相笼加。争新买宠各出意，今年斗品充官茶。吾君所乏岂此物，致养口体何陋耶。洛阳相君忠孝家，可怜亦进姚黄花。

苏轼这类诗多为其在乌台诗案前所作。此时苏诗豪健清雄，注目时事，具有强烈的现实精神。苏轼晚年被贬于岭南时所写的《次子由诗相庆》云："《春秋》古史乃家法，诗笔《离骚》亦时用。但令文史还照世，粪土腐馀安足论。"其《思堂记》云："言发心而冲余口，吐之则逆人，茹之则逆余，以为宁逆人也，故足吐之。"而杜甫的诗正是苏轼在这方面的"简牍仪刑"。

（二）

赵翼谓："东坡大气旋转，虽不屑屑于句法、字法中别求新奇，而笔力所到，自成创格。"又云："坡诗放笔快意，一泻千里，不甚锻炼。"（《瓯北诗话》卷五）强调苏轼的天分与才情。周必大《二老堂诗话》"东坡寒碧轩诗"条则云：

> 苏文忠公诗，初若豪迈天成，其实关键甚密。《再来杭州寿星院寒碧轩诗》句句切题，而未尝拘。其云："清风肃肃摇窗扉，窗里修竹一尺围。纷纷苍雪落夏簟，冉冉绿雾沾人衣。""寒"、"碧"各在其中。第五句"日高山蝉抱叶响"，颇似无意；而杜诗云："抱叶寒蝉静。"并叶言之，寒亦在中矣。"人静翠羽穿林飞"固不待言；末句却说破"道人绝粒对寒碧，为问鹤骨何绿肥"，其妙如此。

这段话对苏轼诗歌的艺术奥秘概括得很深刻。所谓"关键甚密"，是说东坡写诗极具匠心，心思缜密，并非随意挥洒而成。苏轼广泛汲取前人创作经验，以我为主，取精用宏，是其诗学成就的根本原因之一。在章法、句式、造语、下字、对偶、用事、押韵诸多方面，苏轼广泛地、创造性地汲取了前人的艺术经验，得益于老杜尤多。只是他天赋高超，才气纵横，学习老杜诗艺学得灵活，用如己出，举重若轻，而不板滞，不像陈师道那样孜孜矻矻、艰难擘画乃至呕心沥血而已。清人宋荦《漫堂说诗》："后来学杜者，昌黎、子瞻、鲁直、放翁、裕之各自成家，而余与子瞻弥觉神契。"天才并非一空依傍，只是对已有的传统与经验领悟极快而又能自成机杼。苏轼作诗讲求"出新意于法度之中，寄妙理于豪放之外"（《书吴道子画后》），认为艺术上的自由创造以认识遵循法度为基础与始点。苏轼《书诸葛散卓笔》云："散卓笔。惟诸葛能之。他人学者皆得其形似而无其法，反不如常笔，如人学杜甫诗，得其粗俗而已。"苏轼认为"诗至老杜而能事毕矣"，又谓杜甫"格力天纵"，同时承认杜诗有其"法"，学杜应当得"其法"而不是求其形似；讲求法度而又能自放手眼，超越法度而创新，这是东坡学杜之根本原则。其《次韵孔毅父集古人句》云："天下几人学杜甫，谁得其皮与其骨？划如太华当我前，跛牂欲上惊遒崒。名章俊语纷交衡，无人巧会当时情。"苏轼对当时人们学杜的这种感慨，凝结着他学杜的深刻体会，他认为只有"巧会"老杜写诗时的思想情感，才能对杜诗有深刻的理解与把握，才能写出老杜那样的"名章俊语"。

苏轼五言排律《次韵张安道读杜诗》就是一首被人称为学杜而自有气骨的好诗：

> 大雅出微缺，流风因暴豪。张为词客赋，变作楚臣骚。展转更崩坏，纷纶阅俊髦。地偏蕃怪产，源失乱狂涛。粉黛迷真色，鱼虾易豢牢。谁知杜陵杰，名与谪仙高。扫地收千轨，争标看两艘。诗人例苦穷，天意遣奔逃。尘暗人亡鹿，冥翻帝斩鳌。艰危思李牧，述作谢王褒。失意各千里，哀鸣闻九皋。骑鲸遁沧海，扪虎得绨袍。巨笔屠龙手，微官似马曹。迂疏无事业，醉饱死遨游。简牍仪刑在，儿童篆刻劳。

此诗颂杜，在写法上学杜之排律，对杜诗的严于法度、波澜老成做了极具匠心的选择与发挥。清人王文浩从立意、结构、语言等方面对此诗学杜的特点做了深入的解读："诗家以五排为长城，而欲以难韵和读杜，又欲全幅似杜，已属棘手。此诗以太白《古风》提唱，即以太白对做，是难中之难也。却又宾主判然，疏密相间，于排比之中，寓流走之法，面目是杜，气骨是苏，非杜不能步步为营，非苏不能句句直下，其驱遣难韵，如无其事焉者，不知何以臻泊至是，而杜排无此难作诗也。"（引自曾枣庄主编《苏诗汇评》）纪昀评云："字字深稳，句句飞动。……句句似杜，难韵巧押，腾挪处全在用比。"（《评苏文公诗集》，引自曾枣庄主编《苏诗汇评》）赵克宜云："通篇语意沉着，气息逼杜。"（《角山楼苏诗评注汇钞》）

苏轼借鉴杜诗，主要有以下几点。

1. 学习杜诗的意象营造

苏轼七古《寓居定慧院之东，杂花满山，有海棠一株，土人不知贵也》，以海棠花自寓，表达自己遭谪沦落中的高洁心志。诗的前半部分写海棠花的形象与风神：

> 江城地瘴蕃草木，只有名花苦幽独。嫣然一笑竹篱间，桃李漫山总粗俗。也知造物有深意，故遣佳人在空谷。自然富贵出天姿，不待金盘荐华屋。朱唇得酒晕生脸，翠袖卷纱红映肉。林深雾暗晓光迟，日暖风轻春睡足。雨中有泪亦凄惨，月下无人更清淑。

纪昀谓此诗"纯以海棠自寓，风姿高秀，兴象深微"（《评苏文公诗集》，引自曾枣庄主编《苏诗汇评》）。杜诗《佳人》云："绝代有佳人，幽居在空谷。"苏轼正是以老杜所塑造的清淑幽独的佳人形象，来比喻在空谷中婷婷独立的那株海棠花，表现海棠花"雨中有泪亦凄惨，月下无人更清淑"的幽怨高洁品格。老杜《佳人》诗"在山泉水清，出山泉水浊"两句所表达的守正清而改节浊的操守意识，正是苏轼此诗要表达的志意。而苏轼此诗中"朱唇得酒晕生脸，翠袖卷纱红映肉"两句，则是隰栝杜诗"红颜白面花映肉"（《寄呈苏涣侍御》）和"天寒翠袖薄"（《佳人》）两句，写出海棠花的美丽。

再如《自岭外归次江晦叔》诗云："浮云时事改，孤月此心明。""浮云""孤月"意象来自杜诗《江汉》："江汉思归客，乾坤一腐儒。片云天共远，永夜月同孤。落日心犹壮，秋风病欲苏。古来存老马，不必取长途。"赵汸评老杜此诗云："中四句情景混合入化。云天、月夜、落日、秋风，景也；与天共远，与月同孤，心视落日而犹壮，病过秋风而欲苏，情也。他诗多以景对景，情对情，其以情对景者已鲜。若此之虚实一贯，不可分别，效之者尤鲜。"苏轼"浮云时事改，孤月此心明"化用"片云天共远，永夜月同孤"两句，学老杜情景"混合入化"的笔法。但苏轼以"浮云"喻时事，以明月之皎洁喻己心之光明，这两句的意蕴却比老杜"片云天共远，永夜月同孤"更为丰富。仇兆鳌《杜诗详注》曾指出，苏轼《自岭外归次江晦叔》这两句诗即摹老杜《江汉》中间四句情景相融混一、不可分别的写法，并谓之"语意高妙，亦是善摹杜句者"（仇兆鳌《杜诗详注》卷二十三）。

再如苏轼《秋怀》一诗："熠耀亦有偶，高屋飞相追。定知无几见，迫此清霜期。"其中"萤火"意象，即来自杜诗《萤火》："幸因腐草出，敢近太阳飞。……十月清霜重，飘零何处归？"

2. 学习杜诗的句法、字法

赵翼《瓯北诗话》谓"东坡大气旋转，虽不屑于句法、字法中别求新奇，而笔力所到，自成创格"(《瓯北诗话》卷五)。实际上，东坡对老杜句法甚为留意而时有效之者。东坡《书诸集改字》："陶潜诗：'采菊东篱下，悠然见南山。'采菊之次，偶然见山，初不用意而境与意会，故可喜也。今皆作望南山。杜子美云：'白鸥没浩荡，万里谁能驯。'盖减没于波涛间耳。而宋敏求谓余云：鸥不解'没'，改作'波'。二诗改此两字，觉一篇神气索然。"苏轼不同意宋敏求的意见，是因为杜甫这两句诗以白鸥减没于浩荡之海波中的意象，表现了老杜的狂傲和激愤，迂回婉转，无限感愤。改"没"作"波"，则神气顿失。苏轼《次韵子由书王晋卿画山水一首而晋卿和二首》："明朝兼与士龙去，万顷沧波没两鸥。"即化用杜诗此句，可见苏轼对杜诗下字的倾心和重视。

苏轼学老杜倒装错综的句法。杨万里《诚斋诗话》云："'雪乳已翻煎处脚，松风仍作泻时声。'此倒语也，尤为诗家妙法，即少陵'红稻啄徐鹦鹉粒，碧梧栖老凤凰枝'也。"东坡《赠黄照道人》诗："面脸照人元自赤，眉毛覆眼见来乌。"亦法杜诗《即事》："镵石藤稍元自落，倚天松骨见来枯。"

学杜之隔句对。杜诗《哭台州郑司户苏少监》诗云："得罪台州去，时危弃硕儒。移官蓬阁后，谷贵殁潜夫。"即为隔句对。东坡《用前韵再和许朝奉》："邂逅陪车马，寻芳谢朓洲，凄凉望乡国，得句仲宣楼"即用此格。

3. 学杜诗用典

苏诗好用典。苏轼主张"用事当以故为新，以俗为雅"(《题柳子厚诗二首》)。苏轼对诗歌艺术技巧的掌握得心应手，"胸中书卷繁富，又足以供其左旋右抽无不如志"(赵翼《瓯北诗话》卷五)，所以用典时信手拈来，精切妥帖，自然浑成。叶燮云："苏诗包罗万象，鄙谚小说，无不可用，譬之铜铁铅锡，一经其陶铸，皆成精金，庸夫俗子，安能窥其涯涘？……苏诗常一句中用两事三事者，非逞博也，力大故无所不举。然此皆本于杜，细览杜诗，知非韩、苏创为之也。"(《原诗》外篇上)

值得提出的是，苏轼化用杜诗语典甚多，而且杜诗有的语典为苏轼所喜爱，一用再用。如苏诗《三月二十日开园二首》："何时翠竹江村路，送我柴门月色新。"《留题显圣寺》："只疑归梦西南去，翠竹江村绕白沙。"即用杜诗《南邻》："白沙翠竹江村暮，相送柴门月色新。"再如《元祐六年六月自杭州召还汶公馆我于东堂阅旧诗卷次诸公韵三首》："文章曹植今堪笑，却卷波澜入小诗。"《王文玉挽词》云："犹喜诸郎有曹植，文章还复富波澜。"即两用杜诗《追酬故高蜀州人日见寄》："文章曹植波澜阔。"再如，杜甫《寄赞上人》："与子成二老，来往亦风流。"东坡《赠辨才》："聊使此山人，永记二老游"；《次韵乐著作野步》："解组归来成二老，风流他日与君同。"《留别金山宝觉圆通二长老》："风流二老长还往。"《用旧韵送鲁元翰知洛州》："归来成二老，夜榻当重论。"总共用了四次。

苏轼诗有一首中数用杜诗语典者。如《次韵僧潜见赠》中"想见橘柚垂空庭"一句，用杜甫《禹庙》"荒庭垂橘柚"；"我欲仙山拾瑶草"一句，用杜甫《赠李白》"亦有梁宋游，相期拾瑶草"；结尾两句："乞取摩尼照浊水，共看落月金盆倾。"用杜甫《与闾丘诗》："唯有摩尼珠，可照浊水源。""夜阑接软语，落月如金盆。"《和孙叔静兄弟李端叔唱和》："病骨瘦欲折，霜髯蔚更疏。喜闻新国政，兼得故人书。秉烛真如梦，倾杯不敢馀。天涯老兄弟，怀抱几时摅？"分别出于杜诗《简诸子》："杜陵野老骨欲折。"《赠韦韶州见寄》："深惭长者辙，重得故人书。"《羌村》："夜阑更秉烛，相对如梦寐。"《雨过》："浊醪必在眼，尽醉摅怀抱。"再如《寄子由》中"四方上下同一云"一句，出杜诗《秋雨叹三首》其三"四海八荒同一云"；"腐儒粗粝支百年，力耕不受众目怜"两句，出杜诗《宾至》"百年粗粝腐儒餐"和《赠李十五丈别》"不闻八尺躯，常受众目怜"；"不须更待秋井塌，见人白骨方衔杯"两句，出杜诗《苏端薛复筵简薛华醉歌》"忽忆雨时秋井塌，古人白骨生苍苔，如何不饮令心哀"。这后一句是反用杜诗语典。《过江夜行武昌山闻黄州鼓角》中"谁言万方声一概，鼍愤龙愁为余变"，出杜诗《秦州杂诗》："鼓角缘边郡，川原欲夜时。万方声一概，吾道竟何之？"亦是反用。

苏轼还化用杜文之句入诗。《有美堂暴雨》中的名句"天外黑风吹海立，浙东飞雨过江来"，即化用老杜《朝献太清宫》赋："九天之云下垂，四海之水皆立。"苏轼和陶的《停云诗》中"云吞九河，雪立三江"之句，亦用老杜此语（洪迈《容斋漫笔》"有美堂诗"条）。

东坡诗语，得老杜沾丐者甚多。苏轼点化、櫽栝杜句，能做到以我为主，笔力纵横，大都能使杜句的意蕴辞采和自己的诗境融为一体而无扞搁之痕。杜句不是作为一种冰冷的材料，犹如从其他建筑上拆下的砖头又砌入新的亭台楼阁那样不协调，而是经过熔铸而与所作的诗风格一致。赵翼论及苏轼与黄庭坚用典的差别："东坡使事，随其意之所之，自有书卷供其驱驾，故无揎摭痕迹；山谷则书卷比坡更多数倍尔，几于无一字无来历，然专以选才庀料为主，宁不工而不肯不典，宁不切而不肯不奥，故往往意为词累，而性情反为所掩。此两家诗境之不同也。"（《瓯北诗话》卷十一）

4. 学习杜诗的体式与手法

苏轼各类诗体，均有刻意学杜之作。苏轼最擅长七古，吕本中《童蒙诗训》云："东坡七言长句，波澜洪大，变化莫测。"李重华谓苏诗"各体中七古尤为阔视横行，雄迈无敌。"胡仔曾指出："东坡《在岭外游博罗香积寺》、《同正辅游白水山》、《闻正辅将至以诗迎之》，皆古诗，而终篇对属精切，语意贯穿，此亦是老杜体，如《岳麓山道林二寺行》、《追酬故高蜀州人日见寄》、《入衡州奉赠李八丈判官》、《晚登瀼上堂》之类，盖可见矣。"（《苕溪渔隐丛话前集》卷四十九）老杜《岳麓山道林二寺行》言：

> 玉泉之南麓山殊，道林林壑争盘纡。寺门高开洞庭野，殿脚插入赤沙湖。五月寒风冷佛骨，六时天乐朝香炉。地灵步步雪山草，僧宝人人沧海珠。宫墙壮丽敌香厨，塔劫松道清凉俱。莲花交响共命鸟，金榜双回三足乌。方丈涉海费时节，玄圃寻河知有无。暮年且喜经行近，春日兼蒙暄暖扶。飘然斑白身奚适，傍此烟霞茅可诛。桃源人家易制度，橘洲田土仍膏腴。潭府邑中甚淳古，太守庭内不喧呼。昔遭衰世皆晦迹，今幸乐国养微躯。依止老宿亦未晚，富贵功名焉足图。久为谢客寻幽惯，细学何颙免兴孤。一重一掩吾肺腑，山鸟山花共友于。宋公放逐曾题壁，物色分留待老夫。

此诗除了开头两句与结尾两句，全诗皆为对句，而且属对精切，排比绵丽。这是老杜在七古诗体上的创造。苏轼《游博罗香积寺》、《同正辅游白水山》即学这种终篇对句的写法：

> 二年流落鼍鱼乡，朝来喜见麦吐芒。东风摇波舞净绿，初日泫露醅娇黄。汪汪春泥已没膝，刘刘秋穀初分秧。谁言万里出无友，见此二美喜欲狂。三山屏拥僧舍小，一溪雷转松阴凉。要令水力供白磨，

与相地脉增堤防。霏霏落雪看收面,隐隐迭鼓闻舂糠。散流一啜云子白,炊裂十字琼肌香。岂惟牢九荐古味,要使真一流天浆。诗成捧腹便绝倒,书生说食真膏肓。(《游博罗香积寺》)

伟哉造物真豪纵,攫土抟沙为此弄。擘开翠峡走云雷,截破奔流作潭洞。因随化人履巨迹,得与仙兄蹑飞鞚。曳杖不知岩谷深,穿云但觉衣裘重。坐看惊鸟救霜叶,知有老蛟蟠石瓮。金沙玉砾粲可数,古镜宝奁寒不动。念兄独立与世疏,绝境难到惟我共。永辞角上两蛮触,一洗胸中九云梦。浮来山高回望失,武陵路绝无人送。筠篮撷翠爪甲香,素绠分碧银瓶冻。归路霏霏汤谷暗,野堂活活神泉涌。解衣浴此无垢人,身轻可试云间凤。(《同正辅游白水山》)

苏轼五律组诗《荆州十首》在写法上也仿效老杜《秦中杂诗》:

游人出三峡,楚地尽平川。北客随南贾,吴樯间蜀船。江侵平野断,风卷白沙旋。欲问兴亡意,重城自古坚。

南方旧战国,惨淡意犹存。慷慨因刘表,凄凉为屈原。废城犹带井,古姓聚成村。亦解观形胜,升平不敢论。

楚地阔无边,苍茫万顷连。耕牛未尝汗,投种去如捐。农事谁当劝,民愚亦可怜。平生事游惰,那得怨凶年。

朱槛城东角,高王此望沙。江山非一国,烽火畏三巴。战骨沦秋草,危楼倚断霞。百年豪杰尽,扰扰见鱼虾。

沙头烟漠漠,来往厌喧卑。野市分獐闹,官帆过渡迟。游人多问卜,伧叟尽携龟。日暮江天静,无人唱楚词。

太守王夫子,山东老俊髦。壮年闻猛烈,白首见雄豪。食雁君应厌,驱车我正劳。中书有安石,慎勿赋离骚。

残腊多风雪,荆人重岁时。客心何草草,里巷自嬉嬉。爆竹惊邻鬼,驱傩逐小儿。故人应念我,相望各天涯。

江水深成窟,潜鱼大似犀。赤鳞如琥珀,老枕胜玻璃。上客举雕俎,佳人摇翠篦。登庖更作器,何以免屠刲。

北雁来南国,依依似旅人。纵横遭折翼,感恻为沾巾。平日谁能挹,高飞不可驯。故人持赠我,三嗅若为珍。

柳门京国道，驱马及春阳。野火烧枯草，东风动绿芒。北行连许邓，南去极衡湘。楚境横天下，怀王信弱王。

刘克庄谓《秦州杂诗》二十篇，"山川城郭之异，土地风气所宜，开卷一览，尽在是矣。'杜陵诗卷是图经'，信然"。苏轼《荆州十首》篇幅比《秦州杂诗》少了一半，内容含量不能与之相比，但在写法、立意上则认真效法之。诗中写荆州山川、城郭、土地、风气、历史古迹，抒写诗人情怀，篇章错杂而整体浑然，造语工稳，写景与抒情融合无间，与《秦州杂诗》非常相似。其中有的篇章刻意效法的痕迹十分明显。如第二首上四记叙古迹，下四对景伤情，与《秦州杂诗》第二首："秦州城北寺，胜迹隗嚣宫。苔藓山门古，丹青野殿空。月明垂叶露，云逐度溪风。清渭无情极，愁时独向东。"可谓同一机杼。第三首写荆州的民风，与《秦州杂诗》之三写秦州民风特点："州图领同谷，驿道出流沙。降虏兼千帐，居人有万家。马骄朱汗落，胡舞白题斜。年少临洮子，西来亦自夸。"渊源承继关系也很明显。纪昀说此诗："篇章字句，多含古法，此东坡刻意摹杜之作，意思纯是《秦州杂诗》。"（《苏轼诗集》卷二）第六首"太守王夫子"于写景中写荆州太守这一人物，与老杜《秦州杂诗》不同，纪昀云："夹此一首，章法生动，从杜公《游何氏山林》'万里戎王子'一首化出。"老杜《游何氏山林》通篇写何氏山林景色，其第三首突兀而起，专写异花戎王子，苏轼《荆州十首》第六首突然转入单写王太守，是借鉴老杜的章法。

苏轼《中隐堂诗》一组五律，纪昀谓其"亦是摹杜何氏山林诸作，句句谨严，不失风格"。乐府诗学老杜自拟新题，纪昀谓之"拟少陵，纯制新题，自是斩断葛藤手"（《苏轼诗集》卷一）。

苏轼七绝《题真州范氏溪堂》："白水满时双鹭下，绿槐高柳一蝉吟。酒醒门外三竿日，卧看溪南十亩阴。"此诗学老杜七绝"两个黄鹂鸣翠柳"一诗的章法，"四句各一事，似不相贯穿"。

5. 学老杜题画诗

题画诗是六朝时期才开始出现的诗歌类型，作品很少。杜甫不仅是六朝至唐这一历史时期题画诗创作数量最多者，而且在题画诗这一诗歌类型的构建上做出了巨大的贡献。王士禛云："六朝以来，题画诗绝罕见，盛唐如李太白辈间一为之，拙劣不工。王季友一篇虽小有致，不能佳也。杜子美始创为画松、画马、画山水诸大篇,搜奇抉奥,笔补造化,嗣是苏、黄二公极妍尽态,物无遁形。"(《居易录》卷二,文渊阁四库全书本)

魏晋南北朝的题画诗,主要内容大体是对画作的品评,对画中景物的描绘与刻画,隐含或者直接表露的旨趣是赞美其画如真。老杜题画诗深入抒写自己观画的审美感受,以其超常的艺术灵感与审美想象,对画之意境形象予以补充、引申和再创造,写出画家所创造的审美意境的美妙及其所引起的审美感动。这就使题画诗超越了简单的以画为真的模式,写出了诗人这一鉴赏主体与绘画这一审美客体的交流与感动。老杜深知绘画艺术所蕴含的画家的审美理想和情怀寄托:"绘事功殊绝,幽襟兴激昂。"他注意发掘画家在作品中所寄寓的思想情感和审美理想,此为老杜题画诗的基本特点。同时,老杜在对画的审美鉴赏的基础上,依托画中的形象、境界,生发开去,驰骋想象,放笔直干,述志言怀,因而它超越了对画作的品评鉴赏而成为诗人思想感情的一种抒写与表达,成为诗人精神境界的呈现方式。沈德潜说:"唐以前未见题画诗,开此体者,老杜也。其法全在不粘画上发议论。如题画马、画鹰,必说道真马、真鹰,复从真马、真鹰开出议论,后人可以为式。又如题画山水,有地名可按者,必写出登临凭吊之意,题画人物,有事实可拈者,必发出知人论世之意。本老杜法推广之,才是作手。"(《说诗晬语》卷下)苏轼(还有黄庭坚),继承和发扬了老杜题画诗的传统,以题画诗言志抒情,使题画诗成为一种重要的诗歌类型。北宋中叶特别是元祐时期,题画诗空前繁荣,蔚为大观。清人乔亿《剑溪说诗》云:"题画诗三唐间见,入宋寖多。要惟老杜横绝古今,苏文忠次之,黄文节又次之。"[①] 苏轼一生所作题画诗约140余首,题画诗是苏诗的重要部分。

赵令畤《侯鲭录》卷一云:"东坡尝作《韩干马》诗云:'少陵翰墨丹青画,韩干丹青不语诗。此画此诗今已矣,人间驽骥谩争驰。'余以若论诗画,于此尽矣,每诵数过,殆欲常以为法也。"苏轼对于诗和画有如此深刻的认识,其题画诗深受老杜影响而又能自出机杼,写了很多优秀的作品。

苏轼题画诗学杜的主要表现,一是在再现画中意境的基础上,抒发自己的思想情感。老杜《奉观严郑公厅事岷江画图十韵》:"沱水流中座,

---

[①] 引自傅璇琮编《黄庭坚与江西诗派》上卷,第376页。

岷山到北堂。白波吹粉壁，青嶂插吊梁。直讶杉松冷，兼疑菱荇香。雪云虚点缀，莎草得微茫。岭雁随毫末，川蜺饮练光。霏红洲蕊乱，拂黛石萝长。暗谷非关雨，丹枫不为霜。秋成玄圃外，景物洞庭旁。绘事功殊绝，幽襟兴激昂。从来谢太傅，丘壑道难忘。"此诗从沱江画图的意境生发开去，写了诗人观画所激发的思想情感和对严武丘壑之思的称赞。《奉先刘少府新画山水障歌》驰骋想象，以诗笔再现画作的山水意境，结尾由画中的山僧童子，写到"若耶溪，云门寺，吾独胡为在泥滓？青鞋布袜从此始，"抒写自己的出世之想。苏轼的《郭熙画秋山平远》云：

玉堂昼掩春日闲，中有郭熙画春山。鸣鸠乳燕初睡起，白波青嶂非人间。离离短幅开平远，漠漠疏林寄秋晚。恰似江南送客时，中流回头望云巘。伊川铁老鬓如霜，卧看秋山思洛阳。为君纸尾作行草，炯如嵩洛浮秋光。我从公游如一日，不觉青山映黄发。为画龙门八节滩，待向龙门买泉石。

此诗前四句以郭熙在屏风上所画之春山写起，接下四句写这幅秋山平远图的境界和诗人观画的感受，接下去四句换笔另写，赞美文彦博为此图所写跋尾的文字之美妙，最后四句由此生发开去，抒发自己的归隐之情。

再如《戏书李伯时画御马好头赤》：

山西战马饥无肉，夜嚼长秸如嚼竹。蹄间三丈是徐行，不信天山有坑谷。岂如厩马好赤头，立仗归来卧斜日。莫教优孟卜葬地，厚衣薪樵入铜历。

此诗是题写李公麟所画御马好头赤的。前四句从远处着笔，写一雄骏凌厉、驰骋天山坑谷如履平地的山西战马，五六两句始入题，写厩马好头赤之体面安逸，结尾"莫教优孟卜葬地，厚衣薪樵入铜历"，则是发议论。《史记·滑稽列传》："楚庄王有爱马，病肥死，欲以大夫礼葬之。左右争之，以为不可。王下令曰：'敢以马谏者，罪致死。'优孟闻之，入殿门大哭。王惊问其故。优孟曰：'以大夫礼葬之薄，请以人君礼葬之。'王曰：'寡人之过，一至此乎，为之奈何？'优孟曰：'请为大王六畜葬之，以垄灶为椁，铜历为棺，赍以姜枣，荐以木兰，祭以粳稻，衣以火光，葬之于人腹肠。'于是王乃使以马属大官。"东坡用此典故,乃谓好赤头贵为御马,受君王宠爱而闲逸自肥,到头来不过是肥死而供人食肉而已。这显然是对无所事事的权贵们的一种讽刺。

二是赞美画家的艺术功力和艺术造诣。老杜题画诗往往论及绘画的艺术创造问题,赞赏画家在绘画方面的创新与追求。如《赠曹将军霸》中"将军笔下开生面",又如《戏题王宰画山水图歌》中"能事不受相迫促,王宰始肯留真迹""意匠惨淡经营中"等。苏轼的题画诗继承这一点而对绘画美学问题有更进一步的阐发。如《凤翔八观》之三《王维吴道子画》:"道子实雄放,浩如海波翻。当其下手风雨快,笔所未到气已吞。"《书鄢陵王主簿所画折枝》:"论画以形似,见与儿童邻。赋诗必此诗,定非知诗人。诗画本一律,天工与清新。"《书晁补之所藏文与可画竹三首》"与可画竹时,见竹不见人。岂独不见人,嗒然遗其身。其身与竹化,无穷出清新。"

三是吸收老杜题画诗的具体艺术手法。如苏轼《韩干马十四匹》诗中对画中的十四匹马分别予以叙写:"二马并驱攒八蹄,二马宛颈鬉尾齐,一马任前双举后,一马却避长鸣嘶,后有八匹饮且行,微流赴吻若有声。"叙次利落,则学老杜《韦讽斋观画马》中的笔法。纪昀评苏轼此诗云:"杜公《韦讽斋观画马》诗,独创九马分写之格,此诗从彼处得法,更加变化耳。"(《评苏文公诗集》,引自《苏诗汇评》)

赵翼《瓯北诗话》卷五谓东坡"天生健笔一支,爽如哀梨,快如并剪,有必达之隐,无难显之情"。题画诗也体现了苏轼的诗才和诗笔的高超。题画诗与画作本来是分开的,直接题写在画面之诗自苏轼题文同《竹枝图》始(《式古堂画考》卷一一)。郭思《林泉高致集·画意》云:"高情逸思,画之不足,题以发之。"诗画相资,诗画合璧,相映成趣,成为绘画史和诗歌史上具有民族特点的艺术形式。

6. 苏词对杜诗的汲取

宋词有一个从花间风格逐渐雅化的过程。词之雅化作为词风演变的整体趋势,不仅以词抒写不同于艳词的严肃而深刻的思想情感,而且多方吸收诗的表现手段和艺术技巧,拓宽词的表现领域,提升词的艺术表现力和审美品位。苏轼"以诗为词",是这种趋势的代表人物,影响所及,遂成风气。汤衡为张孝祥词集《张紫薇雅词序》:"夫镂玉雕金,裁花剪叶,唐末词人非不美也。然粉泽之工,反累正气。东坡虑其不幸而溺乎彼,故援而止之，唯恐不及。其后元祐诸公，嘻弄乐府，寓以诗人句法，无一毫浮靡之气，实自东坡发之。……衡获从公游，见公平昔为词，未尝著稿，笔酣兴健，顷刻即成，初若不经意，反复究观，未有一字无来处。如《歌头》、《登无尽藏》、《岳阳楼》诸曲，所谓俊发蹈厉，寓于诗人句法者也。"[①] 从杜诗中汲取思想艺术营养，移植意象、语言、表现手法，是苏轼提升词品位的重要方式之一。

苏轼借用、化用杜诗诗句，如《沁园春·赴密州早行马上寄子由》："有笔头千字，胸中万卷，致君尧舜，此事何难？"再如《十拍子·暮秋》："莫道狂夫不解狂，狂夫老更狂。"杜甫《狂夫》："欲填沟壑惟疏放，莫笑狂父老更狂。"《满江红·寄鄂州朱使君寿昌》："犹自带、岷峨雪浪，锦江春色。"杜甫《登高》："锦江春色来天地。"有的是借取櫽栝杜诗意象，如《定风波》（元丰五年七月六日）："雨洗娟娟嫩叶光，风吹细细绿筠香。秀色乱侵书帙晚。帘卷。清荫微过酒尊凉。"就是櫽栝杜诗《严郑公宅同咏竹得香字》："绿竹半含箨，新梢才出墙。色侵书帙晚，荫过酒尊凉。雨洗娟娟净，风吹细细香。但令无剪伐，会见拂云长。"以及《狂夫》："风含翠篠娟娟净，雨浥红蕖冉冉香。"《醉落魄·离京口作》："孤城回望苍烟合。"用杜甫《野望》："远水兼天静，孤城隐雾深。"据统计，苏词借鉴和汲取杜诗达五十余首。[②]

苏轼将杜甫、韩愈以议论为诗引入词中，形成以议论为词。夏承焘先生曾指出："杜韩以议论为诗，宋人推波以及词。……溯其源实出于东坡之《如梦令》《无愁可解》。"

余 论

王世贞《书苏诗后》云：苏轼"见夫盛唐之诗格极高、调极美而不能多有，不足以酬物而尽变，故独与少陵诗而有合焉。所以弗获如少陵者，才有余而不能制其横，气有余而不能汰其浊，角韵则险而不求妥，斗事则逞而不避粗，所谓武库中器，利钝森严。诚有以切中其弊者。然当其所合作，亦自有斐然而不可掩。"（《读书后》卷四）王世贞对苏轼学杜之

[①] 金启华等：《唐宋词集序跋汇编》，江苏教育出版社1990年版，第164页。
[②] 吴秀兰：《苏辛词借鉴杜诗之研究》，台湾花木兰文化出版社2012年版，第38页。

得失的概括是比较恰当的。王世贞谓苏轼"才甚高,蓄甚博,而出之甚达,而又甚易"(《苏长公外纪序》,《弇州续稿》卷四十二)。周济《介存斋论词杂著》谓东坡每事俱不十分用力,古文、书、画、诗、词,"率意之笔,游戏之作,有时出之太易,若不精心,所以流于草率"。苏轼天才飙发、学海渊泓,其学杜能得心应手,深得其妙,在杜诗的基础上自成创格,但有时失之率意,"逞才使气",流于"粗豪诡异"而"不及杜诗"。例如,其《登常山绝顶广丽亭》:"西望穆棱关,东望琅琊台,南望九仙山,北望空飞埃,相将叫尧舜,遂欲归蓬莱。"张戒批评云:"袭子美之陈迹,而不逮远甚。"类似的例子,还可以举一些。

三　黄庭坚学杜

黄庭坚与苏轼并称"苏黄",同为奠定和确立宋诗风格特色的代表诗人。黄庭坚的诗歌创作成就不及苏轼,但在宋代影响深广。刘克庄《江西诗派小序·山谷》云:

> 国初诗人如潘阆、魏野,规矩晚唐格调;杨、刘则又专为昆体;苏、梅二子稍变以平淡豪杰,而和之者尚寡。至六一公岿然为大家,学者宗焉。然各极其天才笔力之所至,非必缀炼勤苦而成也。豫章稍后出,荟萃百家句律之长,究极历代体制之变,蒐猎奇书,穿穴异闻,作为古律,自成一家,虽只字半句不轻出,遂为本朝诗家宗祖,在禅学中比得达摩,不易之论也。(《历代诗话续编》)

严羽《沧浪诗话》云:"至东坡、山谷始出己法以为诗,唐人之风变矣。山谷用功尤深刻,其后法席盛行,海内称为江西诗派。"翁方纲《石洲诗话》卷三云:"诗则至宋而益加细密,盖刻抉入微,实非唐人所能囿也。而总萃处,则黄文节为之提挈,非仅江西派以之为祖,实乃南渡以后,笔虚笔实,俱从此导引而出。"钱锺书云:"北宋末南宋初的诗坛,差不多是黄庭坚的世界。"[1]

黄庭坚是学者型诗人,治学精勤,腹笥丰厚,下笔谨慎,对诗歌创作的艺术规律和表现手法有相当深入的探索和把握,其诗学理论自成体系。刘克庄说他"荟萃百家句律之长,究极历代体制之变",黄庭坚对待诗学遗产的态度与方法,和杜甫是一致的。王安石、苏轼尊杜宗杜在先,山谷

---

[1] 钱锺书:《宋诗选注》,人民文学出版社2000年版,第121页。

继之于后而发扬光大，张戒《岁寒堂诗话》云："子美之诗，得山谷而后发明。"黄庭坚对杜甫在诗歌创作上运思造语的一系列规律、手段和技巧，包括下字、对偶、句法、使事、声律、章法等，具有明确而深入的认识与总结，并且将其付诸自己的创作实践。

曾几《东轩小室即事五首》其四云："工部百世祖，涪翁一灯传。"（《茶山集》卷七）赵蕃《书紫薇集后》："诗家初祖杜少陵，涪翁再续江西灯。"（《章泉稿》卷一）以山谷接老杜，杜、黄为一脉，这一文学史上的事实为宋人所公认。许尹《题任渊注黄陈诗序》："宋兴二百年，文章之盛追还三代，而以诗名世者，豫章黄庭坚鲁直，其后学黄而不至者后山陈师道无己。二公之诗，皆本于老杜而不为者也。"（任渊《山谷内集诗注》卷首）方东树谓黄庭坚学杜"古今一人而已"（《昭昧詹言》卷二十）。

（一）

黄庭坚尊杜与学杜，除了时代原因外，还有他的家学和师友渊源。

黄庭坚的父亲黄庶本是一位学习杜甫诗风的诗人，作有《伐檀集》。黄庭坚第一任妻子的父亲孙觉和第二任妻子的父亲谢师厚也都是尊杜的诗人。晁说之《晁氏客语》载录孙觉评论杜诗的一段话："杜甫如'日常惟鸟雀，春暖独柴荆'，言乱离有深意也，得风雅体。'草黄骐骥病，沙晚鹡鸰寒'谓禄薄君子不得志，世乱兄弟不相见。"范温《潜溪诗眼》载录孙觉对山谷学杜的引导："山谷尝言，少时曾诵薛能诗云：'青春被我堂堂去，白发欺人故故生。'孙莘老问云：'此何人诗？'对曰：'老杜。'莘老云：'杜诗不如此。'后山谷语传师云：'庭坚因莘老之言，遂晓老杜诗，高雅大体。'"《潜溪诗眼》还记载："孙莘老尝谓：老杜《北征》诗胜退之《南山》诗，王平甫以谓《南山》胜《北征》，终不能相服。时山谷尚少，乃曰：'若论工巧，则《北征》不及《南山》。若书一代之事，以与国风、雅、颂相为表里，则《北征》不可无；而《南山》虽不作，未害也。"黄庭坚不仅接受孙觉的尊杜思想，而且能发挥之。黄庭坚关于杜诗"无一字无来处"之说，也与孙觉有着直接关系。孙任渊《山谷诗集注》卷一载："莘老云：老杜诗无两字无来历。"熙宁七年（1074），黄庭坚任北京国子监教授，以诗受到谢景初的赏识，遂娶其女为继室。在谢景初的引导下，黄庭坚对杜诗的认识有了新的提高。《王直方诗话》记载："山谷对余言：谢师厚七言绝类老杜，但人少知之耳。如'颠倒衣裳迎户外，尽呼儿女拜灯前'编之杜集无愧也。……然庭坚之诗竟从谢公得句法。故尝有诗曰：'自往见谢公，论诗得濠梁。'"山谷在其晚年所作的《黄氏二室墓志铭》中说自己"卒从谢公得句法"。《后山诗话》云："唐人不学杜诗，惟唐彦谦与今黄亚夫庶、谢师厚景初学之。鲁直，黄之子，谢之婿也。其于二父，犹子美之于审言也。"

周必大《分宁县学山谷祠堂记》概括山谷生平云："初坐眉山酬唱，栖迟县镇，后被史祸，窜逐西川，晚以非辜，长流岭南，遂殒其命，中间翱翔馆殿才六年耳。"（《文忠集》卷十九）黄庭坚人生命运与遭际，与老杜大体相似。山谷晚年，迁谪于巴蜀凡六年，对杜甫的思想、人格，对于杜诗的思想艺术价值的理解更为深切，有更为强烈的共鸣。作于崇宁三年的《书摩崖碑》，是黄庭坚的一首著名的怀古诗，表达了黄庭坚对杜甫忧国爱民之忠义情怀的由衷敬仰与怀念："臣结春陵二三策，臣甫杜鹃再拜诗。安知忠臣痛至骨，世上但赏琼琚词。……断崖苍藓对立久，冻雨为洗前朝悲。"过巫山县时，黄庭坚写过一首《减字木兰花》，其中说："巫山古县，老杜淹留情始见。拨闷题诗，千古神交世不知。"与老杜的"千古神交"之感，是黄庭坚宗杜与学杜的思想情感基础。经历了社会和人生的磨难，经历了长期的创作实践，黄庭坚充分认识到杜诗"与日月争光"的不朽价值（《题韩忠献诗杜正献草书》）。元符三年（1100），黄庭坚作《大雅堂记》，从诗歌发展史的角度，论定杜诗是继承《诗经》《离骚》传统的"大雅之音"。元好问《杜诗学引》云："先东严君（元德明）有言：近世惟山谷最知子美。以为今人读杜诗，至谓草木虫鱼皆有比兴，如试世间商度隐语然者，此最学者之病。山谷之不注杜诗，试取《大雅堂记》读之，则知此公注杜诗已竟。"（《遗山先生文集》卷三十六）

黄庭坚尊杜与学杜，以元祐为界，可分为前后两个阶段。

熙宁元丰时期，同王安石、苏轼等人一样，黄庭坚也特别重视和尊仰老杜关注社会现实、忧国忧民的伟大精神和爱国情怀。黄庭坚云："老杜虽在流落颠沛，未尝一日不在本朝，故善陈时事，句律精深，超古作者，忠义之气，感发而然。"（潘錞《潘子真诗话》）《次韵伯民寄赠盖郎中喜学老杜诗》云："老杜文章擅一家，国风纯正不敧斜。帝阍悠邈开关键，虎穴深沉样爪牙。千古是非存史笔，百年忠义寄江花。"这一时期，黄庭坚的诗歌创作继承和学习老杜关心现实、忧时伤世的思想感情和创作精神，表现愿为国家长治久安效力的政治情怀："许国输九死，补天炼五色。"（《和邢惇夫秋怀十首》）"愿以多闻力，论思补帝裾。"（《东观读未见书》）"执斧修月轮，炼石补天陴。"（《再作答徐天隐》）他以诗针砭时弊，对于当权者排斥贤才的恶行予以抨击："朝廷重九鼎，政欲多此贤。虎豹九关严，飘零落闲处。"（《题刘法直诗卷》）"石有补天才，虎豹守九关。"（《八音歌赠晁尧民》）"麒麟堕地思千里，虎豹憎人上九天。"（《再次韵寄子由》）他希望吏治清明，官吏廉洁奉公，实心任事，惠及百姓，《送顾子敦赴河东三首》云："两河民病要分忧，一马人间费十牛。"《送徐隐父宰余干》云："赘叟得牛民少讼，长官斋马吏争廉。……治状要须存岂弟，此行端为霁威严。"方回《瀛奎律髓》卷二十四谓此诗使"蔡卞切齿，谓谷讥熙丰政事，陈留史祸亦本此"。山谷关注社会与民生，表现了"民病我亦病"的仁爱情怀（《己未过太湖僧寺得宗汝为书寄山蘋白酒长韵寄答》）。《题画菜》云："不可使士大夫不知此味，不可使天下之民有此色。"他的《流民叹》《上大蒙笼》《劳坑入前城》《丙辰仍宿清泉寺》等诗，都表现了关心民瘼的仁者精神。《戏和答禽语》云："南村北村雨一犁，新妇饷姑翁哺儿。田中啼鸟自四时，催人脱绔著新衣。著新替旧亦不恶，去年租重无袴著。"黄庭坚这些具有强烈现实精神、反映民生疾苦的诗篇和杜诗是精神相通的。和老杜一样，黄庭坚重视诗歌美刺讽喻的社会作用，在诗中表达对现实的关切。如《观秘阁苏子美题壁及中人张侯家墨迹十九纸率同舍钱才翁学士赋之》诗，叙事、议论、抒情紧密结合，对苏舜钦的人生遭际，对知识分子沦落偃蹇命运表达了强烈的同情和激愤不平。《送范德孺知庆州》一诗，歌颂范仲淹父子的政绩和边功，批评了毫无操守、随波逐流的士人。熙宁、元丰时期是黄庭坚诗歌创作的高峰期和成熟期，对老杜的诗法理论、创作实践和诗艺经验进行了深入探索、总结和认真学习，学杜是他的诗歌创作走向成熟、形成"黄庭坚体"的重要的助力。

熙宁、元丰时期，党争激烈，苏轼就因在诗文中有讥讽朝廷的嫌疑而被捕受审，险些丧命，黄庭坚也被牵连在内。亲身经历和体会了党争的残酷和险恶，黄庭坚思想渐趋消极，用世观念淡化。元祐时期，黄庭坚政治态度更加消极，"不犯世故之锋"，其学杜之注意力和重点放在杜诗艺术经验上。绍圣之后，黄庭坚进入人生晚期，处于遭遇政治迫害的贬谪放废之中，厌倦仕途，想归隐而不可得。这一时期是山谷大力倡导和学杜的重要时期，有《与王复观书》《答洪驹父书》《大雅堂记》诸篇传世，宣扬杜甫诗学，传播自己的学杜心得。此时黄庭坚的诗作重在表现自我的人生志趣和情感操守，表现文人日常生活的亲朋交谊、园林雅趣、翰墨风雅，表现忧生之念及其化解，而很少反映时事和评论时政。对杜诗的兴趣和观照的重点集中在老杜夔州诗上，认为老杜到夔州后的古律诗"不烦绳削而自合"，"句法简易而大巧出焉，平淡而山高水深"，他提出"但熟观杜子美到夔州后古律诗，便得句法"（《与王观复书》）。黄庭坚晚年诗作，诗艺由纯熟而达到精光内敛的平淡朴素。魏了翁《黄太史文集序》谓黄庭坚"涉历忧患""极于绍圣元符以后，流落黔戎，浮湛于荆、鄂、永、宜之间，则阅理益多，落华就实，直造简远，前辈所谓黔州以后句法尤高"（《鹤山先生大全集》卷五十三）。蔡绦《西清诗话》云："鲁直自黔南归，诗变前体，且云要须唐律中做活计乃可言诗，如少陵渊蓄云萃，变态百出，虽数十百韵，格律愈严，盖操持诗家法度如此。"

（二）

自梅尧臣以来，北宋诗人在诗歌艺术上追求新变，追求在唐诗之外另辟境界，成为诗坛主流，黄庭坚在这方面表现出强烈的自觉性。他说"文章最忌随人后"（《赠谢敞王博喻》）。"随人作计终后人，自成一家始逼真。"（《以右军书数种赠丘十四》）"老杜《咏吴生画》云'画手看前辈，吴生远擅场'，盖古人于能事，不独求夸前辈，要须前辈中擅场耳。"（《王立之奉承》）黄庭坚是主张继承以创新的。他的整个诗歌创作都贯彻了求新求变的精神，而学杜是其达到求新求变的一条具体途径。陈师道云："豫章之学博矣，而得法于杜少陵，其学少陵而不为者也。"（《答秦观书》，《后山居士文集》卷十）何谓"不为"，陈师道没作具体的阐述，方回云："此后山之言也，未知不为如何。"（《瀛奎律髓汇评》卷十）不过，结合后山关于学杜的其他言论，此语的意思大体是说学杜而不走规规然的模仿之路。山谷学杜，把握其创作精神，吸收其艺术经验，光大发扬，超越模仿，避免意境、风格的蹈袭，追求自己的意境、风格，自成一家，是黄庭坚学杜的基本方向和基本原则。方东树谓山谷学杜"绝去形摹，全在作用"（《昭昧詹言》卷十二），这八个字可以说揭示了山谷学杜的真髓,是对山谷"学杜而不为"的最好诠释。山谷谓诗人之态是"欲变而出奇,因难以见巧",山谷学杜,包括对杜诗语词的点化、熔铸,对杜诗的立意构思、章法结构、意象营造、音律节奏的调谐等方面的创造性学习,都表现出充分的自觉和超强的能力。翁方纲云:"山谷虽脱胎于杜,顾其天资之高,笔力之雄,自辟庭户。"(《七言诗歌行钞》凡例)张耒《读黄鲁直诗》云:"不践前人旧行迹,独惊斯世擅风流。"(《柯山集》卷十八)严羽《沧浪诗话·诗辨》云:"至东坡、山谷始自出己法以为诗,唐人之风变矣。山谷用工尤为深刻,其后法席盛行,海内称为江西诗派。"

就全部杜诗说,黄庭坚最重视和效法的是老杜晚年的诗作,即夔州诗;就表现技巧说,重点在字法、句法、章法、声律、用典上;在审美风格上,所得之主要在瘦硬奇峭、劲健老成。清人鲁九皋《诗学源流考》云:"东坡才大,汪洋纵恣,出入李杜韩三家。……山谷则一意学杜,精深峭拔,别出机杼,自成一格。"(《清诗话续编》)

1. 学杜诗兴寄高远

在盛唐转入中唐战乱频仍、灾祸横生的社会环境中,杜甫巨大而深沉的忧患意识和思想情怀,已经不同于盛唐时期那种近乎青年人天真烂漫的感情状态,而是带有深沉的思索和理性的近乎成年人因历练而较为成熟的感情状态。在表达方式上,也不是盛唐那种"兴象玲珑",偏于直觉的意象呈现,而是在意象的营造上有着更多的理性思索的因素。相对于盛唐诗歌,这是一种"变相"。这种"变相"对宋诗"主意"具有开启和引领的重要意义。黄庭坚讲求和提倡"兴寄高远"(《胡宗元诗集序》),既要纠正直抒胸臆而流于直露的偏向,又要不同于唐诗的兴象玲珑、缺少理思与情感深度,而要那种思虑深沉、蕴涵丰富的诗作。杜诗深沉的情感及其表达方式,给他提供了艺术借鉴。山谷学杜,其着意点也在于创造出具有这种审美形态的诗。

"兴寄高远"的所谓"兴寄",说的是思想情感的表达方式,强调其表达不是径情直遂的,而是诗的、艺术的。叶嘉莹《中国古典诗歌中形象与情意之关系》就作为表达方法的"比兴"的意义及其区别指出:"所谓'比'者有拟喻之意,即把所欲写之事物作为另一事物来加以叙述的一种表达方法;而所谓'兴'者有感发兴起之意,是因某一事物之触发而引出所欲叙写之事物的一种表达方法。""一般说来,'兴'的作用大多

'物'之触引在先，而'心'的情意感发在后，而'比'的作用，则大多是已有'心'之情意在先，而借比为'物'来表达在后，这是'比'与'兴'的第一点不同之处；其次再就其相互间感发作用之性质而言，则'兴'的感发大多由于感性的直觉的触引，而不必有理性的思索安排，而'比'的感发则大多含有理性的思索安排。"① 诗骚的"比兴"手法，唐宋时期已有了更进一步的发展与丰富。但其基本意义未变。钱志熙认为，黄庭坚所谓之"兴寄"，是"合寄托与兴感两者而言"的。② 黄庭坚所谓"兴寄""兴托"，就是强调把兴感、兴象和喻托、象征结合起来，使诗所表现的"意"达到"高远""深远"，而喻托、象征与兴感不同，带有更多的"理性的思索安排"。

杜诗中有一种既是景物描写又有深刻寓意的诗句，如"繁华容易纷纷落，嫩蕊商量细细开。""颠狂柳絮随风去，轻薄桃花逐水流。""青松恨不高千尺，恶竹还须斩万竿。""自来自去梁上燕，相亲相近水中鸥。""俱飞蛱蝶元相逐，并蒂芙蓉本自双""江湖多白鸟，天地有青蝇。"它是一种景物描绘，同时更重要的是，在这种意象营造中寓托了一种勘破物理、世情的带有理思的情感，意象与寄托紧密结合，不仅使诗的意象传神，而且深化了诗的意蕴和内涵。黄庭坚继承和效法杜诗这种写景物既是意象又含寄托（具有思理蕴含）的写法，诗中常常出现这种"兴寄高远"的诗句，如《题落星寺》其一：

星宫游空何时落，着地亦化为宝坊。诗人昼吟山入座，醉客夜愕江撼床。密房各自开户牖，蚁穴或梦封侯王。不知青云梯几级，更借瘦藤寻上方。

此诗首联写落星寺的形胜，谓其乃天上星宫降落人间，颔联写诗人游历其中的活动与感受，上句写落星寺的屋宇房舍，下句是由上句引起的联想，是虚拟的景物。这两句合起来，又是对世情的一种写照和喻托。黄庭坚自谓"密房"一联最近杜诗，《王直方诗话》载："山谷谓洪龟父云：'甥最爱老舅诗中何等篇？'龟父举'密房各自开户牖，蚁穴或梦封侯

---

① 叶嘉莹：《迦陵论诗丛稿》，中华书局1984年版，第335页。
② 钱志熙：《黄庭坚诗学体系研究》，北京大学出版社2003年版，第106页。

王'，及'黄流不解浣明月，碧树为我生凉秋'，以为绝类工部。山谷云：得之矣。""蜜房"一联意象和寄托紧密结合，写的是眼前所见的落星石和落星寺，实际上又寓托了诗人对人世的一种观照与悟解。此类诗句在山谷诗中为数不少，如"藤萝得意干云日，箫鼓何心进酒尊。""北辰九关隔云雨，南极一星在江湖。""试问安排华屋处，何如零落乱云中。"这种写法是以诗人主体的"意"即带有知性的情思来统御全诗，将"意"寓托于物象、情境，从表意的需要出发来选择和组合意象，重视联想意象和心造意象的抒情作用，超越对物象的单纯写实，突出了意象的寓托与象征意义。

这一写法有时体现在整首诗的构思与意境上。如《李右司以诗送梅花至潞公……》："凡花俗草败人意，晚见琼蕤不恨迟。江左风流尚如此，春功终到岁寒枝。""琼蕤""岁寒枝"是状写梅花，与"凡花俗草"相比，其喻托人事的意义是非常明显的。七绝《次韵蒲泰亨三首》其三："栽竹养松人去尽，空闻道士种桃花。昨来一夜惊风雨，满地残红噪暮蛙。"《同元明过洪福寺戏题》："残春已是风和雨，更着游人撼落花。"《寺斋睡起》："桃李无言一再风，黄鹂惟见绿匆匆。"诗中意象寄寓诗人对于现实和人生的体味与思索。黄庭坚讲求"兴托深远"，他要纠正直接议论的偏向，又不同于唐诗的兴象玲珑而要有理思蕴涵的深沉，所以要将"意"寓于物象、物理的审美表现之中，造成所谓"意句"。而这"意"，也不一定是政治方面的，还包括对更为广阔的人事、物理的思索。在某种意义上，黄庭坚的诗是一种学者之诗，但这学者的深厚素养不是流于诗中炫耀学问知识，而是一种以深厚的文化知识素养为基础的人生智慧、审美方式和审美趣味。

老杜诗中描摹物象，有一种"以物为人"的写法，即通过人的联想，将主观情思移到外物上，由物我两忘进入物我合一。如"岸花飞送客，樯燕语留人。"（《发潭州》）"春知催柳别，江与放船清。""宿鸟行犹去，岸花笑不来。"（《发白马潭》）"唯见林花落，莺啼送客闻。"（《别房太尉墓》）"寻檐索共梅花笑，冷蕊疏枝半不禁"（《舍弟观自蓝田迎妻子到江陵喜寄二首》）"青云羞叶密，白雪避花繁。"（《甘园》）"悲风为我从天来""林猿为我啼清昼""溪壑为我回春姿"，等等。此种写法为山谷所重视与效法。如"春风取花去，酬我以清荫。"洪龟父喜欢的绝类杜甫诗的"黄流不解浣明月，碧树为我生凉秋"，也是此种笔法。吴沆《环溪诗话》

卷中谓:"山谷以物为人一体最为可法,于诗为新巧,于理未为大害。仲兄云:'何谓以物为人?'环溪云:'山谷诗中,无非以为人者,此所以擅一时之名,而度越流辈。'"

老杜对人生的体验理解甚深,有深厚的感情,也有清醒的理智与思索,凝结为沉郁顿挫的诗篇,对情感的曲折复杂有深刻、细致的把握和抒写。黄庭坚写人生感受,写自己的内心世界,学杜的方向没错,但过于内敛,显得单调,没有老杜的沉郁、丰富与复杂。其"兴寄高远"的追求,受到其思想情感的局限,自然不能与老杜相比。

2. 学杜诗的章法

方东树言:"欲知黄诗,须先知杜诗,真能知杜,则知黄矣。杜七律所以横绝诸家,只是沉著顿挫,恣肆变化,阳开阴合,不可方物。山谷之学,专在此等处,所谓作用。"(《昭昧詹言》卷十二)对于诗歌篇、句、字的精细讲究,是黄庭坚诗的根本特点。学习杜诗之章法,是山谷学杜的重要内容。

范温《潜溪诗眼》云:"山谷言文章必谨布置,每见后学,多告以命意曲折。"范温讲诗的章法、布置,举老杜《赠韦见素》《十二月一日》《闻官军收河南河北》《游子》《桃》为例,以说明常体之有变。范温为山谷及门弟子,亲炙山谷,对杜诗章法的此种见识,当来自山谷。《王直方诗话》云:"山谷论诗文不可凿空强作,待境而生,便自工耳。每作一篇,先立大意,长篇须曲折三至焉乃为成章耳。"杜诗在章法上匠心独运,命意曲折,结构严密,层次多变,文情跌宕,例如,《秋兴八首》就充分体现了这一特点,诗中往昔与目前、现状与回想、历史与现实、京城与夔府、自身与家国等的互相交织、互相转接,起伏跌宕,神光离合,乍阴乍阳,成就一种自由回旋的艺术时空、错综复杂的诗歌结构。山谷诗,无论长短,都注意学习杜诗的章法结构,以形成沉着顿挫、恣肆变化的风格。

(1) 曲折顿挫

山谷学杜,特别注意章法结构的曲折腾挪,无论长短,都避免平铺直叙,力求曲折周至,表现圆足。方东树极口称赞山谷诗之"曲折驰骤""沉著曲折""顿挫曲折""往复拓展""跌宕"(《昭昧詹言》卷十二)。山谷《次韵子瞻题郭熙画秋山》:

黄州逐客未赐还，江南江北饱看山。玉堂卧对郭熙画，发兴已在青林间。郭熙官画但荒远，短纸曲折开秋晚。江村烟外雨脚明，归雁行边余叠巘。坐思黄柑洞庭霜，恨身不如雁随阳。熙今头白有眼力，尚能用笔映窗光。画取江南好风日，慰此将老镜中发。但熙肯画宽作程，十日五日一水石。

此诗四句一转韵，每一韵又两句一转义。头四句，从苏轼贬黄州起笔，前两句写苏轼在黄州饱览山水，后两句写其玉堂观秋山图而生归隐之思，紧扣苏诗之题旨。接下四句转入正面写郭熙秋山图，前两句概括其意境，后两句具体描绘画面的景物。"坐思"四句，前两句写由画中的雁行而有南归之念，由写郭熙画境转到自身；"熙今"二句又转回写郭熙，赞其虽老而能画。最后四句，"画取"二句顺势写来，点出宗旨，谓郭熙的山水画可以安慰自己将老之心；结尾两句，转向郭熙求画，化用老杜《戏题王宰画山水图歌》："十日画一水，五日画一石迹；能事不受相迫促，王宰始肯留真迹。"意谓自己并不急于得到画作，郭熙可以慢慢画；更是赞美郭熙山水画如唐王宰之造诣高超。方东树称此诗"曲折驰骤，有江海之观，神龙万里之势"（《昭昧詹言》卷十二）。高步瀛评此诗云："神似老杜而不袭其貌。"（《唐宋诗举要》卷三）

山谷近体诗也特别讲求章法，如《再次韵寄子由》：

想见苏耽携手仙，青山桑柘冒青烟。麒麟堕地思千里，虎豹憎人上九天。风雨极知鸡自晓，雪霜宁与菌争年？何时确论倾樽酒，医得儒生自圣颠。

此诗首联以汉末仙人苏耽比喻苏辙，赞美其高洁脱俗。"想见"云云，饱含怀想不已之情，第二句荡开去写想象中的景致。颔联转入写苏辙的遭遇，上句先言其志远才高，下句言小人当道，致使其不免仕途蹭蹬之困。麒麟堕地、虎豹当关之喻，表现了诗人对苏辙的同情，对政治黑暗的愤懑。颈联化用《诗经》"风雨如晦，鸡鸣不已"；《庄子·逍遥》"朝菌不知晦朔，蟪蛄不知春秋，此小年也"；杜牧《题魏文贞》"蟪蛄宁与雪霜期，贤哲难教俗士知"，谓真正的智者自知黑暗不会长久，绝不会和那些宵小之徒争一日之短长。这是对友人的劝勉，也是对友人的赞美。尾联,则荡开一笔,意谓我们处于如此境地而作如是想,是一种儒生自命不凡的通病,何时相聚痛饮,我们一起好好讨论如何治疗这种自负的老毛病吧!以自嘲的方式表现了愤激之情。全诗一联一转,中间两联上句与下句又成对比、映带,层层转折,深折透辟,写出了诗人对友人遭遇的种种复杂的情感思绪。

再如《次韵元明寄子由》:

> 半世交亲随逝水,几人画图入凌烟。春风春雨花经眼,江北江南水拍天。欲解铜章行问道,定知石友许忘年。鹡鸰各有思归恨,日月相催雪满颠。

此诗起句突兀而来,次句承接起句交亲零落之意而迅速转入另一层意思,即逝者中有几人建功立业得以不朽?颔联截断首联对亲友凋零的感叹,转而写景,明朗开阔的春天景致强烈地衬托出伤感之情,似断而实连。颈联则从自然景物回到对人事的思索与感悟。尾联转入此诗主旨,化用老杜《得舍弟消息》之"浪传乌鹊喜,深负鹡鸰诗"和《舍弟观自蓝田迎妻子到江陵喜寄三首》之"鸿雁影来连峡内,鹡鸰飞急到沙头",以及《寄杜位》之"鬓发还应雪满头",抒发兄弟二人容颜老去而不得归家之恨。方东树谓山谷诗最贵截断,"凡絮接、平接、衍叙、太明白、太倾尽者,忌之"(此诗章法曲折顿挫,转接不测,体现了山谷诗在结构上避常求奇的特点)。

方东树云:"山谷之妙,起无端,接无端,大笔如椽,转折如龙虎,扫弃一切,独提精要之语,每每承接处,中亘万里,不相联属,非寻常意计所及。"(《昭昧詹言》卷十二)在学习杜诗章法方面,黄庭坚诗在宋人中最为突出,深得杜诗"顿挫"之妙。

(2)断句入他意

杜诗《寄彭州高使君虢州岑长史》云"篇终接浑茫",赞赏诗的结尾能含蓄不尽,余味悠长。山谷作诗,也注意学习杜诗结尾的方式和技巧。例如《王充道送水仙花五十枝,欣然会心,为之作咏》:

> 凌波仙子生尘袜,水上轻盈步微月。是谁招此断肠魂,种作寒花寄愁绝。含香体素欲倾城,山矾是弟梅是兄。坐对真成被花恼,出门

一笑大江横。

此诗咏水仙花。首联两句突兀而起,化用曹植《洛神赋》"凌波微步,罗袜生尘",写出洛水女神在波光荡漾的洛水之上绰约曼妙的风姿,这是诗人看到水仙花引起的联想。颔联承此联想而继续想象之:水仙花莫非就是人们招回洛神风华绝世美丽的灵魂,种出这清寒幽独的花朵来寄托自己的哀愁?颈联转入正面刻画水仙花的形态、颜色、香气,谓其有山矾和梅花的品位。尾联上句"坐对真成被花恼",是说自己看到水仙花引起无限的愁烦,下句"出门一笑大江横",笔锋陡转,写自己离开水仙花,走出大门,见大江横前,波澜壮阔,忧郁感伤的心情为之一扫,不由得发出爽朗的笑声。这种结尾宕开一笔的写法,正是从老杜处学来。陈长方《步里客谈》卷下云:"古人作诗,断句辄旁入他意,最为警策,如老杜云:'鸡虫得失无了时,注目寒山依江阁。'是也。鲁直《水仙》诗亦用此体:'坐对真成被花恼,出门一笑大江横。'"郭知达《九家集注杜诗》引赵彦材语,谓山谷对老杜《缚鸡行》"深达诗旨",所以效法之。山谷诗学老杜这种"实下虚成""断句入他意"者,还有《去贤斋》:

争名朝市鱼千里,观道诗书豹一斑。末俗风波尤浩渺,古人廉陛要跻攀。螳螂怒臂当车辙,鹦鹉能言著镞关。顾我安知贤者事,松风永日下帘闲。

此诗前六句写所谓"贤"者争名朝市、钻营攀附、栖栖惶惶,颈联"螳螂怒臂当车辙,鹦鹉能言著镞关"两句,描绘形容竞争者的心计丑态,可谓穷情尽相。尾联放开一笔,说自己不知道何谓贤者之事,且放下帘钩,听听松风以消长日吧。结尾不对所写的事态予以评论,而听松风以消永日的清净,又正好反衬出所谓贤者热衷躁进的无谓,余味无穷。

山谷于诗的结尾处常常荡开一笔写来的作法,还有《书酺池寺书堂》:"小黠大痴螳捕蝉,有余不足夔怜蚿。退食归来北窗梦,一江风月趁渔船。"《二虫》诗:"二虫愚智俱莫测,江边一笑无人识。"《寄黄几复》:"想得读书头已白,隔溪猿哭瘴溪藤。"《答龙门潘秀才见寄》:"想得秋来常日醉,伊川清浅石楼高。"《题伯时天育骠骑图》:"想见真龙如此笔,蒺藜沙晚草迷川。"《题阳关图二首之一》:"想得阳关更西路,北风低草见牛羊。"《和吕秘臣》:"人间崇辱无来路,万顷风烟一草堂。"《戏呈孔毅夫》:"忽忆僧床同野饭,梦随秋雁到东湖。"

黄庭坚诗在章法结构上多有奇变,有时跳跃,有时反折,很少连绵衔接而成的。方东树云:"杜公所以冠绝古今诸家,只是沉郁顿挫,奇横恣肆,起接承转,曲折变化,穷极笔势,迥不由人。山谷专于此苦用心。"(《昭昧詹言》卷十四)

3. 学杜诗句法

黄庭坚倡导学杜,学老杜诗歌艺术,重点和入手处在句法。黄庭坚对老杜句法极为赞佩倾倒,赞许杜诗"句律精深,超古作者"。所谓"句律精深",体现在遵守声律的基本规定这一前提下精心修辞,达到用字精当、属对精工、用事精妙,形成一种含义深厚细密生新的诗歌语言。山谷反复强调学习杜诗的句法。① 方东树谓"山谷死力造句,专在句上弄远""句法奇创,全不由人,凡一切庸常境句,洗脱净尽。"(《昭昧詹言》卷八) 金启华《杜甫诗句对黄山谷的影响》一文指出:"山谷学杜,重在句法。"② 山谷认真汲取杜诗的句法经验,精思研练,因难见巧,遇变出奇,努力锻造具有独特审美风貌的生新的诗歌语言。

(1) 变更诗语之正常秩序使文气跌宕曲折,是老杜在句法上的一种独创,其手段包括浓缩、省略、倒装、离析、错综、词汇活用等,这在杜甫后期诗歌中尤为突出。《秋兴八首》"香稻啄余鹦鹉粒,碧梧栖老凤凰枝"两句,是"倒装离析"(惠洪语),为宋人所瞩目,其实杜诗中此种倒装离析的错综句子很多。如杜甫《堂成》:"桤林碍日吟风叶,笼竹和烟滴露梢。"仇兆鳌云:"林碍日,叶吟风,竹和烟,梢滴露,六字本相对,将风叶露梢倒转,句法便觉变化。"这种独特的语序变化造成了句子的曲折新奇和高度浓缩,这种语言的"陌生化",产生了不同寻常的力度和气势。黄庭坚在诗歌语言上致力于求生求新,求深远,求曲折,力避陈腐、庸常、直露,老杜这种变更正常语序、紧缩诗歌节奏语脉的作法,尤为山谷所注意与效法。例如,山谷《次韵清虚》中"眼中故旧青长在,鬓上光阴绿不回"两句,将眼青、鬓绿拆开;《题李十八知常轩》"无心

---

① 见本书上编关于黄庭坚部分。
② 金启华:《杜甫诗句对黄山谷的影响》,《杜甫诗论丛》,上海古籍出版社 1985 年版,第 228 页。

海燕窥金屋,有意江鸥傍草堂",将"无心""有意"前置;《寄黄从善》"渴雨芭蕉心不展,未春杨柳眼先青",将"渴雨""未春"前置,也是对语序做了不同常态的处理。《次韵柳通叟寄王文通》:"心忧未死杯中物,春不能朱镜里颜。"则是省略与浓缩,上句"心忧未死杯中物"上四字与下三字本是两句,合为一句,突出了以酒浇愁的苦痛;下句本意是春天不能使自己变得年轻,照在镜中的我依然朱颜不再,浓缩为"春不能朱镜里颜",则别有一番意味。这种颠倒词语正常次序、紧缩节奏语脉,使诗的语言"陌生化",其风格拗峭瘦硬,别具一格。

山谷很重视学习杜诗在句式上的创变。范温《潜溪诗眼》记载,山谷欣赏老杜"不知西阁意,肯别定留人""爱其深远闲雅",谓其"一句有两节顿挫",包含"肯别邪"与"定留人邪"两层意思。在句式上,老杜常常突破正常节奏,仇兆鳌云:"杜诗有两字作截者,如:'雪岭独看西日落,剑门尤阻北人来。'有三字作截者,如:'渔人网集成潭下,沽客舟随返照来。'有五字作截者,如:'五更鼓角声悲壮,三峡星河影动摇。'有全句一滚不能截者,如:'松浮欲尽不尽云,江动将崩未崩石。'"(《杜诗详注》),山谷学此种打破正格律句节奏的变化句式,如《次韵柳通叟寄王文通》:"心忧未死杯中物,春不能朱镜里颜。"《戏效禅月作远公吟》:"邀陶渊明把酒碗,送路修静过虎溪。""沧江鸥鹭野心性,阴壑虎豹雄牙须。"《和高仲本喜相见》:"有子才如不羁马,知公心是后凋松。"

山谷还学老杜以散文句法入诗。如《题竹石牧牛》:"石—吾—甚爱之,勿遣—牛砺角。牛砺角—尚可,牛斗—残我竹。"完全打破近体诗的对仗工稳与节奏和谐,生新拗峭,山谷对此句子的散文化颇为自赏。山谷对杜诗的一些有特色的句式,也加以仿效,如《奉答李和甫代简二绝句》之"山色江声相与清",即学老杜《书堂饮既复邀李尚书下马月下赋绝句》"湖水林风相与清";山谷《罨》诗:"落日映江波,依稀比颜色。"化用老杜《梦李白》:"落月满屋梁,犹疑照颜色。"杨万里曰:"此皆用古人句律,而不用其句意,以故为新,脱胎换骨。"(《诚斋诗话》)

(2) 对偶

山谷继承与学习发挥杜律对偶之技法,使律诗的对仗更加精致而又富于表现力,借用方回的话说,可谓"变之又变,神动鬼飞"(《瀛奎律髓汇评》卷二十六)。

学老杜之句中对。钱锺书《谈艺录》指出："此体创于少陵而名定于义山。少陵闻官军收两河云：'即从巴峡穿巫峡，便下襄阳向洛阳'；《曲江对酒》云：'桃花细逐杨花落，黄鸟时兼白鸟飞'，《白帝》云：'戎马不如归马逸，千家今有百家存。'……山谷数为此体，如《杂诗》之'迷时今日如前日，悟后今年似去年'；《同汝弼韵》之'伯氏清修如舅氏，济南潇洒似江南'；《咏雪》之'夜听疏疏还密密，晓看整整复斜斜'；《卫南》之'白鸟自多人自少，污泥终浊水终清'；《次韵题粹老客亭诗后》之'惟有相逢即相别，一杯成喜只成悲。'"① 除上述例子外，还有《自巴陵略平江临湘入通城……作长句呈道纯》之"野水自添田水满，晴鸠却换雨鸠归"。山谷诗中还有一种学老杜句中对的对偶方式，即"上八字各自为对"（方回语），如"归鸿往燕竟时节，宿草新坟多友生"（《和师厚郊居示里中诸君》）；"明月清风非俗物，轻裘肥马谢儿曹"（《答龙门潘秀才见寄》）；"功名富贵两蜗角，险阻艰难一酒杯"（《喜太守毕朝散致政》）；"春风春雨花经眼，江南江北水拍天"（《次韵元明奉寄子由》）；"碧嶂清江元有宅，黄鱼紫蟹不论钱"（《次韵胡彦明羁旅京师寄李子飞三章》）；"绿叶青阴啼鸟下，游丝飞絮落花余"（《次韵子高即事》）；"头白眼花行作吏，儿婚女嫁望家山"（《次韵柳通叟寄王文通》）；"青春白日无公事，紫燕黄鹂共好音"（《次韵盖郎中率郭郎中休官》）；"绿鬓朱颜成异物，白日青天闭黄垆"（《哀逝》）；"钓溪筑野收多土，航海梯山共一家"（《和中玉使君晚秋开天宁节道场》）；"霜髭雪鬓共看镜，萸糁菊英同送秋"（《次韵马荆州》），等等。

学老杜的宽对法。老杜句中对追求的是对偶的精巧，宽对法则是一种不追求精工的变格。葛立方云："律诗中间对联，两句意甚远，而中实潜贯者，最为高作。"（《韵语阳秋》卷一）山谷诗学老杜宽对法的例子很多，如"天于万物定贫我，知效一官全为亲。"（《答彦和》）"舞阳去叶才百里，贱子与公俱少年。"（《次韵裴仲谋同年》）"白发齐生如有种，青山好去坐无钱。"（《次韵裴仲谋同年》）"眼见人情如格五，心知外物等朝三。"（《漫书呈仲谋》）"盖世功名棋一局，藏山文字纸千张。"（《题李十八知常轩》）"家移四壁书侵座，马瘦三山叶拥门。"（《次韵宋楙宗僦居甘泉坊雪后抒怀》）"语言少味无阿堵，冰雪相看有此君。"（《次韵

---

① 钱锺书：《谈艺录》，中华书局1984年版，第13页。

外舅王正仲》）"雨后月前天欲冷，身闲心远地常幽。"（《次韵黄斌老晚游亭》）还有一联之中一句情一句景、一句人一句物的，如"洞庭归客有佳句，庾岭疏梅如小棠。"（《戏赠南安倅柳朝散》）"宫廷休更进汤饼，语燕无人窥井栏。"（《次韵汉公招七兄》）"万里书来儿女瘦，十月山行冰雪深。"（《寄上叔父夷仲》）方东树《昭昧詹言》卷十二云："大抵山谷所能，在句法上远。凡起一句，不知其所自来，断非寻常人胸臆中所有。……每篇之中，每句逆接，无一是恒人意料所及，句句远来。"山谷近体诗的对偶也体现了这一点。

句子内的因果与文法之颠倒与破坏，句子间对偶方面的开放宽泛，是老杜扩大和提升七律表现能量的两种重要方式，黄庭坚都予以特别的重视和认真的效法。在对偶上，王安石走的是老杜精切之路；黄庭坚不废精切之格，又重视走宽对、变化一路。魏庆之《诗人玉屑》卷七《铢两不差》引《诗史》语："晚唐诗句尚切对，然气韵甚卑。"黄庭坚主张"宁对不工，不可使句弱"，有惩于晚唐诗对偶之弊而学老杜对偶之变格。

（3）用典

山谷谓杜诗"无一字无来处"，钦佩老杜"用事精切，更无虚字"（《论诗作文》）。在创作上，效法老杜用典之工，也是山谷"以故为新"之诗学主张的一种实践。任渊《山谷诗集注》卷一《古诗二首上苏子瞻》注云："山谷诗律妙绝一世，用意高远，然置字下语皆有所从来。孙莘老云：老杜诗无两字无来历。刘梦得论诗，亦言无来历字，前辈未尝用。山谷屡拈此语，盖亦以自表现也。"赵翼亦谓山谷说杜诗"无一字无来处"，是"盖隐以自道"（《瓯北诗话》卷三）。方东树《昭昧詹言》卷十一云："以事实典重饰其用意，加以选创奇警，语不惊人死不休，此山谷独有，然亦从杜中得来，不过加以造句耳。"山谷追求诗的内蕴之丰富性，追求诗的历史文化蕴涵，强调从历史文化典籍的涵泳中创造意象，铸造语词。

用典还是直说，这是一个"怎么说"的问题，判断其高下的标准只能是怎么说才说得好。黄庭坚用典，很多时候是说得好，形象、含蓄、婉转、深透、机智，精妙适度，有的甚至使人不觉其用典，诗意浑厚丰满，如"我居南海君北海，寄雁传书谢不能。"（《寄黄几复》）上句用《左传》："君处北海，寡人处南海，唯是风马牛不相及也。"下句用刘禹锡："谪在三湘最远州，边鸿不到水南流。""朝云往日攀天梦，夜雨何时对榻凉。"（《和答元明黔南留别》）上句用宋玉高唐赋巫山神女事，下句用韦应物《示全真元常》诗"宁知风雨夜，复对此床眠"。又如"千林风语莺求友，万里云天雁断行。"(《宜阳别元明用觞字韵》) 上句用《诗经小雅伐木》"嘤其鸣矣，求其友声"。下句用《礼记王制》"父之齿，随行；兄之齿，雁行"。再如《戏呈孔毅父》："管城子无食肉相，孔方兄有绝交书。"用《毛颖传》《后汉书·班超传》、鲁褒《钱神论》、嵇康《与山巨源绝交书》中四个典故，将贫困写得形象而幽默。《许彦周诗话》谓这两句诗之用事"绝密精妙，不可加矣"。

山谷胸中万卷，运思时浮想联翩，由所咏物事想到有关典故，又在典故基础上生发想象，经过这么一番纵横捭阖，便使所咏之物生动起来，超脱而精切。山谷用典，学杜而有自己的创新。其中特别具有个性特色的是从典故本身生发想象，而不是死板的"填塞故实"。钱锺书云："例若'青州从事斩关来'，'管城子无食肉相，孔方兄有绝交书'，'王侯须若缘坡竹，哦诗清风起空谷'，'湘东一目诚甘死'，'未春杨柳眼先清'，'蜂房各自开牖户'，'失身来作管城公'，'白蚁战酣千里雪'等句，皆此类。酒既为'从事'故可以'斩关'；笔既有封邑，故能'失身食肉'；须既比竹，故堪起风；蚁既善战，故应飞雪；蜂窠既号'房'故亦'开户'。均就现成典故比喻字面上，更生新意；将错而遽认真，坐实以为凿空。"①冯文炳先生称赞李商隐"以典故为想象"；而黄庭坚则从典故生发想象，抒写情怀，发表议论，使诗的语言生动形象，摆脱平庸枯燥，富于情味。

许尹《黄陈诗注序》说："其用事深密，杂以儒佛，虞初稗官之说，隽永鸿宝之书，牢笼渔猎，取诸左右，后生晚学此秘未睹者，往往苦其难知。"山谷用典超出习见经典故实，丰富博洽，但也有逞才使气，繁积故实，向冷僻的书中钩新摘异、矜奇炫博的倾向，刘辰翁说山谷"直欲用尽万卷，与李杜能争一词一字之顷"(《简斋诗注序》)。魏泰批评他"专求古人未使之事，又一二奇字，缀葺而成诗，自以为工，其实所见之僻也。故句虽新奇，而气乏浑厚"(《临汉隐居诗话》)。方东树云："山谷隶事间，不免强拉硬入，按之本处语势文理，否隔无情，非但语不妥，亦使文气与意（磊差）不合。盖山谷但取生避熟与人远，故宁不工不谐而不顾，至此大病。"(《昭昧詹言》卷八) 赵翼比较黄庭坚和苏轼用典云："且坡使事处，随其意之所之，自有书卷供其驱驾，故无掊摭痕迹。山谷

---

① 钱锺书：《谈艺录》，中华书局1984年版，第22页。

则书卷比坡更多数倍，几于无一字无来历；然专以选材庀料为主，宁不工而不肯不典，宁不切而不肯不奥，故往往意为词累，而性情反为所掩。"（《昭昧詹言》卷十一）这些批评是有道理的。王夫之《夕堂永日绪论》谓黄庭坚"除却书本子则更无诗"的说法，从用典方面全盘否定黄庭坚诗，则未免过当。

　　用典还包括借用前人诗文中的词语，通过镕裁点化的功夫，化陈为新，使之在自己的诗中起到精妙的修辞作用。山谷对杜诗语言最根本的认识是"无一字无来处"，其所谓"点铁成金""夺胎换骨"，其实也是他对杜诗用词造语方式的一种概括，并且贯彻在自己的创作实践中。用他自己的话说就是"转古语为我家物"（《云巢诗序》）。顾随谓山谷"拿人家整旧如新""凡山谷出色处，皆用人之诗整旧如新"（《诗词讲记》）。山谷化用前人诗语的造句方法，并不以杜诗为限，但其诗中点化老杜诗句最多。据金启华统计，山谷用杜句达 250 余处。① 其中有的是袭用杜诗成句，或只变动其中一两个字者，更多的是对原句加以櫽栝、点化，造成新句，引申原意乃至变化或反用原意。有的杜句，山谷是一用再用。如杜诗《秦州见敕目薛三璩授司议郎毕四曜除监察与二子有故喜迁官兼述索居凡三十韵谷》："别来头更白，相对眼终青。"黄庭坚《寄忠玉提刑》："读书头更白，见士眼终青。"《次韵奉达文少激纪赠二首》："今日相看青眼旧，他年肯做白头新。"《和答君庸见寄别时绝句》："看镜白头知我老，平生青眼为君明。"《送王郎》："江山千里俱头白，骨肉十年眼终青。"《次韵和台源诸篇九首》："身更万事已头白，相对百年终眼青。"《再次韵杜仲观二绝》："青眼向来同醉醒，白头相望不缁磷。"《次韵清虚》："眼中故旧青长在，鬓上光阴绿不回。"再如老杜《得舍弟消息》之"浪传乌鹊喜，深负鹡鸰诗"；《舍弟观自蓝田迎妻子到江陵喜寄三首》之"鸿雁影来连峡内，鹡鸰飞急到沙头"，山谷一用再用。《和答子瞻和子由常父忆馆中故事》："风撼鹡鸰枝，波寒鸿雁影。"《同韵和元明兄知命弟九日相忆二首》："鸿雁池边照双影，鹡鸰原上忆三人。"《答德甫弟》："鸿雁双飞弹射下，鹡鸰同病急难时。"《奉送刘君昆仲》："鸿雁要须翔集早，鹡鸰无憾急难求。"《和答元明黔南赠别》："急雪鹡鸰相并影，惊风鸿雁不成行。"山谷化用前人诗句，善于综合点化，其化用杜诗亦如此。如

---

① 金启华：《杜甫诗句对黄山谷之影响》，《杜甫诗论丛》，上海古籍出版社 1985 年版。

《中秋月》:"寒藤老木被光景,深山大泽皆龙蛇。"即综合杜甫《白帝》之"高江急峡雷霆斗,古木苍藤日月昏"与《送孔巢父》之"深山大泽龙蛇远,春寒野阴风景暮"。而每次化用,都有新的语词修饰和不重复的意味。

(4) 下字

方东树云:"黄诗秘密,在隶事下字之妙,拈来不测。"(《昭昧詹言》卷十) 黄庭坚句法理论的一个重要内容是强调"句眼",所谓句眼,"是指一句诗或一首诗中最精炼、最传神而又有空灵意趣的一个关键字,如人之有炯炯清眸,足以顾盼、映照全诗、全句者。"[1] 山谷十分钦佩老杜诗在句眼上下字精妙,《赠高子勉》云:"拾遗句中有眼。"《赠高子勉诗》称赞高子勉作诗以杜子美为标准,"用一事如军中之令,置一字如关门之键。"范温《潜溪诗眼》记载山谷称赞老杜用字云:"老杜《谢严武》诗云:'雨映行宫辱赠诗。'山谷云:'只此雨映两字,写出一时景物,此句便雅健。'"杜诗下字是山谷效法的典范,通过下字,以取得意象营造、情感表达以及语感风格方面独特的审美效果。山谷《荆南签判向和卿用予六言见惠次韵奉酬》云:"覆却万方无准,安排一字有神。"这也是山谷的"夫子自道"。

钱锺书《谈艺录》称赞"黄庭坚诗特别注意句眼处用字的精妙"。例如《赠陈师道》"秋水粘天不自多",《晚起临汝》"清风荡秋日","粘""荡"皆为句眼。《又和黄斌老》:"西风鏖残暑,如用霍去病。""鏖"字表现出秋风的强劲,等等。山谷还注意学老杜用虚字的浑然妥帖,如老杜好用"自"字,如《遣怀》:"愁眼看霜露,寒城菊自花。"《忆弟》:"故园花自发,春日鸟还飞。"《日暮》:"风月自清夜,江山非故园。"《滕王亭子》:"古墙犹竹色,虚阁自松声。"写面对客观景物,人有悲喜,而无情之景物依然,以"自"字强调景物之无情,突出诗人的痛苦、孤独、无奈。黄庭坚《再次韵兼简履中南玉三首》:"锁江亭上一樽酒,山自白云江自横。"《闰月访同年李夷伯……》:"日晴花色自深浅,风软鸟声相应酬。"这些句中的"自"字,显然学老杜。但黄庭坚并没有停留在沿袭与模仿上,如《夜发分宁寄杜涧叟》:"我自只如常日醉,满川风雨替人

---

[1] 王运熙、顾易生主编:《中国文学批评通史·宋金元卷》,上海古籍出版社 1996 年版,第 204 页。

愁。"人自无愁而风雨替人愁，人与景物情感易位，更突出了诗人心中的痛苦。

朱弁《风月堂诗话》指出杜甫、李商隐、黄庭坚之间有一种诗学渊源。谓李义山"未似老杜沉涵汪深，笔力有余"，但"义山亦自觉，故别立门户，成一家。后人挹其余波，号西昆体，句律太严，无自然态度。黄鲁直深悟此理，乃独用昆体功夫，而造老杜浑成之地。今之诗人少有及者，此禅家所谓更高一筹也。"（《风月堂诗话》卷下）山谷学老杜创造的错综句式、变体对偶以及下字来修辞造语；学老杜用典，精心研练和变化语词使之生新；学老杜拗句，本可流畅的句子，也要颠倒词语使之拗峭，黄庭坚学习杜诗语言艺术，形成了具有自己独特个性的诗歌语言。

（三）

七律是黄庭坚用力最多、成就最高的诗体。普闻《诗论》曰："鲁直长于律诗，老健超迈。"山谷学杜，在七律方面成效最为显著。高步瀛云："七言今体昌于初唐，至盛唐而极。王摩诘意象超远，词语华妙，堪冠诸家，辅以东川，附以文房，堂堂乎一代宗师矣。至杜公五十六言变化，直欲涵盖宇宙，包括古今，又非唐代所能限。义山、致尧继轨于前，山谷、后山蹑步于后，然皆得其一体。"[①]

胡震亨《唐音癸签》讲七律之难："近体之难，莫难于七言律。五十六字中，意若贯珠，言如合璧。其贯珠也，如夜光走盘，而不失回环曲折之妙。其合璧也，如玉匣有盖，而绝无参差扭捏之痕。纂组锦绣相鲜以为色，宫商角徵互合以成声，思欲深厚有余而不可失之于晦，情欲缠绵不迫而不可失之于流……庄严则清庙明堂，沉着则万钧九鼎，高华则朗月繁星，雄大则泰山齐岳，圆畅则流水行云，变换则凄风急雨。一篇之中，必数者兼备，乃称全美。故名流哲士，自古难之。"七律作为诗之体式，长处在于形式的精美，随之而来的是束缚之严格，既讲法度，又需灵活，在整饬严谨中鲜活生动，富于变化。杜甫在七律的创作上达到了无人能够企及的高峰。管世铭《读雪山房唐诗钞》卷一八云："七言律诗至杜工部而曲尽其变。……其气盛，其言昌，格法、句法、字法、章法无美不备，无

[①] 高步瀛：《唐宋诗举要》，上海古籍出版社1978年版，第532页。

奇不臻，横绝古人，莫能两大。"

　　老杜七律一改盛唐七律借景抒怀、情景交融、平衡圆融、韵味悠长的审美形态，融抒情、叙事、写景、议论于一体，重视人情事态的叙写，讲求章法的曲折精妙和语言的精心锤炼，以表现诗人主观世界丰富复杂的情感意绪，在句法、章法、表现手法和审美风格上都有新的创造。赵翼《瓯北诗话》谓老杜七律"益尽其变，不惟写景，兼复言情，不惟言情，兼复使典，七律之蹊径，至是益大开"（《瓯北诗话》卷十二）。山谷早年七律，亦学唐人七律讲究情景交融，意象和谐，韵味悠长。元丰、元祐时期，则以深厚的艺术功力，在立意、构思、造语、用字、用典、声律方面，积极汲取老杜七律的经验，特别是夔州诗的艺术经验，融抒情、造境、叙事、议论于一炉，运思变化出奇，句法精严老健，讲求气势和笔力，呈现出一种老健超迈、挺拔深婉、独具气骨风力的审美形态。如：

　　中年畏病不举酒，辜负东来数百觞。唤客煎茶山店远，看人获稻午风凉。但知家里俱无恙，不用书来细作行。一百八盘携手上，至今犹梦绕羊肠。（《新喻道中寄元明用"觞"字韵》）

　　万里相看忘逆旅，三声清泪落离觞。朝云往日攀天梦，夜雨何时对榻凉。急雪鹡鸰相并影，惊风鸿雁不成行。归舟天际常回首，从此频书慰断肠。（《和答元明黔南赠别》）

　　今人长恨古人少，今得见之谁谓无。欲学渊明归作赋，先烦摩诘画成图。小池已筑鱼千里，隙地仍栽芋百区。朝市山林俱有累，不居京洛不江湖。（《追和东坡题李亮功归来图》）

　　老杜七律中还有一类所谓"一气单行"，句法与古文为近的写法，诗中不用事，不状景，不泥物，不拈花贴叶，重气格和议论，句律精严，平淡而深厚，朴拙而老健。如《寄杜位》："近闻宽法离新州，想见怀归尚百忧。逐客虽皆万里去，悲君已是十年流。干戈况复尘随眼，鬓发还应雪满头。玉垒题书心绪乱，何时更得曲江游？"《因许八奉寄江宁旻上人》："不见旻公二十年，封书寄与泪潺湲。旧来好事今能否，老去新诗谁与传。棋局动随幽涧竹，袈裟忆上泛湖船。闻君话我为官在，头白昏昏只醉眠。"纪昀批云:"一气单行,清而不弱,此后山诸人之衣钵,为少陵嫡派也。"(方回《瀛奎律髓》卷四十七)曾国藩《大潜山房诗题语》云:"山谷学杜公,七律专以单行之气,运于偶句之中。"例如:

> 有人夜半持山去,顿觉浮岚暖翠空。试问安排华屋处,何如零落乱云中。能回赵璧人何在,已入南柯梦不通。赖有霜钟难席卷,袖椎来听响玲珑。(《追和东坡壶中九华》)

> 故人昔有凌云赋,何意陆沉黄绶间。头白眼花行作吏,儿婚女嫁望还山。心犹未死杯中物,春不能朱镜里颜。寄语诸公肯湔祓,割鸡令得近乡关。(《次韵柳通叟寄王文通》)

> 少日才华接贵游,老来忠义气横秋。未应白发如霜草,不见丹砂似箭头。顾我已成丧家狗,期君早作济川舟。汉家宗社英灵在,定是寒儒浪自愁。(《次韵德孺五丈惠贶秋字之句》)

这几首七律的中间两联,虽保持对偶的形式,但一句一转,律句流动中的对称和一气单行的直遂贯通相融合,流转自如而无微不透。《次韵柳通叟寄王文通》叙写友人沦落偃蹇、年颜老去而不得还乡的境遇,表达了对友人的怀想和不平。此诗中间两联极富变化,颔联"头白眼花行作吏,儿婚女嫁望还山",上句言其年老,下句言其思家,叙事语势流走;而颈联"心犹未死杯中物,春不能朱镜里颜",上句言其饮兴未衰,下句言其已进入老境,语序倒错,对偶工整而奇崛顿挫、一气贯通,与诗人思潮起伏的情怀恰好相得益彰。

老杜七律,风格多样。有《登高》《诸将五首》《秋兴八首》《咏怀古迹五首》那样悲壮慷慨、沉郁顿挫的作品,还有自然深厚、平淡萧散的作品,特别是居于成都草堂时期,老杜写了不少以白描手法抒写日常情事的作品,萧散自然,句律圆美,情意深长,平淡而深厚。如《客至》(舍南舍北皆清水)、《南邻》(锦里先生乌角巾)、《江村》(清江一曲抱村流)、《夜》(露下天高秋气清)、《十二月一日三首》(今朝腊月春意动)、《即事》(暮春三月巫峡长)、《遣闷戏呈路十九曹长》(江浦雷声喧昨夜)、《进艇》《燕子来舟中作》等。山谷晚期七律对老杜这类作品亦多所汲取。如《次韵杨君全送酒长句》：

扶衰却病老无方，唯有君家酒未尝。秋入园林花老眼，茗搜文字响枯肠。醉头夜雨排檐滴，杯面春风饶鼻香。不待澄清遣分送，定知佳客对空觞。

再如《双井茶送子瞻》：

人间风日不到处，天上玉堂森宝书。想见东坡旧居士，挥毫百斛泻明珠。我家江南摘云腴，落硙霏霏雪不如。为君唤起黄州梦，独在扁舟向五湖。

诗写平常事，用日常语，不用典，去夸饰，句律精严，平淡中见深厚。如《登快阁》《次韵奉寄子由》《新喻道中寄元明用"觞"字》《送顾子敦赴河东三首》《和高仲本喜相见》《池口风雨留三日》等。

黄庭坚的怀古七律，在写法上亦学老杜。杨伦谓杜甫《咏怀古迹五首》"咏古即为咏怀，一面当做两面看"（《杜诗镜铨》卷十三）。在写法上，以诗人面对古迹低回怅惘的思想情怀领起全诗，在缅怀古人中寄寓自己的思想感情。对历史旧事的叙写采用的是虚笔，而对古迹今日之景色的描写，则笔笔落实，而且写得精妙传神，寄寓诗人无尽的伤感低回之情，具有震撼人心的力量。例如其三："蜀主窥吴向三峡，崩年亦在永安宫。翠华想象空山里，玉殿虚无野寺中。古庙杉松巢水鹤，岁时伏腊走村翁。武侯祠堂长临近，一体君臣祭祀同。"颈联写今日永安宫旧址唯有空山野寺的荒凉景色，"空山""野寺"是今日之景，而"翠华""玉殿"是昔日之状，乃是诗人的"想象"，"虚无"四字，点明自己面对空山、野寺而想象到刘备当年之翠华、玉殿，这种描写性的实像和在此基础上产生的幻象叠加，表现了诗人观古今于须臾的审美情思，把诗人的历史沧桑之感，吊古伤今之情，表达得充分而又蕴藉。颔联"巢水鹤"见庙之久，"走村翁"见祭之勤，表现了诗人对刘备诸葛亮君臣之遇的羡慕与憧憬。山谷有的怀古诗，如《徐孺子祠堂》《题樊侯庙》，走的就是老杜怀古即咏怀的路子：

乔木幽人三亩宅,生刍一束向谁论。藤萝得意干风日,箫鼓何心进酒樽。白屋可能无孺子,黄堂不是欠陈蕃。古人冷淡今人笑,湖水年年到旧痕。(《徐孺子祠堂》)

门掩虚堂阴窈窈,风摇枯竹冷萧萧。丘墟馀意谁相问,丰沛英魂我欲招。野老无知唯卜岁,神巫何事苦吹箫。人归社里黄云莫,只有哀蝉伴寂寥。(《题樊侯庙》)

两诗对所怀古迹景物的描写都很具体落实,"藤萝得意干风日,箫鼓何心进酒樽""野老无知唯卜岁,神巫何事苦吹箫",在写法上和老杜咏怀古迹"古庙杉松巢水鹤,岁时伏腊走村翁"两句同一机杼,即在对古迹景物描写的基础上阑入今日与古迹相关之人事风俗,通过眼前实景与久远历史的对比,表现诗人对世事沧桑、人生荣枯的复杂情感和思虑。方东树谓:"欲知黄诗,须先知杜,真能知杜,则知黄矣。杜七律所以横绝诸家,只是沉著顿挫,恣肆变化,阳开阴合,不可方物。山谷之学,专在此等处,所谓作用。"(《昭昧詹言》卷二十)这"阴阳开合",当指各种丰富的、对立的艺术要素诸如虚实、巧壮、实在具体与想象虚构、阳刚与阴柔、理性与感性等的辩证统一,在这方面,黄庭坚的怀古诗也是如此。《唐宋诗举要》选山谷《徐孺子祠堂》,引姚鼐《今体诗钞》语曰:"从杜公《咏怀古迹》来而变其面貌。咏古诗熔铸事迹,裁对工巧,此西昆纤丽之体。若大家包吐胸臆,兀傲纵横,岂以俪事为尚哉?"

杜甫全面建立和完善了七律的艺术规范,在七律正体之外,还对七律的声律与艺术做了新的探索,创作了不少拗体七律。拗体七律之根本特点,就是有意识地打破声律和谐的传统,通过声律的变通突破声律的束缚,创制了异于正格律诗之有固定平仄格律的拗句,使诗句之声律打破妥帖圆熟、高亮谐和,具有拗峭顿折之感,拓展和提高了七律的艺术表现力。王嗣奭《杜臆》云:"公胸中有抑郁不平之气,每以拗体发之。"拗体是一种"杰出横放于声律之外,然而确实在深入于声律的三昧之中"的变体律诗,"杜甫的拗律,却曾为后人开了一条门径,使后人得了一个避免流于平弱庸俗的写七律的法门"①。黄庭坚力矫西昆体圆熟的俗格，"宁律不谐，不使句弱；用字不工，不使语俗"（《题意可诗后》），是宋人中最早注意到老杜七言拗律者，其《杜诗笺》注"野艇恰受两三人"曰："改作'航'殊无此理，此特吴体，不必尽律。"（《豫章黄先生别集》卷四）他效法杜甫，用拗句、拗体的变调写律诗，一反中唐以来律诗讲求音节和谐、风调圆美的审美传统，树立奇峭挺拔劲健的独特诗风。老杜七律中拗体约50首，黄诗中七律共311首，其中拗体就有153首。朱自清说："黄庭坚的成就尤其在七律上，组织固然精密，音调中也有谐有拗，使每个字都斩绝的站在纸上，不至于随口滑过去。"②

老杜拗体七律《白帝城最高楼》："城尖径仄旌旆愁，独立缥缈之高楼。峡坼云霾龙虎睡，江清日抱鼋鼍游。扶桑西枝对断石，弱水东影随长流。杖藜叹事者谁子？泣血迸空回白头。"首尾两联使用古体的句法，中间两联用拗律，句法错综，笔势劲健，造语新奇精警。山谷的拗体七律如：

　　星宫游空何时落，着地亦化为宝坊。诗人昼吟山入座，醉客夜愕江撼床。密房各自开户牖，蚁穴或梦封侯王。不知青云梯几级，更借瘦藤寻上方。（《题落星寺》）

　　吾宗端居丛百忧，长歌劝之肯出游。黄流不解涴明月，碧树为我生凉秋。初平群羊置莫问，叔度千顷醉即休。谁倚舵楼吹玉笛，斗杓寒挂屋山头。（《汴岸置酒赠黄十七》）

　　我住北海君南海，寄雁传书谢不能。桃李春风一杯酒，江湖夜雨十年灯。持家但有四壁立，治病不蕲三折肱。想得读书头已白，隔溪猿哭瘴溪藤。（《寄黄几复》）

这三首诗也是首尾两联皆用古体句法，中间两联用拗律。《题落星

---

① 叶嘉莹：《论杜甫七律之演进及其承前启后之成就》，《迦陵论诗丛稿》，中华书局1984年版，第91页。

② 朱自清：《经典常谈》，山西古籍出版社2001年版，第77页。

寺》通篇无一句合于七律之平仄规范，第一句六个平声字，第二句五个平声字，"封侯王"与"生凉秋"皆犯律诗大忌，句中的后三个字皆为平声，是所谓的"三平调"。《王直方诗话》载："山谷谓洪龟父云：甥最爱老舅诗中何等篇？龟父举'蜂房各自开户牖，蚁穴或梦封侯王'，及'黄流不解涴明月，碧树为我生凉秋'，以为绝类工部。山谷云：得之矣。"

叶梦得云："七律难于气象雄浑，句中有力，而纡徐不失言外之意。""自老杜'锦江春色来天地，玉垒浮云变古今'与'五更鼓角声悲壮，三峡星河影动摇'等句之后，常恨无复继者。"（《石林诗话》卷下）山谷七律有少量的篇章写得雄浑壮丽，常体如《登快阁》："落木千山天远大，澄江一道月分明。"《次韵奉寄子由》："春风春雨花经眼，江南江北水拍天。"拗体如《题落星寺》其二："北辰九关隔云雨，南极一星在江湖。"其三："小雨藏山客坐久，长江接天帆到迟。"但是山谷主要是学老杜七律之瘦劲，其拗体学杜，风格亦类乎老杜中瘦劲一体。胡应麟云："老杜吴体，但句格拗耳，其语如'侧身天地更怀古，回首风尘甘息机'，'落日游丝白日静，鸣鸠乳燕青春深'，实皆冠冕雄丽。鲁直平生得意的'蜂房各自开户牖，蚁穴或梦封侯王'，及'黄流不解涴明月，碧树为我生凉秋'，遍读老杜拗体，未尝有此等语。独'盘涡鹭浴底心性，独树花发自分明'稍类，然亦杜之僻者，而黄以为无始心印。'天下几人学杜甫，谁得其皮与其骨'，其鲁直谓哉！"（《诗薮》外编卷五）胡应麟看到黄庭坚拗律与老杜拗律的区别，但由风格差异方面而否定其学杜的成就，未免流于偏颇。方东树言："山谷所得于杜，专取其苦涩惨淡、律脉严峭一种，以易夫向来意浅功浮、皮傅无真意者耳；其于巨刃摩天、乾坤摆荡者，实未能也。"（《昭昧詹言》卷八）施补华《岘佣说诗》亦云："少陵七律，无才不有，无法不备……山谷学之，得其奥峭。"黄庭坚学老杜拗体七律，在于学习老杜在律诗方面的这种创制，而不是重复其风格。钱锺书说："山谷、后山诸公尽得法于杜律之韧瘦者，于此等畅酣饱满之什，未多效仿。"[1]

---

[1] 钱锺书：《谈艺录》，中华书局1984年版，第172页。

（四）

七绝在黄庭坚诗中居数量之冠，据莫励锋统计，共590余首，① 占黄诗数量的1/3。李重华云："杜老七绝与诸家分道扬镳，故而别开异径，独其情怀，最多诗人雅趣。黄山谷专学此种，遂成一家，此正得杜之一体。"（《贞一斋说诗》）陈衍亦云："山谷、铁厓多学杜之七言绝句。"（《石遗室诗话》卷十九）

老杜七绝，在唐代七绝中属于变体，与李白、王昌龄为代表的常体不同。杨伦云："绝句以太白、少伯为宗，子美独创别调。"（《杜诗镜诠》卷八）常体七绝以情景交融为最主要的创作特征，抒写征夫乡愁、深闺别怨、羁旅行役、男女之情、人生失意等题材和主题，结构上讲求起承转合，声律婉转，以情思悠长、诗味含蓄为尚。胡应麟谓："绝句之构，独主风神。"（《诗薮》内编卷六）元人杨载《诗法家数》云："绝句之法，要婉曲回环，删繁就简，句绝而意不绝。"讲含蓄、韵味。杜甫七绝有意打破这个传统，扩大七绝的题材内容，以七绝叙写时事，议论时政，品评诗文，或将个人所见、所感、所愿之风物、意趣、生活细事掇拾成诗，打破了传统七绝情景交融、和谐圆熟的审美形态，根据表达的需要而随意安排结构、处理情景、熔铸词语，还有一些篇章破弃声律，采用七言古绝进行自由抒写。七绝在老杜手里几乎成了可以自由驱遣的体裁形式，正如杨伦《杜诗镜诠》所说："诸作俱随意而及，为诗不拘一律。"为了解决七绝体式短小、容量有限的问题，杜甫采取多首集结形成大型组诗的方式，一篇多题，增大容量，抒写复杂的情感意绪，如《江畔独步寻花七绝句》《绝句漫兴九首》《夔州歌十绝句》《戏为六绝句》《三绝句》《解闷十二首》《承闻河北诸节度入朝欢喜口号绝句十二首》《喜闻盗贼总退口号五首》等。

黄庭坚的七绝有相当一部分学老杜的变体七绝。如《病起江亭即事十首》就继承老杜以七绝叙写时事、评论人物的作法，可谓山谷七绝学杜的典型作品。诗云：

---

① 莫励锋：《推陈出新的宋诗》，辽宁古籍出版社1995年版，第148页。

三 黄庭坚学杜 343

　　翰墨场中老伏波，菩提坊里病维摩。近人积水无鸥鹭，时有牵牛浮鼻过。

　　维摩老子五十七，大圣天子初元年。传闻有意用幽仄，病着不能朝日边。

　　禁中夜半定天下，仁风义气彻修门。十分整顿乾坤了，复辟归来道更尊。

　　成王小心似文武，周召何妨略不同。不须要出我门下，实用人才即至公。

　　司马丞相昔登庸，诏用元老超群公。杨绾当朝天下喜，断碑零落卧秋风。

　　死者已死黄雾中，三事不属两苏翁。岂谓高才难驾驭，空归万里白头翁。

　　文章韩杜无遗恨，草诏陆贽倾诸公。玉堂端要直学士，须得儋州秃鬓翁。

　　闭门觅字陈无己，对客挥毫秦少游。正字不知温饱未，西风吹泪古滕州。

　　张子耽酒语蹇吃，闻道颍州又陈州。形模弥勒一布袋，文字江河万古流。

　　鲁中狂士邢尚书，本意扶日上天衢。敦夫若在镌此老，不令平地起风波。

此诗写于建中靖国元年自黔、戎赦归，途中寓居荆州时。鉴于元祐、绍圣党争均有所失，徽宗欲以大中至正消弭党争，所以改元建中靖国，绍圣时期外贬的元祐党人得以赦归。山谷此诗正是基于这一朝政变化而抒写复杂情怀的。其整体构思颇类老杜《解闷十二首》，目前生活与心境，国家治乱局势，往昔交游，交错写来，随意所及，不拘一格。其纵论时事与人物，则吸收老杜《承闻河北诸节度入朝欢喜口号绝句十二首》《喜闻盗贼总退口号五首》的手法，加强叙事与说理的成分。浦起龙论老杜《承闻河北诸节度入朝欢喜口号绝句十二首》云："十二首竟是一大篇议论夹叙事之文，与纪传论赞相表里；前人所谓敦厚隽永，来龙远而结脉深是也。"（《杜诗镜铨》卷二十五）山谷此诗，即有此种气象。诗中表达自己对朝廷改元以示消弭党争这一变革的拥护，第四首用周初召公、周公共同辅佐成王的故实，批评新旧两派互相排斥、纷争不已的政治现状，提出"不须要出我门下，实用人才即至公"的主张，表达对当政者排除党派偏见，出以公心，使朝廷充满仁风义气的政治愿望，议论精警，感慨深沉。全诗正是在这一背景下怀念感慨时事，评骘人物，伤悼往昔，情感沉郁，器识超迈，其思深语健，笔力纵横，甚类老杜。如第五首追忆司马光元祐更化时东山再起，满朝文武弹冠相庆，天下为之欣喜，而如今"断碑零落卧秋风"，以其碑已为新党磨断，卧于秋风之中的情景，表达对世事巨变，不堪回首的慨叹。此诗第八首怀念秦观与陈师道，在结构上学的是老杜《存殁口号》。洪迈《容斋续笔》卷二云："杜子美有《存殁口号》二首云：'席谦不见近弹棋，毕曜仍传旧小诗。玉局他年无限笑，白杨今日几人悲。''郑公粉绘随长夜，曹霸丹青已白头。天下何曾有山水，人间不解重骅骝。'每篇一存一殁，盖席谦、曹霸，毕、郑殁也。黄鲁直《荆江亭即事》十首，其一云：'闭门觅字陈无己，对客挥毫秦少游。正字不知温饱未，西风吹泪古滕州。'乃用此体，时少游殁而无己存也。"山谷此诗写司马光、苏轼、秦观、陈师道、邢敦夫等人，也是学老杜以时人入诗，胡仔云："山谷以今时人形入诗，盖取法少陵，少陵诗云：'不见高人王右丞，蓝田丘壑蔓寒藤。'又云：'复忆襄阳孟浩然，清诗句句尽堪传'之类是也。故山谷云：'司马丞相骤登庸，诏用元老超群公。'又云：'闭门觅句陈无己，对客挥毫秦少游'之类是也。"（《苕溪渔隐丛话》后集卷三十二）

老杜以七绝作书札，《萧八明府实处觅桃栽》《诣徐卿觅果栽》《又于韦处乞大邑瓷碗》，山谷亦有效之者，如《乞猫》《送蛤蜊与李明叔诸公》《醇道得蛤蜊复索舜泉》等，山谷此类七绝，多有游戏之笔，写得比老杜幽默风趣。胡应麟《诗薮》卷五云:"黄、陈律诗法杜可也,至绝句亦用杜体,七言小诗,遂成突梯谑浪之资,唐人风韵,毫不复睹,又在近体下矣。"(《诗薮》卷五)胡应麟论黄庭坚七绝法杜,只着眼于山谷表现生活琐事和幽默趣味的小诗,所以评价较低。

老杜七绝有的破弃声律,采用拗体或古体音节,运用口语俗词,自成一格。山谷七绝也有效法。胡仔说:"诗破弃声律,老杜自有此体,如《绝句漫兴》、《黄河》、《江畔独步寻花》、《夔州歌》、《春水生》,皆不拘声律,浑然成章,新奇可爱,故鲁直效之作《病起荆州江亭即事》、《谒李材叟兄弟》、《谢答闻善绝句》之类是也。……鲁直诗本得法于少陵,其用老杜此体何疑。"(《苕溪渔隐丛话》前集卷四十七)

余 论

黄庭坚学杜,是杜诗学中议论纷纭的一个问题。最早指出黄庭坚学杜的是陈师道,其《答秦观书》谓黄庭坚诗"得法于杜少陵,其学少陵而不为者也。故其诗近之"。此后,王直方、蔡绦、胡仔、张戒、许尹、陈善、刘辰翁等人都谈到这一问题。但对黄庭坚学杜成绩如何,看法并不一致。例如,吕本中对山谷学杜则评价很高:"近世人学老杜者多矣,左规右距,不能稍出新意,终成屋下架屋,无所取长。独鲁直下语,未尝似前人而卒与之合,此为善学。"(《童蒙诗训》)而与吕本中同时代的张戒对山谷学杜则评价很低:"鲁直学子美,但得其格律而已。"(《岁寒堂诗话》卷下)张戒在《岁寒堂诗话》中还记载了他和吕本中关于黄庭坚学杜的一段对话:"余问:'鲁直得子美之髓乎?'居仁曰'然。''其佳处焉在?'居仁曰:'禅家所谓死神弄得活。'余曰:'活则活矣,如子美'不见旻公三十年,封书寄与泪潺湲。旧来好事今能否,老去新诗谁与传?'此等句鲁直少日能之。'方丈涉海费时节,悬圃寻河知有无。桃源人家易制度,橘洲田土仍膏腴。'此等句鲁直晚年能之。至于子美'客从南溟来','朝行青泥上',《壮游》、《北征》,鲁直能乎?如'莫自使眼枯,收汝泪纵横。眼枯却见骨,天地终无情。'此等句鲁直能乎?居仁沉吟久之曰:'子美诗有可学者,有不可学者。'余曰:'然则未可谓之得髓矣。'"其实,学杜得髓与否,和杜诗有"不可学"之处,不是一个问题,张戒由吕本中承认杜诗有不可学的篇章,就否定吕本中认为黄庭坚学杜

"得髓"的看法，在逻辑上是有问题的。不过，这个例子表明，评判黄庭坚学杜之得失，对于吕本中、张戒这样的对杜诗和黄诗深有研究的人也不是一件容易的事。

宋以后，对黄庭坚学杜更是议论纷纭，成为杜诗学史上的一大问题。金人周昂《读陈后山诗》云："子美神功接混茫，人间无路可升堂。"（《中州集》卷四）认为杜诗根本就没法学，"鲁直善为新样，然与少陵无涉"（《滹南诗话》）。清人潘德舆反驳周昂云："谓鲁直学杜未熟可，谓其了无关涉不可。"（《养一斋诗话》）而承认黄庭坚学杜，褒美者有之，批评者亦有之。同是赞佩者，肯定的重点、程度各有不同；批评者的价值标准、分寸和着眼点也不尽相同。综观历代关于山谷学杜的议论，清人方东树的看法值得注意。方东树在这个问题上不仅议论最多，而且较为系统、落实、中肯。例如，方东树认为："山谷之学杜、韩，在于解创意造言不似之，政以离而去之为难能。空同、牧翁于此尚未解，又方以似之为能，是尚不足以知山谷，又安知杜、韩。"（《昭昧詹言》卷八）"山谷之学杜，绝去形摹，全在作用，意匠经营，善学得体，古今一人而已。"（《昭昧詹言》卷二十）对于黄庭坚学杜的原则和方法的概括是正确的。方氏对于学杜的总体评价亦较为客观公允："钱牧斋讥山谷为不善学杜，以为未能得杜之真气脉，其言似也。但杜之真气脉，钱亦未能知也。观于空同之生吞活剥，方知山谷真为善学，钱不足以知之。山谷所得于杜，专取其苦涩惨淡、律脉严峭一种，以易夫向来意浅功浮、皮傅无真意者耳；其于巨刃摩天、乾坤摆荡者，实未能也。然此种自是不容轻学。意山谷未必不知，但其各有性情学问力量，不欲随人作计，而假象客气，而反后之也。"（《昭昧詹言》卷一）"山谷之不如杜、韩者，无巨刃摩天，乾坤摆荡，雄直挥斥，浑茫飞动，沛然浩然之气。而沉顿郁勃，深曲奇兀之致，亦所独得，非意浅笔懦调弱者所可到也。""山谷不能出杜境界，却有自家面目。"（同上）在《昭昧詹言》中，方东树对山谷学杜进行了多方面的观照，对于研究黄诗很有启示意义。

四　陈师道学杜

陈师道的诗歌以其独特的艺术成就，在宋代诗歌史乃至中国古典诗歌史上占有重要地位。陈师道是江西诗派里除了黄庭坚之外，声望、成就最高的诗人，陆游赞其"诗妙天下"，（《跋后山居士短句》，《渭文集》卷二十八）刘克庄谓其"诗文高妙一世"（《后村诗话》卷一）。宋时往往黄、陈并称。严羽《沧浪诗话》"诗体"部分专门列有"后山体"。谢枋得《与刘秀岩论诗书》云："黄山谷、陈后山两家诗，各编类成一集，此两家乃我朝诗祖。"方回《瀛奎律髓》关于江西诗派有"一祖三宗"之说，将陈师道名列"三宗"之一。陈师道是宋代诗人中学杜最有成绩者之一，翁方纲《七言律诗钞》凡例云："凡山谷以下，后来语学杜者，率以后山、简斋并称。"

（一）

陈师道只在49岁时作过短时间的秘书省正字，其一生基本上是个布衣寒士。他对于仕途没有多少抱负和幻想，他认为"士之行世，穷达不足论，论其所传而已"（《王平甫文集后序》，《后山集》卷十一）。他是想以诗传世的，自谓"此生精力尽于诗，末岁心存力已疲"（《绝句》，《后山集》卷四）。在诗歌创作上，他付出了几乎全部精力。陈师道诗歌的渊源不止一家，他广师多益，博采众长，苦吟不辍，对诗歌艺术从理论到实践执着追求，唐代诗人杜甫、韩愈、孟郊、贾岛等人都曾是他师法的对象。在当代诗人中，他曾游于苏轼门下；元丰七年（1084），他又拜入黄庭坚门下。关于自己学诗历程的这一变化，陈师道在《答秦观书》中云："仆于诗，初无师法，然少而好之，老而不厌，数以千计。及一见黄豫章，尽焚其稿而学焉。仆之诗，豫章之诗也。豫章之学博矣，而得法于杜少陵，其学少陵而不为者也。故其诗近之，而进则未已也。"将学黄作为学杜的必由路径和阶梯，这是陈师道拜入黄庭坚门下的重要原因。《后山诗话》云："黄诗韩文有意，故有工，老杜则无工矣。然者先黄、韩；不由黄、韩由老杜，则失之拙易矣。"陈师道学黄宗杜，是当时崇杜与宗杜风气使然，更是他经历长期创作实践后在诗学道路方面的一种选择。

在前代与当代的众多诗人中，陈师道最佩服的前代诗人是杜甫，《后山诗话》云：

> 诗欲其好，则不能好矣。王介甫以工，苏子瞻以新，黄鲁直以奇，而子美之诗，奇、常、工、易、新、陈，莫不好也。

> 余登多景楼，南望丹徒。有大白鸟飞近青林而得句云"白鸟过林分外明。"谢朓亦云："黄鸟度青枝。"语巧而弱。老杜云："白鸟去边明。"语少而意广。余还里，而每觉老，后得句云："坐下渐人多。"而杜云："坐深乡党敬。"而语益工，乃知杜诗无不有也。

所谓"莫不好""无不有"云云，实际上就是认为杜诗是集大成的，诗备众体，诗艺高超，为学诗者开启众多法门。《后山诗话》又云：

> 学诗当以子美为师，有规矩，故可学。退之于诗，本无解处，以才高而好耳。渊明不为诗，写其胸中之妙尔。学杜不成，不失为工。无韩之才与陶之妙而学其诗，终为白乐天尔。

黄庭坚是学杜并以学杜教其门人作诗的。徐复观《宋诗特征试论》说："山谷学杜甫，山谷派下，遂无不以杜为宗极。"[①] 江西宗派学黄宗杜，后山是带头人。曾几《次陈少卿见赠韵》云："华宗有后山，句律严七五。豫章乃其师，工部以为祖。"陈师道追随黄庭坚，虚心而认真地学习杜诗，惨淡经营自己的诗歌艺术世界，在师黄后其诗又有新的进境，成为宋代学杜最有成就而又自成一体的诗人。

---

① 徐复观：《中国文学精神》，上海书店出版社2004年版，第384页。

(二)

许尹《黄陈诗注原序》云："宋兴二百年，文章之盛，追还三代，而以诗名世者，豫章黄庭坚鲁直，其后学黄而不至者，后山陈师道无己。二公之诗，皆本于老杜而不为者也。"（《山谷内集诗注》）陈师道本人也强调黄庭坚是"学少陵而不为者"。所谓"学少陵而不为"结合后山关于学杜的其他言论，其意思大体是说学杜不走规规然的模仿之路。方东树《昭昧詹言》云：山谷学杜，"绝去形摹，全在作用。"这八个字点出了山谷学杜的特点，也是对"学杜而不为"的最好解释。龚鹏程认为"本于杜而不为"，"则可指为学杜，亦可指为非学杜"①。如此解读后山此语，似乎不妥。张宏生认为："本于杜，就是源于杜；'不为'，就是不泥于杜。也就是脱略外形而取其精神。这个精神就是转益多师，锐意创新。因此，学杜有成，必不似杜。"②伍晓蔓认为："后山所谓学少陵而不为，乃谓其学杜不是亦步亦趋的模仿，而是学其精髓而又能自树立，有所超越。"③将所谓"不为"，理解为"不是亦步亦趋的模仿"，是正确的。张表臣《珊瑚钩诗话》卷二记载：

> 陈无己先生语余曰："今人爱杜甫诗，一句之内，至窃取数字以髣像之，非善学者。学诗之要，在乎立格、命意、用字而已。"余曰："如何等是？"曰"《冬日谒玄元皇帝庙》诗，叙述功德，反复伸意，事核而理长；《阆中歌》，辞致峭丽，语脉新奇，句清而体好，兹非立格之妙乎？《江汉》诗，言乾坤之大，腐儒无所寄身；《缚鸡行》言鸡虫得失，不如两忘而寓于道，兹非命意之深乎？"《赠蔡希鲁》诗云："身轻一鸟过"，力在一"过"字；《徐步》诗云："花蕊上蜂须"，兹非用字之精乎？学者体其格，高其意，炼其字，则自然有合矣，何必规规然仿像之乎？

---

① 龚鹏程：《江西诗社宗派研究》，台北文史哲出版社1983年版，第242页。
② 张宏生：《开拓与融通》，上海古籍出版社2003年版，第9页。
③ 伍晓蔓：《江西宗派研究》，巴蜀书社2005年版，第194页。

此为后山学杜之要诀和方向：体其格，高其意，炼其字。黄庭坚在《答秦少章帖》中说："前承陈无己语，有人问：'老杜诗如何是巧处？'但答之：'直须有孔窍始得。'"（《豫章黄先生别集》卷十六）从格、意、字三个方面研味杜诗，就是后山所谓识得杜诗"巧处"的"孔窍"，也是学杜的根本途径。

宋人论诗之所谓"格"，含义相当于"格调"。后山所谓的杜诗"立格之妙"，既有内容方面的"反复伸意，事核而理长"，又包括形式上"辞致峭丽，语脉新奇，句清而体好"，他强调的实际上是杜诗所呈现出的情理深长、句清体好这样一种整体的审美风貌和审美境界。赵齐平说："陈师道把'立格'放在学诗的第一位，就是强调杜诗的神味。他的五言律诗即从神味上力追杜诗，被陈模评为'宛然工部气象'（《怀古录》卷上）。陈模还列举了许多例子说明'后山虽不及杜，然却是杜诗气象，其好处却有咏处可寻，故必得后山地位，然后可参工部。'（同上）"[1] 后山认为，学杜者应当体会杜诗这种高超的审美境界，将其作为自己诗学追求的最高目标，此为后山学杜的所谓"立格"。而"命意"与"炼字"两项，则是从思想情感和语言锤炼两个方面指出学杜的具体途径："命意之深"是说构思深切细致；"用字之精"是说句语字词精当有力，诗人在"命意"与"用字"上下足功夫，才能使诗篇具有丰富而深刻的思想蕴含和高超的艺术水平。体会和认识杜诗立格之高，学习杜甫在诗的构思和语言上的功夫，而不是对杜诗"规规然仿像之"，这就是陈师道学杜的基本路径，也就是他所谓的"学少陵而不为者"。

陈师道一生基本上是一布衣寒士，生活清贫困苦。他秉性孤僻耿介，讲求气节操守，在人格和思想修养上，后山趋于个人道德的自我完善，讲求进退出处，对于现实政治的态度基本上是疏离的。其诗的个别篇章表现了对民生疾苦的同情和关切，诸如《田家遇雨》等，但总体说来，后山缺少老杜那种忧国忧民的深厚宽广的情怀，也没有老杜"支离东北风尘际，漂泊西南天地间"的丰富经历，个人生活的天地比较狭小。在政治思想和人格气质上，后山与老杜是有很大差异的。他对苏轼那种慷慨论天下事的态度是不赞成的，其《上苏公书》说："士大夫视天下不平之事，不当怀不平之意。平居愤愤切齿扼腕，诚非为己。一旦当事而发之，欲决

---

[1] 赵齐平：《宋诗臆说》，北京大学出版社1993年版，第266页。

江河，其可御耶？必有过甚覆溺之忧。"（《后山居士文集》卷十）又云："苏诗始学刘禹锡，故多怨刺，学不可不慎也。"（《后山诗话》）在诗学思想方面，他和黄庭坚比较接近。老杜关注现实、抒写时事、忧国忧民、激愤不平的诗篇，基本上不在后山学习之列。这就使他的诗在命意上与老杜有了重大差异。后山诗的主要内容是写个人的生活经历和人生感慨；而后山是一个有骨气、有操守的寒士，他的诗写得真挚诚恳，具有不同于流俗的格调与趣味。后山诗的"立格"，也主要体现在这方面。

（三）

后山的一些诗，写他个人在日常的、世俗的乃至困顿环境中的亲情与友情，其中著名的作品有《送内》《别三子》《忆幼子》《喜三子至》等。后山家贫，妻孥寄食于岳父郭概家。元丰七年（1084），岳父郭概到四川成都赴任，后山的妻子儿女因为生计问题也离开后山随郭概去成都。《别三子》一诗即写后山与妻子儿女不得不别离的悲苦：

> 夫妇死同穴，父子贫贱离。天下宁有此，昔闻今见之。母前三子后，熟视不得追。嗟乎胡不仁，使我至于斯！有女初束发，已知生离悲；枕我不肯起，畏我从此辞。大儿学语言，拜揖未胜衣；唤爷我欲去，此语那可思！小儿襁褓间，抱负有母慈；汝哭犹在耳，我怀人得知！

前四句说自己原先听说过夫妻、父子由于贫贱而生生分开这种人间至痛之事，以为不过是传闻而已，如今自己却亲历其事。接下去的四句概括自己与儿女别离的场景和痛苦，然后各以四句分别写女儿、大儿、小儿三人在离别时的言语、动作、神态，刻画了这一骨肉离别的悲惨场面。全诗采用纯写实的、白描的笔法，不作夸张修饰，只是平平写来，笔笔落实：女儿"已知生离悲"而"枕我不肯起"；不懂离别为何物的大儿，拜别父亲，"唤爷我欲去"；小儿襁褓中令人揪心的啼哭，汇聚在一起，传达出一个父亲眼看儿女就要离开自己远走他乡而肝肠寸断的悲痛。诗中场景与细节的刻画，诗人心情的叙写，以及二者之间所呈现的张力，都深得老杜叙写情事笔法的神髓。杨万里《诚斋诗话》云："少陵《羌村》、后山《送内》，皆有一唱三叹之声"。而"枕我不肯起"二句，亦用老杜《羌村》"娇儿不离膝，畏我复且去"句意。陈师道诗写其寒士生活的真实与悲苦，笔力深刻而感情真挚，历来为人们所称道。纪昀谓"后山诗多真语"（《瀛奎律髓汇评》卷十五）。卢文弨谓"后山之诗，于淡泊中醰醰乎有醇味。其境皆真境，其情皆真情，故能引人之情，相与流连往复，而不能自已"（《后山诗注跋》，《抱经堂文集》卷十三）。

后山《示三子》一诗，抒写久居外家的儿女们归来：

> 去远即相忘，归近不可忍。儿女已在前，眉目略不省。喜极不得语，泪尽方一哂。了知不是梦，忽忽心未稳。

开头二句"去远即相忘，归近不可忍"，直叙知道儿女就要归来时无法按捺的急迫、快乐的心情。中间四句，写与儿女相见，主要写了两个典型细节：一是儿女长大，已非昔日面目，此时自己已经有些认不出来；二是诗人见到儿女时喜极而泣，泪尽又笑，表现了诗人与久别的儿女相见之时难以言说的悲喜交集的心情。结尾两句写诗人与儿女团聚后心情的激动不已。全诗语句精简，殆无修饰，以传神的细节白描和精练的心理叙写，表现了诗人在这一具体情境下复杂的情感和情感流动。后山的这类名作，的确达到了"学老杜而与之俱化"的境界（《瀛奎律髓汇评》卷一）。老杜《羌村三首》写其与妻子久别重逢云："夜阑更秉烛，相对如梦寐。"后山此诗则翻进一层，"了知不是梦，忽忽心未稳"，同样深切地表现了难得的欢欣中所蕴含的悲凉况味。潘德舆云：《别三子》《示三子》等诗"沛然至性中流出，而笔力沈挚又足以副之，虽使老杜复生不能过"（《养一斋诗话》卷六）。

宋人普闻《诗论》曰："诗家云炼字莫如炼句，炼句莫若得格，格高本乎酝句，句高则格胜矣。天下之诗，莫出于二句，一曰意句，二曰境句。境句易琢，意句难制。境句人皆得之，独意不得其妙者，盖不知其旨也。所以鲁直、荆公之诗出乎流辈者，以其得意句之妙也。"（普闻《诗论》，见陶宗仪《说郛》卷七十九）普闻所谓"意句"包括两类：一类是直接抒写思想情感的；另一类是"意从境中宣出"，即通过景物环境描绘表现思想情感的。后山学杜，特别善于锻炼直接抒写情事的"意句"，写出思想情感之曲折复杂和微妙变化。方回说："读后山诗，若以色见，

以声音求,是行邪道,不见如来。全是骨,全是味,不可与拈花簇叶者相较量也。"(《瀛奎律髓汇评》卷十六)

刘辰翁云:

> 诗在灞桥风雪驴子上,非也。鸟啼花落,篱根小落,斜阳牛笛,鸡声茅店,时时处处,妙意皆可拾得。然此犹涉假借,若平生父子、兄弟、家人、邻里间,意愈近而愈不近,著力正难。有能率意自道,出于孤臣怨女之所不能者,随事纪实,足成名家。即名家尤不可得,或一二语而止。如孟东野"慈母手中线"、"归书但云安",极羁旅难言之情。如李太白"昨夜梨园雪,弟寒兄不知",小妇贱隶,谁不能道,而学士大夫或愧之矣。如后山"归近不可忍",以为精透亦可,以为鄙亵亦可。(《陈生诗序》,《须溪集》卷六)

写景以抒情的诗,自南朝乃至唐代不断发展,诗情画意,高华雅致,佳作名篇,层出不穷。但这种"假借"自然风景描绘以表现思想感情的写法,在表现"父子、兄弟、家人、邻里间"极普通极世俗的情感方面,其实是有其局限的。因为世俗的人生并不总是具有诗情画意的,心灵的复杂曲折也不是只靠景物烘托、映带、象征就能充分表现出来的。杜甫诗歌在事态叙写方面的成就与经验,在古代诗史上的贡献是划时代的。后山此类诗借鉴和学习老杜的这种艺术经验,不涉假借,"随事纪实",就把世俗平凡的人情和亲情写得极为精透。在中国诗歌史上,老杜之外,后山在这方面是最值得称道的诗人之一。后山学杜,深得杜诗写实精神与笔法的精髓,不仅体现在上面所举的叙事以抒情的诗篇里,而且渗透和贯彻在后山的全部诗作里。如《别刘郎》:

> 一别已六载,相逢有余哀。公私两多事,灾病百相催。无酒与君别,有怀向谁开。深知百里远,肯为老夫来。

方回评后山此诗云:"四十字无一风花雪月。"许印芳云:"此诗通体自然,近乎率意,而出语老辣,绝似少陵集中不经意之作。"(《瀛奎律髓汇评》卷二十四)杜诗这种直接抒写情怀的笔法,如"夜阑更秉烛,相对如梦寐""反畏消息来,寸心亦何有",等等,实际上是一种个人在特定情势下复杂的心理经验的写实，后山学的即是这种写法。后山这类诗篇，精神上同杜甫《羌村》《遣兴》《忆幼子》《得家书》《述怀》等诗接近，叙事简洁而无微不透，句语朴拙而词旨深厚，读来恻恻动人。潘德舆谓后山"以用力于杜者久，故下笔深重，为一代作家有余"（《养一斋诗话》卷六）。

（四）

方回说："老杜诗所以妙者，全在阖辟顿挫耳。平易中有艰苦。若但学其平易，而不艰苦求之，则轻率下笔，不过如元白耳。"（《瀛奎律髓汇评》卷十）《自京赴奉先咏怀五百字》是杜诗阖辟顿挫的典型篇章。杨伦云："首从咏怀写起，每四句一转，层层跌出。自许稷契本怀，写仕既不成，隐又不遂，百折千回，仍复一气流转，极反复排荡之致。"又如《述怀》，写怀念战乱中远在鄜州的妻子，诗人的心情沉痛复杂，也是四句一转，把想归家而未能归家、盼望得到家人消息又怕得到家人消息的焦虑、牵挂、忧虑写得淋漓尽致，"有一唱三叹、朱旋疏越之妙"（《杜诗镜诠》引李子德批语）。胡应麟《诗薮》外编卷五指出，后山诗"多得杜诗篇法"。后山的抒情诗在章法上多学杜诗的阖辟顿挫，笔致曲折多姿。如《寄外舅郭大夫》：

> 巴蜀通归使，妻孥且定居。深知报消息，不敢问何如。身在何妨远，情深未敢疏。功名欺老病，泪落数行书。

此诗写后山因贫困而妻孥寄食于岳父家的悲哀和无奈。在写法上，学老杜写乱离中思念远在他乡之妻孥的诗篇如《述怀》《得家书》等。诗的首联，言妻子住在远在巴蜀的岳父家里，也算是得以定居，况且尚有归使可以往来带信。这两句化用老杜《得家书》"今日知消息，他乡且定居"。颔联"深知报消息，不敢问何如"，也是从老杜"反畏消息来，寸心亦何有"化出。虽然深知来人会带来妻子告知其境况的消息，却不敢开口询问，生怕会有关于妻子的不好消息。这两句十个字，把诗人深深惦念久别在远方妻子的复杂心情写得深透真切。颈联则换笔另写，只要人平安，远一点又何妨？这是宽慰自己，也是一种无奈；然而由于对妻子情深，担忧挂记之念，却又不敢有一点疏忽。尾联则谓身已老病却为功名所欺，涌流的泪水沾湿了数行家书。全诗四联，每联一转，极尽心情之复杂；中间两联，又一句一转，把复杂的心情写得更加深细曲折。此诗历来也被视为后山学杜学得最好的作品。赵蕃《石屏诗集序》云："学诗者莫不以杜为师，然能如师者鲜矣。句或有之，而篇之全似者绝难得。陈后山《寄外舅郭大夫》'巴蜀通归使，妻孥且定居。……'此陈之全篇似杜者也。"（《石屏诗集》）陈模谓其"宛然工部气象"（《怀古录》卷中）。方回亦云："后山学老杜，此其逼真者，枯淡瘦劲，情味幽深。晚唐人非风花雪月禽鸟虫鱼竹树则一字不能作；九僧者流，为人所禁，诗不能成，曷不观此作乎？"（《瀛奎律髓汇评》卷四十二）纪昀批云："情真格老，一气浑成。冯氏疾后山如仇，亦不能不敛手此诗，公道固有不泯时。"（同上）诗中不用事，不状景，不泥物，不拈花贴叶，全诗枯槁平淡，风格朴老，只是平平道来，而思念妻孥之情，缠绵笔端，无微不透。后山《送外舅郭大夫》一类写自身苦难的诗篇，情感真挚，章法曲折，语言凝练，风格沉郁悲凉，学老杜而功力深厚。

后山善写人情，善写世俗的平常的人情与亲情，写出具体境遇中人情的曲折、变化，体现了一种写实的风格。但与老杜也有区别，老杜写的是战乱中的人情，惊心动魄，后山是写平常的人世生活，从俗情中翻出新意，提炼出精警的诗句，但终究平常而缺乏杜诗那种深沉的撼动人心的力度。诗的艺术感染力毕竟不仅仅是个艺术技巧问题。

（五）

黄庭坚云："陈履常正字，天下士也，读书如禹之治水，知天下之脉络，有开有塞，而至于九川，涤源四海会同者也。其诗渊源得老杜句法，今之诗人，不能当也。至于作文，深知古人关键。其论事救首救尾，时辈未见其比。"（《答王子飞书》）周孚称赞后山"句法窥唐杜，文章规汉班"（《题后山集后次可正平韵》，《蠹斋先生铅刀编》外编卷五）。陈衍也认为"其作诗深得老杜句法之真诠"（《祭陈后山先生文》，《石遗室文集》续集。）后山学习杜诗的语言，用功深细，形成了具有个性和风格特点的诗歌语言。

翁方纲《石训诗话》卷四云："后山极意仿杜，固不得杜之精华，然与吞剥者终属有间。即以中间有杜句者，亦不似元遗山之矫变，亦不似李空同之整齐，盖此等处尚有朴拙之气存焉。求之杜诗，如'吾宗老孙子'一篇，是其巅顶已。"

1. 学习杜诗句语精工洗炼而含蕴深广

陈师道崇拜老杜诗句言简意深，曾一再把杜甫和其他诗人的同类诗句加以比较，强调杜句"语少而意广"的精炼：

> 世称杜牧"南山与秋色，气势两相高"为警绝，而子美才用一句，语益工，曰："千崖秋气高"也。（《后山诗话》）

> 苏公居颍，春夜对月。王夫人曰："春月可喜，秋月使人愁耳。"公谓前未及也，遂作词曰："不似秋光，只与离人照断肠。"老杜云："秋月解伤神。"（同上）

> 余登多景楼……得句云："白鸟过林分外明。"谢朓亦云："黄鸟度青枝。"语巧而弱。老杜云："白鸟去边明。"语少而意广。（同上）

杜诗语言精工洗炼，用极少的字表达极丰富、极深刻的思想和情感意绪，这种概括力极强的造语，需要对世态人情有深入的体察，需要很强的思索认知能力，还要有极强的语言概括能力；而且这种概括是形象而非抽象的，是诗的而非哲学的。老杜的这种本事，在中国古代诗人中可以说是空前绝后的。这种概括力极强的句子，有的是对社会、人生的体验与认识的高度提炼，如"朱门酒肉臭，路有冻死骨。"（《自京赴奉先咏怀五百字》）"不过行俭德，盗贼本王臣。"（《有感五首》其三）"纨袴不饿死，儒冠多误身。"（《奉赠韦左丞丈》）"战伐乾坤破，疮痍府库贫。"（《送陵州路使君之任》）有的则是在特定情况下对无限复杂意绪的极为洗练、极为深刻的表达，如"死去凭谁报，归来始自怜。""间道暂时人。"（《喜达行在所》）"反畏消息来，寸心亦何有。"（《述怀》）"夜阑更秉烛，相对如梦寐。"（《羌村三首》）

后山作诗，力避语句冗长，力求化繁为简，努力做到"语少而意广""语简而益工"，字字落实，句无浮词，以精简的语句表达丰富复杂的思想情感，简洁洗练而韵味深长。陈师道特别着力学习老杜这种概括力极强的句子，使句子简短、精炼而又具有丰富复杂的思想内容和情感意蕴。诸如：

> 书当快意读易尽，客有可人期不来。(《绝句四首》)

> 经国向来须老手，有怀何必到湖头。(《寄侍读苏尚书》)

> 人情较往复，屡勉终不进。(《答王直方》)

> 若无天下议，美恶并成空。(《丞相温公挽词》)

> 更病可无醉，犹寒已自知。(《别复山居士》)

元人刘壎《隐居通议》卷八《后山》云：

> 后山翁之诗，世或病其艰涩，然揪敛锻炼之功自不可及。如："人情校往复，屡勉终相远。""一诗已经年，知子不我怨。"又如："去远即相思，归近不可忍。儿女已在眼，眉目略不省。喜极不得语，泪尽方一哂。"又如："生世何用早，我已后此翁。颇识门下士，略已闻其风。"又如："俗子推不去，可人费招呼。世事每如此，我生亦何娱。"又如："此生恩未报，他日目不瞑。"又如："有女初束发，已知生离悲。枕我不肯起，畏我从此辞。大儿学语言，拜揖未胜衣，唤耶我欲去，此语那可思。"凡此语皆语短而意长，若他人必费多少言语摹写，此独简洁峻峭，而悠悠深味，不见其际，正得费长房缩地之法，虽寻丈之间，固有万里山河之势也。凡人才思泛滥者，宜熟读后山诗以药之。

刘氏对后山诗语"揪敛锻炼之功"和简洁峻峭特色的认识与概括可谓独具只眼，但谓之"寻丈之间，固有万里山河之势"，则未免夸大。老杜视野开阔，所见者大，所体验也深，"乾坤万里眼，时序百年心"(《春日江村五首》)，又有碧海掣鲸般的艺术创造力，故其所概括者也大。陈师道学老杜，极力加强诗句的概括力，但后山所概括者与老杜相比，则缺乏老杜的深广与博大。后山这类句子主要是对人生世情的证悟，其长处在于深，即力求说出某种事态和心态的深刻、复杂的意蕴，对于当事者的心理经验作深入的摹写与刻画。任渊谓"读后山诗，如参曹洞禅，非冥搜旁索，莫窥其用意深处"（《后山诗注》）。

后山对句语简练的理解、把握有过于追求的倾向。《后山诗话》曰："王摩诘云：'九天宫殿开闾阖，万国衣冠拜冕旒。'子美取作五字云：'闾阖开黄道，衣冠拜紫宸。'而语益工。"潘德舆《养一斋诗话》卷七云："后山于杜极深，然谓摩诘'九天宫殿开闾阖，万国衣冠拜冕旒'，子美取作五字，曰：'闾阖开黄道，衣冠拜紫宸'，而语益工，此则阿其所好。杜胜王处甚多，此处独王胜，杜未可以五言胜七言也。"其实这也和后山过分追求简练的偏颇理念有关。后山《次韵李节推惟九日登南山》一诗就曾把杜甫《登高》"无边落木萧萧下，不尽长江滚滚来"两句，简缩为"落木无边江不尽"，点金成铁，意味全失。钱锺书曾指出陈师道过于浓缩所造成的弊病："他的情感和心思都比黄庭坚深刻，可惜表达很勉强，往往格格不吐。可能也是他那种减省字句以求'语简而益工'的理论害了他。……只要陈师道不是一味地把成语古句东拆西补或者过分把字句简缩的时候，他可以写出极朴挚的诗。"①

2. 学习杜诗的用字

宋人对老杜诗中虚字的使用特别重视与推崇。后山诗的瘦劲，亦得力于虚字的使用。明胡应麟《诗薮》外编卷五云："宋之学杜者无出二陈，师道得杜骨，与义得杜肉；无己瘦而劲，去非赡而雄；后山多用杜虚字，简斋多用杜实字。"后山也注意描述景物形态诗句中动词的使用，如《春怀示邻里》中"雷动蜂巢趁两衙"之"趁"，《登快哉亭》"暮霭已依山"之"依"，《寒夜》"星火远相乱"之"乱"，都显出后山炼字之功。但后山特别注意的则是介词、副词、连词等"虚字"的使用。《瀛奎律髓》卷十选了后山两首七律：

> 马蹄残雪未成尘，梅子梢头已著春。巧胜向人真奈老，衰颜从俗不宜新。高门肯送青丝菜，下里谁思白发人。共学少年天下事，独能濡湿辙中鳞。（《立春》）

---

① 钱锺书：《宋诗选注》，中华书局1979年版，第103页。

稍听春鸟语丁宁，又见官池出断冰。雪后踏青谁与共，花间着语老犹能。笑谈莫倦寻常听，山院终同一再登。今日已知他日恨，抢榆况得及飞腾。(《寄晁无斁春怀》)

方回前一首批语云："此诗虚字上独著力拗斡。"查慎行谓这一批语是后一首《寄晁无斁春怀》的批语"误写于此"(《瀛奎律髓汇评》卷十)。其实，《立春》和下一首《寄晁无斁春怀》一样，诗中虚字之使用完全当得起这一批语。"未""已""真""不""肯""谁""共""独"共八个虚字，使诗的上下句之间或呼应，或转接，或映带，造成一种曲折回旋、腾挪起伏的语境，句律流转，节奏分明，把诗人在立春之日对节候、景物、人生、世味的体察和认知表达得深刻、妥帖、细致。虚字的拗斡，构成诗句结构的筋脉，体现诗人运思的老健与力度。所以纪昀说此诗"风度老成"，《寄晁无斁春怀》"颇有流动之趣"（同上）。吴齐贤云："用虚字，宋人之习气也。"(《论杜》，引自《杜诗详注》)后山用虚字，在宋人中是很突出的。

后山诗往往不着力于景物刻画，不着力于意象的营造，而以叙写之委曲拗折见长，在句法思索安排上尤役心力。这委曲拗折自是由诗人志意心态所决定的，而这志意心态的流动变化则靠流转开阖的诗句才能表达裕如，其中虚字的使用正起着关键的掭顿、斡旋、转折作用，使得抒情主体内心世界的叙写与刻画做到曲传毫介，神情毕肖。后山此点从老杜处得来。老杜《曲江陪郑八丈南史饮》："雀啄江头黄柳花，鵁鶄鸂鶒满晴沙。自知白发非春事，且尽芳樽恋物华。近侍即今难浪迹，此身那得更无家。丈人才力犹强健，岂傍青门学种瓜。"方回云："此诗中四句不言景，皆止言乎情。后山得其法，故多瘦健者此也。"(《瀛奎律髓汇评》卷十)

《别负山居士》一诗写别情：

田园相与老，此别意何如？更病可无酒，犹寒已自知。高名胡为广，诗兴尚能多。沙草东山路，犹须一再过。

这是一首离别诗。对这次离别的情境，诗中几乎没有什么具体的描写，诗人用力处是对别情的叙写。颔联"更病可无酒，犹寒已自知"，上句言临分别不可不饮离别之酒，纵然时病中，犹当勉力饮下；下句言此刻虽然是春天，我还是感到一股逼人的寒气。颈联"高名胡为广，诗兴尚能多"，上句谓负山居士虽有高名而传播不广，下句说其处境虽如此，但高妙的诗兴源源不断。诗人这一复杂的情感意绪，主要靠"更""可""胡为""尚能"等虚词的拗斡，十分妥帖地表现出来。方回云："此诗全在虚字上用力，除'田园'、'沙草'、'山路'六字外，不曾粘带景物，只于三四个闲字上斡旋妙意，其苦心亦甚矣。"（《瀛奎律髓汇评》卷二十五）这种洗去铅华，不事藻丽，力去陈言俗调，叙写委曲转折而几乎不动声色的写法，具有一种朴老劲健的风格。方回认为："诗家不专用实句实字，而或以虚为句，句之中以虚字为工，天下之至难也。"

对陈师道使用虚字的精妙，方回《瀛奎律髓》中多处加以赞赏。如《赠王聿修商子常》："贪逢大敌能无惧，强画修眉每未工。"方回点评云："'能'字'每'字乃是以虚字为眼，非此二字，精神安在？善吟咏古诗者，只点缀一二好字高唱起，而知其用力着意之地矣。"又如《送秦观》："欲行天下独，信有俗间疑。"方回谓"'欲行'、'信有'四字是工处。"（《瀛奎律髓汇评》卷二十四）虚词的恰当使用，通过诗句前后关联、衔接、扭合，使文意曲折、周至、委婉，腾挪，把复杂的世相、心曲充分地表现出来。李东阳《麓堂诗话》云："诗用实字易，用虚字难。盛唐人善用虚，其开合呼唤，悠扬委曲，皆在于此。用之不善，柔弱缓散，不复可振。"纪昀称赞后山"虚字练得好"（引自《瀛奎律髓汇评》卷一）。

在虚字的使用上，后山诗也有失败的例子，为人所诟病。李调元《雨村诗话》云："后山诗，则味如嚼蜡，读之令人气短，如：'且然聊尔耳，得也自知之'二句，系集中五律起笔，竟成何语？真谓之不解诗可也。拥被呻吟，直是枯肠无处搜耳。"杨慎说得更尖刻，《升庵诗话》卷三云："岂止邯郸学步，效颦西子，乃是丑妇生疮，雪上加霜。"实际上，后山诗中用虚字不当的情形很少，不可以偏概全。

3. 学习老杜以俚俗语入诗

老杜注意吸收民间俚俗语言。老杜有些诗句，是经过改写的俗语与谚语。如《前出塞》："挽弓当挽强，用箭当用长。射人先射马，擒贼先擒王。""似谣似谚"（黄生语），还有《新婚别》："兔丝附女萝，引蔓故不长。"《草堂》："旧犬喜我归，低回入衣裾；邻舍喜我归，沽酒携葫芦；大官喜我来，遣骑问所须；城郭闻我来，宾客隘村墟。"是从北朝乐府民歌《木兰诗》"爷娘闻女来，出郭相扶将……"化出。后山主张"宁朴毋华""化俗为雅"，特别注意学习杜甫运用俗语、谚语，使诗体通俗化、散文化，又能避免诗意的庸俗化，借此达到"意、语两工"。后山诗常选用平易浅切的俚语俗字入古风之中，改造俚俗之语入诗。陈长方《步里客谈》卷下引章宪语："每下一俗间言语，无一字无来处，此陈无己、黄鲁直作诗法也。"庄季裕《鸡肋编》卷下曾列举后山诗用世俗语：

> 杜少陵《新婚别》云："鸡狗亦得将"，世谓谚云："嫁得鸡逐鸡飞，嫁得狗逐狗走"之语也。而陈无己诗亦多用一时俚语，如："昔日剜疮今补肉"，"百孔千疮客一罅"，"人穷令智短"，"百巧千穷只短檠"，"起倒不贡聊应俗"，"经事长一智"，"称家丰俭不求馀"，"卒行好步不两得"，皆全用四字。"巧手莫为无面饼巧媳妇做不得无面飥"，"不应远水救近渴，谁能留渴须远井远水不救近渴"，"瓶悬瓽间终一碎瓦罐终须井上破"，"急行宁小缓急行赶过慢行迟"，"早作千年调"，"一生也作千年调人作千年调，鬼见拍手笑"，"拙勤终不补将勤补拙"，"斧研仍手摩大斧研了手摩挲"，"惊鸡透篱犬升屋鸡飞狗上屋"，"割白鹭股何足难鹭鸶腿上割股"，"荐贤仍赌命"。而东坡亦有"三杯輭饱后，一枕黑甜馀"皆世俗语。

刘熙载说："陈言务去，杜诗与韩文同，黄山谷、陈后山诸公学杜在此。"（《艺概》卷二）后山所谓"宁拙毋巧、宁朴毋华，宁粗毋弱，宁僻毋俗"，其基本精神就是务去陈言，对六朝特别是唐代以来诗歌语言积累采取回避或者力求变化的态度与做法，其学杜诗句法，目的是刊落陈言，创造自己新的诗歌语言。他说："诗欲其好，则不能好矣。王介甫以工，苏子瞻以新，黄鲁直以奇。而子美之诗，奇常、工易、新陈莫不好也。"（《后山诗话》）他的"宁拙毋巧，宁朴毋华，宁粗毋弱，宁僻毋俗"（同上），也有意矫正苏、黄过于求新求巧的倾向，营造自己的诗歌语言。后山写诗，学老杜惨淡经营，苦心孤诣，费尽思索安排，在苦吟上下功夫，形成了精炼简洁、朴拙老健的诗歌语言。叶燮云："宋诗在工拙之外，其工处故有意求之，拙处亦有意为拙。"（《原诗》）这一点在后山诗中表现得尤为明显。

后山竭力避免蹈袭以往诗歌的熟套，但其极端则使得自己的诗由于语言失去诗的审美特质而不像诗。钱锺书先生指出，后山诗在造语上有

"把成语古句东拆西补"和"过分把字句减缩"的偏向。①

王、苏、黄的诗歌点化前人诗句入诗在宋代已成普遍风气，后山也不例外。关于陈师道檃栝化用杜句，葛立方《韵语阳秋》云：

> 客有谓余：后山诗其要在于点化杜甫语尔。杜云："昨夜月同行。"后山则曰："勤勤有月与同归。"杜云："林昏罢幽磬。"后山则云："林昏出幽磬。"杜云："古人去已远。"后山则云："新人日已远。"杜云："中原鼓角悲。"后山则云："风连鼓角悲。"杜云："暗飞萤自照。"后山则云："飞萤元失照。"杜云："秋觉追随尽。"后山则云："林湖更觉追随尽。"杜云："文章千古事。"后山则云："文章平日事。"杜云："乾坤一腐儒。"后山则云："乾坤著腐儒。"杜云："孤城隐雾深。"后山则云："寒城隐雾深。"杜云："寒花只暂香。"后山则云："寒花只自香。"如此类甚多，岂非点化老杜之语而成者！余谓不然。后山诗格律高古，真所谓"碌碌盆盎中，见此古罍洗"者，用语相同，乃是读少陵诗熟，不觉在其笔下，又何足病公。

葛立方不同意"后山诗其要在于点化杜甫语"的观点，这是对的。后山在诗歌创作上苦心孤诣，戛戛独造，能够在宋诗中自成一体，其学杜绝非仅仅是点化杜甫的诗句。但是，葛立方认为后山诗中点化杜诗之句只是由于对杜诗熟而不知不觉流于笔下，并非刻意为之，也不符合实际。葛立方引述"客曰"所举不过十例，实际上，后山点化杜甫诗句远远不止于此。吴淑钿《陈师道及其诗研究》一书摘录后山点化杜甫诗句凡600余条。该书作者关于点化的标准有些宽泛，有些实际上只是句中所用词语相同，也被列入了。但是，即使汰去这种情形的例子，也还有三四百处，其中有的还一用再用。后山诗共600余首，点化杜句如此之多，并非只是"读少陵诗熟，不觉在其笔下"，而是吸取杜诗语言艺术的一种自觉的作法。文学创作不能是对前人遗产亦步亦趋的模仿，也不可能完全一空依傍，自我作古。在语言方面，更不可能脱离已有的诗歌话语体系而完全重新创造。黄庭坚是提倡"夺胎换骨"、点铁成金

---

① 钱锺书：《宋诗选注》，人民文学出版社1979年版，第117页。

的。后山所谓的"以故为新",就包括櫽栝、点化前人的诗句,以锻造自己的诗歌语言,走的是黄庭坚所提倡的路子。对于前人的诗句,经过苦心孤诣的挑选、提炼、改造、打磨、修饰,整旧如新,放置在自己创造的新诗语境里,服务于新的思想情感表达,对杜诗语句的点化,自然也是后山注意的一个重要方面。点化櫽栝前人诗句,和"窃取数字以髣髴像之"并不是一回事。这种点化而成的诗句的好坏,只有放在其所在的诗篇语境中,才能做出判断。后山化用杜句有得有失。有的是"点铁成金",如《送吴先生谒惠州苏副使》五六两句:"百年双白鬓,万里一秋风。"出老杜《戏题寄上汉中王诗》"百年双白鬓,一别五秋霜"。下句又化用老杜《秋兴八首》:"万里风烟接素秋。"也有点金成铁的。王世贞就曾指出这一点:"少陵有句'昨夜月同行',陈无己则云'勤勤有月与同归';少陵云'暗飞萤自照,'陈则曰'飞萤元失照';少陵云'文章千古事',陈则云'文章平日事';少陵云'乾坤一腐儒',陈则云'乾坤着腐儒';少陵云'寒花只暂香',陈则云'寒花只自香',一览可见。"(《艺苑卮言》卷四,王世贞《弇州四部稿》卷一百四十七)

(六)

后山诗以五律的成就为最高。纪昀《后山集钞题记》评后山诗云:"大抵绝不如古,古不如律,律又七言不及五言,弃短取长,要不失北宋巨子。"认为后山"五言律苍坚瘦劲,实逼少陵,其间意僻语涩者,亦往往自露本质,然胎息古人,得其神髓,而不自掩其性情,此后山所以善学杜者也"(《四库全书总目提要》卷一百五十四《后山集》提要)。对后山五言律诗,宋代以来一致评价较高。陈模说:后山五律"不特不似山谷,亦非山谷所能及"(《怀古录》上卷)。许学夷谓"陈之胜黄,实在五言律也"(《诗源辩体》后集纂要卷一)。

杜诗的审美风格大体上有雄俊壮丽与沉郁劲健两种。钱锺书在谈到杜甫七律对后世的影响时说:"少陵七律兼备众妙,衍其一绪,胥足名家。譬如中衢之尊,过者斟酌,多少不同,而各如所愿。陈后山之细筋健骨,瘦硬通神，自为渊源老杜无论矣。"① 后山五律学的也不是老杜《春望》《江汉》《旅夜书怀》一类气象宏达、意境辽阔者，而是学老杜五律中之劲健瘦硬、朴拙古淡者。他在五律方面走的是老杜苦学力思的路子。

后山五律的题材大体上是个人的生活遭际、人生感慨以及文士之间的友谊、情怀等。前面所举的《寄外舅郭大夫》《示三子》以及《寒夜》等，是写个人生活际遇的，诗人特别注意学习老杜《得家书》《述怀》《吾宗》《羌村三首》等作品的事态叙写，运用白描手法，写出特定的真实事态与情境，刻画在这种情境下复杂的心理体验和心路历程，文字质朴无华，而情感诚挚，真切动人。后山那些抒写人生感慨的五律，也写得独具特色。如《除夜对酒赠少章》：

> 岁晚身何托，灯前客未空。半生忧患里，一梦有无中。发短愁催白，颜衰酒借红。我歌君起舞，潦倒略相同。

此诗语言的凝炼、风格的沉郁，与杜诗相近。颔联"半生忧患里，一梦有无中"概括精炼，言简意深。颈联"发短愁催白，颜衰酒借红"，是点化杜甫《寄司马山人十二韵》之"发少何劳白，颜衰肯更红"。但后山上句不仅言发"少"而"白"，而且进一步指出这是"愁催"的结果；下句"颜衰"而能"红"，似乎是老杜"颜衰肯更红"意思的否定，然其"红"不过是借酒而"红"，实质上则是对老杜句意的申说而句意更丰富。这一联十字，字句紧缩，语意转折，学杜而又有自己的个性和特色。再如《晁无咎张文潜见过》：

> 白社双林去，来高轩二妙。排门冲鸟雀，挥壁带尘埃。不惮升堂费，深愁载酒回。功名付公等，归路在蓬莱。

罗大经《鹤林玉露》卷十八云："范二员外、吴十侍御访杜少陵于草堂，少陵偶出不及见，谢以诗云：'暂往北邻去，空闻二妙归。幽栖诚简略，衰白已光辉。野外贫家远，村中好客稀。论文或不愧，重肯款柴扉。'陈后山在京师，张文潜、晁无咎为馆职，联骑过之，后山偶出萧

---

① 钱锺书：《谈艺录》，中华书局1984年版，第174页。

寺，二君题壁而去，后山亦谢以诗云：'白社双林去，高轩二妙来。……'杜、陈一时之事相类，二诗蕴藉风流，亦未可优劣。"后山此诗首联"白社双林去，高轩二妙来"仿杜诗之首联写自己与张、晁错过了这见面的机会，但写得更具体：上句言自己暂时外出是去佛寺，下句用李贺《高轩过》一诗，把张、晁比为当今的韩愈、皇甫湜。颔联写张、晁二人来访进门和挥笔题壁的情形，"冲鸟雀""带尘埃"表现诗人居处之简陋和朋友来访的深情厚谊。颈联言张、晁二人不怕辛苦而来，结果是失望而归。尾联从人生目标和归宿之大处落笔，言自己和张、晁人生已大不同，张、晁正致力于功名事业，而自己只能归隐。李贺《高轩过》抒发了自己由于韩愈、皇甫湜来访而精神振奋，有"而今垂翅附冥鸿，他日不羞蛇作龙"的雄心；而后山此诗尾联两句表达的归隐之心，又和首联"高轩"之典映衬呼应。此诗与杜诗同样写得古淡瘦劲，但后山此诗叙事更为精诣，内容似乎更丰厚、更个性化一些。

方回评论后山五律时云："后山诗全是老杜，以万钧九鼎之力束于八句四十字之间。"（《瀛奎律髓汇评》卷三十四）老杜五言律诗，常将叙事、写景、议论、抒情结合起来，形成转接曲折、章法峻严、情感起伏的审美形态。后山五律学杜，亦注意各种表现手法的巧妙结合。如：

老境难为节，寒梢未得春。一官兼利害，百虑孰疏亲。积雪无归路，扶醉有行人。望乡仍受岁，回首望松筠。（《元日》）

首联写自己年老而客居他乡、新春元日也不能回家，质朴无华的叙述，将自己的老年心境与自然节候映衬对照，表现了诗人心情的沉重、无奈和悲凉。"老境难为节"一句，又概括了多么复杂的人生况味。颔联言自己作州学小官难以承受的种种利害、亲疏和思虑，而以议论出之，深刻真切。颈联两句是诗人望中的元日景象的描绘，积雪阻断回乡之路，酒醉之人相扶而归，展现的是此乡人的快乐和自己作为他乡客的孤寂落寞。尾联则宕开一笔，"望乡仍受岁"，眼望家乡和先人丘墓，所谓远望可以当归，只能以此表达自己对家乡的怀想。诗人春节不能归家的乡愁，凝结着人生失意的悲慨、仕途的尴尬无奈和年华老去的沉重。在章法结构上，上下联转接灵活曲折，上下句之间或对比，或映照，绵密严整，语言曲折陡健，将诗人在一元复始的佳节身在异乡的落寞和悲凉抒写得十分深透，颇具老杜五律的风神。查慎行谓"通首似杜"(《瀛奎律髓汇评》卷十六)。

上述五律,无论语言的千锤百炼,刻意淘洗,议论的精警,还是白描手法的精细传神,以及章法的曲折顿挫,都可以看出后山学杜的功力。再如《宿深明阁二首》其二:

缥缈金华伯,人间第一人。剧谈连昼夜,应俗费精神。时要平安报,反愁消息真。墙根霜下草,又作一番新。

此诗是写诗人夜宿深明阁怀念被贬于万里之遥的黄庭坚的。黄庭坚于绍圣初因撰《神宗实录》"失实"而被召陈留问状,夜寓佛寺,题其所居为深明阁。此后黄又被贬黔中。诗的前四句就山谷平日为人而想起其今日光景,颈联直写诗人的思念,上句"时要平安报",用老杜诗"夕烽来不近,每日报平安";下句"反愁消息真"用老杜"反畏消息来,寸心亦何有"。尾联"墙根霜下草,又作一番新",表面是写景,实是喻指绍圣新党小人之得势。纪昀评此诗云:"五、六即'深知问消息,不忍道何如'之对面,从老杜'反畏消息来'句脱出,而换一'真'字,便言路远言讹、惊异万状之意,用意极其沉刻。结句托喻故不着痕迹,只似感伤时序者然。"(《瀛奎律髓汇评》卷四十三)

后山五律在写景上,学老杜五律重白描,重视虚字的运用,写出景物之特定情态,突出诗人特定的主观感受。如《登快哉亭》:

城与清江曲,泉流乱石间。夕阳初隐地,暮霭已依山。度鸟欲何向,奔云亦自闲。登临兴不尽,稚子故须还。

此诗前六句写景,"初""已""欲""亦"等字,转接曲折,突出自然景物的当下形态和诗人的感受,纪昀谓之"刻意淘洗,气格老健"。对于颈联"度鸟欲何向,奔云亦自闲"两句,纪昀尤为欣赏,赞其"挺拔""此后山神力大处"(《瀛奎律髓汇评》卷一)。

方回云:"读后山诗,若以色见,以声音求,是行邪道。不见如来全是骨,全是味,不可与拈花簇叶者相较量也。"这一特色在后山五言诗中表现得更为突出:

海外三年谪，天南万里行。生前只为累，身后更须名？未有平安报，空怀古旧情。斯人有如此，无复涕纵横。(《怀远》)

世学违从众，名家最近天。感时犹壮志，得句起衰年。袁酒无何饮，陶琴不具弦。平生挥翰手，几见绝韦编。(《次韵晁无斁除日书怀》)

以上二首以及前面所举之《别刘郎》，都是方回所说的"枯槁平淡，不用事，不状景，不泥物"(《瀛奎律髓》卷四十七)，所谓"四十字无一字带景者"(《瀛奎律髓》卷二十四)。诗人情感的抒发，主要靠笔力沈挚的直接叙写，靠句意转折和虚字勾连腾挪。

沈德潜《唐诗别裁·凡例》谓老杜五言律"独辟畦径，寓纵排奡于整密中，故应包涵一切"。后山五律学老杜，也特别注意章法、句法的错综变化，在属对上亦学老杜之善于变化。如《夏日即事》"花絮随风尽，欢娱过眼空"，以物对人，以景对情，方回云："以'花絮'对'欢娱'，此等句法本老杜。"纪昀谓此"到地宋格"。《寄张文潜舍人》："车笠吾何恨，飞腾子莫量。""车笠"对"飞腾"，以实字对虚字，也是学老杜之变体，方回指出此种属对是学"老杜'雨露'对'生成'"(《瀛奎律髓》卷二十六)。《示三子》开头两句对仗："去远即相忘，归近不可忍"，学老杜的所谓"偷春格"，将本来应做颔联的对偶移作首联，以精炼概括的偶句起笔，突出诗人对人生多难、欢乐难得的体悟，出语奇警而笼罩全篇。

后山五律诗句在风格上学老杜五律的老健古淡。王灼谓"世言无己喜作庄语，其弊生硬"(《碧鸡漫志》卷二)，说的是后山词的语言存在的弊病。而对五律来说，"庄语"却不一定是弊病。胡应麟《诗薮》外编卷五称赞后山诗云："无己句如'百姓归周老，三年待鲁儒'；'丘园无起日，江汉有东流'；'事多违谢傅，天遽夺杨公'；'公私两多事，灾病百相催'；'精爽回长安，衣冠出广庭'，皆典重古淡得杜意，且多得杜诗篇法。"这样的例子还有很多，如"折腰真耐辱，捧檄敢轻投"(《元符三年七月蒙恩复除学喜而成诗》)；"日与江山远，风连草木悲"(《送大史兼寄赵团练》)；"月到千家静，林昏一鸟归"(《秋怀示黄豫章》)，等等。潘德舆说后山"用力于杜者久，故下笔深重"(《养一斋诗话》卷六)，道出了后山诗句语深稳的原因，其中有的句子就是化用杜句，如"丘园无起日，江汉有东流"两句，化用老杜《承闻故房相公灵榇自阆州起殡归葬东都，有作二首》："风尘终不解，江汉忽东流。"又如"一官兼利害，百虑孰疏亲""朴俗犹虞力，安流尚禹谟""感时犹壮志，得句起衰年"等。胡应麟谓后山七律虽然"淡而不弱""然老硬枯瘦，全乏风神"（《诗卷五薮》外编）；而后山的五律则很少此弊，确如纪昀所一再称说的"风度老成""气格老健""语自老洁"。方东树云："后山五七古学杜、韩，其不可人意者，殆如桓宣武之似刘司空。其五古，意境句格，森沉淡涩之致，与老杜亦虎贲之似，而无老杜之雄郁混茫奇伟之境。其五七律，清纯沈健，一削冶态瘠音，亦未可轻蔑。"（《昭昧詹言》卷十）

余 论

后山学杜，不走模仿的路子，也不停留在艺术技巧的因袭上，而是追求杜诗的艺术精神，所以能自成一家。但是，后山与老杜在襟怀、心态、思想境界上有着巨大的差异，因而其诗歌在题材、思想、情感、艺术境界上也与杜诗存在着种种差异。陈模《怀古录》卷上即指出陈师道学杜而有五点不及杜者：

> 后山……其《妾薄命》、《送内》、《送三子》、《忆幼子》、《喜三子至》等作，皆可与工部《石壕吏》、《无家叹》诸篇相表里，皆有补于风教。但后山不及于工部者，工部笔力沛然，如天涵地负，而后山则得之难，此其一也。如杜诗："吴楚东南坼，乾坤日夜浮。""碧知湖外草，红见海东云。""浮云连海岱，平野入青徐。""江山有巴蜀，栋宇自齐梁。"所谓乾端坤倪、轩豁呈露者，后山则无之。此其二也。后山如"一夜风溯浪，中宵月晚云。""清切临风笛，深明隔水灯。""云日明松雪，西山进晚风。"如"汴泗迫人清"，如"风回晚市声"，如"弹鸟不馀力"，皆可谓沉着痛快，然杜工部："勋业频看镜，行藏独倚楼。""深山催短景，乔木易秋风。""四更山吐月，残夜水明楼。""天欲今朝雨，山归万古春。"其工处直与造化相等，浑涵而无迹可见。宋人力极描模，终不及其自然之工。后山未免刻露，此其三也。工部诗所谓远则千里，近在目前，放去收来，无所不

可。后山则开阖处少见。有执著处则不能开拓说，如前所载两诗亦可见，此其四也。后山于诗尾多喜作一联对，其体反弱，此其五也。后山虽不及工部，却是杜之气象，其好处却有咏处可寻，故必得后山地位，然后可参工部。譬如孔子作圣工夫，无迹可见，善学者且学颜子，庶可下手处。

宋以后，后山学杜仍然受到人们的重视。方回对后山诗极力推崇，认为后山"学老杜而与之俱化"（《瀛奎律髓》卷一），评价未免过高。冯班则认为，后山"以为学杜，正在皮膜之外也。效杜之极，然未肖也"。评价又未免太低。翁方纲认为："后山诗极意仿杜，固不得杜之精华，然于生吞活剥者终属有间。"（《石洲诗话》卷四）潘德舆评云："杜诗沉而雄，郁而透，而后山只得其沉郁，而雄力透空处不能得之，故弥望皆晦塞之气。"（《养一斋诗话》卷五）陈衍："后山学杜，其精者突过山谷，然粗涩者往往不类诗。"（《重刻晚翠轩诗序》，《石遗室文集》卷九）陈师道学杜，其具体篇章情形不同，难以一言以蔽之。

五　陈与义学杜

陈与义，字去非，号简斋，是南北宋之交"最杰出的诗人"[1]，在当时就有广泛影响。葛胜仲《陈去非诗集序》云：

> （陈与义）少即蹈厉不群，篇籍之在世者无不读，既读辄记不忘。……天分既高，用心亦苦，务一洗旧常畦径，意不拔俗，语不惊人，不轻出也。……会兵兴抢攘，避地湘广，泛洞庭，上九嶷、罗浮，虽流离困厄，而能以山川秀杰之气益昌其诗，故晚年赋咏尤工。缙绅士庶争传诵，而旗亭传舍，摘句题写殆遍，号称新体。

陈与义的诗歌创作，以靖康之变为界，大致可分为前后两期。楼钥《简斋诗笺叙》云："参政简斋陈公，少在洛下，已称诗俊。南渡以后，身履百罹，而诗益高，遂以名天下。"

严羽《沧浪诗话》关于宋诗以人而论有七体，陈与义诗谓"陈简斋体"。在宋人当中，陈与义是学杜最有成效者之一。杨万里云："诗宗已上少陵坛。"（《跋陈简斋奏草》，《诚斋集》卷二十四），既是对陈与义诗歌创作成就的赞颂，也是对其主要诗学渊源的揭示。刘克庄《后村诗话》云：

> 元祐后诗人迭起，一种则波澜富而句律疏，一种则锻炼精而性情远，要之不出苏、黄二体而已。及简斋出，始以老杜为师。《墨梅》之作，尚是少作。建炎以后，避地湖峤，行万里路，诗益奇壮。……

---

[1] 钱锺书：《宋诗选注》，第117页。

造次不忘忧爱,以简洁扫繁缛,以雄浑代尖巧。其品格,故当在诸家之上。

(一)

　　陈与义在北宋晚期,就已诗名卓著。在当时诗坛尊杜与学杜普遍风气的影响下,陈与义也特别注意从杜诗中汲取艺术营养,他此时的诗歌留下了受杜诗影响的斑斑痕迹。严羽谓"陈简斋体"亦"江西派之小异",如指其前期诗作,原是不错的。

　　这一时期,简斋诗有的学习老杜的艺术表现手法,如《题易元吉画獐》:"纷纷骑马尘既腹,名利之窟争驰逐。眼明见此山中吏,怪底吾庐有林谷。"是学老杜《奉先刘少府山水幛歌》:"堂上不合生枫树,怪底江山起烟雾……"以假为真,通过写观画时的错觉,赞美画家高超的艺术造诣。"名利之窟争驰逐"一句,则化用杜甫《秋述》:"冠冕之窟,名利卒卒。"有的诗袭用杜诗的意象和寓意,如《连雨不能出有怀同年陈国佐》:"雨师风伯不吾谋,漠漠轻阴断送秋。欲过苏端泥浩荡,定知高秋麦漂流。檐前甘菊已无益,阶下决明还可忧。安得如鸿六尺马。暂时相对说新愁。"颔联"檐前"句乃用杜诗《叹甘菊》:"檐前甘菊移时晚……残花烂漫开何益"之意;"阶下"用《秋雨叹》:"雨中百草秋烂死,阶下决明颜色鲜。……凉风萧萧吹汝急,恐汝后时难独立。堂上书生空白头,临风三嗅馨香泣。"之意。第三句"欲过苏端泥浩荡"一句,化用杜诗《雨过苏端》:"杖藜入春泥"。第七句"安得如鸿六尺马"则化用杜诗《苦雨》:"愿腾六尺马,背若孤征鸿。"《连雨赋书事四首》之四:"云移过吴越,能为洗余腥。"指方腊造反破数州始平,其手法就来自老杜以雨洗大地象喻荡平袁晁造反的《喜雨》一诗:"峥嵘群山云,交会未断绝。安得鞭雷公,滂沱洗吴越。"而"余腥"的比喻,则来自杜诗《喜闻官军临贼》:"已是沃腥臊"。至于融裁和檃括老杜诗句者,更是比比皆是。宣和五年(1123),陈与义写过一首著名的《夏日集葆真池上以绿荫生昼静赋诗得静字》:

　　　　清池不受暑,幽讨起予病。长安车辙边,有此荷万柄。是身惟可懒,共寄无尽兴。鱼游水底凉,鸟语林间静。谈余日亭午,树影一时正。聊将两鬓蓬,起照千丈镜。微波喜摇人,小立待其定。梁王今何许,柳色几衰盛。人生行乐耳,诗律已其剩。邂逅一樽酒,它年五君咏。重期踏月来,夜半啸烟艇。

洪迈《容斋随笔》记载,此诗一出,"座上皆诧为擅场""京师无人不传写"。而此诗起句云"清池不受暑",学杜诗《宴历下亭》:"修竹不受暑。"结句"夜半啸烟艇",学杜诗《八哀诗》:"犹思理烟艇。"所以翁方纲说其"起结亦本杜句也"(《石洲诗话》卷四)。此外,"幽讨起予病"一句檃栝老杜《赠李白》"脱身事幽讨"和《赞公房》"汤沐起予病"。"聊将两鬓蓬"则化用老杜《瀼溪草堂》:"身世双蓬鬓。"

再如《次韵谢文骥主簿见寄兼示刘宣叔》:"断蓬随天风,飘飘去何许。"杜诗《遣兴》:"蓬生非无根,飘荡随高风。天寒落万里,不复归本丛。"《次韵周教授秋怀》:"陶潜无酒对菊花。"杜诗《复愁十二首》:"每恨陶彭泽,无酒对菊花。"《张迪功携诗见过次韵谢之》:"久荒三径未得返,偶有一钱何足看。……不嫌野外时迂盖,政要相从叩两端。"老杜《空囊》:"囊空恐羞涩,留得一钱看。"《宾至》:"不嫌野外无供给,乘兴还来看药栏。"《寄题兖州孙大夫绝尘亭二首》:"丈人方微吟,万象各动摇。"檃栝杜诗《赠卢参谋》:"说诗能累夜,醉酒或连朝。翰藻唯牵率,湖山合动摇。"《述怀呈十七叔》:"未暇藏身北山北,且须觅地西枝西。"檃栝老杜《寄赞上人》:"重岗北面起,竟日阳光留。茅屋买兼土,斯焉心所求。近闻西枝西,有谷杉黍稠。亭午颇和暖,石田又足收。"《柳絮》:"柳送腰肢日几回,更教飞絮舞楼台。颠狂忽作高千丈,风力微时稳下来。"老杜《漫兴》:"隔户杨柳弱嫋嫋,恰似十五女儿腰。"《漫兴》:"颠狂柳絮随风去。"陈善云:"简斋亦善夺胎耳。"(《扪虱新话》上集卷四)黄庭坚谓杜诗"无一字无来处",陈与义受此影响,其前期诗中大量用典,其中用杜诗的语典和事典最多。这也说明陈与义在杜诗的研习上所下功夫之深细。

钱锺书指出,陈与义前期的"近体诗往往要从黄、陈的风格过渡到杜甫的风格。杜甫律诗的声调音节是公推为唐代律诗里最弘亮而又沉著的,黄庭坚和陈师道费心用力地学杜甫,忽略了这一点。陈与义却注意到了,所以他的诗尽管意思不深,可是词句明净,而且音节响亮,比江西派的讨人喜欢。"① 例如：

> 茅屋年年破，春风岁岁来。寒从草根退，花值客愁开。时序添诗卷，乾坤进酒杯。片云无思极，日暮却空回。(《茅屋》)

> 九月逢连雨，萧萧稳送秋。龙公无乃倦，客子不胜愁。云气昏城壁，钟声咽寺楼。年年授衣节，牢落向他州。(《连雨赋事四首》)

> 十月北风催岁阑，九衢黄土污儒冠。归鸦落日天机熟，老雁长云行路难。欲诣热官忧冷语，且求浊酒寄清欢。孤吟坐到三更月，枯木无枝不受寒。(《十月》)

> 新诗满眼不能裁，鸟度云移落酒杯。官里簿书无了日，楼头风雨见秋来。是非衮衮书生老，岁月匆匆燕子回。笑抚江南竹根枕，一樽呼起鼻中雷。(《对酒》)

从这几首诗里可以看出简斋前期诗作，特别是近体诗，已颇有杜律的音调和风格特点。不过，陈与义出身名门，生活安逸，热衷功名，在为官作吏的生涯中，视野狭窄，虽早负诗名，但其诗多抒写承平时期的闲情逸致或个人哀愁。此一时期他的诗主要抒写个人遭遇和怀抱，缺乏沉郁深厚，还不能与老杜的近体诗媲美，待到经历靖康之变，情况就大不同了，简斋的诗歌达到了新的境界。楼钥《简斋诗笺叙》云："南渡以后，身履百罹而诗益高，遂以名天下，雄词杰句，争先传诵。"

（二）

靖康之变在陈与义人生道路与诗歌创作方面产生了巨大而深刻的影响。金兵入侵，北宋颠覆，国破家亡的民族危机和残酷的社会现实，兵荒马乱中流徙播迁的人生遭际，提高了陈与义对社会人生的认识，激发了他的忧国忧民情怀。此时，他对杜诗有了新的认识。钱锺书说：

---

① 钱锺书：《宋诗选注》，中华书局1984年版，第146页。

陈与义本来是师法杜甫的人。他逃难的第一首诗《发商水道中》可以说是他后期诗歌的开宗明义："草草檀公策，茫茫杜老诗！"他的《正月十二日自房州城遇虏至》："但恨平生意，轻了少陵诗"，表示他经历了兵荒马乱才明白以前自己对杜甫还领会不深。他的诗进了一步，有了雄阔慷慨的风格。①

陈与义早年对杜甫关注现实、伤时忧世的思想情怀缺乏认识。《书怀十首》其五云："我策三十六，第一当归田。"用"檀道济三十六计，走是上计"（《南史·王敬则传》）之典，表明其辞官隐居之心切。他在那时所写的《杂书示陈国佐胡元茂四首》中，反复表示自己决心辞官归隐，"绝胜杜拾遗，一饱常间关。晚知儒冠误，犹恋终南山"。稍后所写的《冬至二首》其二又云："人生本是客，杜叟顾未知。今年我闻道，悲乐两脱遗。"对杜甫入世之心、忧世之意颇不以为然。《发商水道中》一诗，则写于靖康元年简斋由陈留出商水的逃难路上。此诗又用檀道济事，以"草草檀公策"一句，写自己由于金兵入侵而仓皇奔逃，而此时诗人想到的是老杜伤时悯乱、忧国忧民的诗篇。杜诗《送灵州李判官》："羯胡腥四海，回首一茫茫。"《成都府》："鸟雀夜各归，中原杳茫茫。"《南池》："干戈浩茫茫，地僻伤极目。"《惜别》："九州兵戈浩茫茫，三叹聚散临重阳。""茫茫杜老诗"一句，既是说此时的时势恰如杜诗所写那样干戈遍地、祸乱惨重，又表达了对杜诗伤时悯乱思想感情的理解和叹服。这是简斋尊杜、学杜的重大转折，和一般江西诗人以及自己此前多从诗律句法等艺术技巧方面研习杜诗不同，简斋此时抓到了老杜诗学精神的核心，深切体会到了杜诗所蕴含的深厚博大的思想情感的特点。

简斋此时学杜，首先体现在关心时政，以时事入诗上，继承了杜诗紧密联系现实、反映时代艰虞的优良传统。《邓州西轩书事十首》是陈与义靖康元年（1126）自陈留逃难到邓州所写的一组反映靖康之变的诗歌。此诗的第一首开头两句："小儒避贼南征日，皇帝行天第一春。"就是化用杜甫《南征》"老病南征日，君恩北望心"。除了前面几首表达个人在战乱中流离播迁之感外，这组诗的主要内容是对于酿成靖康之变这一国破

---

① 钱锺书：《宋诗选注》，第146—147页。

家亡社会惨剧的北宋朝政的批评与反思，对时局的隐忧和期待。其第五首云：

> 皇家卜年过周历，变故未必非天仁。东南鬼火成何事，终待胡锋作争臣。

这是写宣和七年十二月徽宗内禅、钦宗继位这件大事。所谓"东南鬼火成何事，终待胡锋作争臣"，是说宣和政失民怨，方腊造反于浙东，都不足以警戒徽宗改弦易辙，直到金兵大举入寇，兵临城下，徽宗才被迫匆匆让位。"终待胡锋作争臣"，这是何等尖锐的讽刺！

其第六首云：

> 杨刘相倾建中乱，不待白首今同归。只今将相须廉蔺，五月并门未解围。

此诗前两句是写北宋末年朝臣相互倾轧，结果玉石俱焚。《唐书·刘晏传》载：杨炎为吏部侍郎，刘晏为尚书，盛气不相下。晏治元载罪，杨炎坐贬。及杨炎执政，衔宿怨，将为元载报仇，遂罢晏使，贬为忠州刺史。杨炎知道庾准与刘晏有宿怨，就提拔庾准为荆南节度使。庾准告刘晏谋作乱，杨炎证明其罪名成立。建中元年（1101），皇帝赐刘晏死，天下以为冤。西晋时潘岳与石崇为好友。潘曾写有《思石崇》诗："投分寄石友，白首同所归。"《世说新语》载，孙秀为中书令，既恨石崇不与绿珠，又憾潘岳昔遇之不以礼，乃收石崇，同日收岳。石先送市，亦不相知；潘后至，石谓潘曰："安仁卿亦复尔耶？"潘曰："可谓白首同所归。"诗人以唐代杨炎和刘晏、晋代孙秀和石崇互相倾轧的故事，概括写出北宋覆亡的历史教训。而诗人的忧思乃在当下："只今将相须廉蔺，五月并门未解围。"靖康将相仍然没有吸收历史教训，不能像廉颇蔺相如那样团结一心，念国家之急而彼此相能，结果抗金的战事极不顺利。

其第八首云："诏书忧民十六事，父老祝君一万年。白发书生喜无寐，从今不仕可归田。"写宋钦宗靖康元年（1126）五月手诏改革弊政，并为之感到欢欣鼓舞。其第九首又转为对时局的忧虑："范公深忧天下日，仁祖爱民全盛年。遗庙至今香火冷，时时风叶一萧然。"赞颂范仲淹在仁宗时期的北宋盛世依然深忧天下，讽刺靖康将相鼠目寸光，缺乏挽救时局的深谋远虑。全诗抚今思昔，充满了对时势的无限感慨。

胡应麟《诗薮》外编卷五云："陈去非诸绝虽亦多本老杜，而不为已甚，悲壮感慨，时有可观处。"程千帆《两宋文学史》说："用拗体七绝来记叙时事或表达政见，是杜甫的特长，而陈与义也成功地继承了这种方式。"① 简斋七绝《有感再赋》："忆昔甲辰重九日，天恩曾与宴城东。龙沙此日西风冷，谁折黄花寿两宫。"《牡丹》："一自胡尘入汉关，十年伊洛路漫漫。青墩溪畔龙钟客，独立东风看牡丹。"也是这方面著名的作品。

从靖康元年（1126）到绍兴五年（1131），陈与义转徙流亡江南各地，经历了长达5年的漂泊流亡生涯，写出了一系列反映战乱、流亡、怀念故国的诗篇，这是他诗歌创作的高峰期。《四库全书总目》卷一五六《简斋集》提要云："至于湖南流落之余，汴京板荡以后，感时抚事，慷慨激越，寄托遥深，乃往往突过古人。"这一时期是陈与义学杜卓有成效的时期。简斋这类抒写悲慨的诗，效法杜律情、景、事密切结合的写法，将壮丽的山川景物，时代的变乱艰虞，个人颠沛流离的痛苦与悲哀，一并写入诗中，形成了一种悲壮感慨、沉郁宏深的审美风格。

如五言排律《道中书事》：

临老伤行役，篮舆岁月奔。客愁无处避，世事不堪论。白道含秋色，青山带雨痕。坏梁斜斗水，乔木密藏村。易破还家梦，难招去国魂。一身从白首，随意答乾坤。

七律《次韵尹潜感怀》：

胡儿又看绕淮春，叹息犹谓国有人。可使翠华周宇县，谁持白羽静风尘。五年天地无穷事，万里江湖见在身。共说金陵龙虎气，放臣迷路感烟津。

在这类感怀时局、反映丧乱的诗篇中，特别著名的是三首登岳阳楼七

---

① 程千帆：《两宋文学史》，上海古籍出版社1991年版，第290页。

律和《巴丘书事》：

　　洞庭之东江水西，帘旌不动夕阳迟。登临吴蜀横分地，徙倚湖山日暮时。万里来游还望远，三年多难更凭危。白头吊古风霜里，老木苍波无限悲。

　　天入平湖晴不风，夕帆和雁正浮空。楼头客子杪秋后，日落君山元气中。北望可堪回白首，南游聊得看丹枫。翰林物色分留少，诗到巴陵还未工。(《登岳阳楼二首》)

　　岳阳壮观天下传，楼阴背日堤绵绵。草木相连南服内，江湖异态栏杆前。乾坤万事集双鬓，臣子一谪今五年。欲题文字吊古昔，风壮浪涌心茫然。(《再登岳阳楼感慨赋诗》)

　　三分书里识巴丘，邻老避胡初一游。晚木声酣洞庭野，晴天影抱岳阳楼。四年风露侵游子，十月江湖吐乱州。未必上流须鲁肃，腐儒空白九分头。(《巴丘书事》)

《登岳阳楼二首》第一首，前两联写日暮之时登岳阳楼所见之湖山景物，其中颔联之"登临吴楚横分地，徙倚湖山日暮时"，用老杜《登岳阳楼》"吴楚东南坼"句意。胡应麟谓此联"雄丽冠裳，得杜调者也"。(《诗薮》外编卷五) 颈联骦栝老杜《登高》"万里悲秋常作客，百年多病独登台"句意，学其句法，将个人漂泊流离和时事的艰危阑入一联之内。尾联之所谓"吊古"，主要是对杜甫当年登岳阳楼的无限怀思。此诗后两联情景的交融、意象的密度和风格的沉郁，也绝类杜诗《登高》。纪昀评此诗，谓之"意境宏深，直逼老杜"(《瀛奎律髓汇评》卷一)。《再登岳阳楼感慨赋诗》和《巴丘书事》两首，抒写忧念国事、空怀报国之志而无由施展的悲慨，在写法上和老杜《登岳阳楼》同一机杼，笔力雄阔，用字奇警不凡，句律流丽而声调响亮，壮丽阔大的景物和诗人满腔的忧愤郁结融合无间，体现出一种悲慨的风格。方回云："简斋《登岳阳楼》凡三诗，又有《巴丘书事》一诗，皆悲壮激烈，如：'晚木声酣洞庭野，晴天影抱岳阳楼。''四年风露侵游子，十月江湖吐乱洲。'又如：

'乾坤万事集双鬓，臣子一谪今五年。'近逼山谷，远诣老杜。"（同上）陈衍谓"乾坤"一联"学杜而得其骨者"（《宋诗精华录》卷三）。

陈与义的代表作之一《伤春》，写于建炎四年（1130），诗云：

> 庙堂无策可平戎，坐使甘泉照夕烽。初怪上都闻战马，岂知穷海看飞龙。孤臣白发三千丈，每岁烟花一万重。稍喜长沙向延阁，疲兵敢犯犬羊锋。

老杜在广德中写有《伤春五首》，感慨时事而带及感身；其《春望》一诗又云："国破山河在，城春草木深。感时花溅泪，恨别鸟惊心。"简斋此诗题作"伤春"，用的正是老杜诗意。如果说《登岳阳楼》《巴丘书事》《再登岳阳楼感慨赋诗》诸篇反映现实还是"时事隐约"（刘辰翁《须溪先生评点简斋诗集》），写时事采取的是一种整体的艺术概括，那么这首《伤春》则直接写出当时发生的重大事件。颔联"上都闻战马"，是说首都汴京沦陷。"穷海看飞龙"是指建炎三年（1129）金兵攻陷临安，宋高宗乘船逃亡海上。曰"初怪"，曰"岂知"，诗人对这接连发生的亡国破家的惨祸痛心疾首。颈联"孤臣白发三千丈，每岁烟花一万重"，上句用李白"白发三千丈，缘愁似个长"，下句骥栝老杜《伤春》之一："西京疲百战，北阙任群凶。关塞三千里，烟花一万重。"感慨时局而又感伤自身。尾联写建炎四年二月，金兵攻长沙，长沙太守向子諲率军民抵御金兵。诗人在悲愤中感到一线希望。在句法上，尾联二句仿效杜诗《诸将》之三："稍喜临边王相国，肯销金甲事春农。"纪昀对此诗极口称赞："此首真有杜意，'白发三千'太白诗；'烟花一万重'，少陵句，配得恰好。"（《瀛奎律髓汇评》卷三十二）

（三）

关于艺术方面学杜及如何学杜，简斋有自己的主张。晦斋《简斋诗集引》（《简斋诗集》卷首）记载陈与义关于学杜的主张：

> 诗至老杜极矣，东坡苏公、山谷黄公奋乎数世之下，复出力振之，而诗之正统不坠。然东坡赋才也大，故解纵绳墨之外，而用之不

穷；山谷措意也深，故游泳玩味之余，而索之益远。大抵同出老杜，而自成一家。如李广、程不识之治军，龙伯高、杜季良之行己，不可一概诘也。近世诗家，知尊杜矣。至学苏者，乃指黄为强；而附黄者，亦谓苏为肆。要必识苏、黄之所不为，然后可涉老杜之涯涘。此简斋陈公之说云尔，余游吴兴得之。乃知公所学如此，故能独步一代。

"肆"，意为纵肆而不节制；"强"，意为巉刻而不顺畅。"至学苏者，乃指黄为强；而附黄者，亦谓苏为肆"，这其中当然有派别意识作怪，但苏、黄诗分别存在这两种倾向，也是事实。简斋对此有明确的认识，所以他学杜要走一条与苏、黄不同的路子。赵齐平说："'必识苏黄之所不为'，就是在诗歌创作上'能卓然自辟蹊径'，而'不为流俗所移易'。"[1]"学杜中又自出手眼"（查慎行《初白庵诗评》卷下，引自《瀛奎律髓汇评》卷十七），是简斋学杜的基本原则。

葛立方《韵语阳秋》记载了陈与义关于学杜的另一番言论：

> 陈去非尝为余言：唐人皆苦思作诗。所谓"吟安一个字，撚断数茎须"，"句句夜深得，心从天外归"，"吟成五字句，用破一生心"，"蟾蜍影里清吟哭，舴艋舟中白发生"之类是也。故造语皆工，得句皆奇，但格韵不高，故不能参少陵逸步。后之学诗者，倘能取唐人语而掇入少陵绳墨步骤中，此连胸之术也。（按，又作"连体之术"）

"取唐人语而掇入少陵绳墨步骤中"，这是陈与义学杜的具体做法。所谓"少陵绳墨步骤"，指杜诗在句法、章法、声律等方面的规矩与方法，这也是黄庭坚特别是江西后学在学杜上所特别强调的重点；所谓"唐人语"，是指唐代杜甫之外其他诗人的诗作。从简斋之诗看，他所说的"唐人语"主要是指唐代诗人歌咏自然风物、富有诗情画意而又句语流丽的诗句。唐人审美心理是开放的，他们将目光投向大自然多姿多彩的山川草木，摄取自然美景创造情景交融的审美境界，表现情景交融的审美

---

[1] 赵齐平：《宋诗臆说》，北京大学出版社1993年版，第263页。

情趣。简斋要避免和纠正江西后学们学诗学杜取径过窄的偏向,在创作中把老杜作诗重法度、重思力、讲求句法与章法,同唐人诗那种自然流丽、意象灵动、情景交融的写法结合起来。胡应麟《诗薮》云:"大抵宋诸君子以险瘦生涩为杜,此一代认题差处,所谓七圣皆迷也。工部诗尽得古今体势,其中何所不有,而仅仅若此也。"(《诗薮》外编卷五)陈与义要在苏、黄的路数之外自辟学杜的蹊径。其后期诗作,特别是近体诗,在风格、句法上走杜诗的路子,将老杜之悲壮沉郁情感格调和韦、柳等人自然工致的景物描写结合起来,既能"涉老杜之涯涘",又避免江西诗派"以险瘦生涩为杜"的偏向。严羽所谓"陈简斋体",是宋调与唐音的有机结合体。

许学夷《诗源辨体》卷十九谓:"子美律诗,大都沉雄含蓄,浑厚悲壮,然有句法奇警而沉雄者,有意思悲感而沉雄者,有生气自然而沉雄者。"简斋律诗,学的就是老杜的这种诗风。刘熙载《艺概》云:"杜诗雄健而兼虚浑,宋江西名家,几于瘦硬通神,然于水深林茂之气象则远矣。"叶梦得说:"七律难于气象雄浑,句中有力,而纡徐不失言外之意。"并云"自老杜'锦江春色来天地,玉垒浮云变古今'与'五更鼓角声悲壮,三峡星河影动摇'等句之后,常恨无复继者。"(《石林诗话》卷下)陈与义学杜,与山谷学杜求奇求巧、后山学杜求拙求深的审美追求不同,"简斋体"的风格与黄、陈诗的筋骨瘦劲不同,沉雄悲壮而又句语流丽,仪态声响,自成一格。刘克庄谓其"以简洁扫繁缛,以雄浑代尖巧"(《后村诗话》卷二)。胡应麟称赞简斋学杜而能"铮铮跃出"(《少室山房类稿》卷一一八),谓其"浑而丽,壮而和""宏壮在杜陵廊庑"(《诗薮》外编卷五)。钱锺书《谈艺录》说:

> 然世所谓杜样者,乃指雄阔高浑,实大声弘,如:"万里悲秋长做客,百年多病独登台";"海内风尘诸弟隔,天涯涕泪一身遥";"指麾能事回天地,训练强兵动鬼神";"旌旗日暖龙蛇动,宫殿风微燕雀高";"锦江春色来天地,玉垒浮云变古今";"风尘荏苒音书绝,关塞萧条行路难";"路经滟滪双蓬鬓,天入沧浪一钓舟";"伯仲之间见伊吕,指挥若定失萧曹";"三峡楼台淹日月,五溪衣服共云山";"五更鼓角声悲壮,三峡星河影动摇"一类。山谷、后山诸公仅得与杜律之韧瘦者。于此等畅酣饱满之什,未多仿效。……至南渡

偏安，陈简斋流转兵间，身世与杜相类，惟其有之，是以似之。七律如："天翻地覆伤春色，齿豁头童祝圣时"；"乾坤万事集双鬓，臣子一谪今五年"；"登临吴楚横分地，徙倚湖山欲暮时"；"五年天地无穷事，万里江湖见在身"；"孤臣白发三千丈，每岁烟花一万重"，雄伟苍楚，兼而有之。学杜得皮，举止大方，五律每可乱楮叶。①

简斋诗仿效老杜"畅酣饱满之什"，形成自己极具个性的审美风格。程千帆指出，陈与义的"诗歌风格已从黄庭坚的奇巧和陈师道的朴拙而发展为雄浑沉郁"②。

简斋五律宗杜，写得宏丽沉郁。如早年所作《道中寒食二首》：

飞絮春犹冷，离家食更寒。能供几岁月，不办了悲欢。刺史葡萄酒，先生苜蓿盘。一官违壮节，百虑集征鞍。（其一）

斗粟淹吾驾，浮云笑此生。有诗酬岁月，无梦到功名。客里逢归雁，愁边有乱莺。杨花不解事，更作倚风轻。（其二）

方回谓此诗第二首"后四句意境笔路皆佳，卓有工部神味，而又非相袭"（《瀛奎律髓汇评》卷十六）。"客里逢归雁，愁边有乱莺"，上句檃栝杜诗《归雁》："万里衡阳雁，今年又北归。双双瞻客上，一一背人飞。"下句化用杜诗《赠王侍御》："晓莺工迸泪。"许印芳评此诗云："是学杜而能近杜妙矣。然近而相袭又是伪杜，惟近而非相袭，乃真杜也。"（《瀛奎律髓汇评》卷十六）《瀛奎律髓》卷十七选录简斋为雨而作的五律十九首，方回称赞其"诗律精妙，上追老杜，仰高钻坚。士之斯文自命者，皆当在下风。后山之后，有此一人耳"。其中流寓江南时期之所作，借写雨而抒写家国身世之感，悲慨深切，尤为突出：

沙岸残春雨，茅檐古镇官。一时花带泪，万里客凭栏。日晚蔷薇重，楼高燕子寒。惜无陶谢手，尽力破忧端。（《雨》）

---

① 钱锺书：《谈艺录》，中华书局1984年版，第174页。
② 程千帆：《两宋文学史》，第291页。

> 北客霜侵鬓，南州雨送年。未闻兵戈定，从使岁时迁。古泽生春霭，高空落暮鸢。山川含万古，郁郁在樽前。(《雨中》)

> 避寇烦三老，哪知是胜游。平湖受细雨，远岸送轻舟。天地悲深阻，山川慰久留。参差发临舫，未觉壮心休。(《细雨》)

纪昀称《雨》"深稳而清切，简斋完美之篇"。谓《雨中》"此首近杜，意境深阔。妙是自运本色，不似古人"(《瀛奎律髓汇评》卷十七)。值得一提的还有《雨》诗化用老杜诗句的精到："一时花带泪，万里客凭栏"，上句化用"感时花溅泪"，下句化用"万里悲秋常作客，百年多病独登台"。刘辰翁谓"一时花带泪，万里客凭栏"两句是"此集五言之最"(《须溪先生评点简斋诗集》)"惜无陶谢手"，化用老杜"焉得思如陶谢手"，"忧端"则出于《咏怀五百字》之结语："忧端齐终南，澒洞不可掇。"《雨中》"从使岁时迁"一句，仿老杜《寄贾严二阁老》："甘与岁时迁。""山川含万古"一句，点化老杜《上白帝城二首》之一："天欲今朝雨，山归万古春。"

陈与义学老杜情、景、事融合的笔法，以景物烘托情、事，特别善于描绘辽阔广远的空间景物，造成宏阔沉郁的意境。"山川含万古，郁郁在樽前"；"天地悲深阻，山川慰久留"，由眼前的景物扩展为天地宇宙的观照与思索，衬托自身之孤寂落寞和痛苦忧危之情。五言排律《晚晴野望》：

> 洞庭微雨后，凉气入纶巾。水底归云乱，芦丛返照新。遥汀横薄暮，独鸟渡长津。兵甲无归日，江湖送老身。悠悠只倚杖，悄悄自伤神。天意苍茫里，村醪亦醉人。

纪昀谓"此首入杜集，殆不可辨"(《瀛奎律髓汇评》卷十七)。第三四句化用杜诗《返照》："返照入江翻石壁，归云拥树失山村"；第五六两句"遥汀横薄暮，独鸟渡长津"，景物阔大苍茫；"江湖送老身"一句，檃栝杜诗《秋兴八首》"江湖满地一渔翁"，凡此种种，都见出学老杜"雄伟苍楚"的格调。

简斋五言排律《感事》：

> 丧乱那堪说，干戈竟未休。公卿危左衽，江汉故东流。风断黄龙府，云移白鹭洲。云何舒国步，持底副君忧。世事非难料，吾生本自负。菊花纷四野，作意为谁秋。

老杜《伤春五首》以"以五排记时事"（卢世㴶评语，引自《杜诗详注》），杨伦谓其"感世而带及感身""感身而仍归感世"。简斋这首五排即学老杜，以巨大雄阔的笔力和深沉悲愤的感慨，写北宋灭亡、南宋偏安这一重大事件，感世与感身结合，激昂慷慨而又缠绵低徊。"风断黄龙府，云移白鹭洲"一联，上句谓写金人攻陷汴京，俘虏徽钦二帝北去；下句写高宗即位，驻跸建康。"风断"，喻二帝之音讯中断，"云移"喻高宗行止未定，在抗金问题上徘徊游移。刘克庄说："'风断黄龙府，云移白鹭洲。菊花分四野，作意谁为秋。'颇逼老杜。"（《后村诗话》前集卷二）纪昀评语："真有杜意，乃气味似，非面貌似也。"（《瀛奎律髓汇评》卷三十二）

陈与义学习杜诗字法、句法、章法、用典以及声律方面的功夫，写出了具有杜诗那样感情丰沛、词语凝练、声律流畅、诗意沉厚的诗句。吴乔云："陈去非能做杜句。"（《围炉诗话》卷四）简斋五律、七律的诗句，有不少櫽栝点化杜句以及其他前人诗句，陈善谓简斋"善夺胎"；更多的则是学杜而"自铸伟词"。其中尤以五律为胜。胡应麟《诗薮》说："去非句如'湖平天尽落，峡断海横通''摇桨天平渡，迎人树欲来''风断黄龙府，云移白鹭洲''乱云交翠壁，细雨湿青林''一时花带泪，万里客凭栏'，皆宏丽沉雄得杜体，且多得杜字法。"（《诗薮》外编卷五）再如"兵甲无归日，江湖送老身""天地悲深阻，山川慰久留""一身从白首，随意答乾坤"，等等，也是最明显的例子。

七律是中国诗歌中最凝练最精美的一种体式。在杜甫的手里，七律这种诗体臻于成熟，境界得以拓展，价值得以提高，形式得以完美。赵翼说："少陵以穷愁寂寞之身，借诗遣日，于是七律益尽其变，不惟写景，兼复言情；不惟言情，兼复使典。七律之蹊径，至是益大开。"（《瓯北诗话》卷十二）宋代王安石、黄庭坚、陈师道、陈与义、陆游、杨万里都从老杜七律中汲取了丰富的思想艺术营养，"或者取其正体之精严，或者取其拗体之艰涩，或者得其疏放，或者得其圆熟，然后复参以各家所特具之才气性情，无论写景、言情、指事、发论，可以说都能有戛戛独造的境界"①。所谓"正体"，就是"于格律之拘限中作腾挪跳跃的正格律诗"，所谓"拗体"，则是一种"杰出横放于声律之外，然而却实在深入于声律的三昧之中"②的变体律诗。简斋的七律，走的是老杜正格律诗的路子，效法和继承了杜甫正格七律的写法，并且具有自己的个性特色与风格。

七律中间两联是要求对称的，形式对称，内容上也是对称的，如一联写景，一联抒情，性质不同而分量相称。方回说："盛唐人诗，多以起句十字为题，中二联写景咏物。结句十字撇开却说别意，此一大机栝也。"（《瀛奎律髓汇评》卷四十七）七律中间两联的结构，亦如五律之写法。中间两联的结构，为排偶所拘，最易板滞。而欲求生动，不能不讲求变化腾挪、抑扬顿挫。老杜七律打破传统，其于中间两联的结构，讲求写景、抒情、述事、议论结合的灵活巧妙，重视上下句、上下联的开阖、明暗、缓急、浓淡、敛放，变化多端，姿态横生。陈与义学老杜七律，中间两联四句的写法，深得杜律之壸奥。

老杜七律诗中间两联，有的上联景、下联情的，如《吹笛》："风飘律吕相和切，月傍关山几处明？胡骑中宵堪北走，武陵一曲想南征。"《十二月一日》："短短桃花临水岸，轻轻柳絮点人衣。春来准拟开怀久，老去亲知见面稀。"也有上联情、下联景的，如《黄草》："秦中驿使无消息，蜀道兵戈有是非。万里秋风吹锦水，谁家别泪湿罗衣。"《咏怀古迹》："怅望千秋一洒泪，萧条异代不同时。江山故宅空文藻，云雨荒台岂梦思。"陈与义之七律亦复如此。前者如：

> 燕子初归风不定，桃花欲动雨频来。人间多待须微禄，梦里相逢记此杯。（《对酒》）

> 岸边天影随潮入，楼上春容带雨来。慷慨赋诗还自恨，徘徊舒啸却生哀。（《雨中再赋海山楼诗》）

---

① 叶嘉莹：《论杜甫七律之演进及其承前启后之成就》，《迦陵论诗丛稿》，中华书局1984年版，第104页。

② 同上。

一川木叶明秋序，两岸人家共夕阳。乱后江山元历历，世间歧路极茫茫。(《舟次高舍书事》)

后者如：

风流丘壑真吾事，筹策庙堂非所知。白水春陂天淡淡，苍峰晴雪锦离离。(《山中》)

倚杖东南观百变，伤心云雾隔三川。江湖气动春还冷，鸿雁声回人不眠。(《春夜感怀寄席大光》)

百年痴黠不相补，万事悲欢岂可期。茫茫沧波兼宿雾，纷纷白鹭落山陂。(《自黄岩县舟行入台州》)

杜诗有两联都写景的，如"含风翠壁孤云细，背日丹枫万木稠。小院回廊春寂寂，欲凫飞鹭晚悠悠。"(《涪城先香积寺官阁》)"峡坼云霾龙虎睡，江清日抱鼋鼍游。扶桑西枝对断石，弱水东影随长流。"(《白帝城最高楼》)"织女机丝虚夜月，石鲸鳞甲动秋风。波票菰米沉云黑，露冷莲房坠粉红。"(《秋兴八首》之七)也有两联都是言事的："王侯第宅皆新主，文武衣冠异昔时。直北关山金鼓震，征西车马羽书驰。"(《秋兴八首》之四)陈与义的七律亦有学此，两联都写景者如：

前江后岭通云气，万壑千林送雨声。海压竹枝低复举，风吹山角晦还明。(《观雨》)

叠浪并翻孤日去，两津横卷半天流。鼋鼍杂怒争新穴，鸥鹭惊飞失故洲。(《观江涨》)

两联都写事者，如：

遂替胡儿作正月，绝知回禄相巴丘。书生性命惊频试，客子茅茨费屡谋。(《火后问舍至城南有感》)

能赋君推三世事，倦游我弃七年官。流传恶语知谁好，勾引新篇得细看。(《次韵邢九思》)

后饮屠苏惊已老，长乘舴艋竟安归。携家作客真无策，学道刳心却自违。(《元日》)

老杜七律中间两联除了情与景有机交融的结构外，还有下联"或用故事，或他出议论，不情不景，其格无穷"(方回《桐江集》卷五《吴尚贤诗评》)。如"信宿渔人还泛泛，清秋燕子故飞飞。匡衡抗疏功名薄，刘向传经心事违。"(《秋兴八首》之三)"负盐出井此溪女，打鼓发船何郡郎？新亭举目风景切，茂陵著书消渴长。"(《十二月一日三首》之二)此种写法亦为简斋所用：

高柳光阴初罢絮，嫩凫毛羽欲成花。群公天上分时栋，闲客江边管物华。(《题东家壁》)

寒食清明惊客意，暖风迟日醉梨花。书生投老王官谷，壮士偷生漂母家。(《清明》)

前一首之"群公"一联，上句用郭林宗《与陈留绳仲明书》："足下诸人，为时栋梁。"(《文选》袁宏《诸葛孔明赞》李善注引)下句化用杜诗《曲江陪郑八丈南史饮》："且尽芳樽恋物华。"后一首"书生"一联，上句用唐司空图隐居中条山王官谷事；"壮士"一句用《史记》所载韩信早年家贫，常从人寄食，漂母哀之，留饭数十日的故事。

陈与义律诗对仗灵活生动。有时精细严整，是所谓的"工对"或"切对"。如"灯里偶然同一笑，书来已似隔三秋。"(《次韵谢表兄张元东见寄》)有的是当句对："欲诣热官忧冷语，且求浊酒寄清欢。"(《十月》)"暮霭晨曦一生了，高天厚地两峰闲"(《小玉山》)，而大多数情况下，简斋学杜诗的宽对法，杜诗对仗中一句情一句景、一句人一句物的写法，尤为简斋所注重。如"燕子不禁连夜雨，海棠犹待老夫诗。"(《雨中对酒庭下海棠经雨不谢》)"楼头客子杪秋后，日落君山元气中。"(《登岳阳楼二首》其二)"五年天地无穷事,万里江湖见在身。"(《次韵尹潜感怀》)《对酒》一诗中间四句:"官里簿书无了日,楼头风雨见秋来。是非衮衮书生老,岁月匆匆燕子回。"方回评云:"此诗两联中俱用变体,各以一句说情,一句说景,奇矣。"(《瀛奎律髓汇评》卷二十六)《陪粹翁举酒于君子亭亭下海棠方开》:"春风浩浩吹游子,暮雨霏霏湿海棠。去国衣冠无态度,隔帘花叶有辉光。"方回评云:"此诗中四句皆变,两句说己,两句说物,而错综用之,谓花自好、人自愁耳。以其才能驱驾,岂若琐琐镌砌者之诗哉!"纪昀批语云:"此从杜诗'风吹客衣日杲杲,树搅离思花冥冥'化出,却无痕迹。"(《瀛奎律髓汇评》卷二十六)《寓居刘仓廒中晚步过郑仓廨台上》:"世事纷纷人易老,春阴漠漠絮飞迟。"方回谓此诗"以'世事'对'春阴',以'人老'对'絮飞',一句情,一句景,与前'客子'、'杏花'之句律令无异。但如此下两句,后面难措手,简斋胸次却会变化斡旋,全不觉难,此变体之极矣"(《瀛奎律髓汇评》卷二十六)。《怀天经智老因以访之》:"客子光阴诗卷里,杏花消息雨声中。"方回云:"以'客子'对'杏花',以'雨声'对'诗卷',一我一物,变化至此,乃老杜'即今蓬鬓改,但愧菊花开'……翻窠转臼,至简斋而益奇矣。"(《瀛奎律髓》卷二十六)

在律诗对偶方式上,老杜打破上下句语义之对称、平衡、独立自足的作法,还有"流水对",即句子的语言形式保持对称,而内容则两句说的是同一意思,上下句贯穿而下的结构方式,使得句律流利,气势畅通。如《因许八奉寄江宁旻上人》:"不见旻公二十年,封书寄与泪潺湲。旧来好事今能否,老去新诗谁与传。棋局动随幽涧竹,袈裟忆上泛湖船。闻君话我为官在,头白昏昏只醉眠。"许印芳云:"少陵妙手,惯用流水对法,侧御而下,更不板滞,此又布置之妙也。"(引自《瀛奎律髓》卷二十五)简斋诗的对偶,也颇多此种句法,如"如何南纪持竿手,却把西州坡贼旗。倘有青油盛快士,何妨画戟入新诗。"(《周尹潜以仆有郢州之命作诗见赠有横槊之句次韵谢之》)"也知廊庙当推毂,无奈江山好赋诗。"(《得席大光书因以诗迓之》)纪昀谓"一气单行,清而不弱,此后山诸人之衣钵,为少陵嫡派也"(引自《瀛奎律髓》卷二十五)。

简斋诗学老杜的用字。如《雨》诗中"一凉恩到骨,四壁事多违"两句,缪钺评云:"'凉'上用'一'字形容已觉新颖矣。而'一凉'下用'恩'字,'恩'下又接'到骨'二字,真剥肤存液,迥绝恒蹊,宋诗造句烹炼如此。"(《论宋诗》，见《诗词散论》)再如《巴丘书事》中间四句"酣""抱""侵""吐"等。但总体说来，陈与义不大追求黄、陈所谓的句法，不是在下字方面过于讲求，而是注力于句语的流丽自然。胡应麟《诗薮》外编卷五曾比较陈师道和陈与义学杜的差别："师道得杜骨，与义得杜肉；无己瘦而劲，去非赡而雄；后山多用杜虚字，简斋多用杜实字。"老杜好用"大词"，如"乾坤""天高""天地""天下""万里""百年""江湖""茫茫"等，简斋亦爱用之。胡应麟谓"陈去非弘壮，在杜陵廊庑"(《诗薮》卷五)。简斋律诗在写景上，每于颔联或颈联写出阔大或辽远的景物，衬托或寄寓慷慨悲壮的忧时悯乱之情，宏丽沉雄，即与使用"大词"有关。老杜常用"乾坤"二字，在全部杜诗中，"乾坤"出现近50次。简斋用"乾坤"也有十次之多。如"乾坤杳茫茫，三叹出门去。"(《别岳州》)"乾坤日多虞，游子屡惊骨。"(《别大光》)"乾坤有奇事，变化互相乘。"(《小阁晨起》)"成败由来几古今，乾坤但可著山泽。"(《夙兴》)"时序添诗卷，乾坤进酒杯。"(《茅屋》)"百年都几日，聊复信乾坤。"(《泛舟入前苍》)"岁月移文外，乾坤杖履中。"(《知府示秋日郡圃佳制次韵四首》)"君家苍石三峰样，磅礴乾坤气象横。"(《赵虚中有石名小华山，以诗借之》)"一身从白首，随意答乾坤。"(《道中书事》)"乾坤万世集双鬓，臣子一谪今五年。"(《再登岳阳楼感慨赋诗》)简斋用"乾坤"二字虽然缺乏老杜那种海涵地负的力度，但可以看出他对宏壮阔大的审美境界的喜爱与追求。

陈与义学杜之用字，也有不当之处。如简斋学杜喜欢用"受""觉"二字，洪迈举出其用"受"字近30处、"觉"字20多处，指出："杜诗所用'受''觉'二字皆奇绝。用之虽多，然每字命意不同，又杂于千五百篇中，学者读之，惟见其新工也。若简斋亦好用此二字，未免频复者，盖只在数百篇内，所以见其多。"(《容斋四笔》卷七)

六　陆游学杜

南宋乾道、淳熙年间前后，文学繁荣，号称"中兴"，诗歌方面出现所谓"中兴四大诗人"：陆游、杨万里、范成大、尤袤。杜甫对乾淳诗坛有很大的影响。其中，陆游对于杜诗的崇尚最为突出，接受最为显著。

（一）

陆游宗杜与学杜是有师承渊源的。陆游早年曾私淑吕本中，其《吕居仁集序》云："某自童子时，读公诗文，愿学焉。"陆游后又从曾几学诗，其《追怀曾文清公呈赵教授近尝示诗》云："忆在茶山听说诗，亲从夜半得玄机。"《别曾学士》："儿时闻公名，谓在千载前。稍长诵公文，杂之杜韩编。……"曾几曾学诗于吕本中，认为陆游诗"渊源殆自吕紫薇。"（《渭南文集》卷一四《吕居仁集序》）南宋江西诗派的传授，从吕本中、曾几始。纪昀谓曾、吕二人诗"清新刻露，而出以圆润，实能自辟一宗，不袭黄、陈之旧路。"（《四库全书总目提要》卷一百六十）吕本中《次韵曾吉甫见寄信句》："词源久矣多歧路，句法相传共一家。……盛欲寄书商榷此，岭南不见雁行斜。"所谓"一家"，就是江西诗派。所以从师承说，放翁与江西诗派关系密切；而江西诗派的代表人物黄庭坚刻意学杜并以学杜为号召，作为江西派后期著名诗人，曾几、吕本中在学杜方面颇有体会与创新。胡应麟《诗薮》内编卷二云："黄、陈、吕、曾，名师老杜，实越前规。"陆游《曾文清公墓志铭》谓，曾几"诗尤工，以老杜、黄庭坚为宗，推而上之，由黄初、建安以极于离骚、雅、颂、虞夏之际。"（《渭南文集》卷三十二）陆游从曾几学诗所得之"玄机"，自然要涉及宗杜、学杜这一宋代诗学的重要问题，对杜诗的认识、品鉴、效法，自然是陆游早年学诗的重要功课。戴复古《读放翁先生剑南诗草》云："茶山衣钵放翁诗，南渡百年无此奇。入妙文章本平淡，等闲言语变瑰琦，李杜陈黄题不尽，先生摹写一无遗。"（《石屏诗集》卷五）这是就放翁一生而言的。陆游《示子遹》云："我初欲学诗，但欲工藻绘。中年始少悟，渐若积宏大。……数仞李杜墙，长恨欠领会。"（《剑南诗稿》卷七八）中年以后，陆游的诗学视野进一步开拓，从屈原、陶渊明、谢灵运、李白、高适、岑参、韩愈、孟郊、白居易、元稹乃至宋代的梅尧臣、苏轼，都是他学习与借鉴的榜样。但是，对于杜甫，放翁更为倾心。放翁晚年所写的《示儿》一诗云："文能换骨余无法，学但穷源自不疑。"陆游的这种"穷源"功夫从中年开始。

中年入蜀，特别是从军南郑以后，是陆游诗歌创作的重要时期，赵翼云："放翁诗之宏肆，自从戎巴蜀，而境界又一变。"（《瓯北诗话》卷六）这一时期也是陆游对杜甫认识与师法的新阶段。乾道六年（1170）陆游任夔州通判，乾道八年（1172）十月改官成都府安抚司参议官，至淳熙五年（1178）奉诏东归，在蜀中为官前后达八年之久。此间，陆游对老杜在夔州、成都时的旧迹一一探访之。《感旧》诗云："我思杜陵叟，处处有遗踪。锦里瞻祠庙，绵州吊海棕。蹉跎悲枥骥，感会失云龙。生士后斯世，吾将安所从？"此间，陆游写有《夜登白帝城楼怀少陵先生》《草堂拜少陵遗像》《龙兴寺吊少陵先生寓居》《题少陵画像》《东屯高斋记》等一系列诗文，表达他对老杜的怀想、崇敬，对老杜人格、命运、创作的深刻理解，读来一往情深。清人贺裳谓《题少陵画像》"叙三百年前事，声容如见，亦令人忽忽难堪"（《载酒园诗话》卷五）。宋长白谓《题少陵画像》"追说转去，尤难为情"（《柳亭诗话》卷七）。称许陆游《草堂拜少陵遗像》"包括浑沦，不欲以一节概其平生也"。杨万里《跋陆务观剑南诗稿》云："重寻子美行程旧，尽拾灵均怨句新。"入蜀后的"重寻子美旧行程"，是陆游与老杜的一次深入的精神交流和诗学对话，使得陆游对老杜有了超越江西诗派的新的深入理解。放翁的这些咏杜诗，寄寓着他对时代的感慨和悲愤，对老杜旷百世而知音的理解，也蕴含着他新的诗学思想。

江西诗派对杜诗的宗尚重点在杜诗的艺术成就上，其学杜多在句法、声律、用典等形式方面用心揣摩，对老杜忧国忧民的博大胸怀和关注现实的诗学精神则有所忽略。而陆游由于现实的激励与启示，认为老杜的可贵就在于其关心国计民生的博大胸怀和人格精神，在于其诗歌继承了《诗经》的优秀传统，表现了深广的社会内容。陆游终生对杜甫怀有深挚的敬意，其《东屯高斋记》谓老杜是"慨然以稷契自许"的"天下士"，不赞成江西诗派仅仅把老杜视为诗人，其《读杜诗》云：

> 看渠胸次隘宇宙，惜哉千万不一施。空回英雄入笔墨，生民清庙非唐诗。向令天开太宗业，马周遇合非公谁？后世但作诗人看，使我抚几空嗟咨。

吴焯谓放翁此诗"直为少陵称屈，足令千古魄动"①。《游锦屏山谒少陵祠堂》一诗感叹老杜一生的悲剧命运，忠愤填胸，声情痛楚：

> 虚堂奉祠子杜子，眉宇高寒照清水。古来磨灭知几人，此老至今元不死。山川寂寞客子迷，草木摇落壮士悲。文章垂世自一事，忠义凛凛令人思。夜归沙头雨如注，北风吹船横半渡。亦知此老愤未平，万窍争号泄悲怒。（《剑南诗稿》卷三）

陆游对杜诗的评价着眼于其深厚博大的思想内容。陆游认为，杜诗之"高"，杜诗之"妙绝今古"之处，就在于"少陵之意"（《老学庵笔记》卷七），这"少陵之意"，就是杜诗中所表现的忧国忧民的博大精神和爱国热情。

陆游对国家民族有着强烈的责任感与至死不渝的忠诚，他关注现实，要恢复沦于金人之手的故国疆土，报仇雪恨，实现国家的统一。而实际上他备受压抑，理想难伸，报国无门，悲愤积于胸中。支离漂泊而不忘朝廷的老杜，引起了陆游强烈的共鸣。《龙兴寺吊少陵先生寓居》云："中原草草失承平，戍火胡尘到两京。屃踬老臣身万里，天寒来此听江声。"这既是怀杜，也是自伤。张完臣曰："'草草'二字，状尽衰世景象，谓之咏少陵可，谓之自咏亦可。"（《唐宋诗醇》）元人李晔云：

---

① 吴焯：《批校剑南诗稿》，《古典文学研究资料汇编·陆游卷》，中华书局1962年版。以下称《陆游卷》。

余观少陵诗，至"许身一何愚，窃比稷与契"，尝掩卷而言曰："唐之时，以诗名者众，有能于千载之下尚古之人如公之心乎！"及观放翁《晨起》诗一首，篇终云："万世见唐虞，夔龙获亲陪。"其大言正气，若与少陵同游于土阶茅茨之侧，而载赓敕天之歌者，信乎仁义之人，其言蔼如也。要之二公之心，皆欲君人于尧舜，惜乎位不能称其才，才不能施于时，而徒托诸空言以自见。（《吴越所见书画录》卷一，转引自《陆游卷》）

明人黄漳《书陆放翁先生诗卷后》云：

盖翁为南渡诗人，遭时之艰，其忠君爱国之心，愤郁不平之气，恢复宇宙之念，往往发之于声诗。昔人称老杜为诗之史，老杜遭天宝之乱，居蜀数载，凡其所作，无非发泄忠义而已。翁亦居蜀数载，然后归杭。其出处大致，存心积虑，旷世相符。（涧谷、须溪《精选放翁诗集》，转引自《陆游卷》）

思想情感上的高度契合与强烈共鸣，对老杜"尊而亲"，乃是陆游学杜的人格与思想基础，也是其学杜取得重大成就的根本原因。

（二）

陆游不仅仅是一位具有强烈入世精神和宏大政治抱负的诗人，还是一位杰出的学者型的诗人，对中国诗歌历史具有丰富的学养和精深的见解。他博学多才，"书卷甚足"，在当世就"力学有闻"。在创作上兼收并蓄，功力精勤，其诗学渊源也相当广远与丰厚。他对陶渊明极为倾心，自云"少读源明诗至忘食"（《老态》，《渭南文集》卷二十八）。陆游藏书中，唐人文集颇多，自谓"插架半唐诗"（《剑南诗稿》卷五十六）。他熟读唐人诗，曾为王维、孟浩然、李白、岑参、杜牧、许浑等人诗集刻本写过序跋，写过关于读李白、杜甫、王维、岑参、白居易、许浑、韩偓等人诗作的读诗诗。放翁自谓"少读摩诘诗最熟"（《渭南文集》卷二十九），又云："予自少时，绝好岑嘉州诗"（《渭南文集》卷二十六《跋岑嘉州诗集》）。对本朝诗人如林逋、魏野、寇准、梅尧臣、王安石、苏轼、黄庭坚、秦观、陈师道、曾几、吕本中、周必大诸人之诗也极为熟悉。对于放翁在诗歌创作上广益多师,濡染杂博,前人有过许多评赞和论列。刘克庄云:"近岁诗人,杂博者堆对仗,空疏者窘材料,出奇者费搜索,阜律者少变化;惟放翁记问足以贯通,力量足以驱使,才思足以发越,气魄足以陵暴,南渡以后,故当为一大宗。"(《后村诗话》卷二)陈衍谓"放翁无不学"(《石遗室诗话》卷十八)。潘德舆谓"放翁诗学所以绝胜者,固由忠义盘郁于心,亦缘其于文章高下之故,能有具眼"(《养一斋诗话》卷五)。

陆游《示子遹》一诗云:"数仞李杜墙,长恨欠领会。"他是把李、杜作为诗歌创作的最高典范来崇尚和师法的。姜特立谓放翁"远追李杜与翱翔"(《陆严州惠剑外集》,《梅山续稿》卷二,转引自《陆游卷》),毫无疑问,学李白是放翁诗的一个重要方面。陆游在南宋时就有"小太白"之称(毛晋《剑南诗稿跋》)。罗大经《鹤林玉露》甲编卷四载:"寿皇(孝宗赵睿)尝谓周益公曰:'今世诗人有如李太白者乎?'益公因荐务观,由是擢用,赐出身为南宫舍人。"周必大《周益国文忠公集·书稿》卷二载:"《剑南诗稿》连日快读,其高处不减曹思王、李太白。"对于周必大的放翁如李太白之说,清人杨大鹤《剑南诗钞序》云:"盖宋人之诗,多学李杜,画疆分道,各不相谋,南宋以后,愈见痕迹,故当时之说如此。余亦不尽谓然。"(转引自《陆游卷》)陆游诗确有豪放飘逸之作,如《长歌行》《舟中对月》《池上醉歌》《饮酒》《草书歌》等;陆游丰富多彩的纪梦诗,奇情壮采,飘逸奔放,神似李白,具有一种浪漫主义的特色。但是,陆游与李白的性格、思想毕竟不同,其诗歌中的浪漫境界与浪漫精神亦与李白不同。钱锺书说:"放翁颇欲以学力为太白飞仙语,每对酒当歌,豪放飘逸,若《池上醉歌》、《对酒歌》、《饮酒》、《日出入行》等篇,虽微失之易尽,如桓宣武之于刘越石,不无眼小面薄生雌形短之恨。而有宋一代,要为学太白最似者,永叔、无咎,有所不逮。"[1]放翁才力宏富,一些诗歌想象丰富瑰奇,感情炽烈磅礴,但并非如李白那样的想落天外,任意挥洒。刘克庄说"放翁学力似少陵""以学力胜";赵翼谓陆诗"看似奔放,实则谨严"(《瓯北诗话》卷六)。陆游《昼卧初起书事》云:"锻诗未就且长吟。"亦类老杜的"新诗改罢自长吟"。现

---

[1] 钱锺书:《谈艺录》,中华书局1984年版,第125页。

实环境给诗人以无法摆脱的沉重压力,"破驿梦回灯欲死,打窗风雨正三更"(《三月十七日夜醉中作》);"酒醒客散独凄然,枕上屡挥忧国泪"(《送范舍人还朝》)等诗句,表现出诗人的真实心态,实际上更近于老杜,其诗风更有近于杜甫沉郁悲凉的一面。有人说"兼融李白的飘逸奔放与杜甫的沉郁顿挫于一炉,构成了陆游的独特诗风",对于陆游的部分诗歌可以这样说,而就其总体而言,并不恰当。

在古代诗人中,杜甫对陆游的影响最为重要,放翁学杜也最为精勤。陆游云:"文章要法,在得古作者之意。意既深远,非用力精到,则不能到也。前辈于左氏传、太史公书、韩文、杜诗,皆熟读暗诵。虽支枕据鞍间,与对卷无疑。久之,乃能超然自得。"(《杨梦锡集句杜诗序》)他强调要"熟读暗诵"的四部作品中,诗歌方面唯独标举杜诗,可见杜诗在放翁心目中的位置。南宋时已有人以陆游拟杜,刘应时《读放翁剑南集》云:"放翁前身少陵老,胸中如觉天地小。平生一饭不忘君,危言曾把奸雄扫。"(《颐庵居士集》卷上)陆游的学生苏洞《寿陆放翁》云:"论诗何止高南渡,草檄相看了北征。"(《寿陆放翁三首》之三,《冷然斋诗集》卷五)林景熙《读陆放翁诗卷后》云:"天宝诗人诗有史,杜鹃再拜泪如水。龟堂一老旗鼓雄,劲气往往摩其垒。"(《霁山集》卷三)元代方回谓放翁是"老杜之派"(《恢大山西山小稿序》,《桐江续集》卷三十三)。明代高明云:"陆务观诗,大概学杜少陵,间多爱君忧时之语。"(《吴越所见书画录》卷一,转引自《陆游卷》)胡昊谓陆游"其忠君爱国之心,蔼然有杜少陵诗气象。"(同上)明代刘基谓放翁"甚欲赋诗追杜子。"(《题放翁湖上诗后》,《诚意伯文集·覆瓿集》卷七)至于清代,宋荦、汪琬、黄裳、王士禛、查慎行、郑燮、沈德潜、姚鼐、赵翼、方东树、舒位、梁章钜等人都把学杜视为放翁最根本的诗学渊源。沈德潜云:"《剑南集》原本老杜,殊有独造境也。"(《说诗晬语》卷下)赵翼云:"放翁诗凡三变,宗派本出于杜,中年以后,则益自出机杼,尽其才而后止。"(《瓯北诗话》卷六)姚椿谓放翁"学杜深稳,又能成家"(《题剑南集后五首柬书田》,《通艺阁诗录》三录卷二,引自《陆游卷》)。梁诗正奉敕编成的《唐宋诗醇》关于放翁学杜的评述更为概括和具体:

> 宋自南渡以后,必以陆游为冠。当时称大家者,曰萧、杨、范、陆;杨万里则曰尤、萧、范、陆。刘克庄乃曰放翁学力似杜甫。又曰

南渡而下，放翁故为一大宗。……观游之生平，有与杜甫类者：少历兵间，晚栖农亩，中间浮沉中外，在蜀之日颇多。其感激忠愤忠君爱国之诚，一寓于诗，酒酣耳热，跌荡淋漓。至于渔舟樵径，茶碗炉熏，或晴或雨，一草一木莫不著为歌咏，以寄其意，此与杜甫何以异哉？

陆游学杜之要点是学杜诗忧国忧民的伟大精神。吕留良、吴之振《宋诗钞》之《剑南诗钞》小序云："宋诗大半从少陵分支，故山谷（按，当为苏轼）云：'天下几人学杜甫，谁得其皮与其骨？'若放翁者，不宁皮骨，盖得其心矣。所谓爱君忧国之诚，见乎辞者，每饭不忘，故其诗浩瀚崒嵂，自有神会。呜呼，此其所以为大宗也欤！"（《宋诗钞·剑南诗钞》）翁方纲《石洲诗话》卷四云：

> 自后山、简斋，抗怀师杜，所以未造其域者，气力不均耳。降至范石湖、杨诚斋，而平熟之径，同辈一律；操牛耳者，则放翁也。平熟则气力不易均，故万篇酣畅，迥非后山、简斋可望。而又平生心力，全注国是，不觉暗以杜公之心为心，于是乎言中有物，又迥出诚斋、石湖上矣。然在放翁则自作放翁之诗，初非希杜作前身者。此岂后之空同、沧溟辈，但取杜貌者，所可同日而语？

"平生心力，全注国是，不觉暗以杜公之心为心"，这正是放翁学杜的本质特征，决定了放翁诗在题材取向、情感内涵、风格特色等方面的基本特点。陆游关心现实，蒿目时艰，对民族的屈辱，人民的苦难，当局的腐败，有极为深刻的认识与体察。从早期的诗作到晚年的《示儿》，在送别、投赠、登览、行役、吊古、饮酒、读书、咏物、记梦等多种题材的诗歌中，以多种形式和手法，表达其忧国忧民的思想情怀。

陆游这类诗，有些篇章走的是老杜以时事入诗、以议论入诗的路子，通过事态叙写，真实地表现了人民的苦难生活和渴求收复河山的爱国思想，揭露和抨击朝廷当权者屈辱妥协的卑劣行径。《岁暮感怀》云："富豪役千奴，贫者无寸帛。"《书叹》云："有司或苟取，兼并亦豪夺。"《太息》一诗则集中表现了放翁对民生与时势、内忧与外患的深重忧虑：

> 太息重太息，吾行无终极。冰雪迫残岁，鸟兽号落日。秋砧满孤村，枯叶拥破驿。白头乡万里，堕此虎豹宅。道旁新食人，膏血染草棘。平生铁石心，忘家思报国。即今冒九死，家国两无益。中原久丧乱，志士泪横臆。切勿轻书生，上马能击贼。

对现实的强烈关注，对社会苦难的深刻揭示，对自身虽有报国之志而无从实现的悲慨，使得此诗具有震撼心魄的艺术力量。昔人谓此诗"悲咽之音，纯乎老杜"（范大士《历代诗发评语》，转引自《陆游卷》）。

"中原久丧乱，志士泪横臆"，放翁诗之政治内涵，最主要的是对神州陆沉的民族灾难的深悲剧痛，对恢复疆土的强烈要求和不倦的呼喊。《追忆征西幕中旧事》写中原遗民渴望收复失地、祖国统一，是当时遗民爱国精神和行动的"实录"：

> 忆昨王师戍陇回，遗民日夜望行台。不论夹道壶浆满，洛笋河鲂次第来。（原注：在南郑时，关中将吏有献此二物者。）
>
> 关辅遗民意可伤，蜡封三寸绢书黄。亦知房法如秦酷，列圣恩深不忍忘。（原注：关中将校密报事宜皆以腊书至宣司。）

《董逃行》（读古乐府拟作）以历史题材写靖康之变所造成的社稷倾覆、百姓涂炭、死亡枕藉的惨烈悲剧，而当时误国诸奸佞则多得以幸免：

> 汉末群盗如牛毛，千戈万槊更相麈。两都宫殿摩云高，坐见霜露生蓬蒿。渠魁赫赫起临洮，僵尸自照脐中膏。危难继作如崩涛，王朝荒秽谁复薅。逾城散走坠空壕，扶老将幼山中号。昔者群枉根株牢，众愤不能损秋毫。谁知此乱亦不遭，名虽放斥实遁逃。平民踣死声嗷嗷，今兹受祸乃我曹。

七绝《感事》（庆元二年春作于山阴）则揭露和抨击南宋当局对金人入侵妥协和投降的卖国行径：

> 鸡犬相闻三万里，迁都岂不有关中。广陵南幸雄图尽，泪眼山河夕照红。（其一）

堂堂韩岳两骁将,驾驭可使复中原。庙谋尚出王导下,顾用金陵为北门。(其二)

李心传《建炎以来朝野杂记》甲集卷五《中兴定都本末》记载,靖康之变后,宋高宗赵构行在屡迁。建炎元年,在汪伯彦、黄潜善撺掇下,高宗离开扬州,转到临安(杭州),后遂定都临安,直至南宋灭亡。此诗写的是南宋政治中心迁移这一重大的政治事件,抨击南宋最高层畏敌避战的政治决策。吴焯《批校剑南诗稿》在此诗第一首"广陵"句旁批:"诗史"。褚人获《坚瓠补集》云:"剑南集可称'诗史'。"就是强调陆游诗真实地反映了那个时代的历史真实。

放翁《读范致能揽辔录》一诗,指斥当朝公卿排斥宗泽、岳飞的卑鄙行径,造成了中原长期沦陷;而遗民不知道朝廷的丑恶,依然把恢复中原的希望寄托于朝廷,通过尖锐的对比,表达了深切、沉重的历史悲情:

公卿有意排宗泽,帷幄无人用岳飞。遗老不应知此恨,犹逢汉使解沾衣。

《追感往事》一诗抨击投降派,锋颖锐利,劲直激昂:

诸公可谓善谋身,误国当时岂一秦。不望夷吾出江左,新亭对泣亦无人。

程千帆《被开拓的诗世界》说:"用近体诗特别是七绝写时事、发议论两方面,宋人学杜的成就是很高的。"[①] 放翁是其中最突出者。

放翁关心国运民瘼,系心恢复大业,希望扫胡尘、靖国难,惓惓不忘恢复天下,希望在民族复兴的大业中施展抱负与才能,但实际上他并没有机会实现抱负。赵翼《瓯北诗话》云:"放翁生于宣和,长于南渡;其出仕也,在绍兴之末,和议久成;即金海陵南侵溃归,孝宗锐意出师,旋以宿州之败,终归和议。其时朝廷之上,无不以划疆守盟、息事宁人为上

---

① 程千帆:《被开拓的诗世界》,上海古籍出版社1990年版,第85页。

策，而放翁独以复仇雪耻，长篇短咏，寓其悲愤。"放翁的许多著名诗篇，抒写的就是他的这种悲愤，诗人的身世之感蕴含着深刻而强烈的政治内容。钱锺书《宋诗选注》云："忠愤的诗才是陆游集里的骨干和主脑。"如《送七兄赴扬州帅幕》：

> 初报边烽照石头，旋闻胡马集瓜州。诸公谁听刍荛策，吾辈空怀畎亩忧。急雪打窗心共碎，危楼望远涕俱流。岂知今日淮南路，乱絮飞花送客舟。

《唐宋诗醇》卷四十二谓读此诗"但觉忠愤填胸，不复论其造句之警，此子美嫡派，他人不能到也。"再如《曳策》：

> 慈竹萧森拱废台，醉归曳策一徘徊。纷纷落日牛羊下，黯黯长空霰雪来。三峡猿催清泪落，两京梅傍战尘开。客怀已是凄凉甚，更听城头画角哀。

此诗颈联"三峡猿催清泪落，两京梅傍战尘开"两句，以"三峡"对"两京"，显然学老杜《柳司马至》一诗首联"有使归三峡，相过问两京"，及《悲秋》"始欲投三峡，何由见两京"。而其上下句，又分别点化老杜《秋兴八首》"听猿实下三声泪"和《立春》"忽忆两京梅发时"。全诗格调沉重而慷慨，绝类老杜。《唐宋诗醇》卷四十四评此诗云："触绪即来，自是此翁忠悃，与杜陵无二。赏其气之苍老。"再如《沙头》：

> 游子行愈远，沙头逢暮秋。孙刘鼎足地，荆益犬牙州。鼓角风云惨，江湖日夜浮。此生应衮衮，高枕看东流。

《唐宋诗醇》谓此诗"雄浑悲壮，直摩浣花之垒"。而且，在句法上，"江湖日夜浮""此生应衮衮""高枕看东流"，分别仿效杜诗《登岳阳楼》之"乾坤日夜浮"，《酬孟云卿》之"相逢虽衮衮"，《立秋日雨院中有作》之"高枕对南楼"。

陆游学杜，坚守忧国忧民、忠君爱国之志意，使其诗高树一帜。对此，赵翼《瓯北诗话》曾给与高度评价："宋诗以苏、陆为两大家，后人震于东坡之名,往往谓苏胜于陆,而不知陆实胜于苏也。盖东坡当新法病民时,口快笔锐,略少含蓄,出语即涉谤讪;乌台诗案之后,不复敢论天下事;及元祐登朝,身世俱泰,既无所用其无聊之感;绍圣远窜,禁锢方严,又不敢出其不平之鸣,故其诗止于此,徒令读者见其诗外尚有事在而已。放翁则转以诗外之事,尽入诗中。时当南渡之后,和议已成,庙堂之上,放苟幸无事,讳言用兵,而士大夫新亭之泣,固未已也。于是以一筹莫展之身,存一饭不忘之谊,举凡边关风景,敌国传闻,悉入于诗。虽神州陆沉之感,亦非时事所急,而人终莫敢议其非,因得肆其才力,或大声疾呼,或长言咏叹,命意既有关系,出语自觉沈雄。"(《瓯北诗话》卷六)

　　杜诗诗学精神的根本在于诗中所蕴含的深厚博大的忧国忧民的思想感情。袁宏道《显灵宫集诸公以"城市山林"为韵其二》云:"自从老杜成诗名,忧君爱国成儿戏",对那种本来没有忧国忧民襟抱与真情,却模仿杜诗情感和风格的"作伪"行为,予以尖锐深刻的嘲讽。潘德舆云:"陶公曰:'黄唐莫逮,慨独在予。'杜公云:'许身一何愚,窃比稷与契。'有此等胸襟,诗乃为千古之冠。然又非好作褒衣大袑语者所能仿佛也。文章之道,传真不传伪,亦观其平日胸次、行止为何如耳。"(《养一斋诗话》卷五)"放翁学问人品,俱能胜人。平生著作。敬仰少陵,虽幕府军旅之间,手不辍卷,故其诗沉郁悲壮,笔力矫健。"(阙名《静居绪言》,见《清诗话续编》)

(三)

　　陆游学杜,不仅体现在题材取向、情感内涵方面,还体现在继承杜诗的艺术手法,学习杜诗造语下字等方面。

　　陆游很重视师从曾几学来的重视句法、"夺胎换骨"的诗学工夫。人谓陆游"不嗣江西",实际上陆游对江西学杜还是有所借鉴的。如对吕本中之"活法"说,陆游云:"我自茶山一转语,文章切记参死句。"(《赠应秀才》)对江西诗派的"夺胎换骨"说,陆游也是赞成的:"文章换骨馀无法,学但穷源自不疑。齿豁头童方悟此,乃翁见事可怜痴。"(《示儿》)

　　陈訏《剑南诗选题词》亦云:"读放翁诗,须深思其炼字炼句猛力炉锤之妙，方得真面目。"在下字、炼句以及章法结构方面，陆游对杜诗借鉴甚多。

陆游《春行》诗的颔联云："猩红带露海棠湿，鸭绿平堤湖水明。"陆游在句下自注云："杜子美'晓看红湿处'，李太白'蜀江红且明'，'湿'、'明'字，可谓夺造化之功。世未有拈出者。"查慎行《得树楼杂钞》记载，陆游有"猩红带露海棠湿"之句，自注云："子美用湿字，可谓夺造化之功。"可见其对杜诗下字的重视。放翁作诗亦特别注意炼字，如《甲辰中秋无月十七夜独皦然达旦》：

老觉人间无一欣，穷闾扫轨谢纷纷。已凭白露洗明月，更遣清风收乱云。栖鹊拣枝寒未稳，断鸿呼伴远犹闻。病羸慵踏梧桐影，倚柱长吟夜向分。

此诗朴老清新，颔联写秋夜之景，"洗"字、"收"字，写出清风吹散积云，夜空澄澈，白露普降，月光皎洁的景象，其炼字之工，极近老杜。
再如《开岁屡作雨不成正月二十六日夜乃得雨明日行家圃有赋》：

东风催雨破天悭，行圃归来尽解颜。百草吹香蝴蝶闹，一溪涨绿鹭鸶闲。老来每叹论心少，贫甚方知觅醉难。犹赖篮舆无恙在，呼儿结束入南山。

颔联写江南初春风光，百草芳香，蝴蝶纷飞，溪水涨绿，鹭鸶静立水边。句中的"闹"字、"闲"字皆从本句中上六字来，无论写动态还是静态，都形象传神，栩栩如生。

陆游学杜之锤炼字句，和黄庭坚、陈师道等有所不同，他走的是白居易平易、浅直一路。赵翼谓放翁在字句上是"真炼"："或者以其平易近人，疑其少炼。抑知所谓炼者，不在乎句险语曲，惊人眼目，而在乎言简意深，一语胜人千百，此真炼也。放翁工夫精到，出语自然老洁，他人数语不能了者，只用一二语了之。此其炼在句前，不在句下，观者并不见其炼之迹，乃真炼之至也。"又谓其近体"刮垢磨光，字字稳惬"（《瓯北诗话》卷六）。徐乾学云："宋之诗浑涵汪茫，莫若苏、陆。合杜与韩而畅其旨者，子瞻也；合杜与白而伸其辞者，务观也。"（《兰皋诗话》，引自

《陆游卷》）刘熙载《艺概》云："西江名家好处，在锻炼而归于自然。放翁本学江西者，其云：'文章本天成，妙手偶得之。'平昔锻炼之工，可于言外想见。"放翁"诗能于易处见工"。

放翁炼字，亦注意叠字的使用。如"重重红树秋山晚，猎猎青帘社酒香。"（《九月三日泛舟湖中作》）"坏壁醉题尘漠漠，断云幽梦事茫茫。"（《禹迹寺南有沈氏园四十年前尝题小阕壁偶复一到而园已易主刻小宫阕于石，读之怅然》）叶矫然《龙性堂诗话》云："至其用叠字入妙处。则有'孤村寂寂潮生浦，小院昏昏雨送梅。''稻垄牛行泥滑滑，野塘桥坏鱼昏昏。''草烟漠漠柴门里，牛迹重重夜水滨。''陂塘漫漫行秧马，门巷阴阴挂艾人。''白塔昏昏才半露，青山淡淡欲平沉。'皆言近致远，有浣花、曲江之遗。"（引自《陆游卷》）放翁在叠字的运用上，也体现了自然平易的特色。叶炜《煮药漫钞》："放翁《还县》诗句云：'飞飞鸥鹭陂塘绿，郁郁桑麻风露香。'夫陂塘鸥鹭，风露桑麻，人所共知也。而一出以'飞飞'、'郁郁'等六字，便觉生趣溢于纸上，所谓化工之笔。然细思此六字亦极平常，但用之得动荡之气耳，会心须从等处领取。"（引自《陆游卷》）

骤栝化用杜句。陆游对杜诗心慕手追，好之甚笃，"熟读暗诵"，"虽支枕据鞍间，与对卷无疑"（《杨梦锡集句杜诗序》）。其诗中化用杜句，更是屡见不鲜。有的是直用杜句，如《十二月八日步至西村》之第五句"多病所须唯药物"，出杜甫《江村》。《游山》其一"蝉声入古寺，鸟影渡荒陂"，出杜甫《和裴迪登新津寺寄王侍郎》："蝉声集古寺，鸟影度寒塘。"其二"吾生固有涯"，出杜甫《春归》"吾生亦有涯"。有的是仿效杜诗的句式，陆游"蜀江春水千帆落，禹庙空山百草香"。上句仿老杜"蓝水远从千涧落"，下句仿《禹庙》"禹庙空山里"。更多的是骤栝化用杜诗的语句、典故。如《故山》"卷帘是处是青山"，化用老杜"卷帘惟白水，隐几是青山"；陆游诗"云子翻匙新稻饭，天吴拆绣旧衣襦"，骤栝老杜《与鄠县源大少府宴渼陂》"饭钞云子白"和《北征》"海图拆波涛，旧绣移曲折。天吴及紫凤，颠倒在短褐"。陆游《池亭夜坐》"无声河汉流"，化用杜甫《登慈恩寺塔》"河汉声西流"。《十月十五夜对月》"重露滴松鬣"，化用杜甫《倦夜》："重露成涓滴。"《醉中作》"爱酒官长骂，近花丞相嗔"，化用杜甫《戏简郑广文兼呈苏司业广文》"醉即骑马归，颇遭官长骂"以及《丽人行》"慎莫近前宰相嗔"。

杜诗《江上》:"勋业频看镜,行藏独倚楼。""看镜"被作为特定的意象和典故,为放翁所屡用,总计十多次。如《晚登望云》:"看镜功名空自许,上楼怀抱若为宽。"《书怀》:"倚楼看镜俱痴绝,赢取烟蓑伴钓翁。"《题庵壁》:"衰颜安用频看镜,日日元知有不如。"《遣兴》:"功名莫看镜,吾意已蹉跎。"《园中杂书》:"北窗看镜意凄然,梦断梁州已七年。"《玉局歌》:"倚楼看镜待功名,半世儿痴晚方觉。"《昼卧》:"千秋有管葛,看镜汗吾颜。"《秋郊有怀》:"挂冠易事尔,看镜叹勋业。"《休日留园中至莫乃归》:"长城万里知谁许,看镜空悲两鬓霜。"《遣兴》:"看镜已成双白鬓,登山犹费几青鞋。"有的则以"看镜"为题,衍成一首诗,如《看镜》之一:"凋尽朱颜白尽头,神仙富贵两悠悠。沙尘遮断阳关路,空听琵琶奏石州。"《看镜》之二:"局促人间百不如,每看清镜叹头颅。醉来风月心虽在,老去轩裳梦已无。棋劫正忙停晚饷,诗联未稳画寒炉。粪除尚喜身强健,六十登山不用扶。""看镜"还曾被放翁用在词中,如《赤壁词》:"岁月惊心,功名看镜,短鬓无多绿。"《南乡子》:"看镜倚楼俱已矣,扁舟月笛,烟蓑万事休。"《水龙吟》:"漫倚楼,横笛临觞,看镜时挥涕,惊流转。"

放翁诗在结构上善于布置,讲求章法的曲折顿挫,颇类老杜。如《筼筜谣二首寄季长少卿》:

庭树非不荣,霜霣万叶枯。朋友岂我弃,渐远势自疏。中夜起太息,发箧觅旧书。尘昏蠹蚀损,行缺字欲无。一读色已变,再读涕泪濡。卷书置箧中,宁使饱蠹鱼。

少壮离别时,回顾日月长。会合终有期,何恨天一方。我齿如败屐,君发如新霜。余日复几何,万里遥相望。欲泣老无泪,欲梦不可常。寄书何时到,江汉春茫茫。

这两首诗抒写诗人暮年怀念老友的感伤痛苦之情。前四句,以庭树经霜叶枯起兴,言由于远隔而与季少卿疏远了;接下去的四句,写自己由思念而寻找季昔日寄来的书信,但由于日久,信的字迹已漫漶模糊;九、十两句写自己读信而悲伤流泪;结尾两句写读信反而更痛苦,还不如任凭蠹鱼把信吃掉算了。第二首换笔另写,起始四句回顾少壮离别,迄今已经很久，当时相信一定会有重逢之日，不要为暂时的离别感到悲哀。接下去四句言如今彼此都已齿豁发白，来日无多，却依然相隔万里。九、十两句写思念老友，欲哭无泪，欲梦难成。结尾二句，言此信此诗，又不知何日能寄到，江汉此时已是无边无际的春光了吧。陆次云说："后村评诚斋似太白，放翁似少陵。诚斋之于太白，固甚悬殊；放翁之于少陵，亦岂易到。若此一诗，情文曲致，殆近之矣。"（《五朝诗善鸣集评语》，引自《陆游卷》）

陆游《舍北摇落景物殊佳偶作五首》：

今年冬候晚，仲月始微霜。野日明枫叶，江风断雁行。穷途多籍蹢，老景亦悲伤。自笑诗情懒，萧然旧锦囊。

路拥新霜叶，溪余旧涨沙。栖乌初满树，归鸭各知家。世事元堪笑，吾生固有涯。南村闻酒熟，试遣小童赊。

小聚鸥沙北，横林蟹舍东。船头眠醉叟，牛背立村童。日落云全碧，霜余叶半红。穷鳞与倦翼，终胜在池笼。

屋角成金字，溪流作谷纹。斜通小桥路，半掩夕阳门。孤艇冲烟过，疏钟隔坞闻。杜门非独病，实自厌纷纷。

草径人稀到，柴扉手自开。林疏鸦小泊，溪浅鹭频来。檐角除瓜蔓，墙隅斸芋魁。东邻腊肉至，一笑举新醅。（《剑南诗稿》卷三十五）

这五首诗对农村（初冬野景，搜掘无遗）景物的描写细腻真切而托兴深微，颇类老杜之《秦州杂诗》。纪昀批语云："五首俱佳，绰有杜意。"（《瀛奎律髓汇评》卷十三）

（四）

放翁诗诸体皆备，风格也具有多样化的面貌。其好诗则以七言为多，七古往往写得豪壮奔放,七绝笔法灵活多样,七律成就最高,最为人所称道。姚鼐曰:"放翁激发忠愤,横极才力,上法子美,下揽子瞻,裁制既富,变境亦多,其七律为南渡后一人。"(《今体诗钞序目》,《古诗选》附《今体诗钞》)沈德潜《说诗晬语》卷下:"放翁七言律,对仗工整,使事熨帖,当时无与比埒。"

放翁学杜在七律方面尤为突出,其体式格调、意境神采、句法章法、遣词造句,都从杜诗中模拟取法,并且取得了很高的成就。清代诗人舒位云:"尝论七律至杜少陵而始盛且备。为一变;李义山瓣香于杜而易其面目,为一变;至宋陆放翁,专工此体而集其成,为一变,凡此三变,而他家之为是体者,不能出其范围矣。"(《瓶水斋诗话》)

老杜对七律这一诗体的重大贡献是在其中注入了丰富的政治内涵,使之成为反映社会现实的艺术形式,提高了七律的审美境界。放翁继承了杜诗的这一传统。放翁那些感慨世事、抒写悲愤的七律,昔人称之为陆"诗之大主脑,翁之真力量"(潘德舆《养一斋诗话》卷五),尤其体现出放翁学杜的高度成就。

放翁的这类诗往往学老杜七律情、景、事交融的结构方式。如《感愤》:

> 今皇神武是周宣,谁赋南征北伐篇。四海一家天历数,两河百郡宋山川。诸公尚守和亲策,志士虚捐少壮年。京洛雪消春又动,永昌陵上草芊芊。

此诗感慨时势,抨击投降派,抒写壮志难酬的悲愤。首联直接入题,写朝中无人主张与倡议北伐、恢复中原;颔联强调大宋本来是河山一统、四海一家的。上下两句将当前时局与历史事实作对比,凸显出当朝主和派妥协苟安的无耻。颈联"诸公尚守和亲策,志士虚捐少壮年",直接表达诗人对主和派的愤慨,对自己虚度光阴、不得报国的伤感,对偶精严,语义警策。尾联则以想象之笔,写旧京雪消春来、皇陵春草芊芊之景象,化用老杜"国破山河在,城春草木深"的意境,寓情于景,表达了诗人的悲愤感伤。诗中时事、情感、景物三者交融,通体浑成,意象鲜明,意旨深切而深厚。李调元《雨村诗话》卷下称此诗为《渭南》《剑南》二集"压卷"之作。

再如《和周元极右司过敞居追怀南郑相从之作》：

> 梁益东西六十州，大行台出北防秋。阅兵金鼓震河渭，纵猎狐兔平山丘。露布捷书天上去，军谘祭酒幄中谋。岂知今日诗来处，日落风生芦荻洲。

此诗前六句写诗人和周元极当年在南郑的军旅生活，景象壮阔，豪气纵横，兴会淋漓。结尾两句，则归为今日之萧瑟苍凉。李慈铭谓此诗"全首浑成，风格高健，置之老杜集中，直无愧色"（《越缦堂诗话》卷上）。

再如《登赏心亭》：

> 蜀栈秦关岁月遒，今年乘兴却东游。全家稳下黄牛峡，半醉来寻白鹭洲。黯黯江云瓜步雨，萧萧木叶石城秋。孤臣老抱忧时意，欲请迁都涕已流。

《雪夜感旧》：

> 江月亭前桦烛香，龙门阁上驮声长。乱山古驿经三折，小市孤城俗两当。晚岁犹思事鞍马，当时那信老耕桑。绿沉金锁俱尘委，雪撒寒灯泪数行。

陆游七律不仅学老杜以时事入诗，而且通过用典或揽入历史故事的方式，将现实与历史沟通，以深刻精警的议论，加强了思想内容的历史纵深感，哀时吊古，具有老杜七律那种苍凉沉郁的风格。如《书愤》：

> 早岁哪知世事艰，中原北望气如山。楼船夜雪瓜州渡，铁马秋风大散关。塞上长城空自许，镜中衰鬓已先斑。出师一表真名世，千载谁堪伯仲间。

诗的上半首是对早年军旅生涯的追述，颔联楼船夜雪、铁马秋风的场景，是当年生活的写实，与今日年颜已老恰成尖锐的对照。结尾出以对历史人物诸葛亮的议论与赞叹，更凸显出对自身功业难成的悲慨。再如《夜登千峰榭》：

> 夷甫诸人骨作尘，至今黄屋尚东巡，度兵大岘非无策，收泣新亭要有人。薄酿不浇胸垒块，壮图空负胆轮囷。危楼插斗山衔月，徙倚长歌一怆神。

此诗用东晋王导新亭对泣的历史故事抒写诗人对中原沦陷的悲感，对自己空有恢复中原的雄心壮志而无从施展的悲哀，方东树谓此诗"沉雄苍茫，俯仰悲歌"（《昭昧詹言》卷二十）。

对于抗金的点滴胜利，陆游即欢欣鼓舞。绍兴三十一年（1161）十二月初九，均州知府武钜收复西京洛阳的消息传来，陆游写下了《闻武均州报已复西京》：

> 白发将军亦壮哉，西京昨夜捷书来。胡儿敢做千年计，天意宁知一日回。列圣仁恩深雨露，中兴敕令疾风雷。悬知寒食朝陵史，驿路梨花处处开。

此诗抒写听到胜利消息的快乐心情，一如杜诗《闻官军收河南河北》。结尾两句也与杜诗一样，由胜利展开美好的想象：杜诗是"即从巴峡穿巫峡，便下襄阳向洛阳"，想象归去的路线和迅疾；放翁则想象寒食之日，朝廷扫祭陵寝，驿路旁的梨花，在春光中处处绽放。

陆游生活的时代，特别是"隆兴和议"以后，南宋小朝廷偏安局面形成，士大夫也渐趋消极，诗坛风气萎靡不振，吟风弄月的题材走向和琐细卑弱的风格倾向日益明显。陆游对这种情形痛心疾首："尔来士气日靡靡，文章光焰伏不起。"（《谢张时可通判赠诗编》）陆游以高扬爱国主题的黄钟大吕承担起振作诗风的历史使命，在诗歌风格上，追求雄浑豪壮，鄙弃纤巧细弱。《白鹤馆夜坐》云："袖手哦新诗，清寒愧雄浑。屈宋死千载，谁能起九原？中间李与杜，独招湘水魂。自此竞摹写，几人望其藩？兰苕看翡翠，烟雨啼青猿。岂知云海中，九万击鹏鲲。""兰苕看翡翠"，语出杜甫《戏为六绝句》："或看兰苕翡翠上，未掣鲸鱼碧海中。"老杜七律的主体风格是境界壮阔、气势雄放，陆游的那些寄意恢复、抒写忠愤的七律，和杜律一样，体现了雄浑伟丽的壮美风格，与黄、陈学杜之细筋健骨、瘦硬通神大不相同。《南定楼遇急雨》：

> 行遍梁州到益州，今年又作渡泸游。江山重复争供眼，风雨纵横乱入楼。人语侏离逢洞獠，棹歌欸乃下渔舟。天涯住稳归心懒，登览茫然却欲愁。

陈衍《宋诗精华录》谓此诗"雄浑处岂亚杜陵，许丁卯之'山雨欲来'对此能无大小巫之别"。在放翁七律中，类似的例子还有很多。如：

> 貂蝉未必出兜鍪，要是苍鹰忆下鞲。彭泽径归端为酒，轻车已老未封侯。千年精卫心平海，三日于菟气食牛。会与高人期物外，摩挲铜狄霸陵秋。（《后寓叹》）

> 局促常悲类楚囚，迁流还叹学齐优。江声不尽英雄恨，天地无私草木秋。万里羁愁添白发，一帆寒日过黄州。君看赤壁终陈迹，生子何须似仲谋？（《黄州》）

> 镜里流年两鬓残，寸心自许尚如丹。衰迟罢试戎衣窄，悲愤犹争宝剑寒。远戍十年临的博，壮图万里战皋兰。关河自古无穷事，谁料如今袖手看？（《书愤》）

> 秦汉蜀道何辽哉，公安渡头今始回。无穷江水与天接，不断海风吹月来。船窗帘卷萤火闹，沙渚露下苹花开。少年许国忽衰老，心折柁楼长笛哀。（《泊公安县》）

放翁还有一类诗，描写山水田园、竹林茅舍、农田耕渔、花石琴酒和日常生活，"凡一草一木，一鱼一鸟，无不裁剪入诗"（《瓯北诗话》卷六），以细腻冲淡的笔法、闲适恬和的情调，刻画景物，表现遗落功业、追求闲适宁静生活和思想情趣。与抒发报国之志、悲愤之情一类诗的感激豪宕、沉郁深婉不同，这类诗偏向于自然流丽，清新刻露，构成了放翁诗的另一种风貌。王士禛谓其"真朴处多，雕镂处少"（《池北偶谈》卷一）。钱锺书谓其能"咀嚼出日常生活的深永的滋味，熨帖出当前景物的曲折的情状"①。程千帆说：老杜"用近体诗写日常生活琐事，更为宋人开辟了无比广阔的诗境"②。陆游这一类诗也不无老杜之影响。放翁在田园闲居之时，尝以居于成都草堂之杜甫自命，《遣兴》云："鹤料无多又扫空，今年真是浣花翁。"写了不少表现日常生活的七律。其中写农村景物与生活场景，如"暮看白烟横水际，晓听清露滴林梢。生来不啜猩猩酒，老去那营燕燕巢。"（《小筑》）"市桥压担莼丝滑，村店堆盘豆荚肥。"（《初夏行平水道中》）"茂林风送幽禽语，坏壁苔侵醉墨痕。"（《西村》）颇有杜之情趣。纪昀评老杜《江村》一诗云："工部颓唐之作，已逗放翁一派。以为老境，则失之。"（《瀛奎律髓汇评》卷二十三）老杜之《江村》，不当以颓唐视之；但其指出老杜《江村》一类诗为放翁写日常生活一类诗的诗学渊源，则是不错的。放翁有《遣兴》一诗："马迹车尘不到门，暮年万事付乾坤。读书浪苦只取笑，识字虽多谁与论。骨相元非金马客，梦魂空绕石帆村。浊醪幸有邻翁共，莫厌从来老瓦盆。""浊醪"一句用杜甫《客至》"肯与邻翁相对饮，隔篱呼取尽余杯"及《清明二首》之一"钟鼎山林各天性，浊醪粗饭任吾年"。"莫厌"句用杜甫《少年行二首》之一"莫笑田家老瓦盆，自从盛酒长儿孙"。吴焯《批校剑南诗稿》在这首《遣兴》题下批云："已入少陵之室矣。"

放翁近体诗的属对，特别是七律之对偶，可谓"美不胜收"（陈衍语），备受历代评者所赞扬。刘克庄云："古人好对仗，为放翁用尽。"（《后村诗话》前集卷二）赵翼《瓯北诗话》卷六分使事、写怀、写景三类，列举放翁近体诗佳联，谓其"名章俊语，层见叠出，令人应接不暇；使事必切，属对必工。无意不搜，而不落纤巧；无语不新，而不事涂泽，实古来诗家所未见。"钱锺书亦谓"放翁比偶组运之妙，冠冕两宋"③。陆游七律对偶之造语与风格，亦从老杜七律汲取营养。清人许印芳评陆游《书愤》（早岁那知世事艰）云："通篇沉郁顿挫，而三、四（按，指'楼船夜雪瓜洲渡，铁马秋风大散关'两句）雄浑。不但句中力量充足，抑且言外神采飞扬。此等句集中颇多，如'万里关河孤灯梦，五更风雨四三秋'；'江声不尽英雄恨，天地无私草木秋'；'云埋废苑呼鹰地，雪

---

① 钱锺书：《宋诗选注》，第270页。
② 程千帆：《被开拓的诗世界》，上海古籍出版社1990年版，第86页。
③ 钱锺书：《谈艺录》，第118页。

暗荒郊射虎天'；'十年尘土青衫色，万里江山画角声'；'阶前汗血洮河马。架上霜毛海国鹰'；'鸾旗广殿晨排仗，铁马黄河夜踏冰'；'青海战云临贼垒，黑山飞雪洒貂裘'；'地连秦雍川原壮，水下荆扬日夜流'，等句真可嗣响少陵。"（《瀛奎律髓汇评》卷三十二）而且，放翁联语，亦多有化用杜句者。如"正当闲似白鸥处，不减健如黄犊时。""锦里先生为老伴，玉霄散吏是头衔。""无穷江水与天接，不断海风吹月来。""酒钱觅处无司业，斋日多来似太常。""痛饮每思樽酒窄，微官空羡布衣尊。""傍水无家无好竹，卷帘是处是青山。""浅碧细倾家酿酒，小红初试手栽花。""酒宁剩欠寻常债，剑不虚施细碎仇。"（《西村醉归》）

余 论

陆游诗作繁富，不暇裁汰，有些诗流于浅近滑易，特别是晚年闲居无事，生活单调而作诗又多，故诗之意境字句也有重复的现象。李重华谓放翁写诗"大约伸纸便得数首至数十首，以故流滑浅易者居多"（《贞一斋诗说》）。查慎行云："剑南诗非不佳，只是蹊径太熟，章法句法未免雷同，不耐多看。"（《瀛奎律髓汇评》卷五）钱锺书谓："古来大家，心思句法，复出重见无如渠之多者。"[1] 放翁作诗，从个性出发，兼收并蓄，转益多师，学杜变之为其独创性和个性化。但是，如沈德潜《说诗晬语》卷下所云："剑南集原本老杜，殊有独造境地。但古体近粗，近体近滑，逊于老杜之沈雄腾踔耳。"

---

[1] 钱锺书：《谈艺录》，第126页。

参考文献

《杜诗详注》，仇兆鳌注，中华书局1979年版。
《读杜心解》，浦起龙注，中华书局1961年版。
《杜诗镜诠》，杨伦注，上海古籍出版社1980年版。
《钱注杜诗》，钱谦益注，上海古籍出版社1979年版。
《九家集注杜诗》，郭知达撰，中华书局1982年版。
《补注杜诗》，黄希、黄鹤注，四库全书文渊阁本。
《集千家注杜工部诗集》，佚名，四库全书文渊阁本。
《杜诗赵次公先后解辑校》，赵次公注，林继中辑校，上海古籍出版社1979年版。
《史记》，司马迁撰，中华书局本。
《旧唐书》，刘昫撰，中华书局1975年版。
《新唐书》，欧阳修、宋祁等撰，中华书局本。
《新五代史》，欧阳修撰，中华书局2000年版。
《宋史》，脱脱等撰，中华书局1977年版。
《建炎以来朝野杂记》，李心传编，文渊阁四库全书本。
《宋元学案》，黄宗羲撰，中华书局1982年版。
《宋明理学史》，侯外庐著，人民出版社1984年版。
《金明馆丛稿初编》，陈寅恪著，三联书店2001年版。
《元白诗笺证稿》，陈寅恪著，上海古籍出版社1997年版。
《毛诗正义》，孔颖达撰，十三经注疏本，中华书局本。
《楚辞补注》，洪兴祖撰，中华书局1983年版。
《文选》，萧统编，李善注，上海古籍出版社1986年版。
《全唐诗》，彭定求等编，中华书局1960年版。

《唐诗纪事》，计有功撰，上海古籍出版社 2008 年版。
《唐人选唐诗》（十种），元结、殷璠等选，上海古籍出版社 1978 年版。
《唐诗品汇》，高棅编，上海古籍出版社 1982 年版。
《唐诗别裁》，沈德潜编，中华书局本。
《唐宋诗醇》，爱新觉罗弘历编，四库全书文渊阁本。
《唐宋诗举要》，高步瀛选注，上海古籍出版社 1959 年版。
《李太白诗集》，王琦注，中华书局 1977 年版。
《韩昌黎诗系年集释》，钱仲联集释，上海古籍出版社 1984 年版。
《韩昌黎文集校注》，马其昶校注，上海古籍出版社 1986 年版。
《白居易集笺校》，朱金城笺校，上海古籍出版社 1988 年版。
《元稹集》，冀勤校点，中华书局 1982 年版。
《李贺诗歌集注》，王琦注，上海古籍出版社 1978 年版。
《樊川诗集注》，杜牧撰，冯集梧注，上海古籍出版社 1978 年版。
《樊川文集》，杜牧撰，上海古籍出版社 1978 年版。
《李商隐诗歌集解》，刘学锴等编，中华书局 1998 年版。
《古典文学研究资料汇编·李商隐资料汇编》，中华书局 2001 年版。
《韦庄集校注》，韦庄撰，向迪宗校订，人民文学出版社 1958 年版。
《瀛奎律髓汇评》，李庆甲编，上海古籍出版社 1983 年版。
《四库全书总目提要》，纪昀等，文渊阁四库全书本。
《全宋诗》，北京大学出版社 1995 年版。
《宋诗钞》，吴之振、吕留良、吴自牧著，中华书局 1986 年版。
《宋诗记事补正》，厉鹗撰，钱锺书补正，辽宁人民出版社 2003 年版。
《小畜集》，王禹偁著，四部丛刊本。
《西昆酬唱集》，杨亿、刘筠等撰，中华书局 1980 年版。
《范文正公集》，范仲淹撰，四部丛刊本。
《景文集》，宋祁撰，文渊阁四库全书本。
《欧阳文忠公集》，欧阳修撰，四部丛刊初编本。
《梅尧臣集编年校注》，朱东润编注，上海古籍出版社 1980 年版。
《苏舜钦集》，苏舜钦著，上海古籍出版社 1981 年版。
《临川先生文集》，王安石撰，四部丛刊本。
《王荆公诗注》，王安石撰，李璧注，文渊阁四库全书本。
《王荆公年谱考略》，蔡上翔撰，上海人民出版社 1959 年版。

《广陵先生文集》，王令撰，文渊阁四库全书本。
《苏轼诗集》，王文浩辑注，孔凡礼点校，中华书局1982年版。
《苏轼文集》，孔凡礼点校，中华书局1986年版。
《苏轼词编年校注》，邹同庆、王宗堂校注，中华书局2002年版。
《栾城集》，苏辙撰，文渊阁四库全书本。
《淮海集笺注》，秦观撰，徐培均笺注，上海古籍出版社1994年版。
《黄庭坚诗集注》，黄庭坚撰，任渊注，刘尚荣点校，中华书局2003年版。
《豫章黄先生文集》，黄庭坚撰，文渊阁四库全书本。
《黄庭坚年谱新编》，郑永晓著，社会科学文献出版社1997年版。
《后山诗注补笺》，陈师道撰，任渊注，四部丛刊本（或中华书局1984年版）。
《后山居士文集》，陈师道撰，上海古籍出版社1984年版。
《嵩山文集》，晁说之撰，四部丛刊本。
《太仓稊米集》，周紫芝撰，文渊阁四库全书本。
《东莱先生诗集》，吕本中撰，北京图书馆出版社2006年版。
《茶山集》，曾几撰，文渊阁四库全书本。
《诚斋集》，杨万里撰，四部丛刊本。
《二程集》，程颢、程颐撰，中华书局1981年版。
《陈与义集》，胡穉笺注，中华书局1982年版。
《梁溪集》，李纲著，文渊阁四库全书本。
《渭南文集》，陆游著，四部丛刊本。
《剑南诗稿校注》，陆游撰，钱仲联校注，上海古籍出版社1985年版。
《老学庵笔记》，陆游著，四部丛刊本。
《稼轩词编年笺注》，邓广铭笺注，中华书局2003年版。。
《石湖居士诗集》，范成大撰，四部丛刊本。
《晦庵先生朱文公文集》，朱熹撰，四部丛刊初编本。
《朱子语类》，朱熹著，黎靖德编，中华书局1984年版。
《鹤山先生大全集》，魏了翁撰，四部丛刊本。
《石屏诗集》，戴复古撰，四部丛刊本。
《叶适集》，叶适撰，中华书局1961年版。
《后村先生大全集》，刘克庄著，四部丛刊本。

《江湖小集》，陈起编，文渊阁四库全书本。
《江湖后集》，陈起编，文渊阁四库全书本。
《文山先生全集》，文天祥著，四部丛刊本。
《增订湖山类稿》，汪元量撰，孔凡礼辑校，中华书局1984年版。
《须溪集》，刘辰翁撰，文渊阁四库全书本。
《集千家注批点补遗杜工部诗集》，刘辰翁撰，文渊阁四库全书本。
《桐江集》，方回撰，上海古籍出版社（续修四库全书本）1995年版。
《全宋词》，唐圭章编，中华书局1965年版。
《唐宋名家词选》，龙榆生编选，上海古籍出版社1980年版。
《唐宋词选释》，俞平伯撰，人民文学出版社1979年版。
《唐宋词汇评》，吴熊和著，浙江教育出版社2005年版。
《稼轩词编年笺注》，邓广铭笺注，上海古籍出版社1993年版。
《姜白石词编年笺注》，夏承焘笺注，中华书局1961年版。
《梦窗词校笺》，吴文英撰，孙虹、谭学纯校笺，中华书局2014年版。
《六一诗话》，欧阳修撰，郑文校点，人民文学出版社1962年版。
《中山诗话》，刘攽撰，历代诗话本。
《西清诗话》，蔡绦撰，《宋诗话辑佚》本。
《潜溪诗眼》，范温撰，《宋诗话辑佚》本。
《临汉隐居诗话》，魏泰撰，历代诗话本。
《石门洪觉范天厨禁脔》，释惠洪撰，历代诗话本。
《冷斋夜话》，释惠洪撰，历代诗话本。
《王直方诗话》，《宋诗话辑佚》本。
《后山诗话》，陈师道撰，历代诗话本。
《唐子西文录》，强行父述，历代诗话本。
《石林诗话》，叶梦得撰，历代诗话本。
《洪驹父诗话》，洪刍撰，《宋诗话辑佚》本。
《潘子真诗话》，潘淳撰，《宋诗话辑佚》本。
《紫薇诗话》，吕本中撰，历代诗话本。
《童蒙诗训》，吕本中撰，《宋诗话辑佚》本。
《韵语阳秋》，葛立方撰，历代诗话本。
《岁寒堂诗话》，张戒撰，历代诗话续编本，中华书局1983年校点本。
《碧溪诗话》，黄彻撰，人民文学出版社1986年版。

《观林诗话》，吴聿撰，历代诗话续编本。
《珊瑚钩诗话》，张表臣撰，历代诗话本。
《庚溪诗话》，陈岩肖撰，历代诗话续编本。
《苕溪渔隐丛话》，胡仔撰，人民文学出版社 1962 年版。
《诗论》，普闻撰，上海古籍出版社影印《说郛三种》本。
《艇斋诗话》，曾季狸撰，历代诗话续编本。
《藏海诗话》，吴可撰，历代诗话续编本。
《环溪诗话》，吴沆撰，历代诗话续编本。
《诗人玉屑》，魏庆之撰，上海古籍出版社 1978 年版。
《诗话总龟》，阮阅编，四部丛刊初编本。
《草堂诗话》，蔡梦弼辑，历代诗话续编本。
《沧浪诗话校释》，严羽撰，郭绍虞校释，人民文学出版社 1961 年版。
《二老堂诗话》，周必大撰，历代诗话本。
《诚斋诗话》，杨万里撰，历代诗话续编本。
《白石道人诗说》，姜夔撰，宋诗话全编本。
《老学庵笔记》，陆游撰，中华书局 1979 年版。
《风月堂诗话》，朱弁撰，文渊阁四库全书本。
《杜工部草堂诗话》，蔡梦弼撰，历代诗话续编本。
《江西诗派小序》，刘克庄撰，历代诗话续编本。
《后村诗话》，刘克庄撰，中华书局 1983 年版。
《彦周诗话》，许顗撰，历代诗话本。
《竹庄诗话》，何汶撰，历代诗话本。
《臞翁诗评》，敖陶孙撰，南宋群贤小集本。
《诸家老杜诗评》，方深道辑，张忠刚杜甫诗话六种校注本。
《对床夜语》，范晞文撰，历代诗话续编本。
《怀古录》，陈模撰，文渊阁四库全书本。
《麈史》，王得臣撰，文渊阁四库全书本。
《墨庄漫录》，张邦基撰，中华书局 2002 年版。
《新校正梦溪笔谈》，沈括撰，胡道静校，中华书局 1957 年版。
《鹤林玉露》，罗大经撰，中华书局 1983 年版。
《习学纪言》，叶适撰，文渊阁四库全书本。
《扪虱新话》，陈善撰，笔记小说大观本。

《容斋随笔》，洪迈撰，上海古籍出版社1978年版。
《步里客谈》，陈长方撰，文渊阁四库全书本。
《履斋示儿编》，孙奕撰，中华书局2014年版。
《野客丛书》，王楙撰，中华书局1987年版。
《学林》，王观国撰，中华书局2007年版。
《爱日斋丛钞》，叶寘撰，中华书局1985年版。
《郡斋读书志》，晁公武撰，四部丛刊三编本。
《能改斋漫录》，吴曾撰，四部丛刊续编本。
《直斋书录解题》，陈振孙撰，上海古籍出版社1987年版。
《云麓漫钞》，赵彦卫撰，张国星校，辽宁教育出版社1998年版。
《鸡肋编》，庄绰撰，中华书局1983年版。
《竹溪□斋十一稿续集》，林希逸撰，文渊阁四库全书本。
《吹剑录》，俞文豹撰，文渊阁四库全书本。
《宋诗话辑佚》，郭绍虞辑，中华书局1980年版。
《宋诗话考》，郭绍虞著，中华书局1979年版。
《宋诗话全编》，吴文治主编，江苏古籍出版社1998年版。
《杜甫诗话六种校注》，张忠纲编注，齐鲁书社2002年版。
《杜臆》，王嗣奭著，上海古籍出版社1983年版。
《杜诗说》，黄生著，黄山书社1994年版。
《杜诗解》，金圣叹著，上海古籍出版社1984年版。
《瀛奎律髓汇评》，方回撰，李庆甲集评校点，上海古籍出版社1986年版。
《历代诗话》，何文焕辑，中华书局1981年版。
《历代诗话续编》，丁福保辑，中华书局1983年版。
《清诗话》，丁福保辑，上海古籍出版社1978年版。
《清诗话续编》，郭绍虞编，上海古籍出版社1983年版。
《全唐五代诗格汇考》，张伯伟撰，江苏古籍出版社2002年版。
《诗薮》，胡应麟著，上海古籍出版社1979年版。
《唐音癸签》，胡震亨著，上海古籍出版社1981年校点本。
《诗源辨体》，许学夷撰，人民文学出版社1987年版。
《诗境总论》，陆时雍撰，历代诗话续编本。
《升庵诗话》，杨慎撰，历代诗话续编中华书局1983年校点本。

《姜斋诗话》，王夫之撰，人民文学出版社1961年校点本。
《贞一斋诗说》，李重华撰，清诗话本。
《夕堂永日绪论》，王夫之撰，清诗话本。
《南雷文定》，黄宗羲撰，中华书局1985年版。
《瓯北诗话》，赵翼著，人民文学出版社1981年版。
《池北偶谈》，王士禛著，中华书局1982年版。
《石洲诗话》，翁方纲著，人民文学出版社1981年版。
《原诗》，叶燮撰，人民文学出版社1979年版。
《说诗晬语》，沈德潜撰，人民文学出版社1979年版。
《昭昧詹言》，方东树著，人民文学出版社1961年版。
《随园诗话》，袁枚撰，人民文学出版社1982年版。
《养一斋诗话》，潘德舆撰，清诗话续编本。
《艺概》，刘熙载著，上海古籍出版社1978年版。
《石遗室诗话》，陈衍著，辽宁教育出版社1998年版。
《宋诗选注》，钱锺书选注，人民文学出版社1979年版。
《宋诗精华录》，陈衍评点，巴蜀书社1992年版。
《杜集书目提要》，郑庆笃编著，齐鲁书社1986年版。
《杜诗引得》，洪业等编，上海古籍出版社1983年版。
《杜甫传》，冯至著，人民文学出版社1953年版。
《杜诗研究》，肖涤非著，齐鲁书社1980年版。
《杜甫评传》，陈贻焮著，上海古籍出版社1982年版。
《杜甫评传》，莫砺锋著，南京大学出版社1993年版。
《杜甫叙论》，朱东润著，人民文学出版社1981年版。
《杜甫研究论文集》第一、二、三辑，中华书局1962年版。
《古典文学研究资料汇编》上编《杜甫卷》，华文轩编，中华书局1964年版。
《杜甫传记唐宋资料考辨》，陈文华著，台湾文史哲出版社1987年版。
《杜甫秋兴八首集说》，叶嘉莹著，河北教育出版社1997年版。
《迦陵论诗丛稿》，叶嘉莹著，中华书局1984年版。
《杜甫戏为六绝句集解》，郭绍虞集解，中华书局2001年版。
《被开拓的诗世界》，程千帆等著，上海古籍出版社1990年版。
《杜甫诗论丛》，金启华著，上海古籍出版社1985年版。

《杜诗意象类型研究》，林美清著，台湾花木兰出版社 2008 年版。
《唐诗学引论》，陈伯海著，知识出版社 1988 年版。
《唐诗综论》，林庚著，人民文学出版社 1987 年版。
《唐诗杂论》，闻一多著，上海古籍出版社 1998 年版。
《唐诗语言研究》，蒋绍愚著，中州古籍出版社 1990 年版。
《唐诗的魅力》，高友工著，上海古籍出版社 1993 年版。
《大历诗风》，蒋寅著，上海古籍出版社 1992 年版。
《大历诗人研究》，蒋寅著，中华书局 1995 年版。
《唐代文学丛考》，陈尚君著，中国社会科学出版社 1997 年版。
《元白诗笺证稿》，陈寅恪著，三联书店 2001 年版。
《唐宋之际诗歌演变研究》，刘宁著，北京师范大学出版社 2002 年版。
《谈艺录》，钱锺书著，中华书局 1984 年版。
《管锥编》，钱锺书著，中华书局 1986 年版。
《宋诗臆说》，赵齐平著，北京大学出版社 1993 年版。
《诗词散论》，缪钺著，上海古籍出版社 1982 年版。
《诗论》，朱光潜著，三联书店 1998 年版。
《中国文学精神》，徐复观著，上海书店出版社 2004 年版。
《迦陵论诗丛稿》，叶嘉莹著，中华书局 2005 年版。
《中国诗学》，叶威廉著，三联书店 1992 年版。
《诗词讲记》，顾随讲，叶嘉莹记，中国人民大学出版社 2006 年版。
《文心雕龙注》，刘勰撰，范文澜注，人民文学出版社 1958 年版。
《诗品集解》，钟嵘撰，郭绍虞集解，人民文学出版社 1981 年版。
《中国文学史》，袁行霈主编，高等教育出版社 2005 年版。
《中国文学史新著》，章培恒著，复旦大学出版社 2007 年版。
《白话文学史》，胡适著，安徽教育出版社 1999 年版。
《美的历程》，李泽厚著，文物出版社 1981 年版。
《中国文化史》，柳诒徵著，上海三联出版社 2007 年版。
《两宋文学史》，程千帆、吴新雷著，上海古籍出版社 1991 年版。
《南宋文学史》，王水照、熊海玲著，人民出版社 2009 年版。
《宋代诗学通论》，周裕锴著，上海古籍出版社 2007 年版。
《宋代文学通论》，王水照主编，河南大学出版社 1997 年版。
《隋唐五代文学思想史》，罗宗强著，中华书局 2003 年版。

《中国文学批评通史》（隋唐五代卷），王运熙、顾易生主编，上海古籍出版社 1996 年版。
《中国文学批评通史》（宋金元卷），王运熙、顾易生主编，上海古籍出版社 1996 年版。
《中国文学批评史大纲》，朱东润著，上海古籍出版社 2001 年版。
《宋代文学思想史》，张毅著，中华书局 2004 年版。
《江西诗派研究》，莫励锋著，齐鲁书社 1986 年版。
《江西诗社宗派研究》，龚鹏程著，台湾文史哲出版社 1983 年版。
《江湖诗派研究》，张宏生著，中华书局 1995 年版。
《江西宗派研究》，伍晓蔓著，巴蜀书社 2005 年版。
《北宋新旧党争与文学》，肖庆伟著，人民文学出版社 2001 年版。
《宋诗精华录》，陈衍评点，曹中孚校注，巴蜀书社 1992 年版。
《宋代杜诗阐释学研究》，杨经华著，中国社会科学出版社 2011 年版。
《杜诗语言艺术研究》，于年湖著，齐鲁书社 2007 年版。
《〈管锥编〉与杜诗新解》，黄宜佳著，河北教育出版社 1998 年版。
《杜甫与儒家文化传统研究》，赵海菱著，齐鲁书社 2007 年版。
《辽金元杜诗学》，赫兰国著，河南人民出版社 1998 年版。
《杜诗学发微》，许总著，南京出版社 1989 年版。
《杜诗学引论》，胡可先著，安徽大学出版社 2003 年版。
《杜甫批评史研究》，吴忠胜著，中国社会科学出版社 2012 年版。
《杜甫与宋代文化》，梁桂芳著，重庆大学出版社 2011 年版。
《宋代杜诗艺术批评研究》，李新著，台北花木兰文化出版社 2012 年版。
《清初杜诗学研究》，简恩定著，台湾文史哲出版社 1986 年版。
《杜甫传记唐宋资料考辨》，陈文华著，台湾文史哲出版社 1987 年版。
《苏轼研究》，王水照著，中华书局 2015 年版。
《苏轼传稿》，王水照著，中华书局 2015 年版。
《苏轼研究资料汇编》，刘尚荣编，中华书局 2004 年版。
《苏轼汇评》，曾枣庄编，四川人民出版社 2000 年版。
《苏辛词借鉴杜诗之研究》，吴秀兰著，台湾花木兰文化出版社 2012 年版。
《陈师道及其诗研究》，范月娇著，台湾文史哲出版社 1988 年版。
《陈与义诗歌研究》，吴淑钿著，台北文津出版社 1993 年版。

《黄庭坚诗学体系研究》，钱志熙著，北京大学出版社2003年版。
《黄庭坚和江西诗派资料汇编》，傅璇琮编，中华书局1979年版。
《古典文学研究资料汇编·陆游卷》，孔凡礼、齐治平编，中华书局1962年版。
《杜诗句法研究》，孙力平1999年博士学位论文打印本，国家图书馆藏。
《推陈出新的宋诗》，莫励锋著，辽宁古籍出版社1995年版。
《杜诗学论薮》，林继中著，上海古籍出版社2015年版。
《接受美学》，朱立元著，上海人民出版社1989年版。
《接受美学与接受理论》，H. R. 姚斯等著，金元浦译，辽宁人民出版社1987年版。
《修辞学发凡》，陈望道著，上海教育出版社2001年版。
《汉语诗律学》，王力著，上海教育出版社2002年版。
《汉语现象论丛》，启功著，中华书局1997年版。
《诗文声律论稿》，启功著，中华书局2000年版。

后 记

　　本书写作的目的，是描述和论列杜诗的意义（社会的、思想的、文学的）在宋代如何被发掘、认知并确认下来，揭示杜诗被确定为诗学经典过程中复杂的时代的、文化的、权力的、传统的基础和原因；描述宋人学杜的基本状况，彰显杜诗在宋诗发展史上的作用，为认识宋代诗歌提供一个传统流变的视角。然而成稿之后，对于这一目标实现到何种程度，却不敢自是了。就像刘勰《文心雕龙》所说："方其搦翰，气倍辞前，暨乎篇成，半折心始。"

　　宋人对杜诗阐释的有关材料很丰富，但又比较零碎，许多材料是谈助式的片言碎语，有关论杜文章特别是诗话的确切写作时间大都无法确定，加以系统条理而做历史叙述有相当的难度。本书对宋代杜诗学历史线索的清理和描述，难免有些粗线条。宋人关于杜诗的笺注之作，成绩很大，影响不小是宋代杜诗学的重要方面。本书只是对这类著作的主要特点与成绩作了概括的说明，而对其关于杜诗具体句语的笺释则未作深入的、具体的辨析与论列。而关于宋人学杜问题，则是笔者感到最不易准确把握和深入阐述的问题。

　　断定和论述一个诗人在创作中接受前人影响、学习前人艺术经验，这要有根据。所谓根据，一是"外证"，即诗人自己的"口供"，或者别人提供的材料；二是"内证"，即其作品的思想、结构、手法、语言、风格等方面与其所效法者的相关、相通、相似之处。第一点比较好办，广泛搜求就是。第二点则不那么容易了。一个诗歌文本对前代诗歌文本的精神交通和深相汲取，是一种不易扑捉与把握的文学现象，它不同于科学的 DNA 鉴定。诗人对诗学遗产的学习与继承不会是单一的，那些有成就的诗人，总是广益多师，采百花而酿蜜，文学遗产中各种因素在作品中是融合在一起的。诗是作者内心的反应,"诗以道性情,人各有性情,则亦人各有诗。"(吴雷发《说诗菅蒯》)诗人对前人诗歌思想艺术营养的吸收,也必然经过带有其个性的拣选、提炼和融化。即使歌咏同一事物,不同诗人亦各有不同的个性和情意。"同一咏蝉,虞世南:'居高自远,不是借秋风。'是清华人语;骆宾王:'露重飞难进,风多响易沉。'是患难人语;'本以高难饱,徒劳恨费声。'是牢骚语。"(施补华《砚佣说诗》)诗歌创作的历史,本质上是不断发展创新而不是摹仿与因袭的过程,艺术技巧的发展也不是量的增加与堆积,继承应当是创造性的,既不是邯郸学步,更不是照猫画虎。找到了诗人接受前人或同代人影响的具体表现,有了证据,做出了判断,接着的问题是学得如何?像还是不像?形似还是神似?学得好还是不好?诗歌创作作为一种审美实践和审美创造,是不可重复的。学的太似有悖于审美独创性,而完全不似又何可谓之学?顾炎武云:"不似则失其所以为诗,似则失其所以为我。"(《日知录》卷二十一"诗体代降")刘壎《隐居通议》卷六云:"黄、陈诗似少陵,似又不似也。"翁方纲云:"黄山谷极不似杜,而善学杜者无过山谷。"(见金武祥《粟香随笔》卷五)纪昀评苏轼《荔枝叹》云:"貌不袭杜,而神似之。"(引自王文诰注《苏轼诗集》卷三十九)分辨其何以"似"又何以"不似",怎样才算"貌"不袭而"神"似,已属不易,而要做出关于其艺术造诣高下的审美判断,就更不容易了。

姜夔论作诗时如何对待古人作品云:"作者求与古人合,不若求与古人异。求与古人异,不若不求与古人合而不能不合,不求与古人异而不能不异。"(《白石道人诗话》)所说的道理与原则是对的,但说的有些类似绕口令。他说自己学黄,"居数年,一语噤不敢吐,始大悟学即病,顾不若无所学之为得"。"无所学"当然不会成为邯郸学步,或优孟衣冠,但是,是一切从零开始吗?此前通过学习所积累的知识和练就的本事,统统不起作用了吗?显然不是。袁枚云:"古之学杜者,无虑数千家,其传者皆其不似杜者也。唐之昌黎、义山、牧之、微之,宋之半山、山谷、后村、放翁,谁非学杜者,今观其诗皆不类杜。"(《与稚存论诗书》,《小仓山房文集》卷三十一)本书关于宋人学杜,写了王安石、苏轼、黄庭坚、陈师道、陈与义、陆游六人,希望以此为重点,把宋人学杜问题尽可能写得落实、具体、深入一点。在论析中,也尽可能参考和吸收历代学者、诗人在相关问题上的看法。但成稿之后，仍然感到有些未能深入，在分寸的把握上也不敢自是。

不管怎样，总算完成了自己选择的一个课题，所以此书成稿，心里还是高兴的。惠洪诗云："山好已无归园梦，老闲犹有读书心。"老来无事，读书写作以度余年，也是人生之幸事。只是精力日衰，记不牢，想不深，写不好，又不免感到遗憾。我想，一个人晚年最大的遗憾，恐怕就是感到自己先前没做好的事情，此时虽想做好，却已无能为力。

本书撰写过程中，许隽超教授在资料方面曾给予许多帮助，在此一并致谢。

邹进先

2016年1月于海南吉阳镇